Gloriedagen

Corina Bomann bij Boekerij:

Het vlindereiland
De maneschijnsonate
De jasmijnzussen
De stormroos
Een wonderlijke winterreis
Het klaprozenjaar
Winterbloesem
De rozentuin

De vrouwen van de Leeuwenhof:
Agneta's erfenis
Mathilda's geheim
Solveigs belofte

De kleuren van schoonheid:
Sophia's hoop
Sophia's wens
Sophia's triomf

Waldfriede-saga:
Gloriedagen

boekerij.nl

Corina Bomann

Gloriedagen

Berlijn, 1919. In een stad waar de oorlog diepe wonden heeft achtergelaten, staat de jonge verpleegster Hanna voor een grootse taak.

ISBN 978-90-225-9551-0
ISBN 978-94-023-1864-7 (e-book)
NUR 302

Oorspronkelijke titel: *Sternstunde. Die Schwestern vom Waldfriede*
Vertaling: Lilian Caris en Iris van der Blom
Omslagontwerp: Bürosüd
Omslagbeeld: © Natasza Fiedotjew / Trevillion Images
Auteursfoto: © Nadja Klier
Zetwerk: CeevanWee, Amsterdam

Voor alle helende en helpende handen van Waldfriede,
in zowel het verleden als het heden.

De schrijfster heeft in deze roman feitelijke gebeurtenissen overgenomen die zich in een bepaalde tijd in een bepaalde streek hebben afgespeeld. Veel van de werkelijke omstandigheden en handelende personen zijn veranderd en aangevuld, en verwikkelingen hebben een fictieve vorm gekregen.

Deze roman is dus het resultaat van fantasie waarin feiten en fictie, voorvallen en verzinsels een onverbrekelijke, artistiek vervreemde eenheid vormen.

Proloog

Het was een van de warmste dagen van de zomer van 1916 toen ze het meer op gingen. De lucht zinderde van de hitte en libellen zweefden over de waterspiegel, op zoek naar een prooi.

Martin roeide met kalme, krachtige slagen, terwijl Hanna aan het andere einde van de boot lag en haar linkerhand naar de golven uitstak. Haar vingertoppen raakten lichtjes het wateroppervlak, haar blik raakte verloren in de fijne glinsterende golflijntjes, die zich uiteindelijk vermengden met het kielzog.

De roep van een koekoek drong vanuit de verte tot hen door. Wat had Hanna's oma ook alweer altijd gezegd? *Een koekoek in de morgen betekent zorgen, een koekoek na middagtijd brengt narigheid, roept de koekoek tegen nacht, dan is het geluk wat je wacht.*

Het middaguur was voorbij, maar de avond was nog lang niet in zicht. Narigheid verwachtte ze op dat moment niet. Ze had hier eeuwig zo kunnen blijven, samen met de man om wie ze meer gaf dan om haar eigen leven.

Na een poosje liet Martin de roeispanen los en kwam de boot tot stilstand. Zachtjes lag hij op het water te schommelen.

Hanna keek naar haar verloofde. Zoals altijd wanneer ze naar zijn gezicht keek stroomde er een verwarmend gevoel van geborgenheid door haar heen. Met zijn rossige, met gouden strengen doorregen haar leek hij een prins uit een sprookje. Zijn smaragdgroene ogen fonkelden en rond zijn zinnelijk gebogen lippen speelde een glimlach. In zijn een stukje openstaande witte overhemd, waarvan de mouwen boven zijn gespierde onderarmen waren opgerold, was hij in het zonlicht bepaald een stralende verschijning.

'Varen we niet verder?' vroeg ze terwijl ze naar hem toe schoof.

'Nee,' antwoordde hij met een schelmse schittering in zijn ooghoeken. 'Hier heb ik je eindelijk voor mij alleen.' Hij legde zijn arm om haar heen en kuste haar. Toen ze haar hoofd op zijn borst legde hoorde ze zijn krachtige hartslag. Zijn warmte omhulde haar en zoals altijd wanneer ze bij hem was, kon ze de zware belasting van haar werk en het leed van de patiënten waarmee ze dagelijks geconfronteerd werd achter zich laten.

Het werk in sanatorium Friedensau was haar roeping, maar soms droomde ze ervan haar dagen alleen met Martin door te brengen, op een onbewoond eiland of, zoals nu, in een bootje.

Een poosje bleven ze zo zwijgend liggen luisteren naar de wind die de bomen aan de oever deed ruisen en ze zogen de geur van hooi en bloemen zwangere lucht in hun longen op.

Toen er een wolk voor de zon schoof, viel er een schaduw over het bootje. Misschien is het toch de roep van de narigheid brengende koekoek, dacht Hanna.

'Wanneer moet je weg?' vroeg ze zachtjes. Ze keek hem aan en liet haar hand tussen de rij knoopjes van zijn overhemd glijden, onder de stof, waar ze zijn huid en zijn borsthaar voelde.

De oproep was een paar weken eerder gekomen. Als zevendedagsadventist had Martin om morele redenen dienst geweigerd, maar dat had niet geholpen. De brief met de vertrekdatum was de vorige avond aangekomen.

'Maandag al,' antwoordde hij.

Maandag. Dan hadden ze alleen nog deze zaterdagmiddag en de zondag. Veel te weinig tijd.

'Moet je echt gaan?' Hanna had het gevoel dat de klauwen van een monster in haar borst graaiden. 'En als je gewoon niet komt opdagen op het station?'

'Dan zouden ze me meteen voor de krijgsraad slepen en waarschijnlijk executeren.' Martin slaakte een diepe zucht. Ze wist dat hij bang was, ook al probeerde hij voor haar de stoere jongen uit te hangen. 'Ik doe alleen maar dienst als hospik. Met vechten heb ik niets te maken.'

Hanna had daar zo haar twijfels over. Ook veldhospitalen bleven niet gevrijwaard van aanvallen. Het gold weliswaar als verachtelijk om ze aan te vallen, maar in de loop van de oorlog, die nu al twee jaar aan de gang was, waren er al zo veel afschuwelijke dingen gebeurd dat ook zoiets niet uitgesloten was. Aan het front was niets zeker.

'Beloof me dat je goed op jezelf zult passen.' Hanna keek hem indringend aan. 'Als jou iets overkomt kan ik niet verder leven.'

Hij trok haar tegen zich aan en gaf haar een kus. 'Ik zal goed op mezelf passen, dat beloof ik. En pas jij ook maar op. Ga niet op zoek naar een ander.'

Hanna gaf hem een por tegen zijn borst. 'Je weet dat ik van niemand anders kan houden. Ik hou alleen van jou, Martin Bergau, van jou alleen!'

'En ik van jou!' Martin glimlachte en kuste haar opnieuw, ditmaal hartstochtelijker dan ooit. Er kwam een ongekende begeerte bij Hanna op. Ze had wel vaker begeerte ervaren als ze met Martin samen was, maar ze hadden er niet aan toe kunnen geven omdat hun geloof voorschreef daarmee te wachten tot de huwelijksnacht.

'De tijd verstrijkt voor je het weet,' zei hij toen hij zich van haar had losgemaakt. 'En misschien is de oorlog over een paar maanden al afgelopen.'

Hanna merkte dat er tranen in haar ogen kwamen. 'Ik zou willen dat dat al zo was,' zei ze. 'Dan konden we eindelijk trouwen en...' Hij snoerde haar met zijn lippen de mond en streelde haar wang.

'Als ik terugkom gaan we naar pastor Schubert. Stante pede. Hij zal ons beslist trouwen.'

Hanna wist dat ze iets terug moest zeggen, maar opeens was ze als verlamd, verstard, en kon ze geen woord uitbrengen. 'Heb je me gehoord, Hanna?' vroeg hij. Zijn ogen werden groot, alsof hij iets verschrikkelijks zag.

'Hanna!' riep hij, en hij pakte haar bij haar armen en schudde haar door elkaar. 'Hanna!'

'Hanna!'

Het beeld van Martin, het meer en het zonlicht werden door duisternis opgeslokt. Alleen de stem bleef, maar het was niet zijn stem die haar riep. Een droom, dacht Hanna. Het was maar een droom.

Het volgende moment merkte ze dat iemand heftig aan haar schouder schudde.

'Hanna, word wakker!' maande de stem, die aan een vrouw toebehoorde.

Hanna dwong zichzelf haar ogen te openen. Nog steeds was het donker, op het lichtpuntje dat boven haar gezicht bungelde na.

'Wat is er?' vroeg ze slaapdronken en ze probeerde de loden zwaarte van haar oogleden af te schudden.

'Martin is hier binnengebracht!'

Bij het horen van zijn naam verdween de slaap op slag. 'Martin?' vroeg ze ongelovig.

'Ja. Er is een transport met gewonden aangekomen. Daar zit Martin bij.'

Gewonden? Hanna schoot overeind. Martin gewond? Dat kon niet waar zijn!

Vlug sprong ze uit bed. Nu drong tot haar door dat het zuster Christel was die haar had gewekt. Ze droeg een dikke wollen doek over haar verpleegstersjurk. Hanna besefte dat ze voor de nachtdienst was ingedeeld.

Sinds de oorlog almaar erger was geworden en het front naar België was verplaatst kwamen er soms ook 's nachts patiënten naar hen toe die tijdens gevechten gewond waren geraakt. De eerste verzorging vond natuurlijk plaats in de veldhospitalen, maar zodra de soldaten vervoerd konden worden, werden ze naar andere ziekenhuizen gebracht om helemaal te genezen.

Hanna bad dagelijks dat het verlossende nieuws van het einde van de oorlog spoedig kwam en dat Martin zou terugkeren. Had God haar bede eindelijk verhoord?

Haastig schoot Hanna in haar blauw-wit gestreepte verpleegstersjurk en trok ze haar laarsjes aan. Martin, gewond... Wat was er gebeurd? Was hij door een kogel getroffen? Of ging het om iets ergers?

Ze zag ervan af haar verpleegsterskapje op te zetten en stormde de kamer uit. Christel rende achter haar aan.

Het zusterhuis lag een eind van het sanatorium vandaan. Buiten viel haar blik op een vrachtwagen, een schimmig gevaarte in het schijnsel van de ramen van het sanatorium. Mannen waren bezig kameraden van het laadvlak te helpen.

Hanna's hart begon als een razende tekeer te gaan. Het vreugdevolle vooruitzicht Martin weer te zien streed met de vrees voor wat er met hem gebeurd was.

Wellicht zou zijn verwonding ervoor zorgen dat hij niet meer naar het front terug hoefde. En wat kon het schelen als hij er littekens aan overhield? Ze zou nog altijd van hem houden!

Toen ze bleef staan om een van de soldaten naar Martin te vragen, hoorde ze zuster Christel roepen: 'Hij is al binnen!'

Hanna kromp in elkaar. Ze was helemaal vergeten dat haar collega achter haar stond. Met opgetrokken rok rende ze de trap op. Direct gleed haar blik over de mannen die in de foyer zaten. Sommigen hadden een hoofdverband, bij anderen waren armen of benen geamputeerd. Eén man had zijn ene oog verloren, het andere keek leeg door haar heen. Martin was er niet bij.

'Kom mee!' Zuster Christel pakte haar bij haar arm en trok haar mee naar de ziekenhuiskamers.

'Hoe erg is het?' De woorden wilden nauwelijks over Hanna's lippen komen.

'Dat zul je zo wel zien,' zei Christel. De blik die ze haar toewierp beloofde niet veel goeds. Ze kneep in Hanna's arm en liep haastig door.

De deur van de ziekenhuiskamer stond open. Dokter Meyer, de chef de clinique, en een broeder stonden voor een bed. Daarop lag een man die zowel zijn linkerarm als zijn linkerbeen had verloren. De stompen waren dik ingezwachteld. Het gezicht van de zieke was vertrokken van de pijn, zijn ogen waren dicht.

Nee, dat was niet haar rossige prins met zijn sterke armen en zijn geweldige glimlach!

Hanna's keel werd dichtgesnoerd, en even was ze niet in staat naar binnen te gaan. Toen richtte de gewonde zijn blik op haar.

Zijn ogen lichtten op; zijn mond, die er heel anders uitzag dan ze gewend was, vertrok zich tot een glimlach.

'Hanna!' wist hij met schorre stem uit te brengen. 'Mijn Hanna!'

Zijn stem had hij tenminste nog. De tranen schoten haar in de ogen. Ze wist niet wat ze moest doen, ze wist alleen dat het inderdaad Martin was die daar lag. Haar maag verkrampte en de bittere smaak van gal vulde haar mond.

Martin stak zijn rechterhand uit. Die zag er compleet uit, maar zat ook dik in het verband. 'Hanna, kom eens hier, zodat ik je goed kan zien.'

Hanna bedwong haar misselijkheid en ontzetting en deed een stap naar voren. De broeder die bezig was hem in bed te leggen ging opzij, en dokter Meyer knikte haar toe en wendde zich af.

Toen ze haar verloofde van dichtbij zag, hapte ze ontzet naar lucht. Hij was duidelijk niet voor het eerst gewond geraakt. Behalve de verse verwondingen had hij nog een paar andere, die intussen littekens waren geworden. Diverse snijwonden hadden zijn onderlip gespleten en gaven zijn mond een groteske uitdrukking.

Bevend stak nu ook zij haar hand uit, die Martin vastpakte en met onvermoede kracht naar zijn lippen trok.

'Ik heb je zo gemist liefste,' fluisterde hij.

Hanna werd door een rilling bevangen. Ja, ze hield van Martin, maar hem zo te zien overtrof haar ergste vrees. Er rolde een traan over haar gezicht. 'Ik jou ook,' antwoordde ze. 'Wat is er in 's hemelsnaam met je gebeurd?'

'Tijdens het afvoeren van de gewonden kwam er nog een aanval,' verklaarde dokter Meyer met zachte stem. 'Er vielen granaten op de brancardiers, de scherven hebben zijn arm en been zo beschadigd dat ze geamputeerd moesten worden.'

Martin knikte mat. Zijn blik ging naar de stompen. 'Ik herinner me alleen nog een felle lichtflits. Toen ik weer bijkwam was nog maar de helft aanwezig.'

Hanna sloeg haar vrije hand voor haar mond. Snikken snoerden haar keel dicht, maar ze wilde zich tegenover Martin beheersen. Hij was er, hij was weer thuis. Iets anders telde niet.

'Misschien moeten we jullie even alleen laten,' opperde dokter

Meyer en hij gebaarde de broeder met hem mee te gaan. 'Als er iets is, we zijn hiernaast.'

Het liefst had Hanna de dokter gevraagd te blijven, zo geschrokken was ze van Martins toestand.

'Ik dacht dat deze dag nooit zou komen,' zei Martin toen de twee mannen de kamer uit waren. Ook in zijn ogen glinsterden nu tranen. 'Jouw brieven waren het enige waaraan ik me kon vastklampen. Ik heb zo gehoopt eindelijk naar huis te kunnen gaan.'

'Nu ben je hier,' zei Hanna en ze slikte haar tranen in. Nog altijd wist ze niet wat ze moest doen. Als hij alleen verband en krukken had gehad, zou ze gelukkig zijn geweest en zou ze hem onder kussen hebben bedolven. Maar nu voelde ze afschuw en was ze ook bang dat hij als glas zou breken als ze hem aanraakte.

'Eindelijk kunnen we trouwen!'

Hanna merkte dat ze verkrampte. 'Jij moet eerst maar eens beter worden,' antwoordde ze behoedzaam. 'Ik denk niet dat de pastor je zal toestaan zo voor het altaar te treden.'

'Dat zal hem een zorg zijn. De wens van een gewonde soldaat om eindelijk met zijn geliefde verbonden te worden zal hij toch moeten inwilligen?'

Hanna aarzelde. Haar Martin, een vreedzaam man die niet eens een wapen ter hand had willen nemen, was door granaten aan flarden gescheurd en zou nooit meer de oude worden. Het laatste waaraan ze wilde denken was trouwen.

'Je wilt me toch nog wel hebben?' Er verscheen een smekende uitdrukking op zijn gezicht.

'Natuurlijk!' antwoordde ze en ze schaamde zich voor haar gedachten. Haar slechte geweten bracht haar er uiteindelijk toe zich over hem heen te buigen en hem te kussen. Als ze haar ogen dichtdeed was het net als vroeger. Zijn lippen waren weliswaar een beetje gebarsten, maar voelden nog altijd warm aan. Toen ze echter haar ogen weer opendeed en hem aankeek, kwam ze terug in de werkelijkheid.

'Ik zal het de pastor vragen,' beloofde ze. 'Maar nu moet je eerst een beetje herstellen. Ik zal ervoor zorgen dat je...' Ze zweeg toen ze merkte welke woorden haar voor op de tong lagen. *Dat je straks weer op de been bent.* Maar dat zou niet meer gebeuren, hij zou nooit meer op de been zijn. In het beste geval kwam hij in een rolstoel terecht. Nu kon ze haar tranen niet meer inhouden.

'Met jou in de buurt word ik heel vlug beter,' verzekerde Martin en hij veegde voorzichtig met zijn verbonden hand over haar wangen. Hanna vroeg zich af of hij gedachten kon lezen. 'Maar in de werkplaats zul je me nu wel moeten helpen.'

'Dat doe ik toch al,' antwoordde Hanna en ze snoof. 'Dat maakt me niet uit, dat weet je.'

Martin knikte en bevochtigde even zijn lippen met zijn tong. 'Je zou het goed doen als huismeester, met dat verstand van techniek. Ik heb altijd al gezegd...'

Opeens ging er een schok door zijn lichaam. Hij greep naar zijn hals en kwam overeind.

'Wat is er?' vroeg Hanna terwijl ze Martins hand omklemde.

Hij sperde zijn ogen open en hapte krampachtig naar adem.

'Dokter Meyer!' Haar stem klonk schril. 'Dokter Meyer, vlug, kom!'

De dokter kwam aanrennen, met de broeder die bij hem was achter hem aan. Tegen zijn anders zo kalme manier van doen in keek hij ineens gespannen.

'Hij krijgt geen lucht meer,' bracht Hanna vervuld van angst uit.

'Longembolie!' hoorde ze de dokter zeggen, toen wendde hij zich tot Hanna. 'Gaat u de kamer uit alstublieft!'

'Maar ik wil bij hem zijn!' wierp ze tegen. 'Ik móét bij hem zijn!' Ze begon te snikken, maar toen voelde ze de sterke armen van de broeder op haar schouders, die haar de deur uit duwden.

'Laat me los!' gilde ze en ze probeerde terug in de kamer te komen. 'Ik moet naar hem toe! Ik moet naar hem toe!'

De broeder trok haar mee door de gang en duwde haar op een bank in de wachtruimte voor de afdeling.

'Hanna!' zei hij, terwijl hij haar diep in de ogen keek. 'Je kunt nu niet bij hem zijn!'

'Maar iemand moet dokter Meyer assisteren!'

'Dat doe ik. Laat de dokter zijn werk doen en kalmeer. Ik laat je weten wanneer je weer naar hem toe kan.'

Alles in Hanna schreeuwde erom zich los te rukken en naar Martin toe te stormen, maar de broeder had natuurlijk gelijk. Als dokter Meyer zijn werk goed wilde doen, kon hij er geen huilende verpleegster bij hebben. Ze knikte en zakte op de bank in elkaar. De broeder liep haastig terug naar de kamer. Een hele tijd kon ze niets anders doen dan met lege blik naar de muur aan de overkant staren. Het getik van de afdelingsklok werd overstemd door alle mogelijke geluiden, maar Hanna zag de wijzer onverbiddelijk verdergaan. Er verstreken drie minuten, vijf, tien. Verpleegsters liepen haastig voorbij. Patiënten werden langs haar heen geduwd of strompelden op krukken de gang door. Af en toe ging de deur van de afdeling open, maar Hanna had nauwelijks nog energie om op te kijken. Haar buik en borst deden pijn van angst.

Longembolie had dokter Meyer gezegd. Hanna wist dat het levensgevaar betekende als er een bloedprop losraakte en in de longslagader terechtkwam. Maar dat kon niet het geval zijn. Martin was altijd gezond geweest...

Toen de wijzers van de klok op even voor één uur stonden ging de afdelingsdeur weer open en verscheen dokter Meyer. Hij zag er uitgeput uit, zijn lichaam was licht gebogen. Op zijn doktersjas zaten geel-rode vlekken.

Hanna sprong op. 'Kan ik naar hem toe? Gaat het beter met hem?'

Dokter Meyer boog zijn hoofd. Het viel hem zichtbaar zwaar de juiste woorden te vinden. 'Het spijt me echt, ik... Ik kon niets meer voor hem doen.'

De woorden waren als regendruppels die voor Hanna op de vloer vielen terwijl zij onder een luifel stond. Ze bereikten haar niet echt, ook al wist ze dat ze er waren. Ongelovig schudde ze haar hoofd. 'Dat is onmogelijk. Ik... Ik heb hem gezien, hij was toch bezig te herstellen!'

'Dat klopt, maar dat is het probleem met trombose. Hij heeft lang moeten liggen, en het transport was allesbehalve comfortabel...'

'Ik wil hem zien!' zei ze, hem onderbrekend, en ze balde vastbesloten haar vuisten. Dokter Meyer had nooit tegen haar gelogen, maar ze geloofde geen woord van wat hij zei.

De dokter liet het hoofd hangen en stapte opzij. Hanna stormde de afdelingsdeur door en rende naar Martins kamer.

Hij lag uitgestrekt op het bed, zijn ziekenhuishemd was van zijn borst gerukt. Nu zag ze dat hij ook op de rest van zijn lichaam verwondingen en littekens had.

'Martin!' riep ze, maar hij bewoog niet. Een spoortje bloederig slijm plakte aan zijn kin en zijn blauw aangelopen lippen. Zijn groene ogen staarden levenloos naar het plafond, verbleekt als twee verwelkte bladeren.

'Zuster Hanna, doet u zichzelf dat niet aan,' hoorde ze dokter Meyer achter zich zeggen. Maar het was te laat. De aanblik brandde zich onuitwisbaar in haar geheugen.

En ineens was het alsof er een loodzwaar gewicht op haar borst neerdaalde. Een klaaglijk geluid ontsnapte haar. Haastig sloeg ze haar hand voor haar mond, om het te onderdrukken. Haar knieën werden slap, terwijl de rest van haar lichaam verkrampte. Als een drenkeling hapte ze naar lucht.

'Zuster Hanna?' hoorde ze de bezorgde stem van dokter Meyer, maar die leek ineens ver weg. Langzaam vernauwde haar blikveld, de wereld vervaagde aan de randen. Haar hart klopte als een razende, haar hele lichaam begon te trillen. Ze voelde haar benen bezwijken. Ik ga dood, dacht ze, en toen werd het zwart voor haar ogen.

DEEL 1

'Het was op 29 december, een koude winterdag, dat dokter Conradi en zijn echtgenote met broeder H.F. Schubert, broeder Stahl en zuster Maria Kuch in het Wald-sanatorium in Berlijn-Zehlendorf-West aankwamen om de instelling, die voortaan de naam Sanatorium en kliniek Waldfriede zou dragen, over te nemen voor de zevendedagsadventisten.'

'Hoewel het sanatorium bij oppervlakkige beschouwing in redelijk bevredigende staat leek, bleek al spoedig dat het pand, dat tijdens de oorlog als lazaret had gediend, sterk uitgewoond was en grondig onderhoud behoefde.'

(Kroniek van ziekenhuis Waldfriede, 1920)

'Zelfs toen het koopcontract al was ondertekend, dreigden er intriges en zelfs inbeslagname door de autoriteiten om er vluchtelingen in onder te brengen. Het was alsof alles samenzwoer tegen de totstandkoming van de beoogde instelling voor ons genootschap...'

(Uit de memoires van dokter Louis Eugene Conradi, 1920)

1

Friedensau, 1 december 1919

Inmiddels waren ze al een half uur in bespreking. Hanna schoof onrustig heen en weer op haar stoel. Ze wist niet goed waarom ze hier was, maar het leek haar geen gunstig teken dat de directrice nog steeds bij dokter Meyer binnen zat.

Waarschijnlijk willen ze me ontslaan of op z'n minst overplaatsen, dacht ze en ze wrong nerveus haar handen. De angst was haar op de maag geslagen en haar voeten voelden koud aan. Geen wonder met de ijzige tocht die op de gang heerste. Maar de temperatuur was niet het enige wat haar deed huiveren.

Sinds die afschuwelijke nacht waarin Martin was gestorven viel het haar steeds zwaarder patiënten te verplegen. Een tijdlang had ze haar verdriet de schuld gegeven, maar zelfs toen er een jaar was verstreken, had ze nog steeds die schaduw in haar binnenste, die haar het werk bemoeilijkte. Karweitjes die ze vroeger in een handomdraai had uitgevoerd werden met de dag een grotere belasting.

Sinds het einde van de oorlog was Friedensau geen lazaret meer, maar alleen nog een sanatorium. Dat wilde echter niet zeggen dat ze niet langer de zorg had voor mannen die lichamelijk en geestelijk waren beschadigd.

Op een dag kwam ze bij het bed van een soldaat die voor zijn herstel naar haar sanatorium was verwezen en zag ze opeens Martin weer voor zich, zoals hij verminkt en naar adem snakkend op zijn ziekbed had gelegen.

De patiënt leek niet eens op haar verloofde, maar toch begon haar hart te bonzen en raakte ze in ademnood. Haar oren suisden en bij zijn bed viel ze flauw, net als in de nacht dat Martin overleed.

In de tijd die volgde kwamen voorvallen als deze in toenemende mate voor. Dokter Meyer had haar onderzocht en geen lichamelijke oorzaak gevonden, maar de volgende dag was ze opnieuw ingestort toen ze de soldaat moest verzorgen.

De directrice noemde het hysterie, maar dokter Meyer zag in dat ze geestelijk onder het trauma van haar verlies leed. Het was aan hem te danken dat ze bij de gewonde soldaat werd weggehouden.

Maar kon het op den duur wel zo doorgaan? Wat had je aan een verpleegster die niet iedere patiënt kon verzorgen? Sommige collega's fluisterden al achter haar rug om en beweerden dat ze gewoon geen zin had om die soldaat te verplegen.

Haar enige steun vond ze in haar jongere zusje Leni, die haar op moeilijke dagen troostend omhelsde. Met Leni kon ze over haar angsten praten zonder bang te hoeven zijn dat ze voor gek werd versleten.

Er verstreken nog meer minuten. Ten slotte hield Hanna het niet meer uit; ze stond op en liep op haar tenen naar de deur. Even vergewiste ze zich ervan dat er niemand in de buurt was en toen drukte ze haar oor tegen het hout van de deur.

'Weet u het zeker?' vroeg de directrice op dat moment. 'Ze zal bij u ook met gewonden te maken krijgen. Stel dat ze ook voor hen terugschrikt?'

Hanna beet op haar lip. Dit was precies waar ze bang voor was geweest. Maar wat had 'bij u' te betekenen?

Het antwoord van dokter Meyer kon ze niet verstaan. Hij sprak altijd heel zacht en je moest goed opletten als hij instructies gaf.

'Laat haar dan maar binnenkomen.' De zware stem die ze hoorde was niet die van dokter Meyer.

Hanna trok zich vlug terug en ging weer op de stoel tegenover de deur zitten. Meteen daarna verscheen het gezicht van directrice Sickesz achter de kier van de deur. Ze had harde gelaatstrekken, haar ogen stonden waakzaam en haar verstand was zo scherp als de gevouwen randen van het uniformkapje op haar grijzende haar.

'Je mag binnenkomen, Hanna,' zei ze streng terwijl ze de deur opendeed.

Hanna stond op, rechtte haar schouders, streek haar schort glad en liep de kamer in.

'Goedemorgen,' zei ze en ze maakte een knicksje.

Dokter Meyer bromde iets en knikte. In de stoel naast hem zag ze dokter Conradi zitten.

'Dag, zuster Hanna,' zei hij. Hij stond op en stak haar zijn hand toe. 'Het doet me plezier u te zien.'

Ze was een paar keer langs hem heen gelopen als hij onderweg was naar de operatiekamer. Hij was midden dertig, had bruin haar en was ruim een hoofd groter dan zij. De snor boven zijn volle lippen stond hem uitstekend. Met zijn bruine ogen keek hij haar verrassend vriendelijk aan. 'Mij ook,' antwoordde ze aarzelend. Ze was verbaasd dat hij haar kennelijk had opgemerkt, terwijl ze elkaar maar zo zelden hadden getroffen. Tenslotte was ze maar een van de vele verpleegsters.

'Ga zitten,' zei de directrice.

Pas nu zag ze dat de jongere arts een aantal papieren voor zich had liggen. Hanna herkende haar naam en wist dat het om haar dossier ging, waarin al haar verdiensten maar ook al haar missers werden genoteerd.

'U komt uit Magdeburg,' begon dokter Conradi. 'Geboren op 10 juli 1895.'

Hanna knikte.

'Wanneer bent u hier in Friedensau begonnen?'

Dat had hij eigenlijk in mijn dossier kunnen lezen, bedacht ze, maar hardop zei ze: 'In 1913.'

'Dan bent u dus hier opgeleid?'

'Ja, dokter.' Hanna's gedachten gingen even terug naar haar eerste dag in het sanatorium. Als stadskind had ze de omgeving hier een beetje schraal en naargeestig gevonden, maar na een tijdje had ze de voordelen van landelijke rust leren waarderen.

En dan was daar ook Martin geweest. Een jaar jonger dan zij, maar al even groot en breedgeschouderd als zijn vader. Ze had hem eerst alleen gezien als de zoon van de huismeester. Twee jaar later was hij begonnen haar voorzichtig het hof te maken.

Toen de oorlog uitbrak was hij niet een van die onbezonnen jongemannen geweest die met wapperende vaandels voor de keizer de oorlog in waren getrokken. Maar later, in 1916, was hij opgeroepen voor de dienstplicht.

Hanna sloot even haar ogen om die gedachte te verdrijven. Toen ze ze weer opendeed, wierp dokter Conradi juist een blik op de papieren, waarna hij haar opnieuw aankeek en zei: 'Ik heb gehoord dat u interesse hebt in techniek.'

Hanna bloosde en keek naar dokter Meyer. Hij zat met zijn armen over elkaar en vertrok geen spier.

'Mijn... Mijn verloofde was de zoon van de huismeester. Hij hielp zijn vader in de werkplaats en heeft me wel eens wat laten zien...' Ze stokte, dacht even na en voegde er nog aan toe: 'Maar inderdaad, ik heb interesse in techniek.'

'Ze voerde wel eens kleine reparaties uit in de ziekenzalen als de huismeester niet beschikbaar was,' zei de directrice.

Dat was toen Martin weg was en hij zijn ziekelijke vader niet langer kon helpen. De dood van zijn zoon had Wilhelm Bergau zo aangegrepen dat zijn ziekte in rap tempo verergerde en hij Martin slechts drie maanden later volgde naar zijn graf.

Dokter Conradi glimlachte naar haar. 'U hebt misschien al gehoord dat we een ziekenhuis hebben gekocht. In Zehlendorf; dat ligt vlak bij Berlijn.'

Hanna had inderdaad van het nieuwe ziekenhuis gehoord. Op grond van de ligging bij de hoofdstad zou dat het sanatorium in Friedensau zeker de loef afsteken.

'Zou u belangstelling hebben om bij ons te komen werken?' vroeg dokter Conradi. 'We hebben behoefte aan een zuster die niet bang is voor technische apparatuur,' vervolgde hij. 'Zou u een röntgencursus willen volgen?'

Het scheelde een haar of Hanna had hier impulsief nee op gezegd.

'Die stralen zijn gevaarlijk,' had een oudere zuster beweerd. 'Het kan zijn dat je dan geen kinderen meer kunt krijgen.'

Hoezo kinderen, was Hanna's bittere gedachte. Martin is dood en ik zal nooit trouwen. Dan maakt het toch niet uit? Bovendien was dit dé kans om te ontsnappen aan de blikken en het gesmiespel. Ze zag dat dokter Conradi haar hoopvol aankeek.

'U zou niet alleen verantwoordelijk zijn voor het maken van de röntgenfoto's van de patiënten,' legde hij uit, 'maar ook de films moeten ontwikkelen en daarnaast nog wat lichte technische werkzaamheden moeten verrichten. Denkt u dat u dat aankunt?'

Hanna aarzelde. Het aanbod van dokter Conradi was een uitgelezen kans. Röntgenapparatuur, technische werkzaamheden... Dat klonk goed. Dan hoefde ze niet meer langs de bedden te gaan, de stompen van de verminkten niet meer in te wrijven. De kreten van de lichamelijk en geestelijk beschadigde mannen niet meer aan te horen...

'U mag er natuurlijk een poosje over nadenken,' vervolgde Conradi. 'Als u besluit voor me te gaan werken, zou u uiterlijk in de eerste helft van februari in Zehlendorf moeten beginnen.'

Hanna keek naar dokter Meyer en Sickesz. De directrice zat er met een uitgestreken gezicht bij en ook dokter Meyer was niet van houding veranderd.

Dokter Conradi glimlachte haar vriendelijk toe. Hij kwam zo veel prettiger op haar over dan alle andere artsen met wie ze tot dan toe te maken had gehad. Ze beantwoordde zijn glimlach en zei vastberaden: 'Ik heb geen bedenktijd nodig. Ik neem uw aanbod aan. En die röntgenopleiding zal ik ook heel graag volgen.'

Een half uur na het gesprek in het sanatorium vertrok Louis Conradi naar het station van Magdeburg. Hij had dokter Meyers uitnodiging voor de lunch afgeslagen, omdat hij beslist zijn trein naar Berlijn moest halen.

De chauffeur van het sanatorium stuurde zijn automobiel over een hobbelig landweggetje langs de oude kleppermolen, de watermolen die zo kenmerkend is voor Friedensau. Vervolgens reed hij de secundaire weg op. Ze hadden nog dertig kilometer te gaan en de auto was niet meer de snelste.

Er verscheen een glimlach op Louis' gezicht toen hij terugdacht aan het gesprek met dokter Meyer, de directrice en Hanna Richter.

Hij had zijn nieuwe röntgenverpleegster af en toe gehaast door de gangen zien lopen, maar had haar nooit eerder gesproken. Toen dokter Meyer hem had benaderd met het verzoek een zuster over te nemen die haar kalmte verloor bij confrontatie met bepaalde mannelijke patiënten, had hij niet gedacht dat het om haar ging. Hanna Richter wekte een competente indruk en had niets weg van een schuw hertje. Volgens Erich Meyer was het een vriendelijk meisje dat belangstellend en leergierig was en heel soms een tikje eigenzinnig, wat in zijn ogen geen nadelige eigenschap was. Maar wie kon er nu in het hoofd van een ander kijken? In elk geval zag ze er leuk uit: slank, met fijne gelaatstrekken, een klein neusje, donkerblonde, enigszins weerbarstige krullen en blauwe ogen. Hopelijk zou ze bij hem in het ziekenhuis haar kalmte hervinden.

Toen de chauffeur ten slotte voor het station van Magdeburg stilhield, bedankte Louis hem, stopte de man een paar munten toe en stapte uit. Hij werd gegrepen door een koude bries. Al dagenlang daalde de temperatuur gestaag. Zou er sneeuw op komst zijn?

Behalve hijzelf stonden er maar weinig passagiers op het perron. Hij wreef zijn handen, maakte er een kommetje van en blies zijn warme adem erin. Hij keek op de ronde klok die aan een van de steunbalken van het stationsdak hing. Even voor half elf. Als de trein niet al te veel vertraging had, zou hij op tijd op het ministerie van Binnenlandse Zaken zijn.

Er was inmiddels meer dan een jaar verstreken sinds hij samen met dokter Meyer en Heinrich Schubert van hun Oost-Duitse afdeling op zoek was gegaan naar een geschikt gebouw voor hun plan. Als hij dan niet de kans kreeg om als zendingsarts naar Afrika te gaan, wilde hij op z'n minst de gelegenheid benutten die het adventistengenootschap hem geboden had: een ziekenhuis te stichten waarin volgens christelijke richtlijnen werd geleefd en gewerkt.

'Dit is het juiste moment voor je, zoon.' Hij hoorde weer de zware, strenge stem van zijn vader. 'Een eigen ziekenhuis is in overeenstemming met je capaciteiten. Bovendien hebben de adventisten behoefte aan een groot ziekenhuis in Duitsland. Stel me niet teleur.'

Zijn zoektocht was van het begin af aan moeilijk geweest. Er waren maar weinig gebouwen die geschikt waren om als kliniek te fungeren. De meeste stonden te ver weg van een grote stad of ze waren in te slechte staat van onderhoud. Het Waldsanatorium van Valerie Ziegelroth, dat in Zehlendorf lag, was het eerste lichtpuntje geweest. Het bood alles wat hij zich wenste: goede bereikbaarheid voor het verkeer, vlak bij Berlijn gelegen en toch ook ongerepte natuur in de directe omgeving. Met de Krumme Lanke was er zelfs een meertje in de buurt waar de patiënten omheen konden flaneren.

Maar de vraagprijs die mevrouw Ziegelroth in gedachten had was schandalig geweest. Zevenhonderddertigduizend mark voor een sanatorium dat door het gebruik als lazaret ten tijde van de oorlog uitgewoond was. Dokter Hauffe, die het in opdracht van mevrouw Ziegelroth leidde, wat hij ondermaats deed, zou het niet in stand kunnen houden.

Conradi had aangevoeld dat ze een sukkel zochten wie ze het geld uit de zak konden kloppen. Maar de aanblik van het gebouw had hem diep geraakt. Hij zag al voor zich wat ervan te maken zou zijn.

Meyer en hij hadden geprobeerd te onderhandelen. De procuratiehouder, een klein mannetje met een lorgnet op zijn neus, was echter even halsstarrig als de vrouw die hij vertegenwoordigde. De onderhandelingen werden afgebroken. Het was Conradi's taak geweest om het mislukken ervan aan de Oost-Duitse afdeling mee te delen.

Hij had hun kantoor net verlaten toen er op het station van Potsdam een jonge vrouw op hem afkwam. Ze was de secretaresse van Heinrich Schubert, met wie hij kort tevoren nog had gesproken. 'Dit telegram werd zojuist bezorgd,' zei ze volledig buiten adem. 'Meneer Schubert hoopte dat ik u nog zou treffen voordat uw trein komt.'

Louis vouwde het telegram open.

+++VERZOEKEN OM HERVATTING ONDERHANDELINGEN +++ MOETEN VERKOPEN!+++

Het was ondertekend door de procuratiehouder van het sanatorium van Ziegelroth. Toen had hij zijn geluk nauwelijks kunnen bevatten. Zijn doel lag binnen handbereik!

Maar nu, iets meer dan een jaar later, was de dagvaarding van het ministerie van Binnenlandse Zaken gekomen. Wat zouden ze van hem willen?

Het fluiten van de trein van 10.30 uur haalde hem terug naar de werkelijkheid. Even later kwam het gevaarte over de rails aanrijden, waarna het met een sloom gesnuif tot stilstand kwam. De stoom wolkte als mist over het spoor toen Louis Conradi instapte.

’s Middags klaarde het enigszins op. De zon, die in deze tijd van het jaar veel te vlug onderging, werd goudglanzend weerspiegeld in de ramen van het ministerie van Binnenlandse Zaken.

Louis haastte zich de trappen op. Onderweg had de trein vertraging opgelopen en heel even was hij bang geweest dat hij te laat zou komen. Maar nu was hij er eindelijk.

Hij was misselijk van de spanning, maar hij wist dat hij niets mocht laten merken. Ministeries waren haaienvijvers; je moest ervoor zorgen dat je niet te diep in het water terechtkwam en dat je op alles voorbereid was.

Op de eerste verdieping aangekomen meldde hij zich op het secretariaat van Gunter Wiedemann, de ambtenaar die over gezondheidszorg ging. Toen hij bij hem binnengeroepen werd, zag hij dat Wiedemann niet alleen was. Er waren nog twee heren aanwezig: een oudere man met een witte snor en een man van zijn eigen leeftijd met een zorgvuldig opgedraaide, rossige snor zoals keizer Wilhelm hem droeg. De jongere van de twee, Joachim Feldten genaamd, stelde zich voor als jurist in dienst van het ministerie en de oudere, Johann Veit, als afgezant van de burgemeester van Zehlendorf.

Wiedemann zelf was kaal en had een nogal dikke nek, die over zijn kraag heen hing.

'U bent dus dokter Conradi, de nieuwe directeur van de kliniek.' De ambtenaar van het ministerie kwam glimlachend naar hem toe, maar zijn neerbuigende ondertoon was Louis niet ontgaan.

'Inderdaad,' antwoordde hij, en eens te meer was hij blij dat de koopakte voor het pand inmiddels rechtsgeldig gewaarmerkt was.

'Nou, daarmee hebt u een goede vangst gedaan. Dat oude sanatorium is bijzonder fraai. Er waren vast nog meer gegadigden.'

'Wat bedoelt u?' vroeg Louis en hij keek naar de andere heren, die hem nauwlettend zaten op te nemen.

'U weet natuurlijk dat er momenteel veel vluchtelingen uit de Franse grensstreken de stad binnenkomen. Het sanatorium zou heel geschikt zijn geweest als opvangcentrum.'

Louis wilde hem net corrigeren door te zeggen dat er behalve hijzelf geen gegadigden waren geweest, toen Wiedemann vervolgde: 'Maar u hebt het slim aangepakt door een koopcontract af te sluiten.'

'Dat is de gebruikelijke procedure.'

Wiedemann ging hier niet meteen tegenin. De andere twee heren zeiden niets. Hij vouwde zijn handen op het tafelblad, boven een document dat opvallend veel weg had van Louis' koopcontract.

'U bent toch lid van de adventisten?'

'Ja.' Conradi kon zijn wrevel nauwelijks beteugelen. Wat wilde die Wiedemann toch van hem?

'Ik heb me laten vertellen dat u de zaterdag als sabbat heiligt. Gaat het bij uw...' – Louis zag duidelijk aan hem dat hij naar een woord zocht dat niet beledigend zou overkomen – '... uw genootschap,' zei de ambtenaar uiteindelijk, 'gaat het om een afsplitsing van het jodendom?'

Louis balde zijn vuisten tot er een zachte knak te horen was. Hij had ieder ander de mantel uitgeveegd, maar hier was meer fijngevoeligheid vereist als hij niet onteigend wilde worden. Wie wist wat er in deze jonge republiek nog allemaal aan nieuwe verordeningen zouden worden uitgevaardigd?

'Nee, we zijn een christelijk genootschap. We onderscheiden ons van de evangelische landskerk in die zin dat we de zaterdag als rustdag heiligen en niet de zondag.'

'Zoals de joden.'

'Zoals in de Bijbel staat!' zei Louis met krachtige stem. Wie dacht die man wel dat hij was, om hem te willen onderhouden over Gods wetten!

'Maar u bent eerder een vereniging dan een kerkgenootschap,' zei Wiedemann vasthoudend. De jongere man naast hem produceerde een hoonlach.

Louis liet zich niet uit zijn evenwicht brengen. 'Dat ligt aan het aantal leden, dat nu nog laag is. We leven volgens de regels van God en de Bijbel. Daar valt niet aan te tornen.'

'En in die geest wilt u ook het ziekenhuis leiden?'

'We gaan het leiden in de geest van de naastenliefde!' legde hij nadrukkelijk uit. 'En volgens de nieuwste inzichten van de wetenschap. Daarin onderscheiden we ons niet van katholieke of andere evangelische ziekenhuizen. Bovendien speelt religie voor ons geen rol bij de behandeling van de patiënten. We helpen iedereen, welke levensbeschouwing of welk geloof hij ook is toegedaan.'

Wiedemann keek naar het document onder zijn handen.

'Het is eigenlijk een klein schandaal dat mevrouw Ziegelroth de gemeente Zehlendorf niet als eerste een optie heeft verleend. We kunnen het ons niet veroorloven een gebouw als dit in verval te laten raken.'

Hemelse vader, help me om mijn kalmte te bewaren, dacht Conradi.

'Met permissie, het gebouw heeft heel lang te koop gestaan en er waren geen andere gegadigden. En de gemeente Zehlendorf zou het niet hebben gekocht voor zevenhonderddertigduizend mark, of wel soms?' Louis keek de ambtenaar scherp aan. Die ontweek zijn blik. 'Ik ben geenszins van plan om dit gebouw te laten verkommeren. Momenteel is dokter Hauffe daar nog aan het werk, maar zodra hij het Waldsanatorium heeft ontruimd, nemen wij het in bezit en beginnen we met de verbouwing. De bouwplannen liggen al klaar. Als ik had geweten over welke kwestie u me wilde spreken, had ik ze meegebracht!'

De stilte die op zijn woorden volgde was oorverdovend.

'Twee jaar,' zei Wiedemann uiteindelijk. 'U hebt twee jaar om uw ziekenhuis op te zetten.'

Louis schudde zijn hoofd. Zoiets had hij nog nooit gehoord!

'We hebben het recht een pand te onteigenen als het naar onze mening een nuttiger functie kan hebben in het algemeen belang,' voegde de ambtenaar eraan toe. 'Ik zie wel in dat een jaar te kort zou zijn, gezien de slechte economische situatie, maar twee jaar moet genoeg zijn.'

Louis staarde naar de hoed in zijn handen. Hij kon het gevoel van machteloosheid dat hem beving nauwelijks verdragen, maar hij wist dat hij kracht moest tonen. 'Ik heb het begrepen,' zei hij. Zijn stem klonk verbazingwekkend vast. 'En ik verzeker u dat het ziekenhuis het komende jaar zal worden geopend.'

'Het gaat niet alleen om de opening, maar ook om de financiële resultaten.'

'Ook die zullen goed zijn.' Louis stond op. Wiedemann had zijn standpunt helder uiteengezet; hij wist nu waar hij aan toe was. 'Wilt u me nu verontschuldigen? Mijn trein vertrekt over minder dan een half uur. De rest kunnen we wel schriftelijk afhandelen.'

Hij knikte de twee zwijgende heren toe, zei gedag en verliet het gebouw.

Eenmaal buiten haalde hij diep adem en wreef met zijn handen over zijn gezicht. Wat verbeeldde die Wiedemann zich eigenlijk? En wat had die man uit Zehlendorf daar te zoeken? Had hij opeens bedacht dat dat oude sanatorium toch wel iets waard was? Wilde hij het daarom inpikken? Vluchtelingen! Voor zover hij wist, waren er niet veel in Berlijn. Wiedemanns bewering was overduidelijk een smoesje, vermoedelijk om het gebouw goedkoop of zelfs voor niets in handen te krijgen.

Op de trap voor het ministerie bleef Louis even staan. Hij was duizelig en zijn hart ging tekeer.

De zon was achter de horizon verdwenen; slechts een dun streepje rood lichtte op boven de daken. Louis keek op naar de hemel, waar de eerste sterren begonnen te stralen.

Het zal ons lukken, zei hij tegen zichzelf. We gaan een van de beste ziekenhuizen in de periferie van Berlijn opzetten en dan kan die Wiedemann naar de maan lopen met zijn onteigeningsplannen!

En opeens wist Conradi ook precies welke naam zijn kliniek moest krijgen: Waldfriede.

2

Friedensau, 9 februari 1920

De avondzon zakte al naar de horizon toen Hanna naar de kleine werkplaats liep, die sinds Martins dood gesloten was gebleven. De huidige huismeester had er de voorkeur aan gegeven zich in een van de nieuwere bijgebouwen te vestigen, waardoor de plek nog net zo was als vroeger, toen haar verloofde zijn vader er nog een handje hielp.

Behalve hij kende alleen zij de plaats waar de reservesleutel was verstopt. Hanna bukte zich, wrikte een steen uit de muur en haalde hem eruit. Toen plaatste ze de steen weer terug en deed ze de deur voorzichtig open.

Alles was nog precies zoals in het jaar dat Martin naar het front was vertrokken. Daar hing zijn stofjas, die hij bij het werken had gedragen, daar stonden zijn werkschoenen. Wanneer het haar in het sanatorium allemaal te veel werd of ze weer door paniek werd overvallen, trok Hanna zich daar terug en zocht ze naar hem, zijn warmte, zijn woorden. De dromen waar ze samen over gefantaseerd hadden.

Ditmaal ging ze niet op zijn kruk zitten en begroef ze ook niet zoals anders haar gezicht in zijn stofjas. In plaats daarvan tastte ze op de bovenste plank van de kast naar het notitieboekje dat Martin daar tussen gebruiksaanwijzingen en documenten had gelegd. Het was beduimeld, het zat vol vingerafdrukken. Tijdens het werken had Martin het er af en toe bij gepakt om een idee op te schrijven.

Het kon hem dan niet schelen of er olie of vuil aan zijn handen zat.

Hanna bekeek de verkleurde blaadjes en streek over de vingerafdrukken. De sporen van Martin. Het enige wat er behalve haar herinneringen van hem zou overblijven. Voor altijd. Ze zou zijn notitieboek meenemen naar Zehlendorf, als aandenken aan haar tijd met hem.

Met tranen in de ogen drukte ze het boekje tegen haar borst. Er stonden constructietekeningen in, uitvindingen die nu niet meer uitgevoerd zouden worden. Martin had gedroomd van een leven als ingenieur. De verpleging was voor hem maar een tussenstation geweest. Hij wilde ervoor zorgen dat het werk van de dokters en het verplegend personeel in ziekenhuizen minder zwaar werd. Zodat ook Hanna het makkelijker zou hebben.

Bevend haalde Hanna adem. Haar knieën voelden slap, maar ze wilde zich niet aan haar verdriet overgeven. Ze wilde Martin nog één keer bezoeken, om afscheid van hem te nemen.

Met het boekje in haar hand liep ze naar het kerkhofje dat zich ook op het terrein van het sanatorium bevond. Ze liep langs de oude kleppermolen en kwam even later bij de omheinde godsakker. Die was voorbehouden aan de overledenen van hun genootschap. Sinds de opening van het sanatorium in 1901 had een aantal zusters, broeders en andere medewerkers hier hun laatste rustplaats gevonden.

De rijen graven met identieke houten kruisen waren door de oorlog vermenigvuldigd, maar Hanna zou Martins graf geblinddoekt nog kunnen vinden.

Een ijzige wind speelde door haar haren toen ze voor de grafheuvel bleef staan en een kort gebed uitsprak. Daarna deed ze haar ogen open en keek naar het kruis met zijn naam erop en het bosje met sparrentakken en hulst dat ze hem bij de jaarwisseling had gebracht. De hulstblaadjes leken al wat verdroogd en er waren wat sparrennaalden afgevallen, maar de bessen glansden onverminderd felrood.

Ze aarzelde, zoals altijd wanneer ze bij zijn graf stond. De pastor beweerde dat de dood een soort slaap was, en dat je bij de wederopstanding in een nieuw, intact lichaam ontwaakte.

Wat had het voor zin om Martin over haar leven te vertellen? Zou het niet gepaster zijn te wachten tot ze hem terugzag?

Na een poosje begon ze toch te praten. 'Ik ga naar Zehlendorf. Je kunt je dokter Conradi vast niet meer herinneren, maar die heeft me aangeboden om in het nieuwe ziekenhuis te komen werken als röntgenassistente.' Ze zweeg even, daarna vervolgde ze: 'Je zei ooit dat ik het prima zou doen als huismeester. Dit is net zoiets. Ik zou willen dat ik je het röntgenapparaat kon laten zien.'

De tranen liepen haar over de wangen. Ineens viel het haar zwaar Martin achter te laten. 'Ik zal je boekje meenemen, je weet wel, dat met je uitvindingen. Misschien worden ze op een dag werkelijkheid. En zo niet... dan zijn ze bij mij veilig.'

Ze veegde met de rug van haar hand over haar natte gezicht. 'Ik hou van je, Martin, en het spijt me zo dat we niet konden trouwen. Ik... Ik schaam me voor mijn gedachten, maar inmiddels weet ik dat ik met je getrouwd was, ongeacht wat de oorlog met je gedaan had... Maar nu moet ik vooruitkijken. Weggaan. Ik zal je nooit vergeten.'

Een poosje bleef ze nog in stilte bij het graf staan, zodanig in gedachten verzonken dat ze de wereld om haar heen niet waarnam. Toen voelde ze opeens een lichte aanraking op haar hand. Zonder zich om te draaien wist ze dat Leni naast haar stond.

Een zijdelingse blik bevestigde haar vermoeden. Haar zusje was wat kleiner dan zijzelf en had hetzelfde stugge blonde haar. Maar daarmee hield de gelijkenis ook wel op. Leni was molliger en had een voller gezicht, terwijl Hanna bijna hoekige gelaatstrekken had. Bovendien had Leni de neus van hun vader geërfd en leek die van Hanna op die van hun moeder.

'Ze zijn overal naar je op zoek,' zei haar zusje zachtjes.

Hanna knikte. 'Ik wilde alleen nog afscheid van hem nemen.'

'Dat dacht ik wel, daarom ben ik hier.' De blikken van de zusjes ontmoetten elkaar. Boven hen, in de verte, stootten een paar kraaien krassende geluiden uit. 'Ga mee naar binnen,' zei ze. 'Het is tijd voor het avondeten en je moet nog inpakken.'

Hanna knikte en wierp een laatste blik op het graf. 'Zorg jij ervoor dat hij nu en dan bloemen krijgt?' vroeg ze.

'Natuurlijk,' beloofde Leni.

Hanna zei Martin in stilte vaarwel, waarna ze zich door haar zusje het gebouw in liet trekken.

Na het avondeten gingen ze direct naar hun kamer en begonnen Hanna's spullen in te pakken. Veel bezittingen hadden ze geen van beiden, toch raakte de stoffen tapijttas zienderogen vol.

'Ik wou dat ik met je mee kon,' zei Leni zuchtend. 'Zehlendorf is vast geweldig. Statige villa's, chic geklede mensen. En vlak bij Berlijn. Dat klinkt heel opwindend!'

'Voor onze ouders is het een pure Babylonische poel van verderf,' gaf Hanna te kennen. Ze wist dat haar ouders Leni's visie op haar nieuwe werkomgeving maar in beperkte mate deelden. Ze had hen vlak na de jaarwisseling nog eenmaal in Magdeburg bezocht. Het was hun niet bevallen dat ze naar Zehlendorf ging, zo dicht bij Berlijn, maar ze konden er niets tegen doen. Hanna was meerderjarig en ongehuwd, de beslissing was aan haar.

'Onze ouders zijn daar nooit geweest!' merkte Leni dromerig glimlachend op. 'Ik heb er een fantastisch beeld van: bioscopen, auto's en lichtreclames...'

'Ik denk niet dat ik vaak naar Berlijn zal gaan,' zei Hanna. 'Maar zo ja, dan zal ik je in elk geval laten weten wat er allemaal te zien valt.'

'Misschien raakt daar een man in je geïnteresseerd,' opperde Leni en ze porde haar in haar zij. 'Misschien wel een dokter.'

'Ik zal voornamelijk met zieken te maken hebben,' zei Hanna om het enthousiasme van haar zusje te temperen. 'Bovendien is in Waldfriede dokter Conradi de enige arts. En daarbij bestaat er voor mij geen andere man dan Martin, voegde ze er in gedachten aan toe.

'Je denkt toch niet dat dokter Conradi een kliniek van die omvang in zijn eentje kan bestieren!' bracht Leni daartegen in. 'Hij zal ooit assistenten nodig hebben. Jonge, veelbelovende artsen, ongehuwd...'

'Geen van hen zal zo zijn als Martin,' antwoordde Hanna stijfjes terwijl ze het notitieboekje inpakte. 'Na hem zal er voor mij geen man meer zijn.'

Leni perste haar lippen op elkaar, toen liep ze naar Hanna toe en sloeg haar arm om haar schouders. 'Vergeef me alsjeblieft. Zo... Zo heb ik het niet bedoeld. Het was maar een grapje.'

'Het is al goed.' Hanna forceerde een glimlach.

'Je wordt vast geweldig als röntgenassistente,' vervolgde Leni en ze gaf haar een kus op haar wang. 'En als je eens een paar dagen vrij hebt, gaan we samen op vakantie, met z'n tweeën.'

'Dan kom je natuurlijk naar mij toe,' zei Hanna. 'Dan gaan we naar de Wannsee en nemen het ervan.'

'En tot die tijd schrijf je me?'

'Dat doe ik.'

Hanna trok Leni in haar armen. Het viel haar niet zwaar om haar ouders los te laten, maar dat ze van Leni werd gescheiden deed haar pijn. Wie weet wanneer ze elkaar weer zouden zien.

3

Zehlendorf, 10 februari 1920

Toen ze de volgende avond in Zehlendorf aankwam zag Hanna daar inderdaad prachtige huizen staan – witte villa's met grote ramen en uitgestrekte tuinen. Er waren net zomin elegant geklede mensen als bloeiende parken te zien, maar het was dan ook nog winter, waardoor de bloemen en de fraaie kleding bedekt waren door sneeuw en wollen jassen.

Hanna had gehoopt dat het ziekenhuis in het centrum van het stadje zou staan, maar een passerende voetganger die ze naar de weg vroeg stuurde haar naar het westen, naar de rand van Zehlendorf.

Geleidelijk werd het afgelegener. Algauw waren er nauwelijks meer huizen te zien. Voor haar uit doemde een donker bos op. Er zaten net zulke karrensporen in de zandweg als in de landweggetjes rond Friedensau.

Onzeker bleef Hanna staan. Ze haalde een briefje uit haar zak. 'Waldsanatorium, Alsenstrasse 97, Zehlendorf' stond erop. Was ze ergens een verkeerde weg ingeslagen? Of had iemand een grap met haar uitgehaald?

Er liep een rilling over haar rug. De nachten konden akelig koud zijn en ze droeg alleen haar verpleegstersuniform onder haar loden jas en een kriebelende sjaal om haar hals. Vastberaden stopte ze het briefje terug in haar zak en zette er weer de pas in terwijl ze een paar blonde lokken die onder haar muts uit kwamen uit haar gezicht streek.

Onder haar al wat afgetrapte schoenen knerpte het zachtjes; door de bomen langs de weg floot een ijzige wind.

Toen vlamde er tussen de bomen een lichtschijnsel op.

Hanna ging er recht op af en voelde opeens weer een verharde weg onder haar voeten. Waarschijnlijk was ze inderdaad gewoon een verkeerde weg ingeslagen.

In het vervagende daglicht zag ze ten slotte een hek. Daarachter rees een duister uitziend gebouw op, met een puntdak en talrijke erkertjes. Het oranje licht tussen de bomen werd weerspiegeld in de bovenste ramen. Het zag er niet uit als een ziekenhuis, eerder als een enorme villa.

Hanna's oog viel op het bord aan de poortstijl: WALDSANATORIUM DR. ZIEGELROTH. Ze waren er blijkbaar nog niet aan toegekomen het bord te vervangen.

Toen ze het hek openduwde klonk er een piepend geluid dat door merg en been ging. De scharnieren moesten nodig gesmeerd worden! Ze hield haar pas in toen ze een ander geluid hoorde. Het klonk als voetstappen, maar dan veel vlugger. Het volgende moment vloog er een schaduw op haar af, waarop een oorverdovend geblaf volgde.

Met een kreet sprong Hanna achteruit. De stinkende adem van het dier sloeg haar tegemoet en met zijn scherpe tanden hapte hij naar haar hand.

'Af!' beval ze met krachtige stem.

De hond verstarde, maar hij bleef grommen en hield zijn ogen strak op Hanna gericht, alsof hij haar elk moment kon bespringen.

Hanna kreeg een droge mond. Kon ze maar beter omkeren en wegrennen?

'Prinz!' Een mannenstem schalde over het voorplein. 'Terug!'

Even later kwam de man tevoorschijn; hij had een petroleumlamp in zijn hand.

De hond trok zich met gekromde rug in zijn hok terug.

Nu pas merkte Hanna dat ze trilde als een espenblad. De man zei iets tegen haar wat ze eerst niet verstond. Toen herkende ze het gezicht van dokter Conradi. Zijn bruine krullen hingen een beetje warrig in zijn gezicht en zijn snor zag er niet meer zo keurig geknipt uit als toen in december. Zijn kin zat vol stoppels.

'Zuster Hanna?' herhaalde de arts. 'Is alles in orde met u? Heeft mijn hond u iets aangedaan?'

'Nee, er is niets aan de hand. Ik ben alleen geschrokken.' Hanna legde haar rechterhand op haar borst en probeerde tot bedaren te komen.

'Neemt u me niet kwalijk, onze Prinz neemt zijn taak nogal serieus,' zei Conradi. 'U hebt zich goed staande gehouden tegenover hem.' Hij glimlachte naar haar.

'We hebben thuis altijd een hond gehad. Mijn vader zei dat je dieren gewoon het hoofd moest bieden en nooit mocht laten merken dat je bang bent.'

'En u bent niet bang?'

'Ik heb ontzag voor ze,' antwoordde Hanna. 'Angst helpt niet bij honden. Ze ruiken het en dan ben je de klos.'

Conradi schoot in de lach en zei: 'Hier scharrelen nogal eens mensen rond die een oogje op het bouwmateriaal hebben. Ze hebben al ettelijke keren geprobeerd iets te stelen.'

'Wat vervelend,' zei Hanna.

'Komt u eerst maar eens mee naar binnen. U moet tot op het bot verkleumd zijn!'

Zonder de hond uit het oog te verliezen volgde ze dokter Conradi naar de voordeur over een brede houten plank, die over de gesloopte trap lag. Voordat ze naar binnen ging legde Hanna haar hoofd in de nek om de voorgevel te bekijken. De muren waren begroeid met wilde wingerd, waarvan nu alleen kale ranken en wat schamele, bevroren blaadjes te zien waren.

Dokter Conradi nam haar eerst mee door een klein halletje dat vroeger vermoedelijk als ontvangstruimte had gediend, daarna liepen ze een donkere gang in. De lucht was vochtig en nauwelijks warmer dan buiten. Het behang gaf een muffe geur af. In de verte was het zwakke schijnsel van een carbidlamp te zien.

'Momenteel hebben we telkens weer met stakingen te maken, met als gevolg dat we geen stroom hebben,' legde de dokter uit. 'Jammer genoeg kunnen we ook niet stoken, want de condensleiding van de verwarming is versleten en moet worden vernieuwd.'

Martin had de leiding misschien kunnen repareren, dacht Hanna in een flits, maar ze zette de gedachte vlug weer uit haar hoofd.

De arts ging haar voor naar een kamertje dat ook door een gaslamp werd verlicht. Het was schaars gemeubileerd en in plaats van een kachel stond er slechts een vuurkorf, waarin een vlammetje brandde boven smeulende kolen. De mensen die zich eromheen hadden geschaard waren voor haar aanvankelijk niet meer dan schaduwen, maar zodra haar ogen aan het halfduister gewend waren, kon ze twee mannen en drie vrouwen onderscheiden, die haar verwachtingsvol aankeken.

De oudste, zuster Maria Kuch, was net als Hanna verpleegster. Ze kwam oorspronkelijk uit Friedensau, waar Hanna en zij elkaar hadden leren kennen, maar was later naar Hamburg vertrokken. De stroblonde vrouw met de sproeten op haar neus moest Conradi's echtgenote Catherine zijn. Voor zover Hanna wist kwam ze uit Skodsborg in Denemarken.

De derde van het groepje was een bleek meisje met bruin haar en sprekende donkere ogen, zo'n zestien of zeventien jaar oud. Ze nam Hanna nieuwsgierig op.

Van de mannen herkende ze Carl Rohleder. Hij was ooit verpleger in Friedensau geweest, voordat hij naar Greiz in Thüringen was gegaan.

De man naast hem had ze nooit eerder gezien.

'Kijk eens wie ons heeft weten te vinden!' Conradi zette de lantaarn op een tafeltje.

Hanna maakte een licht knicksje. 'Goedenavond.'

'Goedenavond. Jij moet zuster Hanna zijn,' zei Catherine Conradi met een licht accent en ze reikte haar de hand. 'Hoe was je reis?'

'Goed, dank u,' antwoordde Hanna terwijl ze haar de hand schudde. 'Alleen had de trein erg veel vertraging.'

'Ja, die stakingen,' zei dokter Conradi, die naast zijn vrouw was gaan staan. 'Het gist en borrelt overal op straat. Laten we hopen dat er geen minder onschuldige stukken van onze omheining worden afgebroken.'

Toen de trein door de stad reed had ze barricaden gezien en twee mannen over confrontaties met de politie horen praten.

'Zuster Maria ken je al,' vervolgde mevrouw Conradi, waarna ze haar blik op de twee mannen richtte. 'En broeder Rohleder ook. Maar Georg Bridde heb je, dacht ik, niet eerder ontmoet.'

Hanna schudde haar hoofd.

'Broeder Bridde zal zich de eerste tijd ontfermen over de financiële administratie,' zei Conradi. 'Hij komt uit Zwitserland en heeft daar ervaring met boekhouden opgedaan.'

De boekhouder gaf haar vriendelijk glimlachend een hand.

Mevrouw Conradi knikte naar het onbekende meisje. 'En dit is Else Rogel. Ze helpt met de schoonmaak.'

De aangesprokene stond op en gaf haar een hand. Ze was heel klein en zag er kinderlijk uit. Maar haar handdruk was die van een volwassen vrouw.

'Prettig kennis te maken, zuster Hanna,' zei ze. Er gleed een glimlach over haar gezicht. Hanna glimlachte terug.

'De komende dagen zullen er nog meer helpsters bij komen,' vervolgde dokter Conradi. 'Een paar van de meisjes die hier al werken komen uit Zehlendorf. Het zijn dochters van geloofsgenoten. En ooit zullen we zelf onze zusters opleiden.'

Hanna merkte dat mevrouw Conradi haar man een weifelende blik toewierp.

'Neem toch plaats,' zei ze terwijl ze opstond. 'Het is zo tijd voor het eten. Je zult wel uitgehongerd zijn.'

Samen met Else liep ze de kamer uit.

'Kom, ga eindelijk eens zitten!' beval zuster Maria Hanna en ze wees naar een krukje dat in het donker nauwelijks te ontwaren viel. Hanna liet zich erop zakken.

Buiten sloeg de hond opnieuw aan. Verontrust stond Conradi op, maar het dier was al weer stil. Er klonken voetstappen. Even later stond er een vrouw in de deuropening.

Dokter Conradi begroette haar. 'Zuster Ida! Hoe was het in de stad?'

'Onrustig,' antwoordde ze terwijl ze haar sjaal wat losser deed en een pakketje op de tafel bij de deur legde. 'De mensen hebben hun verstand verloren.' Zuster Ida stak haar handen uit naar het vuur. Toen merkte ze Hanna op. 'O, pardon, ik zag je niet.'

Maria stelde haar voor. ‘Dit is Hanna Richter, onze nieuwe verpleegster hier op Waldfriede.’

‘Aangenaam kennis te maken, Hanna,’ zei Ida glimlachend en ze gaf haar een hand. ‘Ik ben Ida. Ida Juckel. Ik kom net als zuster Maria uit Hamburg.’

Hanna beantwoordde haar glimlach.

En toen waren mevrouw Conradi en Else alweer terug. Else hield de lamp vast en mevrouw Conradi droeg een dienblad. Er stonden een soepterrine en een paar kommen op. De geur van gekookte wortel en gerstepap overtrof nu even de alomtegenwoordige muffe lucht.

‘Gewoonlijk eten we in de eetzaal, maar ’s avonds zijn we met zo weinig dat we dat voorlopig hier doen, waar het enigszins warm is,’ legde ze uit. Ze zette het dienblad op een provisorisch tafeltje.

‘Ik zal even helpen,’ zei zuster Maria en ze stond op. Ze deelde de kommen rond die mevrouw Conradi had gevuld. De warmte van de gerstepap drong door het aardewerk en verdreef het dove gevoel uit Hanna’s vingers.

Ze moest zich inhouden om niet te schrokken. Het mocht dan simpele gerstepap zijn, op dit moment smaakte hij verrukkelijk. Ze had al in geen uren iets gegeten.

Toen haar eerste honger was gestild keek Hanna nog eens om zich heen in de donkere kamer, maar nog steeds kon ze nauwelijks iets onderscheiden.

‘Je komt bij zuster Maria en zuster Ida op de kamer,’ zei Conradi’s vrouw terwijl Else de kommen verzamelde. ‘We hebben helaas nog niet veel kamers bewoonbaar gemaakt en omdat de verwarming het niet doet, moeten we het van elkaars warmte hebben.’

‘Dat is prima, dank u wel,’ antwoordde Hanna. Ze probeerde haar tanden niet te laten klapperen. Nu haar maag gevuld was kwam de vermoeidheid opzetten en ook de kou voelde ze nu heviger.

‘Carl, zou je onze nieuwe zuster naar haar kamer willen brengen?’ vroeg mevrouw Conradi, waarna ze zich weer tot Hanna wendde. ‘Neem maar een baksteen uit de vuurschaal in de kelder mee, zodat je het in bed nog een beetje warm hebt.’

Zwijgend liep Hanna achter de verpleger aan naar de keldertrap. Ook hier had de muffe geur zich in alle hoeken en gaten vastgezet en het vuil knarste onder haar schoenen.

Hanna richtte haar blik op de rug van de man voor haar. Hij was behoorlijk gespierd en liep licht voorovergebogen, wat wel door het zware werk zou komen. Verplegers moesten de patiënten vaak optillen en als het nodig was ook naar de badruimten dragen.

Zou het niet fijn zijn als er een apparaat bestond dat die taak kon overnemen? Het leek of ze het Martin hoorde zeggen.

Niet nu, dacht ze en ze dwong zichzelf haar gedachten bij het heden te houden.

Rohleder deed de kelderdeur open. De lucht daarbeneden was vochtiger, maar niet zo koud. Midden in de ruimte stond een grote vuurkorf, waarin een felle vlam brandde.

'Daar liggen wat lappen.' Rohleder wees naar een stapel stof die op een houten bankje lag. Het was ruwe stof, zoals die waarvan loden jassen werden gemaakt. 'We nemen allemaal een steen mee naar boven. Dat maakt de nachten draaglijk.'

Hij pakte een lange tang en stak hem in de gloed.

'Brandt het vuur de hele nacht?' vroeg Hanna. Ze keek toe hoe de verpleger een dampende steen uit de korf viste.

'Ja, we moeten de muren droog zien te krijgen.' Hij legde de steen op de lap stof die ze had uitgekozen. Terwijl ze hem vlug inpakte vroeg ze: 'En als er hier brand uitbreekt?'

'Wij mannen houden bij toerbeurt de wacht. Dat moeten we toch al, vanwege het bouwmateriaal.'

De gedachte dat er dieven op het terrein konden rondscharrelen verontrustte Hanna. Met haar rechterhand drukte ze de baksteen tegen haar borst; in haar linkerhand had ze haar tas. Toen ze de warmte door haar lichaam voelde stromen, sloot Hanna eventjes gelukzalig haar ogen, maar daarna haastte ze zich achter Rohleder aan de trap op en de gangen door.

'Dit zijn de privévertrekken van meneer en mevrouw Conradi,' legde hij uit toen ze de keuken waren gepasseerd en langs twee nieuw uitziende deuren kwamen. 'Daar ga je niet naar binnen als er geen dringende medische noodzaak voor is, begrijp je?'

'Natuurlijk,' antwoordde Hanna vlug.

Ze liepen een trap op en bereikten uiteindelijk hun doel.

'Zuster Maria zal je morgen alles laten zien. Welterusten.'

'Welterusten,' antwoordde ze. En toen was Carl Rohleder al weer in het duister verdwenen.

Hanna ging naar binnen. De kamer was groot genoeg om als ziekenzaal van de derde klasse te dienen, waar vier tot zes bedden in pasten. Het maanlicht viel door de ramen en tekende een lichte vlek op de plankenvloer.

De bedden waren onmiskenbaar ziekenhuisbedden. Op twee ervan lagen dikke, ruwe dekens, maar op het derde slechts een dun, klam aanvoelend veren dekbed. Dat moest haar slaapplaats zijn.

Vlug liet Hanna de steen onder het dekbed verdwijnen. De warmte die ze eerder op haar borst had gevoeld, nam jammer genoeg veel te vlug af. Ze onderdrukte een koude rilling, maakte haar tas open en begon de weinige bezittingen die ze uit het zusterhuis had meegenomen uit te pakken. Het notitieboekje van Martin liet ze in de tas zitten.

De deur ging open en zuster Maria kwam binnen, samen met zuster Ida. Ook zij hadden een ingepakte steen bij zich, die ze direct onder hun dekens lieten verdwijnen.

'Heb je je al geïnstalleerd, Hanna?' vroeg Ida.

'Jazeker,' antwoordde ze en ze veegde haastig over haar wangen. De anderen mochten niet zien wat er in haar omging. Ze hadden vast wel gehoord over haar verlies, maar er werd van haar verwacht dat ze gewoon doorging.

'Je kunt je kleren het best aanhouden,' raadde zuster Maria haar aan. 'Als de steen zijn warmte kwijtraakt, wordt het hier akelig koud. Je wilt immers niet bevriezen?'

Nee, dat wilde Hanna niet en daarom volgde ze het advies van haar oudere collega op. Ze maakte de klemmetjes los waarmee haar kapje op haar hoofd was bevestigd, zette het af en haalde ook de knot in haar nek los.

Toen ze na een kort gebed onder haar dekbed kroop, was de steen nog steeds warm.

En opeens zag ze het beeld voor zich van de laatste zomer die ze met Martin had doorgebracht. Ze hadden hun voeten in het warme zand aan de oever van het meer gestoken en gevoeld hoe warm ze werden. Hanna had zich tegen zijn schouder gevlijd en zijn hand vastgehouden.

Hoelang was dat nu geleden? Vier of vijf jaar? In elk geval was het de zomer geweest voordat hij de oorlog in was getrokken.

Hanna zette de herinnering van zich af. Ik ben hier om een nieuw begin te maken, hield ze zichzelf voor en ze verdreef de droefheid die bij haar opkwam. Ik ben hier om te vergeten.

4

Zehlendorf, 11 februari 1920

'Twee jaar. U hebt twee jaar!'

Louis schoot verschrikt overeind en hapte naar adem. Zijn hart klopte hem in de keel. De nachtmerrie die hem daarnet nog had gekweld vervaagde. Alleen de woorden bleven hangen: *twee jaar...*

Het volgende moment realiseerde hij zich dat hij warm en wel in zijn bed lag. De geur van havermoutpap stroomde zijn neus in. Een zucht van verlichting ontsnapte hem toen hij achteroverleunde en over zijn gezicht streek.

Wanneer zouden die dromen eens ophouden? Het gesprek met Wiedemann was al bijna drie maanden geleden, maar zijn stem achtervolgde hem nog altijd. En daarmee ook de angst te falen.

Hij zwaaide zijn benen uit bed en keek naar het raam. De zon was nog niet opgekomen, maar de hemel kleurde al rood aan de horizon. Hij tastte naar zijn zakhorloge en klapte het open. Vijf over zes.

De andere kant van het bed was leeg. Catherine was al op, zoals altijd. Het ontbijt voor de hele familie kwam niet vanzelf op tafel.

Hij luisterde even naar de geluiden die vanuit de keuken tot hem doordrongen, toen stond hij op, maakte zijn ochtendtoilet en pakte zijn scheermes. Zijn snor verdween al bijna onder de baardstoppels eromheen. Hoe kon hij een goed voorbeeld geven als hij eruitzag alsof hij zo uit de rimboe kwam?

Het scheermes schraapte zachtjes over zijn kin. Geconcentreerd ging hij door. Wat miste hij het om een scalpel in zijn hand te houden!

Natuurlijk werkte hij af en toe in de operatiekamer van Friedensau, maar dat stelde hem niet tevreden. Hij wilde de bedrijvigheid in de kliniek meemaken, de visites, de patiënten op het spreekuur en het scalpel in zijn hand. Hij wilde het eerste gehuil van pasgeboren kinderen horen, hun levenskreet.

Hij wilde zijn eigen ziekenhuis. Dat had hij nu, maar hij voelde zich al weken net een beheerder, wat hem veel meer spanning bezorgde dan een volledig bezette afdeling.

Toen hij klaar was trok hij het beste overhemd aan dat hij nog had en deed daar een donkergrijs vest overheen. Het was lang geleden dat hij zich had gekleed om uit te gaan.

Hij ging echter niet uit, hij had slechts een afspraak in een pakhuis in Hamburg, maar het kon geen kwaad er behoorlijk uit te zien. Handelaren probeerden je niet zo gauw het vel over de oren te halen als je er een beetje goed uitzag.

In de haven van Hamburg lagen oorlogsbenodigdheden van de marine opgeslagen. Een week geleden had hij de beheerder, een zekere Krömer, gesproken en deze had hem uitgenodigd de voorraad te komen bekijken.

In de keuken trof hij zijn vrouw achter het fornuis. 'Goedemorgen,' zei hij ter begroeting.

'Goedemorgen,' zei Catherine terug zonder op te kijken, want de pap stond te pruttelen in de pan en ze wilde niet riskeren dat die aanbrandde. 'Heb je goed geslapen?'

'Het gaat wel.' Louis wilde niets vertellen over de eigenaardige droom die zijn angsten van de afgelopen weken weerspiegelde.

'Wanneer vertrek je?' vroeg ze, ze haalde de pan van het fornuis en schonk daarna koffie in zijn kopje. Eigenlijk gebruikten ze de maaltijden altijd samen met het personeel, maar als hij wegging ontbeet hij van tevoren aan de keukentafel.

'Over drie kwartier,' antwoordde hij terwijl hij ging zitten. Catherine schepte zijn pap in een kom en strooide er wat kaneel over, dat ze voor bijzondere gelegenheden bewaarde.

'De trein vertrekt om half negen van station Potsdam.'

Catherine wierp hem een bezorgde blik toe.

'Maak je niet ongerust, ik ben in een mum van tijd terug. Treinen zijn veilig.' Zijn vrouw knikte en ging tegenover hem zitten.

'Dat nieuwe meisje, Hanna. Is dat degene wier verloofde aan zijn oorlogsverwondingen is bezweken?'

'Hij was brancardier. Bij een bomaanval is hij aan flarden gescheurd. De directrice zei dat ze na zijn dood was veranderd.'

'En dan haal je haar hierheen?'

'Ze functioneert goed, ze heeft volgens dokter Meyer alleen moeite met soldaten met verminkingen, wat je haar niet kunt verwijten. Bovendien heeft ze technische belangstelling. En ze schijnt niet bang te zijn.'

'Bang? Waarvoor?'

'Voor röntgenstralen. Onder de verpleegsters doen allerlei geruchten de ronde wat röntgenstralen betreft. Ze beweren dat ze er onvruchtbaar van worden.'

Catherine perste haar lippen op elkaar. 'Onvruchtbaarheid' was een gevoelig woord, dat hij eigenlijk vermeed. Maar hoe moest je anders de angst beschrijven die veel verpleegsters ervan weerhield met die techniek te werken?

'En Hanna is daar niet bang voor?' vroeg ze ten slotte.

'Het ziet ernaar uit van niet. Misschien heeft ze over Rollins gelezen, die heeft bewezen dat dat lood tegen de straling beschermt. Ik moet beslist aan zo'n schort zien te komen.'

Catherine leek nog iets op het hart te hebben. 'Maar het zou toch kunnen dat ook bij ons soldaten met verminkingen worden binnengebracht. Wat zullen de anderen zeggen als Hanna dan haar werk niet doet?'

'Waldfriede is geen sanatorium maar een ziekenhuis voor acute gevallen. De oorlog is voorbij. En zelfs als er nog een oorlog komt, zullen we een taak voor zuster Hanna vinden. In de röntgenkamer zal ze toch algauw genoeg te doen hebben.' Zijn vrouw leek nog altijd sceptisch, daarom reikte hij over de tafel en pakte haar hand. 'Je weet toch hoe we het hier doen: niemand wordt aan zijn lot overgelaten, voor welke problemen hij ook komt te staan. Met wat afstand tot Friedensau zal Hanna weer een goede, betrouwbare verpleegster worden. Jij had toch ook wat afstand nodig?'

Catherine keek hem bijna ontzet aan, toen onttrok ze zich aan zijn greep. 'Dat was iets heel anders,' mompelde ze.

'Het spijt me,' zei Louis toen hij het verdriet in haar ogen zag.

'Het is al goed. Ga ontbijten, die pap blijft niet eeuwig warm.'

Louis pakte zijn lepel en wenste dat hij zijn woorden kon terugnemen.

~

Het daglicht maakte Hanna's indruk van het gebouw er geen haartje beter op. Integendeel, het werd er allemaal nog erger door. Nu zag ze duidelijk de scheuren, de afgebrokkelde verf en het vlekkerige behang, waarvan het patroon nauwelijks meer herkenbaar was. Dat kon je een patiënt in geen geval aandoen!

Van de glorie van weleer, toen het pand als sanatorium voor de beter gesitueerden van Zehlendorf en Berlijn had gediend, was niets meer over. Zelfs niet in de voormalige salon, die ze herkende als de ruimte waar ze de vorige dag bij elkaar hadden gezeten. De vuurkorf stond er niet meer, maar er hing nog steeds een zware rooklucht.

Zuster Maria had haar bij het ontbijt opgedragen zich om te kleden en daarna hier te komen. De anderen waren allemaal al aan het werk, maar voordat Hanna begon wilde de oudere zuster haar eerst de kliniek laten zien.

'Je verpleegstersuniform zul je bij al die viezigheid niet nodig hebben. Trek maar iets anders aan,' had Maria tegen haar gezegd, waarna ze haar alleen had gelaten om de taken over de andere vrouwen te verdelen.

Gelukkig had Hanna nog twee andere jurken bij zich, waaronder een eenvoudige bruine die wel een vlekje kon hebben. Hij kriebelde een beetje, maar ze hoefde niet bang te zijn dat stof en vuil hem bedierven.

De minuten regen zich aaneen zonder dat Maria weer verscheen. Nieuwsgierig liet Hanna haar blik rondgaan.

Een onder een kleed verborgen voorwerp in een van de hoeken

van het vertrek wekte haar interesse. Hanna liep ernaartoe en tilde de doek op. Een piano! Haar hart maakte een vreugdesprongetje. Ze hield van de klank van het instrument en kon er uren naar luisteren. Het was alsof de klanken haar ziel meenamen op een reis door de lucht naar de hemel.

In gedachten verzonken drukte Hanna een van de toetsen in; ze oogstte een vreselijke wanklank.

'Ha, daar ben je!' hoorde ze een stem achter haar zeggen. Verschrikt draaide ze zich om en zag zuster Maria, die met een emmer in haar hand achter haar stond. Doordat ze met haar aandacht bij de piano was geweest, had ze haar niet horen aankomen.

'Pardon,' zei Hanna vlug.

Zuster Maria wuifde het weg. 'Maak je niet ongerust, aan dat oude barrel kun je niets bederven. Het moet eerst een droogkuur ondergaan en door een pianostemmer onderhanden genomen worden voordat we erop kunnen spelen.'

Hanna voelde dat ze rood werd.

'Kom nu maar!' zei Maria energiek en ze bracht Hanna naar een lange gang waar verscheidene deuren op uitkwamen. Op de muren zaten verbleekte decoraties.

'Dit wordt dokter Conradi's spreekkamer,' verklaarde ze terwijl ze naar een donkere houten deur wees. Ertegenover bevond zich een kleine nis met houten banken die blijkbaar pas geschuurd waren.

'Is er ook een operatiekamer?' vroeg Hanna.

'Tot dusver niet,' antwoordde Maria. 'Die moet nog worden gebouwd. Dit ziekenhuis diende uitsluitend voor genezing en herstel, een arts als dokter Conradi was er niet.'

Ze liepen verder, langs deels lege en deels verwaarloosd uitziende ruimtes waarin hier en daar een werkman bezig was. Waar zou het röntgenapparaat staan, vroeg Hanna zich af. Niets van wat ze hier te zien kreeg zag eruit alsof het ergens bruikbaar voor was.

'Wanneer begint de röntgencursus?' informeerde ze enigszins beschroomd.

Maria bleef staan. 'Röntgencursus?' ontviel haar, en ze begon hard te lachen. Op vreugdeloze toon, vergezeld van een strenge blik. 'Hier krijg je eerst een schrobcursus!'

Met die woorden drukte Maria haar de meegebrachte emmer in de hand. Daarin zat een borstel die aan de ene kant zijn haren grotendeels had verloren.

Hanna was het liefst door de grond gezakt van schaamte. Hoe had ze zo'n domme vraag kunnen stellen, gezien de situatie waarin het ziekenhuis verkeerde?

Zwijgend en met een hoogrood hoofd volgde ze zuster Maria de trap op. De deuren die op de brede gang uitkwamen waren van messing nummers voorzien. Sommige waren nog vlekkerig en aangeslagen, andere blonken alweer. Achter een van de deuren hoorde ze gelach, achter een andere een monotoon geslijp.

'Dat worden de zalen van de eerste chirurgische afdeling. De vloeren moeten worden geschrobd en de deuren en kozijnen schoongemaakt. Niemand wordt daarvan uitgezonderd.'

Hanna wist waar Maria op zinspeelde, maar hier lagen geen soldaten met afgerukte ledematen.

'Water krijg je in de keuken, buiten ligt zand dat je voor de eiken vloerplanken kunt gebruiken,' vervolgde Maria. 'Laat het me weten als je iets opvalt of als er iets ontbreekt. Eerst doe je 24 en 25, en wanneer je daarmee klaar bent, kom dan naar me toe, dan geef ik je een nieuwe ruimte. Ik ben beneden in zaal 16, en als ik daar niet ben in 17.'

'Goed.' Hanna knikte en keek zuster Maria na toen zij naar de trap liep. Ze deed de deur van nummer 24 open.

De kamer was leeg, maar aan de schaduw die het licht op het behang had achtergelaten was te zien waar de vier bedden hadden gestaan. Ook de plaats waar zich de tafel voor de zusters van de wacht had bevonden was nog zichtbaar.

Bij de aanblik van de vloer werd ze als door de bliksem getroffen. De planken waren zwartgroen en de naden zaten vol met viezigheid. Aan de randen, waar ze met de vochtige muren in aanraking waren gekomen, woekerde schimmel.

Om het hout zijn oorspronkelijke kleur terug te geven zou er een schuurmachine nodig zijn, geen zand. En al helemaal geen gemankeerde borstel!

Hanna slaakte een diepe zucht. Ineens had ze erg veel zin om weg te lopen. Ze keek om zich heen, niet wetend waar ze moest beginnen. Toen zag ze op een van de muren de schaduw van een kruisbeeld. Ze liep over de krakende vloerplanken en volgde even later eerbiedig met haar vinger de contouren.

Kom op, dit laat je toch niet op je zitten, klonk Martins stem haar in de oren.

Nee, dat zou ze niet. Opdracht was opdracht. Ze was niet hier om meteen op de eerste dag al de pijp aan Maarten te geven.

Kordaat pakte ze de borstel.

Op haar knieën, met paarse handen van het koude water schrobde ze een half uur lang de vloer van het ziekenzaaltje zonder een wezenlijke verandering tot stand te brengen. Het vuil was te lang en te diep in het hout getrokken.

Ook in Friedensau had ze hard moeten werken. Vooral toen ze nog in opleiding was had ze dagelijks vloeren moeten boenen. Maar daar waren de planken niet beschimmeld, en in plaats van zand was er soda geweest.

Ze zette haar tanden op elkaar en bleef schrobben. Haar rug deed pijn en het duurde niet lang voordat ze haar handen niet meer voelde.

Toen ze kreunend overeind kwam, zag ze Else in de deuropening staan. Blijkbaar had zij al een tijdje toegekeken. 'Kan ik iets voor je doen?' vroeg Hanna.

'Nee,' antwoordde Else. 'Nee, ik... Ik wilde u iets vragen.'

Hanna knikte, blij met de kleine onderbreking. 'Vraag gerust,' zei ze terwijl ze haar handen aan haar schort droogmaakte.

'Kunt u zingen?' Else keek haar verwachtingsvol aan.

Hanna trok haar wenkbrauwen op. 'Zingen?'

'Mevrouw Conradi viert de achtentwintigste haar verjaardag,' verklaarde het meisje. 'We willen haar graag een aubade brengen en kunnen nog een paar sterke stemmen gebruiken.'

Hanna dacht terug aan de zangavonden op de sabbat in Friedensau. Daar had ze altijd veel plezier aan beleefd. Maar of ze goed kon zingen, dat wist ze niet.

'Ik doe graag mee. En zeg maar "je" tegen mij,' antwoordde Hanna.

'Meent u dat? Maar u bent toch een zuster!'

'Dat zul jij misschien ook ooit worden.'

Else aarzelde even, toen vroeg ze: 'Kent u... Ken je broeder Schubert? Van Friedensau?'

'Ja,' antwoordde Hanna. 'Natuurlijk!'

'Ik heb bij hem gesolliciteerd omdat ik graag verpleegster wil worden. Hij zei dat ik daar te klein voor was.'

Hanna hield haar hoofd schuin. Het meisje was inderdaad niet bepaald groot, maar zelf was ze ook geen reuzin. Bovendien zou Else wellicht nog groeien. 'En hoe komt het dan dat je hier bent?'

'Ik heb het er niet bij laten zitten,' antwoordde ze. 'Ik heb eerst op broeder Schubert ingepraat, en daarna op dokter Conradi. Ik zou zo graag verpleegster worden!'

De manier waarop ze vastberaden haar vuisten balde, beviel Hanna. Het herinnerde haar aan de dag waarop ze zelf voor haar vader had gestaan en had gezegd dat ze verpleegster wilde worden. Haar vader had liever gehad dat ze tot haar huwelijk thuisbleef om in het huishouden te helpen, maar Hanna had het als haar roeping gezien.

'Dat zul je ook, vast en zeker,' antwoordde Hanna. 'Het is niet makkelijk, maar het is te doen. Dat zie je wel aan mij. Niet fysieke kracht is doorslaggevend, maar de wil.'

Elses ogen lichtten op. 'Dank je wel, dat is heel aardig van je.'

Er klonken voetstappen in de gang. Else kromp in elkaar.

'Nou, dan ga ik maar weer eens,' zei ze vlug. 'We zien elkaar later in de eetzaal. O ja, de repetities zijn 's ochtends om vier uur in het bos. Dan is mevrouw Conradi nog niet wakker en kan ze ons niet horen.' Met een knipoog glipte Else de kamer uit.

5

Het pakhuis stond direct aan de haven. Sinds het einde van de oorlog kende de Duitse scheepvaart weer een lichte opleving. Zowel passagiersschepen als viskotters legden hier aan. Het was druk op de Alster. Er klonken scheepshoorns, mannen schreeuwden naar elkaar, scholden en vloekten. Kranen zwaaiden hun lange armen tot boven de schepen om hun lading te lossen.

Het schouwspel maakte Louis weemoedig. Wat was hij graag op een van die grote schepen naar Afrika gevaren om daar als zendingsarts te gaan werken! Hij had die wens dan wel uit zijn hoofd gezet, maar telkens als hij een groot schip zag werd hij erdoor overvallen.

'Bent u hier voor de spullen?' De man achter hem had een slepend Hamburgs accent. 'Dokter...'

'Conradi.' Louis draaide zich om. 'Dokter Conradi.'

De man droeg een versleten bruin jasje, een donkere broek en werkschoenen. Hij had een pet op. Kennelijk had hij die dag geen tijd gehad om zich te scheren, want zijn gezicht zat vol stoppels die nog lang geen baard vormden.

Hij stelde zich voor. 'Krömer. Willem Krömer.'

De twee mannen schudden elkaar de hand.

'Aangenaam kennis met u te maken,' zei Conradi, waarop Krömer antwoordde: 'Dat geldt voor mij helemaal! Het komt tegenwoordig namelijk niet vaak voor dat iemand zich aan zijn woord houdt.'

'Nou, daarover hoeft u zich bij mij geen zorgen te maken. Ik hou me altijd aan mijn woord.'

De man nam hem nauwkeurig op en Louis vroeg zich af of hij toch niet beter iemand had kunnen vragen met hem mee te gaan.

'Dan zullen we die kostbare waar maar eens gaan bekijken, niet?' Krömer stopte zijn handen diep in zijn zakken en ging hem voor.

Louis volgde hem zwijgend. Na een tijdje vroeg hij: 'Zijn er nog meer gegadigden voor die handel?'

'Voor die rommel? Nee, wie wil dat spul nou hebben? Blij toe dat het niet meer nodig is.'

Louis' hart maakte een sprongetje. Geen andere gegadigden betekende dat hij de prijs kon drukken. Aan de andere kant kon het zijn dat het nauwelijks nog bruikbaar was. Niemand had iets aan roestige instrumenten, door motten aangevreten matrassen en met bloed besmeurde verbandmiddelen.

'Waar komt dit allemaal vandaan?' vroeg hij terwijl ze door een opslaghal liepen. Het vuil aan de hoge ruiten dempte het licht van de zon. Omdat Krömer geen lichtschakelaar omzette, zou dit wel de enige lichtbron zijn.

'Marine,' antwoordde de man, die met de vastberadenheid van een slaapwandelaar tussen de schappen en kratten door liep. Over een aantal ervan lag een dekzeil.

'Een deel was bedoeld voor schepen, een ander deel voor duikboten.' De man haalde zijn schouders op. 'Overbodig toen de Engelsen ze hadden laten zinken.'

Krömer nam Conradi mee naar een grote stapel die met een zeil was afgedekt. Onder de grijze stof tekenden zich de scherpe zijden van een flink aantal kratten af. Met een grote zwaai trok de man het dekzeil opzij. Nu werd duidelijk dat zich daaronder niet alleen kratten bevonden. Er waren hier ook bundels dekens en zeildoek opgeslagen, en bovendien linnengoed.

Ik zal voor het transport van die spullen een vrachtwagen nodig hebben, dacht Louis; hij was even met stomheid geslagen. Toen keek hij eens wat er allemaal lag. Direct identificeerde hij enkele kratten met het opschrift KORPS GENEESKUNDIGE TROEPEN. Daarnaast een pakket met beddentijken en wat veren dekbedden. Zou je op een duikboot echt dekbedden nodig hebben?

'Mag ik misschien even in die kratten kijken?' vroeg hij aan Krömer.

'Tuurlijk,' zei Krömer. Hij haalde een mes uit zijn zak, waarop Conradi intuïtief een stapje terug deed, en daarmee wrikte Krömer het deksel van een van de kratten. Daar zaten dozen in, sommige met pakpapier eromheen. Die waren duidelijk van vooroorlogs fabricaat, uit de tijd dat men zich nog aantrekkelijk verpakkingsmateriaal kon veroorloven.

'Mag ik?' vroeg Louis en hij gebaarde met zijn handen naar een doos.

De man knikte terwijl hij het mes in zijn handpalm woog. Het lemmet was heel breed en het zou Krömer weinig moeite kosten hem de hals door te snijden.

Louis zette die akelige gedachte uit zijn hoofd, boog zich over het krat en maakte de doos open. De aanblik van de inhoud toverde een glimlach op zijn gezicht. Scalpels van verschillend formaat. Ze waren elk afzonderlijk in vloeipapier verpakt en er zat geen krasje op. Wat zou er in de andere dozen zitten? Spatels? Tangen? Wondhaken?

'Nou, dit neem ik. En die dekbedden daar...'

Krömer onderbrak hem. 'Alles of niets. Het is niet de bedoeling dat u er dingen uit gaat pikken. Of u neemt alles, of ik sluit het hier weer af!'

Daar had Louis niet op gerekend. Hij had het beste willen uitzoeken. Wat kon hij immers beginnen met al die oude velddekens en dat grove linnengoed? Hij wilde geen schip inrichten, maar een ziekenhuis.

Hij verkeerde in tweestrijd. Het zou een vermogen kosten om alles te kopen. Maar ja, wat kostte in deze tijd nu geen vermogen? Anderzijds had hij ook geld nodig voor meer bouwmateriaal. De operatiekamer was slechts één kostenpost van vele, en zou grote bedragen opslokken.

'Als u het niet wilt hebben, raak ik dat spul heus wel ergens anders kwijt,' zei Krömer dwingend. Louis keek naar de uitrusting. Het instrumentarium was dan misschien niet compleet, maar wat er was, was fonkelnieuw.

'Ik neem het allemaal,' zei hij vlug, want hij wist dat onderhandelen hier geen zin had.

'Mooi zo!' Krömer klapte zijn mes dicht en liet het in zijn broekzak verdwijnen. 'U betaalt bij afhalen. Ik geef u een paar dagen, want het zal niet meevallen een geschikte wagen voor het transport te vinden.'

'Dank u wel. Dat is bijzonder vriendelijk van u.'

De man stak zijn hand naar hem uit. Louis bekrachtigde de koop met een handslag.

'Ik kan u een transportbedrijf aanbevelen, als u wilt,' vervolgde Krömer toen ze naar de uitgang liepen.

'Dat is niet nodig. Ik krijg hulp van een paar kennissen.'

'Dan hebt u geluk, dokter! Meldt u zich maar bij mij als het zover is. Ik zit in mijn kantoor als u me zoekt.'

Niet veel later liet Louis zich naar de woning van zijn vader in de Hoheluftchaussee rijden. Hij was zo gelukkig geweest een van de automobieltaxi's te pakken te krijgen waarmee je je vliegensvlug door de stad kon verplaatsen. Louis vond het een fascinerend vervoermiddel en hij nam zich voor er een voor het ziekenhuis aan te schaffen zodra dat financieel binnen bereik lag. De inflatie liep de spuigaten uit en daarom viel aan buitensporige uitgaven voorlopig niet te denken.

De taxichauffeur vertelde hem de nieuwste roddels uit de stad, maar Louis luisterde nauwelijks. Hij dacht terug aan zijn tijd als arts bij het plaatselijke ziekenhuis van de vrijmetselaars, waar hij het afgelopen jaar nog had gewerkt.

Niet alleen de oorlog had verwoestingen aangericht. Ook de Spaanse griep had een groot aantal slachtoffers geëist. Al die zieken die bij hen waren opgenomen stonden hem nog goed bij.

Dag en nacht hadden de verpleegsters en de artsen doorgewerkt, met hun gezicht verscholen achter mondkapjes, die anders alleen door de chirurgen in de operatiekamer werden gedragen. Nooit eerder had hij zo veel mensen zien wegkwijnen en nooit eerder had hij zich zo machteloos gevoeld. Voor de griep waren alle lagen van de bevolking gelijk: de rijken stierven er evengoed aan als de armen.

De taxi sloeg af naar de Hoheluftchaussee. Louis bereidde zich mentaal voor. Zijn vader was een strenge, veeleisende man, die wel humor bezat, maar daar niet kwistig mee omging.

Richard Conradi had erop gestaan dat Louis hem periodiek op de hoogte hield van de vorderingen op Waldfriede. En nu Louis toch in Hamburg was, kon hij twee vliegen in één klap slaan.

Voor nummer 82, het huis van zijn vader, bleef de auto staan. Louis rekende af met de chauffeur en stapte uit. Hij wierp een korte blik op de lichte, met stucwerk gedecoreerde gevel. In de ramen werd de blauwe wolkenlucht weerspiegeld. Toen deed hij de deur open en ging naar binnen.

Er kwam een scherpe geur op hem af. Aan het einde van de gang stond de deur naar de achtertuin open. Waarschijnlijk had de hond van de buren zijn behoefte weer eens vlak naast de deur gedaan.

De versleten biezen matten op de traptreden dempten het geluid van Louis' voetstappen toen hij naar de eerste etage liep. De aankoop van de benodigdheden was een groot succes geweest. Aan een vrachtwagen zouden zijn geloofsgenoten hem wel kunnen helpen. Ook om die reden was het bezoek aan zijn vader van belang.

Boven aangekomen veegde hij het stof van zijn jas en belde aan.

In de woning bleef het eerst stil. Louis belde opnieuw aan en even was hij bang dat zijn vader weer in Friedensau was.

Maar toen klonken er zware voetstappen. De grendel werd opzijgeschoven en de deur zwaaide open. Louis keek in het verraste gezicht van Richard Conradi.

'Louis! Wat doe jij hier?' vroeg hij. Het gebeurde maar zelden dat hij zich in hemdsmouwen en in een bruine ribbroek met bretels vertoonde. Normaal gesproken droeg hij op z'n minst een vest over zijn overhemd en als hij het huis verliet altijd een jasje.

'Ik had u toch geschreven,' antwoordde Louis. 'Ik ben hier vanwege het pakhuis.'

Sinds het overlijden van Louis' moeder Lizzie woonde zijn vader alleen. Hij had een nieuwe vrouw kunnen zoeken, maar dat wilde hij niet. In plaats daarvan had hij zich volledig op zijn werk gestort.

'Ach ja, dat was ik helemaal vergeten! Kom erin, jongen!' Richard Conradi deed een stap opzij om zijn zoon binnen te laten. 'Is Catherine niet meegekomen?' vroeg hij terwijl hij de deur achter hem dichtdeed.

'Nee, iemand moet toch een oogje op Waldfriede houden.' Waldfriede. Het deed hem goed de naam uit te spreken. Als iets een naam had, was het tastbaar en bestendig.

Zijn vader ging hem voor naar de woonkamer, waar een grote staande klok met een gestage slingerbeweging en zacht getik de vluchtigheid van de tijd aangaf. Het was even na enen en vermoedelijk had hij zijn vader bij zijn middagdutje gestoord.

'En, hoe is het gegaan?' Richard ging in zijn brede, zware leren fauteuil zitten.

Louis nam plaats op de sofa, waar zijn moeder altijd met hem had gezeten. Hij miste haar enorm, want met haar had hij altijd alles kunnen bespreken. In haar ogen was geen zorg te klein, geen verdriet te alledaags geweest. Zij had hem als enige liefdevol met zijn tweede naam Eugene aangesproken. Ze was het tegenovergestelde van zijn strenge vader geweest.

Louis deed kort verslag van wat hij in het pakhuis had aangetroffen. Bovendien vertelde hij hem wat Krömers voorwaarden waren geweest.

'Je hebt goed gehandeld,' zei zijn vader. 'Al weet je nu nog niet wat je met die boventallige spullen moet beginnen. God zal je laten zien wat daarvoor de juiste bestemming is.'

'Daar vertrouw ik op.' Louis zweeg even, in gedachten verzonken, voordat hij vervolgde: 'Ik heb uw hulp nodig, vader, vanwege de grote hoeveelheid spullen. Zei u niet dat u aan een vrachtwagen kon komen?'

'Dat klopt, maar ik moet wel even rondvragen. Hoe vlug moet het gebeuren?'

'Volgens de verkoper zo vlug mogelijk.'

Richard schudde nadenkend zijn hoofd. 'Hij zal een week of twee geduld moeten hebben. Denk je dat hij daarmee akkoord gaat?'

'Twee weken!' flapte Louis eruit. Dan had hij het ook in Skodsborg kunnen vragen. Of een paard-en-wagen kunnen regelen.

'Het is niet meer zoals voor de oorlog. Velen van ons hebben nogal wat op het spel moeten zetten en verloren. Maar ik verzeker je dat je over twee weken je vrachtwagen hebt.'

'Dank u. Ik hoop dat die man voor rede vatbaar is. Hij heeft een paar prachtige spullen voor het ziekenhuis.'

'Je krijgt het vast wel voor elkaar.'

Richard nam zijn zoon onderzoekend op en zei toen: 'Het is heel jammer dat Catherine niet mee is gekomen. Ik had graag even met haar willen praten.'

Waarover dan, dacht Louis met een gevoel van lichte weerstand. Over het feit dat ze geen kinderen kan krijgen? Dat we het moeten blijven proberen?

'Die kans krijgt u op z'n laatst op haar verjaardag.'

'Dan zit ik helaas in Amerika. Ik ben uitgenodigd door een kennis uit Battle Creek. Het zal me goeddoen eens iets anders te zien.'

De aankondiging van zijn reis verraste Louis. Zijn vader was wel vaker van huis, maar eigenlijk vertelde hij hem dat altijd ruim van tevoren.

'Ik hoop dat ik jullie eens kan meenemen zodra jullie in Waldfriede gemist kunnen worden. De Amerikanen staan overigens te trappelen om te horen hoe het ermee staat.'

'Brengt u alstublieft onze hartelijke groeten over,' antwoordde Louis wat stijfjes. 'We sturen uitnodigingen rond als we weten wanneer we open kunnen.'

'Dat zal ik ze met plezier vertellen.' Richard nam zijn zoon een poosje zwijgend op en voegde er toen aan toe: 'Ik zal contact met Heinrich opnemen. Je hoort van hem zodra hij die vrachtwagen heeft.'

Louis voelde aan dat het gesprek ten einde was. Hij stond op. Eigenlijk was hij van plan geweest te blijven slapen, maar om de een of andere reden was de lust hem vergaan.

'Tot ziens, vader. Het is een lange reis naar Berlijn. Bovendien moet ik eerst Krömer nog op de hoogte brengen. Ik hoop dat ik hem op zijn kantoor aantref.'

'Ga met Gods zegen.' Richard Conradi stond op uit zijn fauteuil en liet zijn zoon uit.

6

’s Avonds had Hanna het gevoel dat ze door een rotsblok was verpletterd. Haar rug deed zeer, haar vingers klopten en haar vermoeide benen wilden ook bij de baksteen niet warm worden.

De hele dag had ze geen tijd gehad om aan Martin te denken. Dat was goed. Goed was ook dat de meisjes met wie ze de vloer had geschrobd aardig leken.

Zuster Ida kwam binnen en strekte kreunend haar rug. ‘Ik kan niet wachten op de dag dat de verwarming het weer doet!’

Maria, die op haar deken zat, met haar bijbel opengeslagen voor zich, keek op. ‘Dat kan nog wel een tijdje duren als de werklui liever protesteren dan hun werk te doen.’

‘Dag in, dag uit met je kleren aan slapen kan niet gezond zijn,’ mopperde Ida door terwijl ze haar haar losmaakte.

‘Is er in de keuken misschien nog warm water?’ vroeg Hanna, die nog steeds een beetje rilde door het wassen met koud water. In de zomer maakte haar dat niet uit, maar in de winter viel het haar extra zwaar. ‘In Friedensau haalden we dat soms als de keukenmeisjes met de afwas klaar waren.’

Maria en Ida keken haar verrast aan.

‘Het zou toch jammer zijn als het zomaar afkoelt,’ voegde Hanna eraan toe. Ze wist hoe belangrijk het was voor een goede verstandhouding met de anderen te zorgen en zag nu gelegenheid haar beide kamergenotes voor zich in te nemen. ‘Tenslotte zijn er hout en cokes voor verbrand!’

De twee vrouwen wierpen elkaar een blik toe, toen knikten

ze. 'Dat klinkt als een goed idee,' zei Maria.

'Inderdaad!' viel zuster Ida haar bij. 'Mevrouw Conradi zal er niets op tegen hebben.'

Hanna stond op en schoot haar laarsjes aan.

'Hier, neem de lantaren mee!' zei Ida en ze reikte haar een lamp aan.

Toen ze op de gang kwam, werd de ijzige luchtstroom die in de vertrekken alomtegenwoordig was nog sterker. De wind streek fluisterend langs de muren en gierde door de ramen. De vloerplanken kraakten zachtjes onder haar schoenen, de lamp tekende spookachtige schaduwen op de muren. Er liep een rilling over Hanna's rug, en ineens wenste ze dat ze weer in bed lag. Toch ging ze verder, sloop op haar tenen langs de privévertrekken van de Conradi's en kwam eindelijk bij de keuken. Daar zette ze de lamp op de tafel neer. Het fornuis gaf nog altijd warmte. Ze keek rond en ontdekte een emaillen kan, die ze met aangenaam warm water uit de grote pan op het fornuis vulde.

~

Bij zijn terugkeer naar Berlijn was de stad pikdonker. Slechts een paar oude gaslantarens verspreidden licht. Achter de ramen wierp kaarslicht flakkerende schaduwen op de gordijnen. Er werd dus nog steeds gestaakt.

Hoelang zou dat nog duren, vroeg Louis zich af terwijl hij de kraag van zijn mantel opzette om zijn gezicht tegen de ijskoude wind te beschermen. Wat zouden we niet allemaal kunnen doen als de rust in het land eindelijk zou weerkeren!

Na een fikse wandeling kwam hij bij de poort van Waldfriede. De waakhond sloeg even aan, maar toen hij de vertrouwde voetstappen van zijn baasje hoorde verstomde hij en kwam hij kwispelend naar hem toe.

Louis aaide hem over zijn kop, daarna liep hij naar de voordeur. De hond kwam even achter hem aan, maar na Louis' strenge commando trok hij zich terug in zijn hok.

In het ziekenhuis heerste stilte. Slechts achter enkele ramen glom het schijnsel van een petroleumlamp. De euforie over de geslaagde dag had hem onderweg wakker gehouden, maar nu merkte hij hoe moe hij eigenlijk was. Hij verheugde zich op zijn bed en was blij dat hij de volgende dag weer aan zijn dagelijkse verplichtingen zou kunnen voldoen.

Toen hij door de gang liep, zag hij een lichtschijnsel in de keuken. Was Catherine dan nog wakker?

Bij de open keukendeur aangekomen bleef hij staan en wierp een blik naar binnen. De nieuwe verpleegster stond bij het fornuis en vulde een kan met water uit de ketel. Ze droeg een wollen omslagdoek over haar jurk en haar donkerblonde weerbarstige krullen hingen los op haar rug. Ze ging zo in haar bezigheid op dat ze hem helemaal niet zag.

'Ah, zuster Hanna. Bent u nog op?'

De aangesprokene verstarde in haar beweging en draaide zich met een ruk naar hem om.

'Dokter Conradi,' stootte ze verschrikt uit. 'U bent weer terug!'

'Ja, het ging allemaal vlugger dan verwacht.' Louis merkte dat er een lachje op zijn gezicht verscheen. 'Wilt u thee voor uzelf maken?' vroeg hij terwijl hij naar de ketel wees.

'Nee, alleen wat water halen om me te wassen. Het is over, en wordt blijkbaar niet meer gebruikt, waarom zouden we het dan verspillen?'

Conradi trok zijn wenkbrauwen op. 'Daar hebt u gelijk in, zuster Hanna. Neem het gerust mee.'

'Dank u.' Even leek ze in tweestrijd, toen voegde ze eraan toe: 'Uw vrouw vermeldde bij het avondeten dat u in Hamburg was om spullen voor de kliniek aan te schaffen. Ik hoop dat het is gelukt.'

Louis knoopte zijn mantel los. 'Ja, ik denk dat ik een goede koop heb gedaan.'

'Ik wil niet nieuwsgierig lijken, maar hebt u goede spullen voor Waldfriede kunnen krijgen?' Nu werd ze rood.

Haar schuchterheid ontroerde Louis. In tegenstelling tot de meeste andere verpleegsters had ze nog niets van de hardheid die zich in hun gelaatstrekken vastzette wanneer ze eenmaal langer in dienst waren en het werk slopend werd. En met die losse lokken zag ze er nog mooier uit.

Ze leek aan hem te zien wat hij dacht, want ze greep haastig naar haar haar en draaide het in een vlecht.

'Ja, veel zelfs. Apparatuur, instrumenten, bedden... Van sommige spullen weet ik weliswaar zelf niet wat ik ermee aan moet, maar die kunnen misschien voor iets anders geruild worden.'

Hanna knikte. 'Wellicht zijn ze nog voor iets anders te gebruiken.'

'Misschien.' Hij zweeg even. 'Ik ben in elk geval blij dat de man die het magazijn beheert ermee heeft ingestemd de spullen nog twee weken voor ons te bewaren. Eerder kon ik geen vrachtwagen regelen. Daarna heb ik twee uur vergeefs op het station staan wachten – de betrouwbaarheid van het treinverkeer laat echt te wensen over.' Hij lachte, wat haar beklemming enigszins leek te verdrijven. 'We dachten misschien dat wij hier in Zehlendorf als enigen last hadden van de stakingen, maar elders is het net zo.'

'Voor zover ik heb gelezen, is het in het hele land onrustig sinds de keizer is afgetreden,' antwoordde Hanna.

'Interesseert u zich voor politiek?'

'Ik lees graag kranten – voor zover de gelegenheid zich voordoet om er een te krijgen.'

Conradi knikte, toen viel hem iets in. Hij maakte zijn tas open en haalde er het *Hamburger Abendblatt* uit, dat hij op het station had gekocht om de verveling een beetje te verdrijven. Het nieuws was deprimerend, maar in elk geval wist hij nu weer hoe het er in de buitenwereld voor stond.

'Hier, u mag deze wel hebben. U bent vast benieuwd wat er in Duitsland gebeurt.'

Hanna wilde protesteren, maar hij legde de krant op de keukentafel en draaide zich om om weg te gaan.

'Dank u wel,' bracht ze uit. 'Welterusten.'

'Welterusten,' antwoordde Louis, daarna verdween hij naar zijn privévertrekken. Zoals te verwachten was, lag Catherine al in bed. Haar gelijkmatige ademhaling verried dat ze sliep.

Louis zag ervan af haar te wekken. Het was voor haar vast een vermoeiende dag geweest, en aan de nacht zou alweer vroeg een einde komen. Zo zachtjes mogelijk kleedde hij zich uit en schoot hij zijn nachthemd aan. Het vuur in de kleine haard was al uit, maar er hing nog een beetje restwarmte in de lucht.

Zijn vrouw bewoog toen hij naast haar ging liggen, maar ze werd niet wakker. Hij deed zijn ogen dicht. Er gleed een glimlach over zijn gezicht toen hij aan zijn ontmoeting met de nieuwe verpleegster terugdacht. Een pienter meisje. Warm water om zich te wassen. Ja, dat misten ze allemaal. En nog zo veel meer.

~

Met bonzend hart stond Hanna bij het fornuis. Dat ze in de keuken de dokter tegen zou komen had ze niet verwacht.

Nadat ze haar aanvankelijke verwarring had bedwongen wierp ze een blik op de krant – een kostbaar geschenk. In vette letters werd bericht over onlusten in Hamburg. Op het grove papier was een foto van een blokkade afgedrukt. Wat waren ze in Friedensau toch beschermd geweest!

Hanna liet de krant onder haar schort verdwijnen. Ze was van plan hem onder de matras van haar bed te verstoppen tot ze de gelegenheid kreeg hem te lezen. Daarna pakte ze de volle kan, greep met haar vrije hand de lamp en verliet, nog steeds een beetje van slag, de keuken.

7

Zehlendorf, 12 februari 1920

De volgende ochtend werd Hanna lang voor zonsopgang wakker. Ze was blij dat haar inwendige klok nog steeds functioneerde, want vandaag stond de koorrepetitie op het programma.

Toen ze overeind kwam zag ze dat zuster Ida en zuster Maria nog zachtjes lagen te snurken. Hanna glipte haar bed uit en liep op de tast naar het kamerscherm, waarachter de waskom stond. Na haar ochtendtoilet trok ze schoon ondergoed en haar tweede jurk aan. Hanna had gehoopt dat ze hem pas hoefde aan te trekken als het wat minder koud werd, want de blauwe katoen waarvan hij was gemaakt, was niet heel dik. Maar haar wollen jurk was inmiddels ontoonbaar.

Ten slotte draaide ze haar haar tot een wrong in haar nek en pakte ze haar wollen muts met de bijpassende handschoenen uit haar tas. Leni had ze gebreid van zilvergrijze wol, omdat ze dacht dat die kleur haar goed zou staan.

Toen ze klaar was, liep ze op haar tenen de kamer uit. Else had haar uitgelegd hoe ze moest lopen, maar toch wist ze niet zeker of ze de juiste plek zou vinden in het duister van de vroege ochtend.

Om mevrouw Conradi niet per ongeluk tegen het lijf te lopen ging ze door de achterdeur naar buiten. Die deur kwam uit op de achtertuin en de schuur met de werkplaats. De kou sneed in haar wangen en oren en de geur van de rook uit de schoorsteen prikkelde haar neus. Rillend trok ze haar jas dichter om zich heen. Die katoenen jurk was echt niet geschikt voor dit weer.

'Pst!' klonk het van de zijkant. Hanna kromp ineen. Het volgende moment werd ze verblind door een lichtschijnsel.

'Ik ben het,' fluisterde Else.

Hanna kneep haar ogen dicht. 'Wat doe je nou?' vroeg ze in protest.

'Die heb ik van mijn oom gekregen,' zei Else giechelend. Ze liet haar een kokertje zien met aan één uiteinde een lens, waar licht doorheen viel. 'Een zaklantaarn. Heel handig als je geen zin hebt om op een keer in de Krumme Lanke terecht te komen.'

'Krumme Lanke?' vroeg Hanna verbaasd. Voor haar ogen zweefden donkere puntjes.

'Een meer midden in het bos. De dokter zei dat hij ooit een huis aan het water wilde kopen waar we allemaal vakantie mogen vieren.'

'Staan er dan huizen om de Krumme Lanke heen?' Wat een rare naam voor een meer, dacht Hanna. Maar haar nieuwsgierigheid was gewekt en ze vroeg zich af waarom het zo werd genoemd.

'Wel in de buurt, maar niet echt aan de oever. Ik geloof trouwens niet dat de dokter dat meer bedoelde.' Ze richtte de straal van haar zaklantaarn op de duisternis. 'Zullen we? De anderen wachten al.'

Hanna bleef dicht bij Else lopen. Het was nog zo aardedonker dat ze nauwelijks een hand voor ogen zag.

'Het is niet ver,' fluisterde Else. 'We willen alleen niet dat mevrouw Conradi er iets van merkt. Ze is altijd al tegen vijf uur op en ons gezang draagt in deze stille omgeving vrij ver.'

Hanna probeerde iets op haar horloge te onderscheiden. Was het half vijf?

'Licht eens even bij,' fluisterde ze Else toe.

Toen de lamp het horloge verlichtte, zag ze dat ze gelijk had gehad.

Even later hoorde ze zachte stemmen en gegiechel.

Vijf meisjes waren samengekomen rondom een klein vuurtje, dat niet bijster goed brandde.

'We zijn er!' meldde Else terwijl ze vijf gezichten bescheen. Hanna had die meisjes tijdens de schoonmaak en tussen de middag aan tafel gezien. Ze woonden niet in het gebouw, omdat het dochters van gemeenteleden uit Berlijn waren. Ze had hun namen niet onthouden.

'Dit is zuster Hanna. Ze komt ons koor versterken.'

De meisjes knikten haar toe en noemden achtereenvolgens hun naam: Martha, Christa, Hilde, Helene en Luise.

'Doen er nog meer zusters mee?' vroeg Hanna handenwrijvend. Ondanks de ruwe wanten die ze droeg voelden haar vingers aan als ijspegels.

'We hebben het hun gevraagd, maar zuster Maria had het te druk en zuster Ida ook. Die twee lopen liever bevelen uit te delen dan dat ze met ons meezingen.' Elses grote ogen straalden; dat kon Hanna zelfs bij dit licht zien. 'Jij bent de eerste die meedoet.'

Hanna was verbaasd dat Maria en Ida niet mee wilden doen. Waren ze niet goed bij stem? Eigenlijk kon iedere verpleegster uit Friedensau redelijk zingen.

'Wat willen jullie instuderen?' vroeg ze zonder op Elses opmerking in te gaan.

'"Op adelaarsvleugels gedragen"', antwoordde een van de meisjes, dat zich had voorgesteld als Luise. 'Ken je dat?'

Hanna schudde haar hoofd. Dat lied was ze tot nog toe niet tegengekomen.

'Het is gemaakt door een doktersvrouw. We hebben het tijdens de Bijbelles geleerd; het is volgens mij vrij nieuw. Ik zing het je even voor.'

Met glasheldere stem zong Luise: 'Op adelaarsvleugels gedragen over de bruisende zee des tijds, op adelaarsvleugels gedragen tot in de eeuwigheid...'

De melodie en de woorden bezorgden Hanna kippenvel. Wat klonk dat prachtig! Ze had altijd gewenst dat ze zo kon zingen. Haar hart smolt van ontroering en ze wenste vurig dat haar zusje erbij was.

Er viel een stilte na het gezang. Alleen de wind ruiste door de bomen.

'Wat een mooi lied,' zei ze. 'Maar ik ben bang dat je me een briefje met de tekst moet geven. Ik heb het niet allemaal kunnen onthouden.'

'Dat krijg je,' beloofde Luise. 'We zijn al wat verder, maar vandaag oefenen we het nog eens regel voor regel. Goed?'

Even later schalde het lied door het bos en het leek of het de dageraad tevoorschijn lokte.

'Vader gaat op reis naar Amerika,' zei Louis. Hij hield zijn handen tegen het openstaande deurtje van de kachel. Na zijn ronde door het gebouw was hij door en door verkild en waren zijn vingers bijna gevoelloos. 'Wist jij daar iets van?'

'Nee,' antwoordde Catherine terwijl ze de grutten afwoog.

'Hij informeerde naar je.'

'O ja?' vroeg ze zonder op te kijken. Catherine had eigenlijk altijd goed met haar schoonvader kunnen opschieten, maar sinds haar miskraam leek ze gespannen wanneer Louis over Richard begon. Hij kon slechts vermoeden hoe zwaar de last was die op haar schouders drukte. Zijn vader had inderdaad hoge verwachtingen. Maar tot nog toe had ze daar geen problemen mee gehad.

'Hij leek verbaasd dat je niet mee was.'

'Iemand moet hier toch toezicht houden. Dat heb je hem hopelijk gezegd.'

'Jazeker.'

Louis keek eens even goed naar haar. Het werk en de kou hadden sporen nagelaten. Op hun gezicht en hun haar, maar ook op hun ziel.

Als je een huwelijk kapot wilt maken, moet je een huis gaan bouwen, had hij ooit iemand horen zeggen.

Er klonken haastige voetstappen op de gang, direct gevolgd door een opgewonden stem die zei: 'Dokter, er is een politieagent die u wil spreken!'

Conradi keek op en zag het rood aangelopen gezicht van een jonge bouwvakker. 'Wat voor politieagent?'

'Het zal wel om het bouwmateriaal gaan dat we afgelopen week hebben binnengekregen.'

Louis kreeg het koud en warm tegelijk.

‘Ik kom eraan,’ zei hij. Hij trok zijn mantel aan over zijn vuil geworden jasje en liep de keuken uit.

De politieagent was een gedrongen man met een snor die hem het uiterlijk van een walrus verleende. Onder zijn punthelm waren zijn waakzame blauwe ogen te zien, die elke beweging volgden.

‘Goedendag,’ groette Louis beleefd. ‘U wilt me spreken?’

‘Bent u de eigenaar van dit gebouw?’

‘Ja. Dokter Louis Conradi. Met wie heb ik het genoegen?’

‘Wachtmeester Baumann. Ik heb gezien dat er op uw terrein bouwmateriaal ligt opgeslagen.’ De blik van de politieman ging naar het opgestapelde materiaal naast het gebouw. ‘Mag ik daar een blik op werpen?’

‘Vanzelfsprekend,’ antwoordde Conradi en hij opende met tegenzin het hek. Alles in hem riep dat niet te doen, maar hij wist dat hij geen keuze had. Als hij de agent wegstuurde, kwam hij misschien met een heel leger collega’s terug. Of, erger nog, Wiedemann zou het te horen krijgen.

Hij ging Baumann over het uitgesleten pad voor naar de opslagplaats van het materiaal, waar een dekzeil overheen was gespannen. Het bouwmateriaal was pas een paar dagen eerder aangekomen: bakstenen, draagbalken en wat zakken kalk. Het waren waardevolle goederen, die tegenwoordig niet makkelijk te krijgen waren. Degenen die het transport hadden verzorgd waren er met moeite in geslaagd hier te komen.

‘Laat maar eens zien wat daaronder zit,’ beval de wetsdienaar toen ze bij de stapel bouwmateriaal waren aangekomen. Onder de blikken van de bouwvakkers, die de aanwezigheid van de man in uniform hadden opgemerkt, trok Conradi een stuk dekzeil opzij.

De wetsdienaar hield zijn hoofd schuin. Louis zag dat hij de waarde schatte. Het onaangename gevoel in zijn maagstreek werd sterker.

‘Hebt u een bouwvergunning?’ vroeg agent Baumann ten slotte.

Er liep een rilling over Louis’ rug. Dat was waar hij bang voor was geweest! Wiedemann, dacht hij. Laat hij ons nu bespioneren? In dit afgelegen deel van Zehlendorf had de politie zich nooit eerder vertoond.

Hij maande zichzelf tot kalmte.

'We hebben een aanvraag ingediend bij de bouwkundig ambtenaar, maar nog geen antwoord gekregen.'

De gelaatstrekken van de politieagent verhardden zich. 'Zolang u geen bouwvergunning hebt mag u niet bouwen,' deelde hij Conradi mee. 'Derhalve hebt u ook geen materialen nodig waaraan elders dringend behoefte is.'

Het liefst had Louis de wetsdienaar de oren gewassen over het belang van een ziekenhuis, maar dat zou alles alleen maar erger hebben gemaakt.

'Ik neem hierbij het materiaal in beslag en verbied u er nog iets van te gebruiken,' zei Baumann voordat Louis kon protesteren. 'Bovendien staakt u per direct uw bouwwerkzaamheden.'

Die laatste zin sprak hij zo luid uit dat ook de arbeiders in de buurt hem konden horen.

'Dat kunt u niet doen!' Louis plofte van verontwaardiging. 'Dit wordt niet een of ander woonhuis; we bouwen een ziekenhuis voor het algemeen belang!'

'En daarvoor hebt u een bouwvergunning nodig, dokter,' bromde de agent en hij haalde een bonnenboekje uit de zak van zijn uniform. 'Ik zal proces-verbaal opmaken.'

'Proces-verbaal?' Louis staarde hem ontzet aan. Machteloos moest hij toezien hoe de agent een formulier invulde. Even later kreeg hij het formulier in de hand gedrukt.

'Als u het er niet mee eens bent, wendt u zich dan tot de bouwkundig ambtenaar en zorg ervoor dat u de vergunning kunt overleggen. Tot dan raakt u het bouwmateriaal niet aan en stuurt u ook uw arbeiders weg, anders laat ik het direct weghalen.'

De woorden van de politieagent waren als een stomp in zijn maag. Woede balde zich samen in Louis' lichaam. Het liefst had hij die hork van een vent door elkaar gerammeld, maar hij balde slechts zijn vuisten en dwong zichzelf tot kalmte. Wat schaadde het de stad nou als hij te vroeg bouwmateriaal aanschafte?

Hij verdacht Wiedemann en de burgemeester van Zehlendorf er steeds meer van dat ze achter deze pesterij zaten.

'Een goede dag nog, dokter. We zien elkaar over een week weer.

Dan moet de vergunning er zijn, anders bent u het materiaal kwijt en betaalt u een forse boete,' zei wachtmeester Baumann dreigend. Hij maakte aanstalten om het terrein te verlaten.

Louis' hart ging als een razende tekeer. Even kon hij niets anders doen dan de politieman woedend nakijken. De wereld om hem heen leek opeens stil te staan. Wat moest hij doen? Een week zou niet voldoende zijn om de vergunning in handen te krijgen. Of er moest een wonder gebeuren en de postbode kwam de langverwachte brief brengen. Het was goed mogelijk dat Wiedemann zijn invloed ook aanwendde om de beslissing te vertragen.

Pas toen hij voetstappen achter zich hoorde naderen draaide hij zich om. Carl Rohleder kwam naast hem staan.

'Wat is er gebeurd?' vroeg hij.

'We hebben een proces-verbaal gekregen,' zei hij en hij hield het formulier omhoog. 'Vanwege het ontbreken van een bouwvergunning mogen we niet doorgaan met de werkzaamheden.'

'Maar dat kan toch niet waar zijn?' Rohleder keek naar het nummer van het proces-verbaal.

'Het is wel waar,' antwoordde Louis terneergeslagen. 'We hebben die ellendige vergunning niet.' Hij slaakte een zucht.

Rohleder knikte. 'En wat staat ons nu te doen?'

'Het zou kunnen dat de postbode de brief waar we op wachten bezorgt; dan loopt alles met een sisser af. Anders kunnen we alleen maar bidden.'

'En hoe zit het met de arbeiders?'

Ze hadden makkelijk gewoon door kunnen werken, maar Louis was ervan overtuigd dat de agent ergens op de loer lag en erachter probeerde te komen of ze zich wel aan zijn verbod hielden. Het idee dat hij ergens met een verrekijker in het struikgewas zat om hen in de gaten te houden zou grappig zijn geweest als het niet zo riskant was.

'De mannen moeten naar huis gaan,' besloot hij. 'We gaan pas weer door als de vergunning binnen is. Elk ander besluit zou onverantwoord zijn.'

Carl Rohleder perste zijn lippen op elkaar en knikte toen bedachtzaam.

~

De ochtend sleepte zich voort en Hanna wenste bijna dat ze weer beneden in de ziekenzaal was in plaats van op zolder.

Na het ontbijt had Maria haar apart genomen. 'Broeder Rohleder heeft op zolder een paar bruikbare kasten gevonden waarmee we een apotheek kunnen inrichten. Dokter Conradi wil dat ze geschrobd worden. Dat lijkt me een mooie taak voor ons beiden.'

Hanna had geknikt. Dat klonk in elk geval beter dan urenlang op je knieën en met gekromde rug de vloer te boenen.

'Neem maar een sjaal mee; het kan daarboven wel eens onbehaaglijk worden.'

Het was donker op zolder en hoewel het vreselijk tochtte, rook het er behoorlijk muf. Er viel wel wat licht door het dakraam, maar dat bereikte niet alle hoeken.

De kasten waren op zichzelf wel mooi, maar het leek of alle soorten vocht die je kon bedenken in het hout waren getrokken. Met zand wist Hanna het vuil toch enigszins weg te krijgen. Wat eerst donkerbruin was, bleek rood mahonie te zijn en ook het beslag begon weer te glanzen. Dat resultaat bereikten ze echter slechts met centimeters tegelijk en op den duur ervoer Hanna het als een straftaak, ook al werkte Maria zelf mee.

Toen de oudere verpleegster de zolder voor een poosje verliet om te kijken of alles beneden goed ging, stond Hanna op en rekte zich uit.

Door een van de dakraampjes kon ze de huizen in de verte zien. Ertussenin lag een meertje.

Zou dat de Krumme Lanke zijn? Nee, daarvoor was het veel te klein. Iets verder naar rechts grensde het aan het bos. De bomen waren kaal; er stonden schuilhutjes tussen. Sommige waren behoorlijk gammel. Ook stond er een omheining van palen.

Haar blik viel op het ziekenhuisterrein. Bij het hek stonden twee mannen. Een van hen droeg een politie-uniform en de ander moest dokter Conradi zijn.

Een politieagent hier op Waldfriede?

Nieuwsgierig deed Hanna het raampje open en probeerde te

verstaan wat ze bespraken, maar ze was veel te ver van hen vandaan en bovendien stond de wind zo dat de woorden eerder wegwaaiden dan dat ze naar haar toe werden gedragen.

Toen ze de voetstappen van zuster Maria hoorde, stapte ze weg van het raam en ging weer aan het werk, maar wat ze had gezien liet haar niet meer los.

Pas toen de bel voor het middageten ging, legde ze de poetsdoeken neer.

'Breng de emmer naar beneden en ga je handen wassen,' beval zuster Maria. Ook haar kast was al voor de helft schoon. 'Na het eten gaan we verder.'

'Ja, zuster Maria,' zei Hanna en ze stond op. Met de emmer vol vuil water liep ze behoedzaam de trap af. Beneden aangekomen ging ze de hoek om en was ze bijna tegen de dokter op gebotst. Geschrokken stapte ze naar achteren, waarbij er een guts water op haar rok en haar laarsjes terechtkwam.

'Neemt u me niet kwalijk, zuster Hanna,' zei Conradi. 'Ik zag u niet aankomen.'

'Al goed. Ik moet zelf mijn excuses aanbieden, want ik was in gedachten verzonken,' zei Hanna en ze keek omlaag naar haar kleren. Nu moest ze ook nog zorgen dat ze haar jurk morgen weer aankon.

'Ja, in de huidige tijden is er genoeg om over na te denken,' gaf de arts ernstig toe en hij stopte zijn handen in zijn broekzakken. Hij stond voorovergebogen, alsof hij een zware last op zijn rug droeg. Hij zag er uitgeput uit.

'Is alles in orde, dokter?' vroeg ze. 'Toevallig zag ik u zojuist met een politieagent praten...'

'Die agent had gehoord dat we bouwmateriaal in opslag hadden en wilde de daarbij behorende bouwvergunning zien. Vervelend genoeg laat die op zich wachten. Het lijkt erop dat de raderen der bureaucratie tegenwoordig nog langzamer draaien dan anders.' Conradi lachte vreugdeloos. 'We zullen pas kunnen doorgaan met verbouwen als de brief binnen is.'

Hanna dacht even na. 'Kunt u ze er niet toe aansporen het vlugger af te handelen?' Ze had geen idee hoe het er bij de gemeente aan toeging, maar ze wist wel dat het vaak hielp als je ergens achteraan bleef zitten. 'Als u eens ging praten met de verantwoordelijke ambtenaar?'

'Ik vrees dat Bouw- en woningtoezicht ons niet welgezind is.'

Hanna fronste haar voorhoofd. 'Hoezo niet? We doen hier toch niets verkeerds?'

'Soms wekt de bezigheid van de een de hebzucht van de ander op,' antwoordde Conradi enigszins vaag. 'En zodra je in de ogen van zulke mensen van de norm afwijkt, zijn redenen gauw gevonden.'

'Maar dat kan toch zomaar niet!' zei Hanna verontwaardigd. 'En de hoofdambtenaar voor bouwkundige zaken dan? Die gaat toch over de vergunningen?'

'Inderdaad.'

'En als u tegen hem zegt dat die politieagent problemen veroorzaakt en dat het fijn zou zijn als hij er haast achter zette?'

Conradi snoof. 'Dat zal de heren weinig interesseren.'

'Maar dit moet toch een ziekenhuis worden?' Hanna wees met gestrekte arm naar het gebouw. 'Dat is toch in het algemeen belang, of niet soms?'

Achter Conradi's voorhoofd begon het te malen.

'Bovendien bent u arts en daarmee een man van aanzien,' vervolgde Hanna. 'In Friedensau hadden de ambtenaren ook altijd groot respect voor artsen.'

Achter hen sloeg de klok twaalf uur.

'Maakt u zich geen zorgen, zuster Hanna. Ik heb al heel wat problemen overwonnen.' Conradi dwong zichzelf zichtbaar tot een glimlach en ging ervandoor.

Hanna keek hem na en haastte zich toen om de emmer te legen, zodat ze op tijd zou zijn voor het middageten.

8

Bij Bouw- en woningtoezicht heerste de traagheid van de namiddag. De geur van boenwas hing in de lucht, maar de gangen waren nagenoeg leeg. Hier en daar ging er een deur open, maar de persoon die dan naar buiten kwam schonk geen aandacht aan hem.

Louis nam een moment om op adem te komen. De tocht van Waldfriede naar het centrum van Zehlendorf was vermoeiend geweest.

Lopen, lopen, lopen, zei hij bij zichzelf. Hoeveel heb ik de afgelopen weken wel niet gelopen? Eigenlijk was hij er wel aan gewend, maar het was iets heel anders om tussen patiënten heen en weer te rennen.

Het kantoor van bouwkundig ambtenaar Fischer lag op de eerste verdieping van het grote gebouw. Zijn secretaresse zat op de schrijfmachine te tikken tot Louis op de deur met de glazen ruit klopte.

Het getik verstomde onmiddellijk. De secretaresse keek op en riep: 'Binnen!' Ze droeg een kort kapsel, volgens de nieuwste mode, en ook haar jurk zag er heel modern uit. Hij was blauw met wit, had een matrozenkraag en een lage taille, en de rok eindigde ter hoogte van de knie.

'U wenst?' vroeg ze toen hij de voorkamer in kwam.

Conradi nam zijn hoed af en maakte een lichte buiging. 'Mijn naam is dokter Louis Conradi. Ik zou graag de bouwkundig ambtenaar spreken. Is dat mogelijk?'

‘Het spreekuur is ’s ochtends,’ antwoordde de vrouw een beetje bars.

‘Alstublieft,’ antwoordde hij. ‘Het is dringend. Het gaat om ziekenhuis Waldfriede.’

De jonge vrouw keek hem aan alsof ze daar voor het eerst van hoorde, maar toen zei ze: ‘Een momentje,’ ze stond op en klopte op Fischers deur achter haar bureau om haar baas van zijn aanwezigheid in kennis te stellen.

Conradi keek haar na terwijl ze in zijn kantoor verdween en draaide nerveus zijn hoed in zijn handen. Hopelijk maakte hij het met zijn bezoek niet nog erger. Stel dat Wiedemann Fischer had opgedragen de vergunning te weigeren? Hij had geen idee welke contacten er tussen die ambtenaren bestonden.

De deur van Fischers kantoor ging open. ‘Dokter Conradi?’ zei de secretaresse, waarmee ze hem uit zijn gedachten haalde.

‘Ja?’

‘Meneer Fischer verzoekt u binnen te komen.’

Dat verraste hem, maar hij liet het niet merken. ‘Dank u,’ zei hij slechts en hij liep langs de jonge vrouw naar binnen.

De geur van sigarenrook verwelkomde hem. Bouwkundig ambtenaar Fischer was een lange, forse man, eerder het evenbeeld van een Pruisische officier dan van een ambtenaar. Hij sloot het raam waar hij voor stond en kwam naar Conradi toe.

‘Dokter Conradi, welkom!’ zei hij en hij stak hem zijn hand toe.

Louis nam die aan en beantwoordde de ferme handdruk. Intussen probeerde hij niet te laten merken hoe nerveus hij was. Wanneer hij met zijn broeders vergaderde en financiële zaken moest bespreken, was het een voordeel als je geen angst toonde. Net als tegenover leeuwen in Afrika, dacht hij.

‘Aangenaam kennis te maken, meneer Fischer.’

‘Ik heb al veel over u gehoord,’ antwoordde deze terwijl hij naar de stoel voor het bureau wees. ‘Neemt u toch plaats.’

Met een onheilspellend voorgevoel ging Louis op de met leer overtrokken stoel zitten.

‘Vordert uw ziekenhuis goed?’ informeerde de bouwkundig ambtenaar als terloops. ‘Mijn neef vertelde me dat de faam van

Waldfriede in de plaats waar hij studeert diep is doorgedrongen.'

Dat verraste Conradi. 'Mag ik vragen waar uw neef studeert?'

'In Friedensau,' antwoordde Fischer. 'Hij wil zendeling worden en studeert daar binnenkort af aan het seminarie.'

Louis was zo verbaasd dat hij geen woord wist uit te brengen.

'Lothar is werkelijk een heel begaafde jongeman,' vervolgde Fischer. 'Zijn ouders waren lichtelijk verrast, maar inmiddels zijn ze gewend aan het idee dat hun zoon weldra naar Afrika zal vertrekken.'

'Ik ken het seminarie in Friedensau,' was Conradi's reactie. 'Ook ik wilde ooit zendeling worden, maar dat werd me helaas geweigerd.'

'Dat is spijtig, maar het werk dat u in uw ziekenhuis gaat doen zal heel waardevol zijn voor onze stad en ons land.'

Daar twijfelde Louis niet aan. Vooropgesteld dat hij niet onteigend werd.

'Maar genoeg gepraat, wat is de reden van uw komst?' vroeg Fischer terwijl hij achteroverleunde.

'Vanmorgen kwam er een politieagent naar Waldfriede en legde beslag op ons bouwmateriaal met verwijzing naar het ontbreken van een bouwvergunning,' begon Louis. 'We hebben de aanvraag al eind vorig jaar ingediend, maar tot nog toe is een beschikking uitgebleven.'

Fischer luisterde met een ernstig gezicht, toen leunde hij naar voren en vouwde zijn handen op het bureaublad. 'Welnu, wat de bouwvergunning betreft zal ik waarschijnlijk niets kunnen doen. Ambtelijke molens malen langzaam.'

Bij die woorden ging er een steek door Louis heen. Hij kon zich indenken wie in staat was de molens nog langzamer te laten malen.

'Maar we hebben het materiaal nodig voor de verbouwing!' riep hij bijna smekend. 'We weten natuurlijk dat we niet aan nieuwbouw kunnen beginnen zolang de vergunning er niet is, maar de bestaande vertrekken zijn bouwvallig, en inbeslagname zou een grote achterstand opleveren.'

Fischer dacht na. 'Wat is de naam van die politieagent?'

'Baumann. Een voornaam noemde hij niet.'

'Poeh!' riep de bouwkundig ambtenaar en hij sloeg met zijn hand op het bureaublad. 'Baumann! Natuurlijk! Die vindt zichzelf wat al te belangrijk, die knaap.'

'Hebt u dan al... met hem te maken gehad?'

'Nou en of! Hij patrouilleert door de stad, altijd op zoek naar iets waarvoor hij mensen kan aangeven. U hebt geen idee hoe gehaat hij is bij de villa-eigenaren in de stad!'

Dat klonk allesbehalve goed. Waarschijnlijk zou Baumann hun het leven verder lastig maken.

'Welnu,' Fischer pakte een vulpen, 'omdat u te kennen hebt gegeven dat u geen vergrijp pleegt en niet tegen de geldende wet ingaat, kan ik een inbeslagname nietig verklaren. U kunt de renovatie voortzetten.'

'En de wachtmeester dan?' vroeg Louis, verheugd over het gedeeltelijke succes.

'Ik zal het politiebureau bellen en met hem praten, zodat hij u niet meer lastigvalt.'

Dat was bijna te mooi om waar te zijn, en Louis had het gevoel dat het niet voldoende was. Hij kende ambtsdragers goed genoeg om te weten dat sommige zich door instructies van hogerhand op hun tenen getrapt voelden. Hij zou er wel niet onderuit komen ervoor te zorgen dat Baumann geen problemen meer veroorzaakte.

~

Tegen de avond stonden de twee medicijnkasten weer glanzend te stralen. Het hout blonk in een warme roodtint, het hang- en sluitwerk glom in het wegstervende daglicht.

Hanna strekte haar rug. Nu Maria was weggegaan om Carl Rohleder te laten weten dat hij naar de kasten kon komen kijken, gunde ze zich een moment van vreugde over het succes van hun werk.

'Die kasten zijn echt mooi geworden.'

Hanna draaide zich verschrikt om. Ze had Maria verwacht, maar in haar plaats zag ze dokter Conradi staan.

Hij kwam naar haar toe en streek met zijn hand over het hout, daarna richtte hij zijn blik op haar. 'Een ware schat.'

Hanna trok haar jasschort recht.

'Uw voorstel met betrekking tot de bouwkundig ambtenaar was overigens een schot in de roos,' zei hij toen.

'Bent u bij de afdeling Bouw- en woningtoezicht geweest?' vroeg Hanna.

Conradi knikte. 'De neef van de bouwkundig ambtenaar is bezig af te studeren aan het zendelingenseminarie in Friedensau. In elk geval wordt de beslaglegging ongedaan gemaakt en kunnen de renovatiewerkzaamheden doorgaan.'

'Maar dat is geweldig!'

De dokter knikte, en toen zei hij: 'Ik heb een kleine verrassing voor u en de anderen. Misschien kunt u de meisjes laten weten dat ze naar beneden moeten gaan? En laat ze hun jas aantrekken!'

'Met alle plezier,' antwoordde Hanna, toen rende ze met rode wangen van opwinding weg. Wat voor verrassing zou dat zijn?

Ze vond Else op de eerste verdieping en Helene op de tweede. Daarna liep ze naar haar kamer om haar jas te halen, waar ze zuster Ida en zuster Maria aantrof.

'Wat kan hiervan de bedoeling zijn?' vroeg Ida, terwijl ze haastig haar sjaal omsloeg.

'Dat zullen we zo wel zien,' zei Maria, die blijkbaar ook geen enkel vermoeden had.

Toen ze het gebouw verlieten zagen ze dat er een vuurplaats op het erf was gemaakt. Iemand had bakstenen op zo'n manier opgestapeld dat er een cirkel was ontstaan waarbinnen vlammen zich gulzig tegoed deden aan hout en een beetje steenkool. Erboven stond een stellage waaraan een ketel hing. Het water erin begon al te dampen.

'Lieve broeders en zusters,' begon dokter Conradi, die zelf niet eens een mantel had omgedaan. 'Ik weet dat de afgelopen tijd zwaar is geweest voor jullie. Om het werk wat te verlichten staat van nu af aan op deze vuurplaats warm water klaar dat jullie kunnen gebruiken om jezelf en je kleding te wassen. Ik verwacht dat jullie je er naar behoren en met mate van bedienen en dat degenen die dat doen het vuur brandend houden en ook de ketel bijvullen.'

Er klonk instemmend gefluister.

'Broeder Rohleder zal op het vuur letten, maar ik hoop dat wij er allemaal behoedzaam mee om zullen gaan.'

Bij die woorden keek hij glimlachend naar Hanna en knikte haar bijna onmerkbaar toe.

9

Zehlendorf, 13 februari 1920

Na drie lange dagen hard werken was Hanna blij dat die vrijdagavond haar eerste sabbat op Waldfriede zou beginnen, de rustdag vrij van verplichtingen, waarop ze eindelijk de kans zou krijgen een beetje op adem te komen. Van vrijdag na zonsondergang tot zaterdagavond was het adventisten verboden werk te verrichten. Die tijd moest worden besteed aan Bijbelstudie, maar ook andere activiteiten zoals lezen, reizen of wandelen waren toegestaan.

Hanna dacht aan de krant die ze onder haar matras had verstopt. Misschien vond ze een plekje waar ze zich er in alle rust in kon verdiepen. Ook in Friedensau had ze zich tijdens de sabbat wel eens teruggetrokken om te lezen of tijdschriften door te nemen.

Ze had net haar jasschort aangetrokken toen mevrouw Conradi achter haar opdook. 'Hanna, wil je alsjeblieft even meekomen? Ik heb je in de keuken nodig.' Zonder verdere uitleg draaide ze zich om.

Hanna liep achter haar aan.

In de keuken trof ze ook de twee andere zusters aan. Maria en Ida keken ernstig.

'We staan voor een probleem,' zei mevrouw Conradi, toen Hanna eenmaal binnen was. 'Mijn man heeft de politieagent die het ons laatst lastig maakte uitgenodigd om zondagochtend te komen ontbijten, maar we hebben bijna niets wat we hem kunnen aanbieden.' Ze wierp een zorgelijke blik op de glazen potten die op de schappen stonden. 'Meel is er genoeg en daar kan ik vers brood van bakken. Maar ik wil hem liever geen gerstepap aanbieden.' Ze keek hen om beurten aan. 'Ik wil jullie vragen naar het centrum van Zehlendorf te gaan en te proberen het een en ander te bemachtigen wat we kunnen gebruiken. Ga er ook maar even voor bij onze geloofszusters langs.'

'Maar we kunnen toch niet gaan bedelen,' wierp zuster Maria tegen.

'Natuurlijk niet, maar je hoeft je niet te schamen als je om hulp vraagt,' antwoordde mevrouw Conradi. 'Dit bezoek is heel belangrijk voor ons ziekenhuis.'

Zuster Maria zweeg.

Mevrouw Conradi pakte levensmiddelenbonnen uit een blikken trommeltje en verdeelde ze onder de verpleegsters. De oorlog mocht dan al meer dan een jaar voorbij zijn, het meeste was nog steeds op de bon.

'Kijk maar wat jullie kunnen krijgen,' vervolgde de doktersvrouw. 'Ik kan overal wel iets van maken.' Hoewel het contante geld vrijwel met de dag aan waarde verloor, legde mevrouw Conradi er nog een paar bankbiljetten bij. 'Misschien helpt dat nog een beetje,' zei ze. 'Hier en daar staan mensen voor hun huis om iets te verkopen wat in de winkel niet te krijgen is.'

'U bedoelt de zwarte markt?' vroeg Maria ontsteld.

'In tijden als deze mogen we niet kieskeurig zijn,' antwoordde mevrouw Conradi. Ze voegde er vermanend aan toe: 'Maar laat je niet al te zeer met die mensen in, hoor!'

Hanna stopte de bonnen en de biljetten weg en liep achter de anderen aan naar buiten.

'Zover is het dus al gekomen,' klaagde Maria. 'We gaan de zwarte markt op.'

'Wat kunnen we anders doen?' vroeg Ida. Haar adem vormde witte wolkjes in de koude lucht.

'Die handelaren zullen ons heus niet opeten,' zei Hanna solidair terwijl ze haar sjaal strakker om haar hals trok.

Maria keek haar somber aan. 'Denk om je moraal, Hanna! Je

bent een zuster van Friedensau en geen meisje van lichte zeden!'

Hanna onderdrukte de neiging om haar ogen ten hemel te slaan en knikte. Ida giechelde.

'Het is niet grappig!' zei Maria boos tegen haar. Toen ging ze als eerste op weg.

~

Met een tevreden glimlachje kwam Louis de keuken binnen.

'Wil je een kopje thee?' vroeg Catherine terwijl ze het keteltje pakte. Zoals altijd droeg ze haar zwarte wollen jurk en had ze haar blonde haar in een wrong gelegd.

'Ja, heel graag,' antwoordde hij.

Catherine legde een thee-ei in een kopje en goot er heet water overheen.

'Hoe staat het met de plannen voor het ontbijt?' vroeg Louis en hij blies de damp over de rand van zijn kopje.

'Ik heb Maria, Ida en Hanna erop uitgestuurd. Ze moeten maar zien wat ze in de stad kunnen vinden.'

'Rundersalami zou geweldig zijn...' Er vloog een schalks glimlachje over zijn gezicht.

'Je maakt zeker een grapje!' antwoordde Catherine verschrikt. 'Dat kunnen we ons nooit en te nimmer veroorloven.'

'Stil maar, dat weet ik wel,' zei Louis sussend. Hij kon het haar niet kwalijk nemen dat de moeilijke omstandigheden die ze het hoofd moesten bieden haar gevoel voor humor aantastten, maar soms wenste hij dat ze iets van haar jeugdige vrolijkheid zou terugkrijgen.

'Ik heb gehoord dat Elisabeth binnenkort hier aankomt,' zei hij om van onderwerp te veranderen. 'Ze heeft eindelijk haar baan kunnen opzeggen.'

'Wilde de kliniek haar niet laten gaan?' vroeg Catherine schijnbaar neutraal, maar Louis wist hoe het er in haar hart uitzag. Vanbinnen jubelde ze waarschijnlijk.

De twee vrouwen hadden elkaar leren kennen tijdens een bezoek aan het sanatorium van Skodsborg, waar Elisabeth Bruhn een praktijkstage had afgerond. Ze hadden meteen uitstekend met elkaar overweg gekund. Louis had Elisabeth naar Zehlendorf gehaald, waarmee hij hoopte het leven voor zijn echtgenote een beetje draaglijker te maken.

'Elisabeth is ondanks haar jonge leeftijd een zeer gewaardeerde verpleegster,' zei hij. 'Ik heb me laten vertellen dat ze de capaciteiten heeft om hoofdzuster te worden.'

'Nou, als je haar als zodanig wilt inzetten, zou ze vast een goede keuze zijn.' Catherine leek vergenoegd.

'En ik heb nog een nieuwtje: er is een telegram van mijn vader gekomen dat de vrachtwagen volgende week klaarstaat. Ik ga dus weer naar Hamburg.'

Catherine knikte. Louis zag aan haar dat ze graag mee had gewild. Toen ze destijds pas in Hamburg waren gearriveerd, had ze genoten van wandelingen langs de Alster. Hij had toen als arts-assistent nog lang niet de status van een medisch specialist, maar de vrouwen van zijn collega's hadden zich over haar ontfermd en ze was opgebloeid.

Inmiddels was hij er niet meer zo zeker van dat hij haar met dit eigen ziekenhuis een plezier deed. Het was stevig aanpoten, ook voor haar.

Tegelijkertijd hield hij zichzelf voor dat er belangrijker zaken waren dan wandelingen langs de Alster of feestelijke diners. Hier ging het om het welzijn van het genootschap en als alles eenmaal klaar was, zou Catherine gelegenheid hebben om vriendschappen aan te knopen met andere doktersvrouwen. En dan zou ze niet zomaar de vrouw van een arts-assistent zijn, maar de echtgenote van de stichter van een kliniek.

~

In de Hauptstrasse, de brede winkelstraat in het centrum van Zehlendorf, heerste grote bedrijvigheid, hoewel de mensen weinig geld hadden en het winkelaanbod schaars was. Het zonnige weer, dat het randje van de ijzige kou wegnam en de plassen op het plaveisel liet glinsteren, leek de mensen allemaal naar buiten te trekken.

Hanna genoot van de zonnestralen die haar gezicht verwarmden. Bij het kruispunt hadden ze zich opgesplitst; ze waren ieder een andere kant op gegaan. Hanna herkende de straat waar ze doorheen gelopen was toen ze van het station kwam, maar ze had geen idee waar ze iets kon vinden wat geschikt was voor het ontbijt. Zeker, er was hier een slachthuis; de geur van worst kwam haar al van verre tegemoet. Maar afgezien van het feit dat haar geloofsgenootschap afwijzend stond tegenover varkensvlees en een groot aantal leden indien mogelijk vegetarisch at, was het geld dat ze tot haar beschikking had niet toereikend geweest.

Ze liep langs een groentewinkel, vanwaar de geur van selderij op haar afkwam. Als ze een knolraap en wat soepgroente zou kunnen bemachtigen... Maar die gedachte verwierp ze meteen weer. Voor het ontbijt was soep niet geschikt.

Hanna dacht bijna smachtend terug aan de kookkunst van de kokkinnen van Friedensau. Ook op het platteland had de oorlog geresulteerd in tekorten en gebrek, maar in de omgeving was er vruchtbaar akkerland in overvloed geweest.

Na de slager kwam de kruidenier, waar de etalages met één blik te overzien waren, zodat het niet de moeite was naar binnen te gaan.

De delicatessenwinkel ernaast was open. Hanna bleef voor de winkelruit staan. Hier kon je gebak, vruchten op sap, marmelade, vlees in blik en zelfs sardientjes in blik krijgen! Het water liep haar in de mond. De prijzen voor die kostelijkheden gingen haar middelen ver te boven en met bonnen kon ze daar hoe dan ook niet terecht. Hanna slaakte een zucht en wilde al doorlopen, toen ze een stem hoorde vragen: 'Hebt u zorgen, zustertje?'

Hanna keek op. Ze had niet gemerkt dat er een jongeman vanuit de deuropening naast de winkel naar haar had staan kijken. Zijn donkerblonde haar was vrijmoedig opzij gekamd en zijn blauwe ogen fonkelden. Onder zijn linkeroog, op zijn jukbeen, zag ze een litteken. Zou het een oorlogsverwonding zijn? Het litteken was wit en dus niet meer heel vers.

Hij droeg een pak van beige tweed, wat maakte dat hij enigszins uit de toon viel tussen de voorbijgangers met hun donkere, versleten kleren. Waarschijnlijk was het zo'n zwarthandelaar over wie mevrouw Conradi het had gehad.

'Nee, ik heb geen zorgen,' antwoordde Hanna koeltjes. 'En ik begrijp ook niet waarom het u zou interesseren.'

'Tja, ik zie u hier verlangend staan kijken. Wilt u iets van dat lekkers hebben?'

Hanna wist dat ze het gesprek beter kon afbreken. Ze dacht aan de waarschuwende woorden van mevrouw Conradi, maar toch bleef ze als aan de grond genageld staan. Misschien had hij wel iets wat ze kon gebruiken.

'Een pastei misschien, of een stuk taart?'

Hanna schudde haar hoofd. 'We hebben iets nodig voor een ontbijt.' Ze keek de onbekende hoopvol aan. 'Hebt u misschien eieren? Of marmelade?' Haar blik ging naar de sardientjes in blik.

'We?' vroeg de jongeman.

'Mijn ziekenhuis.'

Zonder zijn blik van haar af te wenden plantte de man zijn handen in zijn zij en zei: 'U ziet me zeker aan voor een zwarthandelaar?'

Hanna trok haar wenkbrauwen op. 'Bent u dat dan niet?'

'Tja, het zou riskant zijn om dat toe te geven, denkt u niet?'

'Zeker, maar niet tegenover klanten.' Ze haalde de bankbiljetten tevoorschijn. Die waren misschien niet toereikend voor de delicatessenwinkel, maar misschien zou hij er genoegen mee nemen. 'Wat kan ik hiervoor krijgen?'

De jongeman hield zijn hoofd schuin.

'Een blikje sardientjes misschien.'

Sardientjes! Toen ze nog klein was, had haar vader die wel eens mee naar huis genomen. Eerst had ze gegriezeld van die koude visjes, maar toen ze eenmaal op een sneetje donker brood lagen, hadden ze haar best gesmaakt.

'Alleen sardientjes?' vroeg Hanna verschrikt terwijl ze naar het armetierige blikje keek.

De jongeman lachte. 'Zustertje, wat dacht u dan? We leven in zware tijden!'

Hanna voelde dat de onbekende een loopje met haar nam. Misschien was hij niet eens een zwarthandelaar, maar gewoon een onbetrouwbaar sujet dat er plezier in had om jonge vrouwen voor schut te zetten. 'Ik moet gaan,' zei ze kortaf.

'Wacht even!' zei de man. Hij hield haar vast bij haar mouw.

'Luister eens, zustertje. Als ik een kus van u krijg, ga ik daar naar binnen en haal ik voor u wat u wilt hebben. Nou, wat vindt u ervan?'

'Dat kunt u niet menen!' Hanna rukte zich los. Ze was wel gewend dat sommige mannelijke patiënten, vooral degenen die aan de beterende hand waren, hun handen niet thuis konden houden. Een collega van haar had meegemaakt dat een man die gewond uit de oorlog was teruggekomen een kus van haar wilde hebben.

'Een kus, zustertjelief,' herhaalde hij. 'Is dat geen goed aanbod? Ik hoef ook geen geld van u te hebben.'

'Absoluut niet!' antwoordde ze verontwaardigd.

'Ach, kom nou! Daarmee wordt uw eer heus niet aangetast. Bovendien heb ik aan het front gezeten!'

'Dat maakt u een ander maar wijs.' Ze maakte aanstalten om te vertrekken.

De onbekende lachte. 'De oorlog is voorbij, zustertjelief. We hebben allemaal ons uniform ingeleverd.'

Hanna bleef staan en keek de jongeman nog eens aan. Hij had een schalkse blik in zijn ogen. Ze wist dat ze rechtsomkeert moest maken, maar iets weerhield haar.

Als ze hem eens op de proef zou stellen? Stel dat hij werkelijk de middelen had om iets voor haar uit de winkel te halen?

Tenslotte ging het om het ziekenhuis. Of ze konden doorgaan met de verbouwing hing af van het ontbijt met de politieman. Maria zou haar waarschijnlijk voor een meisje van lichte zeden aanzien, zoals zij het uitdrukte, maar die hoefde natuurlijk niets van deze regeling te weten.

Ze keek nog eens naar de levensmiddelen in de etalage. Die zouden de agent vast goed smaken. Hij zou hen naderhand waarschijnlijk met rust laten en dan zou dokter Conradi niet meer zo bedrukt kijken.

Opeens hoorde ze zichzelf zeggen: 'Een dan, op uw wang. Voor een blikje sardientjes.'

'Meer niet?'

Hanna aarzelde.

'Voor nog een op mijn andere wang haal ik taart voor u.'

'Jam,' zei Hanna terwijl ze om zich heen keek. Maria en Ida liepen ook door de stad. Stel dat ze haar hier zagen staan?

De jongeman schoot in de lach. 'Ook goed.' Met die woorden liep hij het stoepje voor de ingang op en verdween de winkel in, begeleid door het geklingel van de winkelbel.

Hanna stond in tweestrijd. Ze had nu nog de kans om er zomaar vandoor te gaan. De man had niet naar haar naam gevraagd en zou er dus niet achter kunnen komen in welk ziekenhuis ze werkte. Ze keek om zich heen, maar ze zag Ida en Maria nergens tussen de vele voorbijgangers.

Toen de winkelbel voor de tweede keer klingelde, maakte ze een schrikbeweging. De jongeman kwam op haar af met een papieren zak.

'Hier,' zei hij en hij hield de zak fier omhoog. Er zat duidelijk meer in dan een blikje sardientjes. 'U moet me beloven dat u niet alles aan uw patiënten geeft, maar er ook zelf van proeft.'

'Maar...'

Hanna's hart klopte in haar keel.

'En hoe zit het met mijn beloning?' vroeg de onbekende terwijl hij zijn gezicht naar haar uitstrekte.

Snel boog ze zich naar hem toe en gaf hem een vluchtige kus op zijn rechter-, toen op zijn linkerwang. Daarbij snoof ze zijn aftershave op. Echte eau de cologne! Zoiets had ze al lang niet meer geroken. Die man was beslist geen zwarthandelaar.

Ze deinsde vlug weer terug.

De jongeman grijnsde. 'Zo, dat was niet slecht voor een eerste keer.'

'Niet slecht?' antwoordde Hanna verontwaardigd.

'De volgende keer mag het wel een tikje vuriger.'

Het lag Hanna op de tong om te zeggen: een volgende keer komt er niet, maar ze zweeg.

De man hield haar het papieren zakje voor. Toen Hanna het wilde aanpakken trok hij het lachend terug. Dat hij met haar solde maakte haar woedend. Ze greep de zak vastberaden vast en liet niet meer los. Ze mocht in haar opvoeding dan nederigheid hebben geleerd, ze zou zich niet laten oplichten!

De onbekende gaf haar haar zin. 'Misschien zien we elkaar nog eens, mooi zustertje!' zei hij schalks. Daarop liet hij haar staan en verdween hij het huis in.

Hanna drukte het zakje tegen haar borst. Haar hart ging tekeer. Het duurde een hele tijd voordat ze een stap kon verzetten.

Ze had het gevoel te zijn gebruikt, bijna alsof ze Martin had bedrogen. En dat allemaal voor...

Haar adem stokte toen ze in het zakje keek. Behalve het blikje sardientjes zaten er inderdaad een potje abrikozenjam en kersen op sap in!

Haar knieën begonnen te trillen. Uiteindelijk lukte het haar in beweging te komen. Ze liep vlug weg, bang dat de man terug zou komen en achter haar aan zou gaan. Pas toen ze vlak bij het kruispunt was kalmeerde ze weer een beetje.

De andere verpleegsters stonden te wachten voor het kerkje, waarnaast een machtige eik hoog oprees.

'Hanna, waar bleef je toch?' vroeg Maria. In haar mandje lagen een paar boodschappen onder een opbollende doek. Hanna meende een knolraap te onderscheiden. Op Ida's rok zaten sporen van meel. 'Heb jij ook iets kunnen krijgen?'

Hanna knikte en hield haar zakje omhoog.

'Mooi, laten we dan maar teruggaan.'

Blij dat ze niet doorvroegen naar de herkomst van haar meegebrachte spullen sloot Hanna zich bij haar collega's aan.

In de keuken van Waldfriede legden de twee oudere verpleegsters op tafel wat ze op de kop hadden getikt en Hanna zette haar zakje erbij. Ida pakte meel, specerijen en een pakje cacao uit en Maria had bieten, kool en zelfs wat suiker bemachtigd.

'Ik ben bij een gezin geweest dat tot ons geloofsgenootschap behoort,' vertelde Maria. 'Ze komen uit de regio Baden en zijn hier onlangs komen wonen. De vrouw is een kennis van een vriendin van me uit Darmstadt. De man is koopman en daarom hoopte ik dat hij het een en ander in voorraad zou hebben. Toen ik hem vertelde hoe hard we het nodig hadden, heeft hij me dit meegegeven.'

'Goed gedaan!' zei mevrouw Conradi lovend, waarna ze zich tot Ida wendde.

'Het meel en de specerijen komen van de kruidenier aan de Kronprinzallee,' zei Ida. 'Daar heb ik wel al het geld aan moeten uitgeven, maar toen kon ik een deel van de specerijen bij een zwarthandelaar ruilen voor de cacao.'

Ten slotte keek Catherine Hanna aan.

Toen zij haar boodschappen uitpakte, hapten de andere vrouwen verrast naar adem.

'Goeie genade!' fluisterde mevrouw Conradi verbaasd. Ze pakte het potje jam en bekeek het alsof het een edelsteen was. 'Waar heb je dat vandaan?'

Hanna's hart sloeg een slag over. Ze kon mevrouw Conradi moeilijk vertellen wat de prijs was die ze ervoor had betaald. Op dat moment wenste ze dat ze niet op het aanbod van de onbekende was ingegaan.

'Ik heb het cadeau gekregen,' zei ze aarzelend.

Catherine Conradi fronste haar wenkbrauwen. 'Cadeau gekregen? Wie was die weldoener dan?'

'Iemand die ik in de Hauptstrasse tegenkwam.'

'Je hebt toch niet staan bedelen, hoop ik?' vroeg Maria streng.

'Nee, natuurlijk niet!' Hanna's hoofd was vuurrood. Ze was ervan overtuigd dat de anderen zagen dat ze in verlegenheid was gebracht. Liegen wilde ze niet, maar de waarheid zeggen was ook onmogelijk.

'Een man zag me voor de etalage van de delicatessenwinkel staan en hij vroeg of ik er iets van wilde hebben. Eerst dacht ik dat hij een zwarthandelaar was. Toen ik hem vertelde over het ziekenhuis en hoe nijpend onze situatie was, bood hij aan dit voor me te kopen. Hij zei dat het een gift voor een goed doel was.'

'Je kunt je toch niet zomaar door een man laten aanspreken!' zei Maria berispend.

Hanna had haar het liefst voorgehouden dat ze zelf ook cadeaus van een man had gekregen, maar ze beet op haar lippen. Ze had inmiddels in de gaten dat Maria haar altijd strenger aansprak en aankeek dan de anderen.

'Hopelijk heb je hem er ruimschoots voor bedankt.' Mevrouw Conradi kwam haar te hulp. 'Hij heeft ons hiermee een grote dienst bewezen. En nu moesten we maar beginnen met de voorbereidingen voor de sabbat. Ik dank jullie allemaal voor jullie inzet.'

Blij dat ze de keuken kon verlaten gaf Hanna het geld en de bonnen terug. Maar toen ze langs Maria liep voelde ze haar argwanende blik.

Toen de zon onderging, wat in die tijd van het jaar altijd nog vrij vroeg gebeurde, werden de werkzaamheden in het gebouw beëindigd. Omdat de meeste arbeiders niet tot hun geloofsrichting behoorden en naar huis gingen, was het maar een klein groepje dat in de woonkamer van de Conradi's bijeenkwam.

Het meubilair dat het echtpaar uit Hamburg had meegebracht stond in sterk contrast met het vergeelde behang en de kaal gesleten vloer, maar het verleende de kamer wel een gezellige sfeer.

Samen met de anderen ging Hanna op de voor hen aangedragen stoelen zitten.

'Wat zou ik graag op de sofa willen zitten,' fluisterde Else haar in het oor. 'De stof waarmee die is bekleed is vast echte zijde.'

Omdat er geen geestelijke aanwezig was leidde dokter Conradi de avonddienst. De dokter bedankte God voor zijn bijstand, vooral bij de beproeving waarvoor ze deze week hadden gestaan.

Even ging zijn blik naar Hanna. Ze dacht dat ze hem zag glimlachen en liet vlug haar hoofd zakken. Ze werd door schaamte bevangen. Als hij wist wat ze had gedaan om die politieman een fatsoenlijk ontbijt te bezorgen... Hoewel haar blik op haar schoot was gericht, voelde ze dat zuster Maria haar voortdurend in het oog hield.

Na de dienst, toen ze naar hun kamers wilden gaan, hield de oudere verpleegster Hanna tegen en trok ze haar mee naar een van de ziekenzalen op de benedenverdieping.

'Denk er goed over na wat voor indruk je hier wilt maken,' begon ze terwijl ze haar strak aankeek. 'Onkuisheid past een zuster uit Friedensau niet!'

Hanna schrok. Hoe kwam Maria erbij dat ze zich onkuis had gedragen? Had ze haar misschien toch met die onbekende gezien?

Opeens had ze het warm en koud tegelijk.

'Ik heb niets onkuis gedaan!' zei ze om zich te verdedigen. 'Die man was gewoon vriendelijk, meer niet.'

'Hij wilde dus geen tegenprestatie?'

Hanna voelde haar hoofd gloeien. 'Nee!' Ze slingerde het de oudere vrouw naar het hoofd. Ze werd woedend, schudde Maria's handen van zich af en stapte opzij.

Maria's blik boorde zich bijna in haar gezicht, maar Hanna keek onverschrokken terug. Toen werd het zo stil dat je een speld kon horen vallen.

Maar Maria was nog niet klaar. 'Ik raad je aan goed uit te kijken wat je doet! De directrice van Friedensau heeft me verteld hoe de vork in de steel zat! En hoeveel geluk je hebt gehad dat dokter Conradi je heeft overgenomen.'

De tranen schoten Hanna in de ogen. Hoe kwam de directrice erbij om met andere verpleegsters over haar te roddelen? En wat had ze Maria verteld? Dat ze werkschuw was? Niet meer goed bij haar hoofd?

'Als je van plan bent hier zo door te gaan en je nog lichtzinnig gedraagt ook, zul je eerder uit Waldfriede weg zijn dan je lief is!'

Hanna kromp in elkaar. Het liefst had ze geantwoord dat niet Maria maar dokter Conradi dat bepaalde, maar uit haar tijd in het zusterhuis wist ze hoe vlug lasterpraat zich verspreidde en wat de gevolgen ervan konden zijn. Maria hoefde haar alleen maar bij de dokter zwart te maken.

'Ik zal je raad ter harte nemen!' zei ze daarom met onderdrukte woede, waarna ze de deur uit rende.

Pas toen ze ver genoeg in de gang was liet ze haar tranen de vrije loop.

~

Eigenlijk was het hun verboden om na het begin van de sabbat te werken, maar toch wilde hij het terrein niet onbewaakt laten.

Waakzaam liet Louis zijn blik langs de omheining gaan. Het was een groot perceel en de bosschages boden talrijke mogelijkheden om je te verstoppen.

Hij wierp een blik op de hond naast zich. Prinz leek alert. Dat er af en toe een geruis klonk was niet ongewoon. Er sprongen eekhoorntjes over de takken en duiven en lijsters die ondanks de winter al waren begonnen hun nesten te bouwen, landden op de twijgen. Je had hier ook muizen en ratten, dat was onvermijdelijk.

'Koest, Prinz,' zei Conradi terwijl hij de herder over zijn kop aaide. Die ontspande even en stootte een jankend geluid uit. 'Hoor je daar iets?'

Hij keek nog eens goed, maar kon niets ontdekken en liep door. Hij was ervan overtuigd dat Prinz zich zou losrukken als er echt gevaar dreigde.

Nadat hij had vastgesteld dat het rustig was langs de grenzen van het terrein, maakte hij de riem van de halsband los en ging hij terug naar huis. Hij was nog niet moe en overwoog om zich een poosje in de woonkamer terug te trekken en wat te lezen.

Nauwelijks had hij de voordeur achter zich dichtgedaan of er kwam een gestalte in een donkere jurk op hem af.

'Dokter Conradi, ik zou u graag willen spreken,' klonk het stijfjes.

'Wat is er aan de hand, zuster Maria?'

'De manier waarop Hanna zich ontwikkelt bevalt me niet.'

Conradi trok zijn wenkbrauwen op. 'Zo? Werkt ze niet hard genoeg? Tijdens mijn visiterondes had ik de indruk dat ze heel betrokken is.'

'Het gaat niet om haar werk. Het is haar morele houding.'

'In hoeverre?' Hij kende Hanna weliswaar nog niet lang, maar ze leek hem niet lichtzinnig.

'Ze lijkt... Ze lijkt niet wars van mannelijke aandacht te zijn.'

Conradi schoot in de lach. 'Ze is een jonge vrouw! Vindt u niet dat ze, nu haar rouwtijd ten einde is, het recht heeft zich weer tot mannen aangetrokken te voelen?'

'Ze is een zuster!'

'Ook zusters trouwen.' Hij keek haar onderzoekend aan. Hij begon te vermoeden dat het om iets heel anders ging. Hij wist maar al te goed dat er mensen waren die niet altijd uitten wat ze eigenlijk dachten.

'Hebt u haar soms op een overtreding betrapt?' vroeg hij daarom.

Maria schudde haar hoofd. 'Nee, nog niet. Maar het zou goed zijn als u haar in de gaten hield, dokter.'

Conradi knikte. 'Goed, dat zal ik doen.' Hij voelde dat hij hier iets aan moest toevoegen waardoor zuster Maria's ongerustheid zou verdwijnen. 'Hanna is nog jong. Ze heeft natuurlijk goede leiding nodig, maar die krijgt ze hier, nietwaar?'

Maria knikte, al had Conradi het gevoel dat ze meer van hem had verwacht. 'Dank u, dokter,' zei ze stijfjes en ze draaide zich om en maakte aanstalten om weg te lopen.

'Welterusten!' zei Louis. Hij keek haar na. Hij wist niet goed wat hij aan moest met wat ze had gezegd. Hadden de twee zusters problemen met elkaar? Was er iets tussen hen voorgevallen?

10

Zehlendorf, 15 februari 1920

'Wat jammer dat we al dat heerlijke eten aan die man moeten voorzetten,' zei Catherine terwijl ze haar blik over het buffet in de woonkamer liet gaan. 'We hadden het de komende weken goed kunnen gebruiken.'

'Het is voor de goede zaak,' verklaarde Louis, en hij deed zijn boord recht. De volkse benaming 'vadermoordenaar' daarvoor was juist. Maar die zondag wilde hij een goede indruk maken. De wachtmeester moest zien dat hij geen schobbejak was met wie hij kon doen wat hij wilde. 'Je weet toch dat Wiedemann me op de nek zit. Een goede verstandhouding met de hogere regionen, al is het maar een politieagent, zal ons niet schaden. Integendeel zelfs.' Hij bekeek de delicatessen op het buffet. 'Wie heeft eigenlijk die sardientjes in blik op de kop getikt? En de jam? Zoiets heb ik al in geen jaren meer gezien.'

'Hanna,' antwoordde Catherine. 'Een man heeft die haar gegeven als gift voor ons ziekenhuis.'

'O, daarom kwam zuster Maria naar me toe.'

'Wat wilde ze?'

'Ze zei dat ze er niet zeker van was dat Hanna de benodigde morele standvastigheid voor deze instelling heeft.'

'En wat heb je daarop geantwoord?'

'Ik heb haar laten weten dat Hanna nog jong is en goede leiding nodig heeft, en dat ze die hier krijgt. Maria hoeft zich geen zorgen te maken, hoewel ik nu begrijp wat ze bedoelde.'

'Denk je dat ze jaloers is op Hanna?' vroeg Catherine. Zij wist net zo goed als hij dat onenigheid onder het personeel niet goed was.

'Vanwege die vangst?' Louis likte zijn lippen af. 'Dat kan ik me goed voorstellen. Blijkbaar heeft Hanna talent voor onderhandelen. Dat kunnen we hier wel gebruiken.'

Voor zijn vrouw iets terug kon zeggen verscheen Else.

'De wachtmeester is in aantocht!' riep ze met rode wangen.

'Dank je, Else,' zei de dokter en hij rechtte zijn rug. Toen liep hij zijn gast tegemoet.

Omdat hij buiten dienst was verscheen wachtmeester Baumann in burger. Zonder uniform was hij heel wat minder imposant, maar zijn snor was weer keurig opgedraaid.

'Wachtmeester, van harte welkom!' zei Louis ter begroeting. 'Het doet me plezier dat u mijn uitnodiging hebt aanvaard. Ik had alleen verwacht dat u uw gemalin zou meebrengen.'

'Die is er niet,' antwoordde Baumann, bijna pijnlijk getroffen, leek het. 'Ik heb mijn leven aan de dienst gewijd.'

'Heel lovenswaardig,' antwoordde Louis. 'Dat geldt voor de meesten van ons, maar de waarde van echtelijk geluk moet men niet onderschatten.' Hij liet een opzettelijke stilte vallen en constateerde met voldoening dat Baumann nauwelijks merkbaar zijn hoofd boog. Gescheiden, vermoedde hij. Waarschijnlijk is zijn vrouw weggelopen omdat ze het niet kon uithouden met zo'n muggenzifter.

'Komt u mee, wachtmeester, mijn vrouw wil graag met u kennismaken.' Daarop ging Louis Baumann voor naar de woonkamer, waar Catherine op de twee mannen zat te wachten.

~

Hanna was blij dat ze die zondagochtend in haar eentje op de zolder kon werken. Maria had haar opgedragen een van de kleinere kasten schoon te maken, die goed voor medicijnen kon worden gebruikt. Zelf ging ze mevrouw Conradi helpen met de voorbereidingen voor het ontbijt, wat Hanna een beetje onrustig maakte.

De aanvaring met de oudere zuster lag Hanna nog zwaar op de maag. Ze had Maria toch nooit aanleiding gegeven kwaad op haar te worden! Eigenlijk had ze blij moeten zijn met die delicatessen...

Luid blikkerig getoeter voor het raam onderbrak haar gedachten en ook haar werk. Ze stond op en keek door het dakraam. Op het erf kwam een logge vrachtwagen tot stilstand. Meteen zag ze weer de nacht voor zich waarin Martin naar Friedensau was gebracht. Een ijskoude rilling liep langs haar nek, tot ze zag dat de jongeman die uit de cabine sprong geen soldaat was.

Het volgende moment kwam er iemand de trap op stommelen.

'Hanna!' hoorde ze de stem van Else. 'Kom naar beneden, vlug, de spullen uit Hamburg zijn er!'

Dat moesten de goederen zijn waarover dokter Conradi had verteld. Ze had niet verwacht dat die al zo gauw zouden komen.

Hanna's hart bonsde van opwinding. Eindelijk even weg van zand en water! 'Hoe is het ontbijt verlopen?' vroeg ze terwijl ze achter Else aan de trap af liep.

'Heel goed, naar het schijnt. De politieagent was erg onder de indruk van wat er werd opgediend. Vooral de sardientjes in blik deden het hem. Die schrokte hij achter elkaar op!'

'Heeft iemand nog een opmerking over de sardientjes of de jam gemaakt?' vroeg Hanna terwijl ze haar best deed onverschillig te klinken.

Else trok verbaasd haar wenkbrauwen op. 'Nee, hoezo? Denk je dat die niet in orde waren? Ze hebben de agent allebei gesmaakt.'

Hanna lachte opgelucht. 'Nou, dan zit het wel goed.'

Beneden aangekomen zagen ze dokter Conradi op de laadvloer van de vrachtwagen klimmen en weerbarstige grijze dekkleden van de kisten af trekken. De chauffeur hielp hem daarbij.

De zusters stelden zich op in een rij en lieten zich stuk voor stuk spullen uit de vrachtwagen aanreiken. Binnen een paar tellen was het erf gevuld met flarden woorden en opgewonden gelach.

De mannen laadden opgerolde matrassen en zware kisten uit, en daarna reikten ze de vrouwen de lichtere vracht aan.

Uit een van de pakketten stak een stukje stof. 'Stof voor gordijnen!' juichte Ida. 'Ik hoop dat er onder ons een paar naaisters zijn!'

'Ik kan naaien,' liet Hanna weten, die ernaar verlangde iets anders te doen dan poetsen.

'Ik ook!' riep Else, en ze stootte Hanna aan met haar elleboog. 'Dat zou toch fijn zijn?' fluisterde ze. 'In de naaikamer zitten? Dan moeten ze ervoor zorgen dat onze vingers warm blijven, nietwaar?'

Hanna wreef haar ijskoude handen en knikte.

'Zuster Hanna,' zei dokter Conradi toen ze aan de beurt was, en hij legde een naar verhouding klein kistje in haar uitgestrekte armen. 'Pas op, u moet dit niet onderschatten, het is zwaarder dan het eruitziet. Er zitten kostbare instrumenten in.'

Hanna's armen verkrampten. Het kistje was inderdaad behoorlijk zwaar.

'Breng het maar meteen naar mijn spreekkamer.' Hij lachte vriendelijk, en toen voegde hij er met een knipoog aan toe: 'U moeten ze ook niet onderschatten. U bent sterker dan u op het eerste gezicht lijkt.'

Hanna knikte en merkte dat haar lippen zich tot een brede glimlach vertrokken. Vanuit haar ooghoeken zag ze dat Maria haar een giftige blik toewierp. Ineens kreeg ze het warm in haar jurk. De dokter had naar haar geknipoogd! Wie weet wat Maria nu weer dacht.

Ze omklemde het instrumentenkistje steviger, sloeg haar ogen neer en haastte zich naar binnen.

's Avonds haalde Hanna haar schrijfgerei tevoorschijn. Ze was hier nu al vijf dagen zonder dat ze iets van zich had laten horen. Leni maakte zich vast zorgen.

Omdat ze in haar eigen kamer geen rust zou hebben wanneer Maria en Ida verschenen en ze Maria ook niet langer dan nodig onder ogen wilde komen, pakte ze de petroleumlamp en liep naar beneden, naar de wachtruimte bij de spreekkamer.

Ze ging aan het tafeltje voor de banken zitten en nam haar schrijfgerei uit de grove linnen doek waarin het was gewikkeld.

Het was haar waardevolste persoonlijke bezit. De penhouder was van donker hout, de gouden punt fonkelde in het licht van de lamp. Ze had hem van haar vader gekregen toen ze meerderjarig werd. Nu doopte ze hem in de donkere inkt en begon met schrijven:

Lieve Leni,

In de hoop dat het je goed gaat wil ik je vlug een paar regels sturen. Ik ben nu al bijna een week in Waldfriede, en ik moet bekennen dat ik het me anders had voorgesteld. Van een röntgenopleiding kan geen sprake zijn, in elk geval nog niet, want het pand is helemaal uitgewoond, wat geen wonder is, want het heeft lang als militair hospitaal dienstgedaan. De broeders en zusters zijn aardig, het lijkt hier één grote familie. Dokter Conradi en zijn echtgenote, hoewel niet veel ouder dan wij, zijn als een vader en moeder voor ons. Deze familie is nog vrij klein, afgezien van twee andere zusters en twee broeders – onder wie broeder Rohleder, die je je vast nog wel herinnert van Friedensau – zijn er een handvol dienstmeisjes en een paar werklieden, die echter niet uit ons genootschap afkomstig zijn. Ik verheug me op de dag dat het er meer worden en dat we eindelijk de eerste patiënten kunnen begroeten.

Er klonk gekuch. Van schrik kromp Hanna in elkaar en ze keek op. Tegen de muur van de boog aan de ingang van de wachtruimte stond dokter Conradi geleund, met zijn armen over elkaar en een glimlach op zijn gezicht.

Hanna draaide zich naar opzij en schampte daarmee het inktflesje, dat vervaarlijk wankelde.

'O!' Intuïtief greep ze ernaar. Er kwamen een paar blauwe spatten op haar hand en op het papier, maar het ergste kon ze voorkomen.

'Pardon, ik wilde u niet aan het schrikken maken.' Dokter Conradi wees naar het inktpotje in haar hand. 'U hebt uitstekende reflexen.'

'Ik wilde niet dat er vlekken op het hout kwamen.'

'En dat uw brief werd bedorven. Bent u aan uw familie aan het schrijven?'

'Aan mijn zusje,' antwoordde Hanna terwijl ze het flesje weer neerzette. 'Zij zit ook in Friedensau.'

'Ja?' vroeg Conradi. 'En hoe heet ze?'

'Leni,' zei Hanna. 'Ze wordt opgeleid tot huishoudster.' Ze zweeg even, met haar blik op het schrijfblaadje voor haar op de tafel gericht, toen voegde ze eraan toe: 'Ik wil u graag nog eens bedanken dat u me hier hebt opgenomen. Ik weet dat directrice Sickesz me niet meer in Friedensau wilde hebben vanwege de soldaten en de toevallen die ik daardoor had.'

'U houdt zich anders heel flink,' was Conradi's reactie.

'Tot dusver zijn hier ook nog geen soldaten binnengekomen.' Hanna snoof somber. Zoals altijd wanneer ze aan Martin dacht, ontwaakte er een licht verdriet in haar borst.

'Het doet me verdriet dat u uw verloofde hebt verloren,' zei Conradi zachtjes na een korte pauze. 'Oorlog is een verschrikkelijk monster, dat we hopelijk ooit de wereld uit kunnen helpen.'

Hanna veegde heimelijk over haar ogen. Ze wilde in Conradi's bijzijn niet huilen, maar de tranen lieten zich niet bedwingen. 'Ik heb het echt geprobeerd, maar het ging niet. Mijn lichaam leidt ten overstaan van die verminkingen een eigen leven. Ik zie hem telkens weer voor me liggen...' Ze stokte. Dat was te persoonlijk. En het interesseerde de dokter vast ook niet.

Conradi legde zacht zijn hand op haar schouder en gaf er een meelevend kneepje in. 'Ik weet hoe u zich voelt. Het verlies van mijn dochtertje is nog geen twee jaar geleden. Voor mijn vrouw en mij was dat ook allesbehalve makkelijk.'

Hanna keek hem aan. 'Wat verschrikkelijk!'

'Ze kwam dood ter wereld. Ik heb niet eens de kans gekregen haar te leren kennen. Maar u hebt uw verloofde gekend. Dat maakt het nog erger.'

Zijn woorden boden Hanna troost. Ze verbaasde zich over zijn openheid. Het was haar opgevallen dat de dokter en zijn vrouw geen kinderen hadden, maar een dergelijk lot had ze er niet achter vermoed.

'Ik denk dat het verlies van ieder mens even erg is, of je hem nu hebt gekend of niet,' antwoordde ze. Conradi keek haar lang aan.

'Doe uw zusje de groeten van me,' zei hij uiteindelijk en hij zette een warme glimlach op. 'Mocht ze belangstelling hebben om hier te komen werken, dan zal ik haar hierheen halen.'

'Dank u wel, dokter Conradi!' Hanna veegde over haar wangen en beantwoordde zijn glimlach.

'Welterusten, zuster Hanna! We zien elkaar morgenochtend.' Hij duwde zich van de muur af en verdween in het donker.

'Welterusten, dokter!' riep Hanna hem na.

Hanna kon niet anders dan kijken naar de plaats waar hij had gestaan. Een ongekende warmte stroomde door haar heen. Dokter Conradi had haar in vertrouwen genomen! Hij interesseerde zich voor haar problemen, haar gedachten. Hij bood zelfs zijn hulp aan. Zoiets had ze lang niet meer meegemaakt.

Ze overwoog of ze dat Leni moest schrijven, maar ze besloot het niet te doen. Dit moment behoorde alleen haar toe.

11

Zehlendorf, 28 februari 1920

'Op adelaarsvleugels gedragen boven de bruisende zee des tijds,' klonk het door de eetzaal. Het ochtendzonnetje straalde door de ramen en in de lucht hing de geur van versgebakken cake.

Met tranen in haar ogen zat Catherine Conradi ontroerd glimlachend naast haar man aan het hoofd van de tafel. Dokter Conradi pakte haar hand en kneep er zachtjes in.

Wat een geluk heeft ze, dacht Hanna. Een echtgenoot als hij en binnenkort een ziekenhuis waarin ze met hem samen kan werken.

Toen het gezang ten einde was stond mevrouw Conradi op en richtte een paar woorden van dank tot de zangeressen. Daarna begonnen de meisjes die corvee hadden het ontbijt op te dienen. Hanna keerde met de andere meisjes terug naar haar plaats aan tafel.

'Volgens mij hebben we het goed gedaan,' fluisterde ze tegen Else.

'Klopt, zo mooi hebben we nog nooit gezongen,' beaamde Else. Toch klonk ze niet zo enthousiast als Hanna had verwacht.

'Is alles goed met je?' vroeg ze daarom.

'Jawel, hoor,' antwoordde Else aarzelend. Hanna keek eens goed naar haar. Wat was er gebeurd? Gisteren had ze zich nog zo op deze dag verheugd...

Ze wilde net doorvragen toen de corveeploeg binnenkwam met dienbladen vol plaatkoek. Daarbij werd moutkoffie geserveerd.

Wat had ze graag weer eens echte koffie gedronken, maar daar was in deze tijd geen denken aan.

Het water liep Hanna in de mond. Wanneer had ze voor het laatst gebak gekregen?

Na het tafelgebed kon ze eindelijk een hapje nemen. Het gebak was zoet en nog een beetje warm en smolt haast op de tong. Hanna sloot in vervoering haar ogen en probeerde zo lang mogelijk na te genieten van de smaak. Wie kon zeggen wanneer er weer zoiets kostelijks op tafel zou komen!

De vrolijke bijeenkomst werd onderbroken door het klingelen van de deurbel. Broeder Carl stond op en liep de gang in. Vreemd, dacht Hanna, er zou eigenlijk pas 's middags bezoek komen, op het besloten verjaardagsfeestje waarvoor de medewerkers niet waren uitgenodigd.

Even later kwam de verpleger terug met een jonge vrouw. Ze had een rond gezicht en een vrij lange, rechte neus. Onder haar ogen waren donkere schaduwen te zien, tekenen van slapeloosheid of van lange uren waken aan een ziekbed. Ze droeg haar zwarte haar in een scheiding, en hoewel ze haar enigszins bekend voorkwam kon Hanna niet bedenken waarvan.

Dokter Conradi stond op en liep haar tegemoet.

'Zuster Elisabeth,' hoorde Hanna hem zeggen. 'Wat fijn dat u er bent!'

Wat de zojuist gearriveerde vrouw hierop antwoordde kon Hanna niet verstaan. Dokter Conradi wendde zich nu tot de aanwezigen.

'Mag ik jullie voorstellen? Dit is Elisabeth Bruhn. Ze komt vanaf nu onze ziekenhuisfamilie versterken.'

Elisabeth Bruhn. Nu wist Hanna het weer. In het jaar dat ze in Friedensau was begonnen had zuster Elisabeth op de vrouwenafdeling gewerkt. Kort daarna was ze naar Hamburg gegaan.

Dokter Conradi nam de zuster mee naar de lege plaats naast zijn vrouw en nam haar jas aan, waar ze een blauwe uitgaansjurk onder droeg. Elisabeth keek enigszins onzeker rond en ging toen zitten. Hanna zag dat mevrouw Conradi zich breed glimlachend naar haar toe boog en haar iets toefluisterde.

'Ze schijnt een bekende van mevrouw Conradi te zijn,' merkte Ida op, die tegenover Hanna aan tafel zat.

'Hoe weet je dat?' vroeg Hanna.

'Dat heb ik van Maria,' antwoordde Ida en ze nam een slok uit haar kopje.

Natuurlijk, dacht Hanna, als ik in onze slaapkamer ben praat ze nooit over zulke dingen.

'Maar wees gerust, ook haar zal het uitkloppen van de matrassen niet bespaard blijven,' voegde Ida er lachend aan toe. Ze schoof een stuk plaatkoek in haar mond.

~

Louis voelde zich gespannen. De afgelopen dagen was de stemming van zijn vrouw op eigenaardige wijze verslechterd. Ze was voor het laatst zo geweest na het overlijden van haar kindje. Kwam het doordat ze vond dat de tijd begon te dringen? Ze was nu zesendertig, bijna te oud om een kind te krijgen. Maar onmogelijk was het niet.

De komst van zuster Elisabeth had haar een beetje opgevrolijkt. Ze waren naderhand samen ergens gaan zitten om bij te praten tot 's middags de verjaardagsvisite kwam. Heinrich Schubert, die het Oost-Duitse samenwerkingsorgaan van de adventisten in Berlijn leidde en af en toe ook als pastor in Friedensau werkte, feliciteerde haar met de flink gegroeide stek van een palmboom die een zendeling voor hem uit Zuid-Amerika had meegebracht. Rudolf en Lotte Busch waren oude bekenden uit Friedensau.

Maar Catherines goede bui was vlug voorbij toen ze hun cadeau in ontvangst nam: drie geitjes.

Catherine had hen beleefd en glimlachend bedankt, maar Louis had aan haar gezien dat ze het een onbeschaamde geste vond. Geiten!

'Bekijk het eens van deze kant: door die geitjes komen we aan melk,' had hij haar graag uitgelegd, maar hij had er toch de voorkeur aan gegeven zijn mond te houden. Hun bezoek moest niet de indruk krijgen dat het tussen hen niet goed ging.

Aan de koffietafel was haar stemming nog steeds niet verbeterd, al zag hij dat zijn vrouw duidelijk haar best deed zich te beheersen.

'Je hebt echt iets groots gepresteerd,' zei pastor Schubert tegen hem. Zijn wangen waren rozig van de warme moutkoffie. 'Als ik het allemaal zo zie, kunnen jullie het ziekenhuis binnenkort in bedrijf nemen. Daar mag je trots op zijn.'

'Dank je, Heinrich. Het is alleen in de verste verte niet wat ik me had voorgesteld,' antwoordde Conradi eenvoudig. 'De komende weken en maanden moeten we nog veel verbeteren. En als we eenmaal over de nieuwe operatiekamer beschikken, zullen we voor geen van de andere ziekenhuizen onderdoen.' Hij zweeg even. 'Nee, om precies te zijn zullen we beter zijn dan andere ziekenhuizen.'

'Als God het wil!' Heinrich Schubert bracht zijn koffiekopje opnieuw naar zijn mond. Na een korte pauze voegde hij eraan toe: 'Jammer dat Richard hier niet kan zijn.'

'Hij heeft in Battle Creek vast beter weer dan wij hier,' antwoordde Louis.

Er viel een stilte na zijn woorden. Louis onderdrukte het verlangen om zijn boord wat losser te maken. Catherine nam eigenlijk altijd geanimeerd deel aan het gesprek, maar vandaag zweeg ze halsstarrig. Zou dat echt alleen door die geitjes komen?

'En, Catherine, hoe zit het met jou?' vroeg Heinrich belangstellend. 'Ben je tevreden over het werk hier in huis?'

'Heel tevreden,' antwoordde ze en ze keek hem bijna uitdagend aan.

'Ook al is je tot nu toe de kinderzegen onthouden gebleven?' vroeg Lotte Busch met medelijdende ondertoon.

'Ik heb hier een familie,' antwoordde Catherine ontwijkend. 'Een familie die trouwens gestaag groeit.'

'En met die geitjes heb je nu ook iets waarvoor je kunt zorgen.'

Louis deed even zijn ogen dicht. Het was verkeerd geweest om het echtpaar Busch uit te nodigen. Lotte pronkte in het bijzijn van andere vrouwen nu eenmaal veel te graag met het feit dat ze zes kinderen had gekregen.

Catherine zag wasbleek, maar ze glimlachte.

'Ja, daar heb je gelijk in,' antwoordde ze terwijl ze zich met moeite wist te beheersen. Ze nam een slokje koffie. 'Die geiten zullen er in elk geval toe bijdragen dat we ons over onze voeding geen zorgen hoeven te maken.' Ze zette haar kopje neer en stond op. 'Willen jullie me even verontschuldigen?'

~

Hanna vouwde de krant zorgvuldig dicht, stak hem onder haar jas en stond op. Eindelijk had ze tijd gevonden om hem te lezen.

Het nieuws van 11 februari was inmiddels verouderd, maar er stond ook een artikel in over de geplande wereldtentoonstelling in Brazilië. Die zou weliswaar pas over twee jaar plaatsvinden, maar de voorbereidingen begonnen nu al. Martin had alles over de wereldtentoonstelling van 1915 verzameld en gezegd dat hij haar zou meenemen naar de volgende. Daar was het niet meer van gekomen.

Toen ze terugkwam uit het kleine stukje bos waar ze zich had teruggetrokken, waren de meeste collega's alweer thuis. De Conradi's zaten nog steeds met hun kennissen in de kamer, maar ze hadden de zusters toestemming gegeven om nog een stukje gebak uit de keuken te halen.

Hanna had net haar jas uitgetrokken toen Ida naar haar toe kwam.

'Je gelooft nooit wat mevrouw Conradi voor haar verjaardag heeft gekregen!'

Hanna trok vragend haar wenkbrauwen op.

'Geiten!' zei Ida met een schaterlach.

'Geiten?' Hanna schudde haar hoofd. 'Je neemt me in de maling.'

'Nee, hoor,' hield haar collega vol. 'Ze heeft echt drie geiten gekregen. Loop maar naar buiten, dan zie je ze. Carl heeft een omheining voor ze gemaakt.'

Hanna sloeg haar jas weer om, liep naar buiten en inderdaad: even verderop aan de zijkant van het gebouw zag ze een omheind stukje grond met drie geitjes erin. Ze mekkerden op hoge toon en leken zich allesbehalve op hun gemak te voelen.

Hanna ging op haar hurken voor het hekwerk zitten en probeerde de geitjes te lokken. In Friedensau hadden ze een geit gehad voor de melk, een robuust dier met grote hoorns dat de kinderen angst inboezemde. Maar deze kleintjes zagen er lief en heel onschuldig uit.

'Ik heb gehoord dat koffiedik een goed middeltje is bij het fokken van geiten,' zei mevrouw Conradi achter haar.

Hanna sprong haastig op en draaide zich om.

'O, ik hoorde u niet aankomen.'

'Het is goed voor de ziel om naar dieren te kijken. Vooral naar zulke jonge dieren. Kijk toch eens hoe uitgelaten en zorgeloos ze rondspringen.'

'Net kleine kinderen,' antwoordde Hanna.

'Ja,' antwoordde mevrouw Conradi peinzend. 'Ben jij eigenlijk van plan ooit kinderen te krijgen?'

'Daar heb ik nog niet over nagedacht,' antwoordde Hanna een beetje benepen, want ze wist dat de Conradi's hun eigen kindje hadden verloren. 'Ik vind het vreselijk van... van uw dochtertje.'

Mevrouw Conradi verstijfde. Hanna voelde zich onzeker. Had ze iets verkeerds gezegd?

'Hoe weet je daarvan?' vroeg mevrouw Conradi met een strak gezicht. Haar blik betrok, alsof er een wolk voor de zon was geschoven.

'Uw man...' Hanna stokte. Had ze er niet over mogen beginnen? 'Neemt u me alstublieft niet kwalijk, ik wilde niet...'

Catherine Conradi perste haar lippen op elkaar en stopte haar handen in haar jaszakken. Toen liet ze Hanna zonder iets te zeggen staan. Hanna wilde haar iets naroepen, maar de woorden kwamen haar niet over de lippen. Nu had ze ook nog de echtgenote van de dokter tegen zich in het harnas gejaagd...

~

Na afscheid te hebben genomen van de visite ging Louis het huis weer in. Hij voelde zich opgelucht. De middag was helemaal niet goed verlopen. Hij zou wel tweemaal nadenken voordat hij het echtpaar Busch nog eens voor Catherines verjaardag zou uitnodigen.

'Het is voorbij,' zei hij toen ze na een kort bezoekje aan de geitjes weer binnenkwam. Hij omhelsde haar. 'Eindelijk zijn we weer onder elkaar.'

Catherine maakte zich los uit zijn omhelzing en duwde hem weg. Haar ogen spuwden vuur. 'Waarom heb je het haar verteld?'

Louis schudde verbaasd zijn hoofd. 'Wat? Aan wie?'

Zijn vrouw perste haar lippen op elkaar. Hij ging ervan uit dat ze Lotte Busch bedoelde en zei sussend: 'Lotte kan soms vreselijk zijn. Maar ik ben ervan overtuigd dat ze het niet kwaad bedoelde.'

'Ik heb het niet over Lotte!' Catherines stem klonk nu schril. 'Ik heb het over Hanna! Waarom heb je haar verteld van ons overleden kindje?'

De adem stokte Louis in de keel. Even wist hij niets te zeggen. Het verlies van hun kindje was eigenlijk geen geheim, maar de zusters hier waren natuurlijk niet op de hoogte.

'Hoezo praat je met haar over ons huwelijk?'

'Dat heb ik toch helemaal niet gedaan!' zei hij ter verdediging, maar zijn woorden klonken zelfs in zijn eigen oren onoprecht. 'Ze vertelde me dat haar verloofde gesneuveld is en ik wilde haar laten weten dat ik haar goed kan begrijpen vanwege ons eigen verlies.'

'Jij praat nooit meer met haar over zulke dingen, hoor je?' Er liepen tranen over Catherines wangen. 'Ze is een verpleegster, niet jouw vertrouweling!'

'Het spijt me.' Louis liet zijn hoofd hangen.

'Dat is je geraden!' Catherine begon te ijsberen. 'En wat Lotte betreft had je me moeten verdedigen! Maar jij hoort het allemaal aan en laat haar begaan. Je had haar best mogen vertellen dat ik hier heel wat meer te doen heb dan duimendraaien! Dat ik een taak heb. Een andere dan geiten verzorgen en simmen over het feit dat het moederschap blijkbaar niet voor me is weggelegd. Maar nee, hoor, jij praat liever met Hanna!'

Louis pakte haar bij haar pols. 'Nu ga je te ver, Catherine!' gromde hij. 'Het spijt me dat het met Lotte zo is gelopen, maar daarvoor mag je Hanna niet tot zondebok maken.'

De ogen van zijn vrouw schoten vuur. 'Ik heb geen behoefte aan een zondebok,' siste ze. 'Maar je moet uitkijken met wie je je inlaat. Het zou niet voor het eerst zijn dat je naar een verpleegster lonkt!'

Met die woorden trok ze zich los, wierp haar hoofd in haar nek en liep de kamer uit.

Louis haalde bevend adem. Dat de dag zo zou eindigen had hij absoluut niet verwacht. Waarom was Hanna ook over hun kindje begonnen? Hij had haar als tactvol ingeschat, maar wat wist hij er eigenlijk van? Hij kende de jonge vrouw nauwelijks.

~

Blij dat de avond voorbij was ging Hanna terug naar haar kamer. Ze had tijdens de maaltijd geprobeerd mevrouw Conradi haar verontschuldigingen aan te bieden, maar had er de kans niet voor gekregen. Wat had ze haar woorden graag teruggenomen! Was ze maar niet naar de geitjes gegaan!

Vlak voor haar kamerdeur stapte een gestalte uit een donkere nis. Hanna deinsde terug, maar toen zag ze dat het Else was, die ze sinds het ontbijt niet meer had gezien.

Verrast trok ze haar wenkbrauwen op. 'Je was er niet bij het eten... Waar heb je al die tijd gezeten?'

'Ik wilde je iets vertellen,' fluisterde Else bedremmeld.

Er bekroop Hanna een onbehaaglijk gevoel. 'Is er iets gebeurd?'

'Nee, het is eigenlijk niets ergs, maar... ik ga hier weg.'

'Weg?' Hanna schudde haar hoofd. 'Je wilt toch verpleegster worden?'

'Dat is het nu juist.' Ze haalde een treinkaartje uit haar zak. 'Ik ga naar Friedensau om daar de verpleegstersopleiding te volgen. Dokter Conradi heeft me aanbevolen toen hij in Friedensau was, en vandaag heb ik een telegram gekregen met het antwoord.'

Hanna kon zich niet herinneren de postbode te hebben gezien.

'Ze hebben me voor de voorjaarscursus aangenomen en me aangeboden de twee maanden ervoor alvast te komen werken,' vervolgde Else.

Hanna had even nodig om dit nieuws te verwerken. Nu ze zich de woede van mevrouw Conradi op de hals had gehaald en Maria nog steeds niet over haar te spreken was, zou ze zich zonder Else ontzettend eenzaam voelen op Waldfriede.

'Wat geweldig voor je!' wist ze toch nog uit te brengen terwijl ze tegen haar tranen vocht. Ze mocht nu niet huilen; ze moest blij zijn dat het Else was gelukt.

'Ja, ik word een echte verpleegster, wat ik altijd al heb gewild!' Elses ogen sprankelden. 'Maar...' Ze haperde en er verscheen een rimpel tussen haar wenkbrauwen. 'Ik weet niet of ik na mijn opleiding weer naar Waldfriede kom. Het schijnt dat ze daarna een paar zusters naar het zuiden van het land willen sturen om particuliere patiënten te verplegen.'

Hanna hoorde de onzekerheid in haar stem. Ze slikte haar verdriet weg en streek een paar haarlokken uit Elses gezicht. 'Waar je ook terechtkomt, je zult er uitstekend werk verrichten. En misschien zien we elkaar toch nog eens terug.' Ze nam het meisje in haar armen. 'Dit zijn onrustige, gevaarlijke tijden. Pas goed op jezelf.'

12

Zehlendorf, 12 maart 1920

Begin maart verslechterde de situatie in Duitsland. Telkens weer viel de stroom uit, en na een tijdje begonnen zelfs werklieden van hun bouwterrein aan de stakingen mee te doen. De kranten stonden vol vreselijke berichten over schietpartijen en overvallen.

Dokter Conradi liet de instructie uitgaan dat de zusters niet meer zonder begeleiding weg mochten.

Dus verraste het Hanna dat mevrouw Conradi haar op de ochtend van 12 maart bij zich riep en zei: 'Ik wil dat je naar het station op de Potsdamer Platz gaat om een nieuw meisje af te halen.'

'Gaat er iemand mee?'

'Je kunt de weg naar het station toch wel vinden, of niet soms?' antwoordde mevrouw Conradi een beetje snibbig, en ze gaf haar de treinkaartjes.

'Maar de dokter...'

De doktersvrouw wuifde Hanna's bezwaar weg: 'Ik kan hier niemand missen!'

Hanna knikte beduusd en liet de kaartjes in haar schortzak verdwijnen. 'Waaraan kan ik haar herkennen?'

'Ze is blond, zestien jaar en wat langer dan jij. Ze heet Rosa Pahlke. Ze komt om tien uur aan op station Potsdam. Pas goed op jullie allebei!'

'Ja, mevrouw Conradi.' Hanna knikte. Een onbehaaglijk gevoel overviel haar. Sinds ze hier was aangekomen was ze niet meer alleen op stap geweest. En al helemaal niet in deze tijden...

Maar omdat ze geen keus had haalde Hanna haar jas en verliet ze even later de kliniek.

Op de Potsdamer Platz was het een gekrioel van mensen, zodat Hanna moest opletten dat ze niet omver werd gelopen. Voor een grote reclameaffiche bleef ze staan. Daarop stond een duivels uitziende man met donker omrande ogen, die met handen als klauwen een jonge vrouw bedreigde. *Het kabinet van dr. Caligari,* zo luidde de titel van een film die blijkbaar net in de cinema draaide.

Hanna was nog nooit in een bioscoop geweest. In de buurt waar zij was opgegroeid bestond zoiets niet, en hier in Berlijn had ze geld noch tijd om aan dat soort vermaak te denken.

Ze wendde zich af en liep verder, met haar ogen aandachtig op de mensen gericht. Meisjes die aan mevrouw Conradi's beschrijving voldeden waren er genoeg, maar de meeste wekten niet de indruk dat ze op iemand wachtten die hen kwam afhalen of hun de weg wees.

Toen kreeg Hanna iemand in het oog. Het meisje droeg een donkerblauw jak en had van haar blonde haar een vlecht gemaakt die als een krans om haar hoofd was gewonden. Ietwat verloren keek ze om zich heen.

'Rosa Pahlke?' vroeg Hanna, en ze liep naar haar toe.

Het meisje draaide zich vlug om. Er verscheen een opgelucht glimlachje op haar gezicht. 'Ja, dat ben ik. Komt u van Waldfriede?'

'Ja,' antwoordde Hanna, en ze zag Rosa's blik naar haar mantel gaan, die niet lang genoeg was om haar verpleegstersjurk met schort te bedekken. Bovendien droeg ze het insigne van de zusterorde van Friedensau op haar revers. 'Ik kom je afhalen. Ik ben zuster Hanna Richter.'

Rosa glimlachte breed en reikte haar de hand. 'Aangenaam kennis te maken. Ik dacht al dat ik op het verkeerde spoor was aangekomen.'

'Nee, dit is het goede spoor,' antwoordde Hanna, en ze nam de haar toegestoken hand aan. 'Kom, we hebben nog een heel eind voor de boeg.'

Ze begaven zich onder de mensen en zetten koers naar het perron waarvandaan de trein naar Zehlendorf zou vertrekken. Het viel Hanna op dat er een groot aantal geüniformeerde mannen was. Zo veel had ze er sinds de oorlog niet meer bij elkaar gezien. Onwillekeurig kreeg ze vochtige handen, en ze was blij toen ze bij het perron waren.

Bij een conducteur informeerde Hanna wanneer de volgende trein naar Zehlendorf vertrok. Tot haar ontzetting liet hij haar weten dat er pas 's middags weer een ging. Hoe moesten ze dan bij Waldfriede komen?

'Wat nu?' vroeg Rosa.

'We gaan met de bus,' besloot Hanna en ze trok haar mee.

Voor het station keek ze om zich heen. Ergens moest toch een bushalte zijn!

Ze informeerde bij een voorbijganger, die haar een richting wees die ze niet helemaal kon duiden. Veel te laat zag ze in dat de straat steeds verlatener raakte. Het gedreun van een met grote snelheid naderende vrachtwagen maakte dat ze zich vlug omdraaide.

Toen klonk er ineens geknal achter haar.

Hanna's hart begon hevig te bonzen. Schoten! Op de laadvloer van de vrachtwagen zat een aantal geüniformeerde mannen. Haastig sleurde ze Rosa mee het eerste het beste portiek in.

'Ga liggen!' beval ze het meisje terwijl ze zich tegen de voordeur aan drukte. Het portiek van het pand met huurwoningen was behoorlijk diep, met een beetje geluk zou niemand hen opmerken.

Rosa begon naast haar te beven. Hanna kreeg geen lucht meer. In haar oren begon het te suizen. Ademhalen! beval ze zichzelf toen ze in paniek begon te raken. Haal adem!

Ze deed haar ogen dicht en probeerde zich op haar ademhaling te concentreren.

Er knalden nog meer schoten door de straat. Het vuur van de geüniformeerden op de laadvloer werd blijkbaar vanuit een huis beantwoord.

Hanna's ademhaling veranderde in gekreun. Angst joeg als elektrische schokken door haar lichaam. Hoe moest ze dit overleven?

Toen voelde ze Rosa naast haar. Ze mocht niet laten gebeuren dat het meisje gewond raakte. Hanna liet zich naast de trillende Rosa glijden en sloeg haar armen om haar heen. Een vluchtweg was er niet, de deur voor hen zat stevig dicht. Hanna's blik dwaalde naar het bellenbord, misschien zou iemand hen binnenlaten als ze aanbelde. Maar ze durfde niet op te staan.

Lieve Heer, bescherm ons, smeekte ze in stilte terwijl ze zich nog kleiner probeerde te maken.

Ruiten versplinterden, terug ketsende kogels vlogen fluitend langs. Een paar minuten duurde de heksenketel nog, toen sjeesde het voertuig weg.

Een spookachtige stilte volgde op de echo van de schoten. Hanna's hart bonsde nog steeds, maar in die stilte trok haar paniek langzaam weg.

'Is het voorbij?' fluisterde Rosa naast haar.

'Dat weet ik niet,' antwoordde ze.

Toen meer schoten uitbleven krabbelde ze overeind. Ze had nog steeds slappe knieën, en ze voelde zich uitgeput als na een lange werkdag. 'Blijf hier,' commandeerde ze zachtjes en ze sloop naar de straat.

Toen ze om de hoek van het portiek gluurde, merkte ze dat ook andere voorbijgangers beschutting hadden gezocht. Geleidelijk aan waagden ze zich weer naar buiten. Er was geschreeuw en luid gehuil te horen. Scherven glinsterden op de bestrating.

Hanna verstijfde. Ze waren ternauwernood aan de dood ontsnapt!

'Is de kust veilig?' vroeg Rosa, die ook opkrabbelde.

'Daar ziet het wel naar uit,' antwoordde Hanna. 'We moeten maar terug naar het station, bussen rijden hier niet.'

Toen ze het portiek verlieten kwam uit een van de naburige huizen een man op hen afstormen.

'Hallo!' riep hij opgewonden. Hij was misschien begin twintig, droeg grijze arbeiderskleding en een platte pet. 'U bent door de hemel gezonden! U bent toch verpleegster?'

Hanna's mond was opeens zo droog dat ze geen woord kon uitbrengen.

'Ja, dat is ze,' antwoordde Rosa, die ook nog wit om de neus zag.

'Wat wilt u?' vroeg Hanna terwijl ze zichzelf probeerde te kalmeren.

'We hebben boven twee gewonden in huis. Komt u alstublieft mee.'

Hanna verstijfde, maar de man pakte haar bij haar arm en trok haar mee naar binnen en de trap op.

Ze wilde zich verzetten, maar ze hield daarmee op toen ze het gekreun van een man hoorde, die duidelijk veel pijn had. Even later duwde de jonge arbeider haar de deur door. De woning wekte een verwaarloosde indruk. Het spaarzame meubilair was oud en versleten, de gordijnen waren door motten aangevreten. Het zag er niet uit alsof er mensen hadden gewoond, het leek eerder een ontmoetingsplaats te zijn. Een paar ruiten waren aan diggelen gegaan bij de schietpartij, of de mannen daar actief aan hadden deelgenomen was niet duidelijk.

'Ik heb buiten een verpleegster gevonden!' riep de jongeman tegen de anderen. 'Zij zal Ferdy kunnen helpen.'

De geur van ijzer stroomde Hanna's neus in. Vlak bij haar lag een man op de vloer. Zijn jasje was doordrenkt met bloed, onder hem zat een grote rode vlek op het versleten tapijt.

En dat was niet alles. Even verder lag een tweede man op de vloer. Uit het gat bij zijn slaap sijpelde bloed. Aan zijn bleke huid zag Hanna dat hij niet meer te redden was.

Ze wankelde achteruit. In haar oren begon het weer te ruisen, haar keel trok dicht. Hanna dwong zichzelf adem te halen en vocht tegen de duizeligheid die zich onbarmhartig van haar meester maakte. Weer klonken de woorden van de directrice in Friedensau haar in de oren: *Stel je niet zo aan!*

Hoe kon ze die man helpen als ze instortte?

'Zuster Hanna?' hoorde ze Rosa's stem achter zich.

Een van de mannen viel tegen haar uit. 'Vooruit, zuster, doe iets!'

Ze probeerde de droogte in haar keel weg te slikken, maar die bleef als schuurpapier aanvoelen. De stemmen van de mannen, die haar aanspoorden, raakten ver op de achtergrond. Zo meteen zou ze flauwvallen.

'Zuster Hanna!' Rosa pakte haar hand vast en haalde haar daarmee uit de maalstroom van paniek.

Ze knikte als verdoofd. Dit is Martin niet, zei ze tegen zichzelf. Het is hem niet, en het is ook geen soldaat. Die man heeft mijn hulp nodig.

'Goed,' zei ze ademloos. 'Bedek hem!' Ze wees naar het stoffelijk overschot. Toen hurkte ze naast de gewonde neer, die zijn handen tegen zijn arm drukte. Als het een vrouw was, dacht ze, zou je het dan wel kunnen?

'Help me,' kreunde de man met een van pijn vertrokken gezicht.

Een vrouw, maakte ze zichzelf wijs. Het is een vrouw. Een vrouw met een snor en een lage stem. Net als de oude zuster Senta.

'Ik zal het proberen,' hoorde ze zichzelf zeggen, toen richtte ze haar blik op de mannen, die haar op hun beurt aanstaarden. 'Ik heb verbandmateriaal nodig. Neteldoek of verbandgaas, als u dat hebt, beddenlakens zijn ook geschikt, maar wel zo schoon mogelijk. En een schaar of een mes.'

'Kunt u de kogel verwijderen?' informeerde een van de omstanders.

'Nee, ik ben geen dokter,' antwoordde ze en ze ontdeed zich van haar mantel om zich beter te kunnen bewegen. 'Ik kan alleen een verband aanleggen, zodat hij niet te veel bloed verliest. U moet hem naar een ziekenhuis brengen.'

'Waar is het ziekenhuis waar u werkt, zuster?' vroeg de jongeman in de grijze arbeiderskleding.

'Het ligt in Zehlendorf, maar het is nog niet klaar. Welke ziekenhuizen zijn hier in de buurt?'

'Het Charité,' antwoordde een ander terwijl hij haar een paar repen stof aangaf. 'Ik hoop dat het hiermee gaat, iets anders hebben we niet.'

'Bedankt,' zei Hanna, ze pakte de repen en legde ze op haar schoot. 'Bent u in staat uw jasje uit te doen?' vroeg ze de gewonde. 'Ik wil uw mouw liever niet openknippen.'

'Dat zal wel gaan,' zei de man, maar toen hij het probeerde, spoot plotseling een straal bloed naar haar toe. Blijkbaar had de stof de bloeding tot nog toe ondervangen. Nu gutste het bloed onbelemmerd op haar schort.

'Ik heb een dunne stok of een pollepel nodig – iets waarmee ik een tourniquet kan maken!' riep Hanna en ze drukte haar hand op de wond. Blijkbaar had de kogel een slagader geraakt.

Een van de mannen verdween en kwam even later terug met het gevraagde.

Hanna zette zich aan het werk. Haar handen bewogen mechanisch terwijl ze op zichzelf bleef inpraten: een vrouw. Het is een vrouw. Ze bracht een van de repen aan, stak de pollepel erdoorheen en draaide hem om. De bloeding stopte. Toen legde ze een verband aan.

'Breng uw vriend zo vlug mogelijk naar het ziekenhuis. De kogel moet er in elk geval uit, anders krijgt hij koudvuur en moet zijn arm eraf.'

'U bent goud waard, zuster,' zei een van de mannen en hij klopte haar waarderend op haar schouder.

Hanna reageerde niet. Ze wilde alleen maar weg voor ze zou instorten.

'Kom, Rosa,' zei ze, ze verliet de woning en rende de trap af.

Buiten moest ze eerst tegen de muur leunen. Ze keek naar de hemel en na een poosje verdween de beklemming rond haar borst en kwam haar hartslag tot rust.

'Dat... Dat was heel indrukwekkend,' hoorde ze Rosa naast zich zeggen.

Hanna haalde trillend adem. Het zweet onder haar jurk vormde een koude laag op haar lichaam.

'Wat?' vroeg ze afwezig.

'Zoals u die man hebt verbonden...'

Hanna schudde haar hoofd. 'Het is mijn werk. Meer niet.' Het was bepaald geen heldendaad geweest. Maar ineens werd ze zich van iets bewust: ze was bij de aanblik van de gewonde niet flauwgevallen. Ja, ze had hem zelfs verzorgd!

Dat was een paar maanden geleden nog ondenkbaar geweest.

'Kom, laten we naar het station teruggaan,' zei ze en ze keek naar Rosa. De schrik viel nog steeds van haar gezicht af te lezen. Bedankt dat je mijn hand vastpakte en me afleidde, dacht ze, en ze nam Rosa bij haar arm en trok haar mee.

Bij hun terugkeer op Waldfriede was het al laat in de middag. Hanna was blij dat ze die vreselijke ochtend had overleefd. De hele reis had ze alleen maar met lege blik uit het raam van de trein kunnen staren. Aan Rosa had ze nauwelijks nog aandacht besteed.

Toen ze in de keuken kwamen, verscheen mevrouw Conradi.

'Lieve help!' riep ze uit toen ze de twee meisjes zag. 'Waar bleven jullie? We maakten ons allemaal zorgen!'

Hanna knoopte langzaam haar jas open.

'We zijn in een schermutseling terechtgekomen. Er werd een man getroffen. Ik moest hem helpen.'

De doktersvrouw zag het bloed op Hanna's kostuum en verbleekte.

Het volgende ogenblik kwam ook dokter Conradi binnen. 'Catherine, ik...' Toen hij Hanna en Rosa in de gaten kreeg, stokte hij. 'Om godswil, wat is er gebeurd?'

'Er was een schietpartij bij het station,' verklaarde Hanna. 'We hebben in een portiek geschuild. Toen er niet meer werd geschoten en we verder wilden gaan, kwam er een man naar ons toe. Zo is het toch gegaan, Rosa?'

Het meisje knikte haastig.

'De man smeekte me naar een gewonde te kijken. Die was in zijn arm geraakt, ik heb een tourniquet aangelegd en de mannen opdracht gegeven hem naar het Charité te brengen. Een andere man kon ik niet meer helpen, die had een kogel in zijn slaap gekregen.'

Hanna merkte de bezorgde blik van de dokter. Zijn kaken maalden alsof hij op een stuk hard brood zat te kauwen.

'Maar jullie zijn ongedeerd?' vroeg hij.

Hanna keek naar Rosa en knikte. 'Ja, wij zijn ongedeerd.' Toen keek ze naar beneden. 'Dat bloed is niet van mij.'

'Geef me dat schort nu maar meteen, ik moet het in de week zetten,' zei mevrouw Conradi bedrijvig. Hanna trok haar jas uit en deed het schort af. Daarbij zag ze dat er ook een paar vlekken op haar jurk waren gekomen.

Conradi's gezichtsuitdrukking was gespannen. 'Godzijdank is jullie niets overkomen!' Hij keek even naar zijn vrouw, toen wendde hij zich weer tot Hanna. 'Wilt u Rosa haar kamer op zolder laten zien?'

'Ja, met genoegen,' zei Hanna, waarop hij vervolgde: 'Rust eerst maar eens uit van alle vermoeienissen.'

'Dank u, dokter,' daarna knikte ze naar mevrouw Conradi en nam Rosa mee.

~

'Je hebt dat meisje naar de stad gestuurd,' zei Louis toen Hanna en Rosa buiten gehoorsafstand waren. Het was niet zozeer een vraag als wel een constatering. 'Zonder geleide.' Hij wierp zijn vrouw een scherpe blik toe. 'Ik dacht dat we hadden afgesproken dat we zusters niet alleen weg zouden laten gaan.'

Ergernis broeide in hem. Het was niet alleen dat ze hem sinds twee weken negeerde, maar nu had ze een overduidelijke instructie van hem veronachtzaamd.

Omdat hij Hanna over hun doodgeboren kindje had verteld?

'Hanna is verstandig, zoals je ziet heeft ze de hele zaak goed afgehandeld,' antwoordde Catherine bot.

'Ze had wel dood kunnen zijn!' barstte hij uit. Catherine deinsde terug, maar dat maakte hem alleen maar kwader. 'Ze had door een afketsende kogel kunnen worden getroffen. Je had Carl moeten sturen.'

'Zou het je niet hebben kunnen schelen als hij geraakt werd?' antwoordde ze met snijdende stem.

'Hij is een man!' Louis sloeg met zijn vuist op de tafel. 'Hij heeft andere zintuigen en weet hoe hij gevaar tegemoet moet treden, want hij is zelf in de loopgraven geweest. Maar twee meisjes zonder begeleiding door Berlijn sturen...' Hij perste zijn lippen op elkaar en onderdrukte de impuls om zijn vrouw door elkaar te schudden. 'Is het vanwege ons kindje? Omdat ik haar dat verteld heb? Denk je dan echt dat ze die opmerking uit kwaadaardigheid maakte?'

Catherine werd bleek. Dat zei hem genoeg.

'Jij stuurt nooit meer een van de zusters of dienstmeisjes zonder begeleiding naar Berlijn, begrepen?' Hij pakte haar nu toch bij de armen en dwong haar hem aan te kijken.

Catherine knikte, maar in haar ogen blonk koppigheid door. Dat was een uitdrukking die Louis tegenwoordig vaker bij haar zag en die hem razend maakte.

'Als je iemand wil straffen, neem mij dan!' schreeuwde hij. 'Hoewel, dat doe je al een hele tijd met je kille houding, nietwaar?'

Even keken ze elkaar nog in de ogen, toen liet hij haar los en stormde de keuken uit.

13

Zehlendorf, 13 maart 1920

De volgende ochtend, vlak na de dagelijkse gymnastiekles, kwam Hanna Rosa in de gang tegen.

'Hoe gaat het met je?' vroeg ze. 'Heb je goed kunnen slapen?'

'Redelijk,' antwoordde Rosa. 'Ik moet nog wennen aan mijn bed, maar ik heb geen nachtmerries gehad.'

Hanna knikte, opgelucht dat het Rosa beter was vergaan dan haarzelf. Toen het licht op hun kamer uit was gedaan, had ze het bloed en het lijk weer voor zich gezien en het gekreun van de gewonde man gehoord. In haar droom, waarin ze doodsbang een straat door rende, hadden schoten geklonken. Uiteindelijk was ze met een korte kreet wakker geschrokken, toen de dode met het hoofdschot wankelend op haar af was gekomen en ze Martin in hem had herkend.

Ida had willen weten wat er was voorgevallen, maar Hanna had haar geen antwoord gegeven. Trillend had ze zich in haar deken gehuld en op den duur was ze weer in slaap gevallen.

'Je kunt wel naast me aan tafel komen zitten, als je wilt,' zei Hanna en ze wenkte Rosa om mee te komen. Ze had haar de avond tevoren al voorgesteld elkaar te tutoyeren, toen ze de avondmaaltijd naar haar kamer had gebracht. 'Het meisje dat daar eerst zat is voor de verpleegstersopleiding naar Friedensau gegaan.'

'Maar u... Jij zit toch zeker aan de verpleegsterstafel?' vroeg Rosa.

Hanna schudde haar hoofd. 'We maken wat dat betreft geen onderscheid.'

Hanna wees Rosa haar plaats en ging toen naar de keuken. Ze was vandaag samen met Rosa's kamergenote Luise bij de bediening ingedeeld.

In de keuken trof ze mevrouw Conradi aan, die aan de keukentafel met gefronst voorhoofd de inhoud van een jutezak stond te bekijken.

'Bonenmeel,' verzuchtte ze.

Zonder daarop te reageren begon Hanna de kommetjes met havermoutpap op het serveerwagentje te zetten.

'Onze broeders en zusters in Friedensau hebben het goed met ons voor, maar ik had liever een zak aardappelen gehad.' Mevrouw Conradi pakte een handvol van het grauwe meel en bekeek het kritisch. 'Ik zal proberen er meelsoep van te maken. Voor iets anders zal het niet geschikt zijn. Een paar uien erbij en een bouillonblokje. Ach, wat zou ik graag al wat verse kruiden willen hebben! Of een stukje kaas...'

Hanna voelde aan dat ze een gesprek wilde beginnen, maar ze had geen zin om te praten.

Mevrouw Conradi slaakte een zucht. 'Hoor eens, Hanna, ik vind het echt heel erg dat je gisteren in dat vuurgevecht verzeild bent geraakt. Als ik had geweten dat dat zou gebeuren...'

'Dat kon u niet weten,' zei Hanna zachtjes. En mevrouw Conradi had ook niet kunnen weten dat de trein niet reed en dat ze daarom zou proberen de bus te nemen. 'Ik wil u graag mijn excuses aanbieden,' voegde ze eraan toe. 'Ik had niet over uw... verlies mogen beginnen.'

Mevrouw Conradi perste haar lippen op elkaar. Ze had een verraderlijke glans in haar ogen.

'Ik wilde alleen maar zeggen dat ik begrijp wat het betekent om iemand te verliezen.' Hanna keek naar haar handen.

Er volgde een stilte op haar woorden. Zou mevrouw Conradi haar excuses accepteren? Of waren verontschuldigingen eigenlijk niet aan de orde?

'Er is een brief voor je gekomen.' Mevrouw Conradi haalde de envelop uit de zak van haar schort. 'Ik... Ik wilde je er gisteren niet mee lastigvallen.'

'Dank u,' zei Hanna. Ze pakte hem aan en wierp een blik op de afzender. Leni had haar geschreven! 'En, wat zullen we met dat bonenmeel doen?' vroeg ze en ze zette een glimlach op.

'Laten we het voor nu maar even in de kast opbergen. Voor noodgevallen.'

Na de sabbatsdienst trok Hanna zich terug in het kleine bos. Door de frisse lucht nam het drukkende gevoel bij haar slapen af. De lucht in de gemeenschappelijke ruimte was om te snijden geweest en het had er sterk naar het vuurbekken geroken. Bovendien begon haar onrustige nacht zich te wreken.

Hier in het bos kon ze eindelijk ruim ademhalen. Buiten haarzelf was er niemand, er kraakten hier en daar wat takken. Af en toe klonk de roep van een bonte kraai. Er lag een dun laagje sneeuw op de grond en de kale takken leken bestrooid met suiker. Hoewel de winter zich nog eenmaal had laten gelden, was Hanna hoopvol dat de lente het regime spoedig zou overnemen.

Ze ging op een boomstronk zitten en haalde de envelop tevoorschijn.

Lieve Hanna,

Heel hartelijk bedankt voor je brief. Ik ben blij dat je goed bent aangekomen. Al heb je het ziekenhuis niet aangetroffen zoals je je had voorgesteld, is het toch fijn te horen dat je het gevoel hebt in een familie te zijn opgenomen. Zo kan ik er zeker van zijn dat je in goede handen bent.

In het sanatorium verandert er weinig. De opleiding is weer van start gegaan en het aantal burgerpatiënten neemt toe. Toch komen er nog steeds soldaten binnen. Als ik ze door de gangen zie strompelen of rijden ben ik blij dat jou die aanblik bespaard blijft. Veel andere zusters zijn jaloers op je omdat je in het nieuwe ziekenhuis mag zijn.

Met onze ouders gaat het goed en ze doen je de groeten. Wel ge-

dragen ze zich sinds jouw vertrek een beetje vreemd. Maar ik ben er nog niet achter waarom.

Hanna liet de brief op haar schoot zakken. Hun ouders gedroegen zich vreemd? Beviel het hun niet dat ze in Berlijn zat? Ze had haar ouders nog niet geschreven, misschien moest ze vragen of alles in orde was?

Hanna las verder.

Ik verheug me er in elk geval op in de zomervakantie naar je toe te komen en even weg van huis te zijn. Je hebt het zo goed getroffen!

Gisteren ben ik bij het graf van Martin gaan kijken en heb ik hem wat sneeuwklokjes gebracht. Die tieren hier bij ons al welig op de weiden! Ik dacht dat hij er wel blij mee zou zijn. Ik heb hem ook de groeten van jou gedaan. Misschien komen die toch op de een of andere manier bij hem aan.

Nu moet ik ophouden. De hoofdzuster is al voor de tweede keer bij ons op de kamer komen kijken en wil dat we het licht uitdoen. Hou je taai, lief Hannaatje, en pas goed op jezelf!

Een omhelzing en een kus van je zusje
Leni

Toen ze de brief dichtvouwde hoorde ze voetstappen en stemmen. Even later kreeg ze Georg Bridde, Carl Rohleder en twee van de ambachtslieden van hun genootschap in het oog, die echter geen notitie van haar leken te nemen. Geanimeerd pratend liepen ze door het kreupelhout, onder aanvoering van dokter Conradi. Hij had zijn handen in zijn jaszakken gestoken en op zijn hoofd droeg hij zijn bruine hoed.

Vermoedelijk bespraken ze wat er met het stuk bos moest gebeuren. Hanna had opgevangen dat de dokter van plan was een park aan te leggen.

'We zouden schuilhutjes kunnen neerzetten,' stelde dokter Conradi voor. 'Dan kunnen de zusters die niet in het huis wonen hier

’s zomers hun vrije tijd doorbrengen als ze twee diensten na elkaar draaien.’

‘Maar zou dat niet te gevaarlijk zijn?’ wierp de boekhouder tegen. ‘Stel dat er hier schooiers rondhangen die de zusters op onoorbare wijze benaderen...’

‘U hebt gelijk,’ beaamde dokter Conradi. ‘We zullen wel een hek moeten plaatsen.’

Toen Hanna opstond kraakte er luid een tak onder haar. De mannen draaiden meteen hun hoofd om, aller ogen waren nu op haar gericht.

‘Zuster Hanna, wat doet u zo alleen in het bos?’ vroeg Conradi verbaasd. ‘Wilt u met ons meelopen?’

Hanna schudde haar hoofd. ‘Dank u, dokter Conradi, maar nee. Ik kwam hier alleen even mijn brief lezen.’

‘Hebt u antwoord van uw zusje gekregen?’

Hanna knikte.

‘Nou, als dat geen goed nieuws is.’

Conradi keek haar recht in de ogen. Hanna’s wangen begonnen te gloeien. Ze wist dat de andere mannen elk woord volgden.

‘Wilt u niet toch met ons meekomen? We overleggen net wat we met dit achterste deel van het terrein moeten beginnen.’

‘Ik wilde net weer teruggaan,’ antwoordde ze met neergeslagen ogen. Als zuster Maria haar met al die mannen zag, zou dat haar negatieve oordeel over haar alleen maar bevestigen.

‘Wat jammer,’ zei de dokter teleurgesteld. ‘Maar loopt u op z’n minst een stukje met ons op. Tenslotte horen de verpleegsters inspraak te hebben als het gaat om de bestemming van het beboste terrein. Voor de meesten is Waldfriede niet gewoon een werkplek, maar ook een thuis!’

Nog steeds met enige tegenzin sloot Hanna zich bij de mannen aan.

Ze liepen het hele terrein af, bleven hier en daar staan en probeerden dan te bepalen in welke richting het ziekenhuis lag. De manier waarop de mannen met elkaar spraken beviel Hanna wel. Ze hadden heel andere gespreksonderwerpen dan de zusters en de dienstmeisjes. Niemand had het hier over kinderen of trouwen;

het ging over bouwplannen, materiaal en tijdschema's. Het deed Hanna een beetje aan Martin denken. Ze kon altijd urenlang naar hem luisteren als hij het over zijn uitvindingen had.

Af en toe vroeg Conradi haar om haar mening en Hanna probeerde die dan zo goed mogelijk onder woorden te brengen. Daarmee oogstte ze soms sceptische blikken, maar ook wel eens instemming.

'Wat gaat er eigenlijk met dat oude complex daar gebeuren?' vroeg ze ten slotte, terwijl ze wees naar een bouwvallige schutting met wat hutjes erachter. Ida had haar verteld waar ze toe dienden. 'Wilt u het baden in de openlucht weer invoeren?'

'Dat is tegenwoordig een verouderde therapie,' legde Carl Rohleder uit. 'Diathermie is de toekomst. Inmiddels is bewezen dat warme natuurlijke lucht niet zo goed in de huid doordringt als de warmte van infrarode lampen.'

'Maar mensen hebben toch behoefte aan frisse lucht?' opperde Hanna.

'We zijn van plan daarvoor de terrassen boven de oude badruimte te gebruiken,' zei dokter Conradi. 'Als de schaarste aan bouwmateriaal eenmaal verleden tijd is, zullen we zelfs een wintertuin op het dak daarvan kunnen plaatsen. Nietwaar, broeder Bridde?'

'Voordat we iets dergelijks aanpakken, moeten we zorgen dat de balans in de boeken stabiel is,' wierp de boekhouder tegen. 'U weet wat er op het spel staat.'

Hanna trok haar wenkbrauwen op. Wat stond er dan op het spel?

De arts keek zwijgend omhoog naar de boomtoppen. Ook Carl Rohleder reageerde niet. Dat wekte Hanna's nieuwsgierigheid, maar ze durfde niets te vragen.

'Laten we maar doorlopen,' zei de dokter na een tijdje. 'Het terrein is uitgestrekt en we willen toch wel voor donker terug zijn?'

De woorden van de boekhouder hielden Hanna zo bezig dat ze niet in de gaten had dat de tijd verstreek. Toen het begon te schemeren en ze in de verte een kerktoren zes hoorde slaan, schoot haar te binnen dat ze nog altijd corvee had.

'Ik moet ervandoor!' riep ze de mannen toe en terwijl ze wegrende voegde ze eraan toe: 'Bedankt dat ik mee mocht!'

Geheel buiten adem bereikte ze het huis, trok haastig haar jas uit en wilde juist langs de keuken naar de trap rennen toen ze daar een kluwen mensen zag, die kennelijk om iemand in het midden heen stonden.

'Er is iets vreselijks gebeurd!' zei een man jammerend. 'Mijn dochter kwam totaal ontredderd bij ons. Ze werkt als dienstmeisje voor een hoge ambtenaar bij de regering en vertelde ons dat het leger de Rijksdag heeft bestormd. Haar werkgever heeft samen met rijkspresident Ebert moeten vluchten.'

Toen Hanna een stukje dichterbij had weten te komen, herkende ze een wat oudere man uit de buurt. Hij haalde een inderhaast verfrommeld stuk papier uit zijn zak en gaf het aan mevrouw Conradi.

AAN HET DUITSE VOLK! stond er in vette letters op geschreven.

'Door een krankzinnige bestorming zijn de regeringsgebouwen van Berlijn in handen van de opstandelingen geraakt,' las mevrouw Conradi hardop voor.

Hanna bespeurde Rosa in de menigte en knikte haar toe. Zouden die aanvallers van gisteren daar iets mee te maken hebben gehad?

Mevrouw Conradi las verder, maar Hanna ving slechts hier en daar een zin op. 'De regering heeft haar zetel naar Dresden verplaatst' en 'Slechts een op de grondwet gebaseerde regering kan Duitsland ervoor behoeden in duisternis en bloed ten onder te gaan'.

'Wat houdt dat in?' vroeg Hanna.

'Er heeft een putsch plaatsgevonden. De Rijksdag is in handen van opstandelingen gevallen en ze hebben de regering verdreven,' legde mevrouw Conradi uit. 'Rijkspresident Ebert roept de arbeiders op zich achter de rechtmatig verkozen regering te scharen.'

'Wat vreselijk allemaal!' jammerde de man uit de buurt. 'In het ergste geval komt er weer oorlog.' Hij draaide zich om en vertrok. Hanna hoorde hem nog klagen toen hij al op de trap voor de ingang stond: 'Dit zal heel erg slecht aflopen, ik weet het zeker.'

Kort daarop kwam dokter Conradi de keuken in. De anderen hadden zich inmiddels teruggetrokken, alleen Hanna en Luise hielpen zijn vrouw in stilte.

Opgewonden bracht ze haar man op de hoogte van het gebeurde.

Hanna zag een diepe rimpel verschijnen tussen dokter Conradi's wenkbrauwen.

'Ik wil u even spreken, zuster Hanna!' Hij gebaarde haar mee te komen. Op de gang vroeg hij: 'Waar bent u gisteren precies getuige geweest van die schietpartij?'

'In de buurt van station Potsdam. Ik weet de weg niet in Berlijn, maar het was in een zijstraat links van de stationsuitgang.'

Conradi legde zijn handen op haar armen. 'Weet u eigenlijk wel hoeveel geluk u hebt gehad?'

Hanna knikte zwijgend. Toen ze opzij keek, zag ze mevrouw Conradi.

Dokter Conradi haalde zijn handen van Hanna's armen. 'Hanna heeft me verteld waar die schietpartij van gisteren precies heeft plaatsgevonden.'

'Denk je dat die iets met de putsch te maken had?'

'Dat is goed mogelijk. Ik moest maar eens poolshoogte gaan nemen.'

'Geen sprake van!' barstte mevrouw Conradi los. 'Stel dat je door een kogel wordt getroffen! Dat kun je ons niet aandoen.'

De dokter leek in zware tweestrijd te verkeren. Natuurlijk zou het beter zijn als ze details te weten kwamen, maar ook Hanna begon bang te worden.

Ze viel Catherine bij. 'Uw vrouw heeft gelijk,' zei ze. 'Het is te gevaarlijk. Alstublieft, dokter Conradi, u bent hier veel te hard nodig om zo'n risico te mogen nemen!'

De dokter aarzelde, maar knikte toen bedachtzaam.

‘Heb je dat pamflet nog?’ vroeg hij, waarop zijn vrouw het biljet uit haar zak haalde.

Zonder een woord te zeggen pakte hij het aan en verdween ermee naar zijn spreekkamer.

14

Zehlendorf, 15 maart 1920

De volgende twee ochtenden bracht het voltallige personeel door met het omspitten van de tuin achter het ziekenhuis.

'In plaats van ochtendgymnastiek zullen we de basis voor onze maaltijden leggen,' had de dokter bij het zondagse ontbijt verkondigd. 'Met een tuin kunnen we onszelf van voedsel voorzien.'

Daarmee werd Hanna duidelijk dat hij rekening hield met nieuwe tijden van nood.

De stemming tijdens het werken in de tuin was bedrukt. Intussen was het nieuws rondgegaan wat er precies was gebeurd en dat er op de Friedrich-Wilhelm-Platz soldaten stonden die voorbijgangers dreigden neer te schieten als ze het regeringsdistrict naderden. Hanna was opnieuw blij dat dokter Conradi op de avond van de putsch niet naar de stad was gegaan.

'Wie weet wie die mannen in die woning waren,' merkte Rosa op, die naast Hanna haar spade in de nog licht bevroren aarde stak. 'Misschien waren het opstandelingen.'

'Daar zagen ze eigenlijk niet naar uit,' antwoordde Hanna terwijl ze aarde op haar spade schepte en er weer af liet vallen.

'De jongeman die ons riep was in elk geval heel aardig,' voegde Rosa eraan toe.

Kort daarop hoorden ze van de algemene staking. Toen een paar werklui niet op de bouwplaats verschenen, ging Carl Rohleder erop uit om na te gaan waar ze bleven.

‘Het lijkt erop dat alles stilligt: de post, de watervoorziening… Er rijden ook geen treinen,’ verklaarde hij bij terugkomst. ‘Daardoor moeten de putschisten worden gedwongen op te geven.’

’s Avonds kwamen ze bij elkaar in de gemeenschappelijke ruimte. Ze baden God om bescherming en hulp voor hun ziekenhuis, maar ook voor het vaderland.

‘Wat jammer dat dokter Conradi zijn verjaardag onder deze omstandigheden moet vieren,’ merkte Maria op toen ze later met de gebruikelijke baksteen naar hun kamer liepen.

‘Wanneer is hij dan jarig?’ vroeg Hanna.

De verjaardag van mevrouw Conradi was lang van tevoren voorbereid, maar voor die van dokter Conradi waren er geen koorrepetities geweest. Was zijn verjaardag niet bij iedereen bekend, of hield hij niet van zo’n eerbetoon?

‘De zeventiende, dus aanstaande woensdag. Laten we hopen dat we dan in elk geval elektriciteit hebben.’

‘Wordt er voor hem geen aubade voorbereid?’

‘De dokter heeft weinig op met aubades ter ere van zijn verjaardag,’ antwoordde Maria, waarna ze Hanna een vermoeide blik toewierp. ‘Bovendien zijn de tijden er niet naar. Wie wil er nou iets vieren?’

Dat de dokter zonder gezang aan zijn verjaardag zou beginnen liet Hanna niet met rust. De volgende morgen zocht ze de dienstmeisjes op. Ze informeerde welke liederen ze kenden en moest na een poosje erkennen dat het lastig zou worden een gemeenschappelijke noemer te vinden. ‘Gedragen op adelaarsvleugels’ kenden de meesten niet, maar het zou ook raar zijn geweest om voor de dokter hetzelfde lied te zingen als voor zijn vrouw. Bovendien toonden een paar meisjes zich onwillig en gaven te kennen dat hun stemmen niet goed genoeg waren. Hulpeloos keek Hanna naar Rosa. Als ze er ten minste vier bij elkaar kregen…

‘Met zingen heb ik niet zo veel, maar ik zou een gedicht kunnen voordragen,’ verklaarde Rosa, die blijkbaar vermoedde wat ze dacht.

‘Welk gedicht dan?’ vroeg Hanna.

‘“Ben je gegroeid, mijn kind?”’

Hanna dacht na.

'Ken je daar alle strofes van?'

'Zeker,' antwoordde Rosa. 'Onze leraar deelde stokslagen uit als we ze door elkaar haalden. Je kunt je indenken dat we dat gedicht allemaal heel goed kenden.' Ze lachte. 'Ik zal het waarschijnlijk nooit van mijn leven meer vergeten.'

Hanna knikte. 'Goed. Draag dat gedicht dan maar voor. Maar we moeten ook nog een lied hebben.' Ze dacht even na, toen viel haar iets in wat kort genoeg was om vlug in te studeren.

'Kennen jullie "Tot hier heeft God me gebracht"?' vroeg ze hoopvol.

'Ik ken het,' gaf een meisje uiteindelijk toe. Ze had een heldere, wat ijle stem, maar om te zingen was het misschien genoeg.

'Het is een heel makkelijk lied, dat moeten we voor elkaar krijgen. Wat dachten jullie ervan om vanavond bij elkaar te komen zodat ik het jullie kan leren?'

De meisjes leken niet erg enthousiast. Hanna zuchtte. 'Het is voor dokter Conradi! Zonder hem zou het ziekenhuis er niet zijn! En juist in tijden als deze kunnen we allemaal een beetje muziek gebruiken, toch?'

Ten slotte zwichtten een paar meisjes en vond ze de vier zangeressen die ze nodig had. 'Vanavond in de werkschuur?' vroeg ze, waarop de meisjes knikten. 'Kom jij ook?' zei ze, zich tot Rosa richtend.

'Natuurlijk!' antwoordde deze met een brede glimlach. 'Ik wil wel eens meemaken hoe jullie dat lied repeteren!'

Op de ochtend van de zeventiende maart stond Hanna in alle vroegte op om de zangeressen te wekken. Ze wilde nog eenmaal de tekst met hen doornemen, zodat ze zich later in de eetzaal niet te schande zouden maken.

De meisjes mopperden toen ze bij hen aanklopte, maar nog geen half uur later stonden de leden van het koortje in de werkschuur en klonk het lied helder in de morgen.

Vol goede moed liep Hanna daarna naar de eetzaal. Ze hoopte maar dat haar haastig ingestudeerde aubade de dokter beviel.

Rosa zat al op haar plaats en nam fluisterend en met gesloten ogen haar gedicht door. Hanna besloot haar met rust te laten en posteerde haar koortje voor dokter Conradi's tafel. 'Zijn jullie er klaar voor?'

De zangeressen knikten. Nu hoefden ze alleen nog te wachten tot de dokter kwam.

De eetzaal stroomde vol en de bedieningsploeg verscheen.

Mevrouw Conradi volgde, met zuster Elisabeth aan haar zijde. De dokter was niet te bekennen. De minuten verstreken, maar hij vertoonde zich nog altijd niet.

Hanna kreeg het warm. Waar bleef hij nou?

Ze merkte dat de meisjes onrustig werden. Van alle kanten werd ze bestookt met vragende blikken.

De situatie werd zo langzamerhand pijnlijk. Bovendien begon ze zich zorgen te maken. Omdat ze mevrouw Conradi niet rechtstreeks durfde te benaderen, keek ze zuster Elisabeth aan.

'Kan ik je even spreken?' vroeg ze.

Elisabeth wierp haar een verbaasde blik toe, maar stond toen op.

'Weet je misschien waarom de dokter niet komt?' vroeg Hanna toen ze buiten gehoorsafstand waren.

'O,' zei Elisabeth. 'Hij is vanmorgen vroeg al vertrokken om te kijken of er nog nieuws was.'

'Op zijn verjaardag?'

'Zo heeft mevrouw Conradi het tegen me gezegd.'

Teleurstelling bekroop Hanna. Waarom zou hij op zijn verjaardag de stad in gaan?

'Wat is er dan mis?' wilde Elisabeth weten, en ze keek naar de meisjes, die daar nog steeds stonden en aan hun schort plukten.

'Niets,' antwoordde Hanna. 'De meisjes hebben een lied voor hem ingestudeerd, maar dat kan wachten.' Ze bracht de zangeressen op de hoogte en stuurde ze naar hun plaats voor ze zelf aan tafel ging zitten. Brandende schaamte kwam in haar op, net als indertijd op haar eerste dag toen ze naar de röntgencursus had gevraagd.

Gelukkig verscheen het volgende ogenblik de bediening met de havermoutpap.

Pas tegen de avond kwam de dokter terug. Opzienbarend nieuws bracht hij niet mee. Overal in de stad was het onveilig, en overal stonden de raderen stil. Zelfs de posterijen staakten. Het leek of Berlijn en Zehlendorf de adem inhielden.

Later kwam de hele instellingsfamilie in de woonkamer van de Conradi's bijeen. Mevrouw Conradi had uit de schamele voorraden in haar provisiekamer toch nog wat gebak weten te toveren, moutkoffie dampte in de kopjes. Gezien de omstandigheden heerste er echter een bedrukte stemming. Hoelang zou het nog duren met die onrust en alle leed dat eruit voortkwam?

Plotseling stond Rosa op en kuchte.

'Eigenlijk had zuster Hanna met een paar van ons een lied voor u ingestudeerd. En ik heb een gedicht voorbereid.'

Hanna verslikte zich bijna in haar koffie. Verschrikt keek ze Rosa aan en ze had haar het liefst weer op haar plaats getrokken, maar daarvoor was het nu te laat.

'Mogen we?'

Even werd het stil. Hanna's wangen gloeiden, en ze zag de verbaasde blikken die de andere zusters Rosa toewierpen. Maar dat leek haar niet te deren. Bemoedigend keek ze Hanna aan.

'Zo, zo,' zei de dokter glimlachend. 'Laat maar eens horen, Rosa. En zuster Hanna, roep gerust uw koor bijeen!'

Even kon Hanna zich niet verroeren. Maar toen begon Rosa al aan haar gedicht:

In mijn vaders werkplaats, daar weet ik een deur,
die heb ik vaak bewonderd, met stille aandacht schier.
Daar stonden trapsgewijs in Vaders schrift
veel strepen en initialen, tot veler onbegrip.

Terwijl Rosa verderging sloop Hanna naar de zangeressen. 'Zijn jullie er klaar voor?'

's Ochtends hadden ze nog de indruk gewekt opgelucht te zijn over het uitvallen van de aubade, maar nu knikten ze.

'Goed. Neem nog even vlug de tekst door. Als Rosa klaar is, beginnen we.'

Gelukkig had het gedicht veel strofen, zodat ze genoeg tijd hadden om zich voor te bereiden.

Hanna volgde geïmponeerd hoe Rosa strofe voor strofe foutloos opzegde. Blijkbaar had ze meer in haar mars dan je van een dienstmeisje zou verwachten.

Laat mij als innerlijk mens sterker worden, telkens meer,
laat goede vrucht mij brengen, Uw naam ter eer!
En als ik ooit, bij U o Heer, mijn moeder wedervind,
moge ze dan betuigen: 'Je bent gegroeid, mijn kind!'

Stilte volgde op Rosa's voordracht. Hanna zag dat er in mevrouw Conradi's ogen tranen glinsterden. Ook de dokter leek ontroerd.

Er barstte applaus los. Rosa maakte een knicksje en ging terug naar haar plaats. Dat was het sein voor de zangeressen.

De meisjes volgden Hanna een beetje schroomvallig door de kring verjaardagsgasten.

Hanna gaf een teken, en toen begonnen ze. Eerst wat zachtjes en ingehouden, maar uiteindelijk werd het zingen krachtiger.

Tevreden stelde Hanna vast dat de afzonderlijke stemmen inzetten zoals het hoorde. De meisjes deden het echt goed. Toen ze klaar waren, applaudisseerden de aanwezigen opnieuw.

De dokter glimlachte. 'Hartelijk dank dat jullie de moeite hebben genomen om dit lied in te studeren. Het is al een tijdje geleden dat ik het heb gehoord. Hij wendde zich tot Hanna en vroeg: 'Van wie hebt u het?'

'Van mijn grootmoeder,' antwoordde Hanna en ze constateerde tot haar verlegenheid dat de blikken van de anderen zich op haar richtten. 'Zij zong het altijd op verjaardagen.'

Mevrouw Conradi stond op en maakte aanstalten om een paar woorden te spreken toen er voetstappen in de gang te horen waren. Carl Rohleder verscheen, volkomen buiten adem, in de deuropening.

'Kapp is op de vlucht geslagen!' riep hij opgewonden. 'Dat hoorde ik net in de stad. Hij is gevlucht en de Rijksdag is weer vrij. De regering staat op het punt terug te komen!'

De aanwezigen keken elkaar verrast aan, daarna begonnen ze te juichen.

Wat een verjaardagscadeau, dacht Hanna, en ze klapte van blijdschap in haar handen.

15

Zehlendorf, 24 maart 1920

Een week later zat de regering weer stevig in het zadel in de Rijksdag. Kapp was naar Zweden gevlucht, maar een aantal van de samenzweerders kon worden gearresteerd. Hun stond de krijgsraad te wachten.

De raderen van het dagelijks leven zetten zich weer in beweging. De stroomleveranties waren weer genormaliseerd en de onderdelen voor de verwarming die het hardst nodig waren werden geleverd.

Die ochtend was de brievenbus overvol, zodat het dienstmeisje beide armen nodig had om de post binnen te brengen. Medische tijdschriften en rekeningen, maar ook een brief van Conradi's vader, verstuurd vanuit Amerika, lagen in een flinke stapel op zijn bureau.

Door de grote hoeveelheid post had hij de brief met als afzender de afdeling Bouw- en woningtoezicht van Zehlendorf bijna over het hoofd gezien.

Louis' hart maakte een sprongetje toen hij hem in zijn hand had. Hij scheurde de envelop vlug open, haalde de inhoud eruit en liet zijn blik over de regels glijden. Toen stootte hij een jubelkreet uit.

'Wat is er?' vroeg Catherine. Hij liet haar de brief zien. Ze las hem vluchtig door en meteen klaarde haar gezicht op. 'De bouwvergunning?'

Hij knikte. 'Blijkbaar is hij een dag voor de putsch gepost, maar is de post door de staking niet verwerkt!'

'Maar dat is fantastisch!' Catherine straalde. 'Dan kan het werk aan de operatiekamer worden hervat.'

Louis knikte. Op zijn gezicht verscheen een brede glimlach. Het grove werk was allang gedaan en het moment van de opening kwam steeds dichterbij. Nu schoot het eindelijk op.

Hij legde de brief op zijn bureau en zijn blik viel op een andere envelop. Toen hij las wie de afzender was verkilde hij en verdween zijn glimlach ogenblikkelijk.

'Wat is er?' vroeg zijn vrouw, die merkte dat zijn stemming was omgeslagen.

'Een brief van het ministerie van Binnenlandse Zaken.' Louis kreeg een droge mond.

'Maar het is pas een paar maanden geleden dat je met die ambtenaar op het ministerie hebt gesproken!' riep Catherine verontwaardigd uit. 'Wat wil die Wiedemann nu weer van je?'

Even keek Louis naar de brief alsof het om een gifslang ging, toen pakte hij zijn briefopener en ritste de envelop open.

'Goeie genade!' riep hij uit toen hij de aankondiging las. Het zweet brak hem aan alle kanten uit. 'Ze sturen ons inspecteurs op ons dak!'

'Wanneer?' vroeg Catherine.

'Vanmiddag.'

Hij werd door paniek bevangen. De brief was natuurlijk vertraagd door de staking, maar ook als hij hem op tijd had ontvangen was de tijd veel te krap geweest.

Wat moest hij doen? De meeste ziekenzalen waren grotendeels af en waren toonbaar, maar de operatiekamer...

'Dat kan Wiedemann toch niet maken!' Catherine ging naast hem staan en nam hem de brief uit handen.

'Die brief is gedateerd op de elfde! Vandaag is het de vierentwintigste!'

Louis begon hectisch door de kamer te ijsberen. In zo'n korte tijd was de operatiekamer natuurlijk nooit af te krijgen.

'Het is toch nog veel te vroeg voor een eindinspectie?' hoorde hij zijn vrouw zeggen.

'Inderdaad, maar denk je dat Wiedemann dat ook maar iets interesseert?'

Er werd op de deur geklopt. 'Ja!' riep hij onbedoeld bruusk, waarop Rosa binnenkwam.

'Er is zojuist een telegram voor u bezorgd, dokter,' zei ze en ze reikte Conradi de envelop aan.

Ook dat nog, dacht Louis en hij bedankte haar. Rosa maakte een knicksje en vertrok.

Louis opende de envelop en haalde het telegram eruit, dat hij vlug doorlas. Toen hij klaar was veegde hij met zijn katoenen zakdoek de zweetdruppeltjes van zijn voorhoofd. Hij had met alles rekening gehouden, maar niet met een verzoek als dit.

'Wat is er?' hoorde hij zijn vrouw vragen. 'Nog meer slecht nieuws?'

'Een verzoek van ons geloofsgenootschap in Zwitserland,' antwoordde hij een beetje afwezig. 'Ze vragen ons een zuster te sturen voor hun sanatorium in Gland.'

'O, wat een eer!' zei Catherine. 'Misschien moet je zuster Hanna sturen. Ze is jong en de lucht daar kon haar weleens goeddoen bij haar probleem.'

Conradi staarde naar het papier zonder antwoord te geven. 'Dit moet tot later wachten,' zei hij uiteindelijk en hij stopte het in zijn zak. 'Nu moet ik me eerst bezighouden met de inspecteurs die Wiedemann op me af heeft gestuurd.'

~

Deze stof was de stugste die ze ooit onder haar naald had gekregen. Hanna had bijna spijt dat ze zich vrijwillig voor het naaiwerk had opgegeven. Het was geen zachte gordijnstof die ze uit Hamburg hadden ontvangen, maar eerder een soort zeildoek, dat waarschijnlijk bedoeld was voor gebruik op schepen. Maria was van mening dat er desondanks redelijke gordijnen van te maken waren.

Hanna had inmiddels al eelt op haar vingers en ze was ervan overtuigd dat dat ook voor de andere vrouwen in de naaikamer gold. Het enige voordeel was dat het vertrek nogal klein was, en goed bestand tegen de kou van buiten. En de gloeilamp boven de tafel was splinternieuw.

Ze vroeg zich af of de gordijnen nog geverfd moesten worden. Het blauwige wit paste niet zo goed bij de muren van de ziekenzalen.

Een hard gekraak deed Hanna ineenkrimpen. Van schrik prikte ze in haar vinger en liet vervolgens haar naaiwerk vallen. Er verscheen een dikke druppel bloed op haar vingertop.

'Dat klinkt alsof er iets is ingestort,' merkte Ida op, die net als zij op de gordijnstof zat te zwoegen.

Hanna sprong op, zoog het bloed van haar vinger en rende weg. Rond deze tijd waren er veel bouwvakkers aan het werk en deed dokter Conradi altijd zijn ronde. De andere vrouwen uit de naaikamer kwamen achter haar aan. Ze haastten zich gezamenlijk naar de achteringang.

'De operatiekamer!' schalde het over het terrein. 'Het plafond is naar beneden gekomen!'

Hanna begon nog harder te rennen.

Binnen enkele ogenblikken bereikte ze de aanbouw, waarin de operatiekamer zou worden ondergebracht. Ze kon nauwelijks iets zien door het opgewaaide stof. Ze hoorde de vrouwen achter zich hoesten.

Toen het stof enigszins was neergedaald, zag ze niet veel meer dan een enorme berg stenen.

'Hans en Wilhelm liggen eronder!' hoorde ze een arbeider roepen. 'Vlug, we moeten ze eruit halen!'

Hanna knielde onmiddellijk neer en greep wat stenen. De andere vrouwen pakten ze ook terwijl de mannen schoppen gingen halen.

'Wat is er gebeurd?' riep dokter Conradi, die eveneens kwam aanrennen.

Binnen enkele ogenblikken waren de twee mannen vrijgemaakt en konden ze van de plaats des onheils worden weggehaald. Ze waren versuft en een van de twee had een grote snee op zijn voorhoofd, waaruit het bloed over zijn gezicht en zijn kleding stroomde. Dokter Conradi boog zich over hem heen, zonder er acht op te slaan dat zijn pak onder de vlekken kwam te zitten.

Hanna staarde naar het bloed dat vloeide. Het was geen schotwond en de gewonde was geen soldaat. Ze probeerde haar gevoelens te duiden, zocht naar tekenen van paniek, maar ze voelde niets. Haar hart bonsde, maar dat kwam waarschijnlijk door de opwinding en de inspanning.

'Haal even een brancard en breng Hans dan naar mijn spreekkamer,' beval Conradi de mannen. Toen wendde hij zich tot de tweede bouwvakker, die slechts een paar schrammen had opgelopen. 'Wilhelm, kun je lopen?'

De man knikte.

'Mooi. Ga dan maar vast naar binnen. Hans, blijf even liggen. Ik moet controleren of je nek en je wervelkolom beschadigd zijn.'

In een mum van tijd hadden de mannen een brancard geregeld. Behoedzaam tilden ze Hans op en legden hem erop.

'Hanna, jij gaat me helpen,' zei de dokter.

Hanna keek hem verbaasd aan. 'Ik?'

'Schiet eens op!' riep de arts terwijl hij de dragers naar zijn spreekkamer volgde.

Hanna klopte het stof van haar schort en liep haastig achter hem aan.

In de spreekkamer aangekomen haalde de dokter de bouwtekeningen weg van de onderzoekbank en gaf de dragers opdracht de gewonde erop te leggen.

Hanna wist eerst niet wat ze moest doen, maar toen dacht ze terug aan haar opleidingstijd, toen ze dokter Meyer in Friedensau had geassisteerd.

'Ik heb naalden, hechtdraad, klemmen en gaas nodig,' zei Conradi. 'En jodium en verbandmateriaal.'

Tegelijk met de opdracht hoorde ze een gedempt geruis in haar oren.

Nee, dacht Hanna. Niet nu. Het gaat je lukken. Het is je bij die slachtoffers met schotwonden immers ook gelukt.

Ze liep vlug naar de medicijnkast. Ze hadden er nog geen geneesmiddelen staan, maar wel een aantal flessen met ontsmettingsmiddel, schalen en vooral instrumenten en een paar rolletjes catgut. De verbanddoeken die in een van de vakken lagen opgestapeld, had ze nog maar een paar dagen geleden gezoomd.

Hanna legde alles voor het hechten van de hoofdwond klaar, deed wat van het ontsmettingsmiddel in een schaal en doopte daar de instrumenten in. Voor zover ze wist was er een sterilisator besteld, maar die was nog niet bezorgd.

Terwijl de geur van het ontsmettingsmiddel zich in de spreekkamer verspreidde wierp ze een zijdelingse blik op de gewonde man. Dokter Conradi onderzocht eerst zijn nek, toen zijn schedel en aangezichtsbeenderen. Vervolgens tastte hij zijn bovenlichaam af tot aan zijn buik.

'Het is heel jammer dat we nog geen röntgenapparaat hebben,' merkte hij terloops op.

'Ik zou het toch niet kunnen bedienen,' merkte Hanna nuchter op.

'Wel met uitleg van mij,' reageerde Conradi. 'Maar voor de officiële bevoegdheid gaat u de cursus in de Virchow-kliniek volgen.'

Het was voor het eerst dat de dokter iets zei over de röntgenopleiding. Met al het werk van de voorgaande weken was Hanna bijna gaan denken dat hij zijn aanbod was vergeten. 'Moet ik dan weg van Waldfriede?'

'Nee. Zodra het röntgenapparaat is bezorgd gaat u er eenmaal per week naartoe om lessen te volgen.'

Hij tastte nog eens voorzichtig de buikwand van de man af en concentreerde zich daarna op zijn ledematen. De man kreunde af en toe, en dan vroeg dokter Conradi hem aan te geven hoeveel pijn hij had. Als laatste onderzocht hij de nek van het slachtoffer nogmaals grondig.

'Het ziet ernaar uit dat u een hersenschudding hebt, vriend,' zei hij tegen de man. 'Maar breuken kan ik niet constateren. Ik zal de wond hechten en dan neemt u een week bedrust. Ik geef u tabletten mee tegen de hoofdpijn.'

'Een week?' protesteerde de man, die alweer een stuk fitter leek.

'Een week,' zei Conradi onverbiddelijk. 'Maakt u zich geen zorgen, u krijgt financiële compensatie van me. Hanna, wilt u alstublieft...'

Conradi zweeg toen hij zag dat alles al klaarlag.

'Ik dacht dat u zou gaan hechten, dus...' Hanna beet op haar lip.

'U denkt goed vooruit!' De arts gaf haar een goedkeurend knikje en wendde zich tot zijn patiënt. 'Zullen we dan maar?'

Een kwartiertje later kon de man de spreekkamer verlaten.

Toen kwam het tweede slachtoffer binnen, maar afgezien van een paar schrammen en blauwe plekken was hij in orde. Ook hem schreef dokter Conradi een week rust voor.

'Dank u wel, Hanna,' zei hij toen ze de instrumenten verzamelde en het gebruikte gaas in een doek wikkelde. 'Misschien moet u wel operatiezuster worden.'

'O nee,' zei Hanna afwijzend. 'Zulke kleine verrichtingen maken me niets uit, maar ik ben er niet zo zeker van dat ik geschikt ben om bij echte operaties te assisteren.'

Conradi glimlachte en er leek hem opeens iets te binnen te schieten.

'U hebt zich trouwens kranig gehouden.'

Hanna slaakte een diepe zucht van opluchting. 'Ik sta ook van mezelf te kijken.'

'U bent een heel bijzondere vrouw, Hanna,' zei Conradi waarderend. 'God heeft u gezegend met wilskracht. Houd dat altijd in gedachten. Laat niemand u eronder krijgen.'

'Dank u, dokter,' antwoordde Hanna zachtjes en ze veegde steels een traan uit haar ooghoek. Of ze van verdriet om haar overleden verloofde of van opluchting moest huilen kon ze niet zeggen.

'O jee!' riep de arts opeens verschrikt uit bij een blik op zijn zakhorloge. 'Ik moet opschieten; de inspecteurs kunnen elk moment voor de deur staan. Wilt u alstublieft zo goed zijn om alles hier weer netjes te maken? Ik wil de heren ook de spreekkamer laten zien.'

Inspecteurs? Was dat wat er 'op het spel' stond?

'Uiteraard,' zei ze en ze keek de dokter na, die de kamer al uit liep. Toen hij weg was, zocht ze even steun bij de medicijnkast. Er gleed een onzeker glimlachje over haar gezicht. Ze had de moed gehad om dokter Conradi te assisteren! Het was een wissewasje geweest, geen afgerukt been, maar ze was niet flauwgevallen. Ze was niet in paniek geraakt!

Zou dokter Conradi gelijk hebben? Beschikte ze over meer kracht dan ze vermoedde?

Toen ze met de gebruikte instrumenten en verbandmiddelen uit de spreekkamer kwam, liep ze Rosa tegen het lijf, die kennelijk onderweg naar de keuken was. Het dienstmeisje pakte Hanna's arm en trok haar mee een nis in. 'Ik moet je iets vertellen,' fluisterde ze geheimzinnig.

Hanna trok vragend haar wenkbrauwen op. 'Wat is er? Zijn de inspecteurs aangekomen?'

'Nee. Ik bedoel, ja, ze zijn er, maar het gaat ergens anders om.' Ze keek om zich heen en toen ze overtuigd was dat er verder niemand in de buurt was, vervolgde ze: 'Er is bericht uit Zwitserland gekomen. Ze vragen om een zuster die daar in een kliniek kan komen helpen.'

Hanna trok haar wenkbrauwen op. 'Heb je de Conradi's soms afgeluisterd?' vroeg ze, zonder te beseffen wat Rosa's woorden betekenden.

'Ik deed er... nou ja, ietsje langer over om bij de deur weg te gaan,' gaf Rosa toe.

'Rosa!' zei Hanna verwijtend. 'Dat hoort niet!'

'Ik weet het,' antwoordde Rosa. 'Maar toch dacht ik dat ik het je beter kon vertellen, zodat het je niet rauw op je dak valt.'

Hanna schudde verward haar hoofd. 'Hoezo?'

'Omdat mevrouw Conradi voorstelde jou naar Zwitserland te sturen,' antwoordde Rosa.

Die woorden troffen Hanna als een klap in haar gezicht. Hoe kwam ze daar nu bij? Haar man had het net nog over het röntgeninstituut gehad en nu wilde zijn vrouw van haar af? Opeens leek de grond onder haar voeten weg te zakken. Bijna had ze de schaal uit haar vingers laten glippen.

'En wat zei de dokter daarop?' vroeg ze bedremmeld terwijl ze ergens naar steun zocht. Die vond ze tegen de muur.

'Niets. Hij zou er later wel over nadenken.'

Hanna zweeg. Zwitserland leek haar zo ver weg. Waarom uitgerekend zij? Ze hadden immers net nog zo goed samengewerkt? Hij had iedere andere verpleegster kunnen vragen hem te assisteren, maar had voor haar gekozen.

'Het zou vast een grote eer zijn, maar ik weet het niet...' Hiermee onderbrak Rosa haar gedachten. 'Als ik zo naar je kijk... Volgens mij ben je er niet blij mee.' Het jonge dienstmeisje trok een beteuterd gezicht.

'Het is al goed,' zei Hanna sussend. Ze deed haar best om haar kalmte te hervinden. 'Als de dokter het wil, ga ik natuurlijk.'

Had hij me dit daarnet al willen vertellen? vroeg ze zich af. Heeft hij het alleen vanwege die inspecteurs nog niet gedaan?

'Ik... Ik moet weer aan het werk,' zei Hanna vlug, want ze voelde tranen opwellen. 'Bedankt dat je me dit hebt verteld.' Daarmee liet ze het dienstmeisje staan. Eerst liep ze nog rechtop en beheerst, maar toen ze zeker wist dat Rosa haar niet meer kon zien begon ze te rennen. Ze zette de schaal met bebloede doeken op een vensterbank en haastte zich toen door de achterdeur naar buiten. Ze hoorde mannenstemmen, maar nam er geen notitie van. Ze drukte haar hand tegen haar mond, net op tijd, voordat ze onbeheerst begon te snikken en de tranen haar in de ogen sprongen.

~

Louis voelde zich zo gespannen als een horlogeveer toen hij de heren inspecteurs tegemoet trad. Hij had haastig zijn overhemd en zijn bebloede vest verruild voor schone exemplaren. Van nu af aan zou hij voor de zekerheid een doktersjas in zijn spreekkamer hebben hangen.

Er kwam een nare gedachte bij hem op. Stel dat het geen toeval was geweest dat het plafond van de operatiekamer was ingestort? Dat het Wiedemann was gelukt een van de bouwvakkers om te kopen? Het was meer dan verdacht dat dit juist vandaag was gebeurd, kort voor het bezoek van de inspecteurs. Hij zou nog eens goed moeten kijken wie hij allemaal in huis had gehaald.

Voor nu was het in elk geval van belang om te doen alsof er niets was voorgevallen. Hij haalde diep adem en zei: 'Het spijt me dat ik wat laat ben, maar er heeft zich een probleempje voorgedaan op de bouwplaats.'

'Het wel en wee van de opdrachtgever,' zei een van de mannen, die zich voorstelde als Berthold Fink.

'Maar zo van buitenaf gezien komt u goed voor de dag met uw ziekenhuis,' voegde zijn collega, Joachim Glaser, eraan toe.

Wacht maar tot jullie bij de operatiekamer zijn aangekomen, dacht Louis grimmig.

'Hoe gaat het met de heer Wiedemann?' vroeg hij om de heren te vriend te houden. Het moest de inspecteurs duidelijk worden dat hij van de hoed en de rand wist. 'U bent hier toch in zijn opdracht?'

'Ja, dat klopt,' gaf Funk toe. 'En voor zover wij het kunnen inschatten is hij die opschudding goed te boven gekomen.'

'Een schande,' mompelde Louis. Hij keek hun in de ogen. 'Die coup, bedoel ik. Een schande voor Duitsland dat zulke kwade krachten erin slagen een rechtmatig aangestelde regering te verdrijven.'

De inspecteurs keken elkaar aan. Hij kon hun blik niet duiden. Hadden ze soms sympathie gehad voor de coupplegers? Wat zou hun baas daarvan vinden?

Eerst liet hij hun de ontvangsthal en de spreekkamers met de wachtruimten zien. Hanna had goed werk verricht. Afgezien van een lichte geur van ontsmettingsmiddel was aan niets te merken dat er zojuist nog twee mannen waren behandeld.

'Nauwelijks te geloven dat dit ooit het sanatorium van mevrouw Ziegelroth is geweest,' merkte Glaser verbaasd op.

'U kent het gebouw dus van vroeger?' vroeg Conradi. Als hij Glaser goed inschatte, zou die hem een warmer hart toedragen dan zijn collega.

'Ja, mijn vader had het geluk hier een keer te mogen kuren,' antwoordde de inspecteur. 'Hij was lyrisch over het goede eten en de muziek, en wilde ons daarna allemaal motiveren om luchtbaden te nemen.' Glaser grinnikte. 'U kunt zich de ontzetting van mijn moeder voorstellen bij de gedachte spiernaakt door het bos te moeten lopen.'

De mannen lachten.

'Tja, luchtbaden golden destijds als buitengewoon heilzaam,' legde Conradi uit. 'Ook wij zijn van plan het baden onderdeel te maken van onze behandeling en de patiënten zo veel mogelijk licht en frisse lucht te bieden. Maar we gaan wel modernere methoden toepassen.' Hij zweeg even en voegde eraan toe: 'Vanzelfsprekend doen we dat in een passend kader. We gaan de oude voorzieningen van mevrouw Ziegelroth niet gebruiken.'

Al tijdens de eerste bezichtiging van het perceel waren Louis de hoge hekken opgevallen, die eruitzagen als kooien in een dierentuin. In werkelijkheid waren het de voorzieningen voor de luchtbaden, die streng naar geslacht waren ingedeeld. Te oordelen naar de goed zichtbare knoestgaten in de planken van de schuttingen hadden de heren nogal eens een blik op de dames geworpen. Of omgekeerd.

Inmiddels was besloten de omheiningen te slopen. Schuilhutjes zouden veel beter geschikt zijn voor dat doel.

Ze liepen door naar de ziekenzalen, waar een paar dienstmeisjes bezig waren gordijnen op te hangen.

'Moet uw kliniek niet over een operatiekamer beschikken?' vroeg Fink.

Louis verstijfde. Wiedemann voelde uitstekend aan hoe hij het hem moeilijk kon maken.

'Die komt er ook,' antwoordde hij zo neutraal mogelijk. 'Maar hij is nog niet klaar.'

Zelfs als het plafond niet was ingestort had hij hun niet veel meer dan een half verbouwde kamer kunnen tonen. Maar in plaats van dat zo belangrijke vertrek kon hij nu niet veel meer dan een puinhoop laten zien.

'U weet dat we uw kliniek alleen een vergunning kunnen verlenen als de operatiekamer klaar is,' merkte Fink op. 'Het is immers de bedoeling dat dit een ziekenhuis wordt en geen sanatorium.'

Het zweet brak Louis uit. De boord van zijn overhemd voelde opeens veel te strak aan.

'We krijgen ook een operatiekamer. Door de huidige situatie, de schaarste aan bouwmateriaal en ook aan arbeidskrachten zijn vertragingen natuurlijk onvermijdelijk. Helaas heb ik vanwege de politieke onrust van de afgelopen weken de bouwvergunning pas vandaag ontvangen, zodat we nu met het eigenlijke werk beginnen.'

Fink maakte een aantekening.

'Wel kunnen we al eerder patiënten met inwendige ziekten opnemen,' voegde Louis er vlug aan toe.

'Ik zou niet weten wat daarop tegen is, zolang u die patiënten doorverwijst naar een ander ziekenhuis als blijkt dat een operatie noodzakelijk is,' antwoordde Fink zonder van zijn klembord op te kijken. 'Tenslotte kun je patiënten niet in een bezemkast opereren.'

Louis dwong zichzelf tot een zorgeloos lachje, al kookte hij inwendig. De opmerking van de heer Fink had hem argwanend gemaakt. Stel dat Wiedemann er inderdaad de hand in had gehad en dat het plafond van de operatiekamer gesaboteerd was?

Zodra de beide heren waren vertrokken ging hij nog eens langs op de bouwplaats, waar de arbeiders bezig waren puin te ruimen. 'Laat maar liggen!' riep hij hun bars toe. 'Ik wil dat de architect dit ziet!'

De mannen keken hem verschrikt aan. Hij had blijkbaar bozer geklonken dan de bedoeling was.

In hun woonkamer kwam hij Catherine tegen, die opgewonden vroeg wat er gebeurd was. 'Goeie genade, Louis! Maria zei dat het plafond van de operatiekamer is ingestort!'

Louis knikte. 'Een ramp! Ik heb de inspecteurs aan het lijntje gehouden, want ze wilden de operatiekamer natuurlijk bekijken. Nu moet ik eerst die prutser van een architect de les gaan lezen!'

'Blijf kalm, Louis,' zei zijn vrouw. 'Je weet dat architecten in deze tijd moeilijk te krijgen zijn.'

'Wat heb ik aan een architect die geen idee van statica heeft!'

Louis perste zijn lippen op elkaar. Catherine had gelijk, het had geen zin om kwaad te worden. Maar wat moest hij doen? En dan was er nog die ongehoorde verdenking dat Wiedemann... Maar eerst zou hij een deskundige laten beoordelen of het hier om sabotage of om een ongelukkig toeval ging.

'Bel de architect in Dresden op en vertel hem wat er is gebeurd,' vervolgde Catherine sussend. 'Vraag of hij langs wil komen. Misschien weet hij een oplossing.'

Even was hij geneigd tegen haar in te gaan, maar toen liet hij gelaten zijn schouders zakken.

'Je hebt gelijk.' Hij wreef over zijn gezicht en staarde uit het raam. Zou hij Catherine op de hoogte brengen van zijn verdenking? 'Het komt door Wiedemann... Zijn inspecteurs willen ons geen volledige ziekenhuisvergunning geven zolang de operatiekamer niet af is. Maar wat schieten we ermee op om alleen patiënten met inwendige ziekten te behandelen?' Hij liet zijn hoofd zakken. 'Ze gaan ons alles afpakken.'

Catherine kwam achter hem staan en legde haar hand op zijn schouder. 'We zijn toch nog maar pas begonnen, Louis? Denk je niet dat we sterk genoeg in onze schoenen staan om deze problemen te trotseren?'

Louis keek haar aan. Daar was ze weer, de oude Catherine. De vrouw die hem had gesteund in zijn plannen en die er nooit aan had getwijfeld dat hij zou slagen.

'Je hebt gelijk,' zei hij. Hij pakte haar hand en kuste hem. Ondertussen besloot hij om zijn verdenking nog even voor zichzelf te houden. 'We zullen deze problemen trotseren.' Toen liep hij naar het telefoontoestel dat aan de muur van de woonkamer hing.

16

Zehlendorf, 2 april 1920

'Mijn voorganger heeft een behoorlijke puinhoop veroorzaakt.' Felix Dresslers blik ging naar het gapende gat in het plafond van de operatiekamer. 'Hij had moeten weten dat bouwen bij deze weersomstandigheden bijzondere maatregelen vergt.'

Louis keek sceptisch naar de architect. Nadat diens collega uit Dresden dagenlang niets van zich had laten horen, had hij het telefonische advies van zijn vader opgevolgd en had hij contact opgenomen met een bureau in Zehlendorf.

Hij vreesde dat daardoor de prijs flink zou oplopen, maar dat was altijd nog beter dan op de dag van de opening zonder operatiekamer te zitten.

'Is het mogelijk dat iemand een handje heeft geholpen?' Hij sprak zijn verdenking, die hij nog steeds niet van zich af had kunnen zetten, hardop uit.

De architect keek hem verbaasd aan. 'Denkt u dat iemand sabotage heeft gepleegd? Zijn daar aanwijzingen voor?'

De afgelopen dagen had Louis de werklui aan de tand gevoeld, maar niemand had iets verdachts gemerkt. Daarom had hij besloten het oordeel van de expert af te wachten.

'Nee, maar het is wel een wonderbaarlijk toeval als het plafond vlak voor het bezoek van twee inspecteurs instort.'

'Nou, als dat het geval is, zal het niet meer bewezen kunnen worden. Ik kan alleen zeggen dat de stabiliteit verkeerd was berekend. En dat het inferieure bouwmateriaal de rest heeft gedaan. Maar als u een verdenking koestert, moet u naar de politie gaan.'

Louis verkeerde in tweestrijd. Wat kon de politie uitrichten als de architect van mening was dat er berekeningsfouten met betrekking tot de stabiliteit waren gemaakt? Het was vast beter de zaak te laten rusten en een waakzaam oog op de werklieden te houden. Maar een andere architect moest hij hoe dan ook hebben.

'Denkt u dat u het werk half april gedaan zou kunnen hebben?' vroeg hij uiteindelijk.

Dressler dacht na. Even later raakte zonlicht de gouden ketting van zijn zakhorloge, dat waarschijnlijk het succes van zijn architectenbureau moest benadrukken. 'Tja, ik mag dan een van de beste architecten van Zehlendorf zijn, wonderen kan ik niet verrichten. In het beste geval wordt het juni, maar begin augustus is realistischer.'

Louis stond er als versteend bij. Augustus. Tegen die tijd was driekwart van het eerste jaar voorbij. En het ziekenhuis moest eerst bekendheid krijgen voor er patiënten kwamen...

De architect leek zijn ontzetting te merken, en hij voegde er geruststellend aan toe: 'Zoals ik al zei, kan ik niets beloven wat de tijd betreft. Maar ik kan u verzekeren dat het plafond van de operatiekamer het over honderd jaar nog zal houden. Dan loont het om een kleine vertraging op de koop toe te nemen, nietwaar?'

Louis aarzelde. Moest hij misschien nog een ander bureau benaderen? Maar ook in Berlijn konden architecten geen arbeiders uit hun mouw schudden. En Dressler zat hier in Zehlendorf en kon in tegenstelling tot collega's van elders te allen tijde langskomen om toezicht te houden.

'Akkoord,' zei hij dus en hij stak hem zijn hand toe. Desnoods zouden ze het ziekenhuis zonder operatiekamer openen!

Door de vrees dat ze naar Zwitserland zou worden gestuurd kon Hanna niet slapen en verloor ze haar concentratie. Telkens wanneer ze met de anderen samen was, zocht ze naar aanwijzingen dat er iets waar was van wat Rosa had opgevangen, maar noch dokter Conradi, noch zijn vrouw gaf iets te kennen. Ook de andere zusters leken nergens van te weten. Had Rosa het misschien verkeerd begrepen?

Ze had graag rondgevraagd, maar ze wilde het dienstmeisje niet verraden. Dat ze voor luistervink had gespeeld zouden de Conradi's niet tolereren.

Ze ontliep de dokter omdat ze in hem teleurgesteld was en ze vooral op meer openheid had gehoopt. De avondbijeenkomsten meed ze met allerlei uitvluchten. De ene keer moest ze een brief aan haar zusje schrijven, de andere keer was ze te moe en weer een andere keer wendde ze voor dat ze wilde bidden, maar in werkelijkheid zat ze de hele tijd uit het raam te staren.

Op vrijdagochtend zat ze weer in de naaikamer. De laatste gordijnen moesten worden afgemaakt. Hanna had blij kunnen zijn dat de vrije dag eraan kwam, maar iets vertelde haar dat misschien vandaag het besluit al zou vallen. De sabbat was het geschikte moment voor zo'n aankondiging.

Ze was dusdanig in gedachten verzonken dat ze nauwelijks op haar werk lette. Haar handen bewogen mechanisch langs de zomen, ze merkten vrijwel niets van de weerstand die de stof de naald bood.

Toen een van de meisjes iets liet vallen schrok ze op en nam daarbij haar schaar mee. In een reflex greep ze ernaar en kreeg ze hem te pakken, waarop een scherpe pijn door haar hand schoot. Ze keek opzij en zag dat een van de bladen een diepe snee in haar handpalm had gemaakt.

'Lieve help!' viel zuster Maria tegen haar uit. 'Wat doe jij nou?'

'Ik... Ik greep alleen de schaar vast,' antwoordde Hanna.

Maria trok haar bij de stof vandaan, maar het was te laat. Bloedvlekken verspreidden zich als afgevallen rozenblaadjes.

De oudere verpleegster pakte Hanna's hand en sleurde haar mee naar het nieuwe verbandkastje aan de wand.

'Wat is er de laatste tijd toch met je aan de hand?' tierde ze. 'Je lijkt er met je hoofd helemaal niet bij te zijn.'

'Er is niets,' antwoordde Hanna. 'De stof is gewoon weerbarstig.'

Maria keek haar onderzoekend aan, toen veegde ze met een schone doek het bloed af en bekeek de wond.

'Die moet gehecht worden. Ga naar dokter Conradi.'

Hanna durfde zelf haast niet te kijken. De pijn werd alsmaar heviger. Maria drukte haar een stuk gaas in de hand, dat zich algauw volzoog met bloed.

Bijtend op haar tanden verliet Hanna de naaikamer. De dokter zou om deze tijd wel niet in zijn spreekkamer zijn, dus liep ze meteen naar buiten.

Ze vond de dokter op het bouwterrein. Intussen drupte het bloed voor haar op de grond. Toen ze haar zagen aankomen, wezen een paar arbeiders naar haar. Dokter Conradi, die in gesprek was met een zwaarlijvige grijsharige man, merkte haar in eerste instantie niet op.

'Dokter,' zei Hanna met van pijn vervormde stem.

'Lieve help, Hanna, wat hebt u gedaan?' vroeg dokter Conradi.

'Ik wilde een schaar opvangen,' antwoordde ze, en toen hij zijn wenkbrauwen optrok voegde ze er vlug aan toe: 'Die gleed van de stof, en intuïtief greep ik ernaar.'

Dokter Conradi keek naar de man naast hem. 'Meneer Dressler, ik geloof dat we alles wel besproken hebben, denkt u ook niet?'

'Natuurlijk! Ik zal u de nodige documenten sturen.'

'Dank u!' Conradi schudde hem de hand en wendde zich toen tot Hanna. 'Laten we eens kijken.'

Hanna kromp in elkaar toen hij in de spreekkamer het verbandgaas van haar hand haalde en de snee bekeek. Het bloed vloeide nog steeds, en de wondranden leken een gapende rode mond. Toen dokter Conradi de wond desinfecteerde sprongen de tranen in haar ogen en kreunde ze.

'Ik zal twee of drie hechtingen zetten, daarna verbinden we de hand. Wat voor schaar was het in hemelsnaam?'

'Een verbandschaar,' antwoordde Hanna. 'Hij was net geslepen.'

Conradi nam die informatie met een knikje ter kennisgeving aan, toen haalde hij naald en draad.

Toen hij begon met hechten probeerde Hanna zich flink te houden, maar dat lukte niet echt. Telkens kromp ze in elkaar, de pijn stak in haar hand en de tranen bleven komen. Toch probeerde ze niet te jammeren.

De dokter werkte gestaag door, en binnen een paar minuten was de wond netjes gesloten.

'Klaar,' zei hij en toen begon hij voorzichtig een verband aan te brengen. 'U hebt zich echt kranig gehouden, Hanna.'

Ze veegde over haar ogen. 'Dat heb ik tenminste geprobeerd.'

Een moment lang keek ze naar de dokter. Ze had nog steeds pijn, maar die werd nu wat draaglijker. In plaats daarvan kwam de angst voor Zwitserland terug.

Ze zou niet gauw de gelegenheid krijgen de dokter onder vier ogen te spreken. 'Hebt u... Hebt u al een besluit genomen?' begon ze aarzelend.

Conradi legde een knoop in het verband. 'Bedoelt u wat de architect betreft?' vroeg hij terloops.

Hanna beet op haar lip. Ze wilde Rosa in geen geval verraden, maar hoe moest ze zich hieruit redden? 'Nee, ik...'

Ze stokte. Conradi keek haar vragend aan.

'Nou, voor de draad ermee, welk besluit bedoelt u?'

'Ik... Ik heb gehoord dat er een verzoek uit Zwitserland is gekomen, om een verpleegster...'

Conradi leunde achterover. 'Waar hebt u dat vandaan?' wilde hij weten.

Hanna's hand begon heviger te kloppen. Dacht hij soms dat ze had afgeluisterd? Het bloed steeg haar naar de wangen.

'Dat heb ik opgevangen...' Ze sloeg beschaamd haar ogen neer. 'Het spijt me, ik...' De woorden bleven in haar keel steken.

Conradi zweeg een hele tijd. 'Wat dat betreft heb ik nog geen beslissing genomen. Zou u graag naar Zwitserland willen?'

'Nee.' Hanna keek op. 'Ik...'

'Zwitserland is een mooi land,' zei Conradi mijmerend. 'Op sommige bergtoppen ligt zelfs in de zomer nog sneeuw. Het uitzicht is magnifiek.'

'Maar het is te ver weg. Mijn zusje zit nog steeds in Friedensau, en mijn ouders...' Ze kuchte, toen vervolgde ze met vaste stem: 'Bovendien hebt u me als röntgenassistente voor het ziekenhuis aangenomen. Dat is wat ik graag zou doen.'

Conradi nam haar lang op. Toen wees hij naar haar hand. 'Denkt u dat u zo nog kunt naaien?'

Hanna keek naar het verband en probeerde haar vingers te bewegen. Dat ging niet erg goed, maar ze wilde niet vanwege dit kleinigheidje om een vrije dag vragen. 'Als dat niet kan, doe ik wel wat anders.'

'Goed. Kijk dan maar of het gaat. Zo niet, dan stel ik u voor vandaag vrij van het werk.'

'Niet nodig,' antwoordde Hanna. 'Ik vind wel iets om me nuttig mee te maken. Bedankt voor het verbinden.' Daarop stond ze op en verliet de spreekkamer.

Toen ze haastig door de gang liep, kon ze haar tranen nauwelijks bedwingen. Ze had dokter Conradi nooit naar Zwitserland moeten vragen.

~

Toen Hanna de spreekkamer uit was, leunde Louis naar achteren. Wie zou toch zo kwaadwillig zijn geweest om haar over het telegram te vertellen? Of had ze het opgevangen toen ze langs de deur van de woonkamer liep?

Woede welde bij hem op. Waarom had zijn vrouw dat voorstel zo luid uitgesproken? Wat had iedereen toch met Hanna? Voor zover hij het kon beoordelen was ze aardig en bescheiden en zeker niet werkschuw. Was er iemand achter zijn rug bezig twijfel over haar te zaaien?

Omdat de bouwvakkers buiten op aanwijzingen stonden te wachten verliet hij de spreekkamer en haastte zich naar de achterdeur.

Het instorten van het plafond van de operatiekamer was een zware tegenslag geweest, maar dankzij de nieuwe architect koesterde hij weer hoop.

Halverwege kwam zijn vrouw hem tegemoet. 'Je vader is aan de telefoon,' gaf ze te kennen. 'Hij wilde weten of je de nieuwe architect al gesproken hebt.' Ze bleef staan toen ze zijn blik zag.

'Wat is er gebeurd?'

'Hanna is gewond geraakt,' antwoordde hij.

'O,' zei ze. 'Is het ernstig?'

'Ze heeft zich aan haar schaar gesneden toen die viel en ze hem wilde opvangen.'

'Tja, dan moet ze beter opletten.'

Louis perste zijn lippen op elkaar, toen zette hij zijn handen in zijn zij. Het was niet bepaald de beste plaats om ruzie te maken, maar de hele kwestie zat hem hoog.

'Ze weet van het telegram uit Zwitserland,' zei hij. 'Heb jij geprobeerd haar aan te praten dat het een goed idee was daarheen te gaan?'

Catherine sloeg verrast haar ogen op. 'Nee, natuurlijk niet!'

'Maar iemand moet het haar verteld hebben! Ze is bang dat ik haar zal wegsturen.'

'Waarvoor is ze niet bang?' vroeg zijn vrouw snibbig.

'Hoor eens,' siste Louis, als je een steekhoudend argument tegen haar hebt in te brengen, zeg het me dan meteen. Maar anders moet je ophouden haar het leven zuur te maken.'

Catherines ogen flikkerden. 'Ik maak niemand het leven zuur. Heeft ze zich soms bij je beklaagd?'

'Nee, dat heeft ze niet gedaan, en dat zou ze ook niet doen. Maar je was er als de kippen bij om haar voor te stellen toen ik het over Zwitserland had, nietwaar? En die kwestie van de schietpartij in Berlijn ben ik ook nog niet vergeten.'

Kwaad snauwde Catherine: 'Ik heb haar niets verteld. En ga nu maar liever naar de telefoon om met je vader te praten.'

Daarop maakte ze rechtsomkeert en stoof de gang door.

Louis haalde diep adem en liep haastig naar de woonkamer, maar toen hij de hoorn naar zijn oor bracht, had zijn vader al opgehangen.

17

Die avond liet dokter Conradi Hanna even voor het begin van de sabbat naar zijn spreekkamer komen. Toen ze binnenkwam zat de arts aan zijn bureau met zijn handen gevouwen op het bureaublad.

Hanna deed bedremmeld de deur dicht. Er had de hele dag al een eigenaardige sfeer in huis gehangen. Mevrouw Conradi had nauwelijks een woord met haar gewisseld en dan was er nog het ongelukje met de schaar en dat stomme gesprek over Zwitserland geweest...

'Hoe gaat het met uw hand?' informeerde dokter Conradi, maar ze voelde wel dat dit niet de reden was dat hij haar had laten komen.

'Is alles goed met u?' vroeg de arts nadat hij haar even goed had aangekeken. Het kon niet anders of het was hem opgevallen dat ze niet in een opperbeste stemming was.

'Ja, natuurlijk, dokter,' zei ze stijfjes. 'En met mijn hand gaat het ook al weer beter.'

Dat was niet helemaal waar, want de wond was pijnlijk en klopte nog steeds.

Conradi liet een stilte vallen voordat hij verder sprak. 'Hanna, ik heb u eigenlijk de functie van röntgenverpleegster aangeboden, maar zoals u weet hebben we nog steeds geen röntgenapparaat.'

Hanna knikte en verstijfde vanbinnen. Hij stuurt me vast naar Zwitserland, dacht ze. Helemaal nu ik ernaar heb geïnformeerd en de indruk heb gewekt dat ik hem en zijn vrouw heb afgeluisterd.

'Zou het u wat lijken om mij te assisteren bij het spreekuur tot we dat apparaat hebben, en misschien daarna ook nog?'

Hanna's hoofd schoot overeind. 'Wat zegt u?' zei ze, geheel overrompeld.

'Ik vroeg of u als mijn praktijkassistente wilt werken.' Hij zweeg even en voegde er toen aan toe: 'Het röntgenapparaat komt in een van de vertrekken hiernaast te staan. En ik kan u bij een spoedgeval toch niet bij de zusterpost komen halen, als ik een foto nodig heb?'

'U stuurt me dus niet naar Zwitserland?' vroeg Hanna.

De dokter leunde naar achteren. 'Vertel op,' zei hij toen. 'Waar hebt u dat vandaan? Voor zover ik weet was alleen mijn vrouw aanwezig toen ik dat telegram openmaakte.'

'Uw vrouw heeft niets tegen me gezegd,' antwoordde ze aarzelend. 'Een van de dienstmeisjes heeft iets opgevangen.'

'Welk dienstmeisje?'

'Dat zeg ik liever niet. Ze liep toevallig langs.'

Conradi snoof. 'En vervolgens had ze niets beters te doen dan u gek te maken?'

'Ze dacht dat ik blij zou zijn.'

'Wat overduidelijk niet het geval was.' Hij was geïrriteerd, maar herstelde zich vlug. 'Denkt u echt dat ik met u over die röntgenopleiding zou praten als ik van plan was u weg te sturen?'

Hanna liet beschaamd haar hoofd zakken. 'Eigenlijk niet.'

'Ziet u wel! Ik houd mijn beloftes,' antwoordde hij. 'Ik stuur niemand van jullie naar Zwitserland. Ik kan hier toch alle hulp gebruiken?'

Hanna knikte.

'Goed, dat is dus opgehelderd. Laten we het nu hebben over uw functie als praktijkassistente...'

'Heel graag!' flapte Hanna eruit. Ze bloosde. 'Ik bedoel, die baan wil ik heel graag!' Ze klapte in haar handen en kromp verschrikt in elkaar toen haar wond weer begon te kloppen.

'Rustig aan, of wilt u soms dat de hechtingen losschieten?' zei de arts vermanend.

'Nee, natuurlijk niet.'

Zijn blik gleed naar het raam. 'Ach, Hanna, nog iets. Als mijn praktijkassistente bent u er ook min of meer verantwoordelijk voor dat het er hier leuk en aangenaam uitziet. Denkt u dat u een paar gordijnen uit de naaikamer voor ons opzij kunt leggen?'

Inwendig juichend liep Hanna de spreekkamer uit. Ze mocht blijven. Bij hem. Als zijn assistente.

~

De geur van gebakken aardappelen lokte hem uit zijn spreekkamer. In de keuken waren de meisjes al druk bezig de schalen te vullen en ze naar de eetzaal te brengen.

Louis had zijn besluit om Hanna als zijn praktijkassistente aan te stellen spontaan genomen. Na het gesprek met zijn vrouw was hem duidelijk geworden dat hij Hanna tegen haar in bescherming moest nemen. En ook tegen zuster Maria en wie weet wie er verder nog iets op haar tegen had.

Hij zag ertegen op het aan zijn vrouw te vertellen. Hij wist dat zij de voorkeur gaf aan zuster Elisabeth, maar daarvan kon wat hem betreft geen sprake zijn. Elisabeth had te nauwe banden met zijn vrouw en hij wilde zich tijdens het werk niet bekeken voelen. Een vertrouweling uit zijn eigen kamp was veel geschikter en hij hoopte in Hanna zo iemand te hebben gevonden.

In de keuken aangekomen gebaarde hij naar zijn vrouw dat ze hem moest volgen.

'Moet dat nu?' vroeg ze terwijl ze haar met vet besmeurde handen omhoogstak.

'Het liefst wel.' Louis liep voor haar uit naar de woonkamer.

'Wat is er?' vroeg Catherine bij binnenkomst.

'Ik wil me graag verontschuldigen voor wat ik eerder heb gezegd,' begon hij. 'Ik had je niet mogen verdenken.'

Catherine sloeg haar armen over elkaar en knikte.

'Ik heb zuster Hanna gevraagd of ze mijn praktijkassistente wil worden,' vervolgde Louis.

Catherine snoof. 'Daar is Elisabeth veel geschikter voor...'

'Dat zal ik niet ontkennen, maar zuster Hanna heeft haar waarde na het ongeluk op de bouwplaats volledig bewezen. En omdat ze toch het röntgenapparaat gaat bedienen, is het beter als zij ook bij mij komt werken. Dat scheelt heen-en-weergeloop.'

Catherine perste misprijzend haar lippen op elkaar. 'En je komt me speciaal uit de keuken halen om me dat te vertellen?'

'Het leek me belangrijk,' antwoordde hij.

'En wie stuur je dan naar Zwitserland?'

'Niemand. Voorlopig kunnen we ons dat niet veroorloven.'

Hij liep naar zijn vrouw en legde zijn handen op haar armen. Catherine verstijfde merkbaar.

'Hanna is een goede verpleegster. Loyaal, vriendelijk, bedachtzaam, precies wat ik nodig heb tijdens het spreekuur. Maar meer dan dat zal ze nooit worden.'

'Wat bedoel je?' vroeg ze.

Louis hield zijn hoofd schuin. Hij was ervan overtuigd dat ze nog steeds terugdacht aan het voorval in Zwitserland. Toen had een verpleegster uit het ziekenhuis zich in het hoofd gezet hem voor zich te winnen. Het was tot een compromitterende situatie gekomen waar hij niet meer aan wilde denken.

'Het lag toen heel anders,' zei hij. 'Die vrouw wilde een wig tussen ons drijven.'

'Ze lonkte naar je!'

'Inderdaad, en tot mijn schande moet ik toegeven dat ik ervan gecharmeerd was.'

Zijn vrouw kromp ineen, maar hij kon haar nu niet ontzien. 'Maar er is verder niets gebeurd!' Hij zweeg even en voegde er toen aan toe: 'We hebben ons huwelijk samen voor God gesloten en ik zal mijn eed niet breken, dat moet je geloven.' Hij trok haar in zijn armen. Catherine leek nog altijd onwillig, maar ze liet het toe. 'Als ik een vriendelijk gesprekje voer met een van onze verpleegsters, dan betekent dat alleen maar dat we goed samenwerken. Hanna heeft wat aandacht nodig na alles wat ze heeft doorgemaakt en wat ze nog steeds doormaakt. Je hebt niets van haar te vrezen.'

Catherine keek hem weifelend aan en knikte toen.

Louis liet haar los uit zijn omhelzing en glimlachte naar haar. Ondertussen vroeg hij zich af of het wel zo'n goed idee was geweest om zijn echtgenote om zich heen te hebben gedurende het werk in de kliniek. Er was plaats genoeg op het terrein; ze zouden gemakkelijk een woonhuis kunnen bouwen, als de schaarste aan bouwmateriaal eindelijk voorbij zou zijn en Wiedemann hen met rust liet.

'Bedankt.' Hij kuste haar voorhoofd. 'Ook voor het feit dat we vandaag eens geen grutten eten.'

Na het avondeten en voordat ze met hun avondronde begonnen wendde Louis zich tot zuster Elisabeth. Hij wilde verhinderen dat Catherine haar over Hanna's promotie zou inlichten voordat hij dat kon doen.

'Hebt u misschien een momentje?' vroeg hij.

'Natuurlijk.' Elisabeth, die had zitten lezen in de gemeenschappelijke ruimte, stond op.

Hij ging met haar naar de spreekkamer, waar ze ver genoeg van de anderen vandaan waren.

'Waar gaat het om?' vroeg ze lichtelijk bezorgd. 'Is er iets met Catherine?'

'Zuster Elisabeth, ik weet dat mijn vrouw grote waardering voor u heeft. Ik vind u een bekwaam verpleegster en ben van mening dat u gezien uw referenties en opgebouwde ervaring zeker in staat bent om een afdeling te leiden.'

'Dank u zeer, dokter.'

'Ik moet u alleen iets vragen.' Louis keek haar taxerend aan. 'Bij wie ligt uw loyaliteit?'

Elisabeth keek hem verward aan. 'Ik begrijp u niet helemaal.'

'Uw vriendschap met mijn vrouw is een privékwestie,' antwoordde Louis. 'Tijdens het werk in de kliniek speelt die geen rol. Zijn we het daarover eens?'

'Natuurlijk. Maar ik weet niet...'

'Ik heb Hanna Richter aangesteld als mijn praktijkassistente.' Hij zweeg even en voegde er toen aan toe: 'Stuit dat bij u op bezwaren?'

Er gleed een glimp van teleurstelling over haar gezicht, maar ze deed haar best om niets te laten merken. 'Nee, natuurlijk niet. Ik ken Hanna uit Friedensau en toen ik daar was, was ze altijd gezeglijk en vriendelijk.'

'Heeft mijn vrouw u iets over haar verteld?'

'Dat ze haar verloofde heeft verloren en...' Elisabeth verstomde.

'Wat heeft ze u verteld?'

'Dat ze problemen heeft in de omgang met mannelijke patiënten.'

'Het is waar dat ze problemen heeft met mannelijke patiënten die uit de oorlog zijn teruggekomen. U kunt zich wel voorstellen waarom?'

'Vanwege haar verloofde.' Elisabeth streek nerveus met haar handen over haar rok.

Conradi knikte. 'Ik wil u vragen om zelf een mening te vormen over Hanna Richter.'

'Vanzelfsprekend,' antwoordde Elisabeth.

Conradi knikte, zuchtte diep en dwong zichzelf te glimlachen. 'Ik ga ervan uit dat u dit gesprek als vertrouwelijk beschouwt,' voegde hij er nog aan toe en toen wenste hij haar een fijne avond.

Toen ze weg was liet hij zich peinzend op zijn bureaustoel zakken. Zou ze zijn vrouw over hun gesprek vertellen? Zo ja, dan zou hij het waarschijnlijk niet te horen krijgen, want ze waren twee handen op één buik.

Toch hoopte hij dat zijn woorden Elisabeth ervan af zouden houden om Hanna ongerechtvaardigd aan te pakken, zoals zuster Maria had geprobeerd. Hanna had zo ook al een zwaar kruis te dragen.

Louis' gedachten stokten toen hij tot een inzicht kwam. Natuurlijk was het zijn taak als leider van de kliniek om te zorgen voor een goed arbeidsklimaat. Maar hij moest zichzelf bekennen dat hij de drang voelde Hanna te beschermen. En wel in veel grotere mate dan het een geneesheer-directeur betaamde.

18

Zehlendorf, 9 april 1920

Hanna had gedacht dat de beslissing van de dokter verlichting zou brengen, maar de dagen erna zweefde ze voortdurend tussen vreugde en angst. Voor het eerst sinds Martins dood gebeurde er weer iets fijns in haar leven, maar de vrees voor de reactie van de andere zusters vertroebelde dat meteen weer. Zo kwam het dat ze het Rosa niet eens vertelde.

Dokter Conradi nam nog even de tijd, toen kondigde hij 's ochtends bij het ontbijt de bezetting van de diverse posten af.

'Omdat we vlak voor de opening staan heb ik de leidende functies in het ziekenhuis vastgelegd,' zei hij en hij keek de kring rond.

'Zuster Elisabeth Bruhn zal de leiding over de eerste vrouwenafdeling op zich nemen. Zuster Maria Kuch de leiding over de eerste mannenafdeling.' Er klonk gemompel. Hanna keek naar beide zusters. Terwijl Elisabeth nauwelijks verrast leek, stond Maria de verbazing op het gezicht geschreven. Had ze er niet op gerekend, of had ze op een andere functie gehoopt?

'De functie van medisch badmeester zal verpleger Carl op zich nemen; als assistente bij mijn spreekuur en toekomstige röntgenverpleegster heb ik zuster Hanna Richter bestemd.'

Zacht gemurmel ging door de rijen. Rosa keek Hanna stralend aan en pakte haar arm. 'Gefeliciteerd,' fluisterde ze.

'Omdat zuster Ida ook een opleiding tot vroedvrouw heeft genoten, zal zij de bevallingen en de kraamvrouwen op zich nemen.

Mijn echtgenote Catherine zet ik voorlopig in als hoofd verpleging.'

Op zijn woorden volgde nog meer geroezemoes, en Hanna zag dat er hier en daar felicitaties werden uitgewisseld. Alleen zuster Maria keek behoorlijk chagrijnig en schonk haar een ijzige blik.

Hanna kreeg een onbehaaglijk gevoel. Zou Maria op de functie van spreekuurassistente hebben gehoopt?

Over de aanvraag uit Zwitserland repte de dokter niet, blijkbaar was hij nog steeds van mening dat hij geen arbeidskracht kon missen.

Van louter bezorgdheid dat Maria haar op een of andere manier vijandig zou kunnen bejegenen kreeg Hanna nauwelijks een hap door haar keel.

'Wat heb je?' vroeg Rosa, die gretig haar havermoutpap naar binnen werkte.

'Niets,' antwoordde Hanna, want in aanwezigheid van Ida, die tegenover haar zat, kon ze haar vrees ten aanzien van Maria niet hardop uiten. 'Ik heb alleen een beetje hoofdpijn.'

'O,' zei Rosa terwijl ze steels naar haar schaaltje keek. 'Hoef je je pap niet meer?'

Hanna schoof haar het halfvolle schaaltje toe.

~

Louis was net van tafel opgestaan toen zuster Maria naar hem toe kwam.

'Hebt u misschien een momentje voor me?' vroeg ze.

Hij keek even naar zijn vrouw, toen knikte hij en beduidde Maria mee te gaan naar zijn spreekkamer, waar hij achter zijn bureau plaatsnam.

'Ga zitten,' bood hij aan, maar Maria schudde haar hoofd.

'Dat zal niet nodig zijn.'

Louis trok zijn wenkbrauwen op. Voor een bedankje leek ze te ernstig, ze was eerder geagiteerd.

'Dokter Conradi, ik wil graag het woord tot u richten vanwege de functies,' begon ze voorzichtig.

Louis fronste zijn wenkbrauwen. 'Is er iets niet in orde?'

'Nou, ik was de eerste die met u en uw echtgenote meeging naar Berlijn. Ik kan begrijpen dat uw vrouw de functie van hoofd verpleging gaat vervullen, maar wat de spreekuurassistente betreft...'

Ze stokte toen Louis zich vooroverboog en zijn handen op de tafel vouwde.

'Bent u van mening dat zuster Hanna niet de juiste persoon voor die functie is?'

'Tja, ze heeft nauwelijks ervaring met het assisteren van een arts.'

'Maar ik heb haar voor de functie van radiologisch medewerkster bestemd. Waarom zou ze mij niet kunnen assisteren zolang er in de röntgenkamer niets te doen valt?' Hij wierp haar een ernstige blik toe.

Maria perste haar lippen op elkaar. Louis herkende op haar gezicht dezelfde emotie als destijds, toen ze Hanna van gebrek aan zedelijkheid probeerde te betichten.

'Maakt u zich geen zorgen, zuster Maria, elke vaardigheid is aan te leren. Bij het voorval van een paar dagen terug heeft ze het uitstekend gedaan.'

'Maar stel dat ze weer flauwvalt? Als ze het bij de behandeling van een patiënt laat afweten, zoals ook in Friedensau is gebeurd?'

'Om die reden heb ik ook de leiding van de mannenafdeling aan u gegeven, zuster Maria,' antwoordde hij. Het laatste wat hij wilde was onvrede onder het personeel. Dus vervolgde hij zo diplomatiek mogelijk: 'Gezien Hanna's voorgeschiedenis kan ik haar niet de supervisie over de mannenafdeling toevertrouwen. Maar als u het prettiger vindt de vrouwenafdeling op u te nemen, zal ik nog eens met zuster Elisabeth praten. Ze heeft al eens eerder een vrouwenafdeling geleid, maar zal vast ook blij zijn voor een nieuwe uitdaging te worden gesteld. Bovendien wil ik te weten komen of u geschikt bent voor de post van hoofd verpleging. Mijn vrouw neemt die functie slechts tijdelijk waar, want als de bedrijvigheid hier echt begint, zullen er nog veel andere taken op haar afkomen. Zie het als een competitie met zuster Elisabeth: wie van beiden als beste afdelingshoofd uit de bus komt, zal ik tot hoofd verpleging benoemen.'

Uit de verraste uitdrukking op Maria's gezicht bleek dat ze daar helemaal niet aan gedacht had.

'O, dat zou...' ze stokte. 'Het zou me een grote eer zijn als hoofd verpleging te fungeren.'

'En ik denk dat u die functie uitstekend zou vervullen.'

Louis leunde naar achteren. Hij was er niet zeker van of Maria echt geschikt was als hoofd verpleging, temeer daar haar onderhuidse rivaliteit met Hanna niet bepaald een goed licht op haar wierp.

'Is er verder nog iets wat u zou willen bespreken?'

Maria schudde haar hoofd. Ze leek nu een beetje minder gespannen.

'Denk er dan maar eens over na hoe we het verblijf van onze toekomstige patiënten op uw afdeling zo aangenaam mogelijk kunnen maken.'

~

Bedrukt en met bonzend hart liep Hanna de verpleegsterskamer in. Tot mevrouw Conradi bij de opening de post van hoofd verpleging zou bezetten was Maria verantwoordelijk voor de taakverdeling. Ze voelde de blikken van de vrouwen en wist niet zeker of ze die juist interpreteerde. Rosa was echt blij voor haar, maar hoe zat het met Elisabeth? Had ze naar de functie van afdelingshoofd gesolliciteerd? Een vriendin van mevrouw Conradi kon vast kiezen waar ze zou worden ingezet...

Maria kwam binnen, en Hanna merkte dat haar maag begon te protesteren.

In bijzijn van de anderen zou ze zich tegenover haar niet openlijk vijandig gedragen, maar ze vreesde dat ze haar van nu af aan tot de opening niet bepaald de aangenaamste taken zou geven.

Zuster Maria liet haar blik over de vrouwen gaan, toen zei ze: 'Elisabeth, Ida, Hanna... Ik feliciteer jullie met je functies.'

'Wij jou ook, zuster Maria, antwoordde Elisabeth in aller naam.

'Tot de opening half april blijft ons niet veel tijd meer. We moeten dus nog een aantal dringende taken afhandelen. Ze laste een kunstmatige pauze in, toen vervolgde ze: 'Ida en Elisabeth, jullie gaan naar de naaikamer. Hanna, jij gaat de oude ledikanten in de opslag schoonmaken en op deugdelijkheid testen. Als ze beschadigd zijn, moet je dat aan verpleger Carl melden.'

Hanna perste haar lippen op elkaar. Dit was precies wat ze had verwacht. De bedden uit het sanatorium waren verouderd en de meeste waren nauwelijks meer bruikbaar. Ze schoonmaken en opknappen was vergeefse moeite.

'Ja, zuster Maria,' antwoordde ze, terwijl ze haar best deed haar ongenoegen niet te laten blijken.

'De dienstmeisjes moeten de gangen van de afdelingen nog eens onder handen nemen. De plinten moeten grondig gereinigd worden.'

De meisjes knikten. Daarmee kwam er een einde aan de bijeenkomst. Over wat zij zelf dacht te gaan doen, repte Maria met geen woord, maar het stond wel buiten kijf dat ze in de warme naaikamer te vinden zou zijn.

Hanna wilde net de verpleegsterskamer uit lopen toen Maria haar tegenhield.

'Kan ik je even spreken, zuster Hanna?'

Maria wachtte tot de anderen de zaal hadden verlaten, toen zei ze: 'Je gaat dokter Conradi niet te schande maken, begrepen? En je gaat ook niets doen wat indruist tegen de moraal van onze instelling.'

'Vanzelfsprekend, Maria,' antwoordde Hanna. 'Hoe kom je daarbij?'

'Ik heb gezien hoe de dokter je aanstaart. En jij hem. Vergeet niet wat je plaats is!'

Hanna deinsde terug en schudde haar hoofd. Hoe zou ze de dokter dan hebben aangekeken? Ze mocht hem graag, maar dat had niets te betekenen. Hij was aardig, maar alleen iemand die vreselijk afgunstig was kon op het idee komen dat er iets onbetamelijks speelde.

Tegelijkertijd besefte ze hoe gevaarlijk een bewering als deze kon zijn.

Maar moest ze zich rechtvaardigen? Betekende een rechtvaardiging niet dat ze toegaf dat er waarheid school in het verwijt?

'Natuurlijk ken ik mijn plaats,' antwoordde ze, en het viel haar zwaar de boosheid in haar stem te onderdrukken. 'En ik zal mijn werk steeds naar eer en geweten uitvoeren.' Daarop verliet ze de verpleegsterskamer.

'Wat denkt ze wel!' mopperde Hanna zachtjes in zichzelf terwijl ze met een emmer water in haar hand naar de opslag liep. Daar was voorlopig een van de bijgebouwen voor ingericht, en er werd alles opgeslagen wat voorlopig niet in het ziekenhuis nodig was. Daartoe behoorden afgezien van een paar nieuwe bedden ook alle oude ledikanten die ze van het vroegere sanatorium hadden overgenomen. Natuurlijk moest iemand zich daarmee bezighouden, maar was dat niet een taak voor meer mensen?

Op dat moment was Hanna echter blij dat ze alleen was. Zo kon ze haar misnoegen de vrije loop laten.

Natuurlijk was dit heel duidelijk een poging haar te isoleren. Ze wist wel wat Maria de anderen over haar zou vertellen! Ze kon het als het ware horen: 'Ze heeft die functie alleen maar gekregen omdat ze met de dokter koketteert!'

'Dan had je maar naar de functie van röntgenzuster moeten solliciteren, Maria!' zei Hanna hardop, in de wetenschap dat niemand haar hoorde.

Haar boosheid sloeg om in moedeloosheid toen ze de bedden zag. Sommige waren zo gammel dat ze eerst gerepareerd moesten worden voordat je een poetsdoek ter hand kon nemen.

Zuchtend zette Hanna de emmer neer. Waarschijnlijk zou haar werk volkomen zinloos zijn, want als de werklui de bedden eenmaal onder handen hadden genomen, zou ze ze daarna opnieuw moeten schoonmaken.

Hanna bekeek de bedden nauwkeuriger. Bij sommige ontbraken schroeven, bij andere de wielen. Een paar veren van spiralen waren verbogen, maar met een tang viel dat wel te verhelpen. Maar wat de wielen betreft... Zouden die nog te krijgen zijn?

Haar blik bleef steken bij een bed dat in zo'n slechte staat verkeerde dat ontroesten weinig zin had. Maar het had wel vier intacte wielen.

Voor haar geestesoog verscheen een herinnering. Het was de dag waarop ze Martin voor het eerst had ontmoet. Hij had opdracht gekregen een paar nachtkastjes te repareren. Met de steeksleutel in zijn hand had hij voor haar gestaan en haar stralend aangekeken.

'Blijft u nog even, zuster, en houd een eenzame jongeman gezelschap.'

'Ik ben nog geen zuster,' had Hanna geantwoord. 'Ik ben leerling-verpleegster.'

'Voor een leerling ziet u er anders al heel volwassen uit.'

Opeens kreeg ze een idee.

De werklui zetten grote ogen op toen ze bij hen in de schuur verscheen en om gereedschap vroeg.

'Wat wil je daarmee, meisje?' vroeg een oudere timmerman.

'Bedden repareren,' antwoordde ze. Toen bedacht ze dat de ledikanten behoorlijk zwaar waren en dat ze niet echt in staat was om ze in haar eentje op te tillen. 'En als u een krik voor me hebt, zou ik u heel dankbaar zijn.'

Een paar van de mannen begonnen te lachen. 'Waar heb je een krik voor nodig, zustertje?' vroeg een van hen.

'Om bedden op te krikken. Jullie denken toch niet dat er een krachtpatser in me schuilt?'

Weer oogstte ze gelach, maar het was niet kwaad bedoeld. Een paar mannen keken haar bijna bewonderend aan.

'Hier,' zei de timmerman uiteindelijk en hij gaf haar een zwaar apparaat aan. 'Hiermee tillen we kasten op. Ik denk dat dit wel zal werken.' Hij bekeek haar sceptisch. 'Als je het hiermee niet redt, kom je maar terug. Zorg dat je hem niet breekt.'

'Maakt u zich geen zorgen, ik zal voorzichtig zijn.'

De man bromde iets wat ze niet verstond. Zijn buurman hield haar een potje voor.

'Neem ook wat smeerolie mee, om de schroeven eruit te krijgen.'

Hanna bedankte en bracht alles in een emmer naar de opslagruimte. Daar zette ze zich aan het werk. Het kostte haar wat moeite het verroeste ledikant omhoog te krijgen om de wielen eraf te schroeven, maar met de krik lukte dat heel goed.

Toen de middagbel klonk kon ze terugzien op vier gerepareerde bedden die de moeite waard waren om schoon te maken. Het ene bed waarvan ze de onderdelen had gebruikt zou weliswaar afvallen, maar de andere zagen er goed genoeg uit om op een afdeling te worden gebruikt.

Verder had ze nog een bed voor reserveonderdelen uitgekozen, dat ze 's middags onderhanden wilde nemen. Onder de olie, maar glimlachend ging ze naar het ziekenhuis terug om haar handen te wassen.

In de wasruimte voor het personeel trof ze de dokter. 'Hanna, u ziet eruit als een wagenmaker!' riep hij wijzend op haar besmeurde schort.

'In zekere zin ben ik dat vandaag ook,' antwoordde ze. 'Ik kreeg opdracht de oude bedden in de opslag schoon te maken, maar de meeste ervan waren zo kapot dat ik er iets op moest verzinnen. Dus heb ik besloten een van de bedden te gebruiken voor reserveonderdelen om er andere mee te repareren.'

Conradi keek haar ongelovig aan. 'Maar dat is toch de taak van de werklui! Wie heeft u zoiets opgedragen?' Voor Hanna antwoord kon geven gleed er een begrijpende uitdrukking over zijn gezicht.

De dokter zette zijn handen in zijn zij. 'Ik zal een paar mannen naar de opslag sturen.'

'Nee, dat hoeft niet,' protesteerde Hanna. 'Bedden repareren is een interessante afwisseling. En het is een goede voorbereiding op het röntgenapparaat.'

Conradi begon te lachen. 'In elk geval beschikt u over humor. Goed dan, maar ik zal toch wat hulp sturen – ik kan het me per slot van rekening niet permitteren dat mijn spreekuurassistente weer gewond raakt.'

19

Na het middageten stond ze op het punt om naar de voorraadschuur te gaan toen Luise op haar af kwam rennen.

'Zuster Hanna!' riep ze opgewonden. 'Er is iemand die u wil spreken.'

Hanna liep met het meisje mee. Ze had geen idee wie haar wilde zien. Toen ze buiten kwam schrok ze van de tengere gestalte in de groene wollen mantel.

'Leni!' riep Hanna uit. 'Wat doe jij hier?'

Haar zusje wierp zich in haar armen. Hanna voelde dat ze over haar hele lichaam beefde.

Ze schrok. Was er iets met haar ouders? Was er iets met Leni gebeurd? En hoe was ze hier gekomen?

'Hanna, ik ben zo blij je te zien.'

'Ik ook,' antwoordde Hanna verward. 'Maar wat kom je doen? Het is vrijdag, moet je dan niet tot 's avonds werken?'

'De directrice heeft me een halve dag vrij gegeven. Ik heb gezegd dat je ziek bent.'

'Leni!' zei Hanna bestraffend tegen haar jongere zusje. 'Dat kun je toch niet maken!'

'Moeder wil dat ik ga trouwen!' zei haar zus geagiteerd.

'Wat?' Hanna keek haar verschrikt aan. Ze herinnerde zich dat Leni haar had geschreven dat hun ouders zich zo vreemd gedroegen, maar Hanna was niet op het idee gekomen dat ze naar een man voor Leni op zoek waren.

Leni onderbrak haar gedachten: 'Met Georg Pauli. Hij is afgestudeerd aan de zendingsschool. Volgens moeder zou hij een uitstekende partij voor me zijn. Maar ik wil hem niet en ik wil ook niet naar Afrika!' Ze barstte in tranen uit.

Hanna sloot haar in de armen. Wat kon ze doen? Met hun ouders gaan praten? Opeens had ze een gevoel alsof er een steen op haar borst lag.

Toen ze over de schouder van haar zusje keek zag ze de dokter in haast over het terrein lopen. Vlug maakte ze zich los uit hun omhelzing, maar voordat ze Leni weg kon trekken had hij hen ook al gezien.

'En wie mag deze jongedame wel zijn?' vroeg hij.

'Mijn zusje Leni. Ik heb u over haar verteld.'

'De toekomstige huishoudster.'

Leni mengde zich in het gesprek. 'Ik wil graag voor u komen werken!' zei ze.

Hanna wierp haar een bestraffende blik toe.

'Aha, dat is fijn om te horen!' antwoordde de dokter geamuseerd. 'Maar bent u niet in opleiding in Friedensau?'

'Ik ben bijna klaar. Eind augustus om precies te zijn.'

Dokter Conradi hield zijn hoofd schuin en zei: 'Komt u dan maar even mee.'

Terwijl ze achter de dokter aan naar de spreekkamer liepen, had Hanna het gevoel dat ze over een wiebelige loopplank liep. Wat wilde hij van hen? Hij zou Leni toch geen baan aanbieden? Of wel?

Toen ze bij de spreekkamer waren aangekomen vroeg de dokter eerst Hanna mee te gaan. Ze zette Leni op een van de banken in de wachtruimte neer en liep naar binnen.

Dokter Conradi stond tegen zijn bureau geleund en sloeg zijn armen over elkaar. 'Als dat geen verrassing is,' zei hij en hij nam Hanna met doordringende blik op.

'U moet me geloven als ik zeg dat dit bezoek voor mij even onverwacht is als voor u,' zei Hanna met vaste stem. 'Mijn ouders zijn van plan voor Leni een verloving te arrangeren met een zendeling die binnenkort afstudeert.'

'Reden tot vreugde, zou je denken.'

'Ja, maar in dit geval is het zo dat ze de man niet wil hebben. En ze wil ook niet naar Afrika.'

Conradi trok zijn wenkbrauwen op. 'Ik had er heel wat voor overgehad om naar Afrika te kunnen gaan.'

Hanna schudde haar hoofd. 'Leni denkt daar heel anders over. Ziet u misschien kans om haar hier een baan te geven?' Ze vroeg zich af of hij zich het gesprek nog herinnerde dat ze op een van haar eerste dagen op Waldfriede hadden gevoerd.

'Waarom niet?' antwoordde dokter Conradi. 'Mijn vrouw kan wel wat hulp in de keuken gebruiken. Maar ik weet natuurlijk niet of ik uw ouders ervan kan weerhouden haar uit te huwelijken.'

'Misschien is het voldoende als Leni voorlopig buiten hun bereik is.'

'Is ze al meerderjarig?'

'Dat wordt ze volgend jaar september.'

'Dan denk ik dat u met uw ouders moet gaan praten.'

Hanna liet gelaten haar hoofd zakken. 'Naar mij zullen ze niet luisteren. Ze zijn meteen na mijn rouwjaar begonnen een man voor mij te zoeken, maar toen heb ik ze uitgelegd dat ik me helemaal op mijn vak wil concentreren. Leni is nog jong...'

'En blijkbaar uit hetzelfde hout gesneden als u.'

Hanna bloosde. De dokter had gelijk.

Dokter Conradi keek even zwijgend voor zich uit. Het leek of zijn gedachten afdwaalden. Toen richtte hij zich weer tot Hanna. 'Ik neem aan dat uw zus zonder iets te zeggen is weggelopen?'

'Ze heeft vrij gevraagd aan de directrice met als reden dat ik ziek was en dat ze me wilde bezoeken,' bekende Hanna. Ze streek met haar linkerhand over haar voorhoofd. 'Ik zou u erg dankbaar zijn als u daar niets over zegt.'

Conradi knikte. 'Maakt u zich geen zorgen, van mij hoort ze niets. Maar het probleem met uw ouders is daarmee natuurlijk niet opgelost.'

'Is het niet mogelijk om mijn zusje hiernaartoe te halen?' vroeg Hanna. 'Als Leni in Friedensau blijft, zullen mijn ouders haar vroeg of laat ompraten. Wat ze nu heeft gedaan mag dan een daad van rebellie zijn, maar Leni is een braaf meisje.'

Conradi dacht even na.

'Als ze meerderjarig zou zijn of toestemming van uw ouders had...'

'Ik kan proberen of ik ze zover krijg...' antwoordde Hanna aarzelend. 'Mag Leni dan in elk geval de sabbat hier doorbrengen? Ik kan haar immers onmogelijk in het donker naar huis sturen.'

Dokter Conradi knikte. 'Natuurlijk. De treinreis is overdag al avontuurlijk genoeg.' Hij zweeg even en zei toen: 'Ga haar maar halen. Ik wil graag even met haar praten.'

'Dank u wel,' zei Hanna en ze deed de deur open om Leni binnen te laten.

Toen ze in de voorraadschuur terugkwam begroetten de bouwvakkers Hanna met lichte spot. 'Zo, zustertje, is het niet gelukt met die schroeven?'

'Jawel, hoor!' antwoordde ze energiek terwijl ze naar het gerepareerde ledikant wees. 'Ik moet de ledikanten nog wel schoonmaken, dus het zou heel fijn zijn als u me wilt helpen.'

Ze gaf de mannen korte instructies, pakte de emmer en haalde water bij het pompje dat een paar dagen eerder was geïnstalleerd.

Terwijl de arbeiders de resterende ledikanten begonnen te repareren, probeerde zij het vuil van de frames te wrijven. Ze had inmiddels wat huishoudzeep te pakken gekregen, waarmee de vlekken veel beter te verwijderen waren.

Ze concentreerde zich op haar werk, maar toch dwaalden haar gedachten telkens af naar haar zusje. Wat zou de dokter met haar bespreken? Leni was nog steeds in opleiding en ze was nog niet meerderjarig. Directrice Sickesz zou moeten worden overtuigd en...

Hanna zag er vreselijk tegen op haar ouders te confronteren en hun duidelijk te maken dat er op dit moment geen sprake kon zijn van een huwelijk.

Na een tijdje hoorde ze een van de arbeiders roepen: 'Zustertje, hier is een dubbelgangster van je!'

Leni stond onzeker handenwringend voor de schuurdeur. Hanna legde haar poetslappen weg en liep naar haar toe.

'Wat zei de dokter?'

'Hij wilde het wel met me proberen. Dan moet ik eerst mijn opleiding in Friedensau afronden. En ik moet ook toestemming van onze ouders hebben.'

En dat laatste, vreesde Hanna, kon wel eens een groot probleem opleveren.

'Mits ze toestemming geven, mag ik op 1 september beginnen.' Leni keek Hanna smekend aan. 'Kun jij niet meegaan om met ze te praten?'

'Daarvoor zou ik vrij moeten nemen.' Hanna dacht er even over na. Voordat ze nog iets kon zeggen, viel Leni haar om de hals. 'Bedankt, je bent mijn lievelingszus!'

De enige die je nog hebt, bedacht Hanna met smart. 'Ik kan je niet beloven dat ik vrij krijg.'

'Dokter Conradi zal het vast goedvinden. Je gaat het toch aan hem vragen?'

Hanna slaakte een zucht. 'Ik zal het hem vragen.'

Omdat ze de kans had laten schieten om dokter Conradi bij de gebedsbijeenkomst op vrijdagavond te spreken, nam Hanna zich voor het hem zaterdag na het ontbijt te vragen.

In het donker keek ze naar het bed van haar zus.

Maria had het helemaal niet leuk gevonden dat er op hun kamer een bed bij werd gezet. Maar de kamers voor het personeel waren nog niet ingedeeld en het was in veel gevallen nog onduidelijk hoe de vertrekken het best konden worden gebruikt.

'We moeten tegen de dokter zeggen dat het hoog tijd is dat de kamers worden verdeeld,' zei ze geërgerd. 'Zo gaat het niet langer.'

'Het is maar voor één nacht,' zei Hanna verontschuldigend. Maria werkte haar op de zenuwen met haar telkens weer oplaaiende geklaag. Toch was ze het op één punt wel met haar eens: een eigen kamer zou een stuk prettiger zijn. 'Het spijt me van al dat gedoe, maar mijn zusje kan nergens anders naartoe. En we willen immers niet dat ze in handen van de een of andere schurk valt.'

Daar kon Maria niets tegen inbrengen.

Leni zelf leek wel een geest. Haar avondtoilet verrichtte ze stilletjes, zoals in haar aard lag, waarna ze iedereen goedenacht wenste en zwijgend in bed stapte.

Hanna vroeg zich af of Leni zich de volgende ochtend misschien een beetje nuttig kon maken. Ze had zelf weer corvee en mevrouw Conradi zou vast blij zijn met een extra paar handen.

De volgende ochtend kwamen ze samen de keuken in, tot grote verbazing van mevrouw Conradi.

'Wie is dat?' vroeg ze.

'Mijn zusje Leni,' antwoordde Hanna. 'Uw man heeft gisteren met haar over een baan gesproken.' Dat was de waarheid en van het beoogde huwelijk hoefde ze voorlopig niets te weten.

'Dat heeft hij me helemaal niet verteld,' antwoordde de doktersvrouw verbaasd. 'Nou goed, laat je handen dan maar wapperen!'

Ze wees naar de kommetjes die met havermoutpap moesten worden gevuld. Leni pakte enthousiast de opscheplepel. Toen Rosa de keuken in kwam, keek ook zij verbaasd.

'Mijn zusje Leni,' zei Hanna.

Leni knikte glimlachend naar Rosa. Ze werkten een tijdje zwijgend door tot ze opeens hard hoorden blaffen. 'De geiten!' riep Rosa verschrikt.

Hanna wierp een blik door het raam en zag de geitjes dwars over het terrein rennen. Ze moesten erin zijn geslaagd door hun omheining heen te breken. Daartoe aangezet door hun ontsnapping joeg de hond woest blaffend achter hen aan.

'Hij zal ze bijten!' Voordat Hanna kon reageren stoof haar zusje al langs haar heen naar de voordeur.

'Leni, wacht!' Hanna rende achter haar aan.

Ze zag dat haar zusje de voordeur opendeed. Ook de geiten merkten die beweging op en ze renden rechtstreeks op haar af. Maar een van hen was niet vlug genoeg. De hond hapte naar een poot en trok het geitje naar de grond.

'Prinz, af!' riep Hanna terwijl ze op de beide dieren afliep. De hond liet het mekkerende geitje los. Vlug tilde Hanna het trillende dier op en droeg het naar binnen.

De andere geiten waren de trap op gesprongen en langs Leni

heen de gang in gevlucht. Leni stormde achter ze aan, maar voor zulke kleine beestjes legden ze een verbazingwekkende snelheid aan de dag. Binnen enkele seconden hadden Hanna en Leni ze uit het oog verloren.

Aan hun gemekker hoorde Hanna dat de geiten op de achtertrap afrenden. 'Ze mogen niet naar boven,' riep ze haar zusje toe. 'Als ze struikelen en vallen breken ze hun nek. Je moet ze vangen! Rechtdoor en aan het eind de hoek om!'

Leni rende ervandoor en Hanna holde, nog steeds met het gewonde geitje in haar armen, achter haar aan. Toen ze de weglopers hadden ingehaald wierp Leni zich op de dieren, maar ze kreeg er slechts een te pakken – vlak voor de voeten van dokter Conradi, die net zijn woonkamer uit kwam.

'Wat is hier aan de hand?' riep hij verbaasd. Hanna draalde niet, maar drukte hem het gewonde geitje in de armen.

'De geiten zijn ontsnapt!' wist ze hijgend uit te brengen, waarna ze wegrende om het tweede nog vrij rondlopende dier te verhinderen de trap op te springen, wat haar op het laatste nippertje lukte.

'Neemt u me niet kwalijk, dokter,' zei Hanna toen ze volledig buiten adem terugkwam. 'De geiten zijn op de een of andere manier door de omheining gebroken. Prinz heeft er een te pakken gekregen.'

'Mèh,' zei het geitje op Hanna's arm, alsof het haar woorden wilde bevestigen.

Dokter Conradi knikte en keek naar het trillende bundeltje op zijn arm. De pootjes waren besmeurd met bloed, maar verder leek het kleintje in orde.

'Dan zal ik me maar eens om onze patiënt bekommeren,' zei hij en hij liep met het geitje naar de spreekkamer.

'Kom, Leni,' zei Hanna. 'Laten we zorgen dat de boosdoeners weer achter slot en grendel komen te zitten.'

Later tijdens het ontbijt waren de gevluchte geitjes en Hanna en Leni's pogingen om ze te vangen het belangrijkste onderwerp van gesprek in de eetzaal.

Hanna voelde zich er bijna een beetje onprettig onder, want ze hield er niet van om in het middelpunt te staan. Ze had de dag tevoren al voldoende aandacht op zich gevestigd, toen dokter Conradi haar benoeming tot praktijkassistente had aangekondigd.

’s Middags gingen Hanna en Leni nog even kijken bij de omheining. Carl Rohleder had inmiddels de zwakke plek gevonden en die met een stuk plaatstaal gedicht. Het gewonde geitje lag met een verband om zijn pootje in het gras en de andere twee sprongen alweer vrolijk in het rond.

‘Hoe gaat het de laatste tijd met onze ouders?’ vroeg Hanna terwijl ze in gedachten verzonken naar de krokussen keken die hier en daar in het gras hun kopjes lieten zien.

‘Afgezien van het feit dat ze zich vast hebben voorgenomen mij uit te huwelijken?’ vroeg Leni op haar beurt en ze slaakte een zucht. ‘Je weet hoe ze zijn.’

‘Nemen ze het me nog steeds kwalijk dat ik naar Berlijn ben gegaan?’

‘Je bedoelt of ze je immoreel vinden?’ Leni giechelde. ‘Absoluut!’

Hanna glimlachte, maar dat kwam niet helemaal overeen met haar gevoel.

Haar verhouding met haar ouders was na het overlijden van hun oudste zus Ruth niet zo goed meer geweest. Ze had haar moeder indirect de schuld van Ruths dood gegeven, want zij had erop aangedrongen dat ze met die predikant zou trouwen. Bij de geboorte van haar eerste kind hadden zich complicaties voorgedaan en de toegesnelde vroedvrouw had niet voldoende kennis in huis gehad. Ze had er veel te laat een arts bij gehaald. Bij de poging om het kindje per keizersnede te halen had Ruths hart het begeven.

Toen Hanna, die destijds net vijftien was, het bericht van Ruths overlijden hoorde was het alsof haar wereld instortte. Ze had natuurlijk geprobeerd troost te vinden in de Bijbel. Maar toch bleef de pijn in haar hart bestaan en haar woede over het gebeurde was nooit helemaal verdwenen.

Ook Leni was door Ruths overlijden aangeslagen geweest, maar met haar tien jaar had ze dat anders ervaren dan Hanna, die tot aan Ruths bruiloft een heel nauwe band met haar zus had gehad.

Hanna zag zich gesterkt in haar overtuiging dat Ruth veel te jong was getrouwd, en bovendien met een man van wie ze niet hield. Maar anders dan Ruth had gedaan, kwam Leni in opstand.

Liefdevol streek Hanna een haarlok uit Leni's gezicht. Haar mocht niet hetzelfde lot treffen als Ruth.

'Ik ben trouwens aangesteld als praktijkassistente van dokter Conradi,' vertelde ze.

'Echt?' vroeg Leni verheugd. 'Gefeliciteerd!'

'Dank je. Ik ben er heel blij mee, al heeft zuster Maria me ervoor laten boeten. Je hebt de voorraadschuur met die oude ledikanten gezien.'

'Ja, en je had een hoop mannen om je heen.' Leni kneep haar in haar zij. 'Zit er niet een voor je bij?'

'Die zijn allemaal te oud,' reageerde Hanna en ze moesten beiden lachen.

'Mag zuster Maria je niet?'

'Ik weet niet wat er met haar aan de hand is,' zei Hanna. 'Ik heb haar een keer de loef afgestoken toen we levensmiddelen moesten gaan halen. Sindsdien heeft ze het op me voorzien. Ze denkt waarschijnlijk dat ik mijn lichaam heb verkocht voor een blikje sardientjes.'

'Tja, als het om je lichaam gaat, moet je je ook niet met zo'n kleinigheid laten afschepen.'

'Leni!' riep Hanna verontwaardigd, waarna ze toch maar met haar zusje meelachte.

Uit haar ooghoeken zag Hanna dokter Conradi op hen af komen lopen. Hij had zijn handen diep in zijn zakken gestoken en hij keek peinzend naar de grond.

'Hoe gaat het met onze weglopertjes?' vroeg hij toen hij de twee meisjes bij het hek zag. Hij bleef naast Hanna staan, zo dichtbij dat ze de geur van zijn scheerlotion kon ruiken. Zo dichtbij was hij nooit eerder gekomen. Verward deed ze een stapje opzij.

'Volgens mij gaat het goed met ze,' antwoordde ze.

Een van de geitjes huppelde mekkerend naar haar toe.

Conradi lachte. 'Daar lijkt het wel op. Jullie reactie getuigde van grote tegenwoordigheid van geest. Prinz had maar een klein beetje hoger hoeven happen en het beestje had het niet overleefd.'

Hanna keek glimlachend naar Leni. 'Mijn zusje is altijd al vlug geweest. Op school haalde ze me bij hardloopwedstrijden ook geregeld in.' Ze dacht even na en was toen overtuigd dat het moment was gekomen om de vraag te stellen.

'Dokter, ik zou graag met Leni mee willen gaan om met mijn ouders over haar baan hier te spreken. Zou ik een dag vrij mogen hebben?'

'Nadat u onze toekomstige melkbron hebt gered? Uiteraard!' antwoordde dokter Conradi. 'Ik hoop dat u uw ouders kunt overhalen. Iemand die zo goed is in het vangen van geiten kunnen we hier goed gebruiken. Vooral omdat ik van plan ben om kippen aan te schaffen, voor de eieren.'

'Dank u, dokter,' zei Hanna en ze glimlachte opgelucht.

'Geen dank,' antwoordde Conradi. Toen draaide hij zich om en liep in de richting van het bos.

Toen hij weg was zag Hanna de blik van haar zusje.

'Wat is er?' vroeg ze.

'Niets,' beweerde Leni. Er lag een fijn glimlachje op haar gezicht. 'Alleen... De dokter lijkt je graag te mogen.'

'Hij is vriendelijk tegen ons allemaal.'

'O ja?' Leni moest duidelijk een lach verbijten. 'Martin keek ook wel eens zo naar je. Vooral in het begin, toen je nog niet in de gaten had dat hij gevoelens voor je had.'

'Je kletst onzin!' Hanna wuifde haar opmerking weg, maar diep vanbinnen ontwaakte iets wat haar onrust baarde. Voelde ze zich vereerd? Was ze er blij om? In elk geval was het verboden om meer voor de dokter te voelen dan respect en achting.

'Hij is getrouwd,' zei ze daarom nadrukkelijk. 'Je weet dat een huwelijk in onze kringen voor altijd wordt gesloten. Tot de dood ons scheidt.'

Leni zuchtte. 'Kijk, daarom is het ook zo belangrijk voor me dat ik niet met Georg Pauli trouw.'

20

Magdeburg, 11 april 1920

De zondag ontwaakte met dichte mist, die ook de trein naar Magdeburg vergezelde.

'Wat ben je stil,' zei Leni en ze pakte Hanna's hand. 'Maak je je zorgen voor straks?'

Hanna knikte. Ze was al de hele tijd aan het nadenken hoe ze het moest aanpakken. Tegenover haar ouders wilde ze niet respectloos zijn, maar het lag niet in haar aard op alles ja en amen te zeggen. Ze was vierentwintig en dus meerderjarig, geen klein kind meer dat moest buigen voor de wil van de ouders.

Maar dat was niet het enige. Na al die maanden in Zehlendorf had ze haar gedachten en angsten goed in de hand. Af en toe waren er herinneringen opgekomen, maar niet zo sterk als in Friedensau.

Ze vreesde dat daarin verandering zou komen zodra ze over de drempel van hun ouderlijk huis stapte. De geest van Ruth zou haar weer achtervolgen, net als Martins dood. Haar ouders waren op Martin gesteld geweest en hadden grote verwachtingen van hem als schoonzoon gehad. Het was Martin zelfs gelukt de gespannen verhouding tussen Hanna en haar ouders enigszins te verbeteren. Na zijn dood waren de kilte en het onbegrip des te groter geworden.

In Magdeburg aangekomen gingen ze op weg naar de rand van de stad, waar hun ouders een klein huis bezaten. De klokslagen van de dom begeleidden hen een tijdje, langs nog altijd kale heggen, die al de eerste groene blaadjes begonnen te vertonen, en weiden waarin krokussen en sneeuwklokjes opkwamen.

Hun vader was schoenmaker, zijn werkplaats bevond zich op de begane grond van het huis. Terwijl de rest van de buurt de zondagsrust in acht nam, werd er in de werkplaats gehamerd. Nog steeds had haar vader veel reparatiewerk, want vrijwel niemand kon zich nieuwe schoenen veroorloven.

Toen Hanna de voordeur opendeed en de winkelbel klingelde, hield het gehamer op. De oude vertrouwde geur van gekookte aardappelen en schoensmeer stroomde Hanna's neus in. Haar blik dwaalde over het volle rek met opdrachten, toen kwam haar vader al tevoorschijn van achter het gordijn dat de winkel van de eigenlijke werkplaats scheidde.

'Hanna, Leni,' zei Friedrich Richter verbaasd. 'Wat een verrassing! Moeten jullie niet werken?'

'Hallo, vader,' groette Hanna. 'We hebben vrij gekregen. En we zijn hier om een bepaalde reden.' Ze keek naar Leni, die bleek om haar neus was geworden. 'We willen met moeder en u praten.'

Dat had ze nog niet gezegd of Charlotte Richter kwam al de keuken uit.

'Kinderen, wat komen jullie hier doen?'

'Ze willen met ons praten,' verklaarde Friedrich terwijl hij zijn handen aan een lap afveegde. Hanna zag dat zijn gelaatstrekken verhardden. Zou hij iets vermoeden?

'Kom dan maar mee naar de keuken. Ik heb het middageten bijna klaar.'

Ze liepen achter hun moeder aan naar het achterste deel van het huis. De slaapkamers en de woonkamer bevonden zich op de bovenverdieping, de keuken lag direct naast de werkplaats. Op die manier was hun vader in de middagpauze niet ver van zijn werkplaats.

In tegenstelling tot het middagmaal dat op de sabbat op tafel kwam, viel de zondagse maaltijd bepaald sober uit. Zoals bij veel gezinnen van de zevendedagsadventisten werd er vegetarisch gegeten: aardappelen met een roux, groente, als die er was, of balletjes van linzen of bonenmeel.

'Ga zitten,' zei hun moeder, en ze haalde nog twee borden uit de kast. 'Als ik had geweten dat jullie zouden komen, had ik wat meer gemaakt,' voegde ze er met een verontschuldigende toon aan toe.

'Doe maar niet zo veel moeite, mama. Leni gaat straks terug naar Friedensau en ik naar Zehlendorf. We willen alleen iets bespreken.'

Bezorgd zette hun moeder de borden neer en ging zitten. Even later voegde hun vader zich bij hen.

Hanna probeerde haar nervositeit te onderdrukken. De zinnen die ze had voorbereid klonken goed, maar ze kende haar ouders en wist hoe ze in het ergste geval zouden reageren. Ze keek even naar Leni, toen begon ze: 'Zoals u weet zit ik sinds een paar maanden in ziekenhuis Waldfriede in Zehlendorf.'

'Dat weten we,' antwoordde hun moeder koeltjes.

'Nu wil het geval dat we in onze instelling bekwame kokkinnen nodig hebben. Ik heb dokter Conradi voorgesteld Leni in dienst te nemen zodra ze haar opleiding heeft afgerond.'

Dat Leni haar gesmeekt had haar voor een ongewenst huwelijk te behoeden vermeldde ze niet.

Het gezicht van hun vader versomberde onmiddellijk, hun moeder perste haar lippen op elkaar.

'Heeft ze je het niet verteld?' vroeg hun vader ten slotte.

'Wat?' vroeg Hanna onnozel, hoewel ze heel goed wist wat hij bedoelde.

'Georg Pauli heeft om haar hand gevraagd. Hij is zendeling en wil graag trouwen voor hij naar Afrika vertrekt.'

Leni boog haar hoofd.

'Echt waar?' reageerde Hanna met gespeelde verrassing. 'Vindt u het dan goed dat ze zo ver weg gaat? Helemaal naar Afrika?'

'Het is een grote eer,' zei hun moeder met haar blik op Leni gericht.

'Dat is het aanbod van dokter Conradi ook,' merkte Hanna op. 'Bovendien moet Leni minstens meerderjarig zijn voordat ze gaat trouwen met een man die haar de wereld over sleept.'

'Wil je dan zeggen dat ze het aanzoek moet afslaan?' vroeg hun vader nors.

Hanna dwong zichzelf kalm te blijven. 'Ik wil dat ze gelukkig wordt. En hoe zal dat gaan als ze met een man trouwt die ze nauwelijks kent? Alle respect voor meneer Pauli, maar hij is acht jaar ouder dan zij. Als hem tijdens die lange reis iets overkomt, zou Leni zijn zaken niet eens kunnen afwikkelen, omdat ze nog minderjarig is.'

Bij die woorden werd Friedrich Richter eerst bleek, toen liep hij paars aan. 'Hoe durf je aan onze beslissing te twijfelen!' Zijn blik ging van Hanna naar zijn jongste dochter. 'En wat zeg jij daarop?'

Leni keek op. Haar ogen spuwden letterlijk vuur toen ze uitriep: 'Ik wil niet met Georg Pauli trouwen! Ik hou niet van hem!'

'In het huwelijk gaat het niet om liefde!' barstte hun vader uit.

'Dan houdt u dus niet van moeder?' vroeg Hanna opstandig. Ze voelde aan dat er ruzie zou komen, maar je kon je niet voor alle donderbuien verstoppen.

'Hanna!' viel haar moeder tegen haar uit. 'Wat zeg je nou? Ben je gek geworden?'

'Nee, ik ben niet gek, ik ben niet degene die van plan is om Leni naar Afrika te sturen, alleen maar omdat een zendeling daar niet zonder vrouw naartoe wil!'

Haar stem klonk luider dan de bedoeling was. Ze wist dat haar vader gebrek aan respect niet tolereerde. Maar hoe kon ze dit onheil afwenden als ze volgzaam bleef?

'Verhef je je stem tegen je vader?' brulde Friedrich Richter, en hij sprong op. 'Is dat wat wij je hebben geleerd? Of wat ze jullie in Zehlendorf bijbrengen?'

Ook Hanna sprong op. Als kind had ze vaak verwijten over zich heen gekregen, maar dat was lang geleden.

'U hebt me geleerd voor mezelf op te komen en mijn bestemming te volgen,' antwoordde ze kalm voor zover haar zelfbeheersing dat toeliet.

Nu nam haar moeder weer het woord, terwijl haar vader haar dreigend aanstaarde. 'Het zou jouw bestemming zijn geweest om met Martin te trouwen.'

'Martin is overleden aan oorlogsverwondingen!' Hanna voelde een beklemming op haar borst. 'Het was niet mijn beslissing om niet met hem te trouwen. Ik hield van hem!'

Ze voelde Leni's hand op haar arm. Er kwamen tranen bij haar op, maar het ging nu niet om haar. Het ging om haar zusje.

'U gedraagt zich nu net als toen bij Ruth,' voegde ze er zachtjes aan toe. 'U hebt haar ook tot dat huwelijk gedwongen. Op haar negentiende!'

'Het was haar eigen beslissing!' hield haar moeder vol, maar Hanna schudde haar hoofd.

'Nee, u hebt op haar ingepraat. En omdat ze u welgevallig wilde zijn, is ze met die predikant in zee gegaan. En kijk wat er is gebeurd!'

'Het was Gods wil!'

Hanna schudde haar hoofd. 'Ze had niet moeten trouwen. En al helemaal niet naar dat afgelegen gat moeten gaan waar nergens een dokter te bekennen viel!' Ze haalde diep adem. Ze had geprobeerd zich tegen het verdriet te wapenen, maar dat was niet tegen te houden. 'Wilt u Leni ook door een bevalling verliezen? En bovendien in Afrika, waar haast geen dokters zijn en zo veel ziektes op de loer liggen?'

'Het is Gods wil dat een man een vrouw kiest.' Haar vader liet zich zwaar op zijn stoel vallen.

'Ik weet zeker dat Georg Pauli wel een andere vrouw zal vinden.'

Hanna zweeg en voegde eraan toe: 'Wij zullen op Waldfriede Gods werk voor de mensen doen. Dat heeft me ertoe gebracht het verpleegstersvak te leren. Laat Leni naar ons toe gaan. Ze kan later altijd nog een man kiezen. Een man van wie ze houdt.'

'Alstublieft,' smeekte Leni. 'Alstublieft, laat me naar Hanna gaan!'

Hun ouders keken elkaar aan. Beiden leken ineens uitgeput. Buiten begon een vogel te zingen. De klok van de Magdeburger Dom sloeg één uur.

'Mama,' zei Hanna, waarbij ze haar best deed een verzoenende toon aan te slaan terwijl ook zij weer ging zitten. 'Leni zou het bij ons goed hebben. En wie weet – misschien vindt ze daar een man die haar bevalt. Ik zal op haar letten.'

In de ogen van hun moeder stond teleurstelling te lezen. Hun vader leek nog steeds kwaad. Ze waren niet gewend dat hun kinderen tegen hen in opstand kwamen. Maar Hanna was ervan overtuigd dat ze deed wat juist was.

'Ga de keuken uit, allebei,' zei hun moeder vermoeid. 'Ik moet met jullie vader praten.'

Hanna knikte. De zusjes stonden op en verlieten de keuken. Omdat ze met de deur in huis waren gevallen hadden ze hun jas zelfs nog aan. Ze liepen de tuin in, waar wilgenkatjes aan de bomen ontsproten en narcissen hun kopjes naar de hemel opstaken.

'Wat denk je, zullen ze me laten gaan?'

Hanna haalde haar schouders op. 'Zo niet, dan kom je naar ons toe zodra je meerderjarig bent.'

'Maar als ze me toch willen uithuwelijken?'

'Huwelijken worden niet onder dwang gesloten, maar vrijwillig en uit liefde. Dat weten ze.' Hanna keek Leni onderzoekend aan. 'Je had hun niet gezegd dat je hem niet wilde, of wel soms?'

'Nee... Het ging allemaal zo vlug. Ze nodigden hem uit, we hebben 's middags samen gegeten, en een paar dagen later heeft hij vader om mijn hand gevraagd. Zonder het mij te vragen! Alsof ik een product was dat je op de markt kunt kopen! Daarop ben ik meteen naar jou toe gegaan.'

Hanna sloeg haar arm om Leni heen. 'Misschien had je eerst met moeder en vader moeten praten. Nu heb ik kwaad bloed gezet en zal ik me thuis waarschijnlijk niet meer kunnen vertonen.'

'Dat is niet waar,' wierp Leni tegen. 'Dit huis zal altijd je thuis zijn.'

Er gleed een triest lachje over Hanna's gezicht. Een thuis vol herinneringen en verwachtingen, schoot het door haar heen, maar ze zei niets.

Na een poosje ging de deur open en verzocht hun moeder hen weer binnen te komen. Hun vader had nog altijd een rood hoofd, blijkbaar hadden ze flink ruziegemaakt.

'Leni, je kunt naar Hanna gaan, maar pas als je je opleiding hebt afgemaakt,' zei hun vader en hij keek zijn jongste dochter aan. Toen wendde hij zich tot Hanna: 'De woorden die je ons vandaag naar het hoofd hebt geslingerd zijn je vergeven. Ik weet dat je je zorgen maakt om je zusje en dat je het deed uit liefde voor haar. Maar ik laat me niet toedichten dat ik niet het beste met jullie voorheb.'

'Daar is geen sprake van,' protesteerde Hanna. 'Ik heb alleen gezegd dat het een vergissing zou zijn...'

Hun vader hief zijn hand en bracht haar tot zwijgen.

'Meneer Pauli zal niet enthousiast zijn als ik hem meedeel dat Leni zijn aanbod heeft afgeslagen. Zelf had ik bedenktijd gevraagd en ik hoopte dat ze met hem zou trouwen, maar daar schijnt ze niet toe bereid te zijn.'

'Dank u wel, papa!' riep Leni opgelucht.

'Toch zouden we graag zien dat je je ooit verlooft. Jullie allebei.'

Hanna deed haar mond open, maar besloot dat het beter was te zwijgen. Een man als Martin zou ze nooit meer krijgen. En wat haar sympathie voor dokter Conradi betrof wist ze maar al te goed dat hij voor haar onbereikbaar was.

'Als de tijd daar is, zullen we een echtgenoot kiezen,' zei Hanna. 'En mocht dat Gods wil niet zijn, dan blijven we dienstbaar aan de mensen, zoals zo veel verpleegsters.'

Uitgeput door het vele praten en het verzet tegen de wil van hun ouders verlieten de zusjes het huis. Inmiddels was het middag geworden en was de lucht een beetje opgeklaard.

Zwijgend liepen Hanna en Leni terug naar het station.

Met het resultaat konden ze tevreden zijn, maar Hanna vreesde dat het laatste woord nog niet gesproken was. Hun ouders mochten dan toestaan dat Leni naar Zehlendorf kwam, de hoop op een huwelijk hadden ze niet opgegeven. Maar voorlopig hadden ze tijd gewonnen.

Op het station was het erg druk, veel mensen die buiten hun woonplaats werkten verlieten Magdeburg al 's middags. Leni liep met Hanna mee naar het spoor in de richting van Berlijn. Zelf zou ze in de trein stappen die haar naar Möckern bracht, vanwaar ze nog maar een paar minuten hoefde te lopen naar Friedensau.

Hanna legde haar handen om Leni's gezicht. 'Je houdt het toch wel vol tot september, hè?'

Ze knikte.

'En laat je niet overhalen om iets te doen wat je niet wilt. Het is jouw beslissing, niet die van onze ouders, hoor je?'

'Denk je dat ze weer over trouwen beginnen?'

'Dat is heel goed mogelijk. Ik heb ze er weliswaar van kunnen overtuigen dat Zehlendorf geen verdorven oord is, maar wie weet veranderen ze nog van mening.' Ze zweeg even, toen voegde ze eraan toe: 'Laat je voor diensten in het weekeinde indelen en blijf zo mogelijk uit de buurt van vader en moeder. De eredienst kun je ook in Friedensau bijwonen.'

Het gefluit van de aankomende locomotief kondigde hun naderende afscheid aan. 'Het ga je goed, Leni! We zien elkaar in de zomer.'

'En tot die tijd schrijven we elkaar!'

'Vanzelfsprekend!' Hanna gaf haar zusje een kus op haar voorhoofd en omhelsde haar tot ze door de stoom van de trein werden omhuld. Toen maakte ze zich van Leni los en stapte in de wagon.

21

Zehlendorf, 15 april 1920

Hoewel ze die nacht pas om één uur in bed lag, was Hanna er kort na zonsopkomst alweer uit. Ze kon van opwinding toch niet meer slapen.

Vandaag zou het ziekenhuis Waldfriede eindelijk worden geopend! Bij de officiële inwijdingsplechtigheid zouden ook vertegenwoordigers van hun genootschap in Skodsborg en Amerika aanwezig zijn.

Ze waren allemaal tot diep in de nacht bezig geweest met de grote schoonmaak. Zelfs de bouwarbeiders hadden flink meegeholpen. Om vlugger op te schieten hadden ze gezongen en het had bijna iets van een feestje weg gehad.

Hanna liep naar het wasstel en schonk wat water uit de lampetkan in de kom. Ze vond het heerlijk dat ze nu een eigen kamer had. Als praktijkassistente moest ze altijd vlug beschikbaar zijn en daarom had ze drie dagen eerder een kamer op de benedenverdieping betrokken, niet ver van het verblijf van de Conradi's.

Voor zover ze wist hadden de afdelingshoofden ook een eigen kamer gekregen, maar niet op de begane grond, waar je op elk moment de tuin in kon lopen.

Ze wist dat ze met dit privilege nog meer jaloezie opwekte, maar ze piekerde er niet over om ervan af te zien.

Toen Hanna klaar was met haar ochtendtoilet, liep ze naar de stoel waarop haar uniform voor feestelijke gelegenheden klaarlag.

Het donkerblauwe jurkje was zorgvuldig gestreken en het witte schort gesteven, net als haar kapje.

Hanna trok de jurk aan en streek hem glad. Wat had ze die lang niet meer gedragen! Hij was haar inmiddels bijna een beetje te groot. Ze leden weliswaar geen honger, maar de maaltijden bleven eentonig. Vaak kregen ze niets anders dan gerstepap, en dan weer dagenlang alleen maar aardappelen.

Maar nu kwam zo langzamerhand het eerste groen op in de tuin, een voorbode van wat meer afwisseling in het eten.

Vandaag zou echter nergens op worden bespaard! Voor hun gasten zouden ze alles inzetten wat hun karige provisiekamer te bieden had. En het mooiste was dat ze zelf ook mochten meegenieten.

De eetzaal was om deze tijd nog verlaten, wat prettig was, want zo kon ze alvast aan haar werk beginnen. De tafels waren al opgesteld. In het midden stond de grote tafel voor dokter Conradi en zijn eregasten; eromheen stonden de tafels voor het personeel.

Buiten zongen de vogels in het ochtendlicht. Hanna liep naar een raam en zette het open.

De voorgaande dagen was het overal in de bomen een leven van jewelste geweest: gekwetter, gezang en geritsel van takken. De vogels gingen op zoek naar een vrouwtje en door het heldere zonlicht zag het leven er beduidend lichter uit dan eerder in de donkere maanden.

Wat Hanna wel een beetje miste was de magnolia die ze in Friedensau vanuit het raam in haar kamer kon zien. Maar in plaats daarvan stonden de kersenbomen hier in de omgeving in volle bloei.

Dokter Conradi had opdracht gegeven elke tafel te versieren met een vaasje bloemen. De laatste dagen hadden ze overal vaasjes vandaan proberen te halen, wat nog niet zo eenvoudig was geweest. Maar nu stonden ze op een rijtje op de tafels die voor het buffet bestemd waren.

'O, je bent er al!' zei Rosa toen ze de eetzaal binnenkwam terwijl ze haar schort op haar rug vastknoopte. 'Kon jij ook niet slapen van de opwinding?'

Hanna schudde glimlachend haar hoofd.

'Het is toch niet te geloven dat het vandaag zover is?' vervolgde Rosa. 'Nauwelijks te bevatten hoe vlug de tijd verstrijkt.' Ze streek met de rug van haar hand over haar ogen, die opeens vol tranen stonden.

Hanna bekeek haar eens goed. Rosa had zich prima weten aan te passen en al was haar manier van doen anders dan die van Else, ze konden goed met elkaar overweg. Slechts een enkele keer begreep ze Rosa's gemoedstoestand niet. Dan vroeg ze zich af wat haar opeens bezielde.

'Wat vind je, zullen we buiten alvast wat takken afsnijden?' vroeg Hanna.

Rosa knikte.

Samen verlieten ze het gebouw door de achterdeur. In de gereedschapsschuur vonden ze een snoeischaar die geschikt was voor dunne takken. Daarna liepen ze naar de kersenbomen met hun helder oplichtende witte en roze bloesem. Er hing een zoete geur in de lucht en de dauwdruppels glinsterden in het ochtendzonnetje.

Ze sneden een paar mooie takken af en legden ze in het vochtige gras, zodat de bloesem niet direct zou verslappen.

'Daarnet,' begon Hanna, zonder goed te weten hoe ze het moest aanpakken. 'Waar dacht je aan?' Ze keek Rosa aan. 'Het was alsof iets je heel erg aangreep.'

Rosa liet haar hoofd zakken. 'Het is gewoon... Ik sta er elke dag weer van te kijken hoe vriendelijk iedereen hier tegen me is.'

'We beschouwen elkaar als familie,' antwoordde Hanna en ze dacht terug aan haar ouders. Ook binnen een familie was niet iedereen elkaar altijd welgezind. Maar je vond een manier om met elkaar te leven.

Rosa veegde een traan van haar wang. Ze keek even omhoog naar de kersenbomen en zei toen zachtjes: 'Ik ben wees. Mijn ouders heb ik nooit echt gekend. Mijn moeder is bij mijn geboorte gestorven en mijn vader niet lang na haar. Hij was knecht bij een boer in Pommern. Mijn grootmoeder heeft me in huis genomen – ik was toen vier – maar ook zij ging dood. Het leek of ik telkens alles wat ik liefhad verloor. Toen hebben ze me naar een weeshuis gebracht, en daar ben ik tot mijn veertiende gebleven. Op een dag kwamen er zendelingen langs. Ze vroegen of ik zin had om als dienstmeisje bij een familie van adventisten te gaan werken. Ik ben met ze meegegaan, omdat ik toch binnenkort uit het weeshuis weg moest.'

Ze stokte. Ze had zichtbaar moeite om verder te praten.

Hanna legde haar hand op haar arm. 'Je hoeft het me niet allemaal te vertellen als je dat niet wilt.'

'Maar ik wil het wel,' zei Rosa. 'De mensen bij wie ik werkte waren heel aardig. Maar toen overleed ook daar de man en de vrouw kon me geen loon meer betalen. Ze zei dat er een ziekenhuis in Berlijn was waar ze dienstmeisjes zochten. Ze heeft de dokter zelfs nog een aanbevelingsbrief gestuurd.'

'Dat was heel aardig van haar.' Hanna kreeg een dof, trekkend gevoel in haar borst. Het moest verschrikkelijk zijn om niemand te hebben tot wie je je kon wenden in tijden van vreugde of verdriet. 'En hier heb je een familie gevonden. Ik kan niet beloven dat het hier altijd rozengeur en maneschijn zal zijn, maar op Waldfriede kijken we naar elkaar om.'

Toen ze terugkwamen met de takken, hadden de andere zusters en dienstmeisjes de tafels al gedekt.

Mevrouw Conradi was er ook.

'We vroegen ons al af waar jullie bleven,' zei ze zonder verdere begroeting.

'Bloesemtakken zijn het mooist als ze dauwvers zijn,' antwoordde Hanna zonder op haar verwijt in te gaan.

Mevrouw Conradi bekeek de oogst. 'Hopelijk hebben jullie nog genoeg aan de bomen laten zitten. Ik heb de kersen nodig voor de inmaak.'

'We hebben van elke boom maar een paar takjes af gehaald. Je ziet het nauwelijks,' zei Hanna geruststellend.

'Mooi zo, verdeel ze maar over de vazen.'

Hanna knikte en liep naar het rijtje vazen die op een van de tafels stonden.

Sinds haar benoeming tot praktijkassistente deed mevrouw Conradi niet echt aardiger tegen haar, maar Hanna probeerde het zich niet aan te trekken als ze soms kortaf was.

'Nou zeg, we hadden die takken moeilijk weer vast kunnen plakken als het er te veel waren,' hoorde ze Rosa fluisteren.

Hanna onderdrukte een proestbui en trok het dienstmeisje mee.

~

Louis nam zichzelf nauwkeurig op in de spiegel nadat hij zijn das had geknoopt.

De afgelopen maanden hadden hem fysiek aangegrepen. Hij was vermagerd en zijn huid zag er valer uit dan anders, maar nu hij zich had geschoren was hij redelijk toonbaar. Vooral in dit pak. Hij had het voor het laatst op zijn bruiloft gedragen. Als hun karige levensmiddelenvoorraad één voordeel had, dan was het dat dat pak hem nog steeds paste.

Tevreden streek hij over de stof en deed hij zijn manchetknopen in. Het goud glansde in het zonlicht. Zou hun toekomst even glanzend zijn?

Hij was blij dat hij het eerste deel van het traject had volbracht. Maar het echte werk begon pas met de opening van het ziekenhuis. Dat ze zonder operatiekamer open moesten gaan was een kleine smet, maar ze hadden in elk geval toestemming gekregen om patiënten met inwendige ziekten te behandelen en bevallingen te doen.

Daarmee was hij natuurlijk nog niet van Wiedemann af. Het financieel jaarverslag over 1921 zou laten zien of ze zich van die dreiging konden bevrijden of niet.

Maar daar wilde hij nu niet aan denken. Felix Dressler, de nieuwe architect, was er inmiddels zeker van dat de operatiekamer in de loop van juni klaar zou zijn. Hoewel twee maanden een lange tijd was, zou de verbouwing toch korter duren dan ze hadden gevreesd.

'Je moet je gaan omkleden,' zei hij vermanend tegen zijn vrouw, die juist de kamer binnenkwam. Ze had een blos op haar wangen en droeg nog steeds haar jasschort.

'Dat was ik net van plan,' antwoordde ze gehaast en ze trok vlug haar werkkleding uit. 'Iemand moet toch in de gaten houden of de meisjes het allemaal goed doen?'

'Dat doen ze wel.'

'Maar het is voor het eerst dat we gasten ontvangen,' wierp ze tegen. 'Bij een gelegenheid als deze moet alles perfect in orde zijn.'

De eerste bezoekers waren al een paar dagen eerder aangekomen. Mr Daniels, de voorzitter van de Algemene Conferentie van Adventisten uit Amerika en zijn echtgenote waren aanwezig, net als talrijke gedelegeerden van de geloofsgenootschappen in Europa.

Bovendien waren er artsen en verpleegsters uit Skodsborg uitgenodigd, onder wie oude bekenden, en vertegenwoordigers van de gemeente Zehlendorf met hun echtgenotes. Het hoofd van de afdeling Bouw- en woningtoezicht was er een van, maar ook de politieagent die het hun in de beginperiode lastig had gemaakt. Een van de weinigen die de uitnodiging niet hadden aangenomen was Wiedemann. Ook zijn inspecteurs en de burgemeester zouden schitteren door afwezigheid. Maar daar kon Louis heel goed mee leven.

Als er een journalist van de krant langskwam die een stukje zou schrijven over het evenement, zouden ze allemaal worden geïnformeerd.

'Je maakt je te veel zorgen. Onze zusters weten waar het om gaat. Ze zijn er immers vanaf het begin al bij.'

Louis zag dat zijn vrouw een blauwe jurk met een kanten kraagje had klaargelegd, een van de mooiste die ze bezat. Het model was inmiddels een beetje ouderwets, maar de afgelopen jaren hadden ze niet veel geld voor een nieuwe garderobe gehad. Bij haar blonde haar zou de jurk toch prachtig staan. En hij paste bij zijn das, waardoor ze een zekere eenheid uitstraalden.

De voorgaande maanden hadden ook van Catherines krachten veel gevergd. Ze was inmiddels weer even slank als voor haar zwangerschap, nu alweer twee jaar geleden.

Er vlamde een vonk begeerte in Louis op.

Hoewel hun huwelijk gearrangeerd was geweest, hadden Catherine en hij genoten van de lichamelijke geneugten. Hun prioriteit was natuurlijk geweest voor nageslacht te zorgen, maar hij kon niet beweren dat hij er geen genoegen aan had beleefd.

Zouden ze naar dat punt kunnen terugkeren als hier weer rustiger tijden waren aangebroken?

Toen Catherine zijn blik opving bloosde ze net als de eerste keer dat ze naakt voor hem had gestaan.

Maar dit was niet het juiste moment, besefte Louis toen hij de urgentie in haar blik zag. Er wachtte hun een grote taak en ze konden niet zomaar weer het bed in stappen.

Toen Catherine haar jurk aanhad, maakte hij uit zichzelf de korte ritssluiting bij haar kraag dicht en kuste hij haar in haar nek.

'Je ziet er heel mooi uit,' zei hij terwijl hij over haar schouder in de spiegel keek.

Catherine keek hem verbaasd aan, nog steeds met een blos op haar wangen. 'Dank je.'

Louis verborg zijn gezicht in haar haar en snoof de lichte geur van berkenwater op. 'Als het ziekenhuis eenmaal draait, laten we een naaister komen en ga je een nieuwe garderobe samenstellen. Tenslotte ben je nu de vrouw van een geneesheer-directeur.'

'Je weet dat ik niet veel nodig heb,' zei ze, bescheiden tegenstribbelend. Maar hij zag aan haar blik dat ze verlangde naar kleine genoegens. En dat ze heel graag mooi wilde zijn. Voor hem.

Hij gaf haar een kus op haar haar en maakte zich toen van haar los.

22

Binnen een uur vulde het terrein van Waldfriede zich met mensen. Automobielen en huurrijtuigen kwamen voorrijden, zodat het op de Alsenstrasse even een drukte van belang was. Zo veel chic geklede mensen had Hanna nog nooit bij elkaar gezien.

Het feest begon met een eredienst in de eetzaal, aansluitend hield dokter Conradi zijn openingstoespraak. Alle aanwezigen verstomden verwachtingsvol.

In zijn donkere pak met blauwe das was hij nauwelijks herkenbaar. De afgelopen weken had Hanna hem alleen in versleten jasjes en flodderige broeken gezien.

De huidige verandering bracht haar ertoe wat langer naar hem te kijken dan gepast was. Toen ze dat besefte richtte ze vlug haar blik op de bladmuziek in haar hand.

Ter gelegenheid van de feestelijkheden hadden de zusters een koor opgericht. Om hen te begeleiden was er een broeder uit Friedensau gekomen die heel behoorlijk kon pianospelen. Het had een tijd geduurd om het instrument te stemmen, maar nu produceerde het wel degelijk aangename klanken.

Hanna ving even dokter Conradi's blik op toen ze naast de andere vrouwen ging staan en begon te zingen.

'Heer, hebt U een taak voor mij, ik volvoer hem graag...'

Toen ze klaar waren merkte ze dat zijn blik nog steeds op haar was gericht. Haar wangen begonnen te gloeien en ze wendde zich vlug af voor Maria het zou merken en zich in haar minachtende mening over haar gesterkt zag.

Na het einde van het officiële gedeelte en het daaropvolgende middageten verspreidden de gasten zich over het terrein. Terwijl de dienstmeisjes de afwas deden en voorbereidingen troffen voor de namiddagkoffie, mengden de zusters zich onder de gasten.

Nadat ze even met een Deense zuster had gesproken merkte Hanna dat de blik van een oudere man met een puntbaard op haar rustte.

Zijn naam was voor iedereen hier een begrip: Richard Conradi was de stichter van het adventistengenootschap in Duitsland en de vader van de dokter. Ze had hem al een paar keer persoonlijk in Friedensau meegemaakt en kon bevestigen wat velen over hem zeiden. Hij bezat charisma, maar kon ook intimiderend overkomen.

Voor kinderen was hij echter als een vriendelijke grootvader. Hij had altijd snoepjes in zijn zak, die hij aan ze uitdeelde. Dat deed hij ook als de snoepjes aan elkaar gekleefd zaten en er niet zo smakelijk meer uitzagen.

Hanna liep naar hem toe. 'Goedendag, meneer Conradi,' zei ze en ze stak de man haar hand toe. 'Ik ben Hanna Richter.'

'Ah, zuster Hanna! Mijn zoon heeft me over u verteld! U bent zijn nieuwe spreekuurassistente.'

'Precies.' Hanna knikte en probeerde niet al te trots te klinken. 'Het doet me genoegen u weer te zien.'

'Mij ook, zuster Hanna. De laatste keer dat we elkaar ontmoetten was u nog een kind. Hoe gaat het met uw familie?'

'Goed, dank u voor de belangstelling,' antwoordde Hanna. Haar familie was naar Richard Conradi's preken gegaan, maar nauwer contact was er niet geweest. 'Mijn zusje wordt in Friedensau opgeleid tot huishoudster.' Vanuit haar ooghoeken zag ze een man en een vrouw voor de poort staan. Hoewel die uitnodigend openstond, leken ze besluiteloos. Even later besefte ze dat de man een kind in zijn armen had. 'Wilt u me excuseren?' zei ze en ze liep haastig weg.

Het paar onderbrak het gesprek toen ze Hanna zagen aankomen.

'Kan ik iets voor u doen?' vroeg ze, en ze wierp een blik op het meisje. Dat was misschien zes of zeven jaar en had een hoogrood hoofd. Haar lijfje was teer als dat van een vogel.

'Onze buurvrouw vertelde ons dat hier een ziekenhuis is. Ene dokter Conradi zou de leiding hebben. Kunt u ons zeggen of dat klopt?' vroeg de vrouw onzeker.

Hanna knikte.

'Ons Liesje klaagt over hoofdpijn,' vervolgde de vrouw. 'Ze wordt steeds zwakker.'

Hanna keek in de glazige ogen van het kind. Het moest behoorlijk hoge koorts hebben. 'Gaat u mee, ik zal dokter Conradi waarschuwen.'

Ze bracht het paar door de hoofdingang naar binnen, blij dat de feestvierders zich op het achterste gedeelte van het terrein bevonden.

'Wordt er een feest gehouden?' vroeg de vrouw toen ze haastig door de gang liepen. 'We zagen mensen in de tuin.'

'Vandaag is de opening,' verklaarde Hanna. 'Maar maakt u zich geen zorgen, we zijn hier allemaal al een hele tijd in dienst, en dokter Conradi heeft veel ervaring met het behandelen van patiënten. Hij zal uw dochtertje kunnen helpen.' Hanna bracht het paar naar de wachtruimte. 'Gaat u maar even zitten, ik zal de dokter halen.'

Ze trof dokter Conradi in gezelschap van Mr Daniels en de pastor die de eredienst had geleid. De drie mannen staakten hun gesprek toen ze Hanna zagen.

'Kan ik u even spreken, dokter?' vroeg ze. Ze wilde er niet aan toevoegen dat er een probleem was, en ook niet duidelijk maken dat ze patiënten hadden. Ze hoopte simpelweg dat hij doorhad dat het dringend was.

Inderdaad verontschuldigde hij zich haastig en kwam hij naar haar toe.

'Wat is er?'

'Er stond een echtpaar voor de poort,' begon Hanna zachtjes. 'Ze hebben een kind bij zich met hoge koorts dat hoofdpijn heeft. Ik heb hen verzocht binnen te komen.'

De dokter keek haar verrast aan. 'Maar we zijn net open!'

'Een buurvrouw heeft ze hierheen gestuurd. Misschien heeft die in de krant over de opening gelezen.'

Conradi knikte. 'Breng ze alvast maar naar de spreekkamer,' zei hij terwijl hij begon te lopen. 'Ik haal vlug een witte jas uit de linnenkamer.'

Hanna rende ook weg. Toen ze langs mevrouw Conradi kwam, zag ze haar vragende blik, daarom stopte ze even en fluisterde haar toe dat haar man een patiënte had.

Weer terug in het ziekenhuis haalde ze een sleutelbos uit haar zak en wendde ze zich tot het wachtende paar met het kind. 'De dokter komt zo,' verzekerde ze en ze stak de sleutel in het slot. 'Breng de kleine maar vast naar binnen.'

Hanna maakte de deur van de spreekkamer open en ging de ouders voor. Uit de tot nog toe ongebruikte kaartenbak haalde ze een formulier dat de boekhouder had ontworpen. Een speciaal daarvoor aangenomen secretaresse had de eerste exemplaren op de schrijfmachine ingetypt. Dus hoefde ze naam en adres en ziekteverzekering alleen maar in te vullen.

De ouders legden het kind op de onderzoekbank. Het viel Hanna op dat het apathisch was. Terwijl de moeder de hand van het meisje vasthield, beantwoordde de vader Hanna's vragen.

De dochter van Alfred en Marga Fischer heette Lisa, maar haar moeder noemde haar steeds Liesje.

'We hebben niet veel geld,' zei de man bezorgd.

'Uw dochtertje moet worden geholpen,' antwoordde Hanna. 'Dat is voorlopig het belangrijkste.'

Er klonken voetstappen, en even later kwam dokter Conradi de deur door, nu in de witte jas die hij over zijn overhemd en vest had aangetrokken.

Hij begroette de ouders en boog zich over het kind.

'Wat is er met Liesje?' vroeg hij nadat Hanna hem had verteld hoe ze heette.

'Ze heeft hoofdpijn,' verklaarde de moeder. 'En koorts.'

'Hanna, de thermometer, alsjeblieft!'

Hanna pakte het gevraagde en stak hem voorzichtig onder de tong van het patiëntje. Intussen voelde dokter Conradi aan de lymfeklieren van het meisje. Ineens hield hij op, toen hij iets bij het oor van het kind opmerkte.

'Heeft uw dochter over oorpijn geklaagd?'

'Ze zei dat het aan die kant pijn deed,' antwoordde haar vader. 'En sinds kort leek ze slechter te horen.'

Dokter Conradi haalde een otoscoop uit zijn instrumentenkast. 'Wilt u de bunsenbrander aansteken, Hanna.'

De vader schrok van die woorden. 'Wat gaat u doen?'

'Maakt u zich niet ongerust, ik warm het instrument alleen een beetje voor. Daarmee ga ik de gehoorgang inspecteren. Vermoedelijk heeft uw dochtertje middenoorontsteking.'

Hij hield de otoscoop even boven de vlam, toen stak hij hem voorzichtig in het oor van het meisje. Liesje kromp bij de aanraking een beetje ineen. De dokter keek door het loepje, toen kwam hij overeind.

'Wat heeft Liesje?' vroeg de moeder angstig.

'Ik ben bang dat ze die oorontsteking al langere tijd heeft. Het is mogelijk dat die om zich heen heeft gegrepen. Zuster Hanna, breng het röntgenapparaat in gereedheid, ik wil een röntgenfoto van het hoofd maken.'

Hanna knikte, verliet de spreekkamer en haastte zich naar de röntgenkamer. De apparatuur was pas twee dagen geleden geleverd en opgesteld. Ze mocht die nog niet zelf bedienen, maar de dokter had haar al wel uitgelegd hoe het werkte. Bij het installeren had Hanna goed opgelet. Het idee dat ze het apparaat in geval van nood zou moeten repareren maakte haar een beetje nerveus, maar ze wist dat ze het voor elkaar zou krijgen. Ze had vaak genoeg toegekeken terwijl Martin technische spullen repareerde.

Hanna zette het apparaat aan en maakte de donkere kamer klaar waarin de röntgenfilms zouden worden ontwikkeld. Hoe dat in z'n werk ging had de dokter eveneens uitgelegd. Nu moest ze alleen nog de opleiding met succes afronden.

Toen Conradi met het meisje in zijn armen verscheen, was de ruimte al vervuld van een monotoon gebrom. Hanna herinnerde zich met schrik dat er de allereerste keer dat de installatie in bedrijf werd genomen een paar vonken van af waren gespat, maar dat gebeurde nu gelukkig niet.

Dokter Conradi legde Liesje op de tafel, draaide haar hoofd een beetje opzij en plaatste daar geroutineerd de röntgenbuis boven.

'Ik ben helemaal vergeten te vermelden dat ik gisteren in het röntgeninstituut navraag heb gedaan over uw cursus,' zei hij tegen Hanna toen ze een paar stappen achteruit deden. 'Als u wilt, kunt u volgende week beginnen.'

Hanna trok verbluft haar wenkbrauwen op. 'Zo gauw al?'

'Tja, zoals u ziet, hebben we uw kennis nog eerder nodig dan gedacht.'

Er gleed een glimlach over Hanna's gezicht. 'En uw spreekuur?'

'De cursussen vinden 's middags plaats. Ook al ziet het ernaar uit dat de mensen hier niet vlug genoeg kunnen komen, het zal aanvankelijk niet erg druk zijn. Bovendien ben ik zodra de operatiekamer klaar is 's middags meestal aan het opereren.'

Er klonk een pieptoon, de opname was klaar. Conradi haalde de röntgenfilmcassette uit het daartoe in de tafel aangebrachte vak en overhandigde hem aan haar.

'Ga hem maar ontwikkelen.' Daarop tilde hij het kind in zijn armen en droeg het de kamer uit.

Hanna knikte en verdween in de donkere kamer. Haar handen trilden een beetje toen ze met de vloeistoffen bezig was. Bijtende dampen kwamen in haar ogen. Toen ze in het schijnsel van de rode lamp naar de film keek, haalde ze opgelucht adem.

Hoewel de röntgenfoto nog wat vochtig was, bracht Hanna hem naar de spreekkamer. De dokter bestudeerde hem een poosje, toen wendde hij zich tot de Fischers.

'Dat dacht ik al. Er zit een abces in de buis van Eustachius van uw dochtertje.'

'Kunt u haar helpen?'

'Ja, maar dan moeten we een kleine ingreep doen. De pus moet beslist worden afgevoerd voor de pijn nog erger wordt.' Hij keek de geschrokken ouders meelevend aan.

'Kom nog even mee,' verzocht hij Hanna toen. Ze liepen de zijkamer in, die een kantoor moest worden maar die nog niet was ingericht.

'Laat deze kamer klaarmaken,' zei dokter Conradi op gedempte toon nadat hij de deur achter zich had dichtgedaan.'

'Is er dan geen andere mogelijkheid?' vroeg Hanna. 'Dit is geen operatiekamer.'

'Dat weet ik.' Conradi keek haar ernstig aan. 'We doen het gewoon net als artsen in een veldhospitaal. Die hebben ook geen operatiekamer.' Hij wachtte even en voegde eraan toe: 'We hebben geen andere keus. De toestand van de kleine meid verslechtert zienderogen. Breng Carl en de nieuwe ok-zuster op de hoogte. We zullen een brancard als operatietafel nemen. En u gaat aanreiken.'

'Ik weet niet zeker of ik daarvoor wel kundig genoeg ben...'

'Het gaat alleen maar om aanreiken. Zuster Grete zal me assisteren.' Hij pakte haar hand. 'Ik reken op u, Hanna. En geen woord hierover tegen anderen!'

Hanna knikte en rende weg. Haar hart bonsde.

Carl Rohleder was in gesprek met een van de heren van de Deense delegatie toen Hanna naar hem toe kwam.

'Ik moet je dringend spreken,' zei Hanna en ze trok hem mee.

'Wat is er?' vroeg de verpleger verbaasd.

'Dokter Conradi wil gaan opereren.'

'Wat zeg je?'

Hanna hield haar hoofd scheef. 'Daarnet is er een meisje binnengebracht met een abces in de buis van Eustachius.'

'Maar de operatiekamer is nog lang niet klaar!' fluisterde Rohleder.

'We doen het in de zijkamer. Je moet een brancard klaarzetten als operatietafel. En, Carl? Geen woord tegen wie dan ook!'

Rohleder knikte en verdween naar binnen. Na een poosje ontdekte Hanna zuster Grete Kraatz, die een paar dagen geleden naar Waldfriede was gekomen. Ook zij was verrast door de aanstaande operatie, maar ze bedacht zich niet lang en liep met Hanna mee naar de spreekkamer.

'De dokter zegt dat ik de instrumenten moet aanreiken,' deelde Hanna haar onder het lopen mee. 'Dat heb ik nog nooit gedaan.'

'Dat lukt je wel. Je moet alleen goed luisteren naar wat hij zegt.'

De dokter was nog steeds met de ouders aan het praten, die inmiddels weer op de bank in de wachtruimte zaten. De moeder drukte een zakdoek tegen haar ogen, de vader had zijn arm om haar heen geslagen.

Hanna en Grete verdwenen in de operatiekamer, even later verscheen Carl Rohleder met de brancard. In een mum van tijd was alles afgedekt. Hanna was blij dat ze de metalen bladen met instrumenten al voor de opening hadden gesteriliseerd.

Kort daarna zag Hanna door de openstaande deur dat de dokter de spreekkamer in kwam.

'Alles klaar?' vroeg hij.

'We zijn zover.'

'Mooi. Haal het meisje maar naar binnen en maak haar klaar voor de operatie. Hanna, jij gaat me helpen mezelf steriel te maken.'

Hanna haalde een schaaltje en ontsmettingsmiddel.

Dokter Conradi trok zijn witte jas, vest en overhemd uit, daarna ging hij bij het wasbekken staan en begon zijn handen af te schrobben.

'Onze eerste operatie!' zei hij en hij wierp Hanna een glimlach toe. 'Niet bepaald wat je je bij een openingsfeest voorstelt, hè?'

'Vanaf nu zal het wel vaker zo gaan,' antwoordde ze terwijl ze een beetje ontsmettingsmiddel over zijn handen goot. Nadat de dokter het had ingewreven hielp ze hem in een schone operatiekiel en deed ze de knopen op zijn rug dicht. Ten slotte zette ze hem een stoffen kapje op en trok hij de handschoenen aan.

'Goed, aan de slag!' Met die woorden ging hij de operatieruimte binnen. Nadat ook Hanna zich omgekleed en haar handen gedesinfecteerd had, liep ze achter de dokter, Grete en Carl aan. De verpleger stond aan het hoofd van de provisorische tafel waarop het meisje lag.

Het lichaam van de kleine was voor een deel met witte doeken bedekt, en op haar gezicht had ze een ethermasker. Carl wachtte op het teken van de arts.

Even leek het of de tijd ineens langzamer ging. Hanna hoorde haar eigen hartslag, haar ademhaling, en een moment lang vreesde ze dat ze duizelig zou worden.

Dokter Conradi keek naar Carl Rohleder, die het etherflesje in zijn hand had. Druppel voor druppel viel op het masker. Toen de verpleger knikte, pakte hij het scalpel.

~

Geconcentreerd legde Louis de buis van Eustachius bloot. Voortdurend stroomden vocht en pus langs zijn handen, maar dat was bij deze infectiegraad geen wonder.

'Deppen,' zei hij rustig, en Grete voldeed met haar vrije hand aan zijn verzoek. De andere omsloot de wondhaak waarmee de kleine wond achter het oor open werd gehouden.

'Is de boor klaar?' vroeg hij aan Hanna.

'Ja,' antwoordde ze, en reikte hem het instrument aan.

Even later begon hij daarmee het ontstoken weefsel te verwijderen, heel voorzichtig, zodat hij geen zenuwen beschadigde.

Een ingreep als deze had hij in Zwitserland maar heel zelden uitgevoerd, in Hamburg echter des te vaker. De chirurg onder wie hij daar werkte had schertsend beweerd dat dit probleem werd veroorzaakt door de felle Noordzeewind, die over de Alster Hamburg in raasde.

Weer depte Grete.

Hij probeerde er niet aan te denken wat hem boven het hoofd hing als Wiedemann van de operatie zonder operatiekamer hoorde. In principe kon hem dat niet schelen, hij had deze mensen hoe dan ook moeten helpen. Wat wisten ze bij het ministerie van Binnenlandse Zaken nu van de eed van Hippocrates?

Toen hij zeker wist dat er zich geen ontstoken weefsel bij het bot meer bevond, bracht hij een tamponnade aan. Als alles goed ging, zou het meisje over een paar weken klachtenvrij zijn.

Buiten schoof de middagzon door de bomen. Er was geen klok in de ruimte, maar hij was ervan overtuigd dat het al na vieren was.

'Ik vrees dat we de middagkoffie hebben gemist,' merkte hij glimlachend op terwijl hij naar het gezicht van het meisje keek. Carl had het ethermasker weer afgedaan. Ze had nog steeds koorts, maar zag niet meer zo rood als eerst.

'Breng de kleine meid maar naar de kinderkamer op de vrouwenafdeling,' instrueerde hij Carl Rohleder, daarna wendde hij zich tot Hanna. 'En u stelt zuster Elisabeth op de hoogte. Haar afdeling heeft haar eerste patiënte. Ik maak de medicatie klaar, die kunt u later naar boven brengen.'

'Ja, dokter,' zei Hanna en ze verliet de kamer. Carl tilde het nog slapende meisje voorzichtig in zijn armen.

Louis volgde hen en liep naar de ouders, die opsprongen toen ze hem zagen.

'Hoe is het met ons Liesje?' vroeg de vader, die lijkbleek zag.

'De operatie is goed verlopen,' meldde Louis. 'Ik heb het ontstoken weefsel en de pus weggehaald. Haar lichaam kan zich nu op de genezing concentreren. Ik wil Lisa echter vanwege de koorts graag een paar dagen hier houden. Zolang die niet minder wordt, is ze bij ons veiliger.'

'Maar mijn Liesje is nog nooit alleen geweest!' De vrouw kwam naar hem toe en drukte een zakdoek tegen haar mond.

De man legde zijn hand op haar arm. 'Hoor wat de dokter zegt, Marga. Hij heeft ons kind gered.'

'Het zal uw dochtertje aan niets ontbreken,' verzekerde dokter Conradi glimlachend. 'We brengen haar naar onze kinderafdeling. U kunt meteen naar haar toe.'

Daarop nam hij afscheid van het echtpaar en liep hij de spreekkamer in. Daar bleef hij een poosje voor het raam naar buiten staan kijken. Hij had zich zijn eerste ingreep op Waldfriede anders voorgesteld, maar desondanks was hij tevreden en hij voelde zich bijna euforisch.

Na een paar minuten maakte hij zich los van het raam, haalde een koortswerend middel en iets tegen de pijn uit zijn medicijnkast en legde alles klaar voor Hanna.

Aansluitend ontdeed hij zich van zijn met bloed bevlekte kiel, trok zijn overhemd en vest weer aan en liep naar buiten om deel te nemen aan de openingsfestiviteiten.

23

Hanna trof zuster Elisabeth in de eetzaal, waar ze met de dienstmeisjes bezig was de tafels op hun gebruikelijke plaats terug te zetten.

'Goeie genade, Hanna!' riep ze toen ze opkeek. 'Ik vroeg me al af waar jullie waren, de dokter, Carl en jij.'

'We hebben een patiëntje. Een klein meisje. Carl heeft haar zojuist naar de kinderkamer gebracht.' Hanna nam Elisabeth even apart en vertelde haar wat zich had afgespeeld.

'De ouders zijn er nog. Misschien kun je even met ze gaan praten. En geen woord tegen de gasten.'

Elisabeth knikte en haastte zich naar boven.

Hanna keek teleurgesteld naar het geplunderde dessertbuffet. Omdat ze Rosa nergens zag, pakte ze een stapel tafellakens en bracht die naar de keuken.

Ze had de stapel nog maar net weggelegd of mevrouw Conradi vroeg: 'Hanna?' en gebaarde dat ze mee moest komen. Ze liepen naar de linnenkamer naast het naaivertrek.

'Wat was er aan de hand?' wilde de vrouw van de dokter weten.

Hanna vertelde het haar in het kort. Het bloed trok weg uit mevrouw Conradi's gezicht. 'Hij heeft geopereerd? Zonder operatiekamer?'

'De middenoorontsteking van het meisje had zich uitgebreid tot aan het mastoïd. Hij had geen keus.'

Catherines gezicht verstrakte.

'Godzijdank is alles goed gegaan. De kleine ligt nu in de kinderkamer.'

Haar woorden leken mevrouw Conradi niet gerust te stellen. Gelukkig kwam de dokter net de gang in lopen toen ze de linnenkamer verlieten.

'Aha, daar ben je dus!' riep hij uit toen hij zijn vrouw zag. 'Het spijt me dat ik zo lang ben weggebleven.'

'De mensen vroegen zich af waar je uithing,' antwoordde ze.

'Hanna heeft het je vast al verteld.'

'Inderdaad. Gezien onze situatie vind ik het behoorlijk onbezonnen wat je daar hebt gedaan.'

'Ik ga even voor de medicatie zorgen,' zei Hanna, die de spanning aanvoelde. Ze wilde geen getuige zijn van een ruzie tussen de echtelieden.

'Alles staat klaar op mijn bureau,' riep dokter Conradi haar achterna.

Peinzend liep Hanna terug naar de spreekkamer. Over welke situatie had mevrouw Conradi het gehad? Waarom was ze zo boos?

Ze vond het dienblad met de medicijnen en bracht het naar de kinderkamer boven. Zuster Elisabeth had Liesje al in een van de bedden gelegd. Ze sliep nog steeds, maar dat was normaal na zo'n operatie. Hanna gaf Elisabeth het dienblad met de door de dokter voorgeschreven medicatie en glimlachte naar de ouders voordat ze de kamer verliet.

~

Toen ook de laatste feestgangers laat op de avond afscheid hadden genomen, ging Louis nog eens naar boven om te zien hoe het met het kleine meisje was.

Het gesprek met zijn vrouw had zijn euforie enigszins gedempt. Ze had gelijk gehad; hij had een risico genomen door te opereren. Maar wat had hij dan moeten doen? Die mensen moeten wegsturen? Dat had hij niet over zijn hart kunnen verkrijgen.

Toen hij de kamer binnenkwam zag hij zuster Elisabeth naast het bed zitten. Het meisje sliep. Haar wangen waren nog steeds vrij rood, maar haar ademhaling ging iets minder snel. Haar ouders waren inmiddels weer thuis en zouden de volgende dag terugkomen.

'Hoe gaat het met ons Liesje?' informeerde hij en hij haalde zijn stethoscoop uit zijn zak.

'Ze is net even wakker geweest. Ik heb haar wat vlierbessensap laten drinken. Eten wilde ze nog niet.'

'Hoe is het met de koorts?'

'Achtendertig twee,' antwoordde Elisabeth. 'Ze is direct na het temperaturen weer in slaap gevallen.'

'Dat is haar niet kwalijk te nemen,' antwoordde Conradi met een blik op de temperatuurcurve. 'In elk geval zit ze duidelijk onder de negenendertig. Laten we maar zien hoe de nacht verloopt.'

Zuster Elisabeth wierp een blik op het slapende meisje en streek zachtjes een lok van haar voorhoofd. 'Ze houdt zich kranig,' zei ze. 'Zo'n dapper kindje.'

Conradi knikte. 'Zuster Elisabeth,' zei hij met lichte aarzeling. 'Niemand mag weten dat ik heb geopereerd voordat onze operatiekamer klaar was.'

'Van mij hoort niemand iets. Maar haar ouders...'

'Die houden hopelijk hun mond. Zo niet, dan zijn we in de aap gelogeerd, vrees ik.'

Conradi bleef nog even naar het meisje kijken. De ingreep was relatief klein geweest en de ruimte allesbehalve een echte operatiekamer, maar ze hadden het kind voor een slechte afloop behoed. Alleen dat was van belang.

'Onze eerste patiënte,' zei hij toen en hij voelde een mengeling van blijdschap en bezorgdheid. Toen hij de afdeling weer verliet zag hij Hanna onder aan de trap langslopen. Louis had zich al die tijd afgevraagd of het goed was om haar in vertrouwen te nemen. Met het oog op de gebeurtenissen van die middag meende hij dat het moment was aangebroken.

'Zuster Hanna, kan ik u even spreken?' riep hij haar toe terwijl hij vlug de trap afliep.

Hanna, die bezig was haar kapje los te maken, verstarde in haar beweging. 'Natuurlijk, dokter.' Ze keek hem vragend aan.

'Ik wil u graag iets toevertrouwen waarvan behalve mijn vrouw en ik maar weinig leden van onze ziekenhuisfamilie op de hoogte zijn. Maar omdat u mijn praktijkassistente bent, hoort u het te weten.' Hij keek haar indringend in de ogen. 'Op de dag dat ik bij u in Friedensau was, had ik 's middags een afspraak op het ministerie van Binnenlandse Zaken.'

Hij deed haar verslag van het gesprek met Wiedemann en vertelde haar ook over de onteigeningsplannen van de burgemeester van Zehlendorf.

Hanna sloeg verschrikt haar hand voor haar mond. 'Maar u hebt dit gebouw toch volkomen rechtmatig gekocht?'

'Dat is waar, maar helaas heeft mevrouw Ziegelroth de stad geen recht van voorkoop gegund. We hebben een termijn van twee jaar gekregen, waarin we ons moeten bewijzen. We kunnen ons geen enkele fout permitteren. Een operatie zonder operatiekamer zou voor Wiedemann reden kunnen zijn...'

Louis slaakte een diepe zucht en keek haar toen weer aan. Hij zag aan haar blik dat ze de situatie had begrepen.

'Ik zal natuurlijk proberen het onheil af te wenden, maar ik heb daarbij uw hulp nodig.'

Hanna knikte. 'Bedankt dat u me in vertrouwen hebt genomen.' Ze drukte hem kort de hand. 'U kunt op me rekenen.'

DEEL 2

'Dat bij de verdere ontwikkeling van de instelling niet alles van een leien dakje ging, vooral in de algemeen zo ongunstige economische situatie, zal menselijkerwijs begrijpelijk zijn...'

'Een huistelefoon was er niet. Hoe vaak kwam het niet voor dat dokter Conradi, die als enige arts en geneesheer-directeur van de instelling van 's ochtends vroeg tot 's avonds laat verantwoordelijk was voor het daarbij behorende werk, wanneer hij juist de ronde deed op de bovenste afdeling, daar weer werd weggeroepen om twee trappen lager de telefoon te beantwoorden. 's Nachts bevond de tweede telefoonaansluiting zich ook in zijn woning, en het kwam niet zelden voor dat dokter Conradi of zijn vrouw meermaals in dezelfde nacht het bed uit moest om meldingen door te geven...'

'Ons grootste probleem bleef zoals altijd ruimtegebrek. Niet zelden gebeurde het dat dokter Conradi zowel zijn woon- als zijn eetkamer ter beschikking stelde aan patiënten en samen met zijn vrouw genoegen nam met de slaapkamer en de keuken...'

(Kroniek van ziekenhuis Waldfriede, 1921)

24

Zehlendorf, 13 juli 1921

De zomerlucht zinderde over de paden van het park. Kinderen en vakantievierders die in de Krumme Lanke verkoeling wilden zoeken liepen haastig langs het ziekenhuis.

Ook Hanna had wel zin in een zwempartij. In plaats daarvan was ze bezig de rollen verband die zojuist uit de waskamer waren gekomen in de kast van de dokter op te bergen. Slechts een zacht briesje bewoog de gordijnen van de spreekkamer. Het was zo heet dat haar verpleegstersjurk aan haar lichaam plakte. Ze verheugde zich op de middagpauze, vooral na die ochtend. Hoewel het mooie weer tot flaneren uitnodigde waren er meer patiënten naar het ziekenhuis gekomen dan ooit tevoren. Velen hadden hart- en vaatproblemen, sommigen een zonnesteek en een paar mensen waren gevallen. Vooral voor hoogzwangere vrouwen was de hitte een beproeving.

Omdat inmiddels ook de operatiekamer geopend was, bracht de dokter een groot deel van zijn tijd daar door. Hanna was dan tegelijkertijd bezig in de aangrenzende röntgenkamer of de donkere kamer. Haar eigen kleine rijk.

Ze herinnerde zich de eerste dag in het röntgeninstituut van het Rudolf Virchow-ziekenhuis in Wedding nog goed. De cursusleider, Max Levy-Dorn, had haar persoonlijk verwelkomd en een lezing over de gevaren van röntgenstralen gehouden. Hij voerde zichzelf als voorbeeld aan. Onbekend met de gevaren van de straling had hij proeven met zijn eigen lichaam gedaan en dat met ernstige vervorming van zijn handen moeten bekopen.

De aanblik had Hanna verbijsterd, en ze had dokter Conradi erover verteld, die daarop verklaarde dat hij alles zou doen om haar en haar patiënten een dergelijk lot te besparen.

In de loop van de cursus leerde ze alles over het functioneren van de apparaten en de behandelingen die je naast de röntgenfoto's van het menselijk lichaam kon geven. Zoals bestralingstherapie bij tumoren.

Hanna vond het fijn haar hoofd met kennis te voeden en wist nu al dat ze de wekelijkse reis naar Wedding zou gaan missen als ze haar diploma had.

Een klopje haalde haar uit haar gedachten.

'Binnen!' riep ze, waarop Leni binnenkwam. Sinds afgelopen najaar was ze in het ziekenhuis werkzaam als kokkin.

'Ik heb wat voor je,' zei ze en ze legde een handvol pepermuntjes op de tafel.

'Waar heb je die vandaan?' vroeg Hanna verbaasd.

'De nieuwe boekhouder deelde ze in de keuken rond. Een kennis, die in een snoepfabriek werkt, heeft ze hem gestuurd.'

Thomas Gruber was sinds een maand in de plaats gekomen van Georg Bridde, die een baan in Zwitserland had aangenomen. Ook verder was de instellingsfamilie veranderd. Er waren veel nieuwe zusters bij gekomen. En dienstmeisjes waren weggegaan, de meeste omdat ze een echtgenoot hadden gevonden. In elk geval was Rosa er nog, waar Hanna erg blij om was.

Wat boekhouder Gruber betrof wist ze niet goed hoe ze hem moest inschatten. Hij was rustig en onopvallend. Zijn ronde bril maakte zijn grijsblauwe ogen groter, zijn rossige haar werd aan de slapen al wat dunner. Op verzoek van dokter Conradi was hij hun door de centrale leiding van het Zwitserse genootschap toegewezen, hoewel hij maar weinig ervaring met boekhouden had.

Tot nog toe had ze hem niet vaak gesproken, maar haar zusje meldde dat hij zich regelmatig in de keuken vertoonde. 'Pas op, alsjeblieft, Leni,' zei Hanna bezorgd. 'Je weet wat er wordt gezegd over mannen die vrouwen presentjes geven.'

Leni wuifde haar bezorgdheid weg. 'Ach, Gruber doet geen vlieg kwaad. Hij wil alleen maar een praatje maken.'

'Dat is niet het enige. Als mevrouw Conradi merkt dat hij zich voortdurend bij jullie ophoudt, krijgen jullie last!'

Voor Hanna verder kon gaan, kwam dokter Conradi binnen. Verbaasd keek hij naar Leni.

'Leni heeft ons een attentie van meneer Gruber gebracht.' Hanna wees op de pepermuntjes.

De dokter fronste zijn voorhoofd. 'Waar heeft hij die vandaan?'

'Van een kennis,' antwoordde Leni.

'Is dat een zwarthandelaar?'

'Nee, hij werkt in een Zwitserse snoepfabriek.'

'Van te veel snoep gaan je tanden kapot, zeg dat maar tegen meneer Gruber!'

'Ja, dokter.' Leni maakte een knicksje en verliet de spreekkamer.

'Blijkbaar wil hij zich in de keuken bemind maken,' merkte Hanna op en ze stak de dokter een pepermuntje toe. 'Pepermunt verfrist de geest.'

Hij nam het aan en stak het in de borstzak van zijn witte jas. 'Straks. Ik wil mijn eetlust voor het middageten niet bederven.'

Hanna onderdrukte een gniffel, toen wijdde ze zich weer aan de verbandmiddelen.

'Hoe staat het ermee, Hanna, bent u nerveus?' vroeg hij terwijl hij de dossiers op zijn bureau recht legde.

'U bedoelt vanwege de examens morgen?' Hanna schudde haar hoofd. 'Ik weet zeker dat ik zal slagen.'

'U hebt de afgelopen tijd ook aardig wat gelegenheid gehad om met ons apparaat te oefenen.'

Dokter Conradi had haar al vroeg zelfstandig opnamen laten maken, waardoor ze de meeste deelneemsters aan de cursus steeds een stuk voor was geweest.

'Dat is zo. Het is echt te merken dat wij in het zuiden van Berlijn het enige ziekenhuis zijn met een röntgensysteem.'

'Ik hoop dat u zich niet laat weglokken, Hanna.'

'Ik heb geen reden bij u weg te gaan, dokter.'

'En ik zou u niet graag kwijtraken.'

Hun blikken ontmoetten elkaar. Sinds ze samenwerkten stond hun relatie gelijk aan vriendschap. Ze deelden zorgen en problemen, maar ook vreugdevolle voorvallen.

Hanna betrapte zich af en toe op de fantasie hoe het zou zijn hem als echtgenoot te hebben. Maar dan riep ze zichzelf tot de orde. Hij mocht en zou niet van zijn vrouw scheiden.

Er klonk geklop. Even later keek Florian Steiner om het hoekje van de deur. De arts-assistent ondersteunde dokter Conradi sinds een half jaar. Omdat de toeloop van patiënten gestaag groeide, liet de dokter zo nu en dan bepaalde gevallen aan hem over.

'Mijn excuses dat ik u stoor, dokter. Ik heb een botbreuk die geröntgend moet worden.'

'O, dat doet vast pijn,' zei Hanna schertsend, waarna ze zich tot dokter Conradi wendde. 'Hebt u me op het moment nodig?'

'Nee, nee, met meneer Wachner red ik het wel alleen. Hij stelt zich toch altijd een beetje aan als er een verpleegster aanwezig is. Maar bij mevrouw Feldman moet u me wel komen helpen.'

'Tegen die tijd ben ik wel weer terug.'

Nog steeds grijnzend liep Hanna achter de arts-assistent aan de gang door. Dokter Steiner was lang en breedgeschouderd. Zijn snor was aan de uiteinden kortgeknipt, waardoor hij er een beetje dwaas uitzag. Zijn ondanks zijn jeugdige leeftijd licht gebogen nek en opgetrokken schouders wezen erop dat hij gewend was een groot deel van de dag aan de operatietafel door te brengen.

Ze liepen door de lange gang, die inmiddels nauwelijks meer herkenbaar was. Dokter Conradi had een schilder in dienst genomen, die de wachtruimte voor de diathermie- en röntgenkamer had gedecoreerd en ook de deuren had opgesierd. De motieven varieerden van zwierige, kleurrijke bloemenranden tot kooien van ranken waarin exotische vogels ronddartelden.

Een daarvan was een rosellapapegaai, volgens dokter Conradi.

'Rosella's zijn elkaar levenslang trouw,' had hij verklaard. 'Als een vogel doodgaat, sterft ook de partner meestal.'

'Net als bij zwanen,' had Hanna zachtjes gezegd terwijl ze met haar vinger de vorm van de papegaai natekende.

Ook nu verkeerde ze in de verleiding om voor de afbeelding te blijven staan en de vogel aan te raken, maar de patiënt – een oudere man in een vormloze broek en grijs geruit overhemd in een rolstoel – zat al op haar te wachten.

'Meneer Möhrke, zuster Hanna zal een foto van uw been maken,' verklaarde dokter Steiner.

'Dat kleine meisje?' bromde de man terwijl Hanna de deur openmaakte.

'Ze is onze radiologisch assistente. Volgt u haar instructies maar op, dan bent u vlug klaar.'

De arts-assistent reed zijn patiënt naar de röntgentafel en hielp hem erop te gaan liggen. Hanna schoof de film in de cassette onder de tafel en stelde toen de röntgenstraler in. Meneer Möhrke bleef nog een poosje mopperen, maar Hanna schonk daar geen aandacht aan. Sommige mensen waren van nature onuitstaanbaar, andere werden het als ze pijn hadden. Maar ze was hier niet om het karakter van de patiënt te beoordelen.

'Wilt u helemaal stil blijven liggen, alstublieft,' zei Hanna, en ze schoot een van de nieuwe loden schorten aan die dokter Conradi van een bevriende arts uit Amerika had gekregen. Ze wist dat veel van haar vrouwelijke collega's de opnamen zonder bescherming maakten en vond het gewicht van het schort behoorlijk belastend, maar dokter Conradi had erop gestaan dat ze het droeg.

'U wilt toch vast ooit kinderen krijgen?' had hij gezegd. En ook al had Hanna gedacht: daar heb ik eerst een man voor nodig, ze had geknikt en braaf het loden schort omgedaan.

'U hebt makkelijk praten, zuster!' klaagde de patiënt.

'Als u beweegt, moeten we het opnieuw doen,' gaf Hanna hem ter overweging en ze tikte bemoedigend op de schouder van de man. 'Het lukt u wel, meneer Möhrke.'

Met een knikje gaf ze dokter Steiner te kennen dat hij het vertrek moest verlaten. Toen drukte ze op de ontspanner.

Hanna had de röntgenfoto net te drogen gehangen toen er ineens gegil in de gang klonk. Meteen stormde ze de donkere kamer uit en ontwaarde even later Rosa, die zich over een man boog.

'Hij kwam daarnet wankelend de gang in,' verklaarde ze terwijl ze hem klapjes op zijn wangen gaf.

Dat dat niet veel zin zou hebben zag Hanna meteen. Het gezicht van de jongeman was lijkbleek, op zijn jas zat een grote bloedvlek.

Ergens kwam hij haar bekend voor, maar het wilde haar niet te binnen schieten waar ze hem eerder had gezien.

'Haal dokter Conradi,' beval ze Rosa en ze knielde naast de man neer.

'Hallo, hoort u mij?' vroeg Hanna terwijl ze moeite deed niet naar het bloed te staren.

'Zuster,' fluisterde hij.

'Wat is er gebeurd?' vroeg ze terwijl ze zijn jas losknoopte.

'Ik heb een beetje gedonder gehad.' Zijn woorden gingen over in een hoestaanval. Helderrood bloed spoot uit zijn mond en spatte op haar kin en haar schort.

Hanna werd overvallen door paniek. Wat moest ze doen? Terwijl ze worstelde met het gesuis in haar oren drukte ze op de vermoedelijke inschotopening. Beheers je, prentte ze zichzelf in. Je mag niet flauwvallen. Die man heeft je hulp nodig. En het is Martin niet!

Maar haar lichaam wilde niet luisteren. Het koude zweet brak haar uit en haar handen begonnen te trillen. Speeksel liep in haar mond en ze had het gevoel dat ze elk moment kon gaan overgeven.

Gelukkig verscheen even later dokter Conradi, gevolgd door verpleger Carl en zuster Maria van de mannenafdeling, die een brancard bij zich hadden.

'Waar zullen we hem naartoe brengen?' vroegen ze nadat ze de brancard hadden neergezet.

'Laat hem nog maar even liggen!' besliste de dokter. Hij hurkte bij Hanna neer, sloeg het jaspand terug en maakte het overhemd van de gewonde open. De kogel was ter hoogte van de onderste linkerrib binnengekomen. Veel bloed verloor de patiënt niet, maar zijn buikwand leek opgezwollen.

Weer hoestte hij, en weer kwam er bloed.

'Moet ik een foto van de positie van de kogel maken?' vroeg Hanna. Haar stem trilde, maar dokter Conradi's nabijheid bood haar houvast.

'Ik vrees dat daarvoor geen tijd meer is,' antwoordde hij terwijl hij overeind kwam. 'Het ziet ernaar uit dat de milt is geraakt. Breng hem naar de operatiekamer.'

Hanna stapte naar achteren, zodat Carl en Maria de man voorzichtig op de brancard konden tillen. Het flikkerde voor haar ogen toen de stem van dokter Conradi vanuit de verte tot haar doordrong. 'Hanna, u neemt in de ok de niet-steriele kant voor uw rekening. Zuster Maria, ik heb u aan de operatietafel nodig.'

Hanna, die alle moeite deed om op de been te blijven, keek op.

'Hebt u me gehoord, Hanna?'

Ze knikte. Natuurlijk had ze het gehoord, maar haar lichaam weigerde te gehoorzamen. De duisternis trok aan haar en dreigde het elk moment te gaan winnen.

'Is alles in orde met u?'

'Ja!' bracht Hanna trillend uit, en ze balde haar vuisten. Door het gevoel van haar nagels die zich in haar handpalmen boorden kwam ze weer een beetje tot bezinning.

'Gaat u maar vast vooruit en bereid u voor op bloedafname. Ik vrees dat we hem een transfusie zullen moeten geven.' Hanna knikte en liep met slappe knieën naar de voorbereidingsruimte. De smekende manier waarop de gewonde haar 'zuster' had genoemd... Ineens wist ze weer waar ze hem van kende: het was de jonge arbeider die haar na de schietpartij gevraagd had die dubieuze woning in te gaan.

Even later kwam zuster Grete de operatiekamer binnen. Geroutineerd trof ze samen met zuster Maria alle voorbereidingen voor de ingreep, terwijl Hanna en Carl de patiënt in de voorkamer uitkleedden.

Met trillende handen nam Hanna bloed af voor het laboratorium. Het was al een tijd geleden dat ze bij de confrontatie met een verwonding zo panisch was geworden. Maar de schotwond en het vele bloed herinnerden haar te zeer aan de oorlog. Te zeer aan de soldaten, en daarmee kwam ook Martin terug. Martin, die verminkt voor haar in bed lag.

Opnieuw brak het zweet haar uit. Nee! zei ze tegen zichzelf. Je mag dokter Conradi niet teleurstellen!

'Voel je je niet goed?' vroeg Carl, die even opkeek. 'Je ziet zo bleek.'

'Het zal zo wel weer gaan,' zei Hanna en ze probeerde zich op de bloedafname te concentreren. Haar hart ging tekeer en ze moest zich bedwingen om niet het vertrek uit te lopen en zich te verstoppen in het donker van de röntgenkamer.

Toen ze klaar was kon ze eindelijk de patiënt de rug toekeren. Met het bloedmonster liep ze naar het lab. Käthe, de dienstdoende verpleegster, nam het monster van haar over. Ook haar viel op hoe bleek Hanna zag.

De verpleegsters die later naar Waldfriede waren gekomen, wisten niets van haar probleem. Eén ding moest je zuster Maria nageven: ze vertelde Hanna's probleem niet verder, in elk geval niet aan de nieuwelingen.

'De patiënt is beschoten en heeft waarschijnlijk een gescheurde milt,' deelde Hanna haar mee.

'Lieve help, en dat op klaarlichte dag? Waar hing hij dan rond?'

Om in die dagen in Berlijn te worden beschoten hoefde je je niet eens in beruchte uithoeken te begeven, dat wist Hanna maar al te goed. Maar ze vroeg zich wel af wat de knaap in Zehlendorf te zoeken had gehad.

'Ik zal iemand met de passende bloedgroep naar boven sturen,' zei Käthe. Hanna bedankte haar.

Toen ze terugkwam had verpleger Carl de patiënt al afgedekt. Even later was alleen nog het met jodium ingesmeerde operatiegebied te zien.

Hanna herademde. De doeken leken wonderen te verrichten. Haar hoofd wist dat het lichaam eronder lag, maar haar hartslag werd weer normaal.

'Lukt het?' vroeg verpleger Carl sceptisch.

Hanna merkte dat Maria opmerkzaam luisterde.

'Ja, alles in orde,' antwoordde ze. 'Er is een donor onderweg.'

'Mooi,' zei Carl, maar zijn blik verried verontrusting.

Even later kwam dokter Conradi binnen. De grote operatielamp werd aangezet, toen keek de dokter naar Carl, die de gewonde het ethermasker al had opgezet.

Door de routine die nu begon kalmeerde Hanna, en haar handen werden weer warm. De dokter leek haar bleekheid niet te merken, daar was ze blij om. Nadat ze een poosje hadden gewacht en zagen dat de spieren van de patiënt verslapten, zette dokter Conradi het mes erin.

De operatie begon tegen twaalf uur en duurde tot halverwege de middag. De dokter verwijderde eerst de beschadigde milt, daarna de kogel.

De jongeman verloor zoals verwacht veel bloed, zodat vlak na de ingreep de donor moest worden binnengeroepen. Het was een jonge arbeider, lang en fors van bouw. Hij ging op een brancard liggen, die naast de geopereerde man werd gereden, en de dokter begon met de transfusie.

Daarna werd de gewonde aan de hoede van zuster Maria en haar mannenafdeling toevertrouwd.

Hanna voelde zich uitgeput, maar ze was blij dat alles tot nog toe goed was verlopen. Trots vervulde haar. Het mocht dan vooral aan het begin slecht zijn gegaan, maar ze had doorgezet.

Bij haar terugkeer naar de spreekkamer zaten er nog maar twee patiënten in de wachtruimte. Hanna groette en maakte de deur open. Even later verscheen dokter Steiner.

'Is het allemaal goed gegaan in de operatiekamer?' vroeg hij.

'Ja, voor zover we het kunnen beoordelen. Bedankt dat u bent ingesprongen.'

'Daar ben ik voor,' antwoordde hij glimlachend. 'Maar ik zal dokter Conradi aanraden nog een arts-assistent aan te nemen. Iemand moet hem bij zijn werk in de operatiekamer terzijde staan.'

'Goed idee,' vond Hanna. Ook zij was van mening dat dokter Conradi te veel hooi op zijn vork nam. Natuurlijk moesten de mensen worden geholpen, en dokter Steiner werkte zelfstandig en kordaat. Maar er kwamen elke dag slachtoffers van ongevallen binnen, en ze moesten ook rekening houden met situaties als die van die dag. Berlijn was onrustig terrein, en niet elk oord was zo beschut als Zehlendorf. Toen dokter Conradi verscheen deed Steiner hem kort verslag. Maar zijn voorstel bracht hij nog niet te berde.

De dokter stuurde hem met pauze en informeerde daarna naar Hanna's welbevinden. 'Hoe gaat het met u?'

'Goed, waarom vraagt u dat, dokter?'

'Omdat ik in de gang even het gevoel had dat u bepaalde problemen had,' antwoordde hij. 'En ook tijdens de operatie was u heel bleek.'

'Toen de patiënt eenmaal afgedekt was, ging het.'

Dokter Conradi knikte, maar bleef haar onderzoekend aankijken. 'Ik weet van de demonen die u kwellen. Als u hulp nodig hebt...'

'Ik krijg dat wel onder controle,' verzekerde Hanna met vaste stem. 'Een jaar geleden zou ik nog zijn flauwgevallen!'

Dokter Conradi liet zich niet voor de gek houden. Hij pakte haar hand. 'Vertel me alstublieft altijd eerlijk hoe het met u gaat, ja?' Hij keek haar diep in de ogen. 'Alleen dan kan ik u helpen. U bent heel moedig, Hanna. Maar uw moed moet niet zover gaan dat u ziek wordt. Ik heb u nodig, Hanna.'

'Ik begrijp het.' Er kwam even een warm gevoel over Hanna. Het ontroerde haar ten diepste dat hij zo bezorgd om haar was. Graag had ze zijn hand nog langer vastgehouden, maar dat kon niet. 'Dank u, dokter,' zei ze en ze maakte haar hand voorzichtig los uit de zijne.

~

Die avond zat Louis in de woonkamer met het patiëntendossier voor zich en probeerde verslag van de operatie te doen. Meestal schreef Hanna de verslagen in schoonschrift in het operatieboek, af en toe deed hij het zelf. Zoals nu, nu hij zijn penhouder over de bladzijden bewoog.

Zijn uitnodigende, licht zwierige schrijfwijze beantwoordde niet aan het gangbare beeld van het doktersschrift. De meeste collega's krabbelden, omdat ze tijdens hun studie alles haastig hadden moeten opschrijven. Later behielden ze dan datzelfde handschrift.

Toen hij klaar was, stond Louis op. Zijn ogen brandden door het slechte licht en van vermoeidheid.

Het enige wat nog ontbrak was de identiteit van hun patiënt.

In zijn kleding hadden ze geen persoonsbewijs of andere gegevens aangetroffen waaruit ze konden opmaken wie hij was. Hoewel hij tegen zes uur 's avonds was bijgekomen, had zijn toestand niet toegelaten hem ernaar te vragen.

Eigenlijk moesten schotwonden bij de politie worden gemeld, maar tot dusver had Louis zich daar niet toe kunnen zetten. Maar hem restte nog weinig tijd. Als het om een misdaad ging – waarvan je zou moeten uitgaan, want iemand die zich van het leven wilde beroven schoot zichzelf niet in zijn buik – moest de afdeling Moordzaken onderzoek doen. Dat betekende echter ook dat de publieke aandacht op hen zou worden gevestigd. Er zouden verslaggevers opduiken die wilden weten wat er aan de hand was. Als er iets was wat hij niet wilde, dan was het dat ministerieel ambtenaar Wiedemann in de krant over hen las.

Hij verliet de woonkamer, maar niet in de richting van de slaapkamer. In plaats daarvan besloot hij nog een ronde door het gebouw te maken.

Voor Hanna's kamer bleef hij even staan. Hij voelde dat ze nog wakker was. Ze woonde inmiddels samen met haar zusje. De twee zusjes Richter vormden een uitgesproken levendig stel. Zijn vrouw was verrukt van Leni's ijver, en het leek zelfs dat ze daardoor ook tegenover Hanna milder gestemd was. Wat indirect ook invloed op hem had.

Het baarde hem echter zorgen dat Hanna er tijdens de operatie helemaal niet goed had uitgezien. De aanvankelijke vrees dat ze bang was voor mannelijke patiënten, was niet bewaarheid. Ze ging heel goed met hen om, en hij had heimelijk gehoopt dat ze haar trauma had overwonnen. Maar vandaag had ze, door de neergeschoten man, duidelijk een terugval gehad. Het liefst had hij op haar deur geklopt om haar te troosten, maar hij wist dat dat niet kon. Hij mocht zijn goede naam en ook de hare niet op het spel zetten.

Hanna zat bij het licht van een lamp gebogen over haar schriften met aantekeningen over het onderwerp röntgenstraling en elektriciteit in het algemeen. De herinnering aan de neergeschoten patiënt had ze verdrongen, maar nu moest ze aan haar ontmoeting met Rosa denken.

'Wordt hij weer beter?' had deze bezorgd gevraagd toen ze elkaar in de eetzaal zagen. 'Die man met die schotwond, bedoel ik.'

'Dat moeten we nog zien,' had Hanna geantwoord. 'De operatie is heel goed verlopen, maar het ergste moet nog komen.'

Rosa frommelde de theedoek in elkaar. 'Je moet er niet aan denken dat niemand hem zou hebben gezien.'

'Er is hier altijd wel iemand die alles ziet.' Hanna legde haar hand op haar schouder. Ze verbaasde zich een beetje over Rosa's belangstelling voor de jongeman. Ja, ze hadden hem al eens ontmoet, maar in de arbeiderswoning, toen Hanna de tourniquet had aangebracht, hadden ze niet de kans gekregen met elkaar te praten.

'Ik hoop zo dat hij het overleeft,' zei Rosa. 'Zou ik misschien bij hem op bezoek mogen gaan als hij weer op de been is?'

'Op bezoek?' vroeg Hanna, en er gleed een glimlach over haar gezicht. 'Je brengt de patiënten 's ochtends toch hun ontbijt! Dan kun je hem in elk geval bezoeken.'

Rosa knikte, maar Hanna kon aan haar zien dat het keukenmeisje iets anders bedoelde.

'Ik weet zeker dat je hem tussendoor kunt bezoeken,' stemde ze in. 'Maar hij zal nog een hele tijd rust nodig hebben. En je zult beslist een zuster op de afdeling moeten vragen of het is toegestaan.'

Een geluid voor haar deur haalde haar uit haar overpeinzingen. Wilde er iemand binnenkomen? Haastig stond ze op en deed de deur open, maar toen ze naar buiten keek, zag ze een lege gang.

25

Berlijn, 14 juli 1921

De zon brandde al vroeg in de ochtend. Hoe zou het zijn als hij straks helemaal van achter de horizon was opgekomen? dacht Hanna, die zojuist het station had verlaten en naar het Rudolf Virchow-ziekenhuis liep. Haar maag rommelde van opwinding. Ze had bijna de hele nacht zitten blokken op haar studiemateriaal, achter een kamerscherm, zodat Leni kon slapen.

Het bedienen van het röntgenapparaat was inmiddels routine geworden, zodat ze midden in de nacht kon worden gewekt om een opname te maken en verwerken. Het zelfvertrouwen dat ze tegenover dokter Conradi aan de dag had gelegd was nu wel vervlogen. Stel dat ze iets door elkaar zou halen? Of dat al haar kennis tijdens het examen halsoverkop uit haar hoofd verdween?

Op het terrein van het ziekenhuis was het een drukte van belang. Er werden patiënten voor onderzoek naar binnen gereden, artsen haastten zich met hun klembord en met wapperende jaspanden van de ene kant van het terrein naar het andere.

Vlug nam Hanna het groepje medeleerlingen op. Ze waren in totaal met z'n zevenen. Drie van hen kwamen uit Berlijn, een uit Potsdam en de anderen kwamen uit de omgeving van Brandenburg en werkten daar in kleinere klinieken. De huidige cursus werd uitsluitend door verpleegsters gevolgd, maar in andere jaren hadden ook wel artsen zich laten scholen in het vakgebied van de röntgenologie.

Een Berlijnse en de cursiste uit Potsdam droegen hun haar kortgeknipt, wat Hanna aanvankelijk had verbaasd. Maar later moest ze toegeven dat die zogenaamde bob de meisjes heel goed stond.

'Hanna!' riep een van de jonge vrouwen in verpleegstersuniform terwijl ze op haar af kwam lopen. 'En, vind jij het ook zo spannend?'

Met Larissa, die in het Charité werkte, was ze enigszins bevriend geraakt. Ze was even oud en had ook in een sanatorium gewerkt voordat ze naar Berlijn was gegaan. Haar opgewekte natuur had Hanna aangesproken, al voelde ze dat ze in bepaalde opzichten als dag en nacht van elkaar verschilden. Maar ze kon zich goed voorstellen dat ze ook na de cursus wel eens samen met Larissa zou afspreken voor een wandeling.

'Eigenlijk niet,' antwoordde ze. 'Ik heb gisteren zo lang aan het röntgenapparaat gestaan dat ik alle onderdelen vanbinnen en vanbuiten ken.'

Larissa schoot in de lach. 'Jij hebt het getroffen! Mijn dokter doet altijd alles zelf, geen idee waarom hij me hiernaartoe heeft gestuurd.'

'Hij wacht waarschijnlijk tot je klaar bent met de opleiding. Je zult het nog vroeg genoeg druk krijgen!'

'Toch ben ik jaloers op je. Jij zit lekker buiten de stad in Zehlendorf, waar al die chique mensen wonen.'

Dat hoorde Hanna vaker, maar ze vroeg zich af waarom haar medecursisten dachten dat ze daardoor een aangenamer leven had.

Met het ziekenhuis waren ze goed gevorderd en ze leden zelf geen honger of kou. En toch mankeerde er nog van alles bij hen. Hun verpleegstersuniformen waren al op heel wat plaatsen versteld, net als hun ondergoed. Om van hun eigen kleding maar te zwijgen.

Het examen bestond uit een schriftelijk en een praktijkdeel. Het praktijkexamen zou na het middageten worden afgenomen.

'Ik denk dat we vanmiddag zullen stikken in de röntgenkamer,' kreunde Larissa.

'Hopelijk valt Gisela niet weer flauw,' fluisterde Hanna met een blik op haar medecursiste, die geanimeerd stond te praten met de zuster uit Potsdam. Laatst hadden de dampen van de ontwikkelvloeistoffen haar letterlijk de adem benomen.

'O, ik geloof dat we naar binnen moeten!' zei Larissa na een blik op haar verpleegstershorloge te hebben geworpen. Met een schel fluitje trok ze de aandacht van de anderen.

'De heren doktoren wachten, we moeten gaan!'

Het röntgeninstituut, dat in 1906 was opgericht, bevond zich in een ruim gebouw met hoge ramen. In de ontvangsthal stond de buste van Wilhelm Conrad Röntgen, die eenieder die binnenkwam met strenge blik aankeek. Verder achterin bevonden zich de diverse röntgenkamers, die volgens de modernste standaarden waren ingericht. Sommige apparaten waren gigantisch en dienden slechts voor wetenschappelijk onderzoek, andere waren kleiner en bedoeld voor patiëntonderzoek.

Ze hadden met alle apparaten kennisgemaakt en met enkele ervan gewerkt.

Toen ze bij de deur van de kleine collegezaal was aangekomen, voelde Hanna haar hart in haar keel kloppen. Haar maag begon nog erger te rommelen. Het was net als destijds bij het eindexamen van de verpleegstersopleiding.

Er hing een vreselijk bedompte lucht in het lokaal. Hoe moest het wel niet in het ontwikkellab zijn, waar geen sprankje licht en nog minder frisse lucht binnenkwam!

De jonge vrouwen gingen op hun plaats zitten. Vandaag was het lokaal zo ingedeeld dat ze onwillekeurig afstand van elkaar moesten houden.

Toen de examencommissie binnenkwam werd het stil in de collegezaal. Professor Levy-Dorn keek de kandidaten streng aan.

'Dames, het doet me genoegen u hier te zien,' zei hij toen, waarna hij een korte toespraak hield waarin hij het belang van die dag benadrukte en van de deelneemsters verlangde dat ze hun beste kennis en kunde zouden laten zien.

Toen hij klaar was werden de opgaven uitgedeeld. Het eerste deel ging over de theorie van röntgenstraling en de technische structuur van de apparaten; het tweede bevatte vragen over behandelmethoden en diagnostische mogelijkheden en deel drie betrof de bescherming tegen straling.

Hanna schonk Larissa een bemoedigend glimlachje, pakte haar penhouder en begon.

~

'Hoe voelt u zich, meneer Schulze?' informeerde Louis toen hij bij zijn pas geopereerde patiënt bleef staan. De verpleegster die hem bij zijn visiteronde begeleidde, schoof vlug het kamerscherm tussen zijn bed en dat van zijn buurman.

De jongeman slikte voordat hij met schorre stem antwoordde: 'Een stuk beter dan met een kogel in mijn lijf.'

Conradi lachte. 'Als u me zo'n antwoord kunt geven, bent u vermoedelijk aan de beterende hand.' Hij wierp een blik op de temperatuurcurve en vroeg de zusters toen naar de parameters polsslag, bloeddruk en stoelgang.

'We hadden gisteren niet meer de kans om elkaar te spreken,' zei Conradi, 'maar ik zie dat u de zuster inmiddels uw personalia hebt gegeven.'

'Het spijt me dat ik geen identiteitsbewijs bij me had,' zei de jongeman verontschuldigend. 'Ik kom het allemaal langsbrengen zodra ik weer op de been ben.'

Louis onderzocht de buik van de patiënt behoedzaam.

'Hebt u de indruk dat er iets anders aanvoelt dan normaal?'

'Alles doet pijn,' kreunde de jongeman. 'Maar dat is toch niet ongewoon?'

'Niet in uw huidige toestand.'

Conradi gaf de zuster naast hem enkele instructies. De vraag hoe de man aan de schotwond was gekomen lag hem op de lippen, maar hij kon hem niet stellen zolang andere patiënten meeluisterden.

Meteen na het verlaten van de ziekenzaal wendde hij zich tot zuster Maria, die hem op zijn visiteronde had begeleid.

'Heeft hij tegen u gezegd welk voorval tot zijn verwonding heeft geleid?'

Maria schudde haar hoofd. 'Nee. Maar dat is toch geen wonder? Je hoort van alle kanten dat er op straat vechtpartijen plaatsvinden tussen leden van diverse politieke partijen die met elkaar in conflict zijn.'

'Maar voor Zehlendorf is dat nogal uitzonderlijk, vindt u niet?'

'Zehlendorf is meer dan het perceel van ons ziekenhuis, dokter. Sinds we deel zijn gaan uitmaken van Berlijn houd ik alles voor mogelijk, ook dat die anarchisten hun woede nu hier op elkaar koelen.'

Conradi knikte. 'Goed. Zuster Maria, hou me op de hoogte. En geen negatieve bejegening van de patiënt, alstublieft. Welke politieke mening hij ook is toegedaan, wij doen ons werk in Gods naam.'

'Natuurlijk, dokter,' antwoordde Maria.

Op de terugweg naar de spreekkamer kwam een van de dienstmeisjes hem tegemoet.

'Er is telefoon uit Friedensau voor u, dokter.'

Louis fronste zijn voorhoofd. Wat zouden zijn collega's van hem willen?

Hij legde de patiëntendossiers die hij onder zijn arm droeg op zijn bureau en volgde het meisje naar zijn privévertrekken. Inmiddels was er weliswaar een aparte aansluiting bij de portier en diende het toestel in de woonkamer als tweede lijn, maar toch moest hij beslist een telefoontoestel in de spreekkamer laten installeren. Helaas ontbraken hem daarvoor de financiële middelen.

Eenmaal in de woonkamer zei hij zijn naam in de hoorn, waarna hij de stem van pastor Heinrich Schubert hoorde.

'Hoe gaat het met je, broeder Conradi?' vroeg hij met warme stem. 'Ik ben terug in Berlijn en wilde vragen of er iets is wat ik voor jullie kan doen.'

'Dat is wel heel vriendelijk van je! Je kunt inderdaad iets voor ons doen. Zou je misschien je licht eens willen opsteken bij het ministerie van Binnenlandse Zaken? Je kent onze plannen om een verpleegopleiding te beginnen. Het wordt tijd dat we dat project gaan aanpakken.'

De pastor aan de andere kant van de lijn zweeg verbouwereerd. Louis hoorde slechts zijn ademhaling.

'Dat doe ik graag voor je,' zei Schubert uiteindelijk enigszins overrompeld. 'Maar denk je niet dat het beter is om vooraf het bestuur van ons genootschap te informeren?'

'Dat is toch al lang op de hoogte!' antwoordde Louis. 'Het gaat erom dat we even kijken hoe de vlag er daar bij hangt, meer niet. Wat zijn de voorwaarden voor het initiëren van zo'n opleiding? Welke documenten moeten we overleggen? Ik kan hier helaas niet weg en daarom zou ik je erg dankbaar zijn als je me wilt helpen.'

Ook speelde mee dat Louis er niet op gebrand was Wiedemann nog eens te ontmoeten. Heinrich Schubert stond aan het hoofd van hun geloofsgenootschap. Hij zou de ambtenaar op het ministerie beter dan hijzelf antwoord kunnen geven op zijn vragen over de aard van het adventisme.

'Goed dan, ik neem contact op met het ministerie van Binnenlandse Zaken,' beloofde Schubert ten slotte.

'Hartelijk dank, dat waardeer ik zeer.'

Toen legde hij de hoorn op de haak.

~

Bij terugkomst op Waldfriede ging Hanna op een van de parkbankjes zitten genieten van de koele bries die door haar haar streek. Ze liet haar blik door het park gaan. De hoge taxuskegels langs de weg konden wel weer een snoeibeurt gebruiken, maar dat mocht van de dokter pas in de herfst, als ze hadden vastgesteld dat er geen vogels meer tussen de takken nestelden.

Ze sloot haar ogen, ademde de zomerse geuren in en liep in gedachten de dag nog eens door. De uitslag van het examen hadden ze vandaag niet gekregen, die zouden ze per post ontvangen.

Hanna had er gemengde gevoelens over. Het praktijkdeel was haar heel makkelijk afgegaan, maar de theorie... Af en toe had ze het gevoel gehad dat ze bij de antwoorden iets was vergeten, maar ze kon niet bedenken wat.

Larissa had gevraagd of ze die avond misschien met de anderen zouden afspreken in een café, maar Hanna had haar voorstel van de hand gewezen. Afgezien van het feit dat mevrouw Conradi het niet zou waarderen als ze 's avonds laat in de stad rondhing, had ze niet genoeg geld om het in zo'n gelegenheid uit te geven.

Het geluid van voetstappen onderbrak haar gedachten. Toen ze haar ogen opendeed zag ze dokter Conradi aan komen lopen. Hij had zijn witte jas nog aan, hield zijn armen op zijn rug en liet zijn blik peinzend door het park gaan. Toen hij Hanna zag, stevende hij op haar af.

'Hebt u er bezwaar tegen als ik naast u kom zitten?' vroeg hij vriendelijk.

'Helemaal niet, dokter.' Hanna glimlachte naar hem en schoof een stukje opzij. Nu hij maar een paar centimeter van haar verwijderd was rook ze het ontsmettingsmiddel aan hem, maar ook een vleugje scheerlotion.

'En, hoe is het gegaan?' vroeg hij.

'Volgende week krijgen we de uitslag van het schriftelijk examen,' zei Hanna. 'Maar bij het praktische deel heb ik een goed gevoel.'

'Daar ben ik blij om voor u.' Conrads blik bleef even op haar profiel rusten, waarna hij vroeg: 'Zult u de middagen in het Virchow gaan missen?'

'Waldfriede is mijn ziekenhuis, niet het Virchow,' antwoordde ze.

'En toch heb ik het gevoel dat het u daar goed is bevallen.'

'Het röntgeninstituut is heel interessant,' erkende ze. 'Alleen al die grote zalen en de apparaten in die zalen... Maar ik ben liever hier.'

Ze keek hem aan en zag een glimlach over zijn gezicht glijden.

'Ik zou u ook met smart missen,' merkte hij op. 'Overigens heeft broeder Schubert vandaag opgebeld en gevraagd of hij iets voor ons kan doen. Ik heb hem over de verpleegopleiding verteld. Hij gaat contact opnemen met het ministerie en informeren aan welke voorwaarden we moeten voldoen.'

'Dat is geweldig. Maar of ze ons daar inmiddels gunstiger gezind zijn?'

Hanna was niet vergeten dat het ministerie van Binnenlandse Zaken hun een ultimatum had gesteld. De eerste tijd na de opening waren ze voortdurend bang geweest dat het ministerie ter ore zou komen dat er een operatie zonder operatiekamer was uitgevoerd.

Toen de inspecteurs ten slotte langskwamen om hun fiat aan de ok te geven, hadden ze moeten toegeven dat die prima in orde was. Meer hadden ze niet losgelaten. Het ministerie had een vergunning voor volledige ziekenhuisfunctionaliteit moeten verlenen. Sindsdien was het rustig gebleven.

'Ik denk het niet,' antwoordde Conradi. 'Die Wiedemann heeft me tot nog toe niet gevraagd om verslag te komen uitbrengen, maar ik vrees dat dat niet meer dan stilte voor de storm is.'

'Is het denkbaar dat we ons in de kijker laten spelen bij het ministerie als we een aanvraag indienen?'

'Dat is helaas niet uitgesloten.' Dokter Conradi fronste zijn voorhoofd. 'Maar om onze positie in Berlijn te consolideren hebben we een verpleegopleiding nodig. Bovendien zouden we dan niet langer op personeel van buiten aangewezen zijn. We zouden onze eigen zusters en broeders kunnen aantrekken, die door onze eigen artsen worden opgeleid.'

'Daar hebt u volstrekt gelijk in, dokter.' Hanna dacht aan Else, die had moeten vertrekken om het beroep van verpleegster te leren. 'We zullen de gok wel moeten wagen.'

'Dat zullen we zeker doen!' zei Conradi instemmend. 'We hebben het er het eerste jaar immers heel goed van afgebracht. Als het zo doorgaat met de toeloop van patiënten, zal Wiedemann ons niets meer in de weg kunnen leggen.'

Ze keken elkaar aan en toen voegde de arts eraan toe: 'Ik heb u vanochtend erg gemist.'

'Ach, u redt het tijdens het spreekuur ook zonder mij als het moet. Bijvoorbeeld als ik in de röntgenkamer ben.'

'Maar dan weet ik dat u aanwezig bent.' Hij keek haar even peinzend aan en voegde eraan toe: 'Ik heb trouwens met dokter Steiner gesproken. Hij vindt dat we nog een arts-assistent kunnen gebruiken. Wat denkt u?'

Hanna voelde dat hij niet terug wilde gaan naar het ziekenhuis. Ook zij was hier graag nog een tijdje met hem blijven zitten.

'Dat lijkt me uitgesproken zinvol. Het spoedgeval van gisteren heeft aangetoond dat het goed zou zijn als er nog een arts was die u kan assisteren bij operaties, terwijl dokter Steiner uw poliklinische patiënten behandelt.'

Conradi knikte. 'Ja, dat is ook mijn mening. Misschien had ik al eerder nog een arts in dienst moeten nemen. Maar het ziet er op het moment naar uit dat er vrijwel geen artsen van onze geloofsrichting beschikbaar zijn. De meesten blijven liever in het zuiden van Duitsland of ze werken in Zwitserland, waar ze niet zo hard door de inflatie worden getroffen.'

'Moet het dan een arts uit ons genootschap zijn?' vroeg Hanna. 'U weet toch hoelang het heeft geduurd voordat dokter Steiner bij ons kwam? Is het een idee om de vacature openbaar te maken, misschien door een advertentie in een krant?'

Conradi keek sceptisch.

'Maar zal zo iemand zich aan onze morele regels kunnen aanpassen? Als hij bijvoorbeeld katholiek is, zal hij erop staan om 's zondags vrij te hebben.'

'Dan zou hij de dienst van zaterdag op zich kunnen nemen. De patiënten moeten op die dag toch ook medische verzorging krijgen.'

Ze wist dat de dokter het met haar eens moest zijn. Sinds de ziekenhuisbedden bezet waren, kwamen ze er nauwelijks aan toe zich aan de sabbat te wijden. De diensten van de verpleegsters werden zo ingedeeld dat ze op z'n minst een halve rustdag hadden, maar vaak kwam daar niets van terecht. Personeel van buiten voor wie de zaterdag niet heilig was hadden ze vrijwel niet.

'Daar zit zeker wat in,' erkende Conradi. 'Ik zou hem visite kunnen laten lopen, zodat ik alleen hoef op te treden als er een spoedgeval binnenkomt of bij een chirurgisch probleem.'

'Zo is dat!' Hanna keek de dokter stralend aan. Wat zou het fijn zijn als hij wat meer rust kreeg! Sinds de opening had hij nauwelijks een hele zaterdag voor zichzelf gehad, om van vakanties maar te zwijgen.

'Goed, Hanna, dan zet ik een sollicitatieprocedure in gang. Tijdens het gesprek blijkt dan wel wat hij van ons geloof vindt.'

Hanna knikte. Uit haar ooghoeken zag ze een beweging achter een van de ramen. Ze kon niet zien wie er op hen lette, maar het leek haar beter om nu te gaan.

'Excuseert u me, dokter? Ik wil me graag even opfrissen. We zien elkaar bij het avondeten.'

Conradi knikte en ze voelde zijn ogen in haar rug prikken tot ze via de achterdeur uit zijn gezichtsveld was verdwenen.

26

Zehlendorf, 22 juli 1921

Een week later was Paul Schulze eindelijk zover dat hij in een rolstoel naar de spreekkamer kon worden gebracht.

Louis stuurde een verpleegster erop uit om hem te halen, daarna wendde hij zich tot Hanna.

'Wat zou ik volgens u moeten doen?'

'Wat bedoelt u?'

'Dat die kogel niet toevallig in het lijf van de man is gekomen, ligt toch voor de hand.'

Hanna dacht na. 'Mogelijk is hij in iets verwikkeld geraakt waar hij niets mee van doen had. Dat was met Rosa en mij in de buurt van station Potsdam ook het geval.'

'Anderzijds zou het ook een aanslag op zijn leven kunnen zijn geweest. Of een duel.'

'Wie duelleert er dan tegenwoordig nog?' vroeg Hanna.

Louis wist dat dat in bepaalde kringen nog steeds wel voorkwam. 'Zolang we niet zeker zijn van zijn identiteit, wordt het lastig de ware toedracht te achterhalen.'

Geklop op de deur onderbrak hem. Even later duwde zuster Hilde van de mannenafdeling de patiënt naar binnen.

Louis bedankte haar en vroeg de zuster de deur achter zich dicht te doen. 'Ah, meneer Schulze!' begroette hij de man toen ze weg was. 'Ik ben blij u te zien.'

'Ik miste u al bij de visite, dokter,' antwoordde de jongeman.

Louis vouwde zijn handen boven het bureaublad. 'Hoe gaat het vandaag met u?'

'Hier en daar doet het nog pijn, maar ik voel me al veel beter.'

'U kunt misschien wel bedenken waarom ik u wil spreken. Onder ons.' Louis richtte zijn blik doordringend op het gezicht van de man. 'U kunt vast begrijpen dat wij het aan de politie moeten melden als er iemand met een schotwond wordt binnengebracht. Of, in uw geval, naar ons toe komt.'

'U wilt weten hoe het is gebeurd, nietwaar?'

'Ja,' erkende Louis. 'Ik zou graag willen weten wat ik tegen de politie moet zeggen.'

'U bent toch gehouden aan het medisch beroepsgeheim?' informeerde Schulze.

'Dat is zo, en het is niet aan mij om een naam te noemen. Maar ik zou graag weten hoe die kogel in uw lichaam terecht is gekomen.'

'Ik ben in een hinderlaag gelopen,' verklaarde Schulze.

'Maar de kogel is aan de voorkant van uw torso naar binnen gegaan. U hebt geen uittredingswond, en wat u nog steeds pijn bezorgt, dat is de gebroken rib waarin de kogel is blijven steken.' Louis zweeg even. 'Ik ben geen patholoog en ook geen forensisch arts, maar ik zou zeggen dat de schutter recht tegenover u stond.'

Het gezicht van de man verduisterde. 'Ík ben het slachtoffer,' hield hij nadrukkelijk vol. 'Ik was op weg naar Berlijn toen er plotseling een schot viel. Ik ging neer, en vermoedelijk dacht de aanslagpleger dat het daarmee klaar was. Ik hoorde voetstappen, toen heb ik me naar u toe gesleept, want van de zuster daar wist ik dat hier een ziekenhuis was.'

Hij keek naar Hanna, zweeg even en voegde eraan toe: 'U weet toch hoe het er momenteel op straat uitziet. Als je niet oppast, word je omgelegd.' Hij knipte met zijn vingers. 'Zomaar! Uw verpleegster kan daarover meepraten.'

Hanna stond als verstijfd voor de medicijnkast. Het deed haar duidelijk iets om aan het voorval van vorig jaar te worden herinnerd.

'En u bent niet van plan de mannen die u van uw milt en bijna van het leven hebben beroofd te laten boeten?'

'Dat zou geen enkele zin hebben, dat kan ik u wel vertellen. Het is beter om te vergeten wat er is gebeurd.'

Louis snoof gefrustreerd. Het lag niet in zijn aard om iets te vergeten. De schotwond moest hij melden, hoe dan ook.

Toen Schulze naar zijn kamer was teruggebracht keek de dokter Hanna vragend aan. 'Wat denkt u ervan?'

'Hij lijkt ergens bang voor te zijn. Maar ik zou niet kunnen zeggen waarvoor.'

'Voor mij ziet het ernaar uit dat hij bang is voor de politie. Zoals iemand die niet helemaal zuiver op de graat is.'

'Denkt u dat hij een misdadiger is?' Hanna schudde haar hoofd. 'Ik heb hem toen in die woning bij station Potsdam gezien. Hij was op zoek naar hulp voor zijn vriend.'

'Dat zouden mensen van verdacht allooi ook doen, nietwaar?' gaf Louis ter overweging.

Hanna fronste haar voorhoofd. 'Daar hebt u natuurlijk gelijk in, dokter.' Ze dacht even na. 'Misschien kan ik nog eens met hem gaan praten. Over een paar dagen.'

'Denkt u dat hij tegenover u spraakzamer zal zijn?' Conradi snoof. 'We moeten eerst zijn precieze personalia hebben. Zijn ziekenfondsnummer, zijn adres. Ik denk niet dat hij ons de juiste gegevens heeft verstrekt.'

'Als hij ons voorliegt vanwege de behandelingskosten, kunt u hem de politie op zijn dak sturen,' opperde Hanna.

Conradi haalde diep adem en vouwde zijn handen op zijn bureau.

'En als we de schotwond nu eens als ongeval melden?' stelde Hanna voor. 'Schulze had geen wapen bij zich, maar dat kan hij ergens achter hebben gelaten.'

De dokter verkeerde duidelijk in tweestrijd. 'Dat zou riskant zijn. Als hij later bij een andere zaak betrokken raakt...'

'Dan kunnen we altijd nog zeggen dat hij ons vals heeft voorgelicht.'

'Als hij een misdadiger is, beschermen we hem daarmee.'

'Hier is hij toch in eerste instantie een mens en een patiënt. Wat er buiten gebeurt is eigenlijk niet onze zaak, toch?'

Louis slaakte een diepe zucht. 'U hebt gelijk, Hanna,' zei hij ten slotte. 'Ik zal de schotwond melden, maar als ongeluk. Als meneer Schulze geen stappen tegen de daders wil ondernemen...'

'Tegen de mannen die op hem en zijn kennissen in die woning hebben geschoten is ook geen proces geweest,' zei Hanna peinzend. 'Ik heb geen idee of ze het vuur hebben beantwoord, maar één ding weet ik heel zeker: de eerste schoten kwamen van geüniformeerde mannen in de laadbak van de vrachtwagen.'

'Waren dat mensen van het vrijkorps?' vroeg de dokter.

'Dat weet ik niet. Ze zagen eruit als militairen, maar ik heb niet veel verstand van uniformen. Ik heb Rosa het portiek in getrokken en me toen alleen nog op mijn ademhaling geconcentreerd, want die soldaten en die schoten...' Hanna boog haar hoofd.

'Je zou bijna denken dat u zelf bij de oorlog betrokken bent geweest.' Hij keek haar onderzoekend aan. 'U vertoont vergelijkbare symptomen als getraumatiseerde soldaten.'

'Zo erg is het allemaal niet,' weerde Hanna af. 'Bovendien heb ik het gevoel dat het minder wordt, echt waar.'

'Dat geloof ik graag,' verzekerde Louis. 'Maar als het weer erger wordt...'

'Dan staat u voor me klaar,' maakte Hanna zijn zin af. 'En dat waardeer ik zeer.'

Vlak na het middageten vond Hanna een brief tussen de kier van haar kamerdeur. Toen ze hem pakte zag ze dat het adres van het röntgeninstituut erop stond. Met bonzend hart scheurde ze de envelop open en vloog ze de regels over, daarna rende ze weg.

Toen ze de hoek om liep zag ze Rosa, die arm in arm met meneer Schulze door de gang wandelde.

Eigenlijk was het de taak van verpleegsters om een wandelingetje met een patiënt te maken. Als deze neerviel of onwel werd, moest er een gekwalificeerde kracht bij zijn. Wie had haar dit opgedragen?

Ze wilde al naar hen toe gaan toen ze zag dat het tweetal bleef staan en zich naar elkaar toe draaide. Blijkbaar hadden ze haar aanwezigheid nog niet opgemerkt.

Ze kon niet zien welke gezichtsuitdrukking de jongeman had, maar Rosa's ogen schitterden terwijl ze met hem praatte, en haar hele lichaamshouding verried dat ze nogal gecharmeerd was van haar gezelschap.

Hanna dacht terug aan de wandelingen die ze met Martin had gemaakt. Meer dan drie jaar was hij inmiddels dood, en ook al had het verdriet zijn scherpte verloren, het kwam af en toe toch weer terug.

Maar ze dacht minder vaak aan hem. Vooral als dokter Conradi in de buurt was, had ze zo veel afleiding dat de herinnering aan hem meer en meer naar de achtergrond verdween. Leni beweerde dat je duidelijk aan haar kon merken dat ze de dokter heel graag mocht. Klopte dat?

Hanna verdrong de gedachte aan dokter Conradi en liep met grote passen op het tweetal af.

'Meneer Schulze, wat doet u hier?' vroeg ze gedecideerd.

Rosa deinsde achteruit. Onmiddellijk werd haar hoofd zo rood als een biet.

'De dokter had geen enkel bezwaar tegen een wandelingetje,' antwoordde Schulze.

'Dat klopt, maar traplopen is behoorlijk inspannend. En dat zal op de terugweg niet beter gaan. U mag zich in geen geval te veel inspannen.' Haar blik ging naar Rosa. 'Heeft een verpleegster je gevraagd zo ver weg te gaan met deze patiënt?'

'Ik...' Rosa stokte en frummelde berouwvol aan de punt van haar schort.

Natuurlijk niet, dacht Hanna. Ze moest beslist voorkomen dat die twee intiemer werden, tenslotte was Rosa nog geen achttien, en wie die Schulze werkelijk was wisten ze ook niet.

'Goed, dan zal ik u weer naar uw kamer brengen, meneer Schulze. We willen immers niet dat de hechtingen losraken.'

Ze bood hem haar arm. Schulze keek wat ongelukkig naar Rosa, toen haakte hij bij haar in. Zwijgend liepen ze de gang door. Opeens zei de jongeman: 'Ik ben lid van de communistische partij.

Ik weet niet hoe goed u op de hoogte bent van wat er in dit land gebeurt, maar sinds de moord op Karl Liebknecht en Rosa Luxemburg zijn er wel een paar mensen die ons graag dood zouden zien.'

Hanna keek hem met grote ogen aan. Ze had over de dood van de twee voorvechters van rechten voor arbeiders gelezen. In de kranten waren ze voorgesteld als misdadigers die hun gerechte straf hadden gekregen.

Schulze keek haar doordringend aan. 'Ik kan echt niet zeggen wie er op me heeft geschoten,' vervolgde hij. 'De schutter had zich in de bosjes verstopt. De politie zal er geen belang bij hebben de zaak op te helderen. En voor mij is het voldoende dat ik nog leef.'

'Stel dat die mannen u weer aanvallen?' vroeg Hanna bezorgd. 'Bovendien komt u in een kwaad daglicht te staan als u geen onderzoek wilt.'

Schulze bleef staan en hield haar tegen.

'Zuster Hanna, alstublieft! Het maakt geen verschil of ik die mensen aangeef of niet. Ze zullen geen straf krijgen. Ik kan slechts mijn ogen openhouden en proberen de volgende keer slimmer te zijn. Wees niet bang, ik vertel u de waarheid! Mijn naam is mijn echte naam, en ik ben geen misdadiger. Alleen maar iemand die het leven van de arbeiders hier beter wil maken.'

'U maakt het niet beter als u zich laat afknallen.'

'Ik laat me niet afknallen.' Hij boog zijn hoofd, toen voegde hij er zachtjes aan toe: 'U hebt het echt fijn hier. Zo idyllisch. Maar de wereld daarbuiten ziet er heel anders uit. Opdat u hier veilig kunt werken en voor de mensen kunt zorgen zijn er mannen als ik nodig die de aanhangers van het vrijkorps en van de nationalisten in de gaten houden. We kunnen ons niet nog een oorlog veroorloven, maar sommige oude generaals zijn daar juist op uit! Ze willen hun gekrenkte trots en eergevoel opvijzelen, en wij willen voorkomen dat de volgende oorlog weer over de rug van de arbeidersklasse wordt uitgevochten.'

Een ijzige rilling liep over Hanna's rug. Zouden die mensen over wie Schulze het had echt zover gaan een nieuwe oorlog te beginnen? Aan de laatste was nog maar drie jaar terug een einde gekomen...

Ze dacht aan de putsch van Kapp, die inmiddels meer dan een jaar geleden was, knikte en keek hem lang aan. 'Belooft u mij voorzichtig te zijn?'

'Dat beloof ik. En maakt u zich niet ongerust, de rekening zal worden voldaan.'

'Als we een mensenleven moeten redden, staat geld niet voorop,' antwoordde Hanna. 'Maar het is goed dat te weten.'

Het traplopen kostte Paul Schulze zichtbaar moeite. Halverwege moesten ze stoppen. Hanna merkte dat hij zwaarder op haar leunde.

'Gaat het?' vroeg ze bezorgd.

'Ja, geeft u me een ogenblikje.' Hij haalde diep adem.

Voor Rosa had hij de held willen uithangen, schoot het Hanna door haar hoofd, maar in werkelijkheid was hij er slechter aan toe dan hij zich had voorgedaan.

'Wat heeft dit te betekenen?' riep zuster Maria toen ze hen zag aankomen. 'Waarom heb je meneer Schulze uit zijn kamer gehaald?'

'Zuster Hanna treft geen blaam,' zei Schulze met een van pijn vertrokken gezicht. Er stonden zweetdruppeltjes op zijn voorhoofd. 'Ik dacht, ik ga maar eens een ommetje maken. Zij heeft me opgepikt.'

'Het is nog altijd aan dokter Conradi te beslissen wanneer u eraan toe bent "een ommetje te maken"!' Maria wierp Hanna een boze blik toe. 'Komt u mee, dan breng ik u weer naar bed.'

Schulze keek Hanna aan en gaf haar een knipoog. Toen liet hij zich door Maria naar zijn kamer brengen.

Ook uren later nog wilden de woorden van Paul Schulze maar niet uit Hanna's hoofd verdwijnen. De communistische partij was voor veel mensen een spookbeeld, maar stel dat die mannen en vrouwen inderdaad de dunne scheidslijn tussen oorlog en vrede vormden?

Door al dat gepeins vergat ze bijna de brief met de rapportcijfers in haar tas. Pas tegen het einde van het spreekuur dacht ze er weer aan en haalde ze hem tevoorschijn om hem aan de dokter te laten zien. 'Die is vandaag gekomen,' zei ze met een brede glimlach.

'De examenuitslagen!' raadde Conradi. 'Hoe zijn ze uitgevallen?'

'"Uitmuntend" geslaagd!' Hanna glimlachte blij. 'Zonder u had ik dat niet voor elkaar gekregen.'

'Ik heb anders die kennis niet in uw hoofd gestopt. Dat hebt u zelf gedaan.'

'Maar u had vertrouwen in me. En u hebt me in de röntgenkamer laten werken zonder me voortdurend op de vingers te kijken. Dat was bij veel medestudentes van andere ziekenhuizen wel anders.'

Bij het avondeten zag ze Rosa weer. Die kwam een beetje berouwvol naast haar zitten en fluisterde: 'Het spijt me van vanmiddag. Ik hoorde hoe slecht het daarna met hem ging.'

Hanna keek om zich heen. Maria was niet in de buurt, en ook Ida viel nog niet te bekennen.

'Hij heeft een zware operatie ondergaan, dan is het te verwachten dat hij pijn krijgt als hij te veel beweegt.' Hanna boog zich naar haar toe. 'Als je hem de volgende keer ziet, blijf dan liever in de gang of ga met hem naar de conversatiezaal op de afdeling. Maar pas op dat zuster Maria het niet merkt. Ze hecht veel waarde aan zedelijkheid en ziet vast niet graag dat je met een patiënt omgaat. Zolang de mensen bij ons verblijven zijn wij voor ze verantwoordelijk. Liefdesaffaires zijn absoluut taboe.'

'Maar als ik hem nu graag mag?' vroeg Rosa bedrukt. 'Hij is zo aardig, en hij is wees, net als ik. Hij begrijpt me.'

'Dat kan wel zijn, maar hij is en blijft een patiënt. Bovendien...' Hanna zweeg. Moest ze haar wel vertellen dat Schulze, omdat hij tot de communisten behoorde, misschien ook haar in gevaar kon brengen? 'Bovendien is hij jaren ouder dan jij.'

'Maar dat maakt voor mij niet uit! En zo veel jaren scheelt het niet. Hij is drieëntwintig.'

'Dat is nog altijd meer dan vijf jaar ouder,' antwoordde Hanna en ze pakte haar hand. 'Ik wil alleen maar zeggen dat je voorzichtig moet zijn. Laat je niet te veel met hem in. Ooit zal hij het ziekenhuis verlaten, en dan breekt je hart.'

27

Zehlendorf, 28 juli 1921

De advertentie die hij kort na het gesprek met Hanna op het parkbankje had opgegeven, had resultaat opgeleverd. Toen Louis de spreekkamer binnenkwam lagen er drie grote enveloppen op zijn bureau.

Het waren sollicitatiebrieven van drie jonge artsen: een uit Berlijn, twee uit Potsdam. Omdat hij nog even tijd had voordat hij naar de operatiekamer moest, maakte hij ze open en las de brieven vluchtig door.

Ze waren alle drie nog vrij jong. Een van hen was pas afgestudeerd en de andere twee hadden al een periode als arts-assistent gewerkt. Maar zouden ze in staat zijn om in geval van nood een spreekuur over te nemen? Of te assisteren bij een operatie?

Zijn gedachten werden onderbroken door een klop op de deur. 'Binnen,' zei hij, waarop een jongeman de kamer binnenkwam. Hij droeg een donker pak met een correct gestrikte das, had een smal gezicht en donkerblond haar. Hij was perfect geschoren en er hing een vleugje eau de cologne om hem heen.

'Dokter Conradi?' vroeg hij.

Louis trok zijn wenkbrauwen op. 'Inderdaad, ja. En wie bent u?'

'Alexander Kirchfeld,' antwoordde hij en hij stak hem een hand toe, die Louis overrompeld schudde.

'Tja, meneer Kirchfeld, als u hier voor een consult komt, moet ik u helaas even laten wachten. Ik word zo in de ok verwacht.'

'Dan heb ik geluk dat ik u nog te pakken heb gekregen.' Hij maakte zijn tas open en haalde er een envelop uit. 'Ik wilde graag bij u solliciteren naar de functie van arts-assistent.'

Louis trok zijn wenkbrauwen op en schoof de andere sollicitatiebrieven opzij. 'Die had u ook kunnen opsturen.'

'Het leek me beter om me meteen persoonlijk aan u voor te stellen.' Hij glimlachte innemend en overhandigde zijn sollicitatiebrief. 'Dit is mijn cv. Ik heb hier aan de universiteit gestudeerd en ben cum laude geslaagd. Daarna heb ik een periode stage gelopen in het Charité. Die stage ging toen over in een betaalde baan als arts-assistent. Op dit moment werk ik aan mijn proefschrift.'

'En waarom solliciteert u hier?' vroeg Louis terwijl hij de envelop aanpakte. 'Uw promotor zal toch in het Charité zitten?'

'Dat klopt, maar mijn arbeidsovereenkomst met het Charité loopt binnenkort af. Bovendien hoop ik dat ik me bij u meer in de gynaecologische chirurgie kan verdiepen.'

Louis hield zijn hoofd schuin. Het zelfverzekerde optreden van de jongeman beviel hem wel. En het zou ook fijn zijn als hij deskundige hulp zou krijgen bij gynaecologische operaties. Steiner kon inmiddels al heel goed assisteren bij galblazen en ontstoken blindedarmen, maar hij zag in hem meer een algemeen chirurg.

'Bij mijn sollicitatiebrief zitten ook wat aanbevelingsbrieven van hoogleraren en docenten.'

'Goed, ik zal ernaar kijken,' zei Louis en hij legde de envelop van Kirchfeld op het stapeltje andere brieven. 'Bovendien moet ik uw sollicitatie met het dagelijks bestuur bespreken.'

'En wanneer kan ik antwoord verwachten?'

'Heel binnenkort, want ik heb dringend behoefte aan een assistent.'

Louis reikte hem de hand.

'Tot ziens, collega Kirchfeld.'

'Tot ziens, dr. Conradi.' De jongeman boog licht en verliet de spreekkamer.

~

'Blijft u alstublieft zo stil mogelijk liggen,' zei Hanna terwijl ze naar de ontspanner van het röntgenapparaat liep.

Of de patiënte, een oudere vrouw met vage klachten op de borst, haar instructie inderdaad opvolgde, zou ze pas zien als ze de foto ontwikkelde.

Ze was de hele ochtend de röntgenkamer niet uit gekomen. Het werd in steeds bredere kring bekend dat ze moderne röntgenapparatuur hadden. Sommige patiënten waren inmiddels al door artsen van andere praktijken naar hen verwezen.

Tot nu toe had Hanna het werk steeds goed aangekund, maar na de laatste twee dagen, waarin ze nauwelijks bij het spreekuur had kunnen helpen, wenste ze bijna dat ze assistentie had.

'Zo, klaar!' riep ze en ze liep terug naar de onderzoekbank. Ze hielp de vrouw overeind, wachtte tot ze zich weer had aangekleed en liep met haar mee naar de gang.

Daar zaten de twee volgende patiënten al te wachten: een oudere heer met een gipsbeen en een jongetje met zijn moeder. Het kind was kennelijk bang voor het ziekenhuis, want het zat zachtjes te jammeren.

'Een ogenblikje nog, u bent zo aan de beurt,' zei ze tegen de moeder, waarna ze weer achter de deur verdween en het loden schort van haar schouders haalde.

Ze kreunde van opluchting. Ze was dokter Conradi absoluut dankbaar dat hij er ondanks hun slechte financiële situatie zo consequent op had gestaan dat er loodschorten kwamen, maar ze had het gevoel dat ze onder het gewicht ervan elke keer iets kleiner werd.

Ze haastte zich naar de donkere kamer, waar ze de röntgenfilm uit de cassette haalde en hem in de ontwikkelingsvloeistof legde. Dit was altijd een heikel moment, want dan werd duidelijk of de opname gelukt was of niet.

Toen ze klaar was, liep ze naar het raam van de donkere kamer om het open te zetten, want het was er benauwd en het rook sterk naar ontwikkelvloeistoffen. Ze ademde diep de rozengeur van buiten in en keek naar de hagen iets verderop, die bedoeld waren om inkijk tegen te gaan. Eerst zag ze alleen de grijze jurk van een dienstmeisje, maar even later liep er een man in pak naar haar toe.

Paul Schulze! Ze had gehoord dat hij zou worden ontslagen. Maar het zag ernaar uit dat hij hier nog iets had af te handelen. Hij trok het meisje, dat onmiskenbaar Rosa was, in zijn armen en kuste haar. Hanna voelde verontwaardiging opkomen.

Ze had Rosa toch gezegd dat ze voorzichtig moest zijn? Nu kuste ze die patiënt bij klaarlichte dag, waarbij ze gevaar liep te worden gezien door een van de verpleegsters of zelfs door mevrouw Conradi.

'Hoe haalt ze het in haar hoofd!' Hanna wilde de kamer al uit rennen om Rosa terecht te wijzen, maar dacht toen aan de wachtende patiënten. Ze keek nog eens naar Rosa. Schulze gaf haar nog een lange kus, maakte zich toen van haar los, draaide zich om en liep weg. Hij kwam rechtstreeks op Hanna af. Hanna trok zich met een ruk terug van het raam. Even dacht ze dat hij haar had gezien, maar hij liep langs het venster zonder haar een blik waardig te keuren.

Ze verkeerde in tweestrijd toen ze na de röntgenopnamen de spreekkamer van dokter Conradi in liep. Ze trof hem achter zijn bureau aan, verdiept in een brief.

Wat moest ze doen met de kwestie rond Rosa? Ze kon haar vriendin niet verraden, maar ze maakte zich wel zorgen dat Schulze op de een of andere manier misbruik van haar zou maken.

'Ha, zuster Hanna. U komt op het juiste moment,' zei de dokter toen ze binnenkwam. 'We hebben vier sollicitaties ontvangen.'

'Voor de functie van arts-assistent?'

'Een van de sollicitanten kwam hier langs toen ik op het punt stond naar de ok te gaan. Hij leek me heel energiek en hij heeft uitstekende referenties. Bovendien wil hij zich specialiseren in de gynaecologische chirurgie.'

Hij overhandigde Hanna een referentie van een zekere professor Bier.

'August Bier is een van de beste chirurgen van Duitsland,' vertelde dokter Conradi. 'Zijn brief is bijna een lofzang op die jongeman.'

'Dat kun je wel zeggen.' Hanna gaf de brief terug. 'Waar komt die dokter Kirchfeld vandaan?'

'Hij komt uit Berlijn en woont zelfs hier in Zehlendorf, wat betekent dat we hem geen woonruimte hoeven te bieden.'

'Dan moet u hem nemen,' zei Hanna. 'Of is daar iets op tegen?'

Conradi schoof zijn onderlip naar voren en haalde zijn schouders op. 'Eigenlijk niet, behalve dat hij geen adventist is. Dat is wel een punt dat ik met het dagelijks bestuur moet bespreken.'

'Dat uit uzelf, uw vrouw, de heer Gruber, de hoofdzusters en Carl bestaat. Maar u bent uiteindelijk de geneesheer-directeur en degene die met hem moet samenwerken.' Ze keek hem aan en zag dat de beslissing allang was genomen.

'Goed, Hanna, dan zal ik Kirchfeld dat meedelen. We kunnen hem altijd voor een jaar aannemen en dan verder zien.'

'Dat lijkt me een goed idee.' Hanna liep naar de medicijnkast en vroeg: 'Hoe zit het eigenlijk met meneer Schulze? Is hij al ontslagen?'

'Ja, vanochtend. Hij zal al weg zijn. Waarom vraagt u naar hem?'

'Ach, ik was gewoon benieuwd.' Hanna twijfelde wat haar te doen stond. Moest ze de dokter vertellen van de kus? Eigenlijk was ze daartoe verplicht, maar toen dacht ze weer aan zuster Maria en haar rigide fatsoensnormen.

Ze wilde niet zo zijn als Maria. Bovendien was Rosa een soort zus voor haar en het kwam in elke familie voor dat zussen geheimpjes met elkaar deelden.

'Hanna,' zei Conradi. 'Ik zie toch dat er iets is. Vertel eens.'

Hanna schudde haar hoofd en sloot het deurtje van de medicijnkast, zonder er iets uit te hebben gepakt. 'Ik moest gewoon weer aan mijn verloofde denken. Ik ben blij dat meneer Schulze zonder verdere complicaties is hersteld.'

'Ik ook.' Conradi bleef haar vragend aankijken. Hij leek te voelen dat er nog iets was, maar Hanna had geen zin hem dat te vertellen.

'Zal ik de volgende patiënt halen?' vroeg ze daarom.

Hij knikte. 'Doe maar, zuster Hanna.'

Hanna nam zich voor zich niet langer druk te maken over wat ze had gezien en in de eetzaal lukte het haar ook om Rosa enigszins onbevangen tegemoet te treden. Toch moest ze voortdurend aan die kus denken. Stel dat Schulze misbruik maakte van Rosa's kalverliefde?

De rest van de dag betrapte ze zich erop dat ze vaker keek of ze Rosa zag. Hoe absurd ook, toch was ze bang dat Paul Schulze elk moment uit de bosjes kon springen om Rosa te kussen.

Maar er gebeurde niets van dien aard.

Ter afleiding pakte ze 's avonds het notitieboekje van Martin uit de la en bekeek zijn nauwkeurige tekeningen. Ze voelde nog steeds een milde pijn in haar borst, maar zo nu en dan betrapte ze zichzelf erop dat ze glimlachte als ze aan hem dacht.

Nu merkte ze echter dat haar gedachten aan hem niet voldoende waren om haar bezorgdheid om Rosa te verdrijven. Stel dat ze met Paul in contact bleef en hem in het geheim ontmoette?

Toen het donker werd kwam Leni terug van haar keukendienst.

'Poeh, wat een dag!' zei ze en ze gooide haar schort op haar bed. Toen keek ze Hanna aan en ze zag direct de spanning op haar gezicht. 'Wat is er aan de hand?'

Hanna stond in dubio. 'Het ziet ernaar uit dat Rosa een patiënt nogal aardig is gaan vinden,' zei ze ten slotte. Leni was haar zusje; haar kon ze vertrouwen.

'Die met de kogel in zijn ribben?' vroeg Leni. 'Om hem loopt ze al dagenlang met haar hoofd in de wolken.'

Hanna trok haar wenkbrauwen op. 'Jij wist ervan?'

'Ja, en wat is erop tegen? Ze is jong en hij ziet er heel goed uit, vind ik.' Leni ging naast haar zitten. 'Wat is het probleem dan?'

'Ik zag vanmorgen dat ze hem kuste.'

'In het openbaar?' Er verscheen een brede grijns op Leni's gezicht. 'Nou, je moet hem nageven dat hij geen tijd verliest.'

'Ze is nog niet eens achttien!' antwoordde Hanna een beetje ongelukkig.

'Nou en?' vroeg Leni. 'Je bent haar moeder niet. Je kunt het haar niet verbieden.'

'En als Maria haar zo ziet? Of mevrouw Conradi?'

'Dan moeten zij haar maar terechtwijzen. Je wilt toch zeker geen klikspaan zijn? Rosa zou geen woord meer met je wisselen.'

'Maar ze is nog maar een kind!'

'Volgens mij ziet zij dat anders!' antwoordde Leni. 'Bovendien is hij nu weg. Ik had in elk geval geen maaltijdbriefje meer van hem in de keuken.'

Dat klopte wel, hij was weg, maar dat maakte Hanna's bezorgdheid er niet minder op. 'En wie zegt dat hij niet terugkomt?'

'Hanna, rustig maar. Waarschijnlijk ziet ze die knaap nooit meer terug.' Leni legde haar arm om haar heen. 'En als hij wel komt, kun je er niets aan doen. Voor zover ik weet is het alleen hoofdverpleegsters verboden om te trouwen. De gewone verpleegsters mogen dat wel en de dienstmeisjes al helemaal.'

Hanna had nog wat argumenten naar voren kunnen brengen: Paul Schulze was geen adventist, hij ging om met communisten en bracht zichzelf geregeld in gevaar, maar toen besefte ze dat het allemaal niets zou uithalen. Toen zij met Martin samen was zou ze ook geen bemoeienis van anderen hebben getolereerd. En al helemaal niet als die van een van de hogergeplaatste zusters was gekomen. Dus besloot ze te zwichten en de zaak te laten rusten.

'Al goed,' zei ze tegen Leni. 'Ik zal niets zeggen. En jij kunt ook beter je mond houden.'

'Ik zou mijn collega toch niet verraden? En mijn zus al helemaal niet!' Ze gaf Hanna een kus, stond op en liet zich op haar eigen bed vallen.

28

Zehlendorf, 1 augustus 1921

De maandagochtend begon met een kletterende regenbui die het stof uit de hemel waste en de dakgoten deed overlopen. Hanna genoot van de frisse, kruidige geur van de lucht, waarvoor geen juist woord leek te bestaan. Na die dagen van hitte was deze afkoeling heel welkom.

Welgemoed ging ze op weg naar de eetzaal. De kwestie met Rosa was naar de achtergrond verdwenen, hoewel Hanna nog altijd hoopte dat ze haar in vertrouwen zou nemen. Bestond de relatie tussen haar en Schulze nog steeds? Hanna probeerde Rosa in de gaten te houden, maar ze ontdekte niets verdachts.

Bij het eten kondigde dokter Conradi aan dat de ziekenhuisfamilie een nieuw lid zou krijgen. Zoals Hanna had verwacht, had hij voor Alexander Kirchfeld gekozen. Hij zou diezelfde middag al beginnen.

Hanna was blij met de nieuwe arts. Het was haar opgevallen dat dokter Steiner de te zware belasting die op dokter Conradi rustte al langere tijd niet meer kon opvangen. Ze hoopte zo dat de dokter door de nieuwe assistent weer meer tijd zou hebben om zich aan de uitbreiding van het ziekenhuis te kunnen wijden.

Toen ze na de middagpauze de spreekkamer binnenkwam, was de nieuwe arts er al. Hij zat met zijn rug naar haar toe, al wat ze in eerste instantie van hem zag was zijn ongewoon gedistingeerde pak. Zijn blonde haar was gepommadeerd en er hing een lichte geur van scheerschuim om hem heen.

'Ah, daar komt mijn gewaardeerde spreekuurassistente!' riep dokter Conradi en hij stond op. 'Mag ik u voorstellen? Onze zuster Hanna, die tegelijk ook verantwoordelijk is voor onze röntgeninstallatie.'

De jongeman stond op, knoopte zijn jasje dicht en draaide zich naar Hanna om.

'Zuster Hanna, dit is Alexander Kirchfeld, onze nieuwe arts-assistent.'

Hanna kreeg geen lucht meer, ze had ineens het gevoel dat de bodem onder haar voeten werd weggeslagen. Voor haar stond de jongeman die haar een jaar geleden bij de delicatessenwinkel twee kussen had afgetroggeld!

Hanna had even nodig om tot zichzelf te komen. Dit was toch niet mogelijk! Die blauwe ogen, dat schelmse glimlachje, dat litteken op zijn wang... Geen twijfel aan, het was hem!

Kirchfeld leek een moment overrompeld, toen glimlachte hij breed en stak haar zijn hand toe. 'Aangenaam kennis te maken, zuster Hanna.'

Het hart klopte haar in de keel en haar handen werden op slag ijskoud. Wat had hij hier te zoeken? Hoe kon hij nu een arts zijn? Ze had hem voor een zwarthandelaar aangezien...

Hanna kuchte. Haar mond voelde kurkdroog 'Het genoegen is geheel mijnerzijds,' antwoordde ze verward.

'Zuster Hanna hoort er vanaf het begin van dit ziekenhuis bij,' verklaarde dokter Conradi, maar Hanna hoorde zijn stem als door een laag watten. Het bloed klopte in haar oren. Haar wangen werden rood van schaamte. 'U kunt zich te allen tijde tot haar wenden als u vragen hebt.'

'Absoluut,' beaamde Hanna terwijl ze moeite deed zich te vermannen.

Kirchfeld lachte fijntjes. Zou hij de dokter vertellen wat ze had gedaan?

'Nou, dan zal ik u eens een rondleiding geven,' zei dokter Conradi. 'Zuster Hanna, loopt u mee?'

'Ik... Ik heb nog van alles te doen, gaat u gerust, dokter.'

Conradi trok zijn wenkbrauwen op. 'Heus?'

'Ik moet de medicijnkast controleren.'

De dokter leek verbaasd, maar herhaalde zijn verzoek niet. 'Zoals u wilt,' zei hij en hij nam de nieuwe assistent mee de kamer uit.

Hanna leunde tegen het bureau. Ineens werd ze duizelig. Honderden vragen wervelden als paardenbloempluisjes door haar hoofd. Wat had hij hier te zoeken? Was het toeval of had hij dit ziekenhuis bewust gekozen?

Na een poosje zakte ze op een stoel neer. De afgelopen maanden was ze nu en dan in Zehlendorf geweest, natuurlijk vergezeld van andere zusters. Ze had niet bewust naar hem uitgekeken, maar ze had wel aan hem gedacht. Tussen de voorbijgangers zou ze hem waarschijnlijk meteen hebben herkend, maar ze had hem nooit kunnen ontdekken. En nu was hij hier, als arts-assistent van dokter Conradi!

Pas na een poosje was ze in staat weer op te staan. Niet veel later werd er op de deur geklopt en stak dokter Steiner zijn hoofd door de deuropening.

'Is de dokter er niet?' vroeg hij overbodig.

'Hij leidt de nieuwe assistent rond,' antwoordde Hanna, nog altijd versuft.

'Goed, zou u tijd hebben voor een bestraling?'

'Ja. Natuurlijk.' Hanna streek haar uniform glad en liep automatisch naar de deur.

Dokter Conradi kwam in z'n eentje terug van de rondleiding met de nieuwe assistent, waar Hanna hem heel dankbaar voor was. Echt hersteld van de schrik was ze nog niet, maar dankzij de bestraling van dokter Steiners patiënte had ze een beetje afleiding gehad.

Gelukkig zat ook de wachtkamer behoorlijk vol, zodat Conradi en zij er niet aan toekwamen op een of andere manier met elkaar van gedachten te wisselen.

Pas toen er die middag een blindedarmoperatie zou plaatsvinden vroeg de dokter: 'U bent zo stil vandaag, Hanna, is alles in orde?'

Hanna verstarde. 'Ja het gaat prima.'

Hij bekeek haar met een sceptische blik, toen vroeg hij door: 'Is er een probleem met de nieuwe arts-assistent?'

Gealarmeerd keek Hanna op. 'Heeft hij iets gezegd?'

'Nee, maar het valt me op dat u zich niet meer over hem hebt uitgelaten. En met de rondleiding wilde u ook al niet mee.'

'Het was goed dat ik niet meegegaan ben. Dokter Steiner wilde een patiënte laten bestralen,' zei ze in een poging zich eruit te praten, maar daar scheen de dokter geen genoegen mee te nemen. Tenslotte werkten ze al meer dan een jaar dagelijks samen. Net zoals zij zijn stemmingswisselingen wist te signaleren, merkte hij het ook als zij slechtgehumeurd was.

'Zoals u wilt, Hanna. Dan ga ik nu maar eens opereren.'

Hanna voelde zijn teleurstelling. Moest ze hem van de ontmoeting vertellen? Als Kirchfeld iets ontglipte, zou hij het ook te weten komen. Na even nadenken besloot ze haar mond te houden.

'Hebt u me nodig in de operatiekamer?' vroeg ze.

'Dokter Kirchfeld zal me bij wijze van proef assisteren,' antwoordde hij ontkennend. 'Bij een appendicitis hebben we geen grote bezetting nodig.'

'Prima.' Hanna vroeg zich af of ze dokter Conradi's ergernis had gewekt. Maar ze was blij dat ze de komende uren door de gangen kon lopen zonder bang te hoeven zijn dat ze Kirchfeld tegenkwam.

Na afloop van haar dienst wandelde Hanna nog een stukje over de binnenplaats. Ze moest haar hoofd leegmaken. Inmiddels had de zon de meeste plassen doen opdrogen, van de frisse geur van die ochtend was niets meer over.

Ze voelde zich doodmoe. Het vele werk van die dag had haar dankbaar gestemd, maar de ontmoeting met Kirchfeld en de teleurstelling van de dokter wilden maar niet uit haar hoofd. Wat moest ze doen?

'Zuster Hanna!' klonk een stem achter haar. Hanna draaide zich om, maar toen ze zag wie haar riep, wendde ze zich meteen weer af.

Alexander Kirchfeld had zijn witte jas verwisseld voor het colbert dat hij die ochtend had gedragen. Met zijn handen in zijn zakken kwam hij op haar af lopen.

'Zuster Hanna, wacht alstublieft!'

Hanna bleef staan, met haar rug naar hem toe. Ze kreeg het warm in haar nek en begon te zweten, haar hart ging als een razende tekeer.

Even later stond Kirchfeld voor haar.

'Ja?' Hanna trok vragend haar wenkbrauwen op.

'Blijkbaar kunt u zich onze ontmoeting van destijds nog herinneren.'

'Jazeker, maar dat is niet iets om aan de grote klok te hangen,' antwoordde ze koeltjes.

'Ach ja...' Kirchfeld krabde op zijn hoofd. 'Ik hoop dat die kussen niet tussen ons blijven staan bij ons werk hier in de kliniek. Ik wist niet dat u in Waldfriede werkte.'

'Als u het had geweten, zou u dan uw sollicitatie hebben ingetrokken?' vroeg Hanna.

Er gleed een glimlach over zijn gezicht. 'Nee, natuurlijk niet.' Hij richtte zijn blik even op de neuzen van zijn schoenen, toen zei hij: 'Ik wil niet dat u zich elke keer verstopt wanneer u mij in de gang ziet.'

Hanna zette haar handen in haar zij. 'Ik verstop me voor niemand!'

'En waarom bent u dan niet meegegaan op de rondleiding?'

'Omdat ik het druk had.'

'Dokter Conradi gaf u officieel toestemming. En ik denk dat uw aanwezigheid een verrijking had betekend.'

Hanna's gezicht begon te gloeien, tot over haar oren. 'Dokter Conradi heeft dit ziekenhuis opgericht. Als iemand het door en door kent, is hij het wel. Wilt u me nu verontschuldigen?'

Kirchfeld pakte haar arm vast. 'Wacht even. Ik wil me bij u verontschuldigen.'

'Waarvoor?'

'Dat ik u toen min of meer heb gedwongen. Dat was niet juist.'

'Het was mijn eigen beslissing,' zei Hanna. 'En zonder op uw voorwaarde in te gaan had ik de dingen die u me gaf vast niet gekregen, nietwaar?'

Nu leek hij echt berouwvol. 'Vergeef me, alstublieft. Ik wilde alleen een grapje uithalen. U leek zo serieus, en ik had tot dan toe zelden zo'n mooie verpleegster gezien. De zusters van het Charité kunnen de vergelijking niet doorstaan, eerlijk waar.'

Hanna haalde diep adem. Maakte hij zich ook nu nog vrolijk om haar?

'Goed, ik vergeef het u,' zei ze uiteindelijk. 'Maar bespaar me uw mooie praatjes, daar ben ik niet ontvankelijk voor. Goedenavond, dokter Kirchfeld.'

Met die woorden draaide ze zich om en liep haastig terug naar de kliniek.

29

Zehlendorf, 7 september 1921

In de periode die volgde slaagde Hanna erin Alexander Kirchfeld grotendeels uit de weg te gaan. Ze nam niet deel aan de ochtendvisites en als haar aanwezigheid in de operatiekamer vereist was, werkte dokter Conradi meestal met dokter Steiner samen, terwijl Kirchfeld het spreekuur overnam of op de afdelingen bezig was.

Omdat hij buiten het ziekenhuis woonde, liep ze niet het risico hem tijdens de ochtendgymnastiek, bij het ontbijt of het avondeten tegen te komen.

Alleen de middagpauze was gevaarlijk. Bij het middageten zat iedereen bijeen in de eetzaal. Helaas koos Kirchfeld telkens een plaats vanwaar hij haar goed kon zien – en zij hem.

Haar pogingen om hem te mijden bleven niet onopgemerkt. Leni was natuurlijk de eerste die iets merkte.

‘Wat speelt er eigenlijk tussen jou en die nieuwe arts?’ vroeg ze op een avond na het eten. De medewerkers kwamen steeds minder vaak samen in de gemeenschappelijke ruimte; meestal zaten ze op hun eigen kamer. Ze spraken er slechts af en toe af om te musiceren of een bordspelletje te doen.

‘Wat zou er moeten zijn?’

‘Je doet alsof hij lucht is.’

Hanna kneep haar lippen op elkaar. ‘Dat is helemaal niet waar.’

‘En of dat waar is!’ wierp haar zusje tegen. ‘Je gaat hem uit de weg, en als hij je in de eetzaal aankijkt, wend je demonstratief je blik af.’

'Ik heb niet gemerkt dat hij naar me kijkt,' beweerde Hanna. 'Als ik aan tafel zit, houd ik me bezig met de maaltijd.'

Leni snoof. 'Ach, Hannaatje... Terwijl hij zo aardig is!'

'Aardig?' vroeg Hanna verontwaardigd. 'Sinds wanneer?'

'Hij is altijd vriendelijk tegen de keukenmeisjes en tegen mij ook. Paula stopt hem vaak iets toe, zodat hij wat aansterkt.'

Zo, deed Paula dat? Om de een of andere reden stak dat Hanna.

'Ze kan beter boekhouder Gruber iets toestoppen, zodat hij niet steeds bij jullie rondhangt.'

'Volgens mij vindt hij je leuk.'

'Gruber? God beware!'

Leni kneep haar in haar zij. 'Zie je wel, zelfs nu negeer je Kirchfeld. Je krijgt zijn naam niet eens over je lippen. Vertel, wat is er voorgevallen? Heeft hij je beledigd?'

Hanna wist dat haar zusje zou blijven aandringen tot ze haar vertelde wat er speelde. Maar kon ze dat doen zonder dat de hele keuken het te weten kwam?

'Je mag het tegen niemand zeggen,' zei ze nadrukkelijk.

Leni zette grote ogen op. 'Natuurlijk niet! Wat is er gebeurd?'

'Ik heb hem al eerder ontmoet, meer dan een jaar geleden, toen ik hier pas was aangekomen. We werden erop uitgestuurd om het een en ander voor een uitgebreid ontbijt te bemachtigen, dat ter ere van een politieman werd georganiseerd.'

Hanna vertelde over hun ontmoeting, die tot in de kleinste details in haar geheugen gegrift stond.

'Je hebt hem gekust voor een blikje sardientjes en jam?' riep Leni en ze proestte het uit.

'Wat valt er te lachen?' vroeg Hanna boos.

'Ik zag net voor me hoe jij met getuite lippen zijn wang aanraakt – als een vogel die naar een graankorreltje pikt!'

'Dat heb ik niet gedaan!' zei Hanna verontwaardigd, wat Leni ertoe bracht nog harder te lachen.

Zuchtend verzonk ze in zichzelf tot Leni merkte dat het genoeg was geweest.

'Ach, Hanna! Doe niet zo pietluttig,' zei ze en ze vlijde zich tegen haar zus aan. 'Zelfs al zou dokter Conradi het te weten komen, wat maakt het uit? Je bent een volwassen vrouw en je mag kussen wie je wilt. Bovendien was het in het belang van het ziekenhuis!' Ze drukte een kus op Hanna's wang en proestte het weer uit.

~

'Als jullie een verpleegopleiding willen opzetten, moeten jullie het aantal bedden tot minstens honderd opschroeven,' zei Heinrich Schubert met grote nadruk. 'Daarover waren de heren van het ministerie heel duidelijk. De eis is minimaal honderd bedden.'

Louis spande zijn kaken. Hij kon zich wel voorstellen wat zich bij het ministerie had afgespeeld toen ze daar hoorden dat ze een eigen opleiding wilden beginnen. Waarschijnlijk had Wiedemann dat aantal verzonnen om hem in de weg te zitten.

'De school is belangrijk,' zei hij volhardend. 'Volgend voorjaar zijn de twee jaar sinds onze opening om. Als we voor die tijd niets doen om onze positie te consolideren, kan het gebeuren dat we alles kwijtraken.'

'Maar ze kunnen ons toch niet onteigenen!' merkte Catherine verontwaardigd op. 'Het ziekenhuis is volledig gerenoveerd en heeft patiënten.'

'Helaas niet genoeg,' wierp boekhouder Gruber tegen. 'Onze balansen zien er in de verste verte niet zo goed uit als ze zouden moeten.'

'Met andere woorden: jullie komen geld tekort.'

Louis sloeg zijn ogen neer. Ze zaten inmiddels op zestig bedden en er waren tijden dat ze die ook nodig hadden. Maar daartussen lagen telkens weer maanden waarin ze zalen moesten sluiten omdat zich geen patiënten aandienden.

Hij had gehoopt dat er na de eerste maanden een opgaande lijn te zien zou zijn, vooral omdat het aantal vrouwen dat hier beviel was gestegen. Maar het ontbrak hun aan ligdagen, die een hogere vergoeding door de ziekenfondsen opleverden.

Het was spijtig dat Zehlendorf geen zelfstandige gemeente meer was en nu tot Groot-Berlijn behoorde. De nabijheid van de hoofdstad, waardoor ze een betere aansluiting op het verkeersnet zouden hebben, had een groot voordeel geleken. Maar hoewel de samensmelting van hun gemeente met Berlijn veel Zehlendorfers helemaal niet beviel, lieten ze zich toch vaak liever in een Berlijns ziekenhuis als het Charité opnemen.

'We zouden dus een aanbouw moeten maken voor veertig bedden,' concludeerde Carl Rohleder, die naast Catherine was gaan zitten. Ze hadden hem rechtstreeks uit de badruimte hiernaartoe laten halen. Zijn haar plakte aan zijn hoofd van de stoom. 'Of we moeten op de tweede verdieping ziekenzalen inrichten. Het mag nu dan aangenaam geregeld zijn wat de kamers van het personeel betreft, we hebben wel ruimte nodig...'

'Onze mensen moeten op het terrein ondergebracht zijn,' zei Louis. 'Hoe kunnen we ze anders oproepen als er 's nachts een spoedgeval is? Een aanbouw is onontbeerlijk, alleen al voor de leslokalen.'

Louis wilde er niet aan denken tot welke hoogten de prijzen voor bouwmateriaal morgen alweer zouden stijgen. De inflatie was een tumor die met de dag groter werd en het toch al karige spaargeld van de mensen aanvrat. Als Wiedemann hem niet op zijn nek zat met zijn dreigementen, zou hij het minder somber inzien, maar nu...

'We zouden een beroep op onze broeders in Amerika kunnen doen,' stelde Heinrich Schubert voor.

'Dan denken ze dat we niet op eigen benen kunnen staan.' Louis dacht even diep na en schudde toen zijn hoofd.

'Ik heb misschien een idee,' opperde Catherine. 'Een oude vriend van me uit Engeland kan wellicht helpen.'

Louis fronste zijn voorhoofd.

'Dokter Harrow,' vervolgde ze terwijl ze aan haar mouw frunnikte. 'Je kent hem niet.' Louis probeerde zijn verbazing te verbergen. Echtelieden hoorden elkaar eigenlijk alles te vertellen, ook als het om vrienden en kennissen ging, maar Catherine had het nooit over die dokter Harrow gehad.

Zijn vrouw leek aan te voelen dat ze hem een verklaring schuldig was. 'Hij is een jeugdvriend. We hebben een tijdje samen op school gezeten. Zijn vader was een Britse diplomaat die goede relaties met ons geloofsgenootschap onderhield. Hij is ook later nog wel eens in Skodsborg geweest.'

Louis fronste zijn voorhoofd. Als hij zulke goede relaties met hun genootschap onderhield, hoe kwam het dan dat hij hem nooit had ontmoet?

'Hij is nu een vooraanstaand arts met een eigen sanatorium in het zuiden van Engeland. Ik weet zeker dat hij ons zou helpen.'

Reflexmatig was Louis geneigd om nee te zeggen. Ze hadden de hulp van die 'jeugdvriend' niet nodig.

'Dat kon wel eens een oplossing zijn.' De voorzitter van hun genootschap was hem voor.

'Ik zou er eerder voor zijn om de Amerikanen aan te schrijven,' bracht Louis ertegenin. 'Misschien krijgen we ook wel hulp uit Zwitserland.'

'Het is het proberen waard,' gaf Schubert toe. 'Maar ik kan niets beloven.'

'We hebben die verpleegopleiding echt nodig,' zei Louis en hij keek de aanwezigen een voor een ernstig aan. 'Alleen daarmee kunnen we onze aanspraak op het pand onderbouwen met onherroepelijk resultaat. Laten we proberen hoe dan ook aan de eisen van het ministerie te voldoen.'

~

Hanna stak haar handen in de zakken van haar verpleegstersuniform en liep haastig de tuin door. De namiddagzon wierp steeds langere schaduwen en het zou niet lang meer duren of de herfst brak aan in Zehlendorf.

De dokter zat sinds het middaguur in vergadering met het dagelijks bestuur. Voor zover ze wist was Heinrich Schubert met nieuws vanuit het ministerie aangekomen. Het leek om de verpleegstersopleiding te gaan. Hopelijk had de adventistenleider goed nieuws te melden.

Er zaten momenteel geen patiënten voor de röntgenkamer te wachten en Hanna maakte van de gelegenheid gebruik om de benen wat te strekken.

Op de terugweg zag ze haar zus bij het keukenraam staan. Leni kreeg haar in het oog en zwaaide even naar haar.

Toen ze de hoek omging naar de hoofdingang viel haar een vrouw in een grijze jas op. Ze had haar haar in haar nek opgestoken en de witte kraag van haar jurk lag op de revers van haar jas. Ze droeg goede leren schoenen, wat Hanna bijna een beetje jaloers maakte.

Haar eigen kleren vielen haar bijna van het lijf; de meeste kledingstukken die de verpleegsters hier bezaten waren zo vaak versteld dat ze vrijwel alleen nog uit stopgaren bestonden.

'Kan ik u helpen?'

De vrouw draaide zich om. Er lag een brede glimlach op haar gezicht en haar grote, sprekende ogen straalden.

'Else!' riep Hanna uit. 'Je bent terug! Wat is het lang geleden dat we elkaar hebben gezien!'

De twee vrouwen vielen elkaar in de armen. Ze hadden af en toe brieven gewisseld, maar hun werk, dat beiden veel tijd kostte, had een gestage correspondentie niet toegelaten.

'Wat kom je doen?' vroeg Hanna, met een hart dat overliep van vreugde. Haar vriendin van het allereerste begin was terug op Waldfriede! En wat had ze zich goed ontwikkeld!

'Ik heb de opleiding afgerond en gevraagd of ik hier weer kon komen werken. En ik heb een toezegging gekregen.'

Hanna vroeg zich af waarom dokter Conradi er niets over had gezegd. De afgelopen twee jaar hadden ze over van alles gesproken, ook over het moment waarop de tijd rijp zou zijn om hun ziekenhuisfamilie uit te breiden.

Maar het maakte niet uit. Else was er weer!

'Vind je het leuk als ik je een rondleiding geef?' vroeg Hanna. 'Of moet je je bij de dokter melden?'

'Ik moest me inderdaad bij aankomst bij de dokter melden. Maar ik ben iets te vroeg.'

'Nou, dan heb je nog even tijd, want de dokter zit in vergadering met het dagelijks bestuur. Kom mee!'

~

Nadat Heinrich Schubert met Carl Rohleder en de boekhouder was vertrokken, bleef Louis nog een momentje op de sofa zitten. Zijn gezicht gloeide en zijn hart ging tekeer. Wat moest hij doen?

'Dokter Harrow zou ons vast en zeker helpen,' begon Catherine. 'Ik zou hem echt alleen een telegram hoeven sturen.'

'Nee.'

'Louis,' zei zijn vrouw terwijl ze opstond. 'Hij is niet meer dan een jeugdvriend.'

'En waarom heb je het dan nooit over hem gehad?' Louis wist dat hij de laatste was die het recht had om jaloezie te tonen, maar het stond hem ten diepste tegen om zich te laten helpen door iemand uit het verleden van zijn vrouw.

'Het leek me niet belangrijk,' antwoordde ze.

'Had je... romantische gevoelens voor hem?' Hij keek Catherine recht aan. Wat hij zag beviel hem niet erg.

'Ja,' gaf ze toe. 'Inderdaad. Ik was toen vijftien. Hij ging naar Engeland voordat er iets tussen ons kon opbloeien. We waren allebei nog heel jong.'

'En je hebt hem sindsdien nooit meer gezien?'

'Nee. We hebben elkaar af en toe geschreven. Maar het contact werd verbroken toen hij zich verloofde.' Ze hurkte naast hem en legde haar hand op zijn arm. 'Spring over je eigen schaduw heen. Je lijdt heus geen gezichtsverlies door hulp van hem aan te nemen.'

Louis verkeerde in tweestrijd. Waar kwam toch dat gevoel vandaan dat hij hier met een concurrent te maken had? Hij had de man nooit gezien.

En waarom wilde hij niet accepteren dat zijn vrouw voor hun ontmoeting gevoelens voor een andere man had gekoesterd? Dat was immers volstrekt normaal?

'Goed dan, vraag het hem maar,' zei hij zuchtend. 'Maar laat hem weten dat ik de lening terugbetaal.'

Catherine knikte. 'Ik stuur hem vandaag nog een telegram.'

~

'Het is zo geweldig om weer hier te zijn!' zei Else terwijl ze bij Hanna inhaakte. Ze had inmiddels haar jas uitgetrokken en haar verpleegsterskapje opgezet.

Hanna liet haar de toegang tot de nieuwe operatiekamer, het lab, de baden en de eetzaal zien. Else bekeek alles met grote ogen.

'Jullie hebben echt iets geweldigs tot stand gebracht!' zei ze.

'Dan heb je de röntgenafdeling nog niet gezien! En het nieuwe diathermieapparaat! Daar voelt het alsof je een andere tijd binnenstapt.'

'Je hebt dus je röntgenopleiding kunnen afronden?'

'Ja, in het Virchow-ziekenhuis! Het was ongelooflijk! Ik heb geen idee waarom ik vroeger zo bang voor die apparaten was. Ik heb inmiddels zelfs een assistente, die me helpt om de patiënten in de juiste houding te leggen.' Hanna kon niet voorkomen dat er trots in haar stem doorklonk.

Op dat moment kwam dokter Conradi hun tegemoet.

'Else!' riep hij uit toen hij haar naast Hanna zag staan. 'Ben je er al?'

'Ja, dokter.' Het voormalige dienstmeisje knikte enthousiast. 'En ik ben heel blij dat ik hier mag werken.'

'Dan heet ik je van harte welkom! Ga je maar melden bij zuster Elisabeth op de vrouwenafdeling. Hanna, we moeten aan het werk!'

Hanna glimlachte nog eens naar Else, liet haar gaan en liep de dokter achterna.

Bij de spreekkamer aangekomen werden ze ontvangen door de blikken van de wachtende patiënten. Een jonge vrouw met een dophoedje op en een blauw mantelpakje aan dat zichtbaar strak om haar zwangerschapsbuik zat, een oudere man in een bruin pak, die op een stok leunde en er wat bleek uitzag, en een bezadigd uitziend echtpaar aan wie ze niet kon zien wie de patiënt en wie de begeleider was, zagen hen verwachtingsvol aan.

Ze groetten de mensen vriendelijk en verdwenen achter de spreekkamerdeur.

Meteen nadat ze de deur achter zich hadden gesloten trok de dokter zijn witte jas aan en vroeg: 'Hoe zou u het vinden als uw echtgenoot een jeugdvriendin had voor wie hij ooit romantische gevoelens koesterde en aan wie hij nu hulp voor u wil vragen?'

Hanna trok haar wenkbrauwen op. 'Ik heb geen echtgenoot.'

'Stelt u zich de situatie gewoon voor.' Conradi knoopte zijn doktersjas dicht. Zijn bewegingen verrieden nervositeit.

Hanna dacht aan Martin. Zijn verleden was een open boek voor haar geweest. Hij had haar alles verteld, ook over de vrouwen met wie hij een korte relatie had gehad. Ze had gedaan alsof ze niet jaloers was, maar in werkelijkheid had ze zijn voormalige liefjes grondig verafschuwd.

'Tja, ik zou dat nogal eigenaardig vinden,' zei ze. 'Maar het hangt er helemaal van af waarvoor ik hulp nodig had.'

'Laten we zeggen dat het om geld gaat.'

Hanna schoot in de lach. 'Ik denk niet dat Martin een andere vrouw om geld zou hebben gevraagd om mij iets leuks te geven.'

'Uw verloofde lijkt een goed mens te zijn geweest.'

'Dat klopt.' Hanna knikte en keek de dokter aan. Wat zou ze hem graag vertellen dat ook hij een goed mens was. En dat ze het aan zijn aanwezigheid in haar leven te danken had dat ze aan Martin kon denken zonder intens verdriet te voelen. 'Waar gaat het eigenlijk om?' vroeg ze in plaats daarvan. 'U hebt me die vraag toch niet zomaar gesteld?'

Conradi nam een ogenblik de tijd voordat hij antwoordde. 'U weet natuurlijk van onze ambitie om een verpleegopleiding op te zetten.'

'Is broeder Schubert iets te weten gekomen bij het ministerie?'

'Ja. We moeten er veertig bedden bij hebben. Ik vrees dat de mooie tijden voor ons personeel binnenkort voorbij zijn.'

Hanna keek hem verschrikt aan. Met haar zusje had ze het goed geregeld en het was gezellig omdat ze prima met elkaar overweg konden. Maar als het weer nodig zou zijn dat drie of zelfs vier verpleegsters een kamer deelden...

'Zelfs als we de slaapkamers erbij trekken, zullen we niet om een aanbouw heen kunnen. Maar daar hebben we het geld niet voor.'

‘En uw vrouw wil nu een oude vriend vragen om bij te springen.’

‘Ja. En het lijkt erop dat het een vriend is over wie ze me tot dusver niets heeft willen vertellen.’

‘Een jeugdliefde soms?’

Dokter Conradi haalde zijn schouders op.

‘Het kan zijn dat de toekomst van de kliniek ervan afhangt,’ vervolgde Hanna. ‘We mogen ons doel niet uit het oog verliezen, al helemaal niet wanneer het obstakel in het verleden ligt. En alle hulp is welkom.’

‘U hebt waarschijnlijk gelijk, Hanna.’ Dokter Conradi knikte nadenkend. ‘Goed dan, ik spring over mijn eigen schaduw heen. Misschien moet het wel zo zijn.’

30

Zehlendorf, 14 september 1921

Langzaamaan begon de herfst met heldere bonte bladeren aan de bomen en rood-blauwe dahlia's in het park de zomer af te wisselen.

Catherine had haar jeugdvriend getelegrafeerd, maar er was nog geen antwoord gekomen. Waarschijnlijk had hij zich over haar verzoek geamuseerd en het naast zich neergelegd, dacht Louis. Een goed christen hoorde altijd te helpen waar hij kon, maar wat wist hij nu van die dokter Harrow? Bovendien was het mogelijk dat de man zelf in financiële problemen verkeerde. Eigenlijk was hij er blij om dat hij geen verplichtingen aan hem hoefde te hebben.

De deur werd opengetrokken en Hanna kwam binnenstormen. 'Er is een jonge zwangere vrouw met weeën. Ze heeft zo veel pijn dat ze nauwelijks kan lopen.'

'Ik kom,' zei Louis en hij sprong op. Hij liep achter Hanna aan naar de opnameafdeling, waar hij met een luide kreet werd begroet.

Hij hurkte bij de patiënte neer. Haar gezicht was opgeblazen, de buik was verbazend klein voor een vrouw die bijna moest bevallen. Haar enkels waren sterk gezwollen.

Omdat ze geen patiënte van hem was, vroeg hij: 'In de hoeveelste maand bent u?'

'De negende,' hijgde ze.

'Hanna, haal een rolstoel.'

'Goed, dokter.' Hanna rende weg.

'Ik breng u naar de verloskamer, dan gaan we kijken hoeveel haast uw kindje maakt.'

'Dokter, ik heb zo'n hoofdpijn,' klaagde de vrouw ineens. Dat was eigenaardig, want op dat moment had ze eigenlijk andere zorgen.

Het volgende ogenblik kwam Hanna met de rolstoel aangerend.

'Ga naar de keuken en kijk of er nog wat ijs is,' instrueerde Conradi haar, waarna hij de vrouw in de rolstoel hielp en haar de gang door duwde.

In de verloskamer stonden zuster Ida en zuster Else al te wachten. Ze namen de vrouw over, vroegen naar haar naam en hielpen haar bij het uitkleden. Daarna zetten ze haar op de gynaecologische stoel. Nadat ze een doek over haar schoot hadden gelegd, ging dokter Conradi voor haar zitten.

Weer viel zijn blik op de opgezwollen benen van de patiënte. Weer klaagde ze over hoofdpijn. 'Eclampsie!' schoot het door hem heen terwijl hij de ontsluiting controleerde. Hij herinnerde zich een geval dat hij in Hamburg had gehad. Daarbij was de vrouw vlak na de bevalling aan een zware krampaanval overleden. Ook die vrouw had een naar verhouding kleine buik en net zulke gezwollen benen gehad.

'Zuster Else, we hebben urine van de patiënte nodig,' zei hij. 'Help haar bij het plassen en breng de urine naar het lab.'

Zuster Ida fronste haar voorhoofd. Dokter Conradi wenkte haar.

'Ik vrees dat mevrouw Kunze pre-eclampsie heeft. Blijkbaar is ze nog niet bij een dokter geweest die dat heeft vastgesteld.'

'U bedoelt...' Ida stokte.

'Die hoofdpijn betekent dat ze tijdens de bevalling een aanval kan krijgen. We hebben nog wat tijd om te beslissen of we een keizersnede gaan doen.' Vanuit zijn ooghoeken zag hij dat zuster Else met een volle beker urine de kamer uit liep.

'Laat zuster Grete weten dat ze de operatiekamer klaar moet maken.'

Ida knikte en wendde zich weer tot haar patiënte.

'Dokter, wat is er met me aan de hand?' vroeg de vrouw kreunend. 'Ik voel me zo vreemd. Ik kan niet goed zien.'

'Het komt allemaal goed,' verzekerde Louis en hij legde kalmerend zijn hand op haar schouder. 'Maar ik moet u vragen of u ermee akkoord gaat dat ik uw kind met de keizersnede haal.'

'Wilt u me opensnijden?'

'Waarschijnlijk lijdt u aan eclampsie. Ik wacht nog het resultaat van het laboratorium af, maar ik ben er nagenoeg zeker van.'

De vrouw beefde, toen kneep ze haar ogen weer dicht.

'De hoofdpijn en het slechte zicht zijn twee van de symptomen. Om te voorkomen dat u een krampaanval krijgt, zou ik de bevalling graag met de keizersnede onder narcose doen.'

De vrouw keek hem angstig aan, maar daarna knikte ze.

~

Hanna liep haastig de keuken in. Ze hoopte dat het ijs in de koelkelder nog bruikbaar was. De afgelopen winter waren er grote stukken uit de Krumme Lanke gebracht. De ijsman had verzekerd dat ze het tot diep in de zomer zouden kunnen gebruiken. Tijdens de hete zomer had ze het zo veel mogelijk vermeden de kelder open te maken.

In de keuken trof ze tot haar grote verrassing de boekhouder aan. Thomas Gruber was in levendig gesprek verwikkeld met de keukenmeisjes Luise en Greta.

'Meneer Gruber! Wat doet u hier?' De meisjes stoven als opgejaagde hennen uiteen.

'Nou, ik... Ik wilde alleen informeren wat vandaag het middageten is.'

Hanna nam de man kritisch op. Hij was nogal mager voor iemand die goed werd verzorgd. Misschien had hij echt honger, maar toch vertrouwde ze het niet.

'Dat zou u aan mevrouw Conradi moeten vragen. Of beter nog, de dienstdoende kokkin.' Hanna keek naar haar zusje en merkte haar sceptische blik op.

'Aardappelen, worteltjes en gebakken eieren,' zei Leni.

‘Zo, nu weet u het. En nu moet ik u verzoeken de meisjes niet langer van het werk af te houden. Mevrouw Conradi kan erg boos worden.’

Thomas Gruber verdween met een scheef glimlachje de keuken uit, terwijl de meisjes weer aan het werk gingen.

‘Hebben we nog ijs in de koelkelder? Het is voor een vrouw die moet bevallen,’ zei Hanna tegen haar zus.

‘Ik denk van wel,’ zei Leni en ze liep weg. Even later kwam ze met een beker ijs terug in de keuken. ‘Hier, maar haast je. Bij deze temperatuur zal het niet lang koud blijven.’

‘Bedankt,’ zei Hanna, en ze rende weg.

Het gejammer van de barende vrouw hoorde ze al van verre. Toen ze de verloskamer bereikte, kwam mevrouw Kunze op de gynaecologische stoel met een ruk omhoog en stootte een verstikt gegorgel uit. Er verscheen schuim op haar mond en ze gooide haar hoofd in haar nek.

Hanna verstijfde. Ida en Else probeerden de vrouw vast te houden, maar al haar spieren waren verkrampt.

‘Hanna, ik heb Metamizol nodig!’ riep dokter Conradi.

Hanna zette de beker met ijs neer, draaide zich vlug om en rende terug naar de spreekkamer. Het beeld van de verkrampte vrouw had zich op haar netvlies gebrand. Ze trok de deur open, stormde naar de medicijnkast en doorzocht gejaagd de dozen. Ten slotte vond ze het gevraagde. Het medicijn was nog erg nieuw, en ze hadden het tot dusver maar zelden gebruikt.

Ze stopte het flesje met trillende handen in haar schortzak en ging terug naar de verloskamer.

De zwangere vrouw lag slap op haar rug. Dokter Conradi trok haar armen naar achteren en voerde een reanimatie volgens de Silvestermethode uit, waarbij de armen gekruist naar voren tegen de borst worden gedrukt.

‘Moet ik de Metamizol aanbreken?’ vroeg ze, maar dokter Conradi gaf geen antwoord. Hij leek eigenlijk niets om zich heen waar te nemen.

Hanna keek naar Else, die als verstijfd naar de vrouw stond te staren. Ze trok haar weg.

'Ze kreeg ineens krampen. Ik kwam net uit het lab... De dokter zei dat ze eclampsie heeft.'

Er liep een ijskoude rilling over Hanna's rug. Ze had nooit precies geweten wat er bij Ruths bevalling was gebeurd. Er was alleen gezegd dat er iets mis was gegaan.

Nu ze naar de vrouw keek, die roerloos op haar rug lag, met opgeblazen buik en slappe armen en benen, meende ze min of meer haar zus te zien. Haar lieve Ruth... zou ze zo zijn gestorven?

'Hanna, breng me het instrumentenkistje,' haalde de dokter haar opeens uit haar gedachten terwijl hij de armen van de patiënte losliet. 'Ik wil proberen in elk geval het kind te redden.'

De vraag of mevrouw Kunze dood was bleef in Hanna's keel steken. Ze haalde het gevraagde. Conradi trok de doek van de buik van de zwangere vrouw en deed zonder omhaal de eerste snede. De vrouw, die star en levenloos naar het plafond keek, bewoog niet. Het schuim stond op haar mond en haar gezicht kreeg een licht blauwachtige kleur.

Hanna zag hoe dokter Conradi het kind uit de geopende baarmoeder haalde. Het was behoorlijk klein en eveneens blauwachtig. Conradi liet zich een klein slangetje aanreiken en zoog het vocht uit de mond van het kindje. Toen keerde hij het voorzichtig om en begon het ruggetje te masseren.

Slechts kort daarna hoorde ze een zacht kreetje. Hanna sloeg haar hand voor haar mond. Ida achter haar bracht een geluid uit waarvan ze niet kon zeggen of het een snik of een lachje was.

Het jongetje bewoog zwakjes zijn armpjes en beentjes, maar naar het zich liet aanzien haalde hij zelfstandig adem.

Dokter Conradi legde de pasgeborene op de borst van zijn dode moeder, toen knipte hij de navelstreng door. Daarna gaf hij het jongetje aan zuster Ida. 'Doe het kleintje in bad en breng hem naar de zuigelingenafdeling. Zuster Anni moet zich over hem ontfermen. Ik zal hem zo meteen nog eens onderzoeken.'

Zuster Ida deed wat haar werd gevraagd.

'Hanna, geef me naald en draad, zodat ik de wond kan sluiten.'

Hanna merkte dat er een siddering door het lichaam van de dokter ging toen hij naar de dode vrouw keek. Droefenis lag in zijn ogen, en tegelijkertijd was zijn gezicht beheerst. Nadat de snede gesloten was, bedekte hij de overledene met een doek.

'We moeten een autopsie uitvoeren,' zei hij. 'Ik moet de exacte doodsoorzaak bepalen.'

'Is dat mogelijk bij eclampsie?'

'Het ging allemaal zo vlug. Dat is zelfs bij eclampsie ongewoon.' Hij keek naar het bedekte stoffelijk overschot. Toen de deur openging, keek hij op. 'Zuster Else, haal alstublieft een brancard en zorg ervoor dat de overledene in de kelder komt. Ik zal later een obductie doen.'

'Ja, dokter,' antwoordde Else en ze trok zich terug.

Hulpeloos keek Hanna naar de dokter. Nu en dan overleden er patiënten in een ziekenhuis en soms ook in een sanatorium. Sinds de opening van de kliniek hadden ze al enkele sterfgevallen gehad, maar niets was zo pijnlijk als een jong leven te verliezen, een mens die op het punt stond ander leven voort te brengen.

'Wat gaat er met het kindje gebeuren?' vroeg Hanna.

'Ik hoop van harte dat mevrouw Kunze een echtgenoot heeft,' antwoordde dokter Conradi terneergeslagen. 'Zo niet, dan moeten wij voorlopig maar voor het kleintje zorgen. Ik zou hem toch al niet met een gerust geweten het ziekenhuis uit laten gaan. Eerst moet worden bekeken of hij onder het zuurstofgebrek van zijn moeder heeft geleden.'

Hanna knikte en tastte in de zak van haar schort. Daar zat nog steeds het medicijn in dat de dokter de vrouw niet meer had kunnen geven.

'Denkt u dat dit echt had geholpen?'

'Ik weet het niet,' zei dokter Conradi. 'Het is krampstillend, maar of het tegen zulke hevige kramp opgewassen was geweest...' Hij dacht even na, toen voegde hij eraan toe: 'Maar één ding is me zojuist duidelijk geworden: we moeten een eigen apotheek in de buurt hebben.'

Hanna knikte.

Het volgende moment verschenen zuster Else en zuster Imogen met een verrijdbare brancard om de overledene op te halen.

'Ik ga maar eens kijken hoe het met de patiënten hierbuiten staat,' zei Hanna, en ze verliet op wankele benen de verloskamer.

Buiten zag ze een man heftig discussiëren met de zuster bij de receptie.

'Ik wil naar mijn vrouw!' riep hij. 'Ze heet Marlene Kunze! Ze moet hier zijn!'

'Meneer Kunze?' sprak Hanna hem aan.

De man keek haar geagiteerd aan. Hij had hoge jukbeenderen en zag er graatmager uit.

'Hoe staat het met mijn vrouw? Ze is hier, nietwaar? Ze heeft alleen een briefje op de tafel achtergelaten.'

Hanna kreeg een brok in haar keel. 'Uw vrouw is inderdaad hier.'

'Ik moet naar haar toe!' riep hij uit.

'Dat gaat helaas niet. Ik kan u alleen zeggen dat uw zoontje levend ter wereld is gekomen.'

De man keek haar verward aan. 'En mijn vrouw?'

'De dokter komt zo met u praten. Gaat u even zitten, alstublieft, over een paar minuten is hij bij u.'

Hanna wees naar de bankjes langs de muur. De man staarde haar aan, maar deed wat ze zei.

Even later verscheen dokter Conradi. Hij had zijn met bloed bevlekte doktersjas voor een schone verruild.

'Dokter, dit is de man van mevrouw Kunze,' fluisterde Hanna tegen hem. 'Hij vond een briefje op de keukentafel en wil nu weten hoe zijn vrouw eraan toe is.'

Conradi haalde diep adem, toen rechtte hij zijn schouders. 'Ik zal met hem praten. Maak intussen alles in orde voor de volgende patiënt.'

Hanna knikte en zag hoe de dokter naar de man toe liep die in één klap kersverse vader en weduwnaar was geworden.

Het volgende ogenblik begon de man onbeheerst te gillen. Even later stortte hij zich op dokter Conradi en pakte hem bij zijn revers. De arts was te zeer overrompeld om zich te kunnen verweren.

'Ophouden!' riep Hanna. 'Laat de dokter los of ik haal de politie erbij!'

Verpleger Carl en dokter Steiner kwamen aanrennen.

Meneer Kunze gaf niet op, maar begon dokter Conradi woedend uit te schelden. Het kostte de twee mannen behoorlijk wat moeite om de tierende man bij de dokter weg te halen.

'Ik ga u aanklagen!' schreeuwde de man terwijl hij door verpleger Carl en dokter Steiner de deur uit werd gesleept. 'U en het ziekenhuis!'

'Is alles in orde?' vroeg Hanna aan de dokter.

'Ja, ik ben in orde. Ik ben alleen geschrokken.' Dokter Conradi trok enigszins verlegen zijn witte jas recht, die bij de schouder gescheurd was. Ze keken naar buiten, waar verpleger Carl pal voor de man ging staan om hem te beletten weer naar binnen te stormen.

'Gaat u maar naar de spreekkamer, ik zal een nieuwe doktersjas voor u halen,' stelde Hanna voor, toen haalde ze diep adem en begaf zich naar de linnenkamer.

Halverwege kwam ze Alexander Kirchfeld tegen. Ditmaal was ze te moe om de spanning te voelen die haar anders overviel wanneer ze hem tegen het lijf liep.

Normaal gesproken gingen ze langs elkaar heen, maar nu bleef de arts-assistent staan.

'Zuster Hanna! Wat is er gebeurd? Ik hoorde geschreeuw.'

Voor het eerst sinds hij in het ziekenhuis was keek Hanna hem recht aan.

'We hebben zojuist een patiënte verloren,' antwoordde ze. 'Eclampsie. De echtgenoot reageerde heel kwaad op het nieuws.'

Kirchfeld fronste zijn voorhoofd. 'De dokter heeft niet gezegd dat we een patiënte...'

'Een spoedgeval,' onderbrak Hanna hem kribbig. Dacht hij soms dat hij iets aan de gang van zaken had kunnen veranderen? Ze dwong zichzelf rustig te blijven en voegde eraan toe: 'Dokter Conradi zal u meer kunnen vertellen. Ik neem aan dat hij uw hulp zal kunnen gebruiken bij de obductie.'

Kirchfeld knikte en stak een beetje verlegen zijn handen in de zakken van zijn witte jas. 'Het spijt me dat u daarbij hebt moeten zijn.'

Hanna sloeg haar ogen neer. 'Ja, dat spijt mij ook. Maar als verpleegster moet ik ertegen kunnen, nietwaar? In tegenstelling tot de vader.'

'Ik zou mijn geloof in de mensheid verliezen als mijn vrouw bij de geboorte van mijn kind stierf.' Kirchfeld keek haar aan. 'Bent u echt helemaal in orde? Kan ik iets voor u doen?'

Hanna schudde haar hoofd. 'Bedankt voor het aanbod. Maar alles is in orde. Ik moet een nieuwe witte jas voor de dokter halen. Was er nog iets ongewoons?'

'Ik heb twee vrouwen onderzocht. Het waren lichte gevallen, niets bijzonders. De dossiers liggen al op Conradi's bureau.'

'Dank u,' zei Hanna, en ze slaagde erin een scheef lachje te produceren.

~

De avond viel in deze tijd van het jaar vroeger in, en Louis was daar dankbaar voor. Het zomerse stralen van de avondzon of een mooie zonsondergang zou zijn somberheid alleen maar hebben versterkt.

Dat patiënten overleden was voor hem als arts niet ongewoon. Maar hij ondervond het als een persoonlijke nederlaag als iemand onder zijn handen het leven verloor, zelfs als hem niets viel aan te rekenen.

In de urine van de vrouw hadden de typerende eiwitsporen gezeten die op pre-eclampsie wezen. Als ze eerder naar de dokter was gegaan, als ze haar klachten goed had laten onderzoeken, had haar dood misschien voorkomen kunnen worden. Maar blijkbaar was ze niet naar een dokter gegaan. Ze had niet eens een vroedvrouw geraadpleegd.

Louis zag weer de wanhoop van de man voor zich, voelde hoe hij hem vastgreep. Hij kon zijn woede begrijpen. Maar geschreeuw noch dreigementen konden zijn vrouw weer tot leven wekken.

Er werd op de deur geklopt. Eigenlijk was hij niet in de stemming om met iemand te praten. Ook zijn vrouw had hij nog niets verteld. Maar misschien was ze bezorgd omdat hij zich nog niet had vertoond.

'Binnen!' riep hij, en toen Hanna de spreekkamer in kwam voegde hij eraan toe: 'U hoeft toch niet te kloppen.'

‘Ik wist niet zeker of u iemand wilde zien.’

Conradi keek haar aan. Ze zag er moe uit en zoals wel vaker na een lange werkdag zat haar kapje scheef.

Hij forceerde een glimlach, maar was er zeker van dat ze hem doorhad.

‘Hoe gaat het met u?’ vroeg ze zachtjes toen ze dichterbij kwam. Hij staarde een poosje naar zijn handen, toen keek hij op.

‘Niet bijzonder goed.’

‘U treft geen schuld,’ zei Hanna. ‘Dokter Kirchfeld en dokter Steiner waren bij de obductie, die zullen u kunnen ontlasten. Bovendien hebt u door accuraat te handelen het kind gered.’

Louis knikte. Dat was hij ten overstaan van de tierende vader bijna vergeten.

‘Ik had haar ook moeten redden,’ zei hij toonloos. ‘Ze had eclampsie,’ zei Hanna. ‘Die krampaanval was niet te voorkomen. Dan had die vrouw al voordat de weeën begonnen moeten bevallen.’

Louis keek op. Zijn ogen brandden, maar tegenover Hanna wilde hij zich kranig houden. ‘Ik dacht dat ik met een keizersnede de kramp kon omzeilen. Maar toen begon die voordat ik haar naar de ok kon laten brengen...’

Hanna zakte neer op de stoel die voor de patiënten bestemd was.

‘Mijn oudste zus Ruth stierf bij de geboorte van haar eerste kind,’ begon ze. ‘We hebben nooit precies geweten waardoor dat kwam.’

‘Er zijn zo veel dingen die bij een bevalling mis kunnen gaan,’ zei Louis zachtjes. ‘Daarom is er tegenwoordig meestal een arts aanwezig bij een bevalling. En toch is dat geen garantie voor het leven van de moeder.’

Hanna knikte bedrukt.

‘Maar dat is wat we doen, nietwaar?’ vroeg Louis meer aan zichzelf dan aan Hanna. ‘We rouwen en gaan door, want het is onze roeping.’

‘We rouwen en gaan door,’ echode Hanna treurig. Graag had ze de dokter omarmd, maar dat durfde ze niet. In plaats daarvan legde ze haar hand op de zijne. 'Rust uit. Morgen is er een nieuwe dag.' Ze trok haar hand terug en stond op.

Louis keek haar nog na toen de deur al lang achter haar was dichtgevallen.

~

Hanna was maar net de spreekkamer uit toen ze vanuit haar ooghoeken een beweging waarnam. Met een onaangenaam gevoel keek ze opzij. De man die zich van de muur losmaakte, herkende ze meteen.

'Meneer Kunze,' zei ze, en ze merkte dat haar spieren zich spanden. Wat had hij hier te zoeken? Wilde hij de dokter iets aandoen? En hoe was hij nu, na bezoektijd, nog binnengekomen?

'Zuster,' zei hij zachtjes en hij liep naar haar toe. 'Ik wil me graag voor mijn gedrag verontschuldigen. Kan ik de dokter spreken, alstublieft?'

'De dokter is momenteel niet aanspreekbaar,' zei Hanna ontkennend. 'U kunt morgen met hem praten.'

De man knikte en boog zijn hoofd. 'Het spijt me zeer, maar het bericht dat mijn vrouw was gestorven...' Er kwam een jammerklacht uit zijn mond, zijn lichaam schudde van het snikken. Hanna wist even niet of ze hem moest troosten. Een paar jaar geleden had ze over een verpleegster gehoord die dat had gedaan en even later met een mes was bedreigd.

Maar toen vermande ze zich en legde ze haar handen op zijn schouders. De man huilde ongegeneerd en leunde zoekend om steun tegen haar aan. Hanna hoopte vurig dat de dokter de spreekkamer uit zou komen.

Toen ze merkte dat het gesnik minder werd vroeg ze: 'Wilt u misschien uw zoontje zien?'

De man keek haar met glazige ogen aan en knikte.

'Goed, komt u dan maar mee. Hij is op de zuigelingenafdeling, er is daar een zuster die voor hem zorgt.'

Hanna bracht Kunze de gang door. Op de zuigelingenafdeling lagen op dat moment vier pasgeborenen. Die stonden onder toezicht van zuster Friedel, een mollige vrouw met strak naar achteren gekamd zwart haar, die net bezig was het jongetje zijn flesje te geven.

'Wacht hier even, alstublieft,' verzocht Hanna terwijl ze de vader voor het raam neerzette. Toen liep ze naar binnen.

Friedel keek haar verbaasd aan. 'Het bezoekuur is toch al voorbij,' zei ze, want natuurlijk had ze de man voor het raam opgemerkt.

'Een kleine uitzondering,' zei Hanna. 'Zijn vrouw is overleden en hij was volkomen overstuur.'

'Ah, dan is hij degene die de dokter heeft aangevallen,' zei Friedel, zonder haar blik van haar kleine beschermeling af te houden. 'Als hij zich bij zijn zoontje net zo laat gaan...'

'Dat zal beslist niet gebeuren,' antwoordde Hanna. 'Het was een uitzonderlijke situatie. Soms doen we dan dingen waarvoor we ons later generen en waar we bij een helder verstand niet toe in staat zouden zijn geweest.'

Friedel keek haar sceptisch aan, toen knikte ze. 'Goed, ik breng hem zo meteen. Maar eerst moet hij zijn flesje leegdrinken. Hij is nog steeds uitgehongerd.'

'Bedankt.'

Hanna liep de zuigelingenafdeling uit.

'Welk kindje is het?' vroeg de man en hij strekte zijn hals.

'Zuster Friedel is hem net aan het voeden,' zei Hanna. 'Ze brengt hem zo naar buiten, zodat u naar hem kunt kijken.'

De man richtte zijn blik op het kindje op de schoot van de zuster. Veel meer dan windsels en het hoofdje was er niet te zien. 'Is alles in orde met hem?' vroeg hij.

'Naar omstandigheden is hij gezond,' stelde Hanna hem gerust. 'Door de pre-eclampsie is hij wat kleiner dan andere kindjes, maar toch is hij in goede conditie.'

Dat dokter Conradi zich zorgen maakte vanwege het zuurstofgebrek, verzweeg ze. Dat kon meneer Kunze beter uit de mond van een arts horen – als hij Conradi nog onder ogen durfde te komen.

Ten slotte stond zuster Friedel op, liet de kleine een boertje doen en kwam toen met hem naar buiten.

Ze nam de vader argwanend op terwijl ze vroeg: 'Hebt u al een naam voor het kleintje?'

'Peter,' stamelde hij en hij probeerde zichtbaar een snik terug te dringen. 'Mijn vrouw wilde hem Peter noemen.'

'Een mooie naam,' zei Hanna, en ze gaf Friedel te kennen dat die niet zo'n gezicht moest opzetten. Dat de man zijn vrouw had verloren was al erg genoeg.

Op het moment dat ze het kindje in zijn armen legde braken bij meneer Kunze alle dijken door en hij begon weer te huilen. 'Wat is hij prachtig, hij heeft Marlenes neus,' mompelde hij terwijl hij zijn zoontje wat onbeholpen wiegde. Zuster Friedel instrueerde hem hoe hij hem op de juiste manier kon vasthouden.

Toen Hanna opzijkeek, zag ze dokter Conradi in de gang staan. Hij moest het tafereel al een tijdje hebben aanschouwd. Hanna glimlachte bemoedigend naar hem. Misschien was dit een goede gelegenheid om in alle redelijkheid een gesprek te voeren. Maar Conradi, die haar gedachten leek te raden, schudde licht zijn hoofd en trok zich terug.

31

Zehlendorf, 28 september 1921

'Ah, meneer Kunze, bent u hier om uw zoontje op te halen?' Hanna, die juist onderweg was van de röntgenkamer naar de spreekkamer, glimlachte naar de man, die nog altijd gedeprimeerd leek. Toch had ze de laatste tijd gemerkt dat er in zijn ogen een beetje hoop opvlamde.

'Ja, ik kreeg bericht dat het zover is.' Hij wierp een blik op het korfje in zijn hand. Het jochie lag erin te slapen, onder een dekentje, zodat alleen zijn gezicht en het mutsje op zijn hoofd zichtbaar waren. 'Mijn moeder gaat me helpen met de verzorging van de kleine.'

Hanna knikte. De afgelopen weken had ze meneer Kunze vaak in het ziekenhuis gezien. Meestal was hij rechtstreeks naar de zuigelingenkamer gelopen, maar af en toe was hij even blijven staan om een praatje met haar te maken. Zijn moeder had zichzelf veel verwijten gemaakt, omdat ze haar schoondochter niet naar de dokter had gestuurd. Hij had haar enkele dagen na de begrafenis van Marlene meegenomen, zodat ze ook even naar het kindje kon kijken. Hanna had gezien dat hij haar moest ondersteunen toen ze Waldfriede weer verlieten.

'Ik weet zeker dat u beiden geweldig goed voor de kleine Peter zult zorgen,' zei Hanna. 'Voor het geval dat we elkaar niet meer zien, wens ik u alle goeds.'

'Dank u dat u er voor me was.' Kunze gaf haar een hand. 'En bedank de dokter ook nogmaals van mij. Ik waardeer het zeer dat hij in elk geval ons zoontje heeft weten te redden.'

Hanna beloofde dat te zullen doen en liep terug naar de spreekkamer.

Dokter Conradi was net terug uit de operatiekamer en had zijn operatieschort alweer verwisseld voor zijn witte doktersjas.

'U krijgt de groeten van meneer Kunze,' zei ze. 'Hij heeft zojuist zijn zoontje opgehaald.'

'Aha. Prima.' Het was niet te zien aan dokter Conradi of hij op dit moment aan de agressie van de man terugdacht.

'Ik heb mevrouw Schreier geröntgend; de foto's zullen zo wel klaar zijn. De kleine Johann was een beetje onwillig, zodat ik hem heb moeten fixeren. Maar toen ik de opname maakte werd hij heel stil. Ik denk dat de foto wel is gelukt.'

Dokter Conradi knikte. 'Dan kunnen we dus met het normale programma doorgaan.'

Hun gesprek werd onderbroken door getoeter.

Hanna keek uit het raam en vroeg: 'Zijn dat de mensen uit Friedensau?'

De arts volgde haar blik. Op de rotonde stond een voertuig. Het was geen ziekenwagen en het zag er ook niet uit als de vrachtwagens die door Berlijn reden.

Een man in een donkere mantel stapte uit. Hij was ongeveer even oud als Louis, had donker haar, een snor en een baard.

'Hij doet me een beetje aan dokter Meyer denken,' zei Hanna, maar degene die nu naar de ingang kwam lopen was niet de arts uit Friedensau.

'Laten we maar eens kijken wie dat is!' zei dokter Conradi en hij liep de spreekkamer uit. Door de open deur zag Hanna dat hij zijn pas versnelde zodra hij zich onbespied achtte.

Voordat hij de ontvangsthal binnenkwam hoorde hij de stem van de man al. Hij sprak Duits met een hem maar al te bekend accent.

Kon het zijn dat...?

Louis probeerde zijn kalmte te herwinnen. Hij streek zijn jas over zijn borst glad en liep de hal in.

'Aha, daar is de dokter!' zei de verpleegster achter de balie.

De onbekende volgde haar blik. Met zijn ronde, rozige gezicht had hij reclame kunnen maken voor aftershave. Zijn donkere baard was opvallend gesoigneerd en zijn goudbruine ogen lichtten op toen hij Conradi zag.

'Dokter Conradi! Het doet me groot genoegen u te leren kennen. Mijn naam is John Harrow.' Hij reikte Louis de hand, die zijn krachtige handdruk beantwoordde.

'Dokter Harrow, wat een verrassing! Het genoegen is geheel aan mijn kant.' Hij had bij de aanblik van de auto buiten al een vermoeden gehad.

'Catherines telegram heeft me veel gedaan en daarom dacht ik dat ik maar eens persoonlijk langs moest komen om u steun te bieden.'

Hij wilde hen steunen? Had Catherine soms om meer dan alleen geld gevraagd? En waarom was hij met een vrachtwagen gekomen?

Het volgende moment stormde Catherine de ontvangsthal binnen.

'Goeie genade, John!' riep ze met glanzende ogen uit.

Louis vroeg zich af wanneer zijn vrouw hem voor het laatst zo stralend had aangekeken. Dat was al een poos geleden.

Onstuimig als kinderen omhelsden ze elkaar en hielden vervolgens elkaars hand vast als vrienden die nooit het contact hadden verloren. Zo had Louis haar sinds hun bruiloft niet meer meegemaakt.

Was er misschien een reden dat ze Johns naam nooit had genoemd?

De stem van zijn vrouw haalde hem uit zijn overpeinzingen. 'Heb je even tijd, Louis, of wachten er patiënten? Dan zet ik thee voor ons drietjes.'

Natuurlijk had hij patiënten, maar hij had ook dokter Steiner, die ze kon overnemen. En hij wilde zijn vrouw in geen geval met die man alleen laten.

'Ik trek alleen mijn jas even uit, dan kom ik,' antwoordde hij. Vrolijk haakte zijn vrouw bij John Harrow in en trok hem mee.

~

Hanna stond bij het raam en strekte haar nek uit. Ze had het niet aangedurfd de dokter te volgen. In plaats daarvan bekeek ze de vrachtwagen eens goed. Wat zou er voor hen in zitten? Was dat die geheimzinnige vriend van mevrouw Conradi?

'Zuster Hanna?' Achter zich hoorde ze de stem van de arts. Ze maakte een schrikbeweging en draaide zich vlug om.

'Wilt u alstublieft tegen dokter Steiner of Kirchfeld zeggen dat ze mijn visiteronde moeten overnemen?'

'Is dat die dokter Harrow uit Engeland?'

'Inderdaad, ja, en mijn vrouw is opgetogen. Omdat ik aanneem dat hij ons te hulp komt schieten, kan ik er niet onderuit een kopje thee met hem te drinken.' Conradi slaakte een zucht. Hij leek meer zin in zijn visiteronde te hebben.

'Het komt wel goed,' verzekerde Hanna hem en ze stapelde de patiëntendossiers op haar arm. 'Het is toch mooi dat hij ons wil helpen? Hoe eerder we beginnen met de uitbreiding van het ziekenhuis, hoe beter.'

'Daar hebt u gelijk in, Hanna. Toch vind ik het wat lastig om zijn hulp te accepteren.'

'Beschouw hem gewoon als collega,' stelde Hanna voor. 'En als het beter loopt met ons ziekenhuis, kunt u zich wellicht ooit bij hem revancheren.'

Conradi knikte en verruilde toen zijn doktersjas voor het jasje dat aan de kapstok bij de deur hing.

'Als mijn collega's ergens vragen over hebben, kom dan gerust even langs.'

'Dat zal ik doen,' beloofde Hanna. 'En ga nu maar van uw thee genieten!'

Toen Conradi weg was, bracht ze de patiëntendossiers eerst naar dokter Steiner, maar die was geconcentreerd bezig het gebroken been van een jongeman te gipsen. Kirchfeld, die normaal gesproken naast hem zat, was nergens te bekennen.

'Is dokter Kirchfeld op een van de afdelingen?' vroeg Hanna.

'Ik vermoed van wel. Hij zou naar de vrouwenafdeling gaan.'

Hanna bedankte hem en liep met haar stapel dossiers naar de trap. Daar kwam ze broeder Carl tegen, die samen met Christoph, een leerling-verpleger, een patiënt naar de baden droeg. De man had zijn armen om de schouders van de twee verplegers gelegd en leek een beetje angstig.

'Laat me alstublieft niet voor dat meisje op de vloer vallen!' zei hij vermanend.

Hanna lachte. 'Geen zorgen, onze verplegers trekken als het moet met blote handen een boom uit de grond.'

Inderdaad trof ze dokter Kirchfeld op de vrouwenafdeling aan. Hij was bezig de operatiewond van een vrouw te verzorgen die een paar dagen eerder een keizersnede had ondergaan.

Toen hij klaar was en de ziekenzaal uit kwam, stapte Hanna op hem af. 'Hebt u misschien tijd om de visites van dokter Conradi over te nemen?'

Kirchfeld deed een stap naar achteren en trok een hevig verschrikt gezicht. 'Zuster Hanna, u komt bij mij met een verzoek!'

Hanna sloeg haar ogen ten hemel. 'Dokter Conradi heeft bezoek gekregen en dokter Steiner is bezig in de gipskamer.'

Kirchfeld grijnsde. 'Toch moeten we dit in de annalen bijschrijven, dat u uit zichzelf naar me toe bent gekomen. U had immers ook zuster Sarah kunnen sturen? Of een van de dienstmeisjes.'

'Waarom zou ik niet naar u toe komen? Ik ga ervan uit dat u niet bijt,' reageerde Hanna een beetje bits. Ze moest toegeven dat Kirchfelds aanwezigheid haar niet meer zo nerveus maakte als vlak na zijn aanstelling. Van alle kanten hoorde ze goede berichten over hem. Leni vond hem geweldig, sommige zusters wierpen hem belangstellende blikken toe en ook de afdelingshoofden hadden geen klachten. Het leek erop dat zij de enige was die niet razendenthousiast over hem was.

'Nee, ik bijt niet. Maar u verstopt zich wel een beetje voor me, of niet soms?'

Hanna slaakte een zucht en hield hem de dossiers voor. 'Neemt u de visites over of moet ik tegen dokter Conradi zeggen dat u geen tijd hebt?'

'Natuurlijk neem ik zijn ronde over,' zei hij sussend. 'Maar alleen als u meeloopt.'

'Zuster Elisabeth is verantwoordelijk voor de visites.'

'Ze kan vast wat hulp gebruiken.' Hij wendde zich naar het raam. 'Wie is er eigenlijk met die vrachtwagen aangekomen? Het kenteken ziet er Engels uit.'

'Een zekere dokter Harrow. Hij is een oude vriend van mevrouw Conradi uit Engeland, die ons hulp wil bieden bij het opzetten van een eigen verpleegstersopleiding. Dokter Conradi kan u er vast meer over vertellen.'

Kirchfeld trok verbaasd zijn wenkbrauwen op en knikte. 'Dus u komt mee?' vroeg hij met een ontwapenende glimlach. 'Ik beloof ook dat ik niets van u zal eisen.'

Hanna gaf zich gewonnen en zei: 'Ik kom mee.'

Zuster Elisabeth verbaasde zich een beetje over haar aanwezigheid, want als dokter Conradi visites liep bleef ze meestal in de spreekkamer of was ze bezig met röntgenopnamen. Hanna besloot het haar tijdens het middageten uit te leggen.

Ze liepen van bed naar bed en Hanna was er voor het eerst getuige van hoe Kirchfeld met de patiëntes omging. Hij was vriendelijk en innemend, hoorde de klachten van de vrouwen aan en probeerde waar nodig troost te bieden.

Hanna kreeg een volstrekt andere indruk van hem en moest toegeven dat de verpleegsters terecht zo met hem dweepten.

~

'Ik ben blij dat u op ons verzoek bent ingegaan,' zei Louis terwijl Catherine thee voor hen inschonk. Het was al een tijd geleden dat hij zijn tweede moedertaal Engels had gesproken. Dat hij vandaag kon oefenen was alvast een voordeel van deze bijeenkomst. 'Het is een verre reis vanuit Engeland, en sinds de laatste oorlog is de rancune tegen de Duitsers in de hele wereld toegenomen.'

'Dit is geen kwestie tussen landen,' antwoordde Harrow. 'Als Engelsman veroordeel ik het natuurlijk dat de Duitse politiek ons in zo'n chaos heeft gestort, om van de vijandschap niet te spreken, maar dit hier is een uitwisseling onder wetenschappers.' Hij keek naar Catherine. 'En onder vrienden.'

Er viel een stilte. Onder andere omstandigheden had Louis Harrows woorden zeker gewaardeerd, maar er was nu eenmaal die angel van ongewisheid over de aard van de relatie tussen zijn vrouw en deze Engelsman. Vrienden? Het was een wel heel grote vriendendienst om met een vrachtwagen vol goederen naar Duitsland te reizen, het land dat na de Vrede van Versailles allesbehalve te spreken was over de geallieerden – en omgekeerd.

Louis keek naar zijn vrouw. Catherine had een blos op haar wangen en leek niet te merken dat hij bepaald niet blij was.

'Catherine en ik kenden elkaar als kind al,' zei Harrow, alsof hij Louis' gedachten had geraden. Hij nam een slok thee en vertrok nauwelijks zichtbaar zijn gezicht, maar zelfs als de thee hem niet smaakte, zou hij te beleefd zijn om er iets van te laten merken. 'Mijn vader was destijds boekhouder in Skodsborg en kende dokter Möller, Catherines vader.'

Louis probeerde zich een boekhouder Harrow voor de geest te halen, maar dat lukte hem niet, hoewel hij af en toe met zijn vader was meegegaan naar Skodsborg. Ook Catherine was hem vroeger nooit opgevallen. Ze was pas nadat hij met zijn studie was begonnen in zijn gezichtsveld verschenen. Weliswaar niet als eventuele bruid, maar als dochter van een oudere collega bij wie hij een paar maanden een coassistentschap liep.

Pas toen hij haar in Hamburg weer had ontmoet – toen was ze al verpleegster – waren ze nader tot elkaar gekomen.

Harrow daarentegen scheen zijn hele jeugd met haar te hebben doorgebracht.

'We hadden aanvankelijk meer ruzie dan dat we met elkaar speelden, maar toen we ouder werden, is er vriendschap tussen ons ontstaan.' Harrow keek bijna liefdevol naar Catherine. Ze sloeg haar ogen neer.

Louis probeerde zich zijn vrouw als jong meisje voor te stellen. Hij kende wat foto's uit die tijd, maar hij had nooit gezien hoe ze zich destijds had bewogen of hoe ze sprak. Welke spelletjes ze leuk vond was nooit onderwerp van gesprek geweest.

'Toen ik vijftien was, een jaar na het overlijden van mijn moeder, werd mijn vader overgeplaatst naar Engeland. Ik moest Catherine achterlaten. Een tijdlang correspondeerden we met elkaar, maar het contact is uiteindelijk verbroken. Ik ben geneeskunde gaan studeren en zij werd verpleegster. En toen koos ze voor u.' Hij keek naar Louis. Nee, zijn ogen boorden zich welhaast in de zijne.

Louis deed zijn best om zich te beheersen. Hoe zou hij hem zien? Als die arme dokter die hulp nodig had? Harrow zelf leek niet behoeftig...

'Des te groter was mijn vreugde toen ik Catherines telegram kreeg, al gaf de inhoud natuurlijk geen aanleiding tot blijdschap. Maar toch: eindelijk weer een levensteken! Het heeft een poos geduurd voordat ik de middelen bij elkaar had en bovendien wilde ik haar verrassen, vandaar dat ik niet heb gereageerd. En nu ben ik hier.'

'Met een vrachtwagen,' voegde Catherine er nog steeds enigszins verbijsterd aan toe. Er speelde een glimlachje om haar lippen.

'Ik bedacht dat u ook nog andere zaken nodig hebt. Na zo'n catastrofale nederlaag en zulke enorme herstelbetalingen kan het niet goed gaan met een volk. Dus heb ik een paar dingen uit onze opslagruimte gehaald en bovendien een paar brave zielen gevonden die bereid waren een schenking te doen. En daar ben ik dan.'

Ja, daar was hij dan. Als een reddende engel met wie Louis toch niet zo heel blij kon zijn.

~

Bij het avondeten hadden de verpleegsters het allemaal over niets anders dan de stoffen die ze hadden gekregen: blauw-wit gestreept katoen en een pakketje blauwe wollen stof, waarvan ze nieuwe verpleegstersuniformen konden naaien. Bovendien had dokter Harrow dozen vol schoenen meegebracht. Ze waren gedragen, maar opgelapt. Hanna zag meteen hoe goed de schoenmaker zijn werk had gedaan. De komende dagen zouden ze het er alleen over eens moeten worden wie welk paar zou krijgen, want de maten waren heel verschillend.

Hanna kon haar geluk niet op. Wanneer had ze voor het laatst een jurk gedragen die niet van verstelwerk aan elkaar hing? En schoenen die niet afgedragen waren? Hoe vaak had haar vader haar niet voorgehouden dat het een schande voor een schoenmaker was als zijn dochter met scheefgelopen hakken door het leven ging?

Wel viel het haar op dat dokter Conradi er weinig gelukkig uitzag. Harrow had hem vijfduizend dollar toegezegd, een vermogen in een land dat verzwakt was door inflatie. Hanna kende de dokter inmiddels goed genoeg om te weten dat hij hierdoor in zijn trots gekrenkt was. Ze hadden altijd al hulp gekregen, maar nooit eerder van een jeugdvriend van zijn echtgenote, die geen enkele binding had met hun ziekenhuis buiten zijn lidmaatschap van het genootschap der adventisten en zijn vriendschap met Catherine.

Ze had hem graag verteld dat het in orde was, dat het doel de middelen heiligde en dat Harrow was gestuurd om hen te helpen. Maar die avond was hij onbereikbaar voor haar.

Na het avondeten wilde Hanna zich eigenlijk in haar kamer terugtrekken, toen ze opeens een aanraking aan haar arm voelde. Dokter Conradi was ongemerkt naast haar gaan staan en keek haar aan.

'Blijf nog even bij ons, zuster Hanna. Ten slotte behoort u tot de leidinggevende verpleegsters.'

Dat was niet helemaal waar, maar ze bespeurde in de blik van de dokter een urgentie die tegenspraak onmogelijk maakte.

Ze knikte en ging naar de conversatiezaal. Daar zaten Maria, Ida, Elisabeth en Carl, alsook arts-assistent Kirchfeld. Net als Hanna waren ze een beetje verbaasd over haar komst.

'Ach, die is vrij goed onder controle te houden, als je hem weet te hanteren,' pareerde ze bescheiden.

'Toch is het gevaarlijk. Een paar maanden geleden is er in mijn kliniek een ongeval gebeurd. De zuster mocht van geluk spreken dat ze het overleefd heeft.'

Hanna's nekharen gingen overeind staan, alsof ze naast de zoemende machine stond. Het overspringen van energie was inderdaad een van de gevaren. Ook zij zag dat af en toe gebeuren, maar als ze aan het werk was verdrong ze die kennis.

'We proberen voorvallen van dien aard te vermijden. Maar we

hebben ook een van de modernste apparaten van Berlijn. We worden uitsluitend door het röntgeninstituut van het Virchow-ziekenhuis overtroffen.'

Uit haar ooghoeken zag ze dokter Conradi tevreden glimlachen.

Harrow bleef haar aankijken. 'Als u op een dag genoeg van Berlijn hebt, bent u welkom in Engeland,' bood hij haar aan. 'In mijn kliniek heb ik altijd plaats voor medewerkers met lef.'

'Ik vrees dat mijn Engels daarvoor te gebrekkig is,' gaf Hanna ter overweging.

'Ach, onze taal is niet zo moeilijk te leren.' Harrow was kennelijk niet van plan haar met rust te laten.

'Andersom is het wel lastiger, nietwaar?' Kirchfeld schoot haar opeens te hulp. 'Ik heb me laten vertellen dat onze schrijfwijzen en de uitspraak van bepaalde lettercombinaties nogal wat eisen van het Angelsaksische strottenhoofd.'

Hanna zag dat Harrow zijn ogen tot spleetjes kneep. Kirchfeld had op vriendelijke toon gesproken, maar ze begreep dat je zijn woorden evengoed als stekelig kon opvatten. Harrows uitspraak van het Duits was geenszins perfect.

'Daar kunt u wel eens gelijk in hebben,' gaf Harrow ten slotte toe en hij zette een glimlach op die niet zo goed te duiden was. 'Maar dat is immers een kwestie van oefening? Hoeveel talen spreekt u, collega Kirchfeld?'

'Vier,' antwoordde hij. 'Engels, Frans, Latijn en Grieks. En mijn moedertaal natuurlijk. Vijf dus, om precies te zijn.'

Kirchfeld keek Harrow strak aan. De twee mannen hadden opeens veel weg van kemphanen, klaar om te vechten.

Hanna onderdrukte een glimlach. Kirchfeld leek haar echt te verdedigen. Niet dat er iets te verdedigen viel. Hanna wist dat haar Engels niet goed was. Ze had haar leven lang nauwelijks vreemde talen nodig gehad, in tegenstelling tot de artsen, die moesten aantonen dat ze voor hun examen Latijn waren geslaagd. Aan een aantal universiteiten kon je alleen geneeskunde studeren als je daarnaast ook aantoonbaar kennis van het Grieks had.

Mevrouw Conradi mengde zich in het gesprek en begon over de lange reis die dokter Harrow op zich had genomen om naar hen toe te komen. Hanna was er blij om, want ze stond niet graag in het middelpunt. Ze keek naar Kirchfeld en gaf hem een dankbaar knikje, wat hem een brede glimlach ontlokte.

Toen Kirchfeld afscheid nam van het gezelschap, volgde Hanna hem onopvallend. Ze haalde hem bij de deur in.

'Bedankt dat u me van Harrow hebt verlost,' zei ze.

Kirchfeld knikte. 'Het was me een genoegen.' Hij liet een stilte vallen en voegde er toen aan toe: 'Vindt u het ook geen vreselijk opgeblazen mannetje? Het is prijzenswaardig dat hij is gekomen om ons te helpen, maar om u aan te rekenen dat u geen Engels kunt...'

'Ik kan wel Engels. Een beetje. Maar hij heeft gelijk; het kon beter. Wat mij meer stoorde was dat hij het nodig vond erop te wijzen dat sterkstroom gevaarlijk is. Dat weet ik wel, tenslotte heb ik de opleiding gedaan.'

Kirchfeld glimlachte haar toe. 'Nou ja, nog even en hij is weer weg. Uw kennis op het gebied van röntgen kan niemand hier betwisten. En als het u nodig lijkt om uw Engels toch een beetje op te poetsen, mag u altijd naar mij toe komen.'

'Dank u, ik denk niet dat dat nodig is,' zei Hanna vlug. 'Maar als ik een tolk nodig heb, zal ik u roepen.'

'Dat mag altijd.'

Er viel een stilte na zijn woorden. Hij keek haar een poos zwijgend aan, alsof hem iets op de tong lag, maar toen zei hij enkel: 'Welterusten en tot morgen, Hanna.'

'Welterusten,' antwoordde ze en ze keek hem na toen hij het ziekenhuis uit liep.

32

Zehlendorf, 30 september 1921

Het bezoek van de Engelsman was voor Waldfriede als een voorjaarswind in de herfst. Zelfs het weer werd veel beter. De zon straalde helder op de gele bladeren van de esdoorns die op de hoek naar de Alsenstrasse stonden, en ook de temperatuur werd milder.

Na het middageten maakte Hanna gebruik van het mooie weer om een rondje over het terrein te lopen. 's Ochtends was er een ware toestroom van patiënten geweest, en daarbij kwam dat de dokter door de aanwezigheid van de Engelse collega nerveus leek. Harrow had aangekondigd de volgende dag in alle vroegte af te willen reizen en dat betekende dat ze nog een gezamenlijke avond met hem moesten doorbrengen.

Toen ze de hoek omkwam, zag ze Catherine Conradi en dokter Harrow naast de eerste schuilhut staan, verborgen door struikgewas, maar desondanks voor haar duidelijk zichtbaar. Harrow had zijn armen om mevrouw Conradi's schouders gelegd. Hanna bleef abrupt staan.

Het was een omhelzing van vrienden en eigenlijk had die niets te betekenen, maar ze wilde mevrouw Conradi ook niet in een pijnlijke situatie brengen. Dus deed ze vlug een paar stappen naar achteren, zodat ze achter een dikke boomstam stond en ze hoorde dat Harrow zei: 'Als ik de volgende keer kom, breng ik meer mee. Ik neem aan dat jullie verpleegsters blij zijn met een paar nieuwe meubels.'

'Dat is bijna te veel van het goede,' zei mevrouw Conradi dankbaar. 'Het belangrijkste is kleding, ondergoed en zeep. Daarmee heb je ons al zo'n groot plezier gedaan.'

'Dat is voor mij geen reden om niet nog meer te sturen.'

Hanna hoorde geritsel in het struikgewas. Toen ze haar ogen over het gebladerte liet gaan, meende ze een beweging waar te nemen. Was er soms iemand aan het afluisteren?

Goed, wat zij hier deed, was ook zoiets als afluisteren, maar als ze zich nu verroerde zou mevrouw Conradi haar zien en denken dat ze opzettelijk achter haar aan was geslopen. Ingespannen dacht ze na hoe ze daar kon wegkomen zonder dat mevrouw Conradi of dokter Harrow haar in de gaten kregen.

Ze hoorde dat Harrow zei: 'Soms vraag ik me af wat er van ons beiden zou zijn geworden als vader me niet mee naar Engeland had genomen.'

'Die vraag stel ik mezelf af en toe ook. Maar dat zullen we wel nooit te weten komen.'

'Of het zou moeten zijn dat we door een speling van het lot vrij worden en we dan proberen het te ontdekken.'

Hanna hield haar adem in. Dit had ze nu echt niet willen horen.

'Je weet dat van een echtscheiding geen sprake kan zijn. Niet voor mij, maar ook niet voor jou.'

'Je weet nooit wat de toekomst ons brengt. Als Louis sterft, zou je dan naar me toe komen?'

'Daar mag je niet eens aan denken!' Geschrokken wees mevrouw Conradi hem terecht. 'Dit gesprek gaat me absoluut te ver.'

Hanna kon niet zien wat er nu gebeurde, maar een tijdlang zei geen van beiden iets. Zonder geluid te maken trok ze zich terug.

Haar gezicht was hoogrood. Dat het in het huwelijk van dokter Conradi niet altijd bijster goed ging had ze gemerkt, en het was zeer te waarderen dat mevrouw Conradi het voorstel van de Engelsman zo resoluut afwees. Toch had Hanna het gevoel dat ze ongewild getuige van overspel was geworden.

Nadat ze weer gekalmeerd was, maakte ze met een korte bocht rechtsomkeert. Het geritsel in de struiken schoot haar weer te binnen. Het zou een vogel geweest kunnen zijn, maar ze was bang dat er nog iemand getuige was geweest.

Haar hart klopte in haar keel. Ze had er niets mee te maken, maar desondanks bekroop haar een heel onaangenaam gevoel. Ontdaan keerde ze terug naar het ziekenhuis en ze hoopte dat de afluisteraar in de struiken het voorval voor de dokter zou verzwijgen, net als zij.

Die middag mochten de verpleegsters die niet hoefden te werken, beginnen met het naaien van de nieuwe jurken.

Hanna, die niet naar de naaikamer kon gaan omdat dokter Conradi haar in de spreekkamer nodig had, was een beetje jaloers. Ze verlangde er zo naar om de nieuwe stof op haar huid te voelen. Eindelijk weer een jurk te hebben die geen schurende verstelplekken had!

Ze besloot Leni op de hoogte te brengen. Haar zusje was tenslotte een van de gelukkigen die met het naaiwerk mochten beginnen, want het avondeten voor de patiënten was voorbereid en ze hoefde pas tegen vijf uur weer achter het fornuis om de warme gerechten klaar te maken.

Hanna vond haar in de voorraadkamer, waar ze de levensmiddelen inventariseerde die Harrow ook uit Engeland had meegebracht.

'Onvoorstelbaar, ze hebben zelfs melkpoeder in Engeland!' mompelde ze enthousiast en ze schrok op toen Hanna binnenkwam. 'Ha, Hanna, goed dat je komt.'

'Leni, ik wilde je net vragen...'

'Ik moet absoluut met je praten,' viel haar zusje haar in de rede terwijl ze vanuit de voorraadkamer de keuken in keek om zeker te zijn dat daar niemand was. 'Het gaat om Gruber.'

'Wat is er met hem?' vroeg Hanna verbaasd.

Leni deed de deur van de voorraadkamer dicht.

'Ik denk dat er iets niet in de haak is,' zei ze zachtjes.

'Hoe bedoel je dat? Heeft hij iemand van jullie een onfatsoenlijk aanbod gedaan?'

'Nee, maar ik heb hem erop betrapt dat hij probeerde Greta over de Conradi's uit te horen.'

'Maar wat zou ze hem dan moeten vertellen?'

'Het heeft blijkbaar te maken met die jeugdvriend van mevrouw Conradi. Hij heeft uitvoerig naar hem geïnformeerd.'

Een ijskoude rilling liep Hanna over de rug. Was het mogelijk dat Thomas Gruber daar in de struiken had staan afluisteren?

'En hoe zou Greta dan iets moeten weten?' vroeg Hanna van haar stuk gebracht.

'Nou, ze heeft hem en mevrouw Conradi bediend bij het ontbijt toen de dokter al bezig was met zijn visites.'

Hanna kreeg een onbehaaglijk gevoel. Ze had de nieuwe boekhouder al vanaf het begin niet gemogen, maar ze had niet precies kunnen zeggen waarom. Dat hij haar zusje en de andere meisjes snoepjes gaf was vreemd, maar daar stak geen kwaad achter. Dat hij bij de dienstmeisjes rondhing en hen van het werk afhield, was een lichte overtreding. Maar wat ging hem de jeugdvriend van mevrouw Conradi aan?

'En wat heeft ze gezegd?' vroeg ze.

'Dat ze niets over hem weet. En toen heeft hij haar blijkbaar gevraagd om haar oren een beetje open te houden. Het lijkt erop dat hij ook wil weten hoe het met het privéleven van de Conradi's is gesteld.'

'Hun privéleven?' Hanna schudde haar hoofd. Wat ging Gruber dat aan?

'En hoe reageerde Greta daarop?'

'Dat hij zijn snoepjes mag houden, zij is de Conradi's trouw, die vent moet maar doen wat hij niet laten kan!'

'Goed dat ze daar zo over denkt.' Hanna omhelsde haar zusje. Ze voelde zich onrustig. Wat voerde Gruber in zijn schild?

's Avonds nam het voltallige personeel afscheid van dokter Harrow. Hanna zag dat de leerling-verpleegsters dweperig over hem zaten te smoezen. Dokter Conradi leek opgelucht, zijn vrouw keek wat verdrietig.

Hanna had gemengde gevoelens. Ze had het pijnlijk gevonden dat ze dokter Harrow met mevrouw Conradi had gezien. Ze zou nooit gedacht hebben dat de vrouw van de geneesheer-directeur voor iemand anders dan haar man gevoelens zou kunnen koesteren.

Haar eigen gevoelens voor de dokter waren al verwarrend genoeg.

'En weg is hij!' hoorde ze Gruber achter zich zeggen nadat de vrachtwagen toeterend de Alsenstrasse in was gereden. Hanna verstarde.

Gruber was ondanks de koele avondwind in hemdsmouwen. Met zijn bretels over zijn overhemd leek het of hij op het punt stond op vakantie te gaan. Het was eigenlijk geen passende kleding voor de boekhouder van het ziekenhuis om afscheid van een gast te nemen.

'Ja, helaas,' antwoordde ze met samengeknepen lippen. 'Zijn komst heeft voor een frisse wind gezorgd. Nog afgezien van de lappen stof. Hebben de heren eigenlijk ook een stofpakket gekregen?'

Gruber keek haar wat verward aan. 'Ja, inderdaad.' Hij glimlachte onzeker. 'Maar ik ben bang dat ik er niet veel mee kan beginnen. Mijn naaikunst is niet zo geweldig.'

'Dan moet u misschien de dienstmeisjes vragen of ze iets voor u willen naaien.' Ze had het nog niet gezegd of ze had er al spijt van. Stel dat hij dit voorstel zou gebruiken om de meisjes nog meer uit te horen?

Gruber dacht even na en zei toen: 'Dokter Conradi leek niet erg enthousiast over het bezoek.'

Hanna trok haar wenkbrauwen op, maar op hetzelfde moment begonnen bij haar alle alarmbellen te rinkelen. 'Hoe komt u daarbij?' vroeg ze onschuldig.

'Het is maar een gevoel,' antwoordde hij vaag. 'Ik heb gemerkt hoe nerveus hij in de buurt van die Engelsman was. Zijn vrouw daarentegen leek erg in haar schik.'

'Ik denk dat elke vrouw hier in haar schik is met een weldoener die lappen stof en andere dingen voor het ziekenhuis meebrengt. Daar moet u zich niet door van de wijs laten brengen.'

'Ach, heus?' Nu trok ook hij zijn wenkbrauwen op en glimlachte op een manier die Hanna ineens heel onaangenaam vond. Zou hij inderdaad degene zijn die zich in de struiken had verborgen? Tenslotte verdween hij wel vaker een poos uit de schrijfkamer...

Hanna perste haar lippen op elkaar. 'Ik moet weer aan het werk,' zei ze, maar Gruber hield haar vast bij haar mouw.

'Hebt u misschien een keertje tijd om met me te gaan wandelen?'

Hanna verwachtte bijna dat hij een greep in zijn zak zou doen om pepermuntjes tevoorschijn te halen, maar er gebeurde niets in die geest. In plaats daarvan liet hij haar arm los.

'Meneer Gruber, zoals u weet heb ik tal van verplichtingen en bovendien moet ik voor mijn zusje zorgen. Ik ben bang dat ik geen tijd heb om met u te gaan wandelen.'

Wat dacht die vent wel? De alarmbellen in haar binnenste rinkelden nu nog harder. Wat wilde hij van de Conradi's, en waartoe dienden al die vragen aan Leni en de andere meisjes?

Hanna nam zich voor goed op te blijven letten. Wat ook zijn drijfveer was om te snuffelen en zich voor zaken te interesseren die hem niets aangingen, hij mocht in geen geval het ziekenhuis in gevaar brengen.

33

Zehlendorf, 16 november 1921

In de dagen en weken die volgden hield Hanna de boekhouder zo goed en zo kwaad als het ging in de gaten. Gruber zat meestal in zijn kantoortje, maar van Leni wist ze wanneer hij zich in de keuken vertoonde. Hanna probeerde dan meestal ook onopvallend naar binnen te gaan, zogenaamd om een kopje thee voor de dokter of een glas water voor een patiënt te halen.

Ze hield ook Greta in het oog. Maar er viel haar niets ten laste te leggen en Leni was bereid haar hand voor het meisje in het vuur te steken.

Begin november sloeg de griep toe in het ziekenhuis. Het aantal patiënten verdubbelde en algauw waren de ziekenzalen niet toereikend. Kamers van verpleegsters werden erbij getrokken en de slaapkamer van de Conradi's kreeg de functie van ziekenzaaltje, zodat ze alleen nog over hun woonkamer konden beschikken. Bijna alle oude bedden die nog in de opslag stonden, werden nu in gebruik genomen.

Rosa en Else trokken bij Hanna en Leni in. Daardoor zaten ze behoorlijk dicht op elkaar, maar de avonden werden door die twee wel heel levendig en vrolijk.

Halverwege november begon de griepgolf ook merkbaar te worden onder het personeel. Steeds meer verpleegsters werden ziek. De een had nog maar nauwelijks gezond en wel haar werk hervat, of de ander lag met koorts in bed. Daar veranderde noch de ochtendgymnastiek, noch een dubbele portie appel bij het ontbijt iets aan.

Die ochtend kwam zuster Maria naar Hanna toe terwijl ze in de eetzaal aan tafel zat. De laatste weken hadden ze elkaar vrijwel niet gesproken en Hanna vroeg zich nu af wat ze van haar wilde.

'Zuster Elisabeth voelt zich niet lekker,' begon ze. 'Zou jij misschien haar nachtdienst willen overnemen?'

'Natuurlijk,' antwoordde Hanna. 'Ze zal toch niet de griep hebben gekregen?'

'Ze heeft geen hoge koorts, dus zal het wel een verkoudheid zijn,' zei Maria. 'Zorg maar dat je een mondkapje draagt, we kunnen niet nog meer zieken gebruiken.'

'Doe ik,' antwoordde Hanna, waarna Maria weer vertrok.

Even later kwam dokter Conradi binnen. 'Ik word vandaag gek van die telefoon!' zei hij boos. 'Ik moet voortdurend naar de slaapkamer lopen omdat iemand iets van me wil. Een toestel in mijn spreekkamer is hard nodig.'

'Is de aanvraag dan nog steeds niet goedgekeurd?' vroeg Hanna.

'U weet hoe de bureaucratie werkt,' tierde Conradi verder, waarna hij eens diep ademhaalde.

'Zuster Maria heeft me gevraagd om vanavond de nachtdienst van zuster Elisabeth over te nemen,' vertelde ze hem. 'Ze schijnt zich niet goed te voelen.'

'Nog een zieke,' zuchtte de dokter. 'Gelukkig houden onze artsen nog stand.'

Dokter Steiner en dokter Kirchfeld waren hun rots in de branding, hoewel het bij hen in de spreekkamer een drukte van jewelste was.

'Ik denk trouwens dat het tijd wordt om een aparte afdeling voor interne geneeskunde te stichten. Door al die griepgevallen kom ik nauwelijks toe aan opereren.'

'Een afdeling interne geneeskunde zou ons mooi de bedden bezorgen die we tekortkomen voor de oprichting van een verpleegstersopleiding,' zei Hanna. 'Dan hebt u alleen wel een internist nodig die daar de leiding over heeft.'

Conradi knikte. Hij had er lang over nagedacht wie geschikt zou zijn om de afdeling interne te leiden. Hij had maar één persoon kunnen bedenken.

'Wat vindt u, zou ik dokter Meyer ervoor moeten vragen?'

'Onze dokter Meyer?' vroeg Hanna. Ze voelde een steek vanbinnen. Opeens zag ze dokter Meyer weer voor zich, zoals hij haar aarzelend het overlijdensbericht had overgebracht. Telkens als ze hem tegenkwam had ze Martin voor zich gezien, zwijgend, met zijn starre nietsziende ogen op het plafond gericht.

'Ja,' antwoordde Conradi. 'Hij lijkt me geschikt. Ik weet natuurlijk niet of hij genegen is weg te gaan uit Friedensau.'

Dat kon Hanna hem ook niet vertellen, maar in stilte wenste ze dat hij zijn naam niet had genoemd.

Er werd geklopt. 'Ja!' riep dokter Conradi, waarop een dienstmeisje haar hoofd om de deur stak.

'Er is een meneer Rieger aan de telefoon.'

De dokter uitte een kreet van wrevel en stond op.

'Hanna, haalt u ondertussen mevrouw Fromm even op.'

'Ja, dokter,' zei ze en ook zij stond op.

Na de avondmaaltijd begon de nachtdienst. Het was wel wat onwennig voor Hanna om weer op een afdeling te werken en ze was blij dat ze bij de vrouwen werd ingezet.

Ze had opgevangen dat dokter Conradi bij een man een been had moeten amputeren wegens koudvuur. Omdat hij van haar situatie afwist, had hij haar niet meegenomen naar de operatiekamer.

Wanneer zou het eindelijk eens voorbij zijn?

Haar verdriet om Martin was niet verdwenen, maar wel minder geworden. Toch kwam de paniek nog steeds terug, in onregelmatige, onberekenbare aanvallen, en er leek niets te zijn wat ze ertegen kon doen.

Op de afdeling was het 's avonds rustiger, al moesten ze vaker bij de vrouwen langsgaan die met acute koortsaanvallen kampten. Hanna kwam net uit een ziekenzaal waar ze een patiënte had getemperatuurd, toen Berta, een van de jongere verpleegsters, op haar afrende.

'Mevrouw Hensler in kamer 23 heeft meer dan veertig graden koorts! Ik wilde dokter Kirchfeld informeren, maar ik kan hem nergens vinden.'

Hanna slaakte een zucht. 'Ik ga wel naar haar toe. Zoek jij dokter Kirchfeld maar.'

Ze liep naar nummer 23, een van de weinige eenpersoonskamers die ze hadden. Elfriede Hensler was zestig jaar en had al bij opname symptomen van een longontsteking als complicatie van griep gehad.

Met een vuurrood hoofd lag ze in bed glazig naar het plafond te kijken. Haar longen reutelden onrustbarend.

'Mevrouw Hensler?' zei Hanna met zachte stem. De vrouw reageerde niet. Haar droge, gesprongen lippen bewogen wel, maar er kwam geen geluid.

'Mevrouw Hensler, kunt u me horen?' vroeg Hanna, met haar blik op de gestaag stijgende temperatuur gericht. Ze pakte de hand van de vrouw. Haar huid gloeide alsof hij in brand stond.

Het volgende moment kwam dokter Kirchfeld binnen.

Hanna slaakte een zucht van verlichting. Sinds hun gesprek na de avond met dokter Harrow hadden ze een betere verstandhouding gekregen en inmiddels kon ze goed met hem overweg. 'Dokter Kirchfeld, mevrouw Hensler heeft zeer hoge koorts. Ik vrees dat we moeten handelen.'

De arts probeerde de patiënte aan te spreken, maar ze reageerde niet en leek al haar energie en aandacht nodig te hebben om lucht in haar longen op te zuigen.

'In de allereerste plaats moet haar temperatuur omlaag,' zei hij terwijl hij zijn stethoscoop pakte. 'Natte zwachtels om haar onderbenen en als het niet anders gaat, haar hele lichaam inpakken in koude doeken.'

'Mevrouw Hensler?' probeerde hij nog eens. 'Ik wil even naar uw longen luisteren. Kunt u overeind komen?'

De vrouw antwoordde iets onverstaanbaars, maar maakte aanstalten om te gaan zitten. Hanna hielp haar daarbij en voelde dat haar nachthemd doorweekt was. Haar lichaam verspreidde een zurige lucht. De verpleegsters hadden de opdracht de nachtkleding vaak te wisselen als een patiënte te veel zweette.

'Dat dacht ik al. Haar longontsteking is erger geworden. We moeten zorgen dat ze lucht krijgt en dat de koorts niet verder oploopt. Hebben we nog heroïne-extract in huis?'

Hanna knikte. 'Dat wel, maar dokter Conradi heeft laatst in een Amerikaans medisch tijdschrift gelezen dat veel wetenschappers het middel als gevaarlijk beschouwen. Hij heeft me geïnstrueerd om wat we er nog van hebben zo mogelijk niet te gebruiken.'

Kirchfeld dacht even na.

'Dokter Conradi heeft in zijn spreekkamer nog een monster van het nieuwe koortswerende middel dat de artsenbezoeker vorige week heeft afgegeven,' stelde Hanna voor.

'Dat van Hoechst?' vroeg Kirchfeld.

Hanna knikte.

'Mooi. Dan zullen we hem op de hoogte stellen.'

'Het is niet nodig om hem uit zijn slaap te halen,' zei Hanna. 'Ik heb de sleutel van de medicijnkast en weet waar het ligt.' Ze liep de ziekenkamer uit. Haar hart bonsde in haar keel. Het was niet alleen de toestand van mevrouw Hensler zelf. Ze moest aan de familie denken, aan wie misschien de volgende morgen al zou moeten worden verteld dat hun moeder en grootmoeder was overleden.

Toen Hanna de gang naar de spreekkamer in liep zag ze Gruber, die op zijn hurken voor de deur zat en aan de deurknop leek te rammelen. Of wilde hij door het sleutelgat gluren?

Iedereen die op het terrein van het ziekenhuis woonde had toegang tot bijna alle vertrekken. De geneesmiddelen zaten wel achter slot en grendel. Wat deed Gruber hier?

Hanna rechtte haar schouders en liep naar hem toe.

'Kan ik u helpen, meneer Gruber?' vroeg Hanna, waarop hij haastig overeind kwam en iets achter zijn rug verborg.

'Zuster Hanna!' riep hij verrast uit.

Met haar hoofd schuin wachtte Hanna op antwoord.

De boekhouder krabde beschroomd aan zijn hoofd. 'Ik heb hoofdpijn en wilde even kijken of u een pijnstiller hebt liggen. Nu u hier toch bent...'

Hanna was niet overtuigd door deze verklaring. Om aan een

pijnstiller te komen had hij gewoon bij dokter Conradi of dokter Steiner kunnen aankloppen.

'U kunt het proberen met een koude opgieting,' stelde Hanna voor. 'Of u gaat even mee naar dokter Kirchfeld. Hoofdpijn kan een eerste symptoom van griep zijn. Als hij u een pijnstiller voorschrijft, breng ik die bij u langs.'

De ogen van de boekhouder werden groot. 'Ik denk niet dat dat nodig is,' zei hij vlug. 'Ik probeer het eerst wel met dat koude water. Dokter Kirchfeld heeft voorlopig toch nachtdienst?'

Hanna knikte. 'Gaat u in elk geval bij hem langs als u merkt dat u koorts krijgt.'

De boekhouder knikte, liep weg en was algauw verdwenen.

Hanna schudde haar hoofd en maakte de spreekkamerdeur open. Toen liep ze naar de medicijnkast en pakte het koortswerende middel voor mevrouw Hensler. Weer terug in de ziekenkamer zag ze dat Kirchfeld de patiënte iets overeind had gezet, zodat ze meer lucht kreeg. De jonge zuster Berta was al bezig met het aanleggen van de zwachtels om haar onderbenen.

'Hier,' zei Hanna en ze overhandigde Kirchfeld het medicament. Hij las vlug de bijsluiter, knikte en pakte toen een beker water van Hanna aan.

Gedurende de nacht namen Hanna en haar collega's telkens weer de temperatuur van mevrouw Hensler op. De natte beenzwachtels moesten een paar keer vervangen worden, maar tegen de ochtend sliep ze wat rustiger.

'Volgens mij is de crisis voorbij,' zei Kirchfeld toen hij door zijn stethoscoop naar de longen van de patiënte luisterde. 'De ontsteking zit er nog, maar het klinkt alsof het slijm al wat oplost. Hoe is het met de koorts?'

'Stabiel op achtendertig,' antwoordde Hanna, die haar temperatuur elk half uur had opgenomen.

'Dat is ongewoon en wellicht terug te voeren op het geneesmiddel, maar als we geluk hebben, is ze aan de beterende hand.'

Kirchfeld keek de vrouw aan. 'Hebt u het gehoord, mevrouw Hensler? Het lijkt erop dat we nog lange tijd het geluk zullen hebben van uw aanwezigheid op aarde te kunnen genieten.'

'Ach, dokter,' mompelde ze mat, waarna haar ogen weer dichtvielen.

Kirchfeld keek Hanna glimlachend aan. 'We hebben het er goed van afgebracht, vindt u niet?'

'U hebt het er goed van afgebracht,' antwoordde Hanna bescheiden.

'Kom, kom, wat had ik moeten doen zonder u en uw kennis van de inhoud van dokter Conradi's medicijnkast!'

Hij glimlachte stralend en Hanna merkte dat ze oprecht blij was met zijn compliment.

De volgende ochtend had ze na de dienstwissel eigenlijk even moeten gaan slapen, maar de onrust na de nachtelijke gebeurtenissen knaagde zodanig aan Hanna dat ze na het ontbijt de dokter achternaliep naar de spreekkamer. Stel dat Gruber inderdaad had geprobeerd het slot open te krijgen?

'Hé, Hanna, hebt u geen nachtdienst gehad?' vroeg dokter Conradi verbaasd. Hij pakte zijn witte jas van de kapstok en trok hem aan. 'U moet even gaan liggen, ik ga toch eerst visites lopen.'

Hanna wist niet goed hoe te beginnen. Het was niets voor haar om iemand zwart te maken, maar ze kon ook niet negeren wat ze had gezien.

'Mevrouw Hensler van kamer 23 heeft vannacht heel hoge koorts gekregen. Dokter Kirchfeld wilde haar heroïne-extract geven, waarop ik me herinnerde wat u had gezegd en hem het nieuwe koortswerende medicament heb voorgesteld.'

'Goed gedaan!' zei de dokter lovend. 'Bij al die drukte ben ik helemaal vergeten om dokter Steiner en dokter Kirchfeld te vertellen dat we geen heroïne meer moeten voorschrijven.'

Hanna vroeg zich af of dit wel het moment was om hem te vertellen wat ze had gezien. Maar als de patiënten eenmaal binnenkwamen, zou er nauwelijks tijd zijn om het erover te hebben.

'Is meneer Gruber eigenlijk nog bij u langsgekomen?' vroeg ze.

'Nee, hoezo?' vroeg dokter Conradi verbaasd.

'Omdat ik hem gisteren voor de spreekkamer aantrof. Toen ik

hem aansprak, zei hij dat hij hoofdpijn had en een pijnstiller wilde halen.'

'Hij kan toch niet zomaar een geneesmiddel uit mijn spreekkamer halen!' zei dokter Conradi verontwaardigd. 'Wat denkt hij wel, hij is toch geen arts!'

Hanna knikte instemmend. 'Daarom heb ik hem koude opgietingen aanbevolen en hem aangeraden zich tot een van de artsen te wenden. Bij ons op de afdeling is hij niet langs geweest, dus dacht ik dat hij misschien bij u had aangeklopt.'

Hanna slaakte een zucht. 'Ik ga wel naar haar toe. Zoek jij dokter Kirchfeld maar.'

Ze liep naar nummer 23, een van de weinige eenpersoonskamers die ze hadden. Elfriede Hensler was zestig jaar en had al bij opname symptomen van een longontsteking als complicatie van griep gehad.

Met een vuurrood hoofd lag ze in bed glazig naar het plafond te kijken. Haar longen reutelden onrustbarend.

'Mevrouw Hensler?' zei Hanna met zachte stem. De vrouw reageerde niet. Haar droge, gesprongen lippen bewogen wel, maar er kwam geen geluid.

'Mevrouw Hensler, kunt u me horen?' vroeg Hanna, met haar blik op de gestaag stijgende temperatuur gericht. Ze pakte de hand van de vrouw. Haar huid gloeide alsof hij in brand stond.

Het volgende moment kwam dokter Kirchfeld binnen.

Hanna slaakte een zucht van verlichting. Sinds hun gesprek na de avond met dokter Harrow hadden ze een betere verstandhouding gekregen en inmiddels kon ze goed met hem overweg. 'Dokter Kirchfeld, mevrouw Hensler heeft zeer hoge koorts. Ik vrees dat we moeten handelen.'

De arts probeerde de patiënte aan te spreken, maar ze reageerde niet en leek al haar energie en aandacht nodig te hebben om lucht in haar longen op te zuigen.

'In de allereerste plaats moet haar temperatuur omlaag,' zei hij terwijl hij zijn stethoscoop pakte. 'Natte zwachtels om haar onderbenen en als het niet anders gaat, haar hele lichaam inpakken in koude doeken.'

'Mevrouw Hensler?' probeerde hij nog eens. 'Ik wil even naar uw longen luisteren. Kunt u overeind komen?'

De vrouw antwoordde iets onverstaanbaars, maar maakte aanstalten om te gaan zitten. Hanna hielp haar daarbij en voelde dat haar nachthemd doorweekt was. Haar lichaam verspreidde een zurige lucht. De verpleegsters hadden de opdracht de nachtkleding vaak te wisselen als een patiënte te veel zweette.

'Dat dacht ik al. Haar longontsteking is erger geworden. We moeten zorgen dat ze lucht krijgt en dat de koorts niet verder oploopt. Hebben we nog heroïne-extract in huis?'

Hanna knikte. 'Dat wel, maar dokter Conradi heeft laatst in een Amerikaans medisch tijdschrift gelezen dat veel wetenschappers het middel als gevaarlijk beschouwen. Hij heeft me geïnstrueerd om wat we er nog van hebben zo mogelijk niet te gebruiken.'

Kirchfeld dacht even na.

'Dokter Conradi heeft in zijn spreekkamer nog een monster van het nieuwe koortswerende middel dat de artsenbezoeker vorige week heeft afgegeven,' stelde Hanna voor.

'Dat van Hoechst?' vroeg Kirchfeld.

Hanna knikte.

'Mooi. Dan zullen we hem op de hoogte stellen.'

'Het is niet nodig om hem uit zijn slaap te halen,' zei Hanna. 'Ik heb de sleutel van de medicijnkast en weet waar het ligt.' Ze liep de ziekenkamer uit. Haar hart bonsde in haar keel. Het was niet alleen de toestand van mevrouw Hensler zelf. Ze moest aan de familie denken, aan wie misschien de volgende morgen al zou moeten worden verteld dat hun moeder en grootmoeder was overleden.

Toen Hanna de gang naar de spreekkamer in liep zag ze Gruber, die op zijn hurken voor de deur zat en aan de deurknop leek te rammelen. Of wilde hij door het sleutelgat gluren?

Iedereen die op het terrein van het ziekenhuis woonde had toegang tot bijna alle vertrekken. De geneesmiddelen zaten wel achter slot en grendel. Wat deed Gruber hier?

Hanna rechtte haar schouders en liep naar hem toe.

'Kan ik u helpen, meneer Gruber?' vroeg Hanna, waarop hij haastig overeind kwam en iets achter zijn rug verborg.

'Zuster Hanna!' riep hij verrast uit.

Met haar hoofd schuin wachtte Hanna op antwoord.

De boekhouder krabde beschroomd aan zijn hoofd. 'Ik heb hoofdpijn en wilde even kijken of u een pijnstiller hebt liggen. Nu u hier toch bent...'

Hanna was niet overtuigd door deze verklaring. Om aan een pijnstiller te komen had hij gewoon bij dokter Conradi of dokter Steiner kunnen aankloppen.

'U kunt het proberen met een koude opgieting,' stelde Hanna voor. 'Of u gaat even mee naar dokter Kirchfeld. Hoofdpijn kan een eerste symptoom van griep zijn. Als hij u een pijnstiller voorschrijft, breng ik die bij u langs.'

De ogen van de boekhouder werden groot. 'Ik denk niet dat dat nodig is,' zei hij vlug. 'Ik probeer het eerst wel met dat koude water. Dokter Kirchfeld heeft voorlopig toch nachtdienst?'

Hanna knikte. 'Gaat u in elk geval bij hem langs als u merkt dat u koorts krijgt.'

De boekhouder knikte, liep weg en was algauw verdwenen.

Hanna schudde haar hoofd en maakte de spreekkamerdeur open. Toen liep ze naar de medicijnkast en pakte het koortswerende middel voor mevrouw Hensler. Weer terug in de ziekenkamer zag ze dat Kirchfeld de patiënte iets overeind had gezet, zodat ze meer lucht kreeg. De jonge zuster Berta was al bezig met het aanleggen van de zwachtels om haar onderbenen.

'Hier,' zei Hanna en ze overhandigde Kirchfeld het medicament. Hij las vlug de bijsluiter, knikte en pakte toen een beker water van Hanna aan.

Gedurende de nacht namen Hanna en haar collega's telkens weer de temperatuur van mevrouw Hensler op. De natte beenzwachtels moesten een paar keer vervangen worden, maar tegen de ochtend sliep ze wat rustiger.

'Volgens mij is de crisis voorbij,' zei Kirchfeld toen hij door zijn stethoscoop naar de longen van de patiënte luisterde. 'De ontsteking zit er nog, maar het klinkt alsof het slijm al wat oplost. Hoe is het met de koorts?'

‘Stabiel op achtendertig,’ antwoordde Hanna, die haar temperatuur elk half uur had opgenomen.

‘Dat is ongewoon en wellicht terug te voeren op het geneesmiddel, maar als we geluk hebben, is ze aan de beterende hand.’

Kirchfeld keek de vrouw aan. ‘Hebt u het gehoord, mevrouw Hensler? Het lijkt erop dat we nog lange tijd het geluk zullen hebben van uw aanwezigheid op aarde te kunnen genieten.’

‘Ach, dokter,’ mompelde ze mat, waarna haar ogen weer dichtvielen.

Kirchfeld keek Hanna glimlachend aan. ‘We hebben het er goed van afgebracht, vindt u niet?’

‘U hebt het er goed van afgebracht,’ antwoordde Hanna bescheiden.

‘Kom, kom, wat had ik moeten doen zonder u en uw kennis van de inhoud van dokter Conradi’s medicijnkast!’

Hij glimlachte stralend en Hanna merkte dat ze oprecht blij was met zijn compliment.

De volgende ochtend had ze na de dienstwissel eigenlijk even moeten gaan slapen, maar de onrust na de nachtelijke gebeurtenissen knaagde zodanig aan Hanna dat ze na het ontbijt de dokter achternaliep naar de spreekkamer. Stel dat Gruber inderdaad had geprobeerd het slot open te krijgen?

‘Hé, Hanna, hebt u geen nachtdienst gehad?’ vroeg dokter Conradi verbaasd. Hij pakte zijn witte jas van de kapstok en trok hem aan. ‘U moet even gaan liggen, ik ga toch eerst visites lopen.’

Hanna wist niet goed hoe te beginnen. Het was niets voor haar om iemand zwart te maken, maar ze kon ook niet negeren wat ze had gezien.

‘Mevrouw Hensler van kamer 23 heeft vannacht heel hoge koorts gekregen. Dokter Kirchfeld wilde haar heroïne-aftreksel geven, waarop ik me herinnerde wat u had gezegd en hem het nieuwe koortswerende medicament heb voorgesteld.’

‘Goed gedaan!’ zei de dokter lovend. ‘Bij al die drukte ben ik helemaal vergeten om dokter Steiner en dokter Kirchfeld te vertellen dat we geen heroïne meer moeten voorschrijven.’

Hanna vroeg zich af of dit wel het moment was om hem te vertellen wat ze had gezien. Maar als de patiënten eenmaal binnenkwamen, zou er nauwelijks tijd zijn om het erover te hebben.

'Is meneer Gruber eigenlijk nog bij u langsgekomen?' vroeg ze.

'Nee, hoezo?' vroeg dokter Conradi verbaasd.

'Omdat ik hem gisteren voor de spreekkamer aantrof. Toen ik hem aansprak, zei hij dat hij hoofdpijn had en een pijnstiller wilde halen.'

'Hij kan toch niet zomaar een geneesmiddel uit mijn spreekkamer halen!' zei dokter Conradi verontwaardigd. 'Wat denkt hij wel, hij is toch geen arts!'

Hanna knikte instemmend. 'Daarom heb ik hem koude opgietingen aanbevolen en hem aangeraden zich tot een van de artsen te wenden. Bij ons op de afdeling is hij niet langs geweest, dus dacht ik dat hij misschien bij u had aangeklopt.'

'Nee, bij mij is hij niet geweest.' Dokter Conradi schudde verbijsterd zijn hoofd. 'Wat bezielt die man?'

Hanna haalde haar schouders op. 'Ik weet het niet. Maar ik vond dat u het moest weten.'

Het liefst had ze hem ook verteld over Grubers belangstelling voor zijn privéleven, maar het leek haar beter dat nu nog niet te doen. Misschien dacht de arts er het zijne van.

Dokter Conradi keek haar lang aan en zei toen: 'Dat hebt u goed aangepakt, Hanna. Bedankt. En als u meneer Gruber er nog eens op betrapt dat hij na werktijd probeert de spreekkamer binnen te gaan, wil ik het meteen horen.'

'Daar zal ik voor zorgen.' Hun blikken troffen elkaar even. Hanna zag dat de radertjes van zijn brein aan het werk waren. Zou hij iets tegen Gruber ondernemen? Niet zonder bewijs van een ernstige overtreding. Maar hoe moest zij daaraan komen? Of was het toch maar stom toeval geweest en was Gruber gewoon een onaangenaam sujet?

34

Zehlendorf, 17 november 1921

De gedachte aan de boekhouder liet Hanna de hele ochtend niet los. Tijdens het middageten kon ze nauwelijks een hap door haar keel krijgen, iets wat haar zus en Rosa opviel.

'Wat is er met jou aan de hand?' vroeg Leni. 'Is je maag van streek? Vanmorgen heb je al niet veel gegeten en nu zit je ook maar wat in je aardappels te prikken.'

'Er is niets,' weerde Hanna af, 'ik zit alleen wat te peinzen.'

'Waarover?' wilde Rosa weten en ze keek begerig naar haar bord. 'Misschien over dat je geen zin hebt om jouw portie op te eten?'

Hanna glimlachte. Je kon merken dat Rosa jong was want ze had altijd honger, maar kwam geen grammetje aan. Toen ze haar bord naar haar toe schoof, zag ze dat meneer Kirchfeld net van tafel opstond.

Als dokter Conradi van mening was dat zijn handen gebonden waren, kon misschien iemand anders helpen.

Ze haalde de arts-assistent nog net in voordat hij weer naar zijn afdeling verdween. 'Dokter Kirchfeld, ik moet iets met u bespreken.'

'Moet ik weer een visite overnemen?' vroeg hij glimlachend.

Hanna schudde haar hoofd en trok hem naar een rustig hoekje. 'Het gaat om onze boekhouder.'

'Gruber!' riep hij uit, waarop Hanna haar hand op zijn mond legde.

'Als zuster Maria nu langsloopt, zou ze zomaar kunnen denken dat we een afspraakje hebben,' zei hij ondeugend grijnzend.

'Hou op met die onzin, dokter Kirchfeld!' zei Hanna streng, maar ze moest ook grijnzen. Ze werd echter weer vlug serieus toen ze aan de reden voor dit gesprek dacht. 'Ik ben bang dat er met meneer Gruber iets niet in de haak is. Gisteren, toen ik een middel tegen de koorts voor mevrouw Hensler moest halen, heb ik hem bij de deur van de spreekkamer betrapt. Ik kreeg de indruk dat hij zich met geweld toegang wilde verschaffen.'

'Dat is een ernstige beschuldiging,' zei Kirchfeld bedachtzaam. 'Hebt u hier al met dokter Conradi over gesproken?'

'Ik heb hem verteld wat ik heb gezien. Maar dat is niet het enige.'

Ze zweeg even en keek tersluiks om zich heen. Toen ze zeker was dat er niemand in de buurt was, vervolgde ze: 'Hij interesseert zich voor het privéleven van de Conradi's en hoort de keukenmeisjes uit. Bij mij heeft hij het ook al geprobeerd.'

'Maar daar is hij geen steek mee opgeschoten, nietwaar?' vroeg Kirchfeld knipogend.

'Inderdaad, en ik vraag me af of hij iets in zijn schild voert. U bent het toch met me eens dat het niet normaal is.'

'Zeker.' Kirchfeld stopte zijn handen in de zakken van zijn doktersjas. 'Maar hoe kan ik u helpen?'

Hanna keek hem aan. 'Als u het niet erg vindt, wil ik u vragen hem zo mogelijk op de een of andere manier in de gaten te houden.'

'Moet ik spioneren?' Kirchfeld keek Hanna een beetje ongelovig aan.

'Nee, alleen... Misschien valt u iets op wat mij ontgaat. Zijn handelwijze zou mogelijk het Waldfriede in diskrediet kunnen brengen. Zover mag het niet komen.'

'Ik begrijp het,' zei Kirchfeld en hij dacht even na voordat hij eraan toevoegde: 'Goed, ik zal mijn ogen en oren openhouden.'

'Echt?' Hanna's ogen straalden. 'Dank, u hebt geen idee hoe blij ik daarmee ben.'

Kirchfeld knikte terwijl er een berekend glimlachje op zijn gezicht verscheen. 'Als ik succes heb en we komen achter de oorzaak van Grubers gedrag, dan staat u bij me in het krijt.'

'Hoe bedoelt u?' Hanna trok haar wenkbrauwen op. Ik had kunnen weten dat hij een tegenprestatie zou eisen, schoot het door haar hoofd. Misschien was het toch niet zo slim geweest om hem aan te spreken...

'Ik zou graag met u willen wandelen. Om de Krumme Lanke. Of liever nog om de Schlachtensee, die is een stuk groter.'

'Maar wat hebt u daaraan?' vroeg Hanna. 'Bovendien hebt u meestal dienst op zaterdag en dat is mijn vrije dag, dus...'

'Op een gegeven moment is ook uw werkdag ten einde. We zouden op een mooie voorjaarsavond kunnen afspreken, als de zon weer hoger staat.'

Hanna hield haar hoofd een beetje scheef en keek hem aan. 'En ik dacht nog wel dat u sindsdien was veranderd.'

'Ik verlang geen kus maar een wandeling. We zouden een gesprek kunnen voeren of alleen maar genieten van de natuur. Bovendien staat nog niet vast dat ik succes heb. Misschien is onze beste Gruber gewoon een onaangenaam, nieuwsgierig mens.'

Hanna zuchtte. 'Goed dan. Als u ergens achter komt, ga ik met u wandelen.'

'Afgesproken?' Kirchfeld zette een stap naar achteren en deed alsof hij verrast was. 'Dan moet ik de dag van vandaag in mijn agenda omcirkelen. De dag waarop u me hebt gekust staat er al in.'

'Ja ja, kom nou toch, alsof u nog weet welke dag dat was,' riep Hanna lachend en ze voelde dat ze bloosde. Als Maria hun gesprek kon horen, zwaaide er wat voor haar.

'Vrijdag 13 februari,' antwoordde hij. 'Vrijdag de dertiende is altijd mijn geluksdag geweest.'

~

'Hier ziet u de aanbouw aan de voorkant. Daarmee krijgt het ziekenhuis niet alleen een nieuwe voorgevel, maar ook veel grotere ramen.' Felix Dressler wees naar de tekening die voor hem lag. Daarop was de uitbouw van het hoofdgebouw naar de straatkant te zien, vakwerkbouw met grote ramen die perfect aansloot bij de omringende architectuur en waardoor het huis met nieuwe kamers werd uitgebreid.

Conradi zweeg een tijdje gefascineerd. Het aanzicht van het ziekenhuis werd niet helemaal veranderd, maar het zou een moderne en frisse uitstraling krijgen. Precies zoals hij het graag wilde.

'Dit is het plan voor de gebouwen op het terrein,' ging de architect verder. 'Het mortuarium, de nieuwe wasserij en het kolenhok. Bovendien een ruimte in de aanbouw van het hoofdgebouw waarover u vrij kunt beschikken.'

Heinrich Schubert, die bereid was geweest om Conradi te vergezellen, riep enthousiast: 'Dat ziet er schitterend uit, meneer Dressler! Maar zal de verbouwing bij deze omvang niet het beschikbare budget overschrijden?'

De architect zette zijn handen in zijn zij. 'Ik heb geprobeerd zo veel mogelijk binnen het financiële kader te blijven. Er kunnen natuurlijk onvoorziene posten bij komen, maar in principe is het mogelijk ons aan het afgesproken bedrag te houden.'

'Fantastisch!' mengde Louis zich in het gesprek. 'Wanneer denkt u dat we kunnen beginnen?'

'Als alles goed gaat meteen na het einde van de vorstperiode. Als we een strak tempo aanhouden, zouden we misschien al volgend jaar zomer klaar kunnen zijn.'

'Hebt u er al over nagedacht waar de lesruimte moet komen?' wilde de voorzitter van hun plaatselijke genootschap weten.

'Tot nog toe niet,' antwoordde Conradi. De afgelopen dagen had hij geen tijd gehad om na te denken. Daarbij kwam dat hij zich na zijn gesprek met Hanna intensief op de boekhouder had geconcentreerd. Thomas Gruber gedroeg zich tegenover hem niet anders, maar af en toe merkte hij dat deze hem nieuwsgierig onderzoekend opnam, of steels op zijn bureau keek als hij hem in de spreekkamer iets liet zien.

Hij had zijn vrouw niet verteld wat Hanna tegen hem had gezegd. Ze zou maar bezorgd zijn over hun privésfeer, die toch al was beperkt sinds in de kamer naast hen patiënten werden verzorgd.

'Daar zouden toch de leslokalen kunnen komen,' stelde Heinrich Schubert voor en hij wees op het nieuwe gebouw op het terrein.

'Boven de wasserij?' Louis schudde zijn hoofd. 'Nee, dat kunnen we onze leerlingen niet aandoen.'

'U hebt nog alle tijd om daarover na te denken,' zei Dressler. 'Tegen de tijd dat de nieuwe gebouwen en de aanbouw klaar zijn, weet u vast welke ruimte voor welke bestemming het geschiktst is.'

Met gefronst voorhoofd bekeek Louis de tekening van de aanbouw. De leslokalen konden misschien op de tweede verdieping komen. Van daaruit had je een mooi uitzicht op de omgeving. Natuurlijk, de leerlingen moesten leren, maar hij wist uit zijn studententijd dat het heel verfrissend was als je door het raam naar de natuur buiten kon kijken. De meeste scholen en universiteiten hadden in dat opzicht weinig te bieden.

'U hebt gelijk, daar kunnen we later een beslissing over nemen,' zei hij terwijl hij met zijn vingertop de lijnen op de tekening natrok.

Het gesprek duurde nog enige tijd, maar op een gegeven moment nam Heinrich Schubert afscheid omdat hij nog andere verplichtingen had.

Toen hij weg was vroeg Louis: 'Zou u misschien een ontwerp van een huis met twee verdiepingen voor mij kunnen maken?' De architect trok verrast zijn wenkbrauwen op.

'Dat kan wel, maar ik geloof niet dat uw geestverwant het daarmee eens zou zijn, omdat hij zo op de financiën wees.'

'Het moet geen ziekenhuisgebouw worden, maar een woonhuis voor mij en mijn echtgenote. Misschien voor nog een gezin.' Een droombeeld verscheen voor zijn ogen. Als kind was hij een keer in zijn geboorteplaats op bezoek geweest. De villa in Battle Creek van Ellen White, de stichter van hun religie, had diepe indruk op hem gemaakt. Het witte gebouw met de hoge pilaren leek wel een tempel en hij moest er steeds aan denken. Waarom zou hij niet iets dergelijks hier in Duitsland bouwen? Als hij eerlijk was, wilde hij graag net zo'n huis, ook al zouden zijn medebroeders hem misschien gebrek aan bescheidenheid verwijten.

'Ach, het ontwerp hoeft geen probleem te zijn. Ik zou alleen graag willen weten of en wanneer u van plan bent het te realiseren.'

'Uiteraard. Ik kan niet precies zeggen wanneer, maar het zou het eerstvolgende project zijn na voltooiing van het nieuwe gebouw.'

'Dus we hebben het over een periode tussen 1923 en 1925?'

'Inderdaad. Momenteel wonen we nog in het ziekenhuis, maar afgezien van het feit dat we elke beschikbare kamer nodig hebben om te voldoen aan de minimale eisen van het ministerie van Binnenlandse Zaken, is het voor ons persoonlijk ook niet zo prettig.'

'Dat kan ik me voorstellen.' Dressler keek naar Louis met een blik waaruit zowel medeleven als bewondering sprak. 'Ik weet niet hoe u het volhoudt. Mijn vrouw had me allang gedwongen te vertrekken.'

'Waldfriede is ons werk, dan kun je niet zomaar weg. Voor mijn vrouw en mijzelf komt het welzijn van de patiënten op de eerste plaats.'

Bij zijn terugkeer in Waldfriede dacht Louis nog steeds na over het woonhuis. In gedachten wist hij er zelfs al de juiste plek voor. Momenteel had hij er niet de middelen voor, maar als de patiënten bleven toestromen en de verpleegopleiding was goedgekeurd, kon de leiding van de kerk er misschien toe worden overgehaald de bouw van een dokterswoning te financieren.

'Dokter Conradi, hebt u misschien een ogenblikje?' Hij was zo in gedachten verzonken dat hij niet had gemerkt dat Kirchfeld in de gang op hem stond te wachten.

'Ha, Kirchfeld, kom maar mee!'

Hij liep voor hem uit de spreekkamer in. 'Wat brengt u bij mij?' vroeg hij toen hij zijn colbertje voor zijn doktersjas verruilde.

'Ik heb een verzoek,' zei Kirchfeld wat aarzelend.

'Voor de draad ermee!'

'U weet dat de werkdruk op de afdelingen erg hoog is. Daarom wil ik u vragen of u me toestaat de komende weken in het ziekenhuis te overnachten. Ik ben dan beter bereikbaar en hoef bij een noodgeval niet speciaal te komen.'

Louis trok verbaasd zijn wenkbrauwen op. 'U wilt uw woning in Zehlendorf opgeven?'

'Ik weet dat ik maar een tijdelijk dienstverband heb en daarom hou ik mijn woning natuurlijk aan. Maar het zou echt beter zijn de komende weken hier een slaapplaats te hebben. Ik vroeg me af of ik misschien bij meneer Gruber op de kamer kan. Ten slotte geniet hij voor zover ik weet als enige de luxe van een eenpersoonskamer.'

Louis keek de jonge arts vragend aan. Waarom wilde Kirchfeld per se bij Gruber op de kamer slapen? Hanna's observatie schoot hem weer te binnen. Was er een verband?

'Weet u dat wel zeker?' vroeg hij nogmaals.

'Absoluut!' zei Kirchfeld nadrukkelijk. 'Vooropgesteld dat hij er niets op tegen heeft.'

Conradi keek hem onderzoekend aan. Het verzoek kwam als een complete verrassing. Natuurlijk was het momenteel erg druk en hij genoot van de tijd waarin hij kon uitrusten of urgente correspondentie afhandelen. Kirchfeld was ondanks het feit dat hij in de stad woonde nooit een minuut te laat geweest en hij bleef vaak langer dan zijn dienstrooster voorschreef als de nood aan de man was. Wat zou er echt achter steken?

'Ik zal het hem vragen,' stelde Louis peinzend voor. 'Zou u ook tevreden zijn met een zolderkamertje als hij het er niet mee eens is?'

'Ik ben met alles tevreden wat u voor me hebt,' zei Kirchfeld. 'Hartelijk dank, dokter Conradi.'

~

Nog voordat haar dienst op de vrouwenafdeling begon, ging Hanna naar de kamer van zuster Elisabeth, met een dienblad met brood, warme melk en wat gerstepap met worteltjes en selderij. Hoewel inmiddels vaststond dat ze griep had, weigerde Elisabeth halsstarrig een bed op de afdeling in beslag te nemen. Daarom wisselden de verpleegsters elkaar af bij haar verzorging.

Toen Hanna binnenkwam, bleek Elisabeth rechtop in bed te zitten. Ze wekte nog altijd een zwakke indruk, maar blijkbaar was ze aan een boek begonnen.

'Ha, Hanna,' zei ze. 'Wat fijn dat je er bent. Ik verveel me zo.'

'Nou, dan ben je duidelijk op weg om beter te worden,' constateerde Hanna blij. 'Maar je moet het nog een paar dagen rustig aan doen. Je kunt gauw genoeg weer aan het werk.'

Elisabeth glimlachte zwakjes. Zonder haar hoofdkapje en met haar donkere haar los zag ze er bijna uit als een jong meisje en niet als een verpleegster van zesentwintig jaar.

'Jij moet er ook voor zorgen dat je meer rust krijgt,' zei ze. 'Die kringen onder je ogen bevallen me helemaal niet.'

'Ik heb veel aan mijn hoofd en ik slaap op het ogenblik niet zo goed,' gaf Hanna toe terwijl ze de pootjes van het dienblad uitklapte en het op Elisabeths schoot zette.

'Maar dat wordt beter zodra jij weer op de been bent.' Elisabeth knikte en nam een slok van de warme melk.

Haar ogen werden groot van verrassing. 'Er zit honing in!'

'Leni heeft vandaag een pot gekregen. Een patiënte heeft haar daarmee voor het lekkere eten bedankt.'

'Wat lief van Leni om mij er een beetje van te geven.' Elisabeth deed genietend haar ogen dicht.

'Ja, zo is ze nu eenmaal. De honing heeft ze meteen bestemd voor patiënten die aan de beterende hand zijn. Iets zoets helpt om weer op de been te komen.'

'Jouw zus is een lieve meid, bedank haar hartelijk namens mij.' Elisabeth nam nog een slok en vroeg toen: 'Zijn er nog nieuwtjes?'

'Nou, mevrouw Hensler is inmiddels buiten levensgevaar,' zei Hanna.

'De koorts gaat naar beneden en ze kan beter ademen. Voor de rest hebben we niet al te ernstige zieken. Maar ik heb het gevoel dat er minder patiënten komen.'

'Dat is goed. De griepgolf moet toch ooit afnemen.'

'Ik ben bang dat dit slechts een kleine pauze is. Toch lijkt de griep niet zo erg te zijn als twee jaar geleden. Na een paar dagen koorts gaat het met de meesten weer beter.'

'En hoe is het in de naaikamer?'

'Daar gaat het uitstekend. De eerste nieuwe verpleegstersjurken zijn klaar. En ook een paar nieuwe schorten. Maar ook daar zijn enkele mensen uitgevallen door de griep. Het is een wonder dat ik hem nog niet heb gekregen.'

'Zorg er in elk geval voor dat het zo blijft.'

Ze werd onderbroken doordat er op de deur werd geklopt.

'Binnen,' zei Elisabeth, waarop mevrouw Conradi om de hoek keek.

'Hanna!' riep ze verrast uit.

'Ik heb Elisabeth haar avondeten gebracht,' legde Hanna uit. 'En melk met een beetje honing.'

Ze merkte dat mevrouw Conradi met haar vriendin alleen wilde zijn.

'Beterschap voor nu,' zei Hanna, knikte mevrouw Conradi toe en verliet de kamer. Onder aan de trap, waar zich de deur naar de vrouwenafdeling bevond, kwam Alexander Kirchfeld naar haar toe.

'Hoe gaat het met mijn gewaardeerde hoofdzuster?' vroeg hij. 'Ik neem aan dat u boven bij haar bent geweest?'

'Met Elisabeth gaat het steeds beter.' Hanna had het gevoel dat het hem niet om de gezondheid van zuster Elisabeth ging. Had hij misschien al iets over Gruber ontdekt?

'Dokter Kirchfeld?' hoorden ze de stem van Conradi. Met zijn doktersjas achter hem aan wapperend kwam deze op hen aflopen en hij keek met een verbaasde blik naar Hanna.

'Ja, dokter Conradi?' zei Kirchfeld vragend.

'Ik heb net met meneer Gruber gesproken. Hij heeft er niets op tegen dat u voor een paar dagen bij hem op de kamer slaapt. Totdat de griepepidemie eindelijk afgelopen is.'

'Dat is heel aardig van hem, dank u wel.'

'Is het goed dat de regeling morgen ingaat? We moeten eerst nog een bed naar de kamer brengen en meneer Gruber heeft wat tijd nodig om een beetje ruimte te maken.'

'Dat is uitstekend. Heel veel dank, dokter.'

Toen dokter Conradi wegliep, wierp de arts-assistent Hanna een samenzweerderige blik toe.

'U hebt gevraagd of u bij Gruber op de kamer kon slapen?' vroeg ze ongelovig toen de dokter buiten gehoorsafstand was.

'Dokter Conradi was enigszins verbaasd, maar hij beloofde me om Gruber te vragen of ik de kamer met hem mocht delen.' Kirchfeld grijnsde. 'Dat wordt nog leuk, ik heb sinds mijn studententijd geen kamergenoot meer gehad.'

Hanna schudde haar hoofd vol ongeloof, maar proestte het toen uit. Ze wist dat Kirchfeld vrijpostig kon zijn, maar hierdoor was zelfs zij verrast.

'Dat hebt u goed gedaan,' prees ze hem.

'Ach, dat heeft toch niets te betekenen!' wimpelde hij af. 'Bovendien zou ik voor een wandeling met u elk ongemak op de koop toe nemen.' En met een knipoog verdween Kirchfeld naar de afdeling.

35

Zehlendorf, 24 november 1921

De dagen gingen voorbij en het weer werd steeds onaangenamer. Het aantal grieppatiënten nam niet af, maar de getroffen verpleegsters herstelden geleidelijk en hervatten hun werk, zodat Hanna zich weer helemaal aan het spreekuur en de röntgenkamer kon wijden.

Hanna moest toegeven dat ze het prettig vond om met dokter Kirchfeld samen te werken. Zo nu en dan vertelde hij haar dingen uit zijn studietijd en vroeg hij ook haar naar haar opleiding.

'Zou het niet iets voor u zijn om arts te worden?' wilde hij op een dag weten, toen ze een nabloeding moesten behandelen bij een patiënte die een keizersnede had ondergaan.

'Ik ben dik tevreden met mijn positie,' zei Hanna. 'Ik denk niet dat ik zou kunnen doen wat u doet.'

'Waarom niet?' vroeg Kirchfeld. 'Voor zover ik het heb gezien kunt u heel wat medici de loef afsteken. En u hebt ook ervaring in de omgang met patiënten. Hoelang heeft het denkt u geduurd voordat ik een levend mens durfde te onderzoeken?'

'Onderzoeken jullie niet ook lijken tijdens de studie?' vroeg Hanna.

'Dat wel, maar dat is juist het punt. Lijken kijken je niet beschuldigend aan als je hen betast. Echte mensen wel. Bovendien zijn de doden die je op de snijtafel krijgt anoniem. Hier ken je de naam van de patiënten en meestal weet je ook wel iets van hun achtergrond. Je hoort ze klagen, schelden, soms huilen, maar af en toe ook lachen. Het duurde wel even voordat ik de drempel over was en hun lichaam durfde aan te raken.'

'Hoe is het u uiteindelijk gelukt?' vroeg Hanna verbaasd.

'Door niet na te denken, maar gewoon te beginnen met het onderzoek. En op een gegeven moment maakte het me niet meer uit.'

Hanna werd hierdoor herinnerd aan haar eigen paniek bij het zien van gewonden. Alleen verloor zij de strijd tegen haar gevoelens meestal. Gelukkig waren er tot nu toe geen patiënten met een schotwond meer binnengekomen.

Misschien was het niet eens zo'n slecht idee om een wandelingetje om een van de meertjes met Kirchfeld te maken, want ze kon blijkbaar het een en ander van hem opsteken.

Wat zijn taak betreft om Gruber in de gaten te houden om erachter te komen wat hij nu eigenlijk van plan was, maakten ze helaas geen vorderingen. De boekhouder gedroeg zich volkomen onopvallend en ze zag hem ook niet meer in de buurt van de spreekkamer.

Op de vrijdagmiddag voor de eerste adventzondag ontvingen ze een brief van het ministerie. Hanna ontdekte de brief in het stapeltje post en legde hem, met het idee dat het de verpleegstersopleiding betrof, vooraan op de leren bureauonderlegger, zodat dokter Conradi hem bij terugkomst direct zou zien.

Zouden ze eindelijk de toezegging hebben gekregen? Ze had opgevangen dat de dokter bij de architect was geweest. Bij zijn terugkeer had hij de indruk gewekt erg tevreden te zijn.

Toen dokter Conradi binnenkwam en een paar mappen op zijn bureau legde, had ze hem het liefst direct op de brief gewezen, maar ze wilde de verrassing niet bederven.

'Aha, de post is al binnen,' zei hij en hij pakte, precies zoals Hanna had gehoopt, de dichtstbijzijnde brief. Hij maakte hem open en even later zag ze hem op zijn stoel neerzijgen. Op zijn gezicht lag een uitdrukking van onverholen ontzetting.

'Wat is er, dokter?' vroeg ze.

Dokter Conradi antwoordde niet. Zijn ogen gleden nog eens

over het vel papier en toen liet hij met een diepe zucht zijn hand zakken. Hij keek op naar Hanna en zei: 'De twee jaar zijn voorbij.'

~

Na het spreekuur ging Louis naar de slaapkamer, waar hij de bouwplannen in een kastje bewaarde.

'Wat zoek je?' wilde zijn vrouw weten.

'Ik moet eindelijk eens een bureau hebben,' zei hij en hij pakte de map met bouwplannen en betaalde rekeningen.

'Ik hoop niet dat je er een wilt maken van ons ladekastje.'

Louis kwam overeind en lachte. 'Nee, daar ben ik een beetje te groot voor geworden. Ik heb de bouwgegevens nodig.'

'Waarvoor?' vroeg Catherine nieuwsgierig.

Louis' gezicht vertrok. 'Wiedemann heeft geschreven. Hij wil me maandag op zijn kantoor zien.'

'Vanwege de school?'

Louis schudde zijn hoofd. 'Ik betwijfel dat het om de school gaat. Nee, waarschijnlijk wil hij dat ik rekenschap afleg over de periode van twee jaar, die nu is afgelopen.'

Nu verhardden zich ook Catherines gelaatstrekken. 'Hij kan ons niets maken,' zei ze, maar er klonk een spoor van twijfel in haar stem door. 'De balansen zijn in orde en de patiëntenaantallen nemen gestaag toe.'

'Daar heb je gelijk in en toch hoop ik dat dat voldoende is om hem te overtuigen. Mensen als Wiedemann zijn altijd op zoek naar een haar in de boter. Sommigen schrikken er niet eens voor terug om die haar er zelf in te leggen zodat ze bezwaar kunnen maken.'

'Maar feiten zijn feiten,' protesteerde Catherine.

Louis knikte. 'Wat betreft feiten, ik moet het kasboek er ook maar bij halen. Wiedemann eiste destijds een kloppende balans.'

Hij legde de map naast zich op de deken, gaf Catherine in het voorbijgaan een kus en liep de slaapkamer uit.

Bij het kantoortje van de boekhouder aangekomen pakte hij zijn sleutelbos uit zijn broekzak en draaide de deur van het slot. Gruber had zijn werkdag er al op zitten en hij wilde hem niet lastigvallen. Het kasboek kon hij zelf ook wel vinden. Er hing een lichte pepermuntgeur toen hij binnenkwam.

Hij had Hanna er niet meer naar gevraagd, maar het was aannemelijk dat Gruber nog steeds probeerde de jonge vrouwen van Waldfriede snoepjes toe te stoppen.

Hij liep naar de kast waar hij de boeken vermoedde, maar toen hij de deur opendeed stuitte hij niet op netjes bijgehouden registers, maar op een warboel van papieren.

De rommel verraste hem. In de begintijd van het ziekenhuis had hij erop kunnen vertrouwen dat Georg Bridde alles keurig op orde hield.

Door de recente toestroom van patiënten was hij er niet toe gekomen om een oogje op het kantoor te houden. Nu zag hij in dat dat een fout was geweest.

Geleidelijk begon hij zich een weg te banen door de papierbende. Hij legde stapeltjes documenten terzijde en hoopte in de buurt van de boeken te komen, maar op de plek waar het grootboek zou moeten staan, gaapte een gat.

Louis deed een stap achteruit en wreef over zijn voorhoofd. Zijn hart bonsde hevig. Hij kreeg het Spaans benauwd. Hij kon onmogelijk zonder grootboek bij Wiedemann aankomen!

Nadat hij zichzelf tevergeefs tot kalmte had gemaand ging hij verder met zijn zoektocht. Nu legde hij de stapels papier niet terzijde, maar griste hij ze uit de kast en gooide ze op de vloer. Zijn ogen schoten vuur en er sprak onrust uit zijn bewegingen. Hij wist dat woede niets zou opleveren. Maar op dit moment, met de adem van Wiedemann in zijn nek, kon hij zich niet beheersen.

Omdat hij noch in de kast naast de andere, noch in het bureau vond wat hij zocht besloot hij Gruber onder handen te nemen.

Zijn hart klopte nog steeds in zijn keel. Waar was het grootboek gebleven? Gruber zou het toch niet zijn kwijtgeraakt?

Louis had geweten dat zijn nieuwe boekhouder niet zo veel ervaring had. Hij had de leiding van de kerk daarop gewezen, maar die had voet bij stuk gehouden. En dus had hij hem een kans gegeven.

Maar dit hier? Alleen al de chaos in de kast sprak boekdelen! Je hoefde geen ervaren boekhouder te zijn om je papieren ordelijk op te bergen. Waarom was dat Gruber niet gelukt? Had hij het er te druk mee met de meisjes te flirten?

Snuivend van woede liep hij het kantoor uit. Hij zou die Gruber eens iets gaan vertellen! Hij stormde de trap af en liep bijna twee dienstmeisjes van de sokken. Nadat hij zich had verontschuldigd zette hij zijn weg voort.

Bij Grubers kamerdeur bleef hij staan en klopte. Opnieuw probeerde hij zichzelf tot kalmte te manen. Tenslotte was hij hier de baas en hij kon het zich niet permitteren zijn waardigheid te verliezen.

Na een tijdje deed Gruber de deur open. Hij zag er wat verfomfaaid uit; het zag ernaar uit dat hij een dutje had gedaan. Hij ging zo staan dat Louis niet naar binnen kon kijken en veegde nerveus een haarlok uit zijn gezicht. 'Wat kan ik voor u doen, dokter Conradi?'

'Ik ben op zoek naar het grootboek van het afgelopen jaar. Hebt u dat misschien gezien?' Louis probeerde niets van zijn inwendige paniek te laten merken, wat hem allesbehalve makkelijk afging.

'Waar hebt u dat voor nodig?' vroeg Gruber verbaasd.

'Ik moet het meenemen naar een belangrijke afspraak.'

De boekhouder trok zijn wenkbrauwen op. 'Ligt dat dan niet op zijn plek?'

'Ik heb zojuist even in het kantoor gekeken en ik moet zeggen dat ik vreselijk ben geschrokken van de chaos daar. Als boekhouder dient u alle papieren netjes op te bergen.' Onwillekeurig ging Louis harder praten.

'Ik... Ik wilde de balans voorbereiden. Dan is het soms een beetje druk...' stamelde Gruber.

Louis snoof minachtend. Als hij het zich zou permitteren onachtzaam te worden als het een beetje druk was, konden ze de kliniek meteen sluiten!

'Ik heb dat grootboek nodig!' zei hij en hij probeerde zijn woede te beteugelen.

'Laat u mij maar even kijken. Zodra ik het heb gevonden, breng ik het bij u langs,’ stelde de boekhouder gegeneerd voor.

Louis betwijfelde of Gruber betere ogen had dan hijzelf. Maar wie weet zat er systeem in de chaos.

‘Doet u dat. En ruim het kantoor eindelijk eens op. Het kan niet zo zijn dat het er daar uitziet alsof de bliksem is ingeslagen! Mocht het boek tevoorschijn komen: ik ben in mijn spreekkamer.’ Louis draaide zich om en liep kokend van woede terug naar zijn slaapkamer om de bouwdocumenten te pakken, die hij vervolgens meenam naar de spreekkamer.

Hanna was al weg. Het enige wat restte van haar opruimwerk was de geur van ontsmettingsmiddel.

Misschien moet ik Hanna vragen om Gruber te laten zien hoe je je werkomgeving netjes houdt, bromde hij in zichzelf. Kort daarna werd er geklopt.

Gruber kwam binnen, in zijn jasje, met gladgekamd haar en met het grootboek in zijn hand.

‘Waar was het?’ wilde Louis weten.

‘In het kantoor,’ beweerde Gruber. ‘Ik vrees dat u het bij het zoeken over het hoofd hebt gezien.’

Klonk er in zijn woorden een lichte spot door?

Louis voelde nog steeds de neiging om de boekhouder de oren te wassen, maar het feit dat het boek was gevonden stemde hem iets milder.

Hij stak zijn hand uit, waarop de boekhouder hem het smalle hoge boek aangaf.

‘U moet echt aan uw netheid werken, meneer Gruber. In geval van nood moet ook ik de boekhoudkundige gegevens van mijn ziekenhuis kunnen vinden.’

‘Ja, dokter.’ De boekhouder knikte berouwvol.

Louis had nog het een en ander op zijn lever wat hij de man graag voor de voeten had geworpen, maar hij besloot het voorlopig hierbij te houden. ‘Goed. U kunt gaan.’

‘Een fijne avond gewenst, dokter,’ zei Gruber met een onderdanige buiging, waarna hij zich terugtrok.

Toen hij de deur had dichtgedaan, sloeg Louis het grootboek open. Zijn angst om dezelfde chaos aan te treffen als in het kantoor, leek niet bewaarheid te worden. Grubers handschrift zag er ongelijkmatiger uit dan dat van Georg Bridde, maar de boekingen schenen correct te zijn. Toch betreurde Louis het dat hij niet oplettender was geweest en zich niet wat meer om de belangen van het ziekenhuis had bekommerd.

Maandag zou hij tegenover Wiedemann stand moeten houden. Hoe kon hij dat doen als hij zich verliet op mensen die misschien niet betrouwbaar genoeg waren?

36

Zehlendorf, 28 november 1921

Vrijwel de hele nacht lag Hanna wakker en vroeg ze zich af wat dokter Conradi de volgende ochtend te wachten zou staan.

Hij had die zondagochtend lang met haar gesproken over wat er met hen zou gebeuren als de controle van Wiedemann voor Waldfriede ongunstig uitviel.

'Maar dat kan toch niet!' had Hanna geprotesteerd. 'Al het werk dat we in het ziekenhuis hebben gestoken...'

Een golf van hulpeloosheid overspoelde haar. Ze was niet vergeten hoe hard iedereen had gewerkt. Dat ze allemaal hadden geleden onder de slechte omstandigheden en zich toch elke dag opnieuw hadden ingezet.

Conradi had verzekerd dat hij zijn best zou doen om het te verhinderen. Maar zou wat ze hadden bereikt voor die ambtenaar van het ministerie voldoende zijn?

Nog voor het eerste ochtendgloren stond ze geluidloos op. Ze liet haar blik over haar drie kamergenotes gaan; hun ademhaling was vermengd tot een zacht geruis.

Ze liep naar de wastafel, maakte haar toilet en kleedde zich aan.

Buiten was het donker en koud, niet echt een tijdstip om te gaan wandelen. Maar misschien kon ze zich ergens nuttig maken.

Ze ging naar de vrouwenafdeling, waar diepe rust heerste. De dienstdoende zusters waren allemaal in de kamers, dus hield Hanna zich bezig met het controleren van de voorraad verbandmiddelen en medicijnen, zoals ze dat ook altijd in Friedensau had gedaan.

Nadat ze de ontbrekende zaken had genoteerd, liep ze naar de linnenkamer.

Toen de bedrijvigheid in het ziekenhuis echt op gang kwam, voelden Hanna's botten loodzwaar. Ik had beter kunnen blijven liggen dan in de linnenkamer te gaan staan strijken, schoot het door haar hoofd. Maar ze wist heel goed dat ze niet nog een uur naar het plafond had kunnen liggen staren met haar hoofd vol zorgen en vragen.

Ze zag de dokter niet bij de ochtendgymnastiek en ook niet bij het ontbijt. Was hij al onderweg?

Mevrouw Conradi zei er bij het ochtendgebed niets over.

Het spreekuur werd door dokter Steiner overgenomen, die haar meteen bij aanvang naar de röntgenafdeling stuurde om de foto's op te halen die de vorige dag van een patiënt waren gemaakt. Op de gang kwam ze dokter Kirchfeld tegen.

'Hanna, ik moet u iets vertellen,' fluisterde hij zenuwachtig.

Hanna keek om naar de zusters die zich met de ontbijtdienbladen voor de patiënten van kamer naar kamer haastten. Resoluut pakte ze Kirchfeld bij zijn arm en trok hem met zich mee het laboratorium in.

'Wat is er?' vroeg ze toen ze zeker wist dat ze alleen waren.

'Het ziet ernaar uit dat onze aardige boekhouder een ontmoeting met iemand heeft gehad,' meldde Kirchfeld. 'Gisteravond, ik was net naar bed gegaan, merkte ik dat hij de kamer verliet. Hij dacht waarschijnlijk dat ik al sliep. Ik heb gauw mijn jas gepakt en ben hem achternagegaan.'

Een koude rilling liep over Hanna's rug. 'Dat was erg roekeloos van u!' Ze sloeg haar hand voor haar mond.

'Ik weet het. Maar op dat ogenblik kon ik niet anders.'

'Waar ging Gruber dan heen?' wilde Hanna weten.

'Hij liep een stuk over de straat, tot het bos. Bij de toegang tot de Krumme Lanke stond een automobiel. Een man stapte uit. Gruber gaf hem een langwerpig schrift en kreeg in ruil daarvoor een envelop. Wie de man was, kon ik niet precies zien.'

'Een schrift?' Hanna fronste haar voorhoofd.

'Nou ja, misschien niet direct een schrift maar een grootboek. Zo'n lang, smal ding zoals kooplui ook gebruiken. Stel dat het een van de grootboeken uit het ziekenhuis was? En in die envelop zat misschien wel geld...'

Hanna wilde net tegenwerpen dat ze geen reden zag waarom de boekhouder uitgerekend een grootboek zou willen verkopen, maar toen vielen haar de schellen van de ogen. Meteen kreeg ze slappe knieën en kramp in haar maag.

'Het ministerie,' zei ze ademloos.

Nu keek Kirchfeld verward.

'Wat bedoelt u daarmee?'

'Dokter Conradi heeft daar vandaag een afspraak. Bij het ministerie van Binnenlandse Zaken.'

'Waarom?'

'Vanwege het ziekenhuis.' Hanna verkeerde in tweestrijd. Dokter Conradi had haar vertrouwelijk over het dreigement van Wiedemann verteld. Als ze dat nu aan Kirchfeld doorvertelde, zou ze dat vertrouwen duidelijk beschamen. 'Ik kan u er niet veel over zeggen, maar het bestaan van Waldfriede hangt af van hoe de afspraak bij het ministerie verloopt.'

'Dan moeten we meteen naar de dokter gaan en hem laten weten wat Gruber heeft gedaan.'

Hanna schudde vertwijfeld haar hoofd. 'Dat kan niet.'

'Waarom niet?' vroeg Kirchfeld vol onbegrip.

'Omdat hij al onderweg is.' Ze pakte haar verpleegstershorloge uit haar zak. 'De afspraak is al over tien minuten.'

~

Louis werd door het zonlicht verblind toen hij bij het gebouw van het ministerie aankwam. In een reflex kneep hij zijn ogen dicht, maar hij deed ze meteen weer open en zag een groene punt voor zijn ogen dansen.

Zijn lichaam voelde zwaar toen hij de trap op ging. Als hij door de gangen van het Waldfriede liep, merkte hij niet hoezeer de afgelopen twee jaar hun tol hadden geëist, maar nu had hij het gevoel een oude man te zijn. Ouder dan zijn vader, die intussen de zestig ver was gepasseerd.

Wat Wiedemann van hem wilde, was duidelijk. De tijd was aangebroken om over de afgelopen twee jaar verantwoording af te leggen. Hoe hadden de maanden zo voorbij kunnen vliegen?

Hoewel hij zich had voorgenomen zelfverzekerd en waardig op te treden en geen ongerustheid te tonen, kon hij maar met moeite het trillen van zijn ijskoude handen onderdrukken. Toen hij voor de deur van Wiedemanns kantoor stond, begreep hij wat Hanna bedoelde als ze de paniek beschreef die haar bij de aanblik van gewonde soldaten overviel.

Hij wierp een blik op de map in zijn linkerhand en klopte vervolgens aan.

'Binnen!' riep Wiedemann. Louis herkende de stem van de ambtenaar meteen, hoewel hij die al twee jaar niet meer had gehoord.

'Dokter Conradi!' zei Wiedemann en hij stond op met een brede glimlach die aangaf dat hij zeker was van de overwinning. 'Komt u binnen!'

Louis sloot de deur achter zich. Behalve Wiedemann was ook de advocaat weer aanwezig. Maar de vertegenwoordiger van de burgemeester van Zehlendorf was er niet. Hij keek even op de klok. Het was precies negen uur. Misschien was Johann Veit te laat? Of was Zehlendorf niet geïnteresseerd in wat hier werd besproken?

'Gaat u toch zitten,' zei Wiedemann en hij wees naar de stoel voor het bureau. Hij maakte geen aanstalten hem een hand te geven. Ook Feldten knikte alleen, maar stond niet op, wat wel zo hoffelijk zou zijn geweest.

Louis keek hen verbaasd aan. Waren ze zo zeker van hun zaak dat ze het niet eens nodig vonden zich fatsoenlijk te gedragen?

'Zoals u zich wellicht herinnert, hebben we hier twee jaar geleden ook al eens bij elkaar gezeten,' begon Wiedemann zonder dralen. 'Destijds heb ik u twee jaar de tijd gegeven om uw ziekenhuis op te starten.'

'En dat heb ik gedaan.' Louis legde de grijze ordner met documenten op de tafel. Ze betroffen de balans en de bouwtekeningen. Bovendien had hij een schrift met een lijst van alle ingrepen die sinds de opening van het ziekenhuis waren uitgevoerd. Die was gesorteerd op de diverse ziektebeelden, maar de data had hij uit voorzorg niet vermeld vanwege het voorval in april 1920. 'Maar moeten we niet eerst nog wachten op de vertegenwoordiger van het stadsdeel Zehlendorf?' informeerde hij.

De mannen keken elkaar aan. Louis kreeg in de gaten hoe nerveus Wiedemann echt was. Had hij er soms geen rekening mee gehouden dat hij iets kon laten zien?

'Uit deze documenten blijkt dat we al in het eerste jaar een heel goede bezetting van de bedden hebben bereikt. En er is een constante toename. We hebben...' Louis spreidde de bouwtekeningen uit '... we hebben het bestaande gebouw uitgebreid en we zijn nu van plan om een verpleegopleiding te starten. Een onderwijsinstituut waar verplegend personeel voor de hele stad zou kunnen worden opgeleid.'

'Verplegend personeel dat volgens uw geloof wordt opgeleid.'

Louis verstijfde. Dat was dus het probleem? Zijn geloof?

'De jonge leerlingen worden vanuit de opvattingen over christelijke naastenliefde geschoold. Daarin onderscheiden we ons in niets van de opleidingen van de katholieke caritas en andere religieuze verpleegopleidingen.'

'Maar u zult toch vast uw leerlingen aansporen om de sabbat na te leven.'

'Ik spoor onze leerlingen ertoe aan het menselijk leven op de eerste plaats te zetten. Dienstbetoon aan de mens is dienstbetoon aan God, dat zal het devies van ons ziekenhuis zijn. En ik zie daar niets verwerpelijks in.'

De mannen namen elkaar onderzoekend op. Louis merkte dat Wiedemann geen echte argumenten naar voren kon brengen. De boeken waren in orde. De bedenkingen die Wiedemann twee jaar geleden had geuit waren niet bevestigd.

Maar toch was er weerstand. En hij begreep nu waar dat aan lag.

Er werd op de deur geklopt en even later kwam het nog ontbrekende lid van het gremium binnen. Meneer Veit was qua uiterlijk niet veranderd. Ook zijn witte baard was nog steeds even lang als twee jaar geleden.

'Ik denk dat we deze bijeenkomst kunnen beëindigen,' viel hij met de deur in huis. Tijdens het eerste gesprek had hij de hele tijd gezwegen.

'Waarom zouden we dat doen?' vroeg Wiedemann koeltjes.

Veit haalde diep adem. 'Omdat de zus van de burgemeester zonder deze instelling zou zijn overleden,' zei hij toen.

'Wat zegt u?' vroeg Wiedemann kwaad, en zijn gezicht liep rood aan.

Veit keek naar Conradi, die zijn verrassing niet kon verbergen.

'In uw ziekenhuis is een mevrouw Elfriede Hensler behandeld, nietwaar?'

Conradi hief afwerend zijn handen. 'Ik ben gebonden aan de medische geheimhoudingsplicht en ik kan er helaas niets over zeggen.'

'Nu, de zus van de burgemeester werd tijdens de heersende griepepidemie met longontsteking in ziekenhuis Waldfriede opgenomen. Het is alleen aan de jonge behandelend arts en een verpleegster met de naam Hanna te danken dat ze nog leeft.'

Hanna. Haar naam in deze samenhang te horen verbaasde Louis en bezorgde hem tegelijk schrik. Zij moest hierbuiten worden gelaten. Ze hoorde bij Waldfriede, bij hem. In zijn spreekkamer, corrigeerde hij in zijn gedachten, want een andere voorstelling mocht hij zich niet veroorloven.

'Ik begrijp niet...' begon Wiedemann, maar Veit onderbrak hem.

'Ik heb van de burgemeester opdracht gekregen u mede te delen dat hij van onteigening afziet. Waldfriede heeft zich de afgelopen twee jaar ontwikkeld tot een steeds geliefder instituut. Het zou enorm veel schade in de gemeente veroorzaken als het gesloten werd.'

Wiedemanns ogen fonkelden als zwarte scherven in het zonlicht.

Op Veit maakte dit geen indruk. Hij haalde een envelop uit zijn tas en gaf die aan de verbaasde ambtenaar. Wiedemann scheurde hem open, vloog met zijn ogen over de zinnen en smeet de brief op tafel.

'Waarom hebt u zich dan tot mij gewend?' schreeuwde hij tegen Veit. De advocaat legde sussend zijn hand op Wiedemanns arm, maar die schudde hem als een lastige vlieg af.

Louis leunde naar achteren. Hier had hij niet op gerekend.

'Zodat u het ook schriftelijk hebt, hier,' zei meneer Veit en hij haalde een tweede envelop tevoorschijn. 'Ga met God, dokter Conradi, en zet het werk waarmee u bent begonnen voort. Dat is het beste voor Zehlendorf.'

~

Met buikpijn van de zenuwen wachtte Hanna op de terugkeer van dokter Conradi. De minuten verstreken ondraaglijk langzaam. Ze was zeer ongerust door wat Kirchfeld haar had verteld. Stel dat Gruber inderdaad informatie over het ziekenhuis had doorgespeeld? Ze wilde zich niet eens voorstellen welke hel dokter Conradi tijdens zijn afspraak moest doorstaan. Waarom had Kirchfeld niet eerder iets opgemerkt?

De deur werd met een ruk opengetrokken en ze dacht al dat Conradi terug was, maar het was dokter Steiner die binnenkwam.

'Zuster Hanna, ik heb u nodig in de röntgenkamer. Schouderfractuur. De patiënt, Heinrich Stüwe, is bij het snoeien van takken uit een appelboom gevallen.'

'Hemeltjelief!' zei Hanna en ze kwam in beweging.

Toen ze in de röntgenkamer aankwam, zag ze een oude man met een van pijn vertrokken gezicht op de brancard liggen.

'Ik ga dood,' jammerde hij. 'Dokter, laat me alstublieft niet doodgaan. Wat moet er dan van mijn Herta worden?'

'U gaat niet dood,' verzekerde dokter Steiner hem. 'U bent alleen gewond aan uw schouder. Zuster Hanna zal er een röntgenfoto van maken en dan beslis ik wat we doen.'

'Is dokter Conradi er niet?' wilde de man weten.

'Nee, momenteel niet,' antwoordde dokter Steiner. Op zijn voorhoofd verscheen een diepe frons.

Hoe vaak moest hij wel niet van patiënten horen dat ze liever door de chef de clinique werden behandeld? vroeg Hanna zich af.

'Meneer Stüwe,' zei ze zachtjes. 'Dokter Steiner is een uitstekend chirurg. U zult zien, in een mum van tijd bent u weer bij uw Herta.'

De man keek haar met vochtige ogen aan. 'Als u dat zegt, zuster.'

Hanna knikte en begon toen het röntgenapparaat in te stellen. Omdat de patiënt pijn had, waardoor hij heel stil bleef liggen, was het niet nodig hem te fixeren. Ze schoof een röntgenfilm in het daarvoor bestemde vak van de tafel, stelde de spanning in en stuurde dokter Steiner de kamer uit.

Voorzien van een loden schort deed ze een paar stappen achteruit en drukte op de ontspanner. Het zoemen duurde een poosje en toen riep ze: 'Kijk eens, meneer Stüwe, dat was het dan.'

Terwijl dokter Steiner met hulp van zuster Lisa, die ook was gekomen, de patiënt in een rolstoel zette, verdween Hanna met de opname in de doka.

Een paar eerdere foto's waren al droog en die kon ze dokter Steiner meteen ook geven. Toen ze de opname van de oude man in de ontwikkeloplossing heen en weer bewoog, viel het haar op dat ze eventjes niet aan de bespreking had gedacht. Hoe laat was het nu eigenlijk?

Ze hoorde de deur naar de röntgenkamer opengaan en riep: 'Een ogenblik, alstublieft, ik kom er zo aan!'

Bij het ontwikkelen moest ze een bepaalde tijd in acht nemen, anders mislukte de opname en moest die nog een keer worden gemaakt. Dat wilde ze meneer Stüwe niet aandoen.

Toen ze op de foto de afbeelding van de schouder zag ontstaan, slaakte ze een zucht van opluchting en legde hem in het bad met de fixatieoplossing. Ten slotte hing ze de foto op en verliet de doka.

Tot haar grote verrassing stond dokter Conradi voor de deur, nog met zijn met jas aan en zijn hoed op. Hij leek zo nerveus dat Hanna bang was dat hij elk moment kon ontploffen.

'Hanna!' riep hij uit en hij stormde op haar af.

'Dokter! Wat is er gebeurd?' vroeg ze en voordat ze erop bedacht was greep hij haar bij de armen, trok haar naar zich toe en kuste haar op haar wang.

Verschrikt keek ze hem aan.

'Het is ons gelukt!' Conradi straalde. 'De gemeente Zehlendorf heeft van haar recht op eigen gebruik afgezien! We kunnen doorgaan!'

Lachend haalde hij een envelop uit zijn tas. 'Hier, lees maar! Dat hebben we allemaal te danken aan u en aan meneer Kirchfeld.'

Hanna schudde verward haar hoofd. 'Ik begrijp het niet...' Haar ogen vlogen over de brief. Daarin werd dokter Conradi verzekerd dat de gemeente Zehlendorf geen aanspraken maakte op het sanatorium van Ziegelroth en de bijbehorende grond.

'U en meneer Kirchfeld hebben toch Elfriede Hensler verpleegd?'

'De vrouw met die ernstige longontsteking,' herinnerde Hanna zich.

'De afkomst van de personen en hun familiebanden zijn voor ons niet interessant, maar in dit geval was het wel belangrijk. Mevrouw Hensler is de zus van de burgemeester. Omdat we haar van de dood hebben gered, hebben we ons ziekenhuis onteigening bespaard.'

Hanna knikte en nu pas begreep ze waarom de dokter haar in zijn overmoed een kus had gegeven.

'Dat is fantastisch!' zei ze. 'Echt!'

Conradi fronste zijn voorhoofd. Hanna wist zelf dat ze enthousiaster had moeten antwoorden.

'Is alles in orde?'

Hanna haalde diep adem. Moest ze nu werkelijk dit moment van triomf verpesten door te vertellen wat Kirchfeld had gezien?

'Ja, alles is in orde. Alleen ben ik bang dat we een probleem hebben. We konden het u niet eerder zeggen, omdat u al weg was, maar...'

'We?' vroeg Conradi verbaasd.

'Dokter Kirchfeld heeft gisteravond gezien dat meneer Gruber een ontmoeting met een man had. Bij de toegang tot de Krumme Lanke.' Hanna zag het gezicht van de dokter betrekken. Ze kreeg een slecht geweten. Misschien had ze toch moeten wachten? 'Gruber heeft die man een boek gegeven. Meneer Kirchfeld denkt dat het een grootboek was. En onze boekhouder kreeg in ruil daarvoor een envelop.'

Conradi schudde ongelovig zijn hoofd. 'Dat kan toch zeker niet waar zijn! Waarom zou Gruber zoiets doen?'

'Misschien had het iets te maken met uw afspraak van vanochtend,' antwoordde Hanna.

De dokter leek er een tijdje over na te denken en zei toen: 'Toch hebben we deze overwinning behaald, nietwaar?' Hij glimlachte naar Hanna. 'Kom, wees blij. We kunnen doorgaan!'

'En wat wilt u tegen meneer Gruber ondernemen?'

'Ik zal met Kirchfeld praten, dan kijken we verder. Maakt u zich geen zorgen, we krijgen het wel onder controle.'

Hanna dwong zichzelf te glimlachen en merkte dat haar glimlach langzaam aan breder werd. 'Ik ben echt heel blij dat de burgemeester ons te hulp is geschoten.'

'Ja, ik ook. Maar zelfs als dat niet was gebeurd, had Wiedemann ons niets kunnen maken. Onze balans is in orde, niet heel rooskleurig, maar ook niet slecht. En afgezien van de operatie zonder operatiekamer hebben we ons nergens schuldig aan gemaakt. Maar dat kunnen we nu gerust vergeten. Zien we elkaar zo dadelijk in de spreekkamer?'

Hanna knikte en keek hem na toen hij zich met grote stappen door de gang haastte. Op de plek waar zijn lippen haar hadden aangeraakt, voelde ze haar huid nog steeds aangenaam kriebelen en ze gunde zichzelf nog een moment om daarvan te genieten voordat ze weer aan het werk ging.

~

Terwijl Louis zich naar zijn slaapkamer begaf voelde hij hoe zijn vreugde over de behaalde overwinning langzaam vervloog. Wat Hanna hem had verteld, klonk zeer verontrustend. En hij ontkwam er niet aan om een samenhang te zien met de manier waarop Wiedemann afscheid van hem had genomen.

'Conradi!' had Wiedemanns stem na de vergadering striemend achter hem in de gang geklonken.

Louis had zich omgedraaid en het van woede vertrokken gezicht van de man gezien.

'Eén ding kan ik u verzekeren!' De ambtenaar van het ministerie dreigde met zijn opgestoken vinger. 'Ik hou u in de gaten, u en uw sekte! En als u zich ook maar één fout permitteert, roep ik u ter verantwoording!'

Was het verkeerd geweest Gruber te vertrouwen? Had hij het boek aan een handlanger van Wiedemann gegeven? Misschien zelfs aan Wiedemann zelf?

'Louis!' riep zijn vrouw, die net de keuken uit kwam. 'Hoe is het gegaan?'

'Heel goed!' antwoordde hij en hij vertelde haar van Veits plotselinge komst.

'Dat is fantastisch!' Catherine viel hem om zijn hals en gaf hem een kus. Maar toen merkte ze dat er iets niet in orde was. 'Wat is er aan de hand? Schuilt er nog een addertje onder het gras?'

'Ik hoop van niet,' antwoordde hij, maar hij wist dat hij haar niets kon wijsmaken. 'Ik ben alleen bang dat we een probleem met een personeelslid hebben.'

'Wie bedoel je?' vroeg Catherine verrast.

'Gruber. Maar voordat we iets kunnen ondernemen, moet ik het kunnen bewijzen.'

'Heeft hij iets met een van de dienstmeisjes uitgehaald? Ik heb al gehoord dat hij soms bij hen in de buurt rondhangt, maar ik had de hoop dat het iets onschuldigs zou zijn.'

'Dat is al erg genoeg, maar daar gaat het niet om.' Op dat moment kwamen er verscheidene verpleegsters in de gang die met medicijnen naar de patiënten gingen. 'Ik vertel je later meer,' onderbrak hij zichzelf terwijl hij in de richting van de jonge vrouwen knikte. 'Nu moet ik naar de patiënten omkijken. Het is het beste dat je er voorlopig niets over zegt.'

'Wacht, Louis!' riep ze en pakte hem bij zijn mouw. 'Moeten we dit mooie resultaat niet met het personeel vieren?'

Louis knikte. 'Dat gaan we doen.' Hij boog zich naar voren om haar een kus op haar wang te geven. Toen hij merkte dat ze, blijkbaar bezorgd over Gruber, haar voorhoofd fronste, verzekerde hij haar: 'Maak je geen zorgen, het komt in orde.'

Pas achteraf schoot hem te binnen dat hij tegen Hanna iets vergelijkbaars had gezegd.

Nadat hij zich had omgekleed ging hij niet meteen naar zijn spreekkamer, maar liep hij naar de vrouwenafdeling, waar Kirchfeld dienst had.

Hij trof hem aan in de behandelkamer, waar hij bezig was de patiëntendossiers bij te werken. Toen hij binnenkwam, sprong de arts-assistent op.

'Dokter Conradi, u bent weer terug! Hoe is het gegaan?'

'Heel goed,' zei Conradi en hij gaf aan dat Kirchfeld weer moest gaan zitten. 'We kunnen op dezelfde voet doorgaan. Maar zuster Hanna heeft me verteld wat u hebt gezien.'

Kirchfeld knikte en werd nu een beetje bleek. 'Ja, ik was nogal verbaasd om meneer Gruber in gesprek met die andere man te zien.'

'Hoe bent u eigenlijk op het idee gekomen hem te volgen?'

Kirchfeld aarzelde. 'Ik had zo'n gevoel... Ik weet het ook niet. Het gedrag van Gruber was die avond een beetje eigenaardig.'

'In hoeverre?'

'Hij zat de afgelopen tijd erg lang achter zijn bureau en lette er angstvallig op dat ik geen blik kon werpen op wat hij deed. Als ik de kamer binnenkwam legde hij soms haastig iets weg. En toen, zondagavond... ik was net naar bed gegaan toen ik merkte dat hij weer opstond en de kamer uit ging. Ik begreep er niets van en ik was nieuwsgierig. Dus ben ik hem achternagegaan.'

Conradi fronste zijn voorhoofd. Heel overtuigend klonk het verhaal niet.

'Had meneer Gruber de envelop bij zich toen hij terugkwam?'

'Dat weet ik niet, het leek me beter me slapende te houden.'

Louis knikte, onzeker wat hij met deze informatie aan moest.

'Dank u, meneer Kirchfeld,' zei hij ten slotte. 'En geef me alstublieft een seintje als meneer Gruber weer een nachtelijk uitstapje onderneemt.'

'Dat zal ik doen.' Kirchfeld knikte instemmend en wijdde zich weer aan zijn notities.

Louis begaf zich naar zijn spreekkamer. De gedachten tolden door zijn hoofd. Zou het echt zo zijn dat Gruber informatie had doorgespeeld? Misschien zelfs aan Wiedemann?

Zo kon het in geen geval door blijven gaan. De tijden werden er niet makkelijker op en uitgerekend nu, terwijl de inflatie toenam en het geld steeds minder waard werd, had hij iemand nodig die loyaal aan hem was. Hij had iemand nodig die hem bijstond als ze opnieuw zouden proberen hem te onteigenen.

Ineens kreeg hij een idee. Gedreven door hernieuwde energie ging hij sneller lopen. Hij liep niet verder in de richting van zijn spreekkamer, maar in plaats daarvan zocht hij de schrijfkamer op. Voor de deur bleef hij staan. Hij aarzelde even voordat hij aanklopte.

'Binnen!' klonk de stem van de boekhouder.

Louis ging naar binnen. Gruber, die over een van de boekhoudboeken gebogen zat, keek op. De wanorde was verdwenen, niets wees erop dat hij verraad had gepleegd.

'O, dokter Conradi,' zei hij. 'Ik heb u vandaag nog helemaal niet in het ziekenhuis gezien.'

'Ik had een afspraak in de stad,' antwoordde Louis. 'Meneer Gruber, wat vindt u ervan als ik u voor twee dagen naar Friedensau stuur? Ik wil graag dat u een beetje tot rust komt en dat u van de boekhouder daar wat onderricht in balansen krijgt.'

Grubers mond viel open. 'Maar ik...'

'U hebt nog nooit een controle uitgevoerd. Ik ben van mening dat we dat aan het einde van het jaar moeten realiseren. Ik vind het belangrijk.'

Gruber keek beduusd, toen knikte hij. 'In orde. Zoals u wilt.'

Louis knikte. 'Goed. Ik zal alles meteen regelen. Uw trein vertrekt morgenochtend.'

37

Zehlendorf, 30 november 1921

In de loop van de volgende twee dagen, terwijl Gruber in Friedensau verbleef, liet dokter Conradi alle medewerkers afzonderlijk langskomen in zijn spreekkamer. Ze moesten vertellen wat ze over Gruber wisten. Heinrich Schubert en verpleger Carl hadden toegestemd om als getuige bij de gesprekken te fungeren.

Hanna verscheen als eerste voor de commissie en deed verslag van wat ze had opgemerkt. Daarna volgden de afdelingshoofden, de verpleegsters en verplegers en het keukenpersoneel.

Hoewel niemand te horen kreeg waarover het precies ging, en iedereen die het vertrek verliet op het hart gedrukt kreeg niemand iets te vertellen, heerste er algauw een bedrukte stemming in het ziekenhuis.

Het beeld dat van Thomas Gruber kon worden gedestilleerd was niet direct dat van iemand aan wie je je financiën kon toevertrouwen. Bij de waarnemingen van Kirchfeld en Hanna kwamen de verhalen van de dienstmeisjes, de werklui en natuurlijk van vele verpleegsters. Ze toonden aan dat Gruber niet was zoals hij zich tijdens zijn sollicitatiegesprek bij Louis had voorgedaan.

De dokter was van één getuigenis in het bijzonder geschrokken. Die kwam van Greta; Gruber was haar meer dan de anderen hardnekkig achterna blijven lopen.

'Hij zei dat hij een plek wist waar ik hem kon ontmoeten. Waar we niet gestoord zouden worden,' zei het keukenmeisje terwijl ze verlegen aan haar schort plukte. 'Dat zou de plek zijn waar...' Ze stokte.

'Waar wat?' vroeg dokter Conradi.

Greta bloosde. 'Zou ik u misschien alleen kunnen spreken?' Ze keek angstig naar Carl en Heinrich Schubert. 'Ik vind het gênant om het te zeggen.'

Conradi knikte, nam Greta mee naar de aangrenzende kamer en deed de deur dicht.

Ze zat er vreselijk bedeesd bij.

'Zeg het maar, Greta,' zei Louis bemoedigend tegen het meisje. 'Je kunt er zeker van zijn dat ik met alles wat je zegt discreet omga.'

Greta keek hem een beetje gepijnigd aan. Het was duidelijk dat ze iets moest overwinnen.

'Hij zei... Hij zei...' Ze perste haar lippen op elkaar. Louis kreeg opeens een onbehaaglijk gevoel. Had Gruber zich misschien aan Greta vergrepen? Had hij haar gedwongen tot seksuele handelingen? Hij begreep de schaamte van het meisje, maar hij moest het weten.

'Greta,' zei hij met zachte drang. 'Vertel het maar.'

'Hij zei, dat hij... bij de schuilhut... uw vrouw had gezien,' zei ze aarzelend. 'Zij en dokter Harrow hadden daar volgens hem een... rendez-vous.'

Haar woorden troffen hem als een mokerslag. Hij stond daar sprakeloos voor Greta en had het gevoel in een diep gat te vallen. Wat een absurde beschuldiging!

'Neemt u me alstublieft niet kwalijk, dokter.' Verlegen wendde Greta zich af. 'Ik vertel alleen maar wat hij tegen me zei.'

Louis had even nodig om zich te herstellen. Hij werd overvallen door woede, ongeloof en ook een beetje argwaan. Stel dat er inderdaad iets van waar was?

'Ik heb hem natuurlijk afgewezen en hem gezegd dat hij zich dingen in zijn hoofd haalt,' ging Greta verder, inmiddels weer wat zelfverzekerder. 'Ik bedoel, mevrouw Con–'

Louis hief zijn hand op. Greta verstomde. 'Bedankt voor je openhartigheid, Greta. Maar ik moet je ook vragen om deze schandelijke leugen voor je te houden. De goede naam van mijn vrouw en van ons hele ziekenhuis staat op het spel.'

'Ik wil uw vrouw in geen geval schade berokkenen!' riep het keukenmeisje met opengesperde ogen.

'Dan zijn we het eens,' zei hij en hij probeerde niet te laten merken hoezeer haar woorden hem uit zijn evenwicht hadden gebracht. 'Bedankt, Greta, je kunt nu gaan.'

Toen hij in de spreekkamer terugkwam, keken Carl en Schubert hem verwachtingsvol aan. 'Wat heeft ze gezegd? Heeft hij zich aan dat kind vergrepen?' vroeg de laatste.

'Hij wilde haar naar de schuilhut lokken,' antwoordde Louis. 'We hebben afgesproken over de rest het stilzwijgen te bewaren.'

'Stilzwijgen?' vroeg Schubert, aan wie te zien was dat hij brandde van nieuwsgierigheid.

'Er zijn dingen die het best onbesproken kunnen blijven. Laten we nu maar doorgaan met de getuigenissen.'

Toen alle aanwezige medewerkers ondervraagd waren, ging Louis terug naar zijn slaapkamer. Hij was vreselijk moe. Veel liever had hij zich met zijn patiënten beziggehouden dan zich te concentreren op het vergaren van bewijzen voor gebrek aan loyaliteit van een lid van de ziekenhuisfamilie.

Toch was het een verhelderende dag geweest, al was er nog geen eenduidig bewijs gevonden dat Gruber informatie aan Wiedemann had doorgegeven. Maar wie anders zou er nu belangstelling hebben voor hun grootboek?

Louis verkeerde in tweestrijd. Kon hij zomaar Grubers kamer binnengaan om naar die envelop te zoeken? Hij mocht in geen geval riskeren dat Gruber zou rondbazuinen wat hij had gezien, als dat al waar was, en precies dat zou gebeuren als hij hem zonder het juiste pressiemiddel zou ontslaan.

Nadat hij een tijdlang alle opties had afgewogen ging hij naar de vrouwenafdeling. Hanna was zo vriendelijk geweest om voor een zuster in te vallen die een dag vrij had gevraagd om haar zieke moeder te bezoeken.

Hij trof haar aan in de slaapzaal, waar ze bezig was de koortsgrafieken bij te werken.

Ze keek op, zag dat hij met een handgebaar aangaf haar te willen spreken en liep geruisloos de gang op.

Voor de toegangsdeur naar de afdeling begon Louis zachtjes te spreken: 'Ik sta voor een dilemma en wil u graag om advies vragen.'

'Wat is er gebeurd?' vroeg Hanna bezorgd.

'Toen ik Greta ondervroeg, heeft ze me toevertrouwd dat Gruber haar over een rendez-vous van mijn vrouw met dokter Harrow heeft verteld.'

Hanna sperde van schrik haar ogen open. 'Dat... Dat bestaat toch niet?' antwoordde ze.

'Dat dacht ik ook. Maar het is me zeker niet ontgaan dat mijn vrouw heel vertrouwelijk met Harrow omging.'

Hanna keek geschokt. 'Maar u denkt toch niet echt dat ze...'

Conradi slaakte een zucht. 'Eigenlijk verzet alles in mij zich ertegen hier geloof aan te hechten. Het kan een poging van Gruber zijn om ons in diskrediet te brengen. Maar als het waar is...'

'Het is niet waar.' Hanna legde haar hand op zijn arm. 'U mag het niet geloven. Uw vrouw zou zoiets nooit doen!'

Conradi had even nodig voordat hij met haar kon instemmen. Catherine had nooit belangstelling voor een andere man gehad. Maar Harrow...

'U moet Gruber uit zijn functie ontslaan,' zei Hanna vastberaden.

'Dan doet zich wel een ander probleem voor. Wat zou Gruber ervan weerhouden naar de pers te stappen met zijn lasterpraat? Of naar Wiedemann? Als hij tenminste niet allang met hem in contact staat.' Louis wilde er niet aan denken hoe hatelijk Wiedemann op dit verwijt zou reageren. Al helemaal nu Veit hem zo in zijn hemd had gezet.

'Weet u inmiddels al wie die omineuze man is met wie Gruber het grootboek heeft geruild voor een envelop?'

Louis schudde zijn hoofd. 'Helaas niet. En er is nog iets vreemds: ik ben op het kantoor gaan kijken, maar de grootboeken lijken compleet te zijn. Gruber kan er natuurlijk afschriften van hebben gemaakt.' Louis zuchtte. 'Zonder die envelop hebben we geen enkel bewijs en ik kan zijn kamer nu eenmaal niet binnendringen om ernaar te zoeken...' Hij krabde nadenkend op zijn hoofd.

'En als u het kerkbestuur nu eens zou laten beslissen?' vroeg Hanna.

'Maar wat zou het kerkbestuur kunnen doen? Ook voor hen geldt dat de beschuldigingen tegen de heer Gruber zonder concreet bewijs niet veel meer zijn dan vage laster.'

'Hij hoeft ook niet te worden ontslagen. Misschien kan het bestuur hem overplaatsen, naar Zwitserland bijvoorbeeld. Of naar een zendingspost. Dat zou toch een grote eer zijn?'

Louis liet haar woorden op zich inwerken. Hanna had gelijk; dat zou inderdaad een grote eer zijn. Hij kon zich wel indenken wat Heinrich Schubert er als bestuursvoorzitter van hun kerkgenootschap van zou zeggen als hij hem dit zou voorleggen. Moesten ze een crimineel als Gruber voor zijn kwalijke gedrag nog belonen ook?

Maar er stond meer op het spel. Een straf voor de boekhouder zou alleen maar maken dat ze er een vijand bij kregen. Nadenkend keek hij zijn assistente aan, die inmiddels zijn naaste vertrouweling was geworden. Ze zag er bezorgd uit en had donkere kringen onder haar ogen. Het liefst had hij haar weggestuurd om te gaan slapen, maar ze was nodig op de afdeling.

'Ik zal uw idee in overweging nemen. Bedankt, Hanna,' zei hij zacht en hij wenste haar een goede nacht.

~

Eenmaal terug op de afdeling vocht Hanna tegen de drang om te ijsberen. Ze had dus gelijk gehad met haar verdenking. Gruber was degene geweest die in de bosjes had staan kijken. Maar wat hij zei klopte niet met de feiten. De ontmoeting tussen Catherine Conradi en dokter Harrow was beslist geen rendez-vous geweest en ook niet meer dan dat. Ze hadden een intiem gesprek gevoerd, maar zeker geen overspel gepleegd.

Had ze de dokter moeten vertellen dat zij er ook bij was geweest? Ze kon ontkrachten wat Gruber had beweerd, maar de ontmoeting kon ze niet ontkennen. Misschien kon ze er beter het zwijgen toe doen en dokter Conradi in de veronderstelling laten dat Gruber het allemaal maar had verzonnen.

Ze stond hevig in dubio, bang dat haar verhaal zijn huwelijk een zware klap zou toebrengen. Wilde ze dat?

Nee, dat wilde ze niet. Alleen al de genegenheid die ze voor dokter Conradi voelde maakte dat onmogelijk. Ze wilde hem niet ongelukkig zien.

Vastbesloten ging ze weer aan het werk. Nee. Als het moest zou ze dit geheim zelfs mee het graf in nemen.

~

Op de trap kwam Conradi Kirchfeld tegen, die blijkbaar van de gelegenheid gebruik had gemaakt om wat rust te nemen.

'Aha, goed dat ik u tref,' zei Kirchfeld en hij haalde iets uit zijn zak. Het was een envelop, die netjes dichtgeplakt zat, met de opdruk van een rijksadelaar. Er stond geen adres op en ook geen afzender. Maar de envelop was vrij dik.

'Wat is dat?' vroeg Louis.

'Datgene wat u zelf niet durfde te zoeken,' antwoordde de artsassistent.

'U bent toch zeker niet...'

'Laten we zeggen dat ik hem toevallig in handen heb gekregen.' Kirchfeld zette een scheve grijns op. 'Gruber leek erg zeker van zijn zaak,' vervolgde hij. 'Hij heeft weinig moeite gedaan om de envelop te verstoppen. Misschien moet ik detective worden.'

Louis aarzelde om de envelop aan te pakken.

'Is dit de envelop... die u toen zag?' vroeg hij dus maar.

Kirchfeld knikte. 'Ja, en volgens mij zitten er bankbiljetten in. Het is alleen de vraag in welke valuta er is afgerekend. Vast niet in onze waardeloze marken. Ik gok eerder op Zwitserse franken of zelfs Amerikaanse dollars.'

Louis dacht even na. Zouden die valuta Wiedemann ter beschikking staan? En waarom was het in vredesnaam zo belangrijk voor hem om hen uit Waldfriede te verjagen? Wie zat er werkelijk achter?

'Legt u de envelop maar weer terug waar u hem hebt gevonden, Kirchfeld,' zei hij kalm.

'U wilt er niet in kijken?' vroeg Kirchfeld.

'Nee. Wat er ook in zit, de heer Gruber zal er verantwoording over moeten afleggen. Voor God en voor ons genootschap.'

'Dus u gaat hem ontslaan?' vroeg Kirchfeld en hij stopte de envelop weer in de zak van zijn doktersjas.

'We zullen doen wat nodig is. Nogmaals dank voor uw waakzaamheid.'

Kirchfeld leek een beetje teleurgesteld te zijn, maar hij knikte en wenste Conradi een goede nacht.

Meer slapend dan wakker sleepte Louis zich naar zijn slaapkamer terug. Catherine zat in bed en was verdiept in een boek. Het lampje op haar nachtkastje flakkerde af en toe. Het was waarschijnlijk een kwestie van tijd tot de gloeilamp doorbrandde. Louis ging op de bedrand zitten en trok zijn vest uit. Daarna zijn schoenen. Deze dag had hem echt de nekslag gegeven.

'Hoe ging het?' vroeg Catherine achter hem.

'Zoals ik had verwacht.' Louis geeuwde. 'Al met al was het een lange, vermoeiende dag. Ik had liever elf uur aan de operatietafel gestaan.'

'Ik snap niet waarom je Gruber per se kwijt wilt.'

'Dat heb ik je toch al uitgelegd, Catherine,' antwoordde hij vermoeid. Het laatste waar hij zin in had was een discussie over de vraag of het wel juist was om een onderzoek naar de boekhouder in te stellen. 'Ik vermoed dat hij met iemand heult die ons ziekenhuis schade wil berokkenen.'

'Maar daarvoor heb je toch geen enkel bewijs? Alleen wat de arts-assistent zegt. Die niet eens van ons geloof is.'

Louis snoof. 'Het is niet alleen wat Kirchfeld heeft gezien. Gruber is ook in een ander opzicht negatief opgevallen. Zodanig zelfs dat mijn assistent het nodig vond hem goed in de gaten te houden.' Dat laatste was slechts een vermoeden, maar uiteindelijk kwam het op hetzelfde neer.

'En dat Kirchfeld geen andere dan Grubers kamer wilde hebben? Heb je daar al eens aan gedacht?'

'Zo is Kirchfeld niet. Hij is een goede arts, altijd vriendelijk en fatsoenlijk. Ik acht hem niet in staat tot zo'n lage streek. Bovendien heeft hij een woning in de stad.'

Louis keek naar het ladekastje, waarop een foto van hen beiden met zijn vader stond. Catherine had geen idee wat hij vanmiddag had gehoord. Moest hij het haar vertellen? Ze was tenslotte zijn vrouw en hij had voor het altaar gezworen geen geheimen voor haar te hebben.

Maar had zij geheimen voor hem?

Louis vermande zich. 'Gruber heeft onze Greta verteld dat hij jou tijdens een rendez-vous met dokter Harrow heeft gezien.'

Op zijn woorden volgde zwijgen. Hij zag Catherine krijtwit worden.

'Dat... heeft hij toch niet echt...'

'Was dat waar?' vroeg Louis.

'Nee, natuurlijk niet!' Catherine sloeg haar boek dicht en wilde het op het nachtkastje leggen, maar het viel uit haar hand. 'Ik... Ik zou nooit...' Ze stokte en zocht zichtbaar naar woorden.

'Harrow ligt je na aan het hart, nietwaar? Als je destijds had kunnen kiezen tussen hem en mij – voor wie had je dan gekozen?'

'Maar ik had die keuze niet,' antwoordde Catherine ontwijkend.

'Maar stel dat... Dan had je hem genomen, hè?'

Weer zweeg ze even. Haar gezicht was nog steeds bleek en haar ogen fonkelden onrustig. Er verscheen een rimpel tussen haar wenkbrauwen. 'Ik weet het niet, Louis. Maar geloof me alsjeblieft: ik heb niets gedaan wat in strijd was met onze huwelijksgelofte.'

Louis zweeg. Als een zware deken daalde droefenis op hem neer.

'Ik heb je trouw gezworen en ik zal die eed nooit breken. Maar...' Ze viel stil.

'Maar?'

'John is mijn jeugdvriend. En ja, hij was mijn eerste liefde. Een liefde die nooit vervulling heeft gekend. Voor het altaar heb ik voor jou gekozen.'

'Dus Gruber heeft het gewoon verzonnen?'

Catherine haalde diep adem en vouwde haar handen in haar schoot.

'Ik heb met John gepraat. Voor de schuilhut. Ik heb niet gemerkt dat we werden afgeluisterd. Dat is alles.' Ze keek hem recht in de ogen. 'Je weet dat ik de waarheid spreek.'

Louis knikte. Hij had geen enkel bewijs dat er iets anders was gebeurd. Of hij wilde of niet, hij moest zijn vrouw vertrouwen.

'Toch moet Gruber hier weg,' zei hij. 'Ik zal mijn vader bellen of we een oplossing kunnen bedenken die geen van ons in gevaar brengt. Wat zou Gruber ervan weerhouden dit verhaal in een opgesmukte versie rond te strooien?'

Catherines blik werd somber. 'Als hij dat van plan is, kan hij ook ergens anders kwaad over me spreken en me van overspel betichten.'

'Niet als we hem iets geven waar hij voordeel van heeft.' Louis dacht even na en voegde er toen aan toe: 'En ik weet ook al wat dat kan zijn.'

38

Zehlendorf, 8 december 1921

Hanna bracht de volgende dagen in onzekerheid door. Gruber keerde in het ziekenhuis terug en bijna iedereen verwachtte dat de chef de clinique hem bij zich zou roepen om hem te ontslaan. Maar niets van dat alles gebeurde.

Hanna durfde net zomin als de anderen het onderwerp te bespreken.

Ze ving op dat de dokter twee accountants uitnodigde om de balans van het ziekenhuis te controleren.

'Ik wil zeker weten dat alles in orde is, voordat Wiedemann op het idee komt ons alsnog de das om te doen,' zei dokter Conradi tegen haar.

Op de donderdag voor de derde advent riep dokter Conradi ten slotte meneer Gruber bij zich. Hanna wilde zich al omdraaien om weg te gaan, maar hij vroeg haar als getuige te blijven.

Gruber leek een beetje van zijn stuk gebracht toen hij de spreekkamer binnenkwam.

'Mag ik vragen waarom u me laat komen?' informeerde hij en hij keek naar Hanna. Die weerstond zijn blik en dwong zich om de opwinding die haar onwillekeurig overviel te onderdrukken. Zou de dokter hem nu ontslaan?

'Gaat u toch zitten, meneer Gruber,' bood de dokter de boekhouder aan terwijl hij naar de stoelen voor zijn bureau wees.

Een beetje onwillig voldeed Gruber aan het verzoek. Het ontging Hanna niet dat er zweetdruppels op zijn voorhoofd verschenen.

'Een half jaar geleden bent u bij ons gekomen om de boekhouding van het ziekenhuis over te nemen.'

'Dat is juist, dokter.' Gruber leek zenuwachtiger te worden. Onrustig plukte hij aan zijn manchetten.

'Nu, gisteren ontving ik post van onze kerkleiding in Zwitserland,' ging dokter Conradi verder en hij pakte een brief op die voor hem op het bureau lag. 'Ze willen u overplaatsen naar het hoofdkantoor in Bern.'

Grubers ogen werden groot van verrassing 'Ze willen me in Bern hebben?'

'Ja, en al overmorgen. Ze hebben dringend een boekhouder nodig en hoe graag ik u ook wil houden, ik mag u deze kans niet ontzeggen.'

Op Grubers gezicht wisselden de emoties zich af. Hanna vroeg zich af of hij de opzet van de dokter doorhad, of dat hij zich vereerd voelde.

'Maar ik kan u toch niet zomaar in de steek laten?' vroeg hij ten slotte. 'Wie moet zich met de financiën bezighouden als ik weg ben?'

'Tijdens de opbouwwerkzaamheden heb ik veel van broeder Bridde geleerd. Bovendien heeft het genootschap zo veel voor mij gedaan dat het tijd wordt om iets terug te doen.' Conradi leunde over het bureau en vouwde zijn handen. 'Natuurlijk laat ik de beslissing aan u over, maar het genootschap heeft u in Bern nodig. Wij redden ons wel, maar daar zitten ze echt omhoog.'

Gruber keek naar zijn handen, dacht na en zei na een hele tijd: 'Goed dan, ik neem de opdracht aan.'

'Fantastisch!'

Hanna was van mening dat de reactie van de dokter een beetje te enthousiast klonk, maar Gruber leek het niet te merken.

'Ik zal meteen met Bern telefoneren en uw komst aankondigen. Doe mij eer aan, daar in Bern, meneer Gruber.' Met die woorden stond dokter Conradi op en gaf hem een hand. Toen de boekhouder weg was, zakte hij weer neer op zijn bureaustoel.

Hanna kon duidelijk merken dat hij opgelucht was. Natuurlijk hadden ze niet om Gruber gevraagd omdat ze van zijn deskundigheid overtuigd waren. De dokter had haar verteld dat zijn vader veel overredingskracht nodig had gehad om de heren ervan te verzekeren dat de boekhouder niet geschikt was voor het werk in het ziekenhuis. Na eindeloos overleg was Richard Conradi er uiteindelijk in geslaagd te bewerkstelligen dat Gruber op korte termijn naar Bern werd overgeplaatst.

Dokter Conradi haalde haar uit haar gedachten. 'Hanna, zitten er patiënten te wachten?' Daarop liep ze naar de deur om de gang in te kijken.

'Nee, dokter, er is niemand,' antwoordde ze toen ze weer binnenkwam. Haar hele gezicht straalde. 'Dat hebt u goed gedaan. Heel handig.'

'Tja, we willen geen vijanden maken als het niet nodig is.' Hij rechtte zijn schouders en stond op. 'Dan moet ik nu mijn vader bellen. Ten slotte hebben we de overplaatsing aan hem te danken.'

Opgewekt huppelde Hanna naar de deur en hield die met een knipoog voor hem open.

In de middagpauze trok Hanna haar jas aan en ging een poosje in het park zitten. Af en toe brak de zon door het dikke wolkendek en doopte de bomen en grasvelden in een gouden schijnsel. Door de ijskoude lucht bevroor haar adem in kleine wolkjes voor haar mond. Bij dit weer werden de patiënten alleen naar buiten gebracht als de dokter hun frisse lucht voorschreef, maar nu was er niemand. Op de wind na, die door het aangrenzende bos en om het huis waaide, en wat gerammel van borden uit de keuken was er geen geluid.

Voetstappen op het grind doorbraken de stilte. Hanna keek opzij en zag dat dokter Kirchfeld op haar toeliep. Ook hij had een jas over zijn doktersjasje aangetrokken. En hij leek rechtstreeks op haar af te stevenen.

'U bent ook een luchtje aan het scheppen?' vroeg Hanna.

'Nee, eigenlijk wil ik met u praten. Mag ik?' Hij wees naar de lege plaats naast haar op de bank. 'De dokter heeft ons zojuist verteld dat meneer Gruber naar Bern vertrekt. Wat een ontwikkeling.'

'Ja, verrassend, nietwaar?' Ze keek opzij. 'U hebt geen idee hoe opgelucht ik ben. Dokter Conradi heeft echt een goede oplossing voor het probleem gevonden.'

'Nu, het ziet ernaar uit dat wij beiden in het voorjaar een wandeling om de Schlachtensee gaan maken.' Kirchfeld gniffelde. 'Ik weet alleen niet zeker of Gruber van zijn overplaatsing gecharmeerd is. Ik was even op onze kamer om mijn sigaretten te halen en ik hoorde hem bij het inpakken tamelijk boos in zichzelf mompelen.' Hij haalde het doosje uit zijn zak.

'Daar zou u mee moeten stoppen,' zei Hanna streng en ze wees met haar kin naar de sigaretten, maar ze glimlachte erbij. 'Kon u verstaan wat hij zei?'

'Nee. Maar ik heb nog wel gezien dat hij de envelop vlug in zijn zak liet verdwijnen.'

Hanna zuchtte. 'Het is niet eerlijk dat mensen die zoiets doen er nog mee wegkomen ook.'

'Waarom heeft de dokter hem niet gewoon de laan uit gestuurd?' vroeg Kirchfeld.

Hanna kende het antwoord, maar dat was iets wat ze hem onder geen beding kon vertellen.

'Omdat hij een goed mens is,' zei ze daarom alleen.

'Dan moet hij wel een heel goed mens zijn, want zo'n verraad zou mij reden geven om de schuldige nooit meer te willen zien.'

Hanna keek naar Kirchfelds gezicht, naar zijn ogen. Hij was een zeer aantrekkelijke man en hij was bereid om risico's te nemen. Wie weet wat er was gebeurd als Gruber of die geheimzinnige vreemde hem had opgemerkt.

Het was haar niet ontgaan dat ze gevoelens voor dokter Conradi begon te krijgen, maar ze besefte dat deze voor haar onbereikbaar was. Waarom zou ze niet met Kirchfeld omgaan? Het was geen liefde wat ze voor hem voelde, maar ze vond hem aardig. Ook al was hij vorig jaar behoorlijk vrijpostig geweest.

'We hoeven niet tot het voorjaar te wachten,' zei ze opeens. Toen Kirchfeld haar verbaasd aankeek, voegde ze er vlug aan toe: 'Ik bedoel met de wandeling. Ik weet dat de dokter u met kerst vrijgeeft.

De vierentwintigste valt dit jaar op een sabbat en dus ben ik dan ook vrij. Als u wilt, ga ik dan graag met u wandelen.'

'Viert u dan helemaal geen Kerstmis?'

'Niet zoals u het misschien doet,' antwoordde Hanna. 'Natuurlijk krijgt de sabbat die dag een bijzondere vorm. Maar ook tijdens de kerstdagen hebben we hier patiënten, dus we gaan die zondag weer gewoon aan het werk.'

Hanna merkte Kirchfelds verwarring. 'Kijk toch niet zo bedenkelijk. Tijdens de jaarwisseling is er een oudejaarsfeest waarvoor iedereen wordt uitgenodigd. Zelfs de patiënten die uit hun bed kunnen komen.'

'Ik was al bang dat u zich helemaal geen feestje gunde.'

'Dat is niet het geval, dat verzeker ik u.' Hanna keek hem aan. Zijn ogen fonkelden. 'Dus we hebben een afspraakje voor de middag van de vierentwintigste? Ik bedoel, als u liever op kerst...'

'Ja!' flapte hij eruit. 'Ja, ik wil vreselijk graag op kerstavond 's middags met u gaan wandelen!'

Gruber vertrok inderdaad de volgende ochtend. Veel mee te nemen had hij niet. Hij was met een koffer naar Waldfriede gekomen, met iets meer dan een koffer vertrok hij.

De wetenschap dat de envelop met geld zich in zijn bagage bevond, knaagde aan Hanna. Wat hadden ze niet met dat geld hier in Waldfriede kunnen doen! Maar het was beter dat hij ging. En ze was blij dat het gevaar voor haar ziekenhuis was afgewend.

'Wie wordt nu de nieuwe boekhouder?' vroeg Hanna aan de dokter toen ze in de spreekkamer waren. Het afscheid had niet lang geduurd en op de meeste gezichten, vooral bij de keukenmeisjes, had Hanna opluchting gezien.

'Ik weet het niet. Misschien moet ik een van de accountants vragen als ze hier komen. Hun goede reputatie snelt voor hen uit. Ik hoop alleen dat ze geen ernstige misstanden aantreffen waardoor ik spijt krijg dat ik het Gruber mogelijk heb gemaakt ongehinderd te vertrekken.'

39

Zehlendorf, 24 december 1921

De accountants werkten geconcentreerd en waren zo onopvallend dat ze in de dagelijkse drukte nauwelijks werden opgemerkt. Hanna kreeg ze alleen te zien als dokter Conradi hun vroeg bij hem in de spreekkamer te komen. Toen het kerstfeest naderde werkten ze in het ziekenhuis niet meer zo onder hoogspanning. Veel patiënten werden voor de feestdagen naar huis gehaald of ontslagen. Op de gangen klaarde de sfeer op.

Op de ochtend van 24 december hield Hanna het bijna niet meer uit van opwinding. Ze bekeek zichzelf telkens weer in de spiegel, schikte haar kapsel en trok haar jurk recht. Ze had haar haar die dag in een losse knot opgestoken en met haar vingers krulletjes gevormd van de lokken langs haar gezicht. Om geen argwaan te wekken als ze later weg zou gaan, had ze haar jurk voor de wandeling nu al aan. Leni had met een paar overgebleven lapjes stof, die ze later hadden geverfd, wonderen verricht en er een strakke donkerblauwe jurk van genaaid, met een rok tot over de knie, een wit kraagje en lichte pofmouwen. Eigenlijk had ze hem tijdens de oudjaarsviering willen dragen, maar hij leek haar geschikt voor deze gelegenheid.

'Waarom ben je zo rusteloos?' vroeg Leni.

Ze had tot nu toe nog niemand iets verteld over haar afspraak met dokter Kirchfeld. Enerzijds omdat ze niet wilde dat iemand het te weten kwam, anderzijds omdat ze niet wist wat de gevolgen zouden zijn.

'Ik ben helemaal niet rusteloos,' antwoordde ze, maar haar zusje kon ze niets wijsmaken.

'Het lijkt wel of je je op een rendez-vous voorbereidt. Met je nieuwe jurk... Je maakt je toch niet zo mooi voor dokter Conradi?'

Rosa was gelukkig in de keuken en Else had toestemming gekregen om het weekeinde bij haar ouders door te brengen.

'Zoiets mag je absoluut niet hardop zeggen!' zei Hanna boos. 'Wat zullen de anderen wel niet denken?'

'Het zal de anderen heus ook zijn opgevallen dat je de chef verafgoodt.'

'Ik verafgood niemand!' zei Hanna ter verdediging en ze vroeg zich af of de anderen inderdaad die indruk van haar hadden gekregen. Tegelijkertijd wist ze dat haar antwoord niet helemaal strookte met de waarheid.

'Dan gaat het dus niet om hem?'

'Ik heb na de dienst en de Bijbelstudie met dokter Kirchfeld afgesproken,' gaf Hanna toe, want ze wist dat Leni haar niet met rust zou laten.

Haar zusje zette grote ogen op en haar mond viel open. Toen begon ze te lachen.

'Wat is er zo grappig?' vroeg Hanna enigszins geërgerd.

'Jij en Kirchfeld!' Leni klapte in haar handen. 'Ik dacht dat jullie elkaar niet konden uitstaan!'

'Dat heb ik nooit beweerd.' Hanna perste haar lippen op elkaar. Misschien had ze het er niet zo dik op moeten leggen met die jurk en een ander kapsel dan ze anders droeg.

Het duurde even voordat haar zusje weer gekalmeerd was. 'Wat zullen onze ouders blij zijn. Een arts in de familie...'

'Ik ga alleen met hem wandelen, meer niet.' Hanna wilde op dit moment nog niet aan trouwen denken. Het ging er haar nu slechts om een zo goed mogelijke indruk op de jonge arts-assistent te maken.

'Zulke wandelingetjes kunnen gauw op meer uitlopen,' zei Leni spottend, maar Hanna voelde wel dat ze haar alleen wilde plagen.

'We zullen zien,' antwoordde ze en ze inspecteerde haar uiterlijk nog eens in de spiegel.

Leni zweeg even en zei toen: 'Nou, misschien is het wel goed om hier in het ziekenhuis iemand te hebben op wie je gesteld bent.'

Hanna deed haar mond open om hier iets tegen in te brengen, toen ze de ernstige blik van haar zusje opmerkte.

'Zeg, Hanna, ik moet je iets vertellen...'

De ervaring had Hanna geleerd dat dit meestal niet veel goeds betekende. Haar hart ging sneller kloppen. 'Wat is er?' vroeg ze.

'Nou... Broeder Schubert kwam vragen of ik zin zou hebben om kokkin te worden op het parochiekantoor in de Uhlandstrasse.'

Hanna liet zich op de rand van haar bed vallen. 'Je wilt weg van Waldfriede?'

'Ik weet het nog niet zeker,' antwoordde Leni aarzelend. 'Maar het klonk goed.'

'In hoeverre?' vroeg Hanna terwijl ze probeerde niets van haar teleurstelling te laten merken. Ze had zich voorgesteld dat Leni en zij vele jaren samen op Waldfriede zouden doorbrengen. En nu wilde ze hier weg?

'Ik zou kortere werkdagen hebben en voor veel minder mensen hoeven koken. Bovendien zou ik een extra dagdeel vrij krijgen en een fatsoenlijk salaris ontvangen.'

Fatsoenlijk salaris? Hanna wist niet wat ze daarop moest zeggen. Ze kregen hier geen echt salaris, eerder zakgeld. Daar stond tegenover dat ze gratis kost en inwoning hadden.

'Als ik het aanbod aanneem wil broeder Schubert me onderbrengen in de zolderwoning boven het kantoor. Stel je voor, een eigen woning voor mij alleen!' Haar ogen lichtten op en daaraan zag Hanna hoezeer het vooruitzicht om zelfstandig te wonen haar zusje beviel, en toch was ze niet onverdeeld enthousiast. In het ziekenhuis was Leni veilig en wel onder de pannen. Hoe zou dat zijn als ze midden in Berlijn zat?

'Je vindt het geloof ik maar niks.'

'Ik...' Hanna stokte. Hoe zou zij zich voelen als Leni probeerde haar van een besluit af te brengen?

Leni trok vragend haar wenkbrauwen op.

'Ik ben blij voor je,' zei ze toen.

'Echt?'

'Echt,' bevestigde ze. 'Het is een mooi aanbod en als je het beslist wilt accepteren, moet je dat doen.'

Leni klapte in haar handen. 'O, Hanna, dat is geweldig! Ik kom je geregeld opzoeken en wie weet is er dan iets over in de keuken wat ik voor je mag meenemen. Bovendien hoor ik daar misschien nieuwtjes die jou hier niet bereiken.'

Ze viel Hanna om haar hals.

Hanna hield haar stevig vast en probeerde haar bedenkingen te verdringen. Het was misschien wel tijd dat Leni haar vleugels uitsloeg en haar eigen ervaringen ging opdoen.

Toen Hanna de eetzaal binnenkwam had ze het gevoel dat de ogen van alle mannen op haar waren gericht. Ook de andere vrouwen hadden zich op deze sabbatochtend netter aangekleed, maar toch had ze het gevoel dat ze de ruimte naakt betrad.

Het ontging haar niet dat de zusters haar met grote ogen aankeken. Maria vertrok haar gezicht enigszins, maar dat maakte Hanna niet langer bang.

Blij dat ze bij haar plaats was aangekomen ging ze zitten. Was het wel zo'n goed idee geweest om zich nu al mooi te maken?

Ook de blik van dokter Conradi, die samen met zijn vrouw, dokter Steiner en de twee accountants binnenkwam, bleef bij haar hangen. Er gleed een glimlach over zijn gezicht, toen begon hij een gesprek met zijn gezelschap.

Hanna's wangen begonnen te gloeien. Vlug sloeg ze haar ogen neer, waarna ze zich probeerde te concentreren op het gezangboek voor zich.

Kerstochtend begon met een godsdienstoefening en een korte toespraak waarin dokter Conradi hen allemaal bedankte voor het werk dat ze het afgelopen jaar hadden verricht. Ook bracht hij het personeel ervan op de hoogte hoe deze bijzondere dag zou verlopen. Alle medewerkers, behalve degenen die afdelingsdienst hadden, kregen vrije tijd tot hun beschikking en 's avonds zou er een feestelijk avondmaal zijn, waaraan alle leden van hun kleine geloofsgenootschap zouden deelnemen. Om het de verpleegsters die afdelingsdienst hadden ook mogelijk te maken aanwezig te zijn, zouden degenen van de eerste zitting het werk van de anderen tijdens de tweede zitting overnemen.

Dat vond bijval bij alle toehoorders.

Toen de dienst afgelopen was nam Hanna afscheid. Het wolkendek aan de hemel had zich inmiddels gesloten en er viel een lichte motregen. Dat en het nieuws van Leni vergalden het plezier waarmee ze uitkeek naar de wandeling met Kirchfeld een beetje. Hanna wist dat ze haar zusje niet langer de wet kon voorschrijven. Leni was meerderjarig, wat inhield dat ook haar ouders geen inspraak meer hadden. Maar ze zouden haar flinke verwijten maken als ze hun vertelde dat Leni Waldfriede had verlaten en dat ze dus geen oogje meer in het zeil kon houden!

Toen ze Alexander Kirchfeld bij de toegang tot de Krumme Lanke zag staan, zette ze die sombere gedachten vastberaden opzij. Later die avond, als ze afdelingsdienst had, zou ze nog genoeg tijd hebben om te piekeren.

Toen hij haar zag, maakte Alexander zich los van de houten omheining waar hij tegenaan leunde, haalde zijn handen uit de zakken van zijn donkergrijze wollen mantel en kwam naar haar toe lopen. Onder zijn elegante hoed fonkelden zijn blauwe ogen en er verscheen een brede glimlach op zijn gezicht.

'U bent echt gekomen,' zei hij en hij strekte zijn armen naar opzij uit.

'Natuurlijk, wat dacht u dan?' antwoordde ze en ze speelde een ogenblik met de gedachte zich in zijn armen te laten vallen.

In plaats daarvan reikte ze hem de hand. Alexander pakte hem aan, trok haar een stukje naar zich toe en legde een beschermende arm om haar schouders. 'Kom, ik houd u vast. De treden omlaag naar het meer zijn een tikje glad.'

Hanna wist dat dat een smoesje was. Natuurlijk had de regen een vochtig laagje op de stenen achtergelaten, maar er zat geen vorst meer in de lucht. Het weer was kort voor de kerst volledig omgeslagen en er hing nu een dichte mist.

Toch liet ze zich door hem de trap af leiden.

Ondanks de grijze wolken bood het meer een grandioze aanblik. Aan sommige bomen hing hier en daar nog een felgeel blad, andere vormden samen op de oever een tapijt van diverse nuances geel. Op het meer draaiden een paar eenden kalm hun rondjes.

'Wat moet het hier in de lente mooi zijn,' bedacht ze hardop en ze vond het jammer dat ze in de voorbije maanden niet meer tijd had gevonden om hier te gaan wandelen.

'Het is in één woord hemels als er groene knoppen aan de bomen ontspruiten,' beaamde Kirchfeld terwijl ze over een bruggetje met een kunstig bewerkte gietijzeren leuning slenterden. 'Maar ook de zomer heeft zijn charme. Alleen moet u dan met de klok mee om het meer heen lopen.'

'Hoezo?' vroeg Hanna. 'Draagt de wind anders onaangename geuren mee?'

'Nee, maar als u de andere kant op loopt, kunt u nudisten tegenkomen, die op een weide liggen te zonnen die alleen vanaf die kant te zien is. Ik weet niet of uw frêle inborst daar tegen kan.'

Hanna schoot in de lach. 'Dan kent u me slecht. Het zou niet voor het eerst zijn dat ik een naakt individu onder ogen krijg. Ik ben tenslotte verpleegster.'

'Dat is waar,' gaf Kirchfeld toe. 'Toch is er een verschil tussen iemand die naakt in een ziekenhuisbed ligt en iemand die zo gymnastiekoefeningen op een weide doet.'

'Het is in beide gevallen een mens,' gaf Hanna hem ter overweging. 'Ik voel er geen schaamte bij. U wel?'

'Nee, helemaal niet. Hoewel ik liever niet naar een naakte man kijk die een radslag doet.'

Hanna proestte van het lachen en hij deed met haar mee.

'Vertel me eens waar u vandaan komt,' vroeg Hanna hem nadat ze een beetje waren bijgekomen.

'Zoals ik al zei: mijn vader is eigenaar van de delicatessenzaak aan de Hauptstrasse.'

Hanna keek hem verrast aan. 'Dan hebt u die etenswaren toen helemaal niet gekocht?' vroeg ze met gespeelde verontwaardiging.

Alexander bloosde en krabde verlegen aan zijn hoofd. 'Nou ja, ik... Ik heb mijn vader wel om toestemming gevraagd.'

'Wilde hij niet weten waar u die jam en die sardientjes voor nodig had?'

'Hij is altijd heel druk bezig.'

'U hebt dus voor hem verzwegen dat u die spullen wilde hebben om op slinkse wijze een kus van een wildvreemde verpleegster te bemachtigen?' Hanna lachte en sloeg hem op zijn arm. 'U bent me er eentje!'

'Ik wilde u echt helpen. En ik heb me toch al voor mijn vrijpostige gedrag verontschuldigd?'

'Inderdaad.' Hanna keek hem meesmuilend aan. Toen vroeg ze: 'Bent u dan hier in Berlijn geboren?'

'Ja, ik ben een rasechte Berlijner. Al hoor je dat niet aan me. Mijn moeder komt uit Silezië en heeft er altijd streng op gelet dat ik het accent van de Berlijnse kinderen niet overnam.' Hij keek naar haar. 'En u? Waar komt u vandaan? Vast niet uit Berlijn, dat is wel duidelijk.'

'Ik kom uit Magdeburg.'

'Die stad heeft een prachtige dom. En een roerige geschiedenis. Heeft opperbevelhebber Tilly Magdeburg niet platgebrand, met uitzondering van die kerk?'

Het was voor het eerst dat iemand haar naar de geschiedenis van haar stad vroeg.

'Ja, dat is althans wat we tijdens de geschiedenisles te horen kregen.' Hanna was onder de indruk. Alexander was veel ontwikkelder dan Martin en hij had ook niet dat dromerige dat ze bij Martin had gezien als hij zat te piekeren over zijn uitvindingen. Toch leek hij wel een man die wist hoe hij haar moest koesteren en warmte kon geven. Dat was een eigenschap die ook Martin had bezeten.

'Hoe komt u aan dat litteken?' vroeg Hanna. Dat was het eerste wat haar aan hem was opgevallen en waardoor ze hem had aangezien voor een man die uit de oorlog was teruggekomen.

'Dat heb ik aan een medestudent te danken,' antwoordde hij. 'Voor mijn vader ben ik lid geworden van een studentenvereniging waar de schermsport beoefend werd.'

Hanna bleef staan en stak haar hand uit om de lichte verdikking aan te raken. Kirchfeld trok zijn hoofd terug.

'Neemt u me niet kwalijk,' zei Hanna verlegen. Hoe kwam ze erbij hem zonder toestemming te willen aanraken?

'Nee, het is al goed,' antwoordde hij, enigszins uit zijn evenwicht gebracht. Toen stak hij haar zijn wang toe. 'Raak het maar aan.'

Aarzelend hief Hanna haar hand en even later volgden haar vingers het spoor van de degen die hem een snee in zijn huid had bezorgd. Ze wist natuurlijk wat voor studentenvereniging hij bedoelde. Veel artsen en ook andere afgestudeerden droegen zo'n teken. Het degengevecht was een gebruik bij die studentenverenigingen. Een zogenaamde houw oplopen maakte deel uit van de rituelen die tussen de mannen een band voor het leven schiepen. Leden van dit soort studentenclubs hadden waar het om vrouwen ging overigens geen beste naam.

'Bent u nog lid?' vroeg Hanna sceptisch.

'Nee,' antwoordde Kirchfeld direct. 'Er zijn... conflicten geweest. Ik kon me steeds minder met de waarden van de vereniging identificeren. Mijn vader was des duivels toen hij hoorde dat ik eruit gestapt was, want hij vond dat ik in mijn latere leven veel aan die contacten had kunnen hebben. Maar ik was blij dat ik niet langer aan de bijeenkomsten hoefde deel te nemen, want daar ging het er alleen maar om keizer Wilhelm uit zijn ballingschap terug te halen. Ik ben blij dat er eindelijk een nieuwe tijd is aangebroken. De democratie staat dan wel nog op wankele benen, maar ooit zal ze sterk genoeg zijn om het tegen haar vijanden op te nemen. Dan zullen ook de laatsten inzien dat we geen keizer meer nodig hebben.'

Een tijdlang keken ze elkaar aan en toen vroeg Kirchfeld: 'Zou u er iets op tegen hebben als ik uw hand vasthield?'

'Helemaal niet,' antwoordde ze en ze stak haar hand uit. Hij omsloot hem met de zijne, toen verstrengelden ze hun vingers en zo zetten ze hun wandeling voort. Het geluid van hun voetstappen vermengde zich met het zachte gekletter van de regen en af en toe het gekraak van een tak boven in een boom.

Toen Hanna opzijkeek, ontdekte ze een bootje tussen de takken van een omgevallen boom. Zo te zien was het al sinds de zomer niet meer gebruikt. Kirchfeld volgde haar blik en vroeg: 'Hebt u zin in een boottochtje?'

'Met dit weer?' zei Hanna afwerend. Ze dacht weer terug aan de zomer van 1916. Haar laatste boottochtje met Martin. De belofte om met haar te trouwen als hij uit de oorlog terugkwam. Het leek een eeuwigheid geleden.

'Een beetje motregen zal een vrouw als u toch niets uitmaken?' De arts-assistent gniffelde en Hanna besefte dat zijn voorstel niet serieus was geweest. Toch had hij een snaar bij haar geraakt.

'Misschien kunnen we daar beter mee wachten tot de zomer,' stelde ze voor. 'Dat lijkt me prettiger. Ik heb geen zin om dat bootje te moeten leegscheppen om ervoor te zorgen dat het niet zinkt.'

'U bent beslist een heel ongewone vrouw,' zei Kirchfeld zacht. 'Goed dan, we wachten tot de zomer.'

Ze wandelden verder en Hanna vroeg zich af of ze voor Kirchfeld ooit hetzelfde zou voelen als voor Martin.

'Ik overweeg om dokter Conradi te vragen of ik de kamer van Gruber mag hebben,' zei Kirchfeld opeens. 'Ik weet wel dat hij alleen leden van jullie geloofsgenootschap in huis wil laten wonen, maar misschien wil hij een uitzondering maken.' Hij glimlachte. 'Dan kunnen we misschien eens een kopje koffie bij mij drinken.'

Hanna's wangen begonnen te gloeien. Het idee om Kirchfeld in huis te hebben maakte haar blij en ongerust tegelijk. Ze wilde graag met hem alleen zijn, maar als iemand hen zou betrappen... Op dit moment wilde ze vooral ergens met hem zijn waar het warm was, want de waterkou in de lucht drong door haar jas heen en het puntje van haar neus leek wel een ijspegel.

'Dat zou fijn zijn,' zei ze instemmend.

'Echt?' vroeg Kirchfeld met een schalkse ondertoon. 'U wilt me dus wel in de buurt hebben?'

'Denkt u dat ik met u was gaan wandelen als dat niet het geval was?'

'Eigenlijk niet,' zei hij en hij bleef staan. De lucht betrok steeds meer en boven hun hoofden stootten kraaien hun kreten uit. 'Ik mag u erg graag, Hanna. Al vanaf het eerste moment dat ik u zag.'

'U bedoelt voor de etalage van de delicatessenwinkel?'

'Precies! Geloof me, ik had u nooit aangesproken als ik u niet fascinerend had gevonden.' Hij liet een stilte vallen en keek haar met fonkelende, ondeugende ogen aan. 'Bovendien heb ik als arts-assistent een zwak voor verpleegsters.'

'Hebt u dan wel eens een relatie met een verpleegster gehad?' wilde Hanna weten.

'Ik ben zelfs al eens verloofd geweest,' antwoordde hij, waarop ze grote ogen opzette.

'Wat is er gebeurd dat u het niet meer bent?' Het volgende moment besefte ze hoe intiem haar vraag was. 'Neemt u me niet kwalijk, dat gaat me niets aan.'

Kirchfeld kneep in haar hand. 'De vader van mijn uitverkorene was ertegen. Wie wil er nu een arts in opleiding als schoonzoon als hij een medisch specialist kan krijgen?' Hij keek naar de neuzen van zijn schoenen.

'Was ze verpleegster?'

'Nee, ze kwam uit een zakenfamilie. Daarom dacht haar vader waarschijnlijk zo. Ik kon niet op tegen de invloed die hij op zijn dochter uitoefende.'

'Tja, misschien hield ze niet echt van u,' gaf Hanna hem ter overweging en ze vroeg zich af wat haar ouders zouden zeggen als ze met een man thuiskwam die niet tot hun geloof behoorde.

'Dat zou kunnen.' Kirchfeld keek haar recht aan. 'Zou u het erg vinden om me Alexander te noemen?'

Hanna trok haar wenkbrauwen op. Hij noemde haar al bij haar voornaam, maar om hetzelfde bij hem te doen...

'Nee,' hoorde ze zichzelf zeggen. 'Daar heb ik niets op tegen.'

'Goed dan, Hanna.' Hij glimlachte en leek ergens op te wachten.

'Goed dan, Alexander,' zei ze hem na.

Ze keken elkaar een tijdlang in de ogen en toen legde Alexander zijn arm om haar heen.

Haar hart begon sneller te kloppen. Ze voelde dat hij haar wilde kussen, maar opeens zag ze Martin weer voor zich. Als een bliksemflits trof haar de herinnering aan zijn gezicht in die noodlottige nacht van zijn dood. Zijn misvormde lippen, zijn lege ogen. De ontzetting die ze destijds had gevoeld overviel haar nu weer.

Toen Alexanders lippen haar mond raakten zette ze haar handen tegen zijn borst en duwde hem weg.

'Niet doen!' zei ze naar adem snakkend.

'Wat is er?' Alexander keek haar verward aan.

Even was Hanna als verlamd. Haar hart ging tekeer en het koude zweet brak haar uit. Het beeld van Martin verdween algauw, maar de onpasselijkheid bleef.

'Het spijt me als ik te bruusk was...' zei Alexander onzeker.

'Nee, jij kunt er niets aan doen.' Hanna legde haar hand op haar voorhoofd. Ze kreeg nauwelijks lucht. Haar oren suisden. 'Ik ben degene die haar excuses moet aanbieden. Ik kan dit niet,' zei ze met horten en stoten. Toen liep ze vlug weg.

'Hanna, wacht!' riep hij haar achterna, maar ze draaide zich niet om.

Ik verdraag zijn nabijheid niet, ik verdraag zijn nabijheid niet... Het was het enige waaraan ze kon denken. Opeens wilde ze niets dan alleen zijn. Alleen in haar kamer op Waldfriede.

Met tranen in haar ogen begon ze te rennen.

40

Toen ze bij het ziekenhuis terugkwam, zag ze een zwarte auto op de rotonde staan. Ze voelde zich wat rustiger, maar het verdriet was gebleven. Zou ze ooit over Martins dood heen komen?

Nog steeds wat in de war liep ze haastig naar de ingang.

Het gebeurde wel eens dat patiënten met een privéauto werden gebracht, maar iets aan deze auto kwam haar bekend voor. Toen ze dichterbij kwam, zag ze dat de auto uit sanatorium Friedensau kwam. Was er een probleem? Misschien met Gruber, die twijfelde over Bern en van gedachten was veranderd?

Vlug liep ze het ziekenhuis in. Ze wilde voorkomen dat iemand haar zo ontdaan zag en zou vragen wat er gebeurd was.

Halverwege haar kamer kwam ze Rosa tegen.

'We hebben bezoek!' riep het dienstmeisje. 'Dokter Meyer uit Friedensau is er met zijn vrouw. Dokter Conradi zit met hem in de eetzaal aan de koffie. Je moet meteen naar hen toe gaan nu je er weer bent.'

Dokter Meyer? Ook dat nog! flitste het door Hanna heen. Weliswaar had ze het aan hem te danken dat ze hier was, maar voor haar was hij nog altijd verbonden met Martins dood. Ze had hem nooit verwijten gemaakt, maar zich af en toe in stilte afgevraagd of hij echt alles voor haar verloofde had gedaan.

'Wat is er met je?' vroeg Rosa. 'Gaat het wel goed met je? Heb je gehuild?'

'Dat komt door de kou,' zei Hanna vlug en ze sloeg haar ogen neer. 'Ik doe even mijn jas uit, daarna ga ik dokter Meyer begroeten.'

Ze liep Rosa vlug voorbij naar haar kamer en deed de deur haastig achter zich dicht.

Haar hele lichaam trilde. Tranen sprongen haar in de ogen. Ze voelde zich diep beschaamd. Ik had nooit met die wandeling moeten instemmen, dacht ze. Ik ben nog niet zover. Misschien zal ik wel nooit klaar zijn voor een nieuwe liefde.

Een tijdlang staarde ze uit het raam, daarna vermande ze zich. Ze werd in de eetzaal verwacht! Nadat ze haar ogen met koud water had gedept en haar jurk glad had gestreken haalde ze diep adem, rechtte haar schouders en verliet haar kamer.

Dokter Meyers stem was in het geroezemoes van stemmen die vanuit de eetzaal naar buiten drongen nauwelijks te horen. Bij de deur aangekomen bleef Hanna even staan voordat ze naar binnen ging.

De arts uit Friedensau en zijn echtgenote zaten naast dokter Conradi en zijn vrouw.

Waarom had de dokter niet gezegd dat ze zouden komen? Hanna kende de dokter goed genoeg om te weten dat hij niet van spontane bezoekjes hield.

'Ha, Hanna!' riep dokter Conradi toen hij haar zag. 'Kom binnen en begroet uw oude baas.'

Dokter Meyer had nog altijd een puntbaardje en nog altijd kamde hij zijn haar zo strak naar achteren dat de inhammen zichtbaar waren.

'Zuster Hanna, wat een genoegen!' begroette hij haar en hij stond op. Een omhelzing zou niet passend zijn geweest, maar ze schudden elkaar hartelijk de hand. 'U ziet er veel beter uit sinds u uit Friedensau weg bent.'

'Dank u, dokter Meyer,' antwoordde ze en ze probeerde zich goed te houden. 'Nou, misschien kom ik er gauw achter waar dat aan ligt.' Meyer glimlachte fijntjes en keek naar Conradi. Bijna was ze vergeten mevrouw Meyer te begroeten. Vlug deed ze dat alsnog en ze gaf haar ook een compliment over de mauve jurk, die uitstekend bij haar blonde haar paste.

'Ga toch zitten, zuster Hanna,' zei dokter Conradi en hij trok een stoel dichterbij. 'U moet ook weten wat we hier aan het bespreken zijn.'

Een blik op mevrouw Conradi maakte duidelijk dat ze het daar niet mee eens was, maar ze sprak haar man niet tegen.

Hanna nam plaats op de stoel.

'Ik heb dokter Meyer kortgeleden uitgenodigd omdat we over de functie van hoofd van de interne geneeskundeafdeling willen praten. Gelukkig had hij tijd,' legde dokter Conradi uit. 'Ik wil die nieuwe afdeling zo vlug mogelijk in gebruik nemen en speciaal daarvoor nieuwe arts-assistenten aannemen. Bovendien hebben we een hoofd voor onze opleiding nodig.' Hij keek naar zijn collega. 'Zoals u weet heeft dokter Meyer in dat opzicht al de nodige ervaring opgedaan.'

Hanna knikte. Al lang, nog voor het uitbreken van de oorlog, werden in Friedensau verpleegsters opgeleid. Dokter Meyer stond aan het hoofd van die opleiding. Een nieuwe verpleegopleiding in Waldfriede zou de opleiding in Friedensau overbodig maken, omdat het plan was dat het modernere ziekenhuis de verpleegsters en broeders zou aantrekken.

'Ik ben erg blij dat u overweegt om bij ons te komen, dokter Meyer,' zei Hanna wat stijfjes.

'O, ik overweeg het niet alleen,' antwoordde hij. 'Ik geloof dat de zaak beklonken is, nietwaar, Louis?'

'Als jouw vrouw instemt, Erich,' zei Conradi waarop mevrouw Meyer in de lach schoot.

'Ik heb toch helemaal geen keuze! Bovendien is het erg mooi in Zehlendorf en het zou me plezier doen als dit onze nieuwe woonplaats wordt.'

Conradi klapte in zijn handen. 'Uitstekend! Dan zal ik broeder Schubert vragen om alles te regelen. Toevallig is er bij ons net een kamer vrij gekomen. Meneer Gruber is naar Zwitserland overgeplaatst.'

'En hoe moet het...' Bijna had Hanna Alexanders voornaam eruit geflapt '... dan met dokter Kirchfeld?' vulde ze vlug aan. 'Hij bewoont die kamer toch nog.'

'Dat is waar, Hanna,' antwoordde Conradi terwijl hij haar wat verbaasd aankeek. 'Maar die regeling gold alleen voor de periode waarin hij hier dag en nacht moest zijn. Het griepseizoen ligt gelukkig achter ons.'

Hanna knikte. Aanvankelijk was ze geschrokken, maar nu voelde ze ook iets van opluchting. Na het voorval van daarnet zou ze van schaamte door de grond willen zakken als ze Alexander tegenkwam. Dan was het beter als hij niet meer in het ziekenhuis woonde. Zo zou het makkelijker zijn om hem op afstand te houden.

Toen de koffietafel was afgelopen, begon het al te schemeren. De verpleegsters maakten zich klaar voor de aflossing. Hanna besloot nog vlug de ontwikkeloplossing van het röntgenapparaat te vervangen. Eigenlijk was het nog niet nodig, maar wie wist welke uitdagingen er in de komende dagen op haar pad kwamen.

Halverwege de röntgenafdeling kwam ze dokter Meyer tegen. Hij droeg zijn jas over zijn arm en had een tas in zijn hand. Wilde hij weer vertrekken? Dat betwijfelde Hanna. Alexander had zich afgemeld, de kamer was vrij. Er was niet veel nodig om de kamer voor de nieuwe bewoners in te richten. Er stonden twee bedden, er waren kasten en er was een wasgelegenheid.

Ze begreep dat dokter Meyer tijdens de kerstdagen hier zou zijn. En misschien ook de dagen daarna.

'Kan ik u even spreken, zuster Hanna?' zei dokter Meyer en hij kwam naar haar toe.

'Ja?' vroeg Hanna, die probeerde te glimlachen.

Meyer glimlachte ook, maar tegelijkertijd zag ze een bezorgde uitdrukking in zijn ogen. 'Hoe gaat het met u?'

'Goed,' antwoordde ze. 'U hebt me een grote dienst bewezen door me bij dokter Conradi aan te bevelen. Ik werk hier erg graag.'

'Ik ben blij dat te horen. En hoe gaat het met uw... probleem?'

Hanna voelde haar gezicht verstrakken. De herinnering aan de nacht waarin hij haar van Martins overlijden op de hoogte had gebracht, kwam pijnlijk naar boven. Vlug onderdrukte ze dat beeld.

'Het bestaat nog altijd,' gaf ze eerlijk toe. 'Maar ik probeer me ertegen te verzetten. Inmiddels lukt me dat heel goed.'

Dokter Meyer knikte. 'Luister, wanneer u hulp nodig hebt kunt u gerust bij me aankloppen. Ik zal u waar mogelijk proberen te steunen.'

Hanna kneep haar mond dicht en slikte.

'Er gaat vrijwel geen dag voorbij dat ik niet aan u denk,' ging de dokter verder. 'Wat u moest doorstaan was vreselijk en ik hoop dat u me mijn falen ooit kunt vergeven.'

'Ik heb u vergeven,' zei Hanna. 'Het was niet uw schuld dat hij is overleden.'

'Misschien. Maar misschien kwam het ook door de samenloop van ongelukkige omstandigheden. Het lange liggen, het transport... de zware verwondingen...'

'Er is niets wat tussen ons in staat, dokter Meyer,' zei ze verzoenend. 'Het spijt me dat ik toen zo hard heb geschreeuwd. De tijd hier in Waldfriede heeft voor mij een heilzame werking. Ook als er problemen zijn en ook als sommige patiënten alles van me vergen. Ik vind het fijn in Waldfriede en ik ben blij dat u hier ook zult zijn.'

Dokter Meyer keek haar een moment aan, toen knikte hij. Op zijn gezicht verscheen een glimlach.

'Dank, Hanna. Mijn aanbod blijft gelden. Kom naar me toe als er iets is waarbij ik u kan helpen.'

'Dank u, dokter Meyer.'

Toen hij weg was, kneep Hanna haar ogen dicht. Tranen rolden onder haar oogleden door en liepen over haar wangen.

Maar niet alleen de herinnering aan Martin maakte haar aan het huilen. Ze huilde ook omdat ze niet in staat was om Alexander in haar leven toe te laten. Zouden de tedere gevoelens die tussen hen waren ontstaan een toekomst hebben gehad? Zou ze ooit weer van iemand kunnen houden als het haar niet lukte om Martin te vergeten?

DEEL 3

'Terwijl verschillende ziekenhuizen om ons heen moesten sluiten, werd bij ons de toeloop steeds groter. Al in juni 1921 was de officiële erkenning als ziekenhuis zonder winstoogmerk gekomen, wat het voordeel had dat de instelling vrijwel belastingvrij kon functioneren. In verband met de in de bouwfase verkerende uitbreiding van ons ziekenhuis en de daaraan verbonden eis tot verhoging van het beddenaantal kreeg onze instelling in juli 1922 officieel erkenning als verpleegopleiding.'

'Bracht het jaar 1923 onze instelling menige aanzienlijke vooruitgang, het kende ook alle denkbare financiële problemen. Als er met pijn en moeite wat geld was binnengehaald, moest het zo vlug mogelijk in producten worden omgezet! Wachtte je ermee, dan had het al aan koopkracht ingeboet.'

(Kroniek van ziekenhuis Waldfriede, 1922 en 1923)

41

Zehlendorf, 9 mei 1923

Glimlachend keek Hanna de jonge meisjes na die het lokaal verlieten. De eerste klas van de verpleegopleiding bestond uit slechts zes leerling-verpleegsters in opleiding en één verpleger, maar dokter Conradi was vol vertrouwen dat er de komende jaren meer jonge mensen voor hun opleiding naar Waldfriede zouden komen.

Dokter Meyer verscheen in de deuropening. Kort na zijn aankomst op Waldfriede was hij plotseling ernstig ziek geworden, maar eenmaal genezen had hij niet alleen de leiding van de afdeling interne geneeskunde op zich genomen, maar stond hij ook aan het hoofd van de verpleegopleiding.

Hanna had soms nog gemengde gevoelens als ze hem zag, maar meestal slaagde ze er in die opzij te zetten.

'Zuster Hanna, wat kan ik voor u doen?' vroeg dokter Meyer. Hij hield zijn docentenmap als een schild tegen zijn borst gedrukt.

Hanna gaf hem een envelop. 'Er is een brief uit Friedensau voor u bezorgd. Hij is per ongeluk op het bureau van dokter Conradi terechtgekomen.'

'Dank u.' De arts stopte hem in de zak van zijn doktersjas. 'Is dokter Conradi alweer terug?'

Samen met zijn vrouw was de dokter voor een jubileumfeest naar het sanatorium in Skodsborg afgereisd. Hoewel het maar om een week ging, had het Hanna een eeuwigheid geleken. Des te meer verheugde ze zich op zijn terugkeer. 'De trein zou om elf uur op het Lehrtestation aankomen, dus ik neem aan dat hij elk moment hier kan zijn.'

Hanna wilde juist weer gaan toen dokter Meyer zei: 'Wat ik u al een tijd wil vragen, Hanna: zou ik u ertoe kunnen overhalen les te gaan geven?'

Verrast keek Hanna hem aan. 'Volgens mij ben ik daar niet de juiste persoon voor.'

'Dat bent u wel degelijk!' zei hij. 'Ik kan me geen betere dan u voorstellen.'

Dat bracht Hanna in tweestrijd. Ze wist dat dokter Meyer overwoog verpleegsters als docent aan te stellen. Als het ging om verpleging en de zorg voor de patiënten waren haar collega's en zijzelf veel bedrevener dan de pas aangekomen arts-assistenten. Wat zou er dus op tegen zijn om een verpleegster haar kennis te laten overbrengen?

'Ik weet het niet,' antwoordde ze desondanks. 'Ik sta niet zo graag in het middelpunt.'

'Kom nu toch, Hanna! Ik eis toch niet van u dat u een toneelstuk opvoert. U zou de toekomstige verpleegsters en verplegers iets moeten leren.'

Hanna voelde wel dat ze geen goede argumenten had om het aanbod van dokter Meyer af te wijzen. 'Ik zal erover nadenken,' zei ze ontwijkend.

'Dank u, zuster Hanna.' Hij schonk haar een glimlach en liet haar eindelijk gaan.

Onderweg naar beneden kwam dokter Kirchfeld haar tegemoet. Zoals altijd als ze hem zag verstijfde ze een beetje.

Sinds hun wandeling en zijn vertrek uit Grubers kamer deed ze haar best zo min mogelijk met hem alleen te zijn. Alexander had geprobeerd er met haar over te praten, maar Hanna had hem uitgelegd dat ze tijd nodig had. Ze wilde hem niet helemaal afwijzen, maar was ook bang om hem dichterbij te laten komen.

Soms kon ze zichzelf daarom niet uitstaan, maar ze wilde zich niet met iets inlaten wat ze misschien weer moest verliezen.

Ditmaal kon ze echter niet met alleen een groet langs hem heen lopen.

'Hebt u even, zuster Hanna?' vroeg hij terwijl hij haar de weg versperde.

Hanna schudde haar hoofd. 'Ik moet weer naar beneden. Dokter Conradi kan elk moment aankomen.'

'Hanna, alstublieft. Heel even maar.'

Ze aarzelde. Moest ze voet bij stuk houden? Wat wilde hij van haar?

Ze knikte en haalde diep adem. 'Goed dan. Wat hebt u op het hart?'

'Ik weet niet wat ik u heb aangedaan,' zei Alexander zachtjes. 'Onze wandeling is nu al meer dan een jaar geleden... Denkt u niet dat we eindelijk eens vrede moeten sluiten?'

'Vrede?'

'Het spijt me dat ik heb geprobeerd u te kussen,' vervolgde hij. 'Als ik kon, zou ik het ongedaan maken, maar dat kan niet.' Hij zweeg even en zei toen: 'En u vergeten kan ik ook niet.'

Hanna voelde een steek vanbinnen. Ze dacht terug aan zijn poging en aan haar angst om nader tot hem te komen. Ze mocht hem heel graag en de afgelopen maanden hadden ze goed samengewerkt. Maar ze was elk persoonlijk gesprek uit de weg gegaan.

'We hebben het allebei druk,' zei ze vaag, maar hij schudde zijn hoofd.

'We hebben het even druk als altijd. Vrije tijd hebben we ook. Vrije dagen zelfs. We zouden nog eens om het meer kunnen wandelen. En dan zou ik niets overhaast doen, dat beloof ik.'

Hanna was er niet van overtuigd dat ze er inmiddels klaar voor was om hem toe te laten. Maar nu hij zo voor haar stond voelde ze een verlangen naar hem dat ze tot nu toe had onderdrukt.

'Of u moet... niets in me zien.'

'Ik... Ik heb...' Hanna aarzelde. In de afgelopen maanden had ze zich wel eens afgevraagd hoe het zou zijn geweest als ze zich had laten kussen. Als ze nader tot elkaar waren gekomen.

'Dat wil zeker zeggen dat u niets in me ziet,' antwoordde Alexander teleurgesteld. Hij stopte zijn handen in zijn jaszakken. 'Dan weet ik in elk geval waar ik aan toe ben.'

'Wacht even!' riep ze toen hij zich omdraaide om weg te lopen. 'Alstublieft!'

Alexander draaide zich naar haar toe. Hanna voelde zich verscheurd. Het ziekenhuis had haar nodig, dokter Conradi had haar nodig. De gevoelens die ze voor Conradi had waren ingewikkeld en onduidelijk.

Maar toen ze Alexander aankeek wist ze dat daar een man stond die haar voor zich wilde winnen. Die zelfs niet opgaf als ze hem langer dan een jaar op afstand hield.

'Ik wil die wandeling heel graag overdoen,' zei ze. 'Zaterdag, als u uit de nachtdienst komt.'

'Meteen erna?' vroeg hij verbaasd. Toen verscheen er een stralende glimlach op zijn gezicht.

'Natuurlijk moet u eerst even gaan rusten,' verduidelijkte Hanna. Ze wist niet of ze het juiste deed, maar op dit moment had haar hart haar verstand overrompeld.

'Ik zal niet kunnen slapen van opwinding!' antwoordde Alexander en Hanna stelde bijna opgelucht vast dat er eindelijk weer iets van zijn oude vrijmoedigheid in zijn stem doorklonk. 'Misschien lukt het beter als we elkaar van nu af aan tutoyeren.'

Hanna probeerde terughoudend te blijven, maar dat lukte haar niet. Zijn onbevangenheid beviel haar steeds beter. 'Goed dan, als dat bevorderlijk voor je nachtrust is...'

~

Het voelde goed om weer thuis te zijn. Met een glimlach liep Louis de trap op, met zijn vrouw naast zich, die ook opgelucht leek te zijn. Skodsborg was hun thuis geweest en ze hadden er lange tijd gewerkt, maar inmiddels was Catherines vader overleden en in de stad zelf was zo veel veranderd dat ze allebei het gevoel hadden er vreemden te zijn. En er was hem nog iets duidelijk geworden: hij was al zo gewend geraakt aan het leven in Berlijn dat hij voor geen prijs terug wilde naar een landelijke omgeving.

Maar het jubileumfeest was erg leuk geweest en al hadden ze maar weinig bekende gezichten gezien, het weerzien was hem goed bevallen.

Onderweg naar zijn privévertrekken kwam hij een paar verpleegsters tegen, die hem vriendelijk groetten. Hij hoopte een beetje dat hij Hanna zou zien, maar zij zat waarschijnlijk op haar post in de spreekkamer.

In de slaapkamer zette hij hun reistassen neer.

'Wil je niet even uitrusten?' vroeg Catherine toen ze zag dat hij zijn doktersjas alweer wilde pakken, meteen nadat hij zijn jasje had uitgetrokken.

'Ik heb beloofd om na terugkomst direct aan de slag te gaan. Er zal de afgelopen week veel werk zijn blijven liggen.'

Catherine slaakte een zucht en knikte. 'Ga dan maar. Ik ga even liggen.'

Louis gaf haar een kus op haar voorhoofd en liep de kamer uit. Weer op Waldfriede te zijn gaf hem nieuwe energie. Met lange passen haastte hij zich naar de spreekkamer. Hanna was er niet, waarschijnlijk was ze bezig in de röntgenkamer. Hij verheugde zich erop haar terug te zien.

Hij had zich juist aan de stapel post gezet toen Hanna binnenkwam. Ze zag er wat vermoeid uit en hield in toen ze hem zag.

'Dokter! U bent er weer!'

Haar gezicht straalde. Om eerlijk te zijn was dat wat hij het meest had gemist.

'Wat fijn om u te zien, zuster Hanna! Ik hoop dat het u goed is gegaan tijdens mijn afwezigheid.'

'We hebben u allemaal erg gemist,' zei ze. 'En we hebben ons uiterste best gedaan om alles zo goed mogelijk draaiende te houden.'

'Daar twijfel ik niet aan.' Hij liet een korte pauze vallen en voegde eraan toe: 'Ik heb u ook gemist.' Toen hij inzag hoe dubbelzinnig zijn woorden klonken, zei hij vlug: 'Ik bedoel... u allemaal natuurlijk.'

Ze wilde net iets terugzeggen toen de deur weer openging. Zuster Grete kwam binnen.

'Hanna, je...' Ze verstijfde toen ze dokter Conradi zag, maar riep toen verrast uit: 'O, dokter Conradi!'

'Ja, zuster Grete, zoals u ziet ben ik geen fata morgana!' zei de dokter schertsend.

Grete bloosde en plukte aan Hanna's mouw. 'Dokter Steiner

heeft een bestraling voor je. Meneer Gregor.'

'Goed, ik kom eraan. Zou je hem alvast even naar de röntgenkamer willen brengen?'

Grete knikte en verliet de spreekkamer.

Hanna keek hem aan. 'Hebt u nog iets nodig, dokter?'

'Nee, ga maar. Ik loop de patiëntendossiers even door.' Ja, bedacht hij glimlachend toen ze was vertrokken, dat was precies wat hij had gemist. De vitaliteit van het ziekenhuis en Hanna...

Toen werd er geklopt. 'Binnen!' riep hij zonder op te kijken.

'Dokter, zou u alstublieft even naar de tuin willen komen?'

Toen hij opkeek zag hij Rainer Markward, de nieuwe timmerman, ontdaan om de hoek van de deur kijken.

Louis keek hem geschrokken aan. 'Wat is er gebeurd?'

'Er is iets waar u naar moet komen kijken.'

Hij liep achter de timmerman aan door de achterdeur de tuin in.

Er stonden een paar arbeiders in een kring naar iets te kijken wat hij van daaruit niet kon zien. Toen ze hem zagen aankomen, stapten ze opzij. Zijn hond lag op de grond, bewegingloos op zijn zij, en onder hem lag een plas bloed die steeds groter werd. Zijn tong hing uit zijn bek en om zijn starre, doffe ogen cirkelden vliegen.

Het leek alsof er een steen op Louis' borstkas neerkwam. Toen hij dichterbij kwam werd hem duidelijk dat Prinz niet door een roofdier was aangevallen. Iets hards had hem midden op zijn schedel geraakt en een diepe wond achtergelaten.

'Hij moet iemand in de weg hebben gelopen,' zei Markward. 'Er zijn planken en stenen weg.'

Louis hurkte naast het dode dier en geschokt aaide hij hem over zijn vacht. Die voelde nog zacht aan, maar het lijf eronder was stijf en koud. Prinz was een goede vriend voor hem geweest en het verlies trof hem pijnlijk.

'Wat moeten we doen?' vroeg Markward. 'Die stenen en planken...'

'Begraaf hem,' antwoordde Louis terwijl hij opstond. 'En ga daarna kijken wat er nog meer ontbreekt.'

De mannen staarden hem aan alsof ze hem niet goed hadden verstaan.

'Maar het is...'

'Het is maar een hond?' Louis maakte de zin van de timmerman verontwaardigd af. 'Hij is een schepsel van God dat je niet zomaar van het leven kunt beroven!'

Het gezicht van de man werd rood. Beschaamd keek hij naar de neuzen van zijn schoenen.

Louis was blij met de woede die in hem opkwam. Zo kon hij de tranen die bij hem opwelden terugdringen.

Omdat niemand zich in beweging zette, bukte hij resoluut en nam de hond in zijn armen. 'Breng me een schop!' beval hij de mannen, waarna hij Prinz naar het park droeg.

~

Toen Hanna na de bestraling naar de spreekkamer terugging, zat er een vrouw op een van de banken te wachten. Ze verdreef de tijd met een breiwerkje. De dokter zou wel naar een afdeling zijn geroepen, anders had hij haar waarschijnlijk allang binnen laten komen. Hanna verzekerde haar dat ze gauw aan de beurt zou zijn en verdween door de deur van de spreekkamer.

Ze was blij dat hij even afwezig was. Zo kon ze haar kalmte een beetje herwinnen.

Er dwarrelden allemaal vragen door haar hoofd. Was het een goed idee om met Alexander Kirchfeld af te spreken? Zou ze weer met het verleden worden geconfronteerd?

Toen de deur met een ruk werd opengedaan kromp ze ineen.

Dokter Conradi viel zelden zo de kamer binnen, maar nu leek hij buiten zichzelf van woede. Zijn doktersjas zat vol vuil en bloed en zijn gezicht was rood.

'Wat is er gebeurd?' vroeg ze bezorgd.

'Ze hebben Prinz doodgeslagen,' hijgde hij.

Hanna hapte verschrikt naar lucht. 'O nee, wat afschuwelijk!'

De afgelopen jaren had ze niet echt vriendschap met de waakhond gesloten, maar was ze wel aan hem gewend geraakt.

'Markward kwam het me vertellen. Ze hadden hem zien liggen,' vertelde Conradi. Hij trok zijn vuile witte jas uit en plofte met een zucht neer in zijn stoel. 'Wie slaat er nu een dier dood voor een paar planken?'

'U denkt dat het dieven waren?'

'Ongetwijfeld. Zo barbaars!' Conradi veegde zijn gezicht af. 'Wilt u me alstublieft een schone jas brengen, zuster Hanna?'

'Natuurlijk.' Hanna verliet de spreekkamer.

De dood van de hond schokte haar tot in het diepst van haar ziel. Ze wist hoeveel het dier voor dokter Conradi betekende. Hij was elke avond met hem gaan wandelen en zelden leek hij zo tevreden als tijdens die wandelingen. Zelfs op de foto's die ze van tijd tot tijd van de ziekenhuisfamilie lieten maken stond Prinz altijd naast de dokter.

Toen ze met de schone jas terugkwam zat dokter Conradi uit het raam te staren. Zijn wangen zagen rood en zijn ogen stonden nog vol verdriet.

'Bedankt voor de jas, Hanna. En ook bedankt voor uw medeleven. Ik weet dat u mijn hond niet zo onbevangen tegemoet kon treden als ik.' Hij veegde de tranen uit zijn ogen. 'Ik weet dat het belachelijk is... maar die hond... Hij was bijna als een kind voor me. Toen ik jong was reisde mijn vader voortdurend met ons over de hele wereld. Ik ben in Amerika geboren, wist u dat?'

Dat had hij nooit verteld.

'Mijn vader was zendeling. Hij stichtte genootschappen in Oost-Europa en Zuid-Amerika. Hij zette zendingsposten op in Afrika. En toen verhuisde hij hiernaartoe.'

'Dat klinkt heel opwindend,' zei Hanna, die zich stiekem afvroeg wat dit verhaal met de hond te maken had.

'Als kind had ik altijd graag dieren willen hebben. Een kat, een hond misschien. Maar door al dat reizen was dat onmogelijk, zelfs toen we eenmaal in Hamburg bleven wonen. Mijn vader bleef veel reizen en dan ging ik met hem mee. We waren toen vaak in Friedensau.' Hij keek haar aan. 'Ver voor uw tijd daar. Toen ontwaakte in mij de wens om arts te worden, om mensen te helpen. Ik wilde vooral degenen terzijde staan die dat het hardst nodig hadden.

Daarom wilde ik naar Afrika gaan, maar het heeft niet zo mogen zijn.' Hij slaakte een zucht en zweeg even voordat hij eraan toevoegde: 'Toen we Waldfriede kochten, stond het voor mij vast dat we een hond zouden aanschaffen. Het toeval wilde dat een verpleger in het ziekenhuis waar ik werkte de hond van zijn overleden vader moest overnemen. Hij had de middelen niet om het dier te voeden en zijn woning was veel te klein. En zo is Prinz bij mij terechtgekomen. Het was zo vreemd: hij was helemaal niet eenkennig. Hij sjokte als vanzelfsprekend met me mee alsof hij altijd al bij me was geweest. En ook aan Waldfriede raakte hij gauw gewend...'

Hij zuchtte nog eens, drukte zijn duimen en wijsvingers in zijn ooghoeken en boog even zijn hoofd achterover. Toen hij weer opkeek zei hij: 'Maar zo is het leven, nietwaar? De dood loert aan alle kanten, soms in de vorm van een ziekte of oorlog en soms in de gestalte van harteloze mensen. We kunnen niet meer doen dan helpen waar het enigszins mogelijk is.'

Hanna sprongen de tranen in de ogen. 'En dat doen we, dokter. En nu wacht er op de gang een patiënte op u.'

42

Zehlendorf, 12 mei 1923

Die zaterdagmiddag ontmoetten Hanna en Alexander elkaar weer bij de trappen naar de Krumme Lanke. Afgezien van het aanmerkelijk mooiere weer herinnerde de hele situatie haar enorm aan de kerstavond van anderhalf jaar geleden. Maar ze hoopte vurig dat Martin haar deze keer geen parten zou spelen.

Vooral de eerste tijd van dokter Meyers aanwezigheid in Waldfriede was de herinnering aan haar overleden verloofde weer sterker geworden. Steeds had ze aan hem moeten denken als ze op haar vrije middag alleen door het bos of langs de Alsenstrasse wandelde. Alexanders pogingen om haar nader te komen had ze afgehouden.

Waarom ze nu van mening was veranderd en bereid was hem privé te ontmoeten, was haar niet duidelijk. Maar ze verheugde zich erop de frisse lucht te voelen en vooral om met hem te praten.

Dit keer wachtte hij niet op haar. Hanna keek op haar horloge, dat precies twee uur wees. Het kon niet komen doordat zij te laat was en dat hij al weer was weggegaan.

Ze trok haar jurk recht, een oude sitskatoenen jurk die ze had meegebracht uit Friedensau. Hij was intussen niet alleen versteld en ook niet meer volgens de laatste mode, maar wat blauwe verf had ervoor gezorgd dat hij er niet meer zo versleten uitzag. Hanna beschikte niet over de stof en de tijd om een nieuwe zomerjurk te naaien, hoewel ze al een leuk model in een tijdschrift had gezien.

Toen het tien over twee werd, begon ze ongerust te worden. Dat iemand verlaat was, kon voorkomen, maar stel dat er iets was gebeurd? Of had Alexander zich misschien gewoon verslapen?

Ze begon onrustig heen en weer te lopen. Mensen passeerden haar, soms paartjes die vrolijk met elkaar aan het praten waren. De vrouwen droegen knielange jurken die Hanna mooi vond, net als hun kapsels. Maar in Waldfriede was zo'n haardracht niet toegestaan, hoe moest je daaraan ook je verpleegsterskapje vastmaken? Maar ervan dromen gaf Hanna een beetje een geluksgevoel.

Eén paartje maakte op haar een bijzondere indruk. De man was lang, had een markant gezicht en droeg een krijtstreeppak, de vrouw had een rode jurk aan die bijna een beetje ongepast voor een voorjaarsmiddag leek. Ze had een glanzend donker kortgeknipt kapsel met elegante golven rond haar oren. Allebei zagen ze eruit alsof ze op weg waren naar een feestje, wat heel goed mogelijk was.

Ze waren slank maar wekten toch de indruk dat ze beter te eten hadden dan de meeste andere mensen hier. Ze zouden wel in een van de villa's wonen die in een rij aan de Grunewaldallee stonden. Het hoorde niet, maar Hanna voelde jaloezie in zich opkomen.

Op dat moment hoorde ze vlugge voetstappen achter zich, en met moeite wendde ze haar blik van het paar af. Toen ze zich omdraaide zag ze Alexander de trap op stormen. In zijn wit met blauwe pullover en de moderne knickerbocker zag hij eruit als een zeeman aan wal.

'Het spijt me dat ik zo laat ben,' riep hij hijgend. 'Ik moest nog iets regelen.'

'Iets regelen?' vroeg Hanna.

Alexander stak zijn hand naar haar uit. 'Dat zie je zo meteen.'

Hij liep haastig met haar langs de straat, het elegant geklede paartje achterna.

Opnieuw werd Hanna's blik magisch naar beiden toe getrokken. Ze liepen harmonieus, met soepele bewegingen. Zijn haarcrème en haar eau de toilette lieten een onzichtbaar, maar duidelijk met de neus waarneembaar spoor achter. De man had zijn arm om de schouder van zijn partner gelegd en zijn hand omvatte haar nek.

Het was een erg bezitterig gebaar, dat Hanna op een vreemde manier opwindend vond.

'Wat ben je stil vandaag,' hoorde ze Alexander naast zich zeggen. Inderdaad was ze even vergeten dat hij naast haar liep. Gelukkig sloeg het vreemde paar meteen daarna een zijstraat in en verdween het in het Grunewald.

'Ik... Ik was alleen zo geboeid...'

'Door die mensen voor ons?' Alexander glimlachte fijntjes. 'Kunstenaars. Hij in elk geval. Ik heb hem hier al diverse keren gezien.'

'En wat doet hij?' vroeg Hanna, die nog nooit een kunstenaar had leren kennen. Ja, in Friedensau waren een paar verpleegsters en artsen die schilderden en bijna iedereen kon een instrument bespelen, wat ze tijdens de kerkdiensten indrukwekkend tentoonspreidden. Ook in Waldfriede waren een paar verpleegsters en broeders met muzikaal talent. Als de patiënten hen op vrijdagavond zingend door de gangen van het ziekenhuis hoorden gaan, verheugden ze zich al op het volgende weekeinde. Maar kunst in de eigenlijke betekenis was dat niet.

'Hij is beeldhouwer voor zover ik weet. Laat je niet door zijn verschijning of die van zijn gezelschap voor de gek houden. Hij is net zo straatarm als iedereen hier, in elk geval meestal. Als hij weer eens een beeld heeft verkocht, heeft hij natuurlijk geld en dat geeft hij dan met bakken uit.'

'Aan kleding?' vroeg Hanna.

'O, bedoel je die rode jurk? Ik heb al minstens tien verschillende meisjes die jurk zien dragen. Hij geeft die altijd aan zijn muze van dat moment.'

'Muze?'

'De vrouw die hem inspireert en die hij in zijn kunstwerk modelleert. En met wie hij waarschijnlijk het bed deelt.'

Hanna wist niet waarvan ze meer schrok: dat de man zijn geliefden allemaal dezelfde jurk liet dragen of dat hij zo veel vrouwen versleet.

'Zou je liever met een kunstenaar samen zijn?' vroeg Alexander plotseling.

Hanna schudde haar hoofd. 'Nee. Wat je me net vertelde klinkt als een heel andere wereld. Als een wereld waar ik niet hoor.'

'Jij wilde dus altijd al verpleegster worden?'

'Ja.' Het had er inderdaad lang naar uitgezien dat ze zich er na haar schooltijd op zou voorbereiden een goede echtgenote te worden. Maar toen had ze in de stad een groep verpleegsters van Friedensau ontmoet. Ze waren op pad en deelden pamfletten uit. Toen ze zo'n blaadje aannam, raakte ze met de verpleegsters in gesprek en daarna had ze haar besluit genomen. Of Alexander dat begreep? 'Martin dacht dat ik ook een goede huisvrouw had kunnen worden,' voegde ze er plotseling aan toe.

'Je broer?'

Op dat moment begreep Hanna dat ze een fout had gemaakt. Ze kon toch tijdens een afspraak met Alexander niet over haar overleden verloofde praten! Maar het was te laat om de woorden terug te nemen.

'Mijn verloofde.'

Alexander bleef abrupt staan. 'Je bent verloofd?'

Hanna schudde haar hoofd. 'Niet meer. Ik was verloofd. Voor de oorlog.'

Ze moest er weer aan denken hoe Martins beeld plotseling voor haar ogen was gekomen toen Alexander haar kuste en waarna ze was gevlucht.

'Wat is er gebeurd?' vroeg hij.

Ze aarzelde. Het was pas de tweede keer dat ze met Alexander uitging. Nou ja, uitgaan kon je het niet eens noemen. Het was een wandeling, meer niet.

'Hij... is gesneuveld,' antwoordde ze zachtjes.

Alexanders gezicht toonde medelijden. 'Dat spijt me.'

Hanna schudde haar hoofd. 'Dat hoeft niet. Wat er toen gebeurde, daar is alleen de oorlog verantwoordelijk voor.' Ze keek hem aan. 'Heb jij in de oorlog gediend?'

'Ja,' antwoordde hij. 'Als arts-assistent. Ik kon kiezen, de wapens, of het bataljon van de geneeskundige dienst. Ik heb de voorkeur aan het laatste gegeven, want als arts heb ik gezworen niemand schade te berokkenen.'

Hanna voelde een rilling over haar rug lopen. De temperatuur scheen ineens minstens vijf graden te zakken. 'En waar was je gestationeerd?' vroeg ze. Was het mogelijk dat hij Martin had gekend?

'Ieper,' antwoordde hij. 'Het was het ergste wat ik ooit heb gezien. Na al die gevechten was de stad met de grond gelijkgemaakt. Zo veel mensen hebben daar het leven verloren.'

Hanna herinnerde zich dat ze over Ieper had gelezen. Maar dat was voordat Martin was opgeroepen. Als ze het goed inschatte was Alexander zeker een paar jaar ouder dan hij.

'En daarna?' vroeg ze. 'Waar was je toen?'

'Thuis,' zei hij. Ik werd afgekeurd omdat ik... korte tijd mijn verstand had verloren.'

Hanna staarde hem aan. 'Echt?'

'Ik leed aan zware depressies, lag 's nachts te schreeuwen. Mijn stafarts had medelijden met me en stuurde me terug. Dat heeft me nog erger leed bespaard.'

Hanna knikte maar was niet in staat om iets te zeggen. Ze probeerde zich voor te stellen wat Alexander had meegemaakt. Dat had ze toen bij Martin ook gedaan. Blijkbaar was het hem gelukt zijn trauma te overwinnen. Martin had daarvoor nooit de kans gekregen. Maar hoe had er bij hem ook een nieuwe arm en een nieuw been kunnen aangroeien?

'We zijn er,' zei Alexander plotseling. Hanna keek om zich heen. Behalve het meer, de bomen en de weg waarop andere wandelaars liepen, kon ze niets ontdekken.

'Daar,' zei Alexander toen hij haar zoekende blik zag en wees op de struiken. 'Weet je nog?'

Het bootje! Destijds zag het er verloren uit, vergeten. Nu leek het of het zich op roeiers verheugde.

'Kom,' zei Alexander en hij trok haar mee.

Met krachtige slagen roeide hij naar het midden van het meer. Hanna hield eigenlijk wel van boottochtjes, maar dit hier leek zo op het laatste dat ze met Martin had gemaakt, zozeer dat haar hele lichaam verkrampte en ze pijn op haar borst kreeg. Ineens wenste ze zich heel ver weg.

‘Maak je geen zorgen, als de boot omslaat of volloopt met water, dan red ik je,’ zei Alexander gekscherend, die haar spanning had opgemerkt.

‘Ik kan zwemmen,’ antwoordde ze en ze keek naar de golven. Haar vingertoppen kriebelden. Ze had het gladde wateroppervlak zo graag aangeraakt! Maar een herinnering drong zich aan haar op. Martin. De roep van de koekoek. Ze was al bang dat ze die zo dadelijk weer zou horen.

‘Waarom kijk je dan zo angstig?’

‘Ik... ik kijk niet angstig,’ protesteerde Hanna, maar haar stem trilde. ‘Het is alleen...’

Ze haperde en Alexander trok vragend zijn wenkbrauwen op. ‘Word je soms zeeziek? Moet ik terugroeien?’

Hanna keek over het meer. Haar hart klopte in haar keel, haar ledematen trilden. Ze dacht aan de laatste dag die ze met haar verloofde had doorgebracht. Aan de droom waaruit zuster Christel haar ruw wakker had gemaakt voordat...

‘Hanna.’ Alexanders warme hand lag op haar arm. ‘Wat is er met je aan de hand?’ Zijn stem klonk bezorgd.

‘Niets, ik...’ Ze keek hem aan. Hier buiten leek het blauw van zijn ogen nog intenser, bijna als de voorjaarslucht tussen twee witte wolken. ‘Het is alleen... Martin is met mij een eind gaan roeien voordat hij zich bij het leger moest melden.’

‘O,’ zei Alexander. ‘Dat spijt me, dat wist ik niet.’

‘Nee, natuurlijk niet. Ik heb het je immers nooit verteld.’ Hanna keek om zich heen. Vanuit de verte klonk het gelach van kinderen. Op een kleine, strandachtige strook lagen mensen te zonnen, dagjesmensen zoals zij. Destijds op het meer met Martin was er niemand in de buurt geweest.

‘Ik dacht dat ik nooit weer gelukkig zou kunnen worden,’ zei ze zachtjes. ‘In de nacht dat hij terugkwam, droomde ik van die dag met hem op het meer. En niet veel later hoorde ik dat ik nooit meer samen met hem een boottochtje zou maken.’

‘Wil je me vertellen wat er is gebeurd?’

‘Er was een aanval met granaten op zijn medische eenheid. Ook hij wilde niet doden en dacht dat het wel mee zou vallen. Maar door de aanval verloor hij een arm en een been.'

Ze perste haar lippen op elkaar. Ineens zag ze alles weer voor zich: zijn aanblik in het ziekenhuisbed, zijn woorden. Zijn wens om ter plaatse met haar te trouwen... en de paniek die haar steeds weer overviel als ze een zwaargewonde man zag.

'Dat spijt me echt heel erg,' zei Alexander. 'Ook al had ik je dan waarschijnlijk nooit leren kennen, toch zou ik willen dat het anders was gelopen.'

Hanna knikte. 'Het is heel lief dat je dat zegt. In de eerste tijd heb ik me vaak afgevraagd hoe het geweest zou zijn als we onze plannen in daden hadden kunnen omzetten.'

Ze keek hem aan. Alexander was in veel opzichten anders dan Martin. Hij trad doortastend op, terwijl Martin afwachtend was geweest, hij lachte en sprak vrijuit, terwijl Martin zich had ingehouden. Maar dat vond ze erg prettig. En had Alexander nu op de Krumme Lanke niet ook wat weg van een prins? Zijn ogen waren zo blauw als de lucht, zijn haar goudkleurig als de zon...

Gejuich aan de linkerzijde van de oever deed Hanna uit haar gedachten opschrikken.

'Nu zeg ik tegen mezelf dat ik geluk heb gehad. Ik werk in een fantastisch ziekenhuis.' Ze stak haar hand uit naar de zijne en raakte hem aan. 'En jij hebt me gevonden.' Ze stopte even voordat ze eraan toevoegde: 'Ik ben niet een heel makkelijk mens en al helemaal niet zoals andere vrouwen. Ik heb geen idee of iemand jou iets over me heeft verteld, maar die nacht dat Martin stierf heeft een grote scheur in mijn ziel achtergelaten. Daarachter loert iets donkers, dat me panisch maakt als het doorbreekt. De afgelopen jaren heb ik het goed onder controle gekregen, maar ik weet dat het er nog altijd is... en er ook altijd zal zijn.'

'Denk je dat je last van depressies hebt?'

Hanna schudde haar hoofd. 'Nee. De paniek slaat toe bij het zien van zwaargewonde mannen. Daarom werk ik niet op de afdelingen. Daarom werk ik op de röntgenafdeling en ben ik de praktijkassistente van dokter Conradi geworden. Ik weet niet of dat donkere iets in mij ooit kan verdwijnen, maar ik blijf hopen.'

Alexander stak zijn hand uit en streelde zachtjes haar wang.

'Ik ben zo blij dat ik je toen voor mijn vaders winkel tegen het lijf ben gelopen. Ook al schaam ik me er nog altijd een beetje voor dat ik een kus van je heb verlangd. En het spijt me ook dat ik je gekust heb... destijds met de kerst.'

'Dat hoeft niet, het... het lag niet aan jou. Het was alleen omdat ik het gevoel had dat ik hem zou bedriegen.'

'En hoe is dat nu?' vroeg hij enigszins sceptisch.

Hanna boog zich voorover. Het bootje schommelde een beetje toen ze haar armen om zijn schouders legde.

'Pas op,' zei hij. 'Straks slaan we nog overboord.'

'Ik zei toch al dat ik kan zwemmen,' mompelde Hanna en hun lippen vonden elkaar in een kus. Deze keer verscheen Martin niet. Er was alleen Alexander die ze voelde, warm en zacht en ook wat dwingend. Hanna vlijde zich tegen hem aan en had voor het eerst sinds lange tijd het gevoel dat ze zich eindelijk weer mocht laten vallen.

Ze bleven een uur op het water en peuzelden van de kleine picknick die hij uit de winkel van zijn vader had meegebracht, waarna ze aan de terugweg begonnen. Nadat Alexander het bootje weer had vastgebonden legde hij zijn arm om Hanna, niet zo bezitterig als de kunstenaar bij zijn muze had gedaan, maar in zijn nabijheid voelde Hanna zich geborgen.

Dat wat ze hem had verteld, had ze nog aan niemand toevertrouwd. Haar zusje vermoedde wat er met haar aan de hand was, maar verder wisten alle anderen alleen dat ze last had van paniekaanvallen. Over de scheur en de duisternis daarachter had ze zelfs dokter Conradi niets verteld.

'Wat vind je ervan als we ons uitstapje de komende week herhalen?' vroeg Alexander toen ze de trappen bij het meer op liepen.

'Wat mij betreft graag,' gaf ze glimlachend ten antwoord. 'Maar het hoeft niet per se hier te zijn.'

Alexander bleef staan en keek haar met gespeelde ontzetting aan. 'Je wilt je dus naar buiten wagen in de vijandige omgeving die Zehlendorf heet?'

Hanna gaf hem een por. 'Je doet alsof ik het ziekenhuis nooit verlaat.'

‘Dat doe je in de laatste tijd haast niet meer.’

‘Wat misschien komt doordat een buskaartje bijna niet te betalen is.’ In het begin was ze af en toe naar Leni gegaan, maar Alexander had gelijk. Ze was echt een huismus geworden. Maar dokter Conradi had ook continu dienst, en waar hij was, moest zij ook zijn.

‘Goed, dan maken we de volgende keer een wandeling door de stad. Of om de Schlachtensee. Ik zou ook fietsen kunnen regelen en dan fietsen we in de richting van Potsdam. Ben je al eens in het Sanssouci geweest?’

Hanna keek hem niet-begrijpend aan. ‘Het Sanssouci?’

‘Dat is een slot in Potsdam. Het slot van de oude Fritz, de beroemde koning der Pruisen. Het is daar prachtig.’

‘Kunnen we ons de buskaartjes daarnaartoe veroorloven? Wie weet hoe duur ze morgen zijn.’

‘Of volgende week,’ voegde Alexander eraan toe. ‘Ik vraag een kennis of ik zijn auto mag lenen. Ik kan autorijden, weet je? Dat heb ik tenminste aan de oorlog overgehouden.’

‘De brandstofprijzen zijn vast astronomisch hoog!’

‘Klopt, maar dat is het me waard.’

‘Laten we liever een tocht over de Wannsee maken, met een van de salonboten. Maar ook dat is nauwelijks te betalen…’

Alexander glimlachte en nam toen haar gezicht in zijn handen.

‘Jij bent een van de mooiste vrouwen die ik ken. En blijkbaar ook een van de verstandigste.’

Verstandig zijn was niet een eigenschap waarmee de meeste vrouwen blij waren, maar voor Hanna betekende het zekerheid als ze zaken kon ordenen.

‘Ik wil alleen niet dat je kosten voor mij maakt,’ zei ze.

‘Dat is heel lief van je, maar soms heb ik zin in iets geks. Dat moet je weten voordat je je hart aan mij verliest.’

‘Dat is toch al gebeurd.’

Alexander boog zich naar haar toe en kuste haar.

Toen ze verder liepen, hoorden ze plotseling een hond blaffen. Hanna ontdekte een herdershond in een kennel die met platliggende oren en ontblote tanden de rustverstoorders probeerde te verjagen. Waarom het dier zo woedend was, merkte ze een ogenblik later. Tussen de poten van de teef tuimelden een paar pups die probeerden hun moeder na te doen, maar die pogingen zagen er eerder potsierlijk dan bedreigend uit.

'Wacht!' riep Hanna, ze pakte Alexanders hand en trok hem mee. 'Kijk eens, die teef. Ze heeft jonkies.'

'En zo te zien beschermt ze die goed.'

'Ik vraag me af...' Hanna hield op. Ze dacht er weer aan hoe terneergeslagen dokter Conradi eruit had gezien toen hij haar over de dood van de hond had verteld.

'Wat vraag je je af?'

'Of de eigenaar ons een van de kleintjes zou verkopen.' Ze keek naar de onbeholpen pups. Een had een donkere vacht en kleine vlekken boven zijn ogen. Engeltjesogen, zoals ze bij haar thuis zeiden.

'We kunnen het vragen, als je wilt. Maar waarom wil je een hond hebben?'

'Dokter Conradi heeft er een nodig. Of beter gezegd, Waldfriede. Heb je gehoord wat er met Prinz is gebeurd?'

Alexander knikte. 'Eerlijk gezegd heb ik nooit zo op die waakhond gelet. Mijn aandacht in Waldfriede gaat eerder uit naar mijn patiënten, en naar jou.'

Hanna glimlachte. 'Zou je het willen vragen?'

'Als dat jou gelukkig maakt...' Hij trok haar met zich mee naar de tuinpoort en belde aan. Het geblaf nam toe. Een tweede hond rende naar de poort, met ontblote tanden en met zijn kop agressief omlaag.

'Arco, af!' klonk een krassende stem. De hond leek veel respect voor zijn baas te hebben, want hij gehoorzaamde meteen.

Even later zagen ze de eigenaar, een slanke man met kalend hoofd, gekleed in een grof grijs overhemd en een donkere broek met bretels.

'Wat wilt u?' riep hij onvriendelijk tegen hen. De hond gromde.

'We zijn geïnteresseerd in uw pups,' antwoordde Alexander en hij wees in de richting van de kennel waar de kleintjes rond waggelden.

'Is er misschien een te koop?'

De man nam hen uitdrukkingsloos op. Dacht hij soms dat Alexander hem voor de gek hield?

'We hebben een goede waakhond nodig,' vulde Hanna aan. 'Hij is voor het ziekenhuis in de Alsenstrasse.'

'Welke wilt u?'

Alexander draaide zich om naar Hanna.

'Die met de engeltjesogen,' antwoordde ze.

De man fronste zijn voorhoofd. 'Met de... wat?'

'Engeltjesogen,' herhaalde Hanna. 'Zo noem je de lichte vlekken boven de ogen.' Omdat de man het nog altijd niet begreep, liep Hanna kordaat langs het hek naar de kennel. 'Die daar!' zei ze en wees naar het hondje, dat nieuwsgierig naar haar toe kwam.

De man maakte de kennel open, pakte met zijn grote hand de pup op en hield hem omhoog. 'Acht miljoen,' zei hij.

'Acht miljoen?' herhaalde Hanna verschrikt, maar toen schoot haar te binnen dat het geld elke dag minder waard werd. Desondanks leek de prijs haar veel te hoog. 'U wilt me toch niet vertellen dat dit een rashond is.'

'Is het ook niet. Maar dat is mijn prijs.'

Hanna keek Alexander vragend aan.

'Acht miljoen is te veel,' zei hij. 'Ik geloof niet dat iemand bereid is die prijs voor hem te betalen. Ik geef u zes.'

'Zevenenhalf,' antwoordde de man terwijl hij Alexander scherp opnam.

Die weerstond onverschrokken zijn blik. 'Zeven en u kunt het geld vandaag nog uitgeven. Morgen is het toch niets meer waard.'

Tandenknarsend keek de man naar het hondje in zijn hand, dat zich onrustig probeerde los te wurmen.

'Nou goed, neem hem maar,' zei hij en hij drukte Hanna de pup in de armen.

Terwijl Alexander het geld uit zijn portefeuille haalde, zette Hanna haar beschermeling in de picknickmand.

'Hoe kom je aan zo veel geld?' vroeg Hanna toen de man weer in het huis was verdwenen.

'Veel geld?' Alexander nam de mand van haar over en lachte

droog. 'Dat is toch niet veel geld! Wat stelt een paar miljoen nou voor?'

'Je weet wat ik bedoel.' Hanna schudde haar hoofd. 'Ook al zijn de getallen op de geldbiljetten idioot, het is nog niet vanzelfsprekend dat je ze bezit.'

'Mijn vader heeft een delicatessenzaak, weet je nog? Ik heb hem en mezelf een plezier gedaan door dat geld uit te geven. Morgen krijgen we er misschien niets meer voor. Het ziekenhuis heeft tenminste een nieuwe waakhond en ik heb een goede daad verricht.'

'Dat heb je zeker!' Hanna gaf hem een kus op zijn wang en haakte bij hem in.

Trots alsof er een kindje in de mand zat, kwamen ze terug bij Waldfriede. Bij de poort bleven ze staan.

'Jij moet de dokter verrassen,' stelde Alexander voor en hij gaf haar de mand aan.

'Wil je niet meekomen? Tenslotte heb jij een vermogen voor het kleintje uitgegeven.' Inderdaad leidde de inflatie tot steeds absurdere excessen. Intussen moesten ze miljarden voor een brood betalen, miljoenen voor een eenvoudig buskaartje naar het centrum van Berlijn, of voor een pup.

'Nee, geef jij hem maar,' zei Alexander nadrukkelijk. 'Dokter Conradi zal blij zijn. Ik weet dat hij een hoge dunk van je heeft.'

Hanna bloosde. 'Maar ik vertel hem wel dat jij het hondje hebt gekocht. Iets anders zou niet met de waarheid overeenstemmen.'

'Zoals je wilt.' Alexander trok haar naar zich toe om haar te kussen. 'Maar dit hoef je hem niet per se te vertellen.'

'Absoluut niet,' antwoordde Hanna en ze vlijde zich nog even tegen hem aan. Toen maakte ze zich los en liep naar het ziekenhuis.

43

De geur van gerstepap kwam haar bij binnenkomst tegemoet. Over een half uur zou het avondeten op tafel staan, maar voor die tijd wilde ze het hondje naar zijn nieuwe baas brengen.

Om deze tijd kon de dokter overal zijn: in de tuin, op een van de afdelingen, in de kelder, in de werkplaatsen of zelfs in de provisiekamer. Of hij was bij zijn vrouw in zijn privévertrekken.

Ze was net langs de keuken gelopen toen er een deur openging en de dokter de gang op liep.

'Dokter Conradi!' riep Hanna en ze haastte zich naar hem toe.

De arts keek haar verbaasd aan. 'Wat is er, Hanna? Is het niet wat vroeg voor paddenstoelen?'

Hanna glimlachte. 'Er zit iets heel anders in mijn mand. Kijkt u er maar eens in, dokter.' Ze schoof de doek opzij. Het hondje strekte zijn kop en keek een beetje angstig om zich heen.

'Nee, toch!' Conradi stond even perplex en begon toen over zijn hele gezicht te stralen. 'Waar hebt u dit kereltje vandaan?'

'Vlak bij de Krumme Lanke heeft iemand een teefje met pups. Toen we ze zagen dachten we dat dit hondje misschien een goede opvolger van onze arme Prinz kon worden.'

'We?' Conradi keek haar verbaasd aan.

'Ik heb een wandeling met dokter Kirchfeld gemaakt,' gaf Hanna toe.

De dokter kroelde door de vacht van de pup. 'Kwamen jullie elkaar toevallig tegen?'

'We hadden afgesproken,' zei ze naar waarheid. 'Dokter Kirchfeld had een roeiboot geregeld, waarmee we een stukje over de Krumme Lanke hebben gevaren.'

Dokter Conradi knikte. Zijn glimlach verdween. Opeens kreeg ze het warm. Ze had er niet bij stilgestaan of de dokter het wel goed zou vinden als ze met een van zijn assistenten omging. Maar ging het hem eigenlijk iets aan?

'Dan kunt u dokter Kirchfeld ook van mij bedanken,' zei hij afgemeten en hij pakte de pup behoedzaam uit de mand. 'Ik hoop dat hij niet te veel geld heeft uitgegeven.'

'Zeven miljoen.'

Conradi trok even zijn wenkbrauwen op alsof hij verrast was door dat bedrag en zei toen, zonder haar aan te kijken: 'Ik betaal hem terug. De hond moet deel gaan uitmaken van de inventaris van het ziekenhuis.'

'Moet dat?' vroeg Hanna. 'Kunnen we hem niet gewoon als geschenk aannemen? De geitjes waren immers ook een geschenk?'

'Die waren een verjaardagscadeau voor mijn vrouw,' antwoordde de dokter. Toen hij opkeek meende Hanna boosheid in zijn ogen te zien. 'En ze kwamen van een lid van ons geloofsgenootschap. Kirchfeld is slechts een arts in mijn ziekenhuis. Een geschenk van hem kunnen we onmogelijk aannemen.'

Hanna's blijdschap verdween. Ze begreep wat de dokter wilde zeggen. 'Ik weet zeker dat hij een vergoeding voor de hond zal weigeren, maar misschien verandert hij van mening als u het hem uitlegt,' zei ze stijfjes, waarna ze naar haar kamer liep.

~

Louis keek Hanna na. Dat ze met Kirchfeld op stap was geweest had hem geraakt op een manier die hij niet had voorzien.

Ze werkten nu al zo lang samen en nooit had ze enige opmerking over Kirchfeld gemaakt die het professionele oversteeg. En nu had ze met hem afgesproken om een roeitochtje te maken?

Het hondje begon te janken. Hij streelde het geruststellend over zijn kopje. 'Het is al goed, kleintje, stil maar.'

Maar hij wist dat er niets goed was. Als Hanna trouwde zou hij haar kwijt zijn. En welke man sprak er nu in de lente met een vrouw af om een boottochtje te maken als hij niet van plan was haar het hof te maken?

De woede die als gevolg van Hanna's bekentenis bij hem was opgeborreld, wilde niet wijken, maar hij wist niet goed op wie hij die moest richten. Op Hanna, omdat ze zich met Kirchfeld inliet? Op Kirchfeld, omdat hij probeerde haar voor zich te winnen?

Op dit moment wist hij alleen dat hij niet boos op dit bundeltje leven op zijn arm kon zijn, en daarom droeg hij het naar zijn vrouw in de slaapkamer.

'Wat heb je daar?' vroeg Catherine nieuwsgierig.

'Onze nieuwe hond,' zei Louis terwijl hij probeerde zijn gevoelens te onderdrukken. Zijn vrouw mocht niets merken van zijn sombere stemming.

'Waar komt hij vandaan?'

'Hanna heeft hem meegebracht van een wandeling.'

'Is het een vondelingetje?' Catherine liep naar hem toe en stak haar hand naar de pup uit. Die deed zijn oogjes dicht toen ze zijn kop aanraakte. Er verscheen een vertederde uitdrukking op het gezicht van zijn vrouw.

'Nee, hij komt bij iemand vandaan die vlak bij de Krumme Lanke woont.'

'Ach, wat een schatje!' zei ze blij. 'We moeten hem iets te eten geven. Zou hij al gespeend zijn?'

'Het ziet er wel naar uit, maar misschien wil hij toch een beetje geitenmelk.'

'Als hij er maar niet van gaat mekkeren,' grapte ze en ze liep enthousiast naar de keuken.

~

Hanna had even nodig om weer tot rust te komen. Waarom zou de dokter zo op het hondje hebben gereageerd?

Ze was zich van geen kwaad bewust. Ja, ze had een middag met Alexander doorgebracht. Het was een van de leukste en tegelijkertijd aangrijpendste dagen van de afgelopen tijd geweest en ze had gehoopt iets van haar blijdschap te kunnen doorgeven, maar dat voornemen had kennelijk verkeerd uitgepakt.

Hanna vervloekte haar loslippigheid en haar oprechtheid.

En wat nog erger was: ze moest zich algauw voor het avondeten in de eetzaal vertonen! Stel dat Conradi iedereen van hun boottochtje had verteld?

Met een wee gevoel in haar maag liep ze de eetzaal in, waar ze Elisabeth tegenkwam.

'Zuster Hanna, heb je een leuke middag gehad?' vroeg ze. Haar nieuwsgierigheid was duidelijk merkbaar.

Hanna verstijfde. 'Ja, heel leuk.'

'De dokter heeft me het nieuwe hondje laten zien. Wat een schatje!' zei Elisabeth enthousiast.

Had hij haar ook verteld waar het vandaan kwam?

'Goed dat je het hebt meegebracht. We hadden dringend een nieuwe bewaker voor het terrein nodig.'

Hanna keek Elisabeth eens goed aan. Ze hadden het tot dusver steeds goed met elkaar kunnen vinden. Het was mogelijk dat ze gewoon blij was met de pup, maar Hanna raakte het gevoel niet kwijt dat er meer achter stak.

'De dokter is er in elk geval dolblij mee. Mevrouw Conradi heeft de kleine in een mandje naast hun bed...'

Ze werd abrupt onderbroken door een luid gerinkel.

Hanna draaide zich vlug om en zag dat Rosa bij het serveerwagentje in elkaar zakte. Om haar heen lagen scherven.

'Rosa!' riep ze en ze rende naar haar toe. Hanna knielde naast het keukenmeisje neer, legde haar hoofd in haar schoot en tikte tegen haar wangen. 'Rosa? Kun je me horen? Rosa!'

Rosa's oogleden trilden en ze kreunde zacht.

'Waar is dokter Conradi?' riep Hanna naar Elisabeth.

'Waarschijnlijk in zijn privévertrekken. Ik ga hem halen!' riep Elisabeth terug.

Rosa deed haar ogen open en richtte haar blik op Hanna. 'Wat is er gebeurd?' vroeg ze zwakjes.

'Je bent flauwgevallen. Zuster Elisabeth is al naar dokter Conradi.'

Even later kwamen twee verplegers de eetzaal in met een brancard.

'Dokter Conradi heeft ons gezegd dat we haar naar de spreekkamer moeten brengen.' Hanna deed een stap naar achteren en keek toe hoe Rosa op de brancard werd getild. Toen volgde ze haar naar de spreekkamer.

De verplegers legden haar op de onderzoekbank. Hanna wisselde een korte blik met de arts. 'Ze is zomaar ineens flauwgevallen,' zei ze in antwoord op zijn vraag, voordat hij die kon stellen.

Dokter Conradi richtte zich tot Rosa. 'Heb je vaker last van duizelingen?'

Rosa schudde haar hoofd. 'Ik... Ik weet niet hoe dat zo opeens kwam.'

De arts voelde haar pols en legde het manchet van de bloeddrukmeter aan. 'Het ziet er allemaal goed uit,' zei hij toen. 'Voel je je uitgeput of verzwakt?'

'Soms,' antwoordde ze. 'Maar dat is pas een paar weken zo. Ook dat ik 's ochtends misselijk ben.'

Dokter Conradi fronste gealarmeerd zijn voorhoofd. 'Ben je alleen 's ochtends misselijk of de hele dag? En voelen je borsten misschien gespannen aan?'

'Soms wel,' antwoordde Rosa. 'Ik dacht dat het door...' Ze stokte.

'Wanneer was je laatste periode?'

'Dat kan ik niet zeggen...'

Hanna deed even haar ogen dicht. Ze wist maar al te goed wat dat betekende.

'Ga ik dood?' vroeg Rosa met een kinderstemmetje.

'Nee, dat lijkt me niet. Maar ik moet je even grondig onderzoeken. Zuster Hanna helpt je bij het uitkleden.'

Rosa wierp haar een angstige blik toe.

'Wees maar niet bang,' zei Hanna en ze streelde haar wangen. 'Het komt allemaal goed.'

Toen het onderzoek achter de rug was liet dokter Conradi de brancard komen. Ditmaal kwamen er twee jonge verplegers, die hij opdroeg Rosa naar een van de onbezette ziekenkamers te brengen.

Hanna pakte Rosa's hand en kneep er zacht in. 'Je zult zien dat alles goed komt.'

Rosa knikte zwak. Even later werd ze op de brancard getild en namen de mannen haar mee. Hanna wilde achter hen aan lopen, maar dokter Conradi vroeg haar te blijven.

Hanna deed de deur dicht en keek hem zorgelijk aan.

De arts wachtte tot hij de verplegers niet meer hoorde en fluisterde toen: 'Ze is hoogstwaarschijnlijk zwanger.'

Hanna sloeg geschrokken haar hand voor haar mond toen ze haar vrees bevestigd zag.

'Ik wou dat er een manier bestond om het via een chemische test in het lab vast te stellen, zodat vergissing uitgesloten wordt. Inmiddels heeft men ontdekt dat er een zwangerschapshormoon bestaat, alleen ontbreekt het ons nog aan mogelijkheden om dat aan te tonen. Maar op grond van mijn ervaring kan ik wel zeggen dat ik gelijk heb.'

Rosa was zwanger! Dat zou een reden tot vreugde moeten zijn, maar Hanna wist al te goed wat er nu op haar af zou komen.

'Heeft ze het wel eens over een man gehad?' vervolgde Conradi op ernstige toon.

'Nee. Althans, niet tegen mij.' Hanna was onthutst. Zou het meisje geweld zijn aangedaan? Of had ze een geheime verhouding met een van de arbeiders?

Toen schoot haar weer de jonge communist met zijn schotwond te binnen. Paul Schulze. Ze hadden elkaar gekust... Maar dat was al weer bijna twee jaar geleden. Daarna had ze hem hier niet meer gezien.

Dokter Conradi onderbrak haar gedachten. 'Van haar zwangerschap mag niets naar buiten komen.'

'Van mij hoort niemand iets,' beloofde Hanna hem ontdaan.

'Mooi.' De arts zuchtte. 'Juist nu mogen we niet toelaten dat er een smet op ons ziekenhuis komt. Een buitenechtelijke zwangerschap van een personeelslid zou onze reputatie ernstig kunnen schaden. Er zijn klinieken die door de inflatie voor sluiting staan. Als de patiënten hierdoor wegblijven...'

'Dat gebeurt niet,' zei Hanna vastberaden. Haar eerste schrik was vervlogen en als ze eenmaal met Rosa had gepraat, zou ze misschien een oplossing weten te bedenken.

Rosa zag er bleek en breekbaar uit in haar bed. De duizelingen leken wat te zijn afgenomen, maar nu merkte Hanna de kringen onder haar ogen en haar doffe haar op.

De dokter legde Rosa in weinig woorden uit wat er met haar aan de hand was. Ze keek hem geschokt aan, maar tegelijkertijd verscheen er nog een andere emotie op haar gezicht.

Betrapt, dacht Hanna terwijl ze haar aankeek.

'Zuster Hanna zal je iets tegen de duizeligheid geven. Je zult niet lang meer last van zulke aanvallen hebben.'

'Hoe... Hoever ben ik?' vroeg Rosa aarzelend.

'Tegen het eind van de tweede maand. Is je werkelijk niets opgevallen?'

Rosa schudde haar hoofd. 'Nee, ik... Ik had het druk.'

Conradi wisselde een blik met Hanna, maar zei niets.

'Moet ik hier blijven?' vroeg Rosa. 'Ik bedoel, hier in een ziekenkamer? Ik wil niet de plaats van een patiënte bezet houden.'

'Je bent een patiënte!' zei dokter Conradi op een toon die geen tegenspraak duldde. 'Zodra je een beetje op krachten bent gekomen kun je naar je eigen bed.' Hij gaf haar een paar vriendelijke schouderklopjes. 'Maar rust nu eerst even uit.' Daarmee verliet hij de ziekenzaal en gebaarde Hanna met hem mee te komen.

Op de gang zei Conradi zacht: 'Ik zou u dankbaar zijn als u erachter kunt komen wie de vader is, zuster Hanna. Misschien is er een bevredigende oplossing voor deze misère.'

'En als iemand van buiten haar geweld heeft aangedaan? Of als de vader geen interesse in een huwelijk heeft?'

'Dan zullen we een man voor haar moeten vinden. Ze maakt deel uit van ons genootschap en moet trouwen; er zit niets anders op.'

Hanna keek dokter Conradi verschrikt aan. Rosa zou met iemand moeten trouwen van wie ze niet hield? Dat deed haar wel erg denken aan het plan van haar ouders om Leni op te zadelen met die zendeling.

‘Ik zal het haar vragen,’ beloofde ze desondanks.

‘Mooi. Bedankt.’ De arts knikte haar toe en liep haastig met grote passen de gang uit. Hanna keek hem na en liep toen de ziekenkamer in. Rosa had de deken tot haar kin opgetrokken en keek angstig naar de muur.

‘Rosa, je hebt je flink in de nesten gewerkt,’ zei Hanna. Ze ging op de bedrand zitten. Zachtjes streek ze de haren uit Rosa’s gezicht. ‘Hoe ben je zwanger geraakt?’

Rosa draaide haar hoofd beschaamd opzij. ‘Tja, hoe gebeurt dat?’ antwoordde ze met een zwak stemmetje.

Hanna zuchtte. ‘Nou, hoe het in zijn werk is gegaan lijkt me wel duidelijk. Maar... is de vader iemand uit het ziekenhuis? Zo ja, dan moeten we erop aandringen dat hij zijn verantwoordelijkheid neemt en met je trouwt.’

Rosa bleef lang zwijgen en Hanna zag aan haar dat ze worstelde met haar gedachten. Toen wendde ze haar hoofd weer naar Hanna en keek haar recht aan.

‘Paul Schulze,’ zei ze. ‘Je weet wel, de man die twee jaar geleden met een schotwond binnenkwam.’

Hanna, die haar vermoeden bevestigd zag, sloot haar ogen en haalde diep adem. Ze had Rosa op het hart gedrukt zich niet met hem in te laten, maar blijkbaar had ze die raad in de wind geslagen.

‘Je weet wat dat betekent,’ vervolgde ze vriendelijk maar beslist. ‘Je moet trouwen voordat je toestand zichtbaar wordt.’

‘Hij... Hij zal vast niet met me trouwen.’

‘Waarom niet? Hij heeft je zwanger gemaakt en dan moet hij er ook zijn voor zijn kind.’ Er kwam een angstaanjagende gedachte bij Hanna op. ‘Hij zal toch niet al aan een ander gebonden zijn?’

‘Nee, niet dat ik weet. Maar... ik weet niet of ik wel met hem wil trouwen.’

Hanna zuchtte diep, pakte toen Rosa’s hand en kneep erin. Ze had opeens het gevoel dat ze door een zware steen een diepte in werd getrokken. ‘Je zult wel moeten, als je niet verder in de problemen wilt raken. Het alternatief is een huwelijk met een andere man, die bereid is voor je te zorgen.’

‘Moet ik dan met iemand trouwen van wie ik niet hou?’

‘Je kent de regels. En het is belangrijk voor je latere leven. Als moeder van een buitenechtelijk kind zou je voor altijd gebrandmerkt zijn.’

Hanna zweeg toen ze zag dat Rosa de tranen in de ogen sprongen.

‘Het is maar één keer gebeurd, en hij zei dat hij... voorzichtig zou zijn,’ snikte ze. Ze greep zich vast aan Hanna’s jurk.

Hanna sloeg haar armen om Rosa heen. ‘Stil maar, Rosa,’ fluisterde ze het zwangere meisje toe terwijl ze haar rug streelde. ‘We vinden wel een oplossing. Hoe dan ook.’

44

Zehlendorf, 13 mei 1923

De volgende ochtend kwam Rosa weer in de eetzaal. Bezorgd zag Hanna dat iedereen naar haar keek. Inmiddels had het voltallige personeel gehoord dat Rosa naar de spreekkamer en vervolgens naar de vrouwenafdeling was gebracht. Dat ze de koppen bij elkaar staken en zachtjes fluisterden was beslist geen toeval.

Toen Hanna na het ontbijt in de spreekkamer kwam, viel het haar meteen op dat dokter Conradi nerveus was.

'Hanna, doe alsjeblieft de deur achter je dicht,' zei hij met een ernstig gezicht.

In de veronderstelling dat hij nog een keer met haar over Rosa wilde praten, volgde ze zijn aanwijzing op.

'Ik wil u alleen zeggen dat mijn reactie van gisteren me spijt,' begon hij tot haar verrassing. 'Ik ben echt blij met de nieuwe hond en mijn vrouw is helemaal weg van hem.'

'Ik was er meteen zeker van dat hij hier een goed plekje zou vinden.' Opluchting klonk door in Hanna's stem, maar toch las ze iets in Conradi's gezicht wat haar irriteerde. Zijn woorden leken niet te passen bij zijn koele gezichtsuitdrukking.

'Maar ik hoef u niet te vertellen dat uw eer op het spel zou kunnen staan als u... dokter Kirchfeld blijft ontmoeten.'

De opluchting verdween op slag om plaats te maken voor weerstand. Wat permitteerde hij zich? Was het niet haar zaak met wie ze haar vrije tijd doorbracht?

'Is dit vanwege Rosa?' Ze zei hardop wat Conradi blijkbaar dacht. 'Denkt u echt dat ik...'

De dokter werd vuurrood.

'Ik zeg alleen dat u voorzichtig moet zijn en aan de reputatie van het ziekenhuis moet denken,' wierp hij afwerend tegen, maar Hanna zag dat hij het serieus bedoelde.

Iets wat ze niet eerder voor mogelijk had gehouden, deed zich nu voor. Ze werd kwaad op dokter Conradi.

'Ik ben bang dat u me in dit geval moet vertrouwen,' antwoordde ze koeltjes. 'Ik ken de regels en ik was niet van plan ze te overtreden.'

Een ogenblik lang staarden ze elkaar aan.

'Ik zal nu de volgende patiënt halen,' zei ze en ze deed de deur van de spreekkamer open.

~

De hele ochtend wisselden ze geen woord over privézaken. Op zijn aanwijzingen reageerde Hanna behulpzaam maar gereserveerd. Bijna speet het Louis dat hij haar op Kirchfeld had aangesproken.

Toen Hanna in de middagpauze wegging, dwaalde zijn blik naar het raam.

Waarom bleef hij denken aan Hanna's afspraak met Kirchfeld? En waarom kwam er zo'n woede in hem op?

Dat hij het hondje had gekocht was een prachtig gebaar, en daarvoor was hij Kirchfeld heel dankbaar. Maar toch was het voor hem onverdraaglijk dat Hanna met hem was gaan wandelen. Hij stond op en begon onrustig te ijsberen. Hij begreep heel goed waarom zijn arts-assistent zich tot Hanna aangetrokken voelde. Hanna was een van de knapste verpleegsters in het ziekenhuis, intelligent, onafhankelijk en sterk. En ze zou ongetwijfeld een goede echtgenote worden.

Maar het idee alleen al verontrustte hem enorm. Als Hanna trouwde? Dat zou betekenen dat ze ontslag moest nemen. De voorschriften van hun genootschap waren duidelijk. De verpleegsters moesten ongehuwd blijven zodat ze zich helemaal op de verpleging van de zieken konden richten.

Hanna was wel geen hoofdzuster, maar als zijn praktijkassistente golden voor haar dezelfde regels.

Wat moest hij zonder haar beginnen?

Terwijl hij zichzelf nog probeerde wijs te maken dat zijn woede vooral een beroepsmatige oorzaak had, kwam een gedachte bij hem op. Wat als hij niet getrouwd was? Met zo'n knappe jonge echtgenote aan zijn zijde zouden alle collega's hem vast benijden.

Alleen zag de werkelijkheid er anders uit...

Iets beroerde zijn been. Een warm lijfje drong zich tegen hem aan. Het hondje. Hij was het bijna vergeten. Toen Louis opzijkeek, zag het kleintje vol verwachting naar hem op en piepte zachtjes.

'Hoe ben jij uit je mandje gekomen?' Louis bukte zich en tilde het diertje op. Het spartelde en probeerde zijn hand te likken. Zo'n trouwe ziel, dacht Louis en even werd de angst in zijn hart door de warmte verdreven.

~

In de middagpauze liep Hanna naar de heuvel, waarachter een kleine vijver lag. Hier ging ze soms heen als ze tot rust wilde komen of moest nadenken. Het hoofdgebouw van Waldfriede verdween achter de met bomen begroeide heuvel en je had het gevoel ver weg van alles te zijn. Maar van nadenken kwam niets toen ze merkte dat Alexander haar was gevolgd. Onstuimig trok hij haar in zijn armen en kuste haar.

Hanna wilde eerst tegenstribbelen, maar toen ze zijn warmte voelde liet ze het toe.

Toch had hij meteen in de gaten dat er iets niet in orde was. 'Wat is er aan de hand?' vroeg hij. 'Ben je weer van plan me op afstand te houden?'

Hanna zuchtte. 'Nee.' Ze boog haar hoofd. 'Alleen dat...'

'Wat? Was de dokter niet blij met zijn cadeau? Ik zag hem daarnet nog met het hondje op zijn arm.'

'Nee, dat is het niet, blijkbaar is hij blij met het jonkie,' erkende ze. 'Alleen bevallen de omstandigheden waaronder de koop tot stand is gekomen hem absoluut niet.'

'O.' Alexander keek haar vragend aan. 'Bevalt het hem niet dat ik de pup heb gekocht?'

'Het bevalt hem niet dat ik met jou uit wandelen ben gegaan,' legde Hanna uit. 'Hij doet alsof we naakt in het bos hebben rondgedold.'

'Wat?' Alexander schudde ongelovig zijn hoofd. 'Dat gaat hem toch helemaal niets aan!'

'Ik ben bij hem in dienst,' gaf Hanna ter overweging. 'Hij is bang dat de reputatie van ons ziekenhuis besmeurd wordt.'

'De reputatie van Waldfriede?' Alexander snoof verontwaardigd. 'Hoe kan een wandeling van een verpleegster met een dokter schadelijk zijn voor Waldfriedes reputatie?'

'Dat kun je niet begrijpen,' antwoordde ze. 'In ons genootschap gelden bepaalde regels.'

'Jullie mogen dus geen mannen ontmoeten? Worden jullie huwelijken soms gearrangeerd?'

Hanna perste haar lippen op elkaar. Soms gebeurde dat inderdaad, hoewel het geen regel meer was. De meeste huwelijken werden uit liefde gesloten. Maar huwelijken met mannen of vrouwen van een ander geloof zagen ze niet zo graag.

'Het spijt me,' zei Alexander. 'Dat was wat al te cru.'

Hanna pakte zijn hand. 'We moeten gewoon voorzichtig zijn.'

'Voorzichtig?' Hij schudde zijn hoofd. 'Ik vind dat jij in je vrije tijd kunt doen en laten wat je wilt. Of hebben ze je bij je overleden verloofde ook voorgeschreven wanneer je hem mocht ontmoeten?'

Dat hij Martin noemde, stak Hanna. Maar zo was Alexander nu eenmaal, altijd direct. En eigenlijk had hij gelijk. Niemand had haar voorgeschreven wanneer ze Martin ontmoeten kon. Maar hij was haar verloofde en had hetzelfde geloof. Maar dat zei ze niet tegen Alexander.

'Nee, niemand heeft ons iets in de weg gelegd,' gaf ze toe. 'En dat is hier ook niet het geval. We moeten alleen oppassen dat we niet al te veel aandacht trekken, waardoor mensen op verkeerde gedachten zouden kunnen komen.'

'Je bedoelt dat de dokter niet op verkeerde gedachten komt.'

Hanna haalde diep adem. Ze had niet voorzien hoe moeilijk alles zou kunnen worden.

'Houdt dat in dat we elkaar niet meer privé mogen ontmoeten?' vroeg hij zachtjes.

'Nee, natuurlijk niet,' riep ze. 'We kunnen elkaar ontmoeten. Maar niet meer bij de Krumme Lanke. Jij wilde toch al de volgende keer naar de Schlachtensee. Of naar de stad.'

Alexander aarzelde. Op zijn gezicht was afwisselend verwarring, woede en verdriet te bespeuren.

Ondertussen had Hanna er spijt van dat ze het hondje had meegenomen. Als ze dat niet had gedaan, was dokter Conradi nooit iets over hun wandeling te weten gekomen.

'Alsjeblieft, Alexander,' zei ze en ze keek hem smekend aan.

'Wil je me dan echt blijven ontmoeten?' vroeg hij. 'Ik bedoel... privé.'

'Natuurlijk! Het was een heerlijke middag. Maar we moeten geen risico nemen.'

Het leek of Alexander een ander antwoord op de lippen lag, maar hardop zei hij: 'Goed, dan ontmoeten we elkaar ergens anders. Zehlendorf is gelukkig groot genoeg.'

Hanna boog zich naar voren en kuste hem. Hij deed verrast een stap terug, maar nam haar toen toch in zijn armen.

'En het kan me niet schelen wie het nu heeft gezien,' zei Hanna toen ze zich van hem losmaakte om naar het hoofdgebouw terug te gaan.

45

Zehlendorf, 7 juni 1923

In de periode die volgde was het heel rustig in de spreekkamer, wat er voornamelijk aan lag dat Hanna nauwelijks een woord met dokter Conradi wisselde buiten de beroepsmatige dialoog. Als het spreekuur afgelopen was trok ze zich meteen in de röntgenkamer terug, waar ze zich wijdde aan de patiënten van dokter Steiner en Alexander. Als daar ook niets te doen was, werkte ze in de linnenkamer of hielp ze elders in het ziekenhuis.

Wat Conradi had gezegd zat haar nog steeds dwars. Wat was er erg aan dat ze een wandeling met Alexander had gemaakt en hem had gekust? Een kus van twee mensen die elkaar mochten, misschien zelfs van elkaar hielden – dat was toch niets verwerpelijks?

Alexander deed zijn best om te doen alsof er niets was gebeurd, maar ook hij leek nog altijd enigszins aangeslagen.

Ten overvloede kwam Rosa donderdag voor de ochtendgymnastiek naar haar toe. 'Je moet me iets tegen de misselijkheid geven,' zei ze. Ze zag spierwit en een beetje groen om haar neus. 'Het wordt steeds erger...'

'Dat hoort erbij,' legde Hanna uit. 'In elk geval tot en met de derde maand. Daarna wordt het beter.'

'Daarna kun je mijn buik zien, hè?' Ze legde behoedzaam haar hand op haar nog platte onderlichaam.

'In de derde en vierde maand nog niet zo, maar daarna...' Hanna stokte. 'Heb je erover nagedacht? Of Paul al gesproken?'

Rosa schudde haar hoofd. 'Ik heb nog geen tijd gehad. En ik kan moeilijk mevrouw Conradi vragen om een vrije dag, zodat ik naar Berlijn kan gaan.'

Daar had ze gelijk in, dat was lastig. Hanna vroeg zich af of de vrouw van de dokter op de hoogte was van Rosa's zwangerschap.

'Wil je misschien dat ik het voor je doe? Met hem praten?'

Rosa zette verschrikt grote ogen op. 'Nee!'

'Maar ik zou het hem veel voorzichtiger kunnen vertellen. Bovendien zal hij niet direct denken dat hij...'

'Hij zal vast en zeker niet met me trouwen.' Rosa liet verdrietig haar hoofd zakken. 'Daarvoor is hij veel te onafhankelijk. Hij heeft wel eens gezegd dat hij het huwelijk achterhaald vindt.'

'Tja, maar hij wordt binnenkort vader. En voor een man is het een erg slechte karaktertrek als hij geen verantwoordelijkheid voor zijn daden neemt.' Hanna streelde Rosa over haar arm. 'Laat me het proberen. Alsjeblieft. Of wil je met een man trouwen van wie je niet houdt? En dan vertrouwen op zijn mededogen en goede wil?'

Rosa schudde haar hoofd. 'Nee, dat wil ik niet.'

'En zou je Paul nemen als hij je een aanzoek doet?'

Rosa knikte bedeesd.

'Mooi. Ik ga hem opzoeken. We moeten zijn adres nog wel ergens hebben.'

'Daar woont hij niet meer,' zei Rosa. 'Hij zit bij een paar vrienden in huis... Bovendien is hij 's avonds zelden thuis...'

'Vertel me dan waar ik hem anders kan vinden.' Hanna vroeg zich af hoe ze het voor elkaar hadden gekregen een kind te verwekken als hij niet eens een eigen woning had. Toen Rosa bleef zwijgen, drong Hanna aan: 'Ik ben toch je vriendin, of niet soms?'

Rosa knikte.

'Ik heb zaterdag tijd en ik neem het graag op me om met je vriend te spreken. In jouw toestand is het toch niet verstandig om naar Berlijn te gaan. Wie weet word je duizelig in de trein. Dus?' Ze keek de jonge vrouw onderzoekend aan. 'Wil je me vertellen waar ik hem kan spreken zonder dat iemand me met een knuppel of een pistool bewerkt?'

'Paul zit 's zaterdags altijd in de Rote Hahn, een kroeg in het

Scheunenviertel,' zei Rosa ten slotte. 'Daar ontmoet hij zijn kameraden.'

Het Scheunenviertel was geen wijk waar je je als vrouw behoorde te vertonen. Hij werd bevolkt door prostituees, dieven en andere duistere typen, maar daardoor liet Hanna zich niet afschrikken. Ze was vastbesloten om haar vriendin te helpen.

~

Het was 's ochtends al ongewoon warm geweest, maar in de loop van de dag werd het alleen maar heter. Ten overvloede verwachtten ze vandaag bezoek van Felix Dressler, de architect die hij opdracht had gegeven om een woonhuis voor zijn vrouw en hemzelf te ontwerpen.

Eigenlijk had Louis zich erop verheugd, maar zijn plezier werd vergald door gedachten die hij maar niet kwijtraakte en die soms tot diep in de nacht bleven malen.

Sinds hij met Hanna over Kirchfeld had gesproken was de sfeer in de spreekkamer kil gebleven. Ze volgde natuurlijk al zijn instructies op en deed haar werk uitstekend; ze maakte grapjes met de patiënten en sprak hun moed in. Maar zodra de patiënt de spreekkamer had verlaten, leek er een onzichtbare muur tussen hen in te schuiven.

Hanna was verstild op een manier die hij bij haar nooit eerder had meegemaakt. Ze glimlachte niet, beperkte zich tot haar werk. Zoals nu, toen ze hem liet weten dat de architect was aangekomen.

'Wilt u hem in de spreekkamer ontvangen of liever in uw woonkamer?' De blik die ze hem toewierp was zeker niet vijandig, maar wel afstandelijk. En afstandelijk had ze hem nooit eerder benaderd.

'Stuurt u hem maar naar de spreekkamer.'

Hanna knikte. Voor haar onfortuinlijke wandeling met Kirchfeld had ze altijd belangstelling gehad voor wat hem bezighield. Hij had met haar de opzet van de verpleegopleiding besproken, had haar om advies gevraagd over het interieur en haar betrokken bij het opstellen van het lesplan. Ook de plannen voor de nieuwe apotheek had hij samen met haar gemaakt, wat hij evengoed met zijn vrouw of dokter Meyer had kunnen doen. Maar hij had zich tot Hanna gewend. Op veel gebieden had ze een heldere visie en bracht ze vragen naar voren die niemand anders zou stellen.

De afgelopen jaren was er tussen hen een band ontstaan die tegen elke druk bestand leek te zijn. Maar het zag ernaar uit dat hij zich had vergist. Hun band begon scheuren te vertonen en hij wist niet hoe hij die kon herstellen. Moest hij haar een vrijbrief geven voor haar relatie met Kirchfeld? Moest hij zich erbuiten houden?

Het volgende moment stond Felix Dressler in de deuropening; hij hield een rol met tekeningen onder zijn arm geklemd.

'Goedendag, dokter Conradi. Wat fijn dat u tijd voor me hebt.'

'Voor u altijd, meneer Dressler!' Conradi stond op en wees naar de stoel voor zijn bureau. 'Gaat u zitten!'

De architect voldeed aan zijn verzoek en haalde een map uit zijn tas.

'Ik heb het bestaande ontwerp met een paar details gecompleteerd,' zei hij. 'Zo heb ik bijvoorbeeld een paviljoen toegevoegd. Kijkt u maar.' Hij rolde de tekeningen uit op Louis' bureau.

Bij het zien van het uiteindelijke ontwerp van zijn huis verheugde Louis zich bij voorbaat. Het had talrijke erkers en op de tweede verdieping was een balkon met een dak dat werd gedragen door slanke zuilen. Het genoemde paviljoen was zeshoekig en was met een muurtje verbonden met het huis. Het was een stadsvilla volgens het boekje, bijna een tikje pompeus, en dat terwijl ze verder aan alle kanten moesten bezuinigen. Maar de ogen van de mensen waren op hen gericht en hij wilde in geen geval de indruk wekken dat ze niet succesvol waren. Niemand hoefde te weten dat het grootste deel van hun financiële middelen uit Zwitserland kwam, waar het de adventisten stukken beter verging dan hier in Duitsland.

'Zulke paviljoens zijn momenteel erg geliefd in de stad. Al zou je denken dat die afschuwelijke inflatie nooit overgaat, de mensen willen toch niet afzien van een zekere mate van luxe.'

Een luxe was dat paviljoen zeker. Hij kon zich goed voorstellen daar op een milde, zomerse vrijdagavond te zitten en zijn gedachten de vrije loop te laten of misschien zijn schildersezel te pakken, die al veel te lang ongebruikt in de kelder lag. Hij had geen idee wanneer hij eindelijk weer eens tijd zou vinden om te gaan schilderen, maar wie weet zouden ooit nieuwe artsen wat taken kunnen overnemen – iets waar hij al zo lang naar uitkeek.

'Ik wil mijn vrouw er graag even bij halen,' zei Louis, want hij kon zich goed voorstellen hoe enthousiast Catherine zou zijn.

Op weg naar de keuken keek hij uit naar Hanna, maar ze was nergens te bekennen. Opnieuw betreurde hij de richting die hun ooit zo vriendschappelijke verhouding was ingeslagen, want ook haar had hij het paviljoen graag laten zien. Maar dat was op dit moment waarschijnlijk geen goed idee.

~

Nu de architect er was, nam Hanna de gelegenheid te baat om Alexander op te zoeken. Dokter Conradi zou wel even bezig zijn, want het ging vandaag blijkbaar over het nieuwe woonhuis. Daar was al een tijdje sprake van, hoewel het kerkbestuur telkens weer bedenkingen had geuit over de financiering.

Inmiddels werd de ruimte in het ziekenhuis echter zo krap dat van de Conradi's niet langer gevergd kon worden in een enkele kamer te wonen.

Eigenlijk was ze erg benieuwd hoe het nieuwe huis eruit zou zien, waar niet alleen de Conradi's zouden gaan wonen, maar ook het gezin van ziekenhuispastor Behrens.

Maar ze wilde dokter Conradi er niet naar vragen. Bovendien had ze het gevoel dat ze er geen recht op had er iets over te horen. Tenslotte was ze niet meer dan zijn praktijkassistente.

Ze liet haar gedachten naar Alexander gaan. Overdag kwamen ze elkaar zelden tegen, ook al omdat Hanna niet wilde dat iemand iets aan dokter Conradi zou vertellen. Maar 's nachts kwam het verlangen. Dan verlangde ze naar zijn kussen en aanrakingen en soms ook naar dingen die ze voor zichzelf nauwelijks wilde toegeven.

Sinds Leni er niet meer was, voelde haar kamer zo kil aan, zo eenzaam. Het hoorde niet, maar ze verlangde er hevig naar dat Alexander naar haar toe zou komen, dat hij haar warmte en troost zou geven, haar alleen maar even vasthield.

Ze wachtte het moment af dat hij de onderzoekkamer uit kwam en toen nam ze hem even apart in een nis tussen de afdelingen. Het was bijna zoals toen hij haar op de hoogte bracht van de intriges van de boekhouder.

'Je hebt wel lef,' zei hij. 'Als dokter Conradi ons ziet...'

'Hij is net de trap af gegaan,' antwoordde Hanna een beetje bits. Zijn speldenprikjes irriteerden haar een beetje. 'Bovendien is het dringend.'

Alexanders blik werd serieus. 'Waar gaat het om?'

'Ik wil dat je met me meegaat naar het Scheunenviertel,' antwoordde ze.

Hij trok verbaasd zijn wenkbrauwen op. 'Naar het Scheunenviertel? Ik begrijp wel dat je niet in de buurt van het ziekenhuis met me wilt afspreken, maar daar? Als er één stukje stad is dat een vrouw als jij moet mijden is dat het wel!'

Hanna verkeerde in tweestrijd. Moest ze hem over Rosa vertellen?

'Daarom vraag ik jou ook mee!' zei ze uiteindelijk.

'Maar wat heb je daar te zoeken? In het Scheunenviertel heb je alleen beruchte etablissementen en tippelaarsters. Voor je het weet, proberen ze je te verkrachten. En mij te beroven.'

'Ben je er dan wel eens geweest?'

Alexander bloosde. 'Als student. En dat was de grootste fout die ik ooit heb gemaakt.'

'Ik moet naar de Rote Hahn,' vervolgde ze met klem.

'Die communistenkroeg?' vroeg Alexander ontzet. 'Hoezo?'

'Daar moet iemand zitten die ik een bericht moet overbrengen. Het is echt belangrijk.'

'En je kunt me niet vertellen wie die iemand is?'

Hanna voelde zich verscheurd. Had het wel zin om haar mond te houden? Tenslotte was hij de man die ze ook bij de kwestie met de boekhouder haar vertrouwen had geschonken. De man wiens lippen ze zo graag op haar mond voelde en die gevoelens in haar wakker had gemaakt die ze sinds Martins dood als voorgoed verloren had beschouwd.

'Ik vertel het je als we erheen gaan. Dat beloof ik. Tot dan moet ik het voor me houden.' Ze keek hem in de ogen. 'Kan ik op je rekenen?'

'Dat kun je,' verzekerde hij haar. 'Altijd.' Toen trok hij haar in zijn armen en kuste haar.

46

Berlijn, 9 juni 1923

Zaterdagmiddag laat ging Hanna op weg naar station Zehlendorf-West.

Ondanks de zomerse temperatuur waren haar handen ijskoud. Alexander had beloofd voor de treinkaartjes te zorgen, nadat ze een tijdstip hadden afgesproken. Met bonzend hart wachtte ze tot hij kwam. Ondertussen vroeg ze zich af of dat wat ze van plan was, juist was. Stel dat Paul Schulze afwijzend reageerde? Dat hij de verantwoordelijkheid voor zijn kind afwees? Of erger nog, dat ze hem niet kon vinden.

Toen er steeds meer passagiers op het perron kwamen, werd ze ongerust. Waar bleef Alexander toch? Had hij zich bedacht?

Uiteindelijk zag ze de boemeltrein het station binnenrijden. Ze werd bang dat hij zich niet aan de afspraak zou houden.

Ineens voelde ze een hand bij haar taille. Ze wilde al protesteren toen ze zag dat het Alexander was. Hij trok haar mee de wagon in. Een fluitsignaal weerklonk en de trein zette zich in beweging. De andere passagiers keken nieuwsgierig terwijl Alexander haar naar een van de houten bankjes leidde.

'Het spijt me dat ik zo laat ben,' zei hij en hij deed zijn best niet te hijgen. 'Dokter Meyer liet me niet gaan. Hij wilde met me over de lessen praten, en je weet hoe hij is.'

Dat wist Hanna. Overdag zei dokter Meyer niet veel, maar als hij eenmaal een onderwerp had gevonden dat hem interesseerde was er geen houden aan.

'Maar goed dat het je toch nog is gelukt,' zei Hanna terwijl ze hem een kneepje in zijn hand gaf. 'Ik was al bang dat ik terug moest gaan.'

'Het Scheunenviertel is er volgende week ook nog.'

'Maar we hebben niet veel tijd meer.'

'Vertel je me nu wat er aan de hand is?' vroeg Alexander.

Hanna keek om zich heen. De meeste passagiers waren bezig of hadden hun ogen dicht, maar ze wist dat mensen van nature nieuwsgierig waren.

'Het gaat om een van de meisjes,' fluisterde ze. 'Ze is in verwachting en ze is bang dat de vader eronderuit probeert te komen. Hij zou in de Rote Hahn zitten.'

'En als hij niet zo blij wordt van die boodschap?'

'Dan heb ik jou bij me. Ter bescherming.'

'Maar je weet toch dat ik arts ben en geen worstelaar?'

Hanna pakte zijn hand en legde die tegen haar wang. 'Er is niemand bij wie ik me veiliger voel.'

Bij het Stettinstation stapten Hanna en Alexander uit. Het stationsgebouw lag aan de Invalidenstrasse, niet ver van de Torstrasse, waaraan de wijk grensde. Hier woonden de armsten van de armen, prostituees, werklozen, mensen die door het leven in de steek waren gelaten en bovendien Joden, die nergens anders in Berlijn onderdak vonden.

Alexander had haar tijdens de rit uitgelegd dat hier de eerste 'worstelvereniging' van de stad was opgericht, die niets anders was dan een samenwerkingsverband van criminelen die de buurt terroriseerden en winkeliers onder druk zetten. Zelfs de politie liet zich hier niet zien, op een paar agenten na die tegen beloning een oogje toeknepen als er ergens iets illegaals gebeurde.

Desondanks werkte de buurt als een magneet op mensen die het monotone van hun ordentelijke leven wilden ontvluchten. Behalve winkels waren er veel kroegen en ettelijke bordelen. Die etablissementen waren hooguit te herkennen aan de schaars geklede vrouwen die bij de ramen te zien waren. Aanbrengers lokten de klanten naar binnen.

Ineens hoorde Hanna een stem achter zich. 'Hoe is het mogelijk!' Ze draaide zich vlug om en zag een vrouw in een nauwsluitende groene jurk. Afgezien van de kleur leek hij op de jurk van de vrouw die ze op de Grunewaldallee had gezien. Ook deze stof had een zijdeachtige glans en wekte het verlangen op hem aan te raken.

Het haar van de vrouw was in een korte boblijn geknipt, met aan het uiteinde ter hoogte van de slaap en de wang kleine golvende kringeltjes die met pommade waren vastgeplakt. Ergens kwam ze Hanna bekend voor.

'Larissa?' vroeg ze verbaasd toen ze de verpleegster van het Charité herkende met wie ze samen de röntgencursus had gevolgd. 'Wat doe jij hier?'

'O, we zijn op weg naar Clärchens Ballhaus.' Ze gaf de rijzige man naast haar een knipoogje. 'Hebben jullie zin om mee te gaan?'

Hanna keek naar beneden. De degelijke jurk die ze droeg legde het volkomen af tegen Larissa's chique avondjapon. Bij het gebrek dat momenteel overal heerste, zou Hanna niet eens van zo'n jurk durven dromen.

'Nee, we moeten ergens anders heen,' zei ze daarom afwijzend.

'Kennen jullie dan een beter adres dan het Ballhaus?'

Alexander leek haar verlegenheid te merken, want hij legde beschermend zijn arm om haar heen. 'We willen liever iets intiemers. Maar bedankt voor het aanbod.'

Larissa wierp hem een stralende blik toe en keek vervolgens naar Hanna. 'Wat een aantrekkelijke begeleider! Daar zou ik ook geen nee tegen zeggen.'

'Jouw begeleider is anders ook heel leuk,' zei Hanna en ze wenste vurig dat ze eindelijk verder konden gaan.

Larissa schoot in de lach, en zei: 'Veel plezier!' Daarna verdween ze met de lange man in de menigte.

'Jij ook!' riep Hanna haar achterna.

'Wie was dat?' vroeg Alexander. 'Ik wist niet dat jij met dames...'

'Larissa zat met mij op de röntgencursus,' legde Hanna uit en ze liep weer verder.

'Nou, ze weet blijkbaar van het leven te genieten.' Hij kneep in haar hand. 'Clärchens Ballhaus is trouwens geen slecht idee. We zouden er ook een keer heen kunnen gaan.'

'Ik kan niet dansen,' wierp Hanna spijtig tegen.

'Dat meen je niet!'

'Ik had tot nu toe niet de gelegenheid om het te leren.'

'En hoe wil je dan op je bruiloft dansen?'

Hanna keek ontmoedigd. Zal ik dan ooit trouwen, vroeg ze zich af. Toen Martin haar zijn aanzoek deed, was de gedachte aan dansen niet eens bij haar opgekomen. Ze had er eerder aan gedacht hoe ze een goede echtgenote zou kunnen worden en Martin bij zijn uitvindingen zou kunnen helpen.

'Ik kan het je leren,' stelde Alexander voor en hij trok haar in danspositie tegen zich aan.

Hanna schoot in de lach. 'Hier ter plaatse?'

'Waarom niet?'

'We hebben nog iets te doen,' protesteerde ze.

'Ja, in een beruchte kroeg op zoek gaan naar een arbeider die zo gelukkig is vader te worden.' Alexander liet haar uit zijn omarming los.

'Het is belangrijk,' hield Hanna voet bij stuk. 'Het Ballhaus zal op ons wachten, maar het kind niet.'

De buurt waarin ze terechtkwamen verschilde als dag en nacht met Zehlendorf. De hoge huurkazernes wekten een verwaarloosde indruk. Grote stukken pleisterwerk en verf bladderden af, kapotte ramen waren met houten planken of met oude kranten dichtgemaakt. De ellende droop aan alle kanten van de gebouwen af. Hier en daar ontdekte Hanna vrouwen die rondhingen in de portieken of in andere donkere hoekjes. Mannen tuimelden voor hun voeten uit de kroegen en bordelen, sommige leken op zoek naar gezelschap voor de nacht te zijn. De stank van braaksel vermengde zich met de scherpe geur van urine en andere menselijke uitwerpselen.

De Rote Hahn lag in een wel heel duistere hoek.

'Wil je daar echt naar binnen?' vroeg Alexander sceptisch. 'Om kroegen zoals deze liepen we in onze studententijd met een grote boog heen.'

‘Ik dacht dat je in deze buurt bekend was?’ Hanna keek hem verwijtend aan.

‘Dat is ook zo. Maar dat wil nog niet zeggen dat we bij zulke gelegenheden naar binnen gingen. Velen zonk de moed bij voorbaat al in de schoenen en degenen die het waagden, kwamen meestal met een blauw oog naar buiten.’

Hanna voelde een steek in haar maag. Was de zaak het waard? En als ze nu...

Nee, er was geen andere oplossing. Ze pakte Alexanders hand en trok hem mee. Toen ze binnenkwamen sloeg een wolk van tabaksrook, muffige keukenlucht, vet en andere niet nader te duiden geuren hun tegemoet, die hen bijna achterover deed slaan. Aan de dicht bij elkaar staande tafeltjes zaten sjofel uitziende mannen. Hanna had gedacht dat zij er in haar verstelde jurk haveloos uitzag, maar deze mannen wekten de indruk dat het geluk hen al jaren geleden had verlaten. Zij en vooral Alexander zagen eruit om door een ringetje te halen.

‘Ben je met je vrouwtje verdwaald, jochie?’ zei een van de mannen spottend tegen Alexander, waarop hij gelach van zijn kompanen oogstte. Toen hij grijnsde zag Hanna een paar gaten tussen de zwart verkleurde tanden.

Het liefst had ze meteen rechtsomkeert gemaakt, maar het ging om Rosa en daarom pakte ze Alexanders hand steviger beet. Ze hoopte maar dat hij zich niet door de mannen liet provoceren.

‘We zoeken iemand,’ verklaarde ze resoluut.

‘Nou, as je een echte gozer wil, mot je mijn hebben!’ Een van de andere mannen klopte op zijn schoot. Zijn gebit was compleet maar zijn baard deed denken aan dood struikgewas in het bos.

‘Misschien moet ik alleen...’ zei Alexander vlak bij haar oor, maar Hanna onderbrak hem door met haar hoofd te schudden.

‘We zoeken ene Paul Schulze. Die zou hier vaak komen.’

‘Wat mot je dan van hem, meissie?’ vroeg de eerste man. ‘Benne jullie smerissen of zo?’

‘Nee, we zijn van ziekenhuis Waldfriede,’ legde Alexander uit. De spanning in de gelagkamer was om te snijden. Ook Alexander was gespannen. Hanna zag in dat het een verkeerde beslissing was geweest om hierheen te gaan. Tegen zulke figuren was Alexander niet opgewassen.

'Waldfriede? Waar mot dat wezen?' vroeg iemand anders en zijn buurman zei lallend iets wat ze niet verstond. Ze begreep dat niemand bereid was om te helpen.

'Zustertje!' riep plotseling iemand.

Paul Schulze kwam van achter een tochtgordijn tevoorschijn, waarschijnlijk om te zien wie die opschudding veroorzaakte.

'Ken je d'r, Paul?'

'Ja, het is in orde,' zei Schulze en hij kwam naar hen toe.

'Wat fijn om u weer te zien, zuster Hanna. Driemaal is scheepsrecht, nietwaar?'

Hanna zag dat Alexander zijn wenkbrauwen fronste.

'Ik heb meneer Schulze na een schietpartij ontmoet,' legde ze vlug uit en ze wendde zich weer tot Schulze. 'Dit is meneer Kirchfeld, een arts van Waldfriede.'

Schulze stak zijn hand uit. 'Wat brengt u naar deze duistere gelegenheid? Er zijn beter bekendstaande cafés in Berlijn.'

'We zijn hier niet voor ons plezier,' antwoordde Hanna. 'We moeten u spreken.'

'Mij?' vroeg de jongeman. 'Heeft het ziekenfonds mijn rekening niet betaald?'

'Nee, het gaat om Rosa. Rosa Pahlke.'

De grijns verdween van zijn gezicht, om plaats te maken voor een zorgelijke uitdrukking.

'Is haar iets overkomen?'

Hanna slikte de bijtende opmerking in die op haar tong lag. 'Kunnen we misschien buiten praten?'

'Denkt u dat het daar minder gevaarlijk is?' spotte Schulze.

'Dan ergens waar niet zo veel mensen meeluisteren,' verlangde Hanna. 'Het is ook in uw eigen belang.'

Schulze keek naar de mannen. Je kon goed zien dat ze een en al oor waren.

'Loopt u maar mee.' Schulze draaide zich om en liep langs de tafeltjes naar het tochtgordijn. Hanna en Alexander volgden hem. Achter het zware gordijn was een gang die spaarzaam was verlicht.

Onder een van de aangrenzende deuren scheen licht door en uit de kamer erachter klonken gedempte stemmen.

Schulze leidde hen daaraan voorbij naar de binnenplaats van het café. Door de dicht opeenstaande huurkazernes vormde die een nauwe schacht die elk geluid versterkte. Het geschreeuw van een mannenstem was net zo duidelijk te horen als het snikken van een vrouw of het gehuil van een zuigeling.

'Nou, wat is er met Rosa?' vroeg Schulze terwijl hij nerveus aan zijn mouwen plukte.

'Ze is zwanger,' zei Hanna.

'Wat? Maar... dat kan toch niet...'

'Jawel, dat kan wel. En u bent de vader.'

Schulze zweeg. In het spaarzame licht dat door de smalle ramen viel zag Hanna dat hij zijn kiezen op elkaar klemde. Duidelijk was te zien hoe zijn kaakspieren zich steeds aanspanden.

Na een hele poos schudde hij zijn hoofd alsof hij een onaangename gedachte wilde verdrijven.

'Maar dat... Dat wilde ik niet,' zei hij ten slotte. 'Ik dacht...'

Hanna maakte zijn zin af. '... dat u kon oppassen?' Ze wist niet of hij dat had willen zeggen, maar Schulze boog zijn hoofd. 'Ik ben echt voorzichtig geweest. En het is maar één keer gebeurd.'

'Jullie wilden het dus allebei?' Alexander mengde zich nu ook in het gesprek.

'Natuurlijk, wat denkt u wel!' brieste Schulze. 'Ik zou nooit een vrouw geweld aandoen.'

'Nou, als dat zo is, dan bent u misschien bereid de consequenties te aanvaarden.'

'Welke consequenties?' vroeg hij beduusd.

'U moet met haar trouwen.'

Schulzes ogen werden groot. 'Maar dat kan ik niet...Ik heb haar niets te bieden.'

Hanna ademde hoorbaar uit. Zoiets had ze verwacht. De mannen wilden hun pleziertje, maar als het gevolgen had, verdwenen ze met de staart tussen de benen.

'Wat denkt u dan dat er van haar zal worden als u niet met haar trouwt en ze het kind krijgt? En stel nu alstublieft niet voor dat ze naar een engeltjesmaakster gaat!'

Schulze deed een stap naar achteren.

'Dat zou ik toch nooit van haar verlangen.'

'Maar u wilt ook niet met haar trouwen. Wat moet er van Rosa zonder u terechtkomen? Een jonge vrouw die met een kind is blijven zitten?'

'Maar ze werkt toch in het ziekenhuis.'

'Ja, nog wel. Maar na de geboorte moet ze voor het kind zorgen. En bovendien gelden er bij ons bepaalde regels...'

'U bedoelt dat ze wordt ontslagen? Dat ze in de goot belandt?'

Hanna vroeg zich af of hij er ooit over had nagedacht hoe een vrouwenleven eruitzag.

'Ze zal met iemand anders moeten trouwen,' zei ze ronduit. 'Zo gaat dat in ons genootschap.'

'Maar dat kan toch niet. Rosa is...'

Hanna trok haar wenkbrauwen op en hield haar hoofd een beetje scheef.

'Ze is mijn vriendin. Mijn meisje. Ze kan niet met iemand anders trouwen.'

'Maar dat zal ze wel moeten als u het niet doet. Wij laten een vrouw die zwanger wordt niet in de steek. Als de verwekker van het kind ervandoor gaat, zoeken wij een man voor haar. Zo zijn de regels.'

Schulze leek van zijn stuk gebracht. Hij snotterde. 'Rosa mag niet met iemand anders trouwen, dat mag niet.'

'Dan moet u met haar trouwen. Het maakt niet uit of u haar iets te bieden hebt of niet. Het kan haar niets schelen omdat ze van u houdt.'

Schulze drukte zijn handen tegen zijn ogen. Zijn schouders beefden. Kort daarna herstelde hij zich.

'Wat moet ik doen, zuster?' vroeg hij klaaglijk en hij veegde zijn gezicht af. 'Help me, alstublieft.'

'Dit is wat u gaat doen, meneer Schulze,' zei Hanna en ze keek hem indringend aan. 'Als u de verantwoordelijkheid voor uw kind wilt dragen en met Rosa wilt trouwen, dan komt u zo gauw mogelijk naar het ziekenhuis en vraagt u Rosa om haar hand. Omdat dokter Conradi het hoofd van ons genootschap in Waldfriede is, en Rosa geen ouders meer heeft, moet u naar hem toe gaan. In dat geval zal Rosa de schande bespaard blijven.' Ze hield even op, maar vervolgde toen: 'Bewijs uzelf en uw meisje die dienst. Rosa zal een goede echtgenote zijn, ze werkt hard en is vriendelijk. En ze is mijn vriendin, dus ik zal er altijd voor haar zijn als ze me nodig heeft.' Ze pauzeerde even, wachtte op een reactie, maar alles wat Paul Schulze op dat moment kon uiten was wanhoop.

'Meneer Schulze?' vroeg ze, maar hij reageerde niet. 'Paul? Denk er goed over na. Maar bedenk ook dat Rosa uw kind onder haar hart draagt. Moet dat echt door een andere man worden opgevoed?'

Paul beantwoordde haar blik, maar hij leek in gedachten mijlenver weg te zijn.

Hanna pakte Alexander bij zijn arm. 'Laten we gaan. Ik weet zeker dat meneer Schulze de juiste beslissing zal nemen.' Ze trok hem met zich mee naar de achterdeur. In de gang draaide ze zich nog een keer om. 'Het ga je goed, Paul.'

Toen ze buiten waren, ademde Hanna diep in en leunde tegen Alexander aan. Ook al had Schulze nog geen besluit genomen, voor haar voelde het alsof er een grote last van haar af was gevallen.

'Eén ding moet ik je nageven. Je bent een van de dapperste vrouwen die ik ken,' zei Alexander en hij legde beschermend een arm om haar heen terwijl ze door de straat liepen.

Hanna wilde daar alleen nog maar weg, naar huis, naar Zehlendorf, waar de ellende niet zo hevig was.

'Hoeveel vrouwen ken je dan?' vroeg ze, waarop hij luid lachte.

Een uur later slenterden ze langs de Grunewaldallee in de richting van de Alsenstrasse. Hanna was inmiddels gekalmeerd. Ze had gedaan wat in haar vermogen lag. Nu kon ze alleen maar hopen dat Paul Schulze de juiste beslissing nam.

'Bedankt dat je met me mee bent gegaan,' zei ze toen ze bij de poort van het ziekenhuis bleven staan. 'Ik denk niet dat ik daar in m'n eentje levend uit was gekomen.'

'O jawel, dat zou je zijn gelukt. Heb je gezien hoe die mannen je bij het weggaan aanstaarden? Ik zeg je, die hebben gemerkt dat je die knul de oren hebt gewassen. En waarschijnlijk waren ze bang dat je daarna hen onder handen zou nemen.'

'Ik zeg je dat ik op de vlucht zou zijn geslagen als er ook maar één zich tegen me had gekeerd.'

'En had je mij dan laten staan?'

'Natuurlijk niet,' wierp ze tegen.

Alexander streek een haarlok van haar voorhoofd. 'Als je wist wat er nu door mijn hoofd gaat, zou je misschien ook voor mij vluchten.'

'Ik denk het niet,' zei Hanna zachtjes. 'Maar ik kan me voorstellen waar jij aan denkt en ik zeg je dat we daarmee moeten wachten. Niet alleen omdat we nu recht voor Waldfriede staan en ik je onmogelijk mee kan nemen naar mijn kamer.'

Alexander glimlachte. 'Dat weet ik. Een heel bijzonder ziekenhuis, ons Waldfriede, nietwaar?' Hanna knikte, waarna hij eraan toevoegde: 'En jij bent een heel bijzondere vrouw.'

Toen boog hij zich naar voren en kuste haar. 'Goedenacht, Hanna,' fluisterde hij teder. 'We zien elkaar maandag.'

Ze maakte zich van hem los en liep de poort door. Onderweg draaide ze zich nog een keer om en wierp hem een kushand toe, en hij deed alsof hij de kus ving om hem in de borstzak van zijn colbertje te stoppen.

Vlak voor de deur meende ze achter een van de ramen het gezicht van zuster Maria te zien. Toen ze wat preciezer keek, zag ze niets meer.

Hanna zuchtte diep. Waarom had ze na iedere ontmoeting met Alexander toch het gevoel dat ze iets verkeerds had gedaan?

47

Zehlendorf, 10 juni 1923

Zondagavond stond Louis op het punt de trap naar de vrouwenafdeling te nemen toen er in de gang voetstappen weerklonken. Het volgende moment verscheen zuster Hulda, die die dag dienst had bij de receptie.

'Goed dat ik u tref, dokter,' zei ze, buiten adem. 'Er is iemand die u wil spreken.'

Conradi fronste zijn wenkbrauwen. 'Een patiënt?'

'Hij zei dat hij ooit in Waldfriede behandeld is. Maar volgens mij is dat niet de reden van zijn komst.'

Louis maakte halverwege rechtsomkeert en liep de trap weer af.

'Ik heb hem naar uw spreekkamer gestuurd. Hij zal de weg wel kennen.'

'Dank u, zuster Hulda.'

Met grote passen beende hij terug naar de spreekkamer. De voormalige patiënt zat op een van de banken te wachten en kneedde rusteloos zijn pet.

Toen hij Louis' voetstappen hoorde, keek hij op en ging staan.

'Meneer Schulze!' riep Louis uit. De afgelopen twee jaar had hij heel veel verschillende patiënten gehad en hij herinnerde zich hen niet allemaal even goed. Maar de onder mysterieuze omstandigheden beschoten jonge communist zou hij waarschijnlijk nooit vergeten. 'Wat kan ik voor u doen?'

Hij nam de man eens goed op. Zijn jasje en broek zagen er wat afgedragen uit, maar hij droeg de karakteristieke zondagse kleding van een jonge arbeider.

'Ik ben gekomen omdat...' Opeens leek hij om woorden verlegen. Zijn lippen bewogen, maar er kwam geen geluid uit zijn mond.

'Meneer Schulze? Gaat het wel?' vroeg Louis bezorgd.

'Ik kom vanwege Rosa. Rosa Pahlke,' wist hij uiteindelijk uit te brengen. 'Ik... Ik wil om haar hand vragen. Ik heb gehoord dat ik dat bij u moest doen.'

'Ik ben haar vader niet,' antwoordde Louis. Opeens vermoedde hij wie er achter de komst van Schulze zat.

'Maar u bent toch de voorzitter van uw... uw genootschap?'

Louis corrigeerde hem niet. Heinrich Schubert was hun voorzitter; zelf was hij slechts ouderling binnen de gemeente. Maar dat deed hier niet ter zake.

'Zuster Hanna is gisteren bij me geweest om te vertellen dat Rosa... dat Rosa een kind verwacht,' vervolgde Schulze. De jongeman liet het hoofd hangen.

Louis moest zijn woorden even op zich laten inwerken. 'Zuster Hanna is bij u langs geweest?'

'Ja. Ze vertelde dat Rosa in verwachting is. Daarom ben ik hier. Ik wil met haar trouwen.'

Dat was typisch Hanna. Louis zag helemaal voor zich hoe zijn assistente pal voor hem was gaan staan om een beroep te doen op zijn verantwoordelijkheidsgevoel.

'Komt u eerst maar eens mee naar de spreekkamer, meneer Schulze. Ik zal zien of ik de gelukkige kan opsporen.'

Louis draaide de deur van het slot en liet de jongeman binnengaan.

'Moet Rosa erbij zijn?' vroeg hij verbaasd.

'Natuurlijk! Denkt u soms dat ik mijn personeel achter hun rug om verkwansel? U moet het haar vragen als u met haar wilt trouwen, niet mij!'

Met die woorden liep hij naar de keuken. Daar werd hem verteld dat Rosa bezig was kamer 24 in orde te maken, waarop hij iemand eropuit stuurde om haar te vragen direct naar zijn spreekkamer te komen.

Even later verscheen Rosa met hoogrood hoofd. 'U wilde...' Haar woorden stierven weg toen ze de jongeman zag.

'Paul!' riep ze uit. 'Wat doe jij hier?'

'Ik... Ik heb van je toestand gehoord,' antwoordde hij zonder omwegen. 'Zuster Hanna heeft het me gisteren verteld. En me behoorlijk op mijn gemoed gewerkt.' Hij stootte een onzeker lachje uit. 'Daarna kon ik aan niets anders denken dan hoe ik het allemaal voor elkaar moet krijgen. Maar nu weet ik zeker dat we het zullen redden.'

'O, Paul!' Rosa barstte in tranen uit en viel hem om de hals.

Louis onderdrukte een glimlach. Hij had al geweten dat Hanna erg goed met mensen om kon gaan en ze wist te beïnvloeden. Dat ze ook in staat was als huwelijksbemiddelaar te fungeren was nieuw voor hem.

Hij schraapte zijn keel en de twee tortelduifjes stoven uit elkaar. 'Zullen we het dan maar eens officieel maken?'

'Natuurlijk.' Paul pakte Rosa's hand. 'Zou u er bezwaar tegen hebben als ik met juffrouw Pahlke trouw?'

'Wat zegt de bruid ervan?'

'Ja!' riep Rosa. 'Ik... Ik wil met hem trouwen.'

'Goed. Mijn zegen hebben jullie.'

Paul keek hem verbaasd aan. 'Krijgen we geen zedenpreek omdat we al voor het huwelijk met elkaar... U weet wel...'

'Die preek hebt u toch al van zuster Hanna gekregen?' Een beetje laat voor een zedenles – Louis was blij dat het zo goed was afgelopen. 'Zeg het maar als de trouwdatum bekend is. En je kindje krijg je vanzelfsprekend hier, Rosa.'

~

De avondzon scheen door de ramen van de naaikamer en kleurde het parket aan haar voeten goudoranje. Hanna was zo verdiept in haar naaiwerk dat ze niet in de gaten had hoe laat het al was. Toen ze een blik op de klok wierp stelde ze verbaasd vast dat het al bijna zes uur was en dus tijd voor het avondmaal.

Ze had haar naaigoed net opgeruimd toen er werd geklopt. Meteen daarna ging de deur open.

'Ah, daar bent u!' zei dokter Conradi. 'Ik moet u even spreken, zuster Hanna. Ik wacht buiten voor het ziekenhuis op u.'

Hanna maakte haastig haar werkplek verder in orde en liep toen achter de dokter aan naar de voortuin. Wat voor dringends zou hij met haar willen bespreken? Hopelijk was er niets ergs gebeurd. Of was er misschien hoop voor Rosa? Maar waarom keek hij zo ernstig?

'Zojuist was er een jongeman bij me. Hebt u al een idee om wie het gaat?'

Hanna's hart sloeg over. Hij was dus inderdaad gekomen! Wat zou hij hebben gezegd? Misschien had hij verteld dat ze hem had opgezocht en, erger nog, waar en met wie. Als dokter Conradi erachter kwam dat ze daar met Alexander was geweest...

'Dokter Conradi, ik...'

'Ik had u eigenlijk gevraagd om niemand iets over Rosa's toestand te vertellen.'

'Dat is waar, maar...' Hanna liet haar hoofd zakken. 'Het leek me op zijn plaats om de vader van het kind op de hoogte te brengen.'

De dokter keek zwijgend naar het bos verderop, waar de boomtoppen wiegden in de wind.

'U moet hem flink de les hebben gelezen,' merkte hij ten slotte op. 'Hij leek nogal geïntimideerd toen hij me om Rosa's hand vroeg.'

Hanna keek Conradi aan. 'Echt?'

'Hij is nog maar een paar minuten weg. Hij kwam in zijn zondagse kleren.' Dokter Conradi vertrok zijn lippen tot een glimlach. 'Ik weet niet of ik het moet goedkeuren dat u 's avonds door Berlijn doolt, maar u hebt goed werk verricht.'

Dan had Paul Schulze het dus niet over Alexander gehad? Opgelucht haalde Hanna adem. 'Ik kon Rosa toch niet zomaar aan haar lot overlaten?'

'Aan zomaar een man overlaten, bedoel je.' De arts lachte fijntjes en even was het als vroeger, voordat ze met Alexander was gaan wandelen. 'U hebt zich voor uw zusje immers ook zo sterk gemaakt.'

Nu moest ook Hanna glimlachen. 'Ieder mens verdient liefde, of niet soms? En als er dan uit die liefde een kind is ontstaan, is het toch alleen maar goed om het stel bij elkaar te brengen? Rosa was te bang om zich tot de vader van haar kind te wenden en dus heb ik dat voor haar gedaan.'

Dokter Conradi nam haar zwijgend op. Hanna voelde dat hij een stille strijd met zichzelf voerde. Na een poos stak hij zijn hand uit en legde hem op haar onderarm. 'Hanna, het... Het spijt me dat ik u vanwege uw wandeling met dokter Kirchfeld ter verantwoording heb geroepen. Dat is een zaak die me niet aangaat. Mijn excuses daarvoor.'

Hanna sloeg haar ogen neer, zodat hij niet kon zien hoezeer zijn woorden haar emotioneerden.

'Het is alleen...'

Ze kreeg een droge mond van opwinding. 'Wat? Wat is het alleen, dokter?'

Hij nam nog even de tijd en zei toen zachtjes: 'U bent heel bijzonder voor mij, Hanna. En soms vraag ik me af hoe het zou zijn als ik geen echtgenote had...'

Haar hart begon tekeer te gaan. Vooral in het begin had zij ook zulke gedachten gehad. Maar sinds Alexander in haar leven was gekomen en ze hadden gemerkt het fijn te vinden om tijd met elkaar door te brengen, waren die gevoelens een beetje op de achtergrond geraakt. En toch...

'Ik denk dat het weinig zin heeft om over dingen na te denken die onmogelijk zijn, vindt u ook niet?' antwoordde ze, uiterlijk kalm.

'Ja, dat is zo,' antwoordde hij enigszins teleurgesteld en met zijn ogen naar de grond gericht.

'Dokter?' vroeg Hanna. Nu raakte ze op haar beurt zijn arm aan. 'Als u wilt, zult u aan mij altijd een vriendin hebben. Vriendschap is iets wat ons is toegestaan en waarmee we niet zondigen tegen ons geloof.'

Dokter Conradi knikte, maar in zijn blik bespeurde ze een emotie die ze anders nooit bij hem zag. Martin had zo gekeken als hij het over zijn gevoelens voor haar had, of over de dag waarop ze zouden trouwen. Het was verlangen, wat ze daar zag, dat wist ze zeker, en verlangen was iets wat ze in geen geval over en weer mochten voelen.

Toen ze bij de naaikamer terugkwam zag ze Rosa bij de deur staan. Het leek of ze aarzelde om naar binnen te gaan.

'Zoek je mij?' vroeg Hanna, waarop het dienstmeisje ineenkromp en een kreetje sloeg.

'Goeie genade, wat laat je me schrikken!' riep ze.

'Excuus,' zei Hanna. 'Wat is er aan de hand?'

'Dat weet je best!' Er gleed een verlegen glimlachje over Rosa's gezicht. 'Paul is hier geweest. Hij zei dat hij met me wilde trouwen!'

'O, bedoel je dat?' Hanna omhelsde Rosa blij. 'Ik vind het zo fijn dat hij heeft gedaan wat hij hoorde te doen.'

'Hij heeft me verteld dat je gisteren bij hem bent geweest.'

Hanna knikte. 'Dat klopt. Maar wil je niet even binnenkomen? Er is verder niemand. De andere zusters zijn op de afdelingen.'

Hanna deed de deur open, trok het dienstmeisje mee naar binnen en zette haar op een stoel neer. Daarna begon ze met haar verstelwerk en liet ze Rosa nog eens vertellen wat ze al van dokter Conradi had gehoord.

'Je hebt geen idee hoe gelukkig ik ben!' stamelde het dienstmeisje terwijl ze een paar tranen uit haar ogen wreef. 'En het kindje... Ik verheug me er zo op.'

Hanna nam haar in haar armen. 'Je wordt een goede moeder. En Paul een goede vader. En als je ergens hulp bij nodig hebt, dan vertel je het mij. Ik zal er altijd voor je zijn.'

48

Zehlendorf, 7 juli 1923

De volgende zaterdagen zorgde Hanna ervoor dat ze Alexander niet in de buurt van Waldfriede ontmoette. De dokter had waarschijnlijk wel een vermoeden, maar ze hoefde hem daar niet in te bevestigen.

Omdat er op deze eerste zaterdag in juli een dicht wolkendek boven de stad hing en er hier en daar in de verte onweer te horen was, besloten ze in zijn woning af te spreken.

Hanna was nerveus omdat ze daar nooit eerder was geweest. Ze hadden elkaar steeds in het openbaar ontmoet. Ze dacht niet dat hij zou proberen om haar te verleiden, maar ze had toch een wat vreemd gevoel toen ze voor de huisdeur naast de delicatessenzaak stond en aanbelde.

Alexander woonde niet bij zijn ouders in maar had kamers op zolder.

Hanna was ook nerveus bij de gedachte dat ze zijn ouders zou leren kennen, maar Alexander had haar verzekerd dat ze bij familie op bezoek waren. Ze zouden het huis voor zich alleen hebben, met uitzondering van de winkel, want die was die dag geopend.

Kort nadat ze had aangebeld deed Alexander open.

'Treed binnen, schone vrouw!' riep hij terwijl hij haar een kus gaf en haar met een galant gebaar naar binnen wenkte.

Vanbuiten was het huis een plaatje om te zien, afgezien van de winkel, waar haar blik zich vanzelf op vestigde, maar ook vanbinnen was het prachtig. Dikke vloerkleden dempten de voetstappen en aan de muren hingen schilderijen. Ze liepen langs de verdieping waar Alexanders ouders woonden en kwamen toen op de zolderverdieping.

'Ben je klaar voor mijn bescheiden onderkomen?' vroeg Alexander.

Hanna knikte waarna hij de deur opende.

Het eerste wat ze zag was een groot raam. Het invallende licht bereikte bijna de hele grote ruimte, hoewel het een grauwe dag was. Alexander had niet veel meubels. Pal naast het raam stond een bureau met een stoel en onder het bureau lag een hoge stapel boeken. Er stond een grote klerenkast met ernaast een dekenkist en een boekenrek dat overvol was. De boeken die daar niet meer in pasten, hadden een plek onder het bureau gekregen.

Verder naar achteren bleek er nog een kleinere kamer te zijn. Door de open deur was een bed zichtbaar. Het was geen echt tweepersoonsbed, maar een twijfelaar.

'Het huwelijksbed van mijn overgrootouders,' zei Alexander toen hij haar blik volgde.

Hanna bloosde en keek gauw de andere kant op. 'Echt?'

'Ze moeten tamelijk klein zijn geweest als ze hier samen in hebben gepast. Voor mij alleen is het een beetje breed, maar ik stoot mijn voeten en mijn hoofd als ik me uitstrek. En naast mij is er maar een half plekje vrij.'

Hij stopte even, glimlachte ondeugend en voegde er toen aan toe: 'Tenzij je heel dicht tegen elkaar aan ligt.'

Hanna's wangen werden vuurrood. Ze wist heel goed waar hij op uit was. Maar daarvoor was ze niet gekomen.

Haar blik dwaalde naar de kleine bank naast de deur, die ze eerst helemaal niet had opgemerkt. Hij was met donkergroene stof bekleed, die een beetje glansde in het licht. Op de zitting lagen beige kussens met sierlijk borduurwerk. Hanna vroeg zich af of Alexanders moeder ze had geborduurd.

'Ga toch zitten,' zei Alexander. 'Wil je iets drinken? Ik heb citroenlimonade gemaakt. Vorige week hebben we een lading citroenen gekregen en daarvan heb ik er een paar gepikt.'

‘Ja, graag.’ Hanna nam haar tas van haar schouder en liet zich op de uitnodigende zachte zitting zakken. Ze voelde zich een beetje zenuwachtig. Als ze buiten waren, stoorde het haar niet eens als ze elkaar kusten terwijl vreemden dat zagen. Maar hierbinnen was het anders.

Haar hart begon tekeer te gaan toen ze Alexander met het dienblad zag binnenkomen. In haar buik voelde ze iets kriebelen. Wat was er met haar aan de hand?

Toen Alexander haar het glas aanreikte, beroerden zijn vingers haar hand licht. ‘Is er iets?’ vroeg hij.

‘Nee, niets,’ antwoordde Hanna en ze schoof een eindje op. Haar handen hielden het koele glas vast.

‘Voel je je niet lekker?’

‘Nee, hoor.’ Dat ze liever met hem buiten zou zijn geweest, tussen andere mensen, verzweeg ze maar. Het was een vreemd gevoel, dacht ze. Hier was een man die ze graag mocht, die haar hart vlugger deed kloppen als ze hem alleen maar zag. Een man die haar letterlijk had veroverd, en toch...

Iets weerhield haar ervan de volgende stap te zetten. Een stemmetje waarschuwde haar ervoor wat er zou kunnen gebeuren. En dat stemmetje in haar achterhoofd leek vreemd genoeg op Martins stem.

‘Ach Hanna, liefje, je weet toch dat je voor mij niet bang hoeft te zijn,’ riep Alexander lachend. ‘Ik bijt heus niet.’

‘Ik ben niet bang,’ protesteerde ze. ‘Maar het is de eerste keer dat we... alleen zijn.’

‘En daar maak je je zorgen over?’

Hij keek haar aan. Zoals meestal smolt ze onder zijn blik. Alexander stak zijn arm uit en vroeg haar dichterbij te komen zitten. Als vanzelf kwam haar lichaam in beweging en ze vlijde zich tegen hem aan. Hij was zo warm en onder zijn pullover voelde ze zijn spieren, zijn borst en zijn hart. Dat sloeg krachtig en ook wat vlugger, maar het fladderde niet zo mal als haar eigen hart op dit moment. Waarom gaf haar dat een angstig gevoel?

Ze tilde haar hoofd op en keek hem recht aan. Bij de aanblik van zijn lippen likte ze langs de hare.

Alexander merkte dat, trok haar tegen zich aan en kuste haar. Gulzig verstrengelden zich hun tongen, die niet meer wilden loslaten. Het gekriebel in haar buik schoof omlaag naar een plekje tussen haar dijen. Alexanders hand gleed over haar heupen en verder naar beneden.

'O, Hanna,' kreunde hij. Zijn schorre stem zoog haar dieper in de maalstroom van lust. Ze deed haar ogen dicht en gaf zich vol genot over aan zijn strelingen.

Nu vlijde hij zijn hoofd tegen haar hals en knoopte haar blouse open. Zijn handen streelden haar borsten. Hanna kreunde.

Maar plotseling, alsof ze een emmer ijskoud water over zich heen had gekregen, kwam ze tot bezinning. Wat ze hier deed mocht niet! Niet nu ze had gezien hoe Rosa in de problemen was gekomen.

'Nee!' zei ze ademloos en ze duwde hem weg.

Alexander schoof een stukje van haar af en keek haar vragend aan. Zijn gezicht gloeide.

'Alexander, je weet dat ik je heel erg graag mag,' zei Hanna bevend. 'Maar... ik kan dit niet.' Ze trok haar blouse weer over haar schouders. 'Ik bedoel, voor het huwelijk...'

'Het spijt me,' zei hij zuchtend en hij streek zijn haar naar achteren.

'Excuses zijn niet nodig.' Hanna ging rechtop zitten en streelde zijn wang. 'Maar je weet hoe het gaat. Denk aan Rosa. Wat het oppassen haar heeft gebracht.'

'Ik weet het,' antwoordde hij. 'Denk je dat ik je in zo'n geval in de steek zou laten?'

Hanna schudde haar hoofd. 'Nee, dat denk ik niet. Maar ik wil niet...' Ze viel stil. 'Maar ik wil niet voor die tijd zwanger worden. En dat overkomt de meeste vrouwen, soms zelfs al bij de eerste keer.'

Ze bedacht dat ze door de röntgenstralen misschien onvruchtbaar was geworden, maar uitzoeken of dat echt zo was wilde ze niet. In principe had ze er niets op tegen een kind te krijgen. Maar niet voordat er een trouwring om haar vinger zat.

~

De middag ging langzaam voorbij. Louis rustte uit van de vermoeiende dienst en sloeg zijn vrouw gade die aan het bureau notities zat te maken. Werken was op deze dag alleen toegestaan als het om de noodzakelijke verzorging van patiënten ging, maar Catherine was bezig een bruiloftsfeest te plannen.

Paul was weliswaar geen lid van de ziekenhuisfamilie, maar Rosa ging haar aan het hart. Net als Louis was ze blij dat de verwekker zijn kind erkende. Na de huwelijksvoltrekking zou er een klein middagmaal zijn, dat ook meteen een afscheidsetentje was.

'Het is heel aardig van je om dat te doen,' zei Louis terwijl zijn vrouw lijsten maakte en uitrekende wat de keuken kon missen.

Ook al hadden ze in Fritz Stöhr, die voor het bereiden van de maaltijden zorgde, een goede keukenchef, Catherine hield een oogje op de voorraden.

'Rosa heeft jarenlang hard voor ons gewerkt. We kunnen haar niet zomaar laten gaan.'

'Je hebt gelijk, dat kunnen we niet doen,' beaamde Louis.

'Het zou nog beter zijn als hij zich tot ons geloof liet bekeren. Dan zou onze pastor het huwelijk kunnen voltrekken.'

Louis schudde zijn hoofd. 'Dat kunnen we niet van Paul Schulze verlangen. Mensen moeten naar ons toe komen. Dwang leidt nooit tot iets goeds.'

Hij aaide de kop van de jonge hond, die tegen zijn been duwde. In een paar weken had hij zich tot een prachtbeest ontwikkeld. Dankzij een slager die zijn succesvolle galoperatie deels met runderslachtafval betaalde, kon hij hem af en toe een mergpijp geven, waarop het beestje dan enthousiast kauwde.

'Nou, kleintje? Moet je uitgelaten worden?'

'Ja, ga maar even, ik wil niet dat hij weer op de vloer plast. Zo langzamerhand moet je hem zindelijk zien te krijgen.'

Dat was makkelijker gezegd dan gedaan, want Louis had nooit eerder een zo jonge hond gehad. Maar waarschijnlijk had Catherine gelijk.

'Goed, dan gaan we maar eens,' zei hij en hij tilde de pup op. 'Ik denk dat we ook eens een naam voor hem moeten bedenken. Wat denk je van Koning, als opvolger van onze Prinz?'

'Je kunt hem moeilijk Koning noemen.'

'Nee, maar wel Rex.' Hij hield de hond voor zijn gezicht. 'Wat denk je? Zou je Rex willen heten?'

De hond begon te kwispelen.

~

Hoewel er thuis bij Alexander verder niets meer was gebeurd en ze elkaar daarna alleen nog heel schuchter hadden gekust, was Hanna op de terugweg naar Waldfriede nog steeds ontdaan. Ze stond verbaasd over zichzelf. Het was niet zo dat ze Alexander niet mocht, en een moment lang was ze zelfs in de verleiding geweest aan zijn hartstocht toe te geven.

Uiteindelijk was haar opvoeding toch sterker gebleken. Ze had daar blij om moeten zijn, maar ze ergerde zich eerder aan zichzelf.

En hoe zat het met Alexander? Ze had de hele tijd zijn teleurstelling gevoeld. Ze had geprobeerd uit te leggen dat ze haar geloof belangrijk vond en dat seksuele omgang voor het huwelijk nu eenmaal verboden was. Waarom toch had ze het gevoel dat Alexander niet wilde inzien dat hij haar lichaam pas in de huwelijksnacht mocht bezitten?

Zenuwachtig ging ze naar binnen. De lucht van ontsmettingsmiddelen had vreemd genoeg een geruststellende uitwerking op haar. Hier ging alles zijn gewone gangetje, hier werd ze niet geconfronteerd met beslissingen waarbij hart, hoofd en verstand het oneens waren.

De maalstroom van haar gedachten kwam plotseling tot stilstand toen ze ineens dokter Conradi in de hal zag. Het hondje, dat intussen helemaal niet zo klein meer was, had hij onder zijn arm.

Natuurlijk, hij ging een ommetje maken voordat de sabbat ten einde was en het werk weer begon. Hij droeg een lichtblauw overhemd met opgerolde mouwen en een grijze pantalon. Zo leek hij in niets op een dokter, eerder op een van die mannen die ze in de stad had zien flaneren.

'Hanna! Hebt u een fijne vrije dag gehad?' vroeg hij en hij nam haar nadrukkelijk onderzoekend op. Hanna wist niet of hij haar verwarring opmerkte. En wat hij van haar dacht. Op dit moment was ze trouwens overal onzeker over.

'Ja,' antwoordde ze met trillende stem. Plotseling schaamde ze zich, alsof ze met Alexander naar bed was geweest.

'Hanna? Is alles in orde?' vroeg dokter Conradi, die leek te merken dat ze wat verward was.

'Ja, het... Het gaat goed met me.' Onbewust tastte ze naar de knoopjes van haar blouse. Haar wangen werden vuurrood toen ze eraan dacht hoe Alexander haar schouder had gekust en haar borsten had aangeraakt. Maar plotseling zag ze voor haar geestesoog niet zijn gezicht, maar dat van dokter Conradi.

'Neemt u me niet kwalijk,' stamelde ze beschaamd, ze draaide zich om en rende naar haar kamer. Daar sloeg ze de deur achter zich dicht en viel op het bed neer. Het beeld dat ze probeerde te verdringen keerde hardnekkig terug. Ze meende de kussen, de aanrakingen nog te voelen, maar dat mocht niet. Ze mocht niet toegeven aan haar hartstocht, niet met Alexander en al helemaal niet met dokter Conradi. Ze mocht geen echtbreekster zijn, nooit! Wanhopig sloeg ze haar benen om de deken in de hoop verlichting te vinden, maar haar schoot antwoordde warm pulserend totdat het beeld ten slotte verdween.

49

Zehlendorf, 19 juli 1923

De bruiloft vond bij prachtig weer plaats in het park van het ziekenhuis.

Het gezelschap was maar klein, want Rosa had niemand behalve haar kennissen en vriendinnen op Waldfriede en ook de familie van Paul was heel overzichtelijk. Toch straalde de bruid in haar jurk, die door de ruime snit haar buikje nog wist te verbergen.

In plaats van een sluier droeg ze een bloemenkrans op haar hoofd. Omdat het voor de verpleegsters, verplegers en dienstmeisjes niet mogelijk was geweest feestelijke kleding aan te trekken, droegen ze een rozenknop op hun schort. Paul had zijn beste jasje voor de dag gehaald en op verzoek van Hanna had Alexander hem een das geleend.

Na de plechtigheid namen ze plaats aan de lange tafel die in het park was opgesteld.

Terwijl ze naar het gelukkige paar keek, dacht Hanna terug aan haar gesprekken met Martin over hun voorgenomen huwelijk. Ook zij hadden buiten willen trouwen, midden in de zomer.

'We zouden lampions in de bomen kunnen hangen en feestvieren tot de sterren fonkelend aan de hemel staan,' had hij gezegd terwijl ze hem met een grashalm kietelde.

Martin. Waarom moest ze aan hem denken als ze naar Rosa keek en niet aan Alexander? Kwam dat doordat ze nog niet zo vertrouwd met elkaar waren als Martin en zij destijds?

Hanna richtte haar blik op Alexander. Hij had een uurtje vrij genomen om Rosa en Paul te feliciteren. Tenslotte had hij er mede voor gezorgd dat die twee bij elkaar waren gekomen.

Maar al te graag had Hanna tijdens het eten naast hem gezeten, maar het was beter dat ze als collega's met elkaar omgingen en daarom was ze bij de verpleegsters gaan zitten. Zo bleef hun niets anders over dan af en toe een korte blik te wisselen.

Sinds de middag in zijn woning was hun relatie veranderd. Ze zag in hem niet langer de vriend met wie ze wandelde, maar een man die ze begeerde, een man aan wiens begeerte ze nu nog niet mocht toegeven.

Ze schaamde zich er nog steeds voor dat ze op die namiddag op haar kamer aan dokter Conradi had gedacht en daardoor was ze niet langer onbevangen in haar omgang met hem. Ze wist zeker dat het hem niet zou ontgaan en kon alleen maar hopen dat hij de reden nooit zou raden.

Toen het 's middags tijd werd om afscheid te nemen van het paar, kwam Rosa naar haar toe en omhelsde haar.

'Bedankt voor alles,' zei ze. 'Zonder jou had deze dag nooit plaatsgevonden.'

'Je kunt beter mevrouw Conradi bedanken,' zei Hanna afwerend. Er sprongen tranen in haar ogen. 'Zeg tegen die Paul van je dat hij je altijd goed moet behandelen, hoor je?'

'Wees maar niet bezorgd, dat doet hij heus wel.' Rosa drukte Hanna nog eens tegen zich aan. 'Ik zal jullie allemaal zo missen!'

'Wij jou ook!' Hanna maakte zich los van haar vriendin en wreef de tranen uit haar ogen. 'Ik wens je alle geluk van de wereld! En kom naar me toe als je iets nodig hebt. Denk eraan: wij zijn je familie.'

~

Even voor zonsondergang ging Louis met de hond een rondje door het park lopen. De feestdis was inmiddels afgeruimd en niets herinnerde nog aan de bruiloft. De tuin lag er vredig bij in het laatste avondzonnetje.

In de gang kwam hij zuster Maria tegen. Ze leek iets op het hart te hebben.

'Mag ik met u meelopen door het park, dokter?' vroeg ze inderdaad.

'Natuurlijk, zuster Maria, gaat u maar mee!' Ze liepen een tijdje zwijgend door het weelderige groen. Toen Maria geen aanstalten maakte om haar verhaal te doen, zei hij: 'Rosa heeft een mooi feest gehad, vindt u niet?'

Maria knikte. 'Ja, al had ik haar andere omstandigheden rond haar huwelijk toegewenst.'

Louis keek haar vragend aan.

'Tja, ze is niet met een van ons getrouwd. En ze heeft gezondigd tegen het gebod van kuisheid.'

'We zijn allemaal maar mensen en al keur ik niet goed wat Rosa heeft gedaan, de zaak kent zo toch een gelukkige afloop.'

'Laten we hopen dat zo'n opschudding ons in de toekomst bespaard blijft,' zei Maria. 'Toch ben ik bang dat er misschien opnieuw problemen zullen komen.'

Conradi bleef staan en zette het hondje neer op het gras.

'Hoe bedoelt u?'

Maria zweeg even voordat ze antwoordde. 'Het gaat om Hanna. Is het u niet opgevallen dat dokter Kirchfeld haar ongegeneerd het hof maakt?'

'Ongegeneerd?' herhaalde Louis.

'Vandaag, tijdens de bruiloft. En dat niet alleen. Ze heeft hem de afgelopen week opgezocht. Bij hem thuis!'

Louis voelde dat hij het warm kreeg in zijn nek. Hij wist niet wat hem meer choqueerde: dat Maria zich ertoe verlaagde Hanna te bespioneren of dat Hanna bij Kirchfeld was geweest.

'Hoe weet u dat?' vroeg hij terwijl hij zijn best deed een neutrale stem op te zetten.

'Ik was zaterdag in de stad en zag Hanna bij de deur naast de delicatessenwinkel aanbellen. Even later deed dokter Kirchfeld open.'

Louis had even nodig om die woorden tot zich te laten doordringen. De gedachte dat Hanna een relatie met Kirchfeld aanging trof hem als een vuistslag. Stel dat ze zwanger werd? Was dat waarop zuster Maria zojuist gedoeld had?

'Er is niets op tegen dat Hanna een nieuwe verloofde kiest,' antwoordde hij en hij voegde eraan toe: 'Ook als die geen lid van ons geloofsgenootschap is.'

'Zuster Hanna is een gewaardeerde kracht in uw ziekenhuis,' gaf Maria hem weloverwogen te kennen. 'Zou u haar echt kwijt willen?'

Conradi bleef staan. 'Wat wilt u daarmee zeggen?' Hanna had er tot dusver niet op gezinspeeld dat ze Waldfriede wilde verlaten.

'Het lijkt er sterk op dat dokter Kirchfeld haar een aanzoek wil doen. De regels schrijven voor dat ze moet ophouden met werken als ze trouwt. Als praktijkassistente is ze tenslotte gelijkgesteld met de hoofdzusters...' Maria keek hem afwachtend aan.

Die blik kende hij maar al te goed. Ze kon hem ook zo aankijken als het om de patiëntenzorg ging. Als geneesheer-directeur was hij de onomstreden chef van dit ziekenhuis, maar als het om de zorg voor de patiënten ging, waren de hoofdzusters meestal veel deskundiger. Als Maria hem respectvol een voorstel tot verbetering deed, zag hij het aan haar blik wanneer hij maar beter naar haar kon luisteren.

Dit leek zo'n moment te zijn.

'Als je bedenkt hoeveel u in haar hebt geïnvesteerd...' vervolgde ze peinzend. 'Haar opleiding tot röntgenassistente bijvoorbeeld. Hoe moet Waldfriede een verpleegster vinden die dat werk zomaar over kan nemen?'

Waar wilde zuster Maria naartoe? Zijn poging om Hanna de omgang met de arts-assistent te verbieden – of haar op z'n minst erop te wijzen dat die de functie van verpleegster in een kwaad daglicht stelde – had er alleen al toe geleid dat ze wekenlang slechts het hoogstnodige tegen hem had gezegd.

Ze had hem verzekerd dat hij aan haar altijd een vriendin zou hebben. Zo'n belofte was gebaseerd op vertrouwen en dat vertrouwen zou ze toch niet schenden?

'En wat staat me volgens u dan te doen?'

'Doet u een beroep op haar gemoed. We mogen een zo belangrijke kracht als zuster Hanna niet kwijtraken. Niet voordat we vervanging hebben gevonden.'

Nu wist hij waar dit gesprek toe moest leiden. Tegelijkertijd verzette alles in hem zich ertegen Hanna te vervangen. Hij wilde niemand anders! Hij wilde háár. Ook als hij haar niet zo kon hebben als hij diep in zijn hart wenste.

~

Vermoeid ging Hanna terug naar haar kamer, waar ze de rozenknop van haar schort haalde. Ze deed hem in een klein vaasje op de vensterbank, want hij was nog vers en het zou zonde zijn om hem te laten verwelken.

Toen ze in bed stapte dacht ze weer aan Alexander. Ze vroeg zich af wanneer hij haar ten huwelijk zou vragen.

Tot nu toe hadden ze het er nog niet over gehad, maar na het voorval in zijn woning hoopte ze dat het er binnenkort van zou komen. Haar ouders zouden er natuurlijk niet enthousiast over zijn dat hij geen adventist was, maar ze kenden de stijfkoppigheid van hun dochter. Hanna was ervan overtuigd dat ze hen ertoe kon brengen hem in hun hart te sluiten.

Toen ze de volgende ochtend de spreekkamer in kwam was dokter Conradi al aanwezig. Dat was ongebruikelijk, want normaal maakte hij eerst een ronde over de afdelingen om te horen wat er gedurende de nacht was voorgevallen.

'Goedemorgen, dokter,' groette Hanna en ze keek hem vragend aan.

'Goedemorgen, zuster Hanna,' antwoordde hij en hij kwam meteen ter zake. 'Zou u, voordat u zich hier op het werk stort, even willen kijken of alles in de röntgenkamer in orde is?'

'Natuurlijk, dokter,' antwoordde Hanna een beetje verbaasd. 'Is daar iets mis?'

'De laatste tijd waren de foto's een beetje onscherp.'

'Onscherp?' Dat was haar niet opgevallen.

'Het zal wel aan de kwaliteit van de ontwikkelvloeistoffen liggen.

Ik denk dat die niet meer helemaal fris zijn.'

Hanna trok haar wenkbrauwen op. Ze had ze nog maar amper een week geleden ververst!

'Als u wilt ververs ik de vloeistoffen natuurlijk,' verzekerde Hanna hem. 'Maar ik moet zeggen dat ze nog maar iets meer dan een week oud zijn. Ontwikkelvloeistof is erg duur.'

Conradi was onverbiddelijk. 'Bij deze ingreep heb ik het beste nodig wat u uit het apparaat kunt krijgen. En vooral verse ontwikkelvloeistoffen.'

Hanna knikte. Ze vond het allemaal nogal vreemd, maar dokter Conradi was de baas en hij besliste.

'Kunt u het alleen af in de spreekkamer?' vroeg ze.

'Zo lang houd ik het wel uit.' Conradi zette een glimlach op. 'U bent immers niet ver weg, Hanna, en als er iets is waar ik u bij nodig heb, laat ik u roepen.'

Op de gang schudde Hanna haar hoofd. Wat had dat te betekenen? Als ze niet beter wist, zou ze denken dat de dokter een excuus zocht om haar de spreekkamer uit te krijgen. Maar waarom? Hij had haar assistentie toch nodig tijdens het spreekuur?

Wat was er in 's hemelsnaam aan de hand?

In de röntgenkamer kwam ze zuster Martha Pischel tegen, die net een patiënte voor een warmtebehandeling had binnengebracht. Martha werkte hier nu een paar maanden en had nog geen vaste plaats op een afdeling gekregen.

'O, zuster Hanna,' zei ze bijna verrast, toen ze haar zag. Ze had donkerblond haar en een lichte overbeet waarvoor ze zich een beetje schaamde. 'Moet u een röntgenfoto maken? Mevrouw Hannemann moet...'

'Geen probleem, Martha, ga maar door met je warmtebehandeling. Dokter Conradi heeft me alleen gevraagd de ontwikkelvloeistoffen in de donkere kamer te verversen.'

Als er een röntgenfoto moest worden gemaakt mocht er niemand in het diathermievertrek zijn, waar de warmtebehandelingen plaatsvonden, omdat de straling anders ook degenen in dat vertrek kon bereiken.

Martha haalde opgelucht adem en ging naar haar patiënte. Hanna liep de donkere kamer in. Ze deed het licht aan en begon de bakken met vloeistoffen leeg te gieten. Daarna zou ze die schoonmaken en met verse vloeistof vullen. Wat een verspilling! Maar de wil van de dokter was wet.

Na een poosje verliet ze de donkere kamer weer. Martha was nog steeds met haar patiënte bezig. Ze haalde juist de elektroden van de huid van de vrouw af. De techniek om warmte te laten doordringen was een interessant proces, dat Martin zeer zou hebben aangesproken.

Toen ze de oude vloeistoffen had weggedaan, ging ze terug naar de röntgenkamer. Martha was weg, maar de patiënt die vandaag geopereerd zou worden zat al op de gang op haar te wachten.

Zou het dan toch geen voorwendsel van dokter Conradi zijn geweest? Hanna liet de man binnenkomen en ging aan het werk.

Na het middageten veroorloofde ze zich een wandelingetje door het park. Het spreekuur begon pas om één uur en dokter Conradi had nog een belangrijk telefoongesprek te voeren.

Toen Alexander opeens verscheen dacht ze eerst dat hij haar gezelschap zocht, maar zijn gezicht stond gespannen.

'Hanna, ik moet iets met je bespreken,' zei hij. Hij pakte haar arm en trok haar mee naar de taxuskegels.

'Wat is er aan de hand?' vroeg Hanna.

'Het is beter dat niemand ons ziet.'

'Maar dat is...'

'Conradi gaat mijn contract niet verlengen,' zei hij.

Hanna deed haar mond open, maar de woorden bleven in haar keel steken.

'Wat? Maar hij...'

'Ja, hij wilde me houden. Maar dat was voordat hij wist dat wij tweeën...'

'Maar dat kan hij toch niet doen!' fluisterde ze geschokt en ze voelde woede in zich samenballen. 'We hebben je hard nodig in het ziekenhuis!'

'De officiële lezing is dat hij de voorkeur geeft aan een adventist als arts, omdat de leiding van de kerk het zo wil,' legde Alexander gefrustreerd uit. 'Maar ik weet wat erachter steekt en jij weet dat ook.' Hij pakte haar hand.

Hanna werd door wanhoop overvallen. Hoe kon Conradi zoiets doen? En dat alleen omdat ze een nieuwe liefde had gezocht. Hij wist toch het best van iedereen hoezeer ze nog leed onder het verlies van Martin?

'Dat zou de dokter nooit doen! Na alles wat je voor hem hebt gedaan!' Hanna zette haar handen in haar zij. 'Hij heeft het alleen aan jou te danken dat die boekhouder...'

'Een jaloers man is tot alles in staat!' Alexander schopte tegen een steen in het gras.

'Jaloers?' Hanna schudde haar hoofd. 'Hoezo jaloers? Hij... Hij is getrouwd!'

'Denk je dat dat hem ervan af zou houden verliefd te worden? En denk je dat ik niet merk hoe hij naar je kijkt?'

Hanna staarde hem sprakeloos aan. Dokter Conradi verliefd op haar?

Haar gevoelens voor hem waren niet helemaal duidelijk, maar sinds ze intiemer met Alexander omging wist ze dat het niet hetzelfde was als wat ze voor hem voelde.

'Maar ik ben niet verliefd op hem,' zei Hanna zacht, hoewel ook dat niet helemaal waar was. Het was alleen anders, verwarrend, wat ze voelde. 'Misschien had jij hem toen dat hondje moeten geven,' zei ze bitter. 'Misschien had ik ook niet moeten zeggen dat jij het had gekocht.'

Zijn greep om haar hand werd steviger. 'Nee, hoor, het was goed zo. Nu weet ik eindelijk waar ik aan toe ben.' Hij keek haar aan en zette een glimlachje op dat ze niet helemaal begreep. 'Ik heb een aanbod gekregen een praktijk in Berlijn over te nemen. De huidige eigenaar is een vriend van professor Bier, die mijn mentor aan de universiteit was. Toen de professor hoorde dat hij een opvolger zocht, heeft hij mij voorgesteld.'

'Wist hij dan dat je contract niet zou worden verlengd?'

'Nee, dat aanbod staat hier helemaal buiten en daarmee is me een dilemma uit handen genomen, want ik had jou zeker niet in de steek gelaten.'

Hij overtuigde zich ervan dat ze noch vanaf de straat, noch vanuit het ziekenhuis te zien waren, trok haar naar zich toe en drukte zijn lippen op de hare. Zijn kus was zo hartstochtelijk en innig dat Hanna zich er bijna in verloor. Maar de angst te worden gezien, door wie ook, kreeg vlug de overhand en ze maakte zich uit zijn omhelzing los.

'Vind je dat ik het aanbod moet aannemen?'

Hanna aarzelde. 'Wat betekent het voor ons? Kunnen wij elkaar nog blijven zien?' vroeg ze toen.

'Je doet alsof we hier zo veel tijd hebben om naar elkaar te lonken!' Hij gniffelde. 'Maar ja, natuurlijk blijven we elkaar zien. Als jij dat wilt.'

Hanna dwong zich tot een lachje. 'Dat wil ik zeker. Dat spreekt vanzelf. Ik vraag me alleen af hoe we dat voor elkaar kunnen krijgen.'

'Je hebt zaterdags toch vrij?'

'Natuurlijk.'

'Mooi. Dan hebben we alvast één dag samen.'

Dat vond Hanna prima, maar ze miste het nu al om hem overdag tegen te komen, hem in de ogen te kijken en soms een lichte aanraking uit te wisselen. Zonder hem zou haar dagelijks leven heel wat aan kleur verliezen.

~

Louis zag Hanna over het pad naar het ziekenhuis lopen. Waar zou ze zijn geweest? Het was absurd, maar hij verdacht Kirchfeld als eerste. Had hij haar soms opgewacht?

Louis' geweten speelde flink op. Door Kirchfeld weg te sturen bezorgde hij Hanna nog een wond. Maar hij had geen andere keus.

Niet veel later ging de deur open. Louis stapte weg van het raam. Hij deed alsof er niets aan de hand was, maar hij voelde de woede die van Hanna op hem afstraalde.

'Er zitten twee patiënten te wachten,' zei ze. Het was duidelijk te horen dat ze haar boosheid onderdrukte. 'Zal ik de eerste binnen laten komen?'

Louis aarzelde.

'Hanna,' begon hij behoedzaam. 'Ik weet niet of u het al hebt gehoord...' Hanna draaide zich met een ruk om en keek hem met opgetrokken wenkbrauwen aan. Haar ogen fonkelden. 'Dokter Kirchfeld gaat ons in augustus verlaten. Ik... Ik kon zijn contract niet meer verlengen.'

'Dat is spijtig.' Ze deed zichtbaar haar best om zich te beheersen. 'Hij was erg geliefd bij zijn patiënten.'

'Ik heb opdracht gekregen om een collega die adventist is aan te stellen. Het spijt me echt.'

'Dokter Kirchfeld heeft ervoor gezorgd dat ons ziekenhuis een toekomst had. Hij heeft Gruber in de gaten gehouden en hij heeft altijd goed werk geleverd. Hij verdient het te mogen blijven.'

'We moeten ervoor zorgen dat artsen die adventist zijn een aanstelling krijgen. Dokter Bockhammer wil graag een nieuwe functie en wel in een ziekenhuis waar ons geloof wordt nageleefd. Daarom is mij verzocht hem naar Waldfriede te laten komen.'

Hanna perste haar lippen op elkaar. Louis had maar al te graag geweten wat er in haar hoofd omging. Er kwam een angstaanjagende gedachte bij hem op. Stel dat hij haar hiermee uit Waldfriede verdreef? Ze kon ook in Friedensau gaan werken en lesgeven... Het liefst had hij haar gesmeekt hem te vergeven, niet weg te gaan, bij hem te blijven, maar het zou hem wel voor altijd ontzegd zijn om dat allemaal hardop te zeggen.

50

Zehlendorf, 21 juli 1923

Het bericht dat Alexander Waldfriede zou verlaten, hield Hanna de hele nacht wakker. Telkens weer vroeg ze zich af of dit verzoek uit Zwitserland wel echt was gedaan en dat dokter Bockhammer daarom als nieuw afdelingshoofd in dienst kwam, of dat dokter Conradi op eigen initiatief handelde.

Vlak na de wekelijkse kerkdienst op zaterdagochtend ging Hanna op weg naar de binnenstad van Berlijn. Alexander had die dag dienst en ze voelde een onstuitbaar verlangen naar een andere kijk op de zaak. Ze wilde met iemand praten die niet meer bij Waldfriede hoorde.

Leni wist niets van haar voorgenomen bezoek, want Hanna had geen kans gezien haar een bericht te sturen. Misschien was ze niet eens thuis, maar dat risico wilde ze nemen.

Het treinkaartje kostte haar bijna haar hele weekloon. Ze stapte in een coupé en deed steeds nerveuzer schietgebedjes dat Leni thuis was. Zoals meneer Schubert had beloofd, was ze ondergebracht in de zolderkamer boven het kantoor. Elke keer als Hanna bij haar op bezoek ging had haar zusje haar kleine rijk een beetje verfraaid. Hanna bewonderde haar om haar onafhankelijkheid.

In de Uhlandstrasse kwam ze flaneurs tegen die waarschijnlijk op weg waren naar de Kurfürstendamm. De vrouwen hadden elegante jurken aan en veel mannen droegen kostuums zoals ze die lang niet meer had gezien.

Ze was blij dat ze had besloten haar verpleegstersuniform aan te trekken. Ook al was de jurk op meerdere plaatsen versteld, hij verleende haar toch een bepaalde waardigheid.

Bij het genootschapskantoor bleef Hanna staan. Ze streek haar rok glad, zette haar kapje nog maar eens recht en belde aan. Er werd niet opengedaan. Blijkbaar was er op de sabbat niemand op kantoor.

Rusteloos van haar ene been op het andere wippend stond Hanna voor de deur. Was de bel wel te horen geweest? Of was er echt niemand aanwezig? Ze keek naar boven. De ramen weerspiegelden de blauwe lucht en op een vensterbank zat een duif.

Plotseling ging de deur met een grote zwaai open. Hanna deed van schrik een stap achteruit en toen zag ze tot haar verrassing het gezicht van haar zusje. Haar haar was geknipt in een korte boblijn en ze droeg een wijnrode jurk met een wit kraagje.

'Hanna!' riep Leni verheugd en ze omhelsde haar. 'Wat een verrassing, wat doe jij hier?'

'Ik had er behoefte aan je te zien', zei Hanna. 'En ik moet met je praten.'

Leni's gezichtsuitdrukking veranderde meteen. 'Waarover?'

'Over Alexander.'

'Alexander?'

'Dokter Kirchfeld', verduidelijkte Hanna.

'Ach ja, je vriend!' Leni trok haar wenkbrauwen op. 'Heeft hij je soms een aanzoek gedaan?'

'Nee, dat is het niet. Ik denk dat het beter is om dat boven bij jou te bespreken, of was je iets van plan?'

'Ik wilde naar de dierentuin gaan. Ze zeggen dat er aan het buitenterrein van alles is veranderd.'

'Heb je daar dan geld voor?' vroeg Hanna. 'De entreekaartjes moeten toch vreselijk duur zijn.'

'Dat is zo, maar meneer Schubert betaalt me heel goed. Ik kan je zelfs op mijn kosten meenemen.'

'Heus?' vroeg Hanna ongelovig. 'Heb je het geld niet ergens anders voor nodig?'

'Ik heb hier toch kost en inwoning! En het is ook al bijna augustus. Ik haal alleen mijn tas even op en dan gaan we.'

Voordat Hanna nog iets kon tegenwerpen, verdween Leni naar binnen.

Hanna was verbaasd te zien hoeveel mensen zich ondanks de inflatie en het overal heersende gebrek een bezoek aan de dierentuin konden veroorloven. Kinderen speelden op de grasperken terwijl hun moeders het zich op een bankje makkelijk maakten. Het gekrijs van papegaaien en andere exotische vogels was boven hun hoofd te horen, een stuk verderop brulden apen.

Klonk het zo in Afrika? Tot nu toe was nog nooit de wens bij haar opgekomen om als zendeling-zuster te gaan werken, maar ze was wel nieuwsgierig naar het continent waar dokter Conradi ook zo enthousiast over was. Af en toe vertelde hij verhalen over wat zijn vader daar had meegemaakt. Een beetje benijdde Hanna Richard Conradi wel, die zo veel van de wereld had gezien, terwijl zij niet verder dan Magdeburg en Berlijn was gekomen.

'Nou, vertel me eens wat er aan de hand is met de man van je hart,' zei Leni, die haar zus een arm had gegeven. Ze was inmiddels drieëntwintig en opgebloeid als vrouw. Het kinderspek was verdwenen en haar jukbeenderen waren geprononceerder, waardoor haar gezicht markantere contouren had gekregen. Dat ze op eigen benen stond en als kokkin voor het genootschapskantoor werkte, leek haar goed te doen, want ze zag er vrolijk en tevreden uit.

'Dokter Conradi gaat zijn contract niet verlengen,' antwoordde Hanna verbitterd terwijl ze naar de zebra's keek die hun kop in een berg hooi staken. Hoe simpel leek de dierenwereld!

'Wát zeg je?' vroeg Leni geschrokken. 'Hij heeft toch zo'n goede indruk gemaakt! En hij heeft toch die Gruber in de gaten gehouden en daarmee het ziekenhuis een grote dienst bewezen.'

'Dat lijkt allemaal niet mee te tellen.' Hanna plukte aan haar mouw. Tranen welden bij haar op. Gisteren had ze zich de hele dag kunnen beheersen, maar nu, buiten Waldfriede, wilde ze het liefst alleen maar schreeuwen van woede en teleurstelling. 'Waarschijnlijk bevalt mijn relatie met Alexander Conradi niet.'

'Maar jullie wandelen toch alleen met elkaar. En jullie kussen elkaar. Meer is er toch niet, of wel soms?'

Hanna schudde haar hoofd. 'Nee, dat zou ik niet eens durven.'

'Zie je wel. Hij moet toch weten dat je niet op iets onbetamelijks zou ingaan!'

'Dat heb ik ook tegen hem gezegd, maar blijkbaar gelooft hij me niet.'

Leni bleef abrupt staan, waardoor Hanna bijna tegen haar op liep. 'Praat jij met de dokter over zulke dingen?'

'Hij heeft meegekregen dat we een wandeling hebben gemaakt. Alexander heeft een nieuw hondje voor Waldfriede gekocht en ik heb me versproken.' Het werd Hanna zwaar te moede. 'En ik dacht nog wel dat we de kwestie hadden uitgesproken. Maar nu stuurt hij hem weg en beweert dat de leiding van de kerk dat van hem eist.'

'En als dat de waarheid is? Waarom zou hij tegen je liegen?'

'Ik weet het niet,' antwoordde Hanna peinzend. 'Hij heeft tegen mij niets gezegd over een brief of een telefoontje van de leiding van de kerk.'

Leni sloeg haar bedroefd gade. 'Je moet niet zo slecht over hem denken. Hij mag je graag, dat weet ik. En hij zal je zeker niet willen kwetsen. Misschien wil hij alleen jou niet kwijtraken.'

'Maar hij raakt me toch niet kwijt,' sprak Hanna haar tegen. Had haar zusje gelijk? Waarom hield ze dan zo'n wantrouwend gevoel? Het gevoel dat Conradi uit eigenbelang handelde?

'Als je trouwt natuurlijk wel,' bracht Leni daar nadenkend tegen in. 'Wat gaat Kirchfeld nu dan doen?'

'Hij heeft een aanbod gekregen om een praktijk in de stad over te nemen. Professor Bier van het Charité heeft hem aanbevolen.'

'Wat een naam voor een arts!' lachte Leni. 'Maar dan is alles toch duidelijk! Als hij met je trouwt, kun je zijn spreekuur op je nemen. Op die manier kun je toch als verpleegster blijven werken.'

'Waarschijnlijk heb je gelijk,' zei Hanna peinzend. Ze dacht aan Martin en dat hij haar had voorgesteld met hem samen te werken. Uit Friedensau had ze redelijk makkelijk weg kunnen gaan. Maar bij Waldfriede lag dat anders. Ze had het mede opgebouwd, ze kende elke kamer, elke hoek en elke steen.

Soms leek het of het gebouw een zelfstandig wezen was. Het leefde, het ademde. Alsof het een ziel bezat. Als de zon achter het bos onderging leek alles zo vredig. Zo idyllisch. Dat zonlicht scheen ook door de ramen en doopte de kamers in een zacht glanzende gouden gloed. Hanna hield van dat bijzondere uur en ze kon zich geen oord voorstellen waar ze liever was.

Kon ze dat opgeven? Ook al kon ze niet met alle verpleegsters even goed opschieten, het was net alsof ze één grote familie waren.

'Kom, we gaan verder,' zei Leni ten slotte. 'Waarschijnlijk moet je gewoon afwachten wat de tijd zal brengen.'

Ja, er zat niets anders op. En ze besefte ook dat Leni haar niet kon helpen wat Alexander betrof. Een beslissing voor hem en tegen Waldfriede kon ze niet nemen.

Ze stak haar arm door die van haar zusje, waarna ze hun weg vervolgden naar het olifantenverblijf.

~

Het weer klaarde tegen de middag op en dat was voor Louis aanleiding het huis uit te gaan om een wandelingetje te maken.

'Mag ik met u meelopen?' vroeg dokter Meyer, die plotseling achter hem stond en had geraden wat hij van plan was. Hij rolde zijn mouwen op en maakte het bovenste knoopje van zijn overhemd los. 'Ik geloof dat ik wel wat frisse lucht kan gebruiken.'

'Natuurlijk, Erich, met alle plezier.'

Beiden verlieten het huis en liepen naar het park. Naast de groentebedden en de kassen waren ze begonnen het park voor de patiënten aan te leggen. De paden voerden langs bloemenweides en bloemperken, tussen bomen door naar een zonneweide waar de patiënten voor een zonnebad naartoe werden gebracht. Ze hadden daar ook wel een dakterras voor, maar de patiënten waren liever in het park en het verblijf in de vrije natuur deed hun zichtbaar goed.

Aan de straatkant lag een groot stuk grasland braak dat bedoeld was voor de bouw van de nieuwe artsenwoning. Tot nu toe was het stuk grond alleen geëgaliseerd, want het was nog niet duidelijk wanneer er gebouwd kon worden. Maar af en toe maakte Louis zich een voorstelling van hoe zijn nieuwe woning eruit zou zien. Als ze eindelijk uit de steeds sterkere inflatiespiraal waren.

'Ik heb zuster Hanna een tijdje geleden al voorgesteld om les te geven aan de opleiding,' begon Erich Meyer toen ze een eind van het ziekenhuis verwijderd waren. 'Tot dusver heb ik geen antwoord gekregen.'

'Ze heeft het de laatste tijd erg druk,' zei Louis ontwijkend terwijl hij probeerde geen bittere ondertoon in zijn stem te laten doorklinken.

'Met haar kennis over röntgentechniek zou ze een waardevolle bijdrage aan het onderwijs kunnen leveren. Maar ik begrijp het wel als je haar als praktijkassistente nodig hebt.'

Dat was inderdaad waar. Maar wie wist hoelang ze nog zou blijven als Kirchfeld haar een aanzoek deed?

'Misschien moeten we meer verpleegsters opleiden als röntgenassistente,' hoorde hij zichzelf zeggen. 'Ook coassistenten zouden dergelijke kennis goed kunnen gebruiken.'

'Dat is waar, maar als Hanna niet eens tijd heeft om een dubbel uur per week les te geven...'

'Ze krijgt die tijd,' beloofde Louis, die plotseling een idee kreeg.

'Echt?' vroeg dokter Meyer verbaasd. 'Maar wat als ze niet wil...'

'Als ik het wil, zal ze het doen.' Louis keek zijn collega aan. 'Waarschijnlijk wil ze me niet in de steek laten en daarom aarzelt ze een beetje. Bovendien staat ze niet graag in het middelpunt.'

'Het zou onze school zeker ten goede komen. Maar ik wil Hanna niet dwingen. Ze heeft zo veel meegemaakt.'

'Ik denk niet dat ze zich gedwongen zal voelen.' Louis klopte zijn vriend op de schouder. 'Ik maak het in orde.'

~

Dokter Conradi moest naar haar hebben staan uitkijken, anders was het niet te verklaren dat hij Hanna al bij de deur opving.

'Ik hoop dat u een aangename wandeling hebt kunnen maken,' zei hij. Het was duidelijk merkbaar dat hij iets van haar wilde. Ging het weer om haar relatie met Alexander? Hij ging hem toch al ontslaan, dus waar bemoeide hij zich nog mee?

'Ik was bij mijn zusje in de Uhlandstrasse,' vertelde ze hem.

'En, hoe gaat het met haar?'

'Met Leni gaat het goed,' antwoordde Hanna, die merkte dat ze steeds nerveuzer werd. Wat wilde hij van haar? 'We zijn naar de dierentuin geweest. Leni heeft me uitgenodigd.'

'Het lijkt er dus op dat het haar goed bevalt als kokkin in het genootschapskantoor.'

'Ja, ze lijkt heel gelukkig. En een stuk volwassener.' Er speelde een glimlach om Hanna's mond. Het bezoek aan Leni had haar blij gemaakt. Het was zoals vroeger, een periode die haar nu al weer zo ver weg scheen.

'Hebt u even tijd voor me? Ik wil graag iets met u bespreken.'

Hanna knikte en liep achter de dokter aan het park in. Dat lag rustig in de laatste zonnestralen, er was geen patiënt meer op de paden te zien. De wind streek over de grassprieten en liet de bladeren in de bomen zachtjes ruisen.

'Ooit zal dit ziekenhuis een van de beste van de stad zijn. Misschien zelfs van het hele land. Het zal groter worden, er zullen gebouwen bij komen, en mensen. En op zeker moment zullen anderen het overnemen.'

Hanna keek de dokter aan, verrast door deze toespraak. Wat was er aan de hand?

'Gaat het wel goed met u, dokter Conradi?' vroeg ze.

Hij beantwoordde haar blik. 'Ja, hoor. Ik vraag mezelf alleen wel eens af hoe het er hier over dertig of vijftig jaar zal uitzien. Het is nu geen gemakkelijke tijd en ik kan me nauwelijks herinneren dat er ooit gemakkelijke tijden zijn geweest. Maar ooit zal het toch weer beter gaan.'

'Beslist. Daar ben ik van overtuigd.' Hanna wist nog altijd niet waar hij op uit was. Een onrustbarende gedachte kwam bij haar op. Was hij van plan haar ook weg te sturen?

Maar een overplaatsing, of zelfs ontslag had hij net zo goed in de spreekkamer met haar kunnen bespreken...

'Wij hebben de basis voor de toekomst gelegd. Wij allemaal met elkaar. En we zullen nog verder aan die basis werken.'

'Dat is zo.'

Conradi zweeg een poosje en keek naar de plek waar op een dag de artsenwoning zou staan. Een huis waarvan Hanna geen enkele voorstelling had, want tot nu toe had hij haar de bouwplannen niet laten zien.

Toen besefte ze dat ze er ook niet naar had gevraagd. Sinds hun conflict vanwege Alexander hadden ze nauwelijks meer privézaken besproken. En ook nu kon ze hem nog steeds niet vergeven dat hij Alexanders contract niet had verlengd.

'Hanna, ik heb een verzoek,' begon hij ten slotte en hij draaide zich naar haar toe. 'Voor onze kliniek is het belangrijk dat ook de verpleegopleiding de beste van de stad wordt. Wij willen dat jonge mensen, die momenteel liever naar een andere stad vertrekken, naar ons toe komen. En we hebben ook behoefte aan artsen die elk vakgebied kennen.'

Hij pauzeerde opzettelijk even en er begon iets bij Hanna te dagen.

'Heeft dokter Meyer met u gesproken?'

'Inderdaad. Hij vindt dat u een goede aanwinst voor de opleiding zou zijn.'

'Maar ik doe al dienst tijdens uw spreekuur, ik werk in de operatiekamer en op de röntgenafdeling. Daarnaast heb ik ook nog het toezicht op de apotheek.'

'Twee uur,' antwoordde hij.

'Twee uur? Waarvoor?'

'Voor de lessen. Ik wil graag dat u begint met twee uur lesgeven per week in röntgenologie.'

'Maar ik... Ik ben een eenvoudige verpleegster.'

'U bent een van de weinige röntgenverpleegsters in de stad. Nog altijd sturen artsen en klinieken hun patiënten naar ons toe als er een röntgenfoto moet worden gemaakt. Als iemand onze verpleegsters hierin wegwijs kan maken, dan bent u dat.'

Hanna verkeerde in tweestrijd. Eigenlijk was het een enorme eer en als dokter Conradi haar dit voorstel had gedaan voordat ze iets met Alexander was begonnen, was ze er erg blij mee geweest.

Maar nu kon ze er niet omheen zich af te vragen welke bijbedoeling de dokter had.

'Maar ik blijf u toch wel assisteren tijdens het spreekuur?' vroeg ze.

'Natuurlijk! Wat zou ik zonder u moeten?' was zijn antwoord. 'En ook bij het röntgenen verandert er niets. Wel zal ik assistentes vragen u terzijde te staan, zodat u niet alles alleen hoeft te doen.'

Assistentes? Hanna had daar geen goed gevoel bij. Wilde hij haar soms van de röntgenafdeling halen? Omdat ze misschien met Alexander zou trouwen en bij Waldfriede weg zou gaan?

Wilde hij daarom dat ze les ging geven, zodat hij op den duur invallers voor haar had?

Dit besef kwam hard aan. Ze zou inwisselbaar zijn zodra iemand anders goed met het apparaat overweg kon. Dan was ze alleen nog spreekuurassistente en was ze makkelijk te vervangen.

Het kostte Hanna veel moeite om haar teleurstelling te verbergen.

'Is alles in orde?' vroeg Conradi.

Hanna knikte vlug, maar hoezeer ze ook haar best deed, een glimlach kon er niet af.

'Ik begrijp het als u het afwijst...'

De gedachten tolden door haar hoofd. Het bracht haar van haar stuk dat ze vervangbaar zou worden. Maar ze besefte ook dat ze dan geen wroeging hoefde te hebben als Alexander haar een aanzoek deed en zij dat accepteerde.

'Nee, ik wijs het niet af,' zei Hanna terwijl ze haar schouders rechtte. 'Ik zal die lessen op me nemen.'

'Prima!' riep dokter Conradi verheugd. 'En dokter Meyer zal ook enthousiast zijn.'

Terug in de kliniek liep Hanna vlug door de kronkelende gang naar de röntgenkamer, waar ze een ogenblik alleen kon zijn. Toen ze daar was, liet ze zich op een stoel vallen en staarde naar het grote röntgenapparaat, dat binnenkort niet meer van haar alleen zou zijn.

~

Louis was verrast. Hij had gehoopt dat zijn voorstel om haar kennis bij de verpleegopleiding over te dragen Hanna een beetje zou troosten na het vertrek van Kirchfeld. Maar nu had hij haar instemming, en toch voelde hij zich geen haartje beter.

Hij had niet gelogen toen hij haar belang voor de opleiding onderstreepte, want hij kon zich inderdaad nauwelijks een betere lerares voor röntgenologie voorstellen.

Maar achter zijn voorstel zat ook eigenbelang: hij wilde Hanna in het ziekenhuis houden, wilde dat ze de banden met Kirchfeld verbrak, dat ze hem vergat.

Maar stel dat deze echt met haar wilde trouwen? Zou ze liever aan de zijde van Kirchfeld willen staan dan aan de zijne?

Hij schudde zijn hoofd om de gedachte te verdrijven. Aan zijn zijde was geen plaats. Hij had een echtgenote en Hanna kon hoogstens een vriendin voor hem zijn.

Mocht hij haar de kans op geluk ontzeggen, nadat ze haar verloofde had verloren? Mocht hij voor haar een leven zonder liefde wensen? En was het geen zonde als hij zijn eigen wensen boven die van Hanna stelde?

Bedrukt wierp hij een laatste blik op het bouwterrein voordat hij zich omdraaide en ook naar het ziekenhuis terugging.

51

Zehlendorf, 10 september 1923

Zonder Alexander vond Hanna Waldfriede maar leeg. Als ze door de gangen liep hoopte ze nog steeds hem tegen te komen. Maar dan besefte ze dat dat niet meer zou gebeuren. Op die momenten werd het haar zwaar te moede.

De nieuwe arts was slechts een paar dagen na Alexanders vertrek begonnen. Dokter August Bockhammer was een kleine man met donker haar met een scheiding opzij en een nikkelen bril. Hij had een Zwitsers accent, maar zei meestal niet veel. Hanna kon hem moeilijk inschatten. Hij was niet onvriendelijk, maar er ging ook geen enkele warmte van hem uit. Zijn vrouw, die als ondersteunende kracht in het ziekenhuis meewerkte, was ook stil en leek in het bijzijn van haar man altijd een beetje timide.

Hanna had gelukkig maar weinig met hem te maken. Ze bracht hem af en toe temperatuurgrafieken en patiëntendossiers, maar omdat hij afdelingsarts was, hoefde ze zelden het gesprek met hem aan te gaan.

Haar relatie met dokter Conradi bekoelde nog meer, maar als ze voor de keuze zou zijn gesteld om het ziekenhuis voor Alexander te verlaten of op Waldfriede te blijven, had ze altijd de voorkeur aan Waldfriede gegeven, het oord dat inmiddels meer een thuis voor haar was dan haar ouderlijk huis in Magdeburg.

Eind augustus had dokter Harrow weer van zich laten horen. Ditmaal kwam hij echter niet persoonlijk langs, maar stuurde hij een vrachtwagen vol pakketten met spullen die ze in het ziekenhuis hard nodig hadden. Er zat ook weer een enorm pak met stoffen voor nieuwe kleren bij.

'Dat komt precies op tijd,' hoorde Hanna zuster Elisabeth bij het uitladen zeggen. 'De enige doordeweekse jurk die ik heb kan elk moment in flarden van mijn lijf vallen.'

Ze had gelijk, en ook de verpleegstersuniformen waren door het vele wassen versleten. Hanna was vaak tot in de kleine uurtjes bezig met het repareren van dunne plekken en gaten in haar kleding.

Voor de verpleegsters die sinds het allereerste begin in het ziekenhuis woonden, bracht de vrachtwagen ook rieten stoelen mee, die vooral door de jongere zusters werden bewonderd.

'Wat een overdaad,' fluisterde Maria, die met een van de stoelen in haar armen wegliep.

Hanna zei niets terug. Ze praatte toch al niet vaak met Maria, vooral omdat ze haar er nog steeds van verdacht dat ze argwaan jegens haar koesterde en haar antipathie nauwelijks verborgen hield voor de andere leden van de ziekenhuisfamilie.

Op 10 september was het ten slotte zover dat Hanna voor het eerst les zou geven aan de verpleegopleiding. Ze had de nacht ervoor geen oog dichtgedaan. Ze had er graag met iemand over gesproken, maar ze wist niet met wie.

Voor de deur van het leslokaal begroette dokter Meyer haar met een brede glimlach. 'En, bent u er klaar voor?'

Hanna keek naar de map in haar handen. 'Ja, volgens mij wel.' Ze had de afgelopen twee weken haar vrije avond besteed aan het bestuderen van haar oude leerboeken. Daarbij probeerde ze zich ook weer voor de geest te halen hoe haar eigen lessen aan het röntgeninstituut eruit hadden gezien. De woorden van haar docent klonken nog steeds in haar door en ze hoopte dat ze hem eer zou aandoen.

'Nou, dan kan er niets misgaan. Als ik u een raad mag geven: laat nooit merken dat u onzeker bent. Kinderen, en al helemaal jongelui, kunnen ware monsters zijn. Ik herinner me dingen uit mijn eigen schooltijd...'

Hanna had haar optreden voor de spiegel geoefend, maar tevreden was ze niet. De anderen waren heel wat jonger dan zijzelf en toch voelde ze zich licht geremd. Het was één ding om met patiënten te praten en hun instructies te geven, maar voor die jonge aanstaande verpleegsters te staan en ze op te leiden was een tweede.

Er klonken stemmen vanuit het leslokaal. Hanna kende elk meubelstuk daarbinnen: de grote tafel, de hoge kasten die de timmerlieden hadden gemaakt en de inhoud, de preparaten en modellen. Ze rook de geur van formaline en krijt. Even sloot ze haar ogen. Ze dacht op dat moment niet aan Alexander, maar aan Martin. Hij zou het geweldig hebben gevonden dat ze als docent was aangesteld.

Hanna rechtte haar rug en liep naar binnen.

Tot haar grote verbazing bevonden zich ook de twee coassistenten uit het ziekenhuis in het leslokaal. Ze zaten een beetje onderuitgezakt aan het eind van de lange tafel en wekten de indruk dat ze wel iets beters te doen hadden dan naar een verhandeling van een verpleegster te luisteren.

Dat maakte haar niet bepaald minder nerveus. De leerling-verpleegsters en de jonge leerling-verpleger met de krullenbol bezorgden haar al genoeg hartkloppingen en nu ook nog twee gestudeerde heren...

'Dames en heren, vanaf vandaag zal ik u, zoals dokter Meyer vermoedelijk al heeft verteld, wekelijks een dubbele les in röntgentechniek geven. Die techniek wordt...' Ze stokte, want haar mond was opeens kurkdroog. Haar handen daarentegen waren kletsnat en ijskoud. 'Deze techniek wordt steeds belangrijker en is volop in ontwikkeling. De basis ervoor is elektriciteit.'

Toen ze zich naar het schoolbord omdraaide en begon te schrijven, bonsde haar hart zo dat ze dacht dat iedereen het zou horen. Het leek bijna of ze weer een paniekaanval kreeg, maar dat mocht in geen geval gebeuren.

'Moet je zien, ze kan niet eens "elektriciteit" schrijven...' fluisterde een mannenstem. Hanna herkende die meteen. Het was Karl Tietz, die voor dokter Meyer op de afdeling interne geneeskunde werkte.

Hanna aarzelde.

Je laat je toch niet belachelijk maken door die twee snotneuzen! Het leek of ze Martins stem hoorde. *Kom op, laat ze eens zien wie je bent en wat je kunt!*

Ze haalde diep adem, maakte het woord af en draaide zich om naar de klas. Opeens was haar angst verdwenen.

'Misschien wil de heer Tietz ons uitleggen hoe elektriciteit ontstaat en hoe we die in de röntgentechniek kunnen toepassen.'

De aangesprokene werd knalrood. Waarschijnlijk had hij er niet op gerekend dat ze een weerwoord zou hebben.

Hanna stak haar hand met het krijtje uit. 'Wilt u naar het bord komen?'

De jonge arts in opleiding keek haar hevig geschrokken aan, stond op en liep naar voren. Achter zijn rug klonk gefluister en een van de leerling-verpleegsters giechelde. Hanna onderdrukte een glimlach en wist dat Martin trots op haar zou zijn geweest.

Aan het eind van de les sloop dokter Meyer het lokaal binnen. Hij wilde zachtjes doen om haar niet te storen, maar Hanna's zintuigen stonden zodanig op scherp dat het haar opviel.

Ze liet echter niets merken. Twee uur eerder had ze het lokaal nauwelijks binnen durven gaan en nu voelde ze zich helemaal in haar element. Het lesgeven was leuk geweest en ze genoot van het gevoel dat ze anderen iets bijbracht.

'Volgende week gaan we in op de structuur van het röntgenapparaat en de werking van de x-stralen,' zei ze ter afsluiting van haar dubbele lesuur. Een ogenblik werd het stil, toen begonnen de leerlingen op de tafel te kloppen. Het applaus resoneerde als donderslagen door het lokaal. Vervolgens pakten de leerlingen hun boeken en vertrokken ze voor hun pauze.

'Het ziet ernaar uit dat uw eerste les een groot succes is geweest.'

Hanna lachte opgelucht. 'Dat kunt u wel zeggen! Ik had nooit gedacht dat ik het zou redden.'

'Ik wel. Meteen al. U bent een geboren lerares!' Dokter Meyer prees haar uitbundig.

'In de eerste plaats ben ik verpleegster,' zei Hanna bescheiden.

'Ik doe dit alleen omdat ik wil dat ons ziekenhuis in de toekomst een van de beste van heel Berlijn wordt.'

Dokter Meyer glimlachte. 'Ik zou willen dat uw oude directrice in Friedensau u zo kon zien. Ze zou heel trots op u zijn geweest.'

Op dat moment kwam dokter Conradi de gang op lopen. Hanna vroeg zich af of hij al naar haar op zoek was. 'Ik denk dat ik weg moet,' zei ze tegen dokter Meyer, maar de geneesheer-directeur voegde zich bij hen.

'En, hoe is uw eerste les verlopen?' informeerde hij.

'Beter dan ik had gedacht,' antwoordde ze. 'En dat heb ik alleen aan de heer Tietz te danken.' Ze glimlachte ondoorgrondelijk.

'Wat heeft hij uitgespookt?' wilde Conradi weten. Ook dokter Meyer trok vragend zijn wenkbrauwen op.

Hanna grijnsde schalks. 'Hij heeft me laten zien dat ik veel meer kracht en zelfbewustzijn in me heb dan ik dacht.'

In het weekeinde ging ze naar Zehlendorf. Alexander had in het bos bij de stad met haar afgesproken voor een picknick. Hanna popelde om hem te vertellen over haar eerste les. Van puur enthousiasme vergat ze bijna dat de reden achter haar aanstelling als docent vermoedelijk was dat ze hem dan niet meer zo vaak zou ontmoeten.

De afgelopen weken was Hanna erg behoedzaam te werk gegaan als ze Alexander ontmoette. Ze betwijfelde weliswaar dat Maria haar volgde, maar ze nam soms toch een zijstraat om dan via omwegen op de afgesproken plaats te komen. Tegen Alexander zei ze daar niets over, want ze wilde niet dat hij zich er druk om zou maken of misschien zou proberen haar over te halen van Waldfriede weg te gaan.

Bij slecht weer ontmoetten ze elkaar af en toe ook in zijn woning. Hanna voelde zijn begeerte, maar ze hield zich in en deed haar uiterste best hem niet extra aan te moedigen. Ze genoot van zijn kussen en zijn aanwezigheid en putte er kracht uit voor de week erna.

De meeste tijd brachten ze echter buiten door. Ze liepen om de Schlachtensee heen, maakten boottochtjes op de Wannsee, en

Hanna leerde elk stukje Zehlendorf kennen.

Ook vandaag zat Alexander al op een bankje in het park op haar te wachten. De herfst was in aantocht en de bladeren aan de bomen waren al felgeel gekleurd. Van tijd tot tijd dwarrelde er een naar de grond.

Toen hij haar zag aankomen, stond hij op en spreidde zijn armen. 'Weet je hoe erg ik je heb gemist?'

'Dat zeg je elke keer,' antwoordde ze en ze vlijde zich tegen zijn borst.

'En elke keer is het de waarheid.' Ze kusten elkaar en gingen op het bankje zitten. 'Hoe is het je vergaan?'

'Ik heb mijn eerste les gegeven!' vertelde Hanna enthousiast. 'Ik dacht dat ik doodging, maar toen ik voor die jongelui stond... Het was fantastisch.'

Alexander gaf haar een knipoog. 'Ik had niet anders verwacht.'

'Dan heb je een hogere pet van me op dan ikzelf,' antwoordde ze terwijl ze hem speels in zijn zij kneep. 'En hoe is het jou vergaan?' vroeg ze. 'Zijn de patiënten al wat welwillender?'

'Ja, hoor! Mijn proeftijd is trouwens voorbij,' liet Alexander haar opgewekt weten. 'De eigenaar van de praktijk is ervan overtuigd dat ik een goede opvolger voor hem ben. Hij wil de praktijk aan me overdragen en me een koopcontract aanbieden.'

'Een koopcontract?' Hanna keek hem verbaasd aan. 'Maar dat is geweldig!'

'Zeker. Dan heb ik mijn eigen praktijk.' Hij keek haar stralend aan, boog zich naar haar toe en kuste haar. 'En misschien wil jij dan wel bij mij komen.'

Dit was het moment waar ze bang voor was geweest. Ze was nog steeds gelukkig op Waldfriede en kon zich geen mooiere plek voorstellen.

'Je weet dat ik niet gemist kan worden op Waldfriede. Dokter Conradi heeft me nodig. Ik ben tenslotte röntgenassistente. Hij zal zo gauw geen vervangster vinden.'

'Maar er zijn zoveel verpleegsters in Berlijn. En hoe zit het met de meisjes op jullie verpleegopleiding? De eerste jaargang zal toch binnenkort klaar zijn?'

'Volgend jaar,' zei Hanna. 'Als je verpleegster bent, wil dat niet zeggen dat je in elk vak gespecialiseerd bent. Jij zou toch ook geen leerling-verpleegster op je ok willen hebben? Of als vroedvrouw willen laten werken?' Ze bukte zich en plukte een grashalm. 'Die cursussen zijn heel duur. We hebben pas kortgeleden een leerling-verpleegster naar de vroedvrouwenschool gestuurd. Op kosten van het ziekenhuis. De meeste van onze financiële middelen zijn eigenlijk al begroot, maar dokter Conradi heeft die opleiding toch voor haar mogelijk gemaakt.'

Alexander slaakte een zucht en legde zijn arm om haar heen. 'Ik zie wel in dat ik je niet van Waldfriede weg krijg.'

'Ben je daarom boos op me?'

'Natuurlijk niet.' Hij kuste haar op haar slapen.

~

Peinzend keek Louis uit het raam van zijn woonkamer. Hij zag de weelderige, herfstige natuur, maar werd de schoonheid ervan niet werkelijk gewaar. Het was alsof hij op iets wachtte, maar hij wist niet goed waarop.

Na enige tijd werd het hem duidelijk. Hij wachtte op Hanna's terugkeer. De voorbereidingen voor haar les hadden haar er niet van weerhouden om zoals elke zaterdagmiddag het ziekenhuis te verlaten. Ze was weer op stap met Kirchfeld, daar twijfelde hij niet aan.

'Wat is er met je?' hoorde hij zijn vrouw achter zich vragen.

'Niets,' antwoordde hij, wetende dat dit niet helemaal waar was. Maar hoe kon hij met Catherine praten over de gedachten die hem sinds geruime tijd plaagden?

'Niets?' herhaalde ze. 'Lieverd, ik ken je te goed om dat te geloven. Je worstelt al een hele tijd ergens mee.'

Kon hij haar in vertrouwen nemen? Louis dacht na. Hun relatie was momenteel vrij goed. Ze zag Hanna niet langer als concurrente, maar als een medewerkster die voor hem van groot nut was. Misschien kon hij haar een deel van zijn gedachten openbaren?

'Ik... maak me zorgen om Hanna,' zei hij ten slotte.

'Waarover?' Catherine keek hem vragend aan.

'Ze heeft een vriend,' deelde hij haar mee.

'Maar dat is toch geweldig?' De opluchting in haar stem was onmiskenbaar. Hij wist dat Catherine zijn relatie tot Hanna met enige argwaan bezag. 'Ze is inmiddels al eind twintig en ze verdient toch zeker een beetje geluk na het verlies van haar verloofde?'

'Zeker. Maar...' Hij stokte. Zou hij haar vertellen dat Kirchfeld haar vriend was of was dat opnieuw een vertrouwensbreuk? Als hij Hanna iets over zichzelf vertelde, ging hij ervan uit dat ze het voor zich zou houden en tot nu toe had ze hem niet teleurgesteld.

'Hij behoort niet tot ons geloofsgenootschap,' vervolgde hij.

'Hoe kan dat?' vroeg Catherine zich af. 'Waar heeft ze hem dan leren kennen?'

Hier, dacht Louis met een zweempje bitterheid. En ik heb die kerel nog in huis gehaald ook, maar dat zei hij niet.

'En nu ben je bang dat ze bij je weggaat,' was de conclusie van zijn vrouw.

Louis kromp ineen. Catherine had 'bij je' gezegd en niet 'uit het ziekenhuis'.

'We zouden met haar een goede kracht kwijtraken.'

'Toch zul je, hoe je het ook wendt of keert, de beslissing aan haar moeten overlaten.'

Dat wist hij wel. En juist daarom had hij het gevoel dat er een steen op zijn borst lag.

Ze stond op, liep naar hem toe en legde haar handen op zijn schouders. 'Als ze hier echt weggaat, vind je heus wel een nieuwe assistente. Maria heeft uitgesproken ambities.'

Maar ik kan niemand zo vertrouwen als haar, dacht hij. Maria zou het natuurlijk geweldig vinden om Hanna's plaats in te nemen, maar hij wilde niet met Maria werken. Ze had geen scrupules gehad als het erom ging Hanna bij hem verdacht te maken en dan zou ze ook wel over anderen achter hun rug om praten. Stel dat ze over Hanna zou roddelen? Of over hemzelf?

'Ik zou liever zien dat ze een man koos die tot ons genootschap behoort,' zei hij.

'Ach, een paar van onze dienstmeisjes zijn ook met een man getrouwd die geen adventist is,' bracht Catherine ertegen in.

Die dienstmeisjes konden hem niets schelen. Maar zijn Hanna wel.

Catherine leek zijn weerstand te voelen, want ze voegde eraan toe: 'Als je het zo erg vindt, moet je met haar gaan praten. Jij hebt het hier in huis tenslotte voor het zeggen. Of wil je dat ik probeer haar te beïnvloeden?'

'Ik ga wel met haar praten,' besloot hij. 'Als de tijd daar is.'

'Vergeet niet, Louis, dat ze een volwassen vrouw is.'

Hij knikte en wendde zijn blik weer naar het raam. 'Een vrouw die deel uitmaakt van onze familie hier en voor wie ik verantwoordelijk ben.'

52

Zehlendorf, 11 november 1923

Na een prachtige oktobermaand volgde november met somber weer en veel regen. Een griepgolf zoals in de beide voorgaande jaren deed zich niet voor en ook verder meldden zich weinig patiënten.

Verdrietig moest Louis niet alleen vaststellen dat hun inkomsten steeds verder achteruitgingen, maar ook dat het geld steeds minder waard werd, al waren de getallen die op de geldbiljetten stonden afgedrukt duizelingwekkend hoog. In Waldfriede kwamen tenminste nog leden van buitenlandse ambassades. Aangelokt door het feit dat het mogelijk was met de artsen en enkele verpleegsters Engels te spreken, kwamen er Denen, Grieken, Zweden en ook Japanners. Wat het Deens betrof kon Catherine hulp bieden, enkele nieuwe verpleegsters hadden hun opleiding in Zweden gevolgd en er was ook een Griekse verpleegster. Met de Japanners konden ze zich redelijk verstaanbaar maken in het Frans, sommige spraken Duits omdat ze de Duitse cultuur waardeerden.

Desondanks waren er te weinig inkomsten en ook Jens Olsen, de opvolger van Gruber die Louis in dienst had genomen na de boekencontrole, kon niet toveren. Daardoor kreeg hij bijna een slecht geweten als hij aan de artsenwoning dacht. Maar de Zwitsers hadden hem op dit punt ondersteuning toegezegd, hoewel het zinvoller zou zijn om het geld aan iets anders uit te geven. De artsenwoning was belangrijk voor hun reputatie in de stad en in het genootschap. Wie zou vertrouwen hebben in een geneesheer-directeur die niet overeenkomstig zijn stand woonde?

Maar als het zo doorging, moest hij de bouw inderdaad uitstellen.

'Je vriend Harrow had in plaats van meubels en stof beter levensmiddelen kunnen sturen,' merkte Louis op een avond op toen ze de eetzaal hadden verlaten en weer in hun privévertrekken waren.

Catherine keek hem verontwaardigd aan. 'Het was een aardig gebaar,' verklaarde ze nadrukkelijk. 'Bovendien stonden we er toen beter voor.'

Louis beheerste zich. Hij kon Catherine geen verwijten maken. Niemand in Waldfriede kon er iets aan doen, want hun misère werd uitsluitend veroorzaakt door externe omstandigheden. Hij koesterde de hoop dat de situatie binnenkort zou veranderen.

'Ik ben bang dat we de derde vrouwenafdeling moeten sluiten. En wat het hoofd van de keuken betreft...'

'Je wilt broeder Stöhr toch niet ontslaan! Wat moet ik zonder hem?'

Louis zuchtte diep. Het speet hem dat hij Fritz Stöhr moest laten vertrekken, maar inmiddels stonden ze zelf op rantsoen om ten minste de patiënten te eten te kunnen geven.

'Als het weer beter gaat, kunnen we hem toch opnieuw in dienst nemen,' stelde hij voor.

Catherine keek hem ontzet aan. 'Dus je besluit staat al vast?'

'Ik ben bang van wel.'

'Hoe stel je je dat voor? We hebben de meeste keukenmeisjes al ontslagen. Luise is er alleen nog maar omdat ze ook het werk van een dienstmeisje kan doen.'

'Jij neemt weer de leiding van de keuken op je,' overpeinsde Louis.

'Maar dat zou betekenen dat ik voor tientallen mensen moet koken!'

'Uiteraard krijg je hulp. Ik heb gehoord dat de zoon van een van onze werklui ambitie heeft om kok te worden. Onder jouw leiding...'

Catherine snoof. 'Een ongeschoolde knaap moet mij uit de brand helpen?'

'Een ongeschoolde knul die vast dankbaar is voor de gelegenheid ervaring op te doen. Bovendien hebben we op het ogenblik haast geen patiënten. Niemand wil geld voor zijn gezondheid uitgeven, de meeste mensen zoeken hun heil bij huismiddeltjes. Alleen als ze al bijna op sterven liggen, worden ze naar ons gebracht.'

'En de zwangere vrouwen?' zei Catherine met een zorgelijk gezicht. 'Die komen toch nog wel bij ons?'

Louis realiseerde zich dat hij de voorgaande weken misschien iets meer met Catherine had moeten praten. De administratieve rompslomp had hem zo in beslag genomen dat hij er niet aan toe was gekomen haar van de situatie op de hoogte te brengen.

'Er komen nog wel vrouwen, maar het zijn er veel minder. De meesten hebben gewoon geen geld voor een kliniek. Dus halen ze er een van de zelfstandig werkende vroedvrouwen bij of ze krijgen hun kind thuis te midden van hun gezin. Net zoals in de middeleeuwen.'

Louis haalde diep adem. 'Ik ben allang blij dat ik nu niet bij Wiedemann op het matje hoef te komen. Als we twee jaar geleden in deze situatie hadden verkeerd, was Waldfriede al niet meer van ons geweest.'

Catherine zuchtte. 'Laten we maar hopen op betere tijden. Maar het zou me liever zijn als je niemand ontsloeg.'

'We zullen zien,' zei Louis, maar diep in zijn hart wist hij dat er toch in het personeelsbestand gesneden zou moeten worden.

~

'O, Rosa, je bent kogelrond!' riep Hanna toen ze haar vriendin in de gang zag. Vanwege de zondag was er weinig te doen in het ziekenhuis; veel zusters moesten naar werk zoeken. 'Is alles in orde met jou en je kindje?'

'Ik denk het wel.' Rosa legde haar handen beschermend over haar buik. 'Tot nu toe heb ik geen klachten. Ik wilde jou gewoon even opzoeken. Ik hoop dat ik niet stoor.'

'Nee, absoluut niet. Vandaag is het erg rustig.'

Hanna trok Rosa met zich mee naar het woongedeelte waar haar kamer was.

'Het is jammer dat je niet meer hier bent,' zei ze en ze zette een stoel voor haar vriendin klaar. 'Er is nogal wat veranderd.'

'Is je zusje al hoofd van de keuken? Ik heb altijd graag met haar samengewerkt.'

'Leni heeft het erg naar haar zin bij het genootschapskantoor,' meldde Hanna. 'Ze woont zelfs in het huis aan de Uhlandstrasse, op de zolderverdieping. En het lijkt echt goed met haar te gaan.'

'O, dat is fijn om te horen, ik ben blij voor haar!' Rosa liet de informatie een ogenblik bezinken en toen vroeg ze: 'Wat denk je, Hanna? Zal ik ooit weer kunnen werken?'

Hanna lachte. 'Nou, het ziet ernaar uit dat je de komende tijd genoeg te doen krijgt.' Ze stond op om een glas water voor haar bezoekster te halen. 'Hoe is het met Paul? Zorgt hij goed voor je?'

'Hij doet wat hij kan,' antwoordde Rosa. 'Helaas ziet het er momenteel wat werk betreft niet bepaald goed uit. Hij is nu eens hier, dan weer daar aan het werk om het geld te verdienen dat we nodig hebben voor ons huis en andere zaken.'

Hanna bekeek Rosa. Ze was altijd al slank geweest, maar nu leken haar wangen een beetje ingevallen. Was er soms nog een andere reden voor haar bezoek?

'Als je iets nodig hebt, dan zeg je dat toch tegen me?' Ze wilde het wel graag zeker weten.

'Maar jullie hebben zelf niet veel,' zei ze. 'Kijk eens naar jezelf, jij bent net zo goed afgevallen.'

'Ach, die paar pondjes,' wimpelde Hanna af. Maar Rosa's opmerking was terecht.

Plotseling kromp Rosa ineen. Ze kreunde van pijn en zakte van de stoel op haar knieën.

'Wat is er?' vroeg Hanna bezorgd terwijl ze naast haar vriendin neerknielde.

'Ik heb pijn,' bracht Rosa moeizaam uit. 'Vreselijke buikpijn. En hoofdpijn.'

Hoofdpijn? Zoals die ongelukkige mevrouw Kunze? Rosa zou

toch niet ook aan pre-eclampsie lijden?

'Ga even op het bed zitten, of ga liggen,' zei Hanna en ze hielp haar vriendin opstaan. 'Ik haal dokter Conradi. Hij zal wel weten wat we moeten doen.'

Nadat ze erin was geslaagd Rosa op het bed te helpen, liep ze vlug naar de deur en haastte zich naar de privévertrekken van de Conradi's.

Op haar dringende kloppen deed dokter Conradi open. 'Hanna, wat is er? Hebben we een patiënt?'

'Rosa is hier. Onze Rosa! Ze heeft weeën. En ze zegt dat ze hoofdpijn heeft.'

Zonder iets tegen zijn vrouw te zeggen rende dokter Conradi de kamer uit en volgde Hanna naar haar kamer.

Rosa lag op het bed. Ze leek iets meer ontspannen, maar ze was lijkbleek.

'Rosa, wat doe je hier?' vroeg dokter Conradi terwijl hij naast haar ging staan en haar arm pakte om haar pols te voelen.

'Ik wilde alleen even bij Hanna op bezoek,' zei het voormalige dienstmeisje zwakjes.

'In jouw toestand? Als ik me niet heel erg vergis, ben je aan het eind van de achtste maand!'

'Ja, maar ik dacht dat het uitje me goed zou doen. Tot nu toe voelde ik me goed.'

Een nieuwe wee deed haar ineenkrimpen. Ze kneep haar ogen dicht en haar handen omklemden haar buik.

'Kan ik iets doen?' vroeg Hanna.

'Haal een rolstoel en breng de vroedvrouw op de hoogte,' droeg dokter Conradi haar op en vervolgens zei hij tegen Rosa: 'Volgens mij wil je kindje niet langer wachten.'

Even later duwde dokter Conradi Rosa in een rolstoel naar de kraamafdeling. De verpleegsters en de vroedvrouw namen haar meteen van hem over.

'Heeft ze u verteld dat ze hoofdpijn heeft?' vroeg Hanna.

'Ja, en ik heb het laboratorium al op de hoogte laten brengen. Maar tot dusver ziet alles er normaal uit. Hoge bloeddruk die door de pijn en de spanning ontstaat, doet zich vaker voor.'

De verpleegsters hielpen Rosa met uitkleden en trokken haar een nachthemd aan.

'We hebben een beetje urine nodig, Rosa.'

'Is er iets niet in orde, dokter?' vroeg ze angstig.

'Dat is alleen maar routine,' zei hij geruststellend en keek naar Hanna. 'Wilt u zo goed zijn de urine naar het laboratorium te brengen?'

Hanna was sinds lang niet zo bang geweest als op dat moment. Terwijl de laborante aan het werk was, liep ze in de gang heen en weer. Haar handen waren ijskoud en trilden en ze had slappe knieën. Stel dat Rosa hetzelfde lot trof als mevrouw Kunze? Zou zij mede schuld hebben aan haar dood omdat ze de vrijage met Paul Schulze niet had verhinderd?

'Hanna?' De stem van de laborante haalde haar uit haar duistere gedachten. 'Ik heb de uitslag.' Ze gaf haar een notitie waarop stond vermeld dat er geen eiwitsediment in Rosa's urine was aangetroffen.

'Dus ze heeft geen eclampsie?' Hanna was opgelucht.

'Daar ziet het naar uit. Maar het is aan de dokter dat te bepalen.'

Hanna knikte en bracht de notitie naar de verloskamer.

De dokter had zijn operatieschort al aangetrokken. Hij wierp een blik op de laboratoriumuitslag, maar op zijn gezicht stond geen opluchting te lezen.

'Wat is er?' informeerde Hanna zachtjes. 'Is er iets niet in orde?'

'Het lijkt erop dat het geboortekanaal te nauw is. Ik zal proberen het kindje te draaien, maar in het ergste geval moeten we een keizersnede overwegen.'

Hanna sloeg haar hand voor haar mond. Haar opluchting verdween op slag.

'Weet u of we de vader kunnen bereiken?'

'Hij zal aan het werk zijn,' antwoordde Hanna. 'Rosa wilde me er net iets meer over vertellen...'

'We moeten hem absoluut laten halen. Misschien de loopjongen? Of kunt u proberen hem telefonisch te bereiken?'

Hanna knikte en boog zich naar Rosa. 'Zeg me alsjeblieft waar

Paul werkt, ik wil hem zeggen dat je hier in Waldfriede bent.'

Rosa verzette zich net tegen een pijnlijke wee en toen die voorbij was had ze al haar kracht nodig om Hanna toe te fluisteren: 'Bij een bouwbedrijf in Neukölln, in de Hermannstrasse, Peters und Söhne, geloof ik. Die hebben vandaag gebeld omdat ze op een bouwplaats in tijdnood raakten.'

Ook al liep de inflatie hoger op dan ooit, gebouwd werd er toch in Berlijn.

Ze zag de dokter naar Else en Grete kijken, die al bezig waren met de voorbereidingen voor de operatie. 'Zorg ervoor dat hij bericht krijgt. Ik wil niet nog eens zo'n drama beleven als toen met meneer Kunze. Hij moet weten wat er met zijn vrouw gebeurt.'

'Mevrouw Conradi, zou ik even mogen telefoneren?' vroeg Hanna toen ze de keuken in kwam. Mevrouw Conradi was net bezig de leerlingen uit te leggen hoe ze groente met zo min mogelijk vitamineverlies moesten klaarmaken.

'Is alles in orde?' vroeg ze.

'Bij Rosa zijn de weeën begonnen. Ik moet haar man bellen.'

'Rosa?' vroeg Catherine verbaasd, maar toen viel het kwartje.

'Luise, wil je het alsjeblieft van me overnemen?' vroeg ze terwijl ze haar handen afdroogde en zich met Hanna in haar kielzog naar de woonkamer haastte.

'Het wordt hoog tijd dat we een echte telefooncentrale krijgen,' mopperde ze, 'maar helaas is er nog steeds geen geld voor beschikbaar.'

Even later had Hanna de juffrouw van het telefoon- en telegraafkantoor aan de lijn. Ze gaf het adres door dat Rosa haar had gegeven en na enig heen-en-weergepraat had ze ten slotte iemand aan de lijn die bereid was Paul te waarschuwen.

Enigszins gerustgesteld haastte ze zich terug naar de verloskamer. Op weg erheen liep ze langs de spreekkamer. Op de bankjes in de wachtruimte zaten een paar patiënten. Vlug zocht ze dokter Steiner op en lichtte ook zuster Elisabeth in, die hem tijdens het spreekuur moest assisteren.

Toen ze eindelijk bij de verloskamer aankwam, was Rosa al naar de operatiekamer gebracht. Hanna was het liefst door de deur heen gerend, maar ze wist dat de dokter bij het opereren rust nodig had.

De minuten gingen tergend langzaam voorbij en algauw wist Hanna niet meer hoe ze nog afleiding kon vinden. Ze loste Elisabeth bij het spreekuur af en toen er geen patiënten meer waren, ging ze naar de linnenkamer om schone verbanden op te halen en ten slotte controleerde ze haar kleine apotheek.

Toen ze het helemaal niet meer uithield, liep ze terug naar de operatiekamer. Vanwege de etherlucht moest de deur altijd een flink stuk openstaan en ze duwde hem zachtjes verder open. Rosa lag onder witte doeken. Hopelijk zou ze de keizersnede goed doorstaan, want zo'n ingreep was nooit zonder risico.

Zou Paul net als meneer Kunze alleen het kindje, maar niet meer de moeder kunnen afhalen?

Die angst benam haar bijna de adem. Bevend trok ze zich terug en zocht vertwijfeld naar houvast. Plotseling hoorde ze een kreet. Hanna kromp in elkaar. Een moment was ze bang dat Rosa zo schreeuwde, maar deze stem was zachter, ijl. Eerst zwak, maar daarna krachtig. Het was een levenskreet.

Hanna stootte de deur van de operatiekamer open en zag hoe dokter Conradi het kindje aan zuster Else gaf. Het leefde, maar hoe was het met Rosa?

Op dat moment keek dokter Conradi haar aan. Ze kon aan zijn blik niet zien hoe het met Rosa ging, maar hij knikte haar toe, zoals altijd wanneer hij haar te verstaan gaf dat een operatie gelukt was.

Hanna zakte bijna door haar benen van opluchting. De knoop in haar maag verdween en ze slaakte een zucht van verlichting. Rosa leefde en zou haar kind mogen leren kennen.

Een half uur later was de operatie afgelopen en werd Rosa de operatiezaal uit gereden. Ze was nog onder invloed van de ether en sliep.

Dokter Conradi gaf Elisabeth opdracht haar een pijnstiller te geven zodra ze uit de narcose ontwaakte.

'Het is een meisje,' deelde de dokter Hanna mee toen de zusters de operatiezaal hadden verlaten. 'Het was goed dat we een keizersnede hebben uitgevoerd. Het kind heeft een tamelijk groot hoofd.'

'Maar is alles met haar in orde?'

'Voor zover ik het kan beoordelen, ja. De kinderarts zal de kleine nog onderzoeken.'

'En Rosa?' Hanna keek de zusters na die het bed door de gang duwden.

'Ze zal zoals alle vrouwen die een keizersnede hebben ondergaan, tijd nodig hebben om te herstellen. Gelukkig is ons een ramp zoals met mevrouw Kunze bespaard gebleven.'

Even later ging Hanna naar boven naar de vrouwenafdeling. Ondertussen had ze zichzelf weer onder controle en ze verheugde zich over het dochtertje van haar vriendin.

Er lagen nog twee andere vrouwen bij Rosa op de kamer. De bedden werden door kamerschermen van elkaar gescheiden. Hanna groette de dienstdoende zuster Ilse met een hoofdknik en liep naar Rosa's bed.

Intussen was Rosa weer aanspreekbaar, al zag ze er vreselijk vermoeid uit.

'Hanna,' zei ze en ze probeerde haar hand omhoog te krijgen, maar daarvoor was ze nog te zwak.

Hanna trok een stoel dichterbij en pakte haar hand. 'Je hebt ons behoorlijk aan het schrikken gemaakt,' zei ze. 'Heb je je kleine meisje al gezien?'

Rosa knikte. 'Ze is prachtig.'

'Ja, dat is ze zeker. Hebben jullie al een naam voor je kindje?'

'Nora,' antwoordde Rosa. 'Tenminste, als eerste voornaam.'

'Wat een mooie naam.'

'Het is de naam van mijn overleden moeder.'

Rosa keek Hanna even aan en toen zei ze: 'Ik ben echt blij dat ik hierheen ben gekomen. Ik moet er niet aan denken wat er zou zijn gebeurd als ik thuis was gebleven.'

Hanna streelde haar hand.

'Is Paul er al?' vroeg Rosa en ze wierp een verlangende blik naar de deur. 'Je hebt hem toch op de hoogte gebracht, nietwaar?'

'Dat heb ik gedaan,' antwoordde Hanna. 'De voorman heeft beloofd de boodschap door te geven. Hij is vast al op weg hiernaartoe.'

'Hopelijk is hij zich niet doodgeschrokken.'

'Ik heb alleen gezegd dat zijn kind eraan kwam.'

'Ze zullen hem toch wel binnenlaten? Ik weet dat het nu geen bezoekuur is, maar...'

'Ik zal dokter Conradi vragen of hij een uitzondering wil maken.'

Rosa glimlachte zwakjes.

'Rust nu eerst maar uit, Rosa. Zodra Paul er is, sturen we hem naar je toe,' beloofde ze en ze stond op.

Rosa knikte gehoorzaam. Hanna streelde haar hand nog even, daarna verliet ze de kraamkamer.

Op de gang kwam ze zuster Elisabeth tegen, die net op weg was naar de behandelkamer. 'Heeft Rosa's echtgenoot zich al gemeld?' wilde Hanna weten.

Haar collega schudde haar hoofd.

'Tot nu toe niet. Maar misschien denkt hij dat hij buiten de bezoekuren niet naar zijn vrouw mag.'

Hanna vroeg zich af of de voorman zijn belofte had gehouden. Tegelijkertijd irriteerde het haar dat het niet mogelijk was hem op een andere manier te bereiken. Rosa en Paul hadden geen telefoon. Misschien moest ze de loopjongen naar het adres sturen dat Rosa had achtergelaten toen ze bij Waldfriede wegging. Langzamerhand begon ze zich af te vragen waar de nieuwbakken vader bleef, temeer omdat hij destijds niet de indruk had gewekt dat hij zich door wetten of regels liet tegenhouden. Er zou hem toch niets zijn overkomen?

De duisternis lag als een dichte deken over Waldfriede toen Hanna haastig door de spaarzaam verlichte gangen liep. Rond deze tijd was het bijna altijd rustig als er niet net een spoedgeval binnenkwam.

Intussen was het al negen uur geweest en had Paul zich nog steeds niet vertoond.

Door het schrille geluid van de bel voor spoedgevallen schrok Hanna op uit haar gedachten. Vlug rende ze naar de ingang, waar een broeder die nachtdienst had de deur net opendeed.

Het volgende ogenblik kwam Paul binnen, volkomen amechtig, alsof hij de hele weg vanaf Neukölln te voet had afgelegd.

'Waar is Rosa?' vroeg hij de verbouwereerde broeder. 'Waar is mijn vrouw?'

'Paul!' riep Hanna en ze liep op hem af.

'Hanna! Is Rosa misschien hier? Toen ik thuiskwam, was ze er niet. Ik heb haar overal gezocht.'

'Dan heeft de voorman dus geen boodschap doorgegeven?'

'Nee, wat had hij me moeten zeggen?' Hij keek geschrokken. 'Er is haar toch niets overkomen?'

In stilte verwenste Hanna de man. Hoe had hij zo onbarmhartig kunnen zijn om de boodschap niet aan de aanstaande vader door te geven?

'Jullie kindje is geboren,' antwoordde ze. 'Een meisje. Gefeliciteerd!'

Paul keek haar ongelovig aan, maar toen begon hij over zijn hele gezicht te stralen. 'Ons kind...'

'Rosa kwam vandaag bij me op bezoek. Blijkbaar was de reis iets te veel voor haar. Ze kreeg weeën en de dokter heeft haar geopereerd.'

'Geopereerd?' Paul trok wit weg.

'Ze moest een keizersnede ondergaan. Maar ze heeft alles goed doorstaan. Kom, we vragen aan dokter Conradi of je haar mag zien.' Met die woorden pakte ze de onthutste man bij zijn arm en trok hem mee.

Terwijl Paul met dokter Conradi sprak, liep Hanna naar boven naar de kraamafdeling. Daar was alles al klaar voor de nacht. Zuster Martha had nachtdienst en Hanna trof haar aan in het kantoortje van de afdeling, waar ze bezig was met het invullen van formulieren.

'Rosa's echtgenoot is er,' zei ze. 'Mag hij even naar haar toe?'

'Ik weet het niet,' antwoordde Martha onzeker. 'Tijdens de

nachtrust staat de hoofdzuster dat eigenlijk niet toe.'

'Dokter Conradi zei dat het wel mocht.'

Ze hoorden voetstappen in de gang en even later verschenen dokter Conradi en Paul Schulze.

'Een paar minuutjes maar,' gaf hij de opgewonden vader te kennen, daarna deed hij de deur van Rosa's kamer open.

Hanna liep het kantoortje uit en stapte naar dokter Conradi toe. 'Wat fijn dat hij haar even mag zien, het betekent zo veel voor Rosa,' legde ze uit en ze keek hem dankbaar aan. Ze kon hem nog steeds wel om de hals vallen omdat de geboorte van Nora goed was verlopen.

'Hij is haar man en natuurlijk maakt hij zich zorgen.' Er volgde een zwijgen op zijn woorden. Dokter Conradi keek met een strak gezicht langs haar heen en maakte aanstalten om de afdeling te verlaten. 'Wilt u zo vriendelijk zijn om meneer Schulze straks naar de uitgang te begeleiden?' vroeg hij met een blik over zijn schouder.

'Dat zal ik, doen, dokter.' Verdrietig keek Hanna hem na.

53

Zehlendorf, 20 november 1923

Terwijl Rosa in Waldfriede van haar bevalling herstelde, werd haar pasgeboren dochtertje de lieveling van iedereen in het ziekenhuis. De verpleegsters vochten er bijna om Nora vast te houden of haar een flesje te geven als haar moeder sliep.

‘Een novemberkind,’ zei zuster Elisabeth toen ze aan de beurt was om even met het kleintje over de vrouwenafdeling te wandelen. ‘Die zijn taai en hebben een sterke wil.’

Ook Hanna had Rosa’s dochtertje af en toe onder haar hoede. Bij de aanblik van dit gezonde meisje met haar goudblonde donshaartjes dat zichtbaar groeide, vroeg ze zich af of zij de volgende zou zijn die een kindje kreeg. Tot dusver maakte Alexander geen aanstalten om over een huwelijk te beginnen, en ze hadden afgesproken dat ze niet met elkaar naar bed zouden gaan tot het zover was.

Maar als ze de kleine Nora in haar armen had, werd er een stil verlangen in haar wakker. Misschien was de tijd gekomen om het met Alexander over hun toekomst te hebben.

Op 20 november kon Rosa eindelijk worden ontslagen. Hanna liep met haar mee naar het hek.

‘Zou Paul je niet komen halen?’ vroeg ze verbaasd, want eigenlijk had ze de jonge vader verwacht.

Na de bevalling was hij haar nog één keer komen opzoeken, maar door haar werk had Hanna hem nauwelijks kunnen spreken.

'Hij heeft het erg druk. We hebben nu een lief mondje meer te voeden.' Ze streek het meisje liefdevol over haar neusje. Nora vertrok even haar gezicht, maar sliep weer door.

'Zal ik een van de verplegers vragen om met je mee te gaan? Het lijkt me lastig om met je kindje de trein te nemen.'

'Dat zal wel lukken, maak je geen zorgen,' zei Rosa geruststellend. Ze boog zich voorover en gaf Hanna een kus op haar wang. 'Bedankt voor alles. Ik hoop dat we elkaar gauw weer zien.'

'Vast wel,' verzekerde Hanna haar en ze keek moeder en dochter weifelend na. Rosa was nog steeds een beetje onvast ter been, wat na zo'n lange bedrust geen wonder was. Ze zou willen dat het ziekenhuis een eigen auto had, maar in deze tijden was het een illusie zoiets te wensen.

Dokter Conradi maakte de envelop open en haalde de briefjes eruit.

'Kijk eens, Hanna!' Hij gaf haar een splinternieuw bankbiljet met een roodachtige opdruk aan. 'Wanneer hebt u voor het laatst papiergeld met zo'n klein getal erop gezien?'

Hanna bevoelde het bankbiljet met de opdruk TWEE RENTENMARK, gevolgd door de verbindende verklaring van de *Rentenkasse*, die inhield dat dit biljet te allen tijde kon worden omgewisseld voor de waarde in goudmarken. Daaronder stonden de handtekeningen van de verantwoordelijke personen afgedrukt.

'Dat is heel lang geleden,' gaf ze toe. Er gleed een glimlach over haar gezicht. 'Maar als dit betekent dat het allemaal beter wordt...'

'Dat mag ik hopen,' zei mevrouw Conradi. 'Het zou fijn zijn als er eindelijk weer iets anders op tafel kwam dan melige gebakken aardappelen. Trouwens, aardappelen, ik moet dringend poolshoogte in de keuken nemen. Hopelijk heeft Jan geen vingers afgesneden!'

Het nieuws dat er een nieuwe munteenheid was verspreidde zich als een lopend vuurtje. Binnen enkele weken raakten de schappen in de winkels gevuld en de bedragen op de prijskaartjes daalden weer tot een normaal niveau.

Vol enthousiasme gaf Louis Felix Dressler eindelijk opdracht tot het bouwen van het woonhuis voor de geneesheer-directeur.

'Weet je het zeker?' vroeg Catherine hem sceptisch toen hij haar het heuglijke nieuws verkondigde. 'Stel dat het allemaal weer verandert?'

Hij pakte haar handen en omsloot ze met de zijne. 'Ik heb er een goed gevoel bij. Sinds de rentenmark in omloop is komen de patiënten terug. We staan op het punt het aantal bezette bedden van 1921 te overtreffen. Waarom zouden we ons niet een beetje meer comfort gunnen?'

Catherine bleef sceptisch. 'Laten we dan maar hopen dat dat fraaie kaartenhuis van de rentenmark niet boven ons hoofd instort.'

54

Zehlendorf, 31 december 1923

Op oudejaarsdag 1923 stond Hanna voor het raam van de röntgenkamer naar de kale tuin te kijken. Er lag geen sneeuw, maar de boomtakken waren met rijp bedekt, net als het dak van de kippenren. De boomkruinen zwaaiden dreigend in de storm die buiten woedde.

Ze dacht terug aan haar eerste wandeling om de Krumme Lanke op kerstavond in 1921.

Ook dit jaar had ze met Alexander voor de kerst willen afspreken, maar hij had kort tevoren afgezegd. Hij zou met zijn ouders naar Oostenrijk gaan, een eenmalige kans die hij met beide handen moest aangrijpen.

Hij had niet bedacht dat ze graag zou zijn meegegaan. En hij leek ook niet van plan haar aan zijn ouders voor te stellen.

Hanna ademde diep in. Ze kon maar niet begrijpen waar de luchthartigheid van de zomer was gebleven. Sinds ze zijn voorstel om assistente in zijn praktijk te worden had afgewezen, was Alexander veranderd. Ook de zaterdagse afspraakjes waren minder frequent geworden.

Maakte het inderdaad zo veel uit dat ze elkaar niet langer elke dag zagen? Of was Alexander teleurgesteld omdat ze niet verder wilde gaan dan kussen en verliefd elkaars hand vasthouden?

Na een dag van hard werken verheugde de ziekenhuisfamilie zich op het oudejaarsfeest, dat dankzij de rentenmark weer wat uitgebreider kon worden gevierd.

Voor het eerst sinds lange tijd ontvingen ze weer gasten uit Friedensau en de vader van de dokter kwam ook. Heinrich Schubert bracht behalve zijn vrouw ook Leni mee.

Toen Hanna haar zag, vielen ze elkaar om de hals. 'Je hebt me helemaal niet verteld dat je zou komen!'

Leni straalde. 'Het moest een verrassing zijn.'

'De mooiste verrassing die je voor me kon bedenken.' Hanna gaf haar zusje een arm. 'Je blijft toch overnachten? Je kunt bij mij slapen, ik regel nog gauw een veldbed.'

'Natuurlijk blijf ik,' verzekerde Leni haar stralend.

Voordat de feestelijkheden begonnen, verzamelde iedereen zich in het park, waar de jaarlijkse foto werd gemaakt. Met het bos als achtergrond stonden ze allemaal klaar, warm ingepakt in wollen jassen, en dokter Conradi beloofde dat iedereen een afdruk zou krijgen.

Hanna hield er niet van gefotografeerd te worden. Sinds de opening van het ziekenhuis waren er al een paar foto's gemaakt, maar ze vond dat ze er nooit goed op stond. Desondanks ging ze ook dit jaar tussen de anderen staan en even later flitste het felle licht uit het toestel van de fotograaf.

Binnen wachtte de aanwezigen een feestmaal: gebakken aardappelen, spiegeleieren, groente, salades en taart.

Hanna trok haar zusje mee naar haar tafel, waar ze met de andere verpleegsters over de goede oude tijd kletste.

Toen de wijzers van de klok op twaalf uur sprongen, wensten ze elkaar gelukkig nieuwjaar. Het geknal van vuurwerk in de tuin van een villa in Zehlendorf lokte hen ten slotte naar buiten. Rode, oranje en gele sterren schitterden aan de nachtelijke hemel en algauw hing er een dikke rookwolk boven het bos.

Na het feest, toen het personeel en de gasten naar hun kamers waren vertrokken, nestelde Leni zich in het bed en deed de lamp op het nachtkastje aan.

'En, hoe gaat het met jouw Alexander?' wilde ze weten. Een

ogenblik was het net als vroeger en Hanna had eigenlijk geen zin de feestelijke stemming door twijfel te laten bederven. Maar als ze het nu niet deed, wanneer moest ze er dan met haar zusje over praten?

'Ik heb hem nu al drie weken niet meer gezien,' erkende ze. 'Hij is met de kerst met zijn ouders naar Oostenrijk gegaan.'

'En wanneer komt hij terug?'

'Hij zou al weer terug moeten zijn, maar hij heeft tot nog niets van zich laten horen.' Ze zuchtte. 'Op de een of andere manier is alles veranderd. Ik weet niet meer waar ik bij hem aan toe ben.'

'Hoe bedoel je dat?' Leni steunde op haar ellebogen.

'Het is lastig, ik kan er de vinger niet op leggen.' Hanna aarzelde. 'Soms heb ik het gevoel dat hij geen geduld heeft.'

'Geen geduld?' Leni trok haar wenkbrauwen op.

'Een tijdje geleden heeft hij geprobeerd met me naar bed te gaan. Ik heb hem afgewezen. Sindsdien gedraagt hij zich soms vreemd.'

'Ik ben geen expert wat mannen betreft, maar ik weet wel dat het nooit goed is om iets tegen je zin te doen.'

Hanna knikte. Leni had gelijk.

'Met Martin was het allemaal zo gemakkelijk.' Ze haalde diep adem en trok haar deken op. 'Hij was een van ons, hij accepteerde dat we pas in de huwelijksnacht met elkaar zouden slapen. Maar Alexander is anders...'

'Anders hoeft niet per se slecht te zijn. Je moet met hem praten en de zaak ophelderen. Soms is het beter iets te weten dan het voor je uit te schuiven.'

De zussen zwegen een poosje. Hanna stak net haar hand uit om de lamp uit te doen toen Leni zei: 'Soms vraag ik me af of je wel echt een man wilt.'

Hanna schoot overeind. 'Waarom denk je dat?'

'Jij bent een erg zelfstandige vrouw. Je hebt een roeping. Zo heb je het me in elk geval uitgelegd toen je naar de verpleegopleiding ging. Ook al mocht ik Martin graag, ik heb me destijds al afgevraagd of je als vrouw van een huismeester echt gelukkig zou zijn geworden...'

'Martin wilde toch met me samenwerken!'

'Geloof je echt dat dat had gewerkt? Je zou je om het huishouden en de kinderen hebben moeten bekommeren...' Leni keek Hanna onderzoekend aan. 'Veel vrouwen van ons genootschap hebben meer dan drie kinderen. Dan heb je geen tijd om andere ambities na te streven. Maar jij? Jij bent een verpleegster uit Friedensau. Jij hebt je roeping, je bent de assistente van dokter Conradi, je bent verantwoordelijk voor de röntgenafdeling en de apotheek. Je bent belangrijk voor Waldfriede, belangrijk voor zo veel mensen die medische hulp nodig hebben.'

'Maar moet ik daarvoor mijn eigen geluk opgeven?'

Leni stak haar arm uit en streelde Hanna's wang. 'Is Alexander dan degene die jou gelukkig zal maken? Ook al stelt hij nu voor dat je met hem samenwerkt, je weet niet of het ooit zover komt. Misschien zul je altijd de vrouw aan zijn zijde zijn en je inderdaad alleen bekommeren om het huishouden en de kinderen. Als je absoluut zeker bent dat je van hem houdt en alles voor hem wilt opgeven, sta ik achter je, wat er ook gebeurt. Maar zo niet...'

Voor Hanna kwamen die woorden als een donderslag. Hield ze echt zo veel van Alexander? Ze vond zijn nabijheid en zijn kussen heel aangenaam, maar hoe zag het er in haar hart uit? Was ze bereid haar hele leven met hem te slijten en zou ze alles wat ze bij Waldfriede had opgebouwd voor hem opgeven als hij dat verlangde? Of was de distantie die blijkbaar van hem uitging alleen een echo van haar eigen afstandelijkheid, die, sinds hij uit het ziekenhuis weg was, steeds groter werd?

De hele nacht lag Hanna na te denken over haar zusjes woorden. Haar lichaam had de slaap broodnodig, maar haar verstand liet haar niet met rust. Op een gegeven moment keek ze op haar verpleegstershorloge, dat op het nachtkastje lag. Tien minuten over drie. Onrustig stond ze op en ging voor het raam staan.

De gelijkmatige ademhaling van Leni in het andere bed verraadde dat haar zusje sliep.

Hield ze van Alexander? Wilde ze hem? Haar gedachten tolden als een mallemolen in een kringetje rond.

Het liefst was ze naar hem toe gegaan om met hem te praten. Het volgende weekeinde leek nog zo ver weg, terwijl ze absoluut behoefte had aan duidelijkheid. Nu, en niet pas over vijf dagen. Nadat ze nog een keer naar haar slapende zusje had gekeken, schoot ze haar jurk en schoenen aan, deed een sjaal om en haar jas aan en sloop de kamer uit.

Op de gangen was alles rustig. Omdat ze de nachtdienst niet wilde tegenkomen, nam ze de achteruitgang.

Buiten beet de ochtendkou in haar gezicht, waardoor ze spijt kreeg dat ze niet ook nog haar muts had meegenomen.

Bij de poort aangekomen keek ze om naar het ziekenhuis. De meeste ramen waren nog donker, alleen in de zusterkamers brandde licht.

Hield ze soms meer van het ziekenhuis dan van Alexander? Ze werd vanbinnen verscheurd door twijfel toen ze op weg naar de Hauptstrasse ging.

De straten in Zehlendorf waren verlaten. Af en toe blafte een hond, maar er was geen mens in deze ijskoude nieuwjaarsnacht onderweg. Hanna liep vlug de Alsenstrasse door en verder in de richting van de binnenstad. Haar adem vormde kleine wolkjes voor haar gezicht. Hier en daar kwam lichtschijnsel uit een raam. Een kat schoot voor haar weg.

Nog nooit was ze 's nachts alleen op pad geweest. En nog nooit had ze zich zo eenzaam gevoeld.

Toen ze bij de Hauptstrasse kwam, liep ze gauw naar de delicatessenzaak. Toen ze bij de voordeur naast de winkel stond, begon ze te twijfelen.

Als ze hem nu wakker maakte, zou hij vast denken dat ze haar verstand had verloren.

Misschien was dat ook zo. Voordat ze van gedachten kon veranderen, belde ze aan.

Zou Alexander de bel horen? Misschien was hij helemaal niet thuis, maar had hij de jaarwisseling in Berlijn gevierd.

Even later hoorde ze voetstappen. Alexander, in ochtendjas en op pantoffels, deed de deur open.

'Hanna,' zei hij slaperig. 'Wat doe jij hier?'

'Ik moet met je praten,' gooide ze eruit.

Alexander keek haar verward aan. Hanna begreep dat ze zich idioot gedroeg.

'Waarover?' vroeg hij. 'Hanna, het is al na vieren!'

'Wil je me nog?'

Alexander fronste zijn voorhoofd. 'Wat zeg je?'

'Of je me nog wilt,' herhaalde Hanna.

'Waar komt dat vandaan?' Alexander sloeg kleumend zijn armen over elkaar.

'We hebben elkaar nu al een hele tijd niet gezien. Je hebt me niet geschreven. Ik hoor helemaal niets meer van je!'

'Maar we hadden toch afgesproken dat we elkaar na Nieuwjaar zouden zien.'

'Ja, je hebt gelijk... Maar toch, ik weet gewoon niet meer wat ik moet denken. Ik weet niet meer of je me nog altijd wilt. Je bent zo koel, zo afwijzend.'

'Dat is helemaal niet waar.'

'Jawel!' Hanna merkte dat ze woedend werd. Ze herkende zichzelf niet. 'Je doet zo sinds ik je heb afgewezen,' siste ze terwijl ze van de zenuwen en van de kou van de ene voet op de andere wipte. 'Ik kan niet met je naar bed, dat heb ik je toch uitgelegd. Dat kan gewoon niet!'

Bij de buren werd een raam geopend en een man leunde naar buiten.

'Het is in orde, meneer Kramer,' zei Alexander en het raam ging weer dicht.

Hanna keek Alexander smekend aan. Waarom nam hij haar niet in zijn armen? Vroeg hij haar niet binnen om haar te verzekeren dat alles goed was, dat hij van haar hield?

Ineens besefte ze dat hij dat nog nooit had gezegd.

Eindelijk kwam hij naar haar toe en nam haar in zijn armen. Hanna beefde van top tot teen, en niet alleen van de kou.

'Hanna,' zei hij zachtjes. 'Ik ben nergens boos om. Ik accepteer dat je die vorm van intimiteit nog niet wilt, dat weet je toch. Waarom maak je je zo veel zorgen?'

Bevend vlijde Hanna zich tegen zijn borst. 'Omdat ik je niet wil verliezen. En ik wil ook niet dat er iets tussen ons in staat.'

'Er is niets,' benadrukte hij nogmaals. 'We gaan gewoon op de oude voet verder, goed?' Hij boog zich naar voren en kuste haar. Hanna klemde zich bijna wanhopig aan hem vast en voelde de tranen over haar wangen rollen. 'Gelukkig nieuwjaar, Hanna,' zei hij en hij vlijde zijn voorhoofd tegen het hare.

'Gelukkig nieuwjaar,' antwoordde ze en ze dwong zich te glimlachen.

'Wil je misschien mee naar boven komen? Het is bitterkoud hierbuiten.'

Hanna schudde haar hoofd. 'Nee, mijn zusje logeert bij me. Ze zou iedereen alarmeren als ze wakker wordt en merkt dat ik er niet ben.'

'Dan loop ik met je mee terug naar Waldfriede.'

Hanna schudde haar hoofd. 'Nee, dat hoeft niet.'

'Ik kan je niet alleen laten gaan. Niet in zo'n donkere nacht.' Hij keek haar indringend aan, totdat ze knikte.

'Ik trek even vlug iets aan en dan breng ik je tot de poort van het ziekenhuis.'

Even later liepen ze door de ijskoude nacht, haar hand in de zijne. Hoewel ze met elkaar hadden gepraat en er ogenschijnlijk niets meer tussen hen in stond, voelde ze toch een bepaalde barrière, iets waar ze niet overheen kon komen. Als een muur van ijs waarachter ze Alexander wel kon zien, maar hem niet echt kon bereiken. Ze rilde van de kou. Of was zij het die in haar binnenste wezen die muur oprichtte?

Zwijgend kwamen ze bij de poort van het ziekenhuis aan.

'Bedankt dat je met me mee bent gelopen,' zei ze en ze liet zijn hand los.

'Geen dank,' antwoordde hij wat benepen. 'We zien elkaar komend weekeinde?'

Ze keek hem aan, toen boog ze zich naar voren om hem een kus te geven. 'Niets kan me daarvan weerhouden.'

Het trillen van haar lichaam maakte nu plaats voor een ongekende zwaarte. Eerst dacht Hanna dat het een gevoel van opluchting was, maar dat was het niet. Ze was vervuld van een soort doffe onverschilligheid. Hij had niet gezegd dat hij van haar hield. En zij had het ook niet tegen hem gezegd.

Ze ging weer via de achteringang naar binnen. Haar horloge gaf kwart voor vijf aan. Ze werd overvallen door vermoeidheid en ze hoopte dat ze ten minste nog een uurtje kon slapen. Ze was zo slaapdronken en uitgeput dat ze niet merkte dat er iemand achter haar kwam staan.

'Hanna?' vroeg mevrouw Conradi verbaasd. 'Zo vroeg al op?'

'Ik... Ik kon niet slapen en ben een eindje gaan wandelen,' stamelde Hanna.

'Alleen? In het donker?' De vrouw van de arts keek geschrokken. 'Ben je vergeten wat er met onze arme Prinz is gebeurd?'

'Ik heb niemand op het terrein gezien,' zei Hanna terwijl ze hoopte dat het trillen van haar stem mevrouw Conradi niet opviel.

'Hanna,' zei ze even later, 'als je iets op je hart hebt, kun je het me vertellen.'

Hanna knikte, hoewel ze wist dat mevrouw Conradi de laatste was met wie ze over Alexander wilde praten. 'Dank u, mevrouw Conradi, maar er is echt niets.'

Zelfs toen ze al in haar kamer terug was, meende ze nog steeds de sceptische blik van de doktersvrouw in haar rug te voelen.

'Waar was je?' zei Leni als begroeting nadat ze nog maar net de deur achter zich had dichtgetrokken. Haar zusje kwam in de duisternis overeind. Hanna zocht naar de lichtschakelaar, maar Leni zei: 'Laat maar uit. Je bent zeker bij hem geweest?'

'Ja.' Hanna liet zich op het bed vallen. Ze was door en door verkleumd en vroeg zich af of ze ooit weer warm zou worden.

'En, gaat het nu beter met je?'

'Nee,' antwoordde ze eerlijk, want het had geen zin haar zusje iets wijs te maken. 'Hij heeft me verzekerd dat tussen ons alles in orde is, maar hoe kan ik weten of hij het echt meende?'

'Dat weet je nooit.' Leni strekte haar arm uit om Hanna's koude hand te pakken. 'Probeer wat vertrouwen te krijgen. En als dat niet lukt, als je dat niet kunt, dan...'

'Dan moet ik hem opgeven?'

Hanna hoefde haar ogen in de duisternis niet in te spannen om te weten dat Leni knikte.

55

Zehlendorf, 8 mei 1924

De bouw van het woonhuis voor de geneesheer-directeur ging in het voorjaar van 1924 van start en bracht weer onrust met zich mee. Er werd getimmerd, geboord en geschreeuwd. De ene vrachtwagen met bouwmateriaal na de andere reed de rotonde voor het ziekenhuis op en af en het park werd bevolkt door bouwvakkers.

Hoewel dit alles niet in het ziekenhuis zelf plaatsvond leed het dagelijks werk daar er wel onder. Een wandeling in het park werd altijd verstoord door lawaai en vaak zat er zo veel stof in de lucht dat de ramen van de ziekenzalen niet konden worden opengezet. De zieken die voor een zonnebad naar het dakterras werden gebracht, moesten met doeken tegen het stof worden beschermd. En naarmate de zomer dichterbij kwam leek het alleen maar erger te worden.

Des te meer verheugde Louis zich erop een poosje aan die rompslomp te kunnen ontkomen. Glimlachend bekeek hij de biljetten voor de passage naar Amerika die hij twee dagen eerder bij Lloyd had opgehaald.

Hij had de uitnodiging van dokter Cushing al een tijdje in huis gehad en nu zou hij er eindelijk op in kunnen gaan. En bovendien zou hij eindelijk weer eens oude bekenden uit zijn geboorteplaats Battle Creek kunnen terugzien.

De spreekkamerdeur ging open. Hanna kwam binnen.

'Dat lawaai is echt ondraaglijk,' mopperde ze. 'Ik heb Elisabeth net gesproken. Volgens haar komen de zuigelingen nauwelijks nog aan slaap toe. Hopelijk duurt dat kabaal niet lang meer.'

'Ik vrees dat we nog wel even geduld moeten hebben,' antwoordde Louis met een zucht. Toen hij zag dat Hanna's blik bij de passagebiljetten in zijn hand bleef hangen, voegde hij eraan toe: 'Mijn vrouw en ik gaan trouwens voor langere tijd op reis. We vertrekken de zesentwintigste.'

Hanna trok verbaasd haar wenkbrauwen op. 'Waar gaat de reis naartoe?'

'Dokter Cushing heeft me aangeboden een paar dagen tijdens het werk met hem mee te lopen in zijn kliniek. Ik heb dokter Borchard gevraagd te komen waarnemen en hij is ertoe bereid.'

Hanna keek de dokter verbijsterd aan. Dokter Georg Borchard was een vriend van dokter Meyer die sinds enige tijd ook met dokter Conradi bevriend was. Hij kwam uit Magdeburg, had daar in een ziekenhuis geopereerd, maar behandelde nu alleen nog particuliere patiënten en kon tijd vrijmaken als dat nodig was.

'Dat... Dat is geweldig. Is dokter Cushing niet een coryfee op het gebied van de hersenchirurgie? In Amerika?'

Louis legde de passagebiljetten voor zich op het bureau neer. 'Ja, dat klopt. Hij doceert aan Harvard University. We hebben elkaar jaren geleden in Zwitserland ontmoet, waar hij een nieuwe operatietechniek presenteerde om granaatscherven te verwijderen. Een zeer fascinerende man.'

'Hoelang blijft u weg?'

'Omdat de overtocht per schip telkens twee weken in beslag neemt en ik ook mijn geboorteplaats wil bezoeken, zullen we wel ruim zes weken wegblijven.'

Hanna zette grote ogen op. 'Zes weken! Maar uw patiënten dan?'

'Georg zal goed voor hen zorgen.' Hij liet een korte stilte vallen en voegde eraan toe: 'Ik heb ook nog een verrassing voor u, Hanna.'

'O ja?' Haar ogen lichtten verwachtingsvol op.

'Omdat mijn spreekuur uitvalt en ik u eens wat tijd voor ontspanning gun, heb ik dit voor u.'

Louis hield haar een envelop voor. Hanna keek hem vragend aan, pakte de envelop en maakte hem open. Er kwamen passagebiljetten tevoorschijn en een folder van het Maidstone-sanatorium van dokter Cavendish in het graafschap Kent.

'Ik weet zeker dat u in die vier weken weer helemaal op verhaal zult komen. En zo kunt u uw Engels ook nog verbeteren.' Hij keek Hanna verwachtingsvol aan.

Ze leek niet echt blij. Louis begreep het niet. Hij had verwacht dat ze enthousiaster zou reageren. Na al die jaren die ze hier zonder noemenswaardige onderbreking had gewerkt, zou ze toch eigenlijk blij moeten zijn om er eens tussenuit te kunnen gaan?

'Hanna?' vroeg hij voorzichtig. 'Ik wil u na al dat harde werken eens een plezier doen. Mag dat?'

'Natuurlijk, dokter,' antwoordde ze aarzelend.

Hanna's vingers streken over de reisbescheiden en toen vormden haar lippen zich langzamerhand tot een stralende glimlach.

~

Tussen de middag liep Hanna naar de vijver in het park, waar ze op een grof bewerkt houten bankje ging zitten dat meubelmaker Markward hier had neergezet. Er klonk geruis in het riet en even later verscheen er een meerkoet, die daar wel haar nest zou hebben. Hanna keek even naar de vogel, haalde toen de envelop uit de zak van haar schort en viste de brochure eruit.

Er stroomde een warm geluksgevoel door haar heen. Wat had ze een geweldig cadeau van de dokter gekregen! Hanna kon nauwelijks geloven dat ze echt naar Engeland zou gaan. Dokter Conradi had niet overdreven; het onderkomen voor de gasten was werkelijk schitterend. En dan het park van het sanatorium!

Haar vingers gleden over de rand van het ticket. Ook daarop stond als datum 26 mei. Zou ze misschien zelfs samen met de dokter reizen? Die gedachte liet haar hart sneller kloppen.

Ze wist heel goed dat de anderen haar hierom zouden benijden, wat ze wel een beetje onprettig vond. Maar de voorpret voor deze reis was groter. Engeland! Wat zou Leni ervan zeggen? En Alexander?

Opeens leek het of er een wolk voor de zon schoof. Ze wist dat haar zusje het fantastisch zou vinden; ze kon Leni's stralende blik bijna voor zich zien. Maar tegelijkertijd zag ze ook Alexanders gezicht.

De ontmoetingen met hem verliepen steeds moeizamer, ook al omdat hij haar voortdurend probeerde aan te praten dat ze Waldfriede moest verlaten. Het was een kruitvat geworden om hem over kleine voorvalletjes uit het ziekenhuis te vertellen. Dan volgden er altijd lange tirades over Conradi. Alexander kon het de dokter niet vergeven dat hij hem had laten vallen, en dat terwijl Alexanders praktijk heel goed leek te lopen.

Het werd haar zwaar te moede. Als ze het hem nu eens niet zou vertellen? Hem vlak voor vertrek voor een voldongen feit zou stellen, zoals hij destijds met zijn reis naar Oostenrijk had gedaan?

Nee, dat was niets voor haar.

Ze staarde een tijdlang naar de vijver, waar de meerkoet haar rondjes zwom, en stopte toen met een vastberaden beweging de envelop in haar schortzak. Komend weekeinde zou ze Alexander over het Maidstone-sanatorium vertellen. En wat hij ook zei, ze zou gaan!

~

'Dus de reis gaat echt door?' Catherine keek hem stralend aan toen hij de passagebiljetten voor haar op tafel legde.

Louis knikte. 'We gaan naar Amerika. Zoals ik je had beloofd.'

'En de bouw dan?'

'Ik zal tegen Carl zeggen dat hij een oogje in het zeil moet houden. Bovendien is Erich Meyer er ook nog. Ik zal de nodige instructies voor hem achterlaten.'

Zijn vrouw viel hem om de hals en gaf hem een kus. 'Ik verheug me er zo op om Amerika eindelijk terug te zien!'

'Ik heb bovendien besloten Hanna naar Engeland te sturen,' zei Louis terwijl ze nog in zijn armen lag. 'Naar het sanatorium van dokter Cavendish. Je kunt je hem vast nog wel herinneren.'

Catherine keek haar man verbaasd aan. 'Ja maar... Wat moet

Hanna in een Engels sanatorium? Is ze ziek?'

'Nee, dat niet. Ik wil alleen dat ze beter Engels leert.'

'Waar is dat voor nodig?' Catherines wrevel was bijna tastbaar. 'Dat kan niet goed gaan, Louis. Je mag haar niet voortrekken ten opzichte van de andere verpleegsters. Dat zet alleen maar kwaad bloed.'

Louis wist dat zijn vrouw niet helemaal ongelijk had. Natuurlijk besefte hij dat hij Hanna hiermee een privilege verleende en dat de anderen jaloers op haar konden worden. Daarom had hij het argument bedacht dat hij nu naar voren bracht.

'Hanna moet zich tijdens het spreekuur en in de röntgenkamer vaak verstaanbaar maken voor onze patiënten uit de ambassades. Die vormen een belangrijke bron van inkomsten, want de Berlijners kunnen zich meestal geen kamer op de eerste- of tweedeklasseafdeling veroorloven. De meeste buitenlanders kennen geen Duits, maar zijn het Engels wel machtig.' Hij zweeg even en vervolgde toen: 'Bovendien ben ik van plan de organisatie van de conferenties voor verplegend personeel aan haar over te dragen.'

'Maar dat kan ik toch doen?'

Louis legde zijn handen op de armen van zijn vrouw. 'Jij krijgt er als mijn vrouw binnenkort andere taken bij. Ons huis moet worden ingericht en onze sociale contacten moeten worden onderhouden. Je kent het uit Hamburg, hier is het niet veel anders.'

Catherine trok een somber gezicht. 'De tijden waarin ik als verpleegster kon werken zijn dus voorgoed voorbij.' De bittere klank in haar stem kende Louis maar al te goed. Het was dezelfde klank als toen ze besefte dat ze nooit moeder zou worden.

'Je bent mijn vrouw, Catherine. Die status heb je in de buitenwereld. Na die lange, moeilijke periode hier in het ziekenhuis heb je het verdiend eindelijk weer te zijn wat je toekomt: de vrouw van de geneesheer-directeur van Waldfriede. Met alle plichten, maar ook alle voorrechten van dien.'

'Een leven van verveling,' zei ze bedroefd.

'Wanneer heb jij je nu ooit verveeld?' vroeg hij. 'Je zult nog steeds je eigen taken hebben. Maar hoor ik als je man je niet een aangenaam leven te bieden? Voor zover ik weet werkt in Berlijn geen enkele vrouw van een arts. In plaats daarvan voldoen ze aan hun sociale verplichtingen. Als ik eenmaal ben toegelaten tot het Berlijnse genootschap van chirurgen zul je genoeg te doen krijgen.'

Catherine knikte. Ze wist dat de regels van haar genootschap eigenlijk voorschreven dat een echtgenote er voor haar man moest zijn. Dat het nodig was geweest om haar in het ziekenhuis mee te laten werken, kwam doordat er sprake was van een noodsituatie door gebrek aan personeel.

'Soms zou ik willen dat we destijds naar Amerika waren gegaan,' zei ze nu. 'Of denk je echt dat ik in de hogere kringen van Berlijn geaccepteerd zal worden? Of jijzelf? We zullen vanwege ons geloof altijd met argwaan worden bekeken. De meeste mensen denken toch al dat we Joods zijn.'

Louis had haar graag tegengesproken, maar zijn conflict met Wiedemann zat nog in zijn geheugen als een doorn in zijn vlees.

'Zou jij dan naar Amerika willen?' vroeg hij. 'Na alles wat we hier hebben opgebouwd? Dit is het eerste ziekenhuis in Duitsland dat volledig aan ons geloofsgenootschap toebehoort. Waar onze regels gelden. Jij hebt het mede opgebouwd.'

Catherine gaf niet meteen antwoord. Achter haar voorhoofd leek een stille strijd te worden gevoerd.

'Nou ja,' zei ze uiteindelijk. Ze deed de deur van hun woonkamer open. 'Dan ga ik maar eens aan het werk,' zei ze met een blik over haar schouder toen ze de gang in stapte. 'Aan het werk dat ik als vrouw van een arts nog mag doen.'

~

Een week later ging Alexander zaterdags weer met haar roeien op de Wannsee. Het was een stralende lentedag. Op het strand ravotten de badgasten.

Hanna vroeg zich af wanneer ze voor het laatst was gaan zwemmen. Ze had het zichzelf al lang niet meer gegund zich gewoon als een kind te laten gaan, rond te spartelen en als een vis onder water te zwemmen. Ze keek naar de andere stelletjes, die samen gekkigheid uithaalden. Zou Alexander ook zo gek kunnen doen? Vergeleken met die anderen leken ze wel een stel dat al veel te veel tijd met elkaar had doorgebracht.

'Dokter Conradi stuurt me naar Engeland,' vertelde Hanna hem toen ze eenmaal een stuk van de oever af waren.

'Wat moet je daar nou?' vroeg Alexander verbaasd.

'Beter in Engels worden. En vakantie vieren.'

Alexander snoof. 'Als je een taal moet leren, zal er van vakantie weinig komen! Hoelang blijf je weg?'

Hanna keek hem verbaasd aan. Ze had niet verwacht dat hij zo zou reageren.

'Een week of vier. Het is een grote eer en het is van belang voor mijn toekomst in het ziekenhuis.'

Alexanders kaakspieren spanden zich alsof hij op iets hards kauwde.

'En hoe moet het dan met ons?' zei hij opeens woedend. 'Merk je niet dat hij alweer probeert ons uit elkaar te drijven? Eerst mijn ontslag, toen die school en nu die reis! Vier weken!' Geërgerd liet hij de riemen los en staarde haar aan. 'Zeg maar tegen hem dat hij naar de hel kan lopen!'

'Ik geloof nooit dat hij daarop uit is!' antwoordde Hanna boos. 'Hij heeft gewoon geen werk voor me als hij zelf op reis is.'

'Aha, hij gaat op reis!' zei Alexander bits. 'Naar Engeland soms?'

'Naar Amerika.'

'En waarom neemt hij je niet mee daarnaartoe?'

'Omdat zijn vrouw met hem meegaat.'

Iets in haar borstkas trok zich samen. Teleurstelling maakte zich van haar meester. Sinds ze met Nieuwjaar bij hem was langsgegaan, had hij weer iets meer aandacht voor haar gehad. Af en toe gedroeg hij zich merkwaardig afwezig, maar als ze hem daarop aansprak, weet hij dat aan zijn drukke praktijk.

'Je moet er eens goed over nadenken of je daar wilt blijven,' bromde hij misnoegd. 'Je kunt nog altijd bij mij komen werken. Dan hoef je die reis ook niet te maken.'

'Maar ik wil die reis juist maken,' antwoordde Hanna. 'Wanneer krijg ik ooit nog eens de kans om naar Engeland te gaan?'

'Naar die tommy's?' tierde hij. 'Wie wil daar nou naartoe! Ze hebben ons in de oorlog genoeg aangedaan.'

Hanna staarde hem aan. Zo had ze hem nooit eerder horen praten. Hij leek trouwens hoe dan ook wel een ander mens.

'Wat heb jij eigenlijk?' snauwde ze en het kon haar niet schelen dat de mensen die hen in hun bootjes passeerden nieuwsgierig naar hen keken. 'Je klinkt als een lid van zo'n foute studentenclub! Die instelling heeft ons in de oorlog doen belanden! Al die doden en verminkten voor het leven. Vind je het niet eens tijd worden voor verzoening?'

Hanna zag dat Alexander barstte van woede, maar hij hield zich in en gaf geen antwoord.

Ze keek langs hem heen over de golven. De oever was niet zo ver van hen af dat ze niet terug zou kunnen zwemmen. Heel even kwam ze in de verleiding dat ook te doen, maar toen overwon haar verstand.

'Ik ga,' zei ze, zo kalm mogelijk. 'Of het je zint of niet.'

'Dan doe je dat toch!' antwoordde hij. 'Veel plezier met je vriendje Conradi!' Met een rood hoofd van woede pakte Alexander de riemen en roeide met krachtige halen terug naar de oever. Hij hielp haar de boot uit, liet haar zonder een woord van afscheid staan en beende weg in de richting van het station.

Hanna bleef verbijsterd achter op de steiger.

Een ogenblik lang verkeerde ze in de verleiding hem achterna te gaan, maar ze wist dat het niets zou opleveren. Om de harmonie tussen hen te herstellen zou ze van haar reis moeten afzien. En dat wilde ze beslist niet.

Een uur later kwam Hanna weer in Zehlendorf aan. Vermoeid slenterde ze door de Grunewaldallee. Ze wist niet of ze verdrietig of boos moest zijn om het gedrag van Alexander. Vermoedelijk allebei. Ze snapte niet waarom hij zich zo had opgewonden over haar reis naar Engeland. En waarom hij per se wilde dat ze Waldfriede in de steek liet.

Ze ging naar binnen, deed uitgeput haar sjaaltje af en liep de gang door naar de keuken. Misschien zou ze het na een kopje thee allemaal beter begrijpen.

In de keuken vulde ze een thee-ei met pepermuntblaadjes en goot er heet water overheen.

Omdat ze niet terug wilde naar haar kamer, liep ze naar de eetzaal. De geur van het middageten hing er nog, vermengd met de boenwas van de dag ervoor.

Terwijl ze haar handen aan haar theekopje warmde keek ze naar de zonnestralen die door de hoge ramen vielen en lichte plekken op het parket tekenden. Ze was hier nooit eerder alleen geweest, maar ze voelde zich in de stilte langzaam tot rust komen. De emoties die ze na haar ruzie met Alexander had gevoeld vielen geleidelijk van haar af.

Ze dacht terug aan het gesprek dat ze in de nacht van oud en nieuw met Leni had gevoerd. Hield ze van hem? Ze wist het nog steeds niet. Het enige wat ze met zekerheid kon zeggen was dat ze van Martin had gehouden. Dat ze nog steeds van hem hield.

Van Waldfriede hield ze ook. Van het vooruitzicht om op reis naar Engeland te gaan begon het in haar buik aangenaam te kriebelen.

De deur ging open. Hanna keek op en zag zuster Elisabeth binnenkomen.

'Hanna, wat doe jij hier?' Het kopje in haar hand verried dat ze dezelfde gedachte had gehad als Hanna.

'Ik had wat tijd nodig om na te denken.'

'Ik ook,' zei Elisabeth. 'Vind je het goed als ik bij je kom zitten?'

'Ja, hoor,' antwoordde Hanna en ze wees op de stoel tegenover zich. Elisabeth kwam naar haar toe en ging zitten. Een tijdlang zaten ze daar zwijgend.

'Waar denk jij aan?' vroeg Hanna uiteindelijk.

Elisabeth aarzelde even en antwoordde toen: 'Aan wat er van Waldfriede moet worden als dokter Conradi bij ons weggaat.'

Die woorden troffen Hanna als een klap in haar gezicht. 'Wat?' vroeg ze verschrikt en ze voelde dat haar hart begon te bonzen. 'Hoe kom je daarbij? Heeft hij iets van dien aard laten vallen?'

Elisabeth schudde haar hoofd. 'Nog niet. Maar Catherine heeft wel eens te kennen gegeven dat het haar grootste wens was om naar Amerika te gaan. En nu hebben ze die uitnodiging van dokter

Cushing gekregen.' Elisabeth stond op en schonk water op haar thee-ei. Daarna ging ze weer bij Hanna zitten. 'Stel dat hij haar een plezier wil doen en daar blijft?'

Hanna keek haar ontdaan aan. 'Dat geloof ik niet...' zei ze aarzelend. 'Ik bedoel... Ze hebben dit ziekenhuis toch samen opgebouwd?'

'Dat hou ik mezelf ook voor, maar die opmerking...'

'Dat hoeft toch niets te betekenen,' protesteerde Hanna, maar ze hoorde zelf hoe weinig overtuigd ze klonk. Wat zou de dokter ervan weerhouden naar Amerika terug te gaan? Hij was een goed chirurg en hij was er geboren. En als het de liefste wens van zijn vrouw was om in Amerika te wonen...

Ze werd overvallen door de angst dat de familie die ze op Waldfriede vormden uiteen zou vallen. Een irrationele angst, want Conradi zou door een andere arts worden opgevolgd. In haar carrière als verpleegster had ze steeds artsen zien komen en gaan. Maar geen van hen was als Conradi geweest. En ze wilde hem niet kwijtraken.

Ze keek naar Elisabeth, die het thee-ei uit haar kopje haalde en over de hete vloeistof heen blies. Het leek haar net zo te vergaan.

'Denk je echt dat hij ons in de steek zou laten?' vroeg Hanna onzeker. 'Hij is net begonnen met de bouw van zijn woonhuis en Waldfriede begint eindelijk vrucht af te werpen.'

'Maar iedereen is immers vervangbaar?'

Hanna zweeg bedremmeld. Wat moest ze zonder hem op Waldfriede beginnen? Dan had ze evengoed het aanbod van Alexander kunnen aannemen...

'Ik heb ook gehoord dat jij naar Engeland wordt gestuurd,' vervolgde Elisabeth.

'Ja. Ik moet beter worden in Engels.'

Elisabeth glimlachte. 'Dat is een geweldige kans voor je. Wie weet wat je er in de toekomst nog aan hebt.'

'Voor de mensen van de ambassades,' zei Hanna, waarmee ze de reden die dokter Conradi had gegeven herhaalde. Dat het de bedoeling was dat ze ooit internationale verpleegconferenties zou organiseren hield ze liever nog voor zich.

'Misschien heeft hij er een heel andere reden voor.' Peinzend liet Elisabeth de top van haar wijsvinger over de rand van haar theekopje glijden. 'Als dokter Conradi besluit naar Amerika te gaan, zou hij jou kunnen laten overkomen als zijn praktijkassistente.'

Er verscheen een weemoedige uitdrukking op haar gezicht. Toen stond ze op en zette haar nog volle theekopje weg.

Hanna bleef als versteend zitten. Wat Elisabeth had gezegd, klonk plausibel. Wat zou dokter Conradi verhinderen om haar mee te nemen als hij naar Amerika ging en zij de taal machtig was? Zou dat het eigenlijke plan zijn dat achter haar reis naar Engeland stak?

56

Zehlendorf, 17 mei 1924

Het gesprek met zijn echtgenote had Louis nog steeds niet helemaal verwerkt toen hij 's avonds een korte ronde over de mannenafdeling maakte. Het idee dat ze diep in haar hart wenste dat ze Waldfriede konden verlaten om naar Amerika te verhuizen liet hem niet los. En ook haar reactie op Hanna baarde hem zorgen.

In het afdelingskantoortje wachtte zuster Maria op hem.

'U bent dus van plan Hanna naar Engeland te sturen?' vroeg ze als terloops terwijl ze de koortscurven van de patiënten voor hem op het bureau legde.

Louis deed alsof hij verstrooid was toen hij knikte, maar ondertussen rinkelden bij hem de alarmbellen. Wat voor kwetsende opmerking over Hanna zou er nu weer volgen?

Inderdaad zei Maria met een verbeten gezicht: 'Laten we onszelf niet voor de gek houden, dokter. Vroeg of laat trouwt ze met dokter Kirchfeld. Als u iemand nodig hebt die Engels spreekt, dan zou u iemand anders moeten kiezen, zodat u uiteindelijk geen tijd en geld verspilt.'

'En wie zou ik volgens u dan moeten sturen?' vroeg Louis, die zijn best deed zijn ergernis niet te laten blijken.

'Nou, een verpleegster die niet met één been voor het altaar staat. Een verpleegster die bereid is van een huwelijk af te zien om Waldfriede te dienen.'

Conradi leunde achterover en vouwde zijn handen voor zijn

borst. Koesterde Maria hoop dat ze zelf die reis zou kunnen maken?

'Toon me een jonge verpleegster die niet zou trouwen als ze een geschikte man had gevonden.' Hij haalde diep adem en voegde eraan toe: 'Ik vertrouw zuster Hanna. En ik ben ervan overtuigd dat de reis naar Engeland in ons aller belang zal zijn.'

Maria perste haar lippen op elkaar. Opnieuw vroeg Louis zich af waar die wrok tegen Hanna toch vandaan kwam. Was het afgunst? Voelde ze zich nog altijd gepasseerd?

De hoofdverpleegster van de mannenafdeling dacht na. 'Als zij weg is, is er niemand die de röntgenafdeling kan overnemen,' gaf ze na een poosje ter overweging.

'Ook daaraan heb ik gedacht. Een van onze jonge coassistenten zal dat overnemen. Tietz heeft Hanna's lessen gevolgd en hij overweegt radioloog te worden.'

Maria wekte nog steeds een ontevreden indruk. Conradi wist dat hij er niet onderuit kon haar op de man af te vragen wat haar probleem met Hanna was, of ze het hem kwalijk zou nemen of niet.

'Zuster Maria,' zei hij daarom. 'Waar gaat het u eigenlijk om?'

'Dat heb ik u toch net uitgelegd.'

'Dat bedoel ik niet. Ik wil graag weten of u persoonlijk een probleem met Hanna hebt. Neemt u het haar nog altijd kwalijk dat ze mijn assistente is geworden?'

Betrapt zweeg de verpleegster.

'Zuster Maria, als u graag op vakantie wilt, of op reis, kunt u me er gerust om vragen. Ik weet zeker dat we ook voor u een passende bijscholing kunnen vinden. Of wilt u graag aan de school lesgeven?'

Maria antwoordde niet, maar draaide zich om en hield zich demonstratief bezig met de koortscurven.

De rest van de zaterdagavond was Louis in diep gepeins verzonken. Zijn zwijgzaamheid verbaasde Catherine, maar ze vroeg niet om een verklaring.

Deze week was er van alles opgehelderd, ook al wist hij nog niet zo goed wat het te betekenen had. Toch moest hij over één kwestie een besluit nemen.

Zondagochtend, toen zijn vrouw naar de keuken was verdwenen, ging hij naar de telefoon, nam de hoorn van de haak en liet zich verbinden met een collega met wie hij een paar jaar geleden in Zwitserland had samengewerkt.

'Louis, het doet me plezier van je te horen!' klonk de stem van dokter Weber met zijn Zwitserse accent uit de hoorn. 'Hoe gaat het met je?'

'Goed, Christian,' antwoordde hij. 'Ik ben net bezig met de voorbereidingen voor een reis naar Amerika. Ik wil graag een bezoek brengen aan ons goede oude Battle Creek.' Het meelopen met dokter Cushing noemde hij maar niet.

'In de sporen van Ellen White?' vroeg Weber. 'Ze zullen zich op je komst verheugen.'

'Ja, ik wil in elk geval een bezoek aan het graf van onze profetes brengen,' antwoordde hij. Als kind had hij Ellen White nog leren kennen. Destijds was haar prachtige haardos al grijs geweest, maar haar ogen, die de profetieën in de vorm van visioenen hadden gezien, hadden nog altijd die indringende blik vol bezieling. 'Maar ik bel je niet om je over mijn vakantie te vertellen. Ik heb een verzoek.'

'Wat voor verzoek?'

'Ik wil graag een verpleegster naar jullie toe sturen. Maar het moet lijken of jullie zelf het verzoek doen.'

'Nou, goede verpleegsters kunnen we altijd gebruiken. Wat heeft ze uitgehaald dat jij haar blijkbaar kwijt wilt?'

'Het zou niet voorgoed zijn,' antwoordde Louis ontwijkend. 'Misschien voor een jaar of twee. Ze heeft problemen met een collega die ze af en toe in diskrediet probeert te brengen.'

'Ze is dus jaloers.'

'Dat kun je wel zeggen. Ik wil haar graag de gelegenheid bieden om bij jullie op verhaal te komen. En misschien iets nieuws te leren. Alleen die rivaliteit... ik ben bang dat daar op den duur niets goeds uit voortkomt.'

Weber dacht even na. 'Goed, ik zal je een officieel verzoek sturen. Ik hou niet van intrigantes, maar misschien kunnen we haar van die slechte karaktertrek afhelpen.'

'Dank je, Christian, ik sta bij je in het krijt.'

Hij hing op met het gevoel dat hij Hanna, maar ook zichzelf, met deze zet voor een tijdje wat ruimte had gegeven.

~

Hanna wist niet wat haar meer uit de slaap hield: de ruzie met Alexander of Elisabeths vrees dat dokter Conradi Waldfriede in de steek zou kunnen laten.

Ze piekerde over wat ze zou kunnen doen om Alexander weer gunstig te stemmen, maar ze kon absoluut niets bedenken. Net zomin als ze kon bedenken hoe ze achter de ware reden kon komen waarom dokter Conradi haar die reis had geschonken.

Als hij je zou vragen hem naar Amerika te vergezellen, zou je dan Alexander opgeven en meegaan? Na het rampzalige boottochtje van die middag kon ze die vraag schrikbarend eenvoudig beantwoorden.

Ze ging op de rand van het bed zitten en pakte Martins notitieboekje uit haar nachtkastje. Sinds ze met Alexander omging, had ze er niet meer in gekeken. Misschien kon het boekje haar kracht schenken? Antwoord geven op de vragen waarmee ze worstelde? Zachtjes streelde ze de kaft met haar hand, zocht ze in de aanraking naar een spoor van haar verloren liefde, maar ze voelde alleen het ruwe leer.

De volgende ochtend had ze donkere kringen onder haar ogen en voelde ze zich uitgeput. Martins notitieboekje lag nog altijd naast haar, maar op dat moment was het slechts een voorwerp.

Ze stond op, maakte haar ochtendtoilet en ging naar beneden. Het was tijd voor de ochtendgymnastiek, daarna kwam het ontbijt.

Hoe zou de routine in het Engelse sanatorium zijn?

Ook dokter Conradi deed mee aan de ochtendgymnastiek en Hanna merkte dat sommige verpleegsters hem enigszins onzeker aankeken. Blijkbaar had Elisabeth haar vermoeden ook aan anderen meegedeeld.

Toen ze in de eetzaal aan tafel zaten, stond dokter Conradi op en vroeg ieders aandacht.

Hanna verstarde. Zou hij nu bekendmaken dat hij van plan was in Amerika te blijven? Ze was zo ongerust dat haar eetlust verdween.

'Dierbare broeders, zusters en andere leden van onze ziekenhuisfamilie,' begon hij. 'Zoals u inmiddels wel zult weten, zal ik eind mei aan mijn reis naar Amerika beginnen. Dokter Borchard was zo vriendelijk zich bereid te verklaren om voor mij waar te nemen wat de chirurgie en de gynaecologie betreft. De leiding van het ziekenhuis zal dokter Meyer overnemen.' Hij pauzeerde even en liet zijn blik over de gezichten van de medewerkers gaan tot hij Hanna zag.

'Dat zuster Hanna voor een studieverblijf naar Engeland zal vertrekken weten sommigen al. Maar er komt nog een verandering.'

Zal hij er nu mee voor de draad komen? dacht Hanna gespannen.

'Vanuit Zwitserland hebben we een aanvraag gekregen. Ze willen graag een van onze verpleegsters de gelegenheid bieden om in de kliniek van dokter Weber verder te studeren. Ik kan maar één persoon bedenken die waardig genoeg is om onze kliniek daar te vertegenwoordigen.'

Zijn blik ging naar de andere kant van de tafel. 'Zuster Maria, ik wil u graag daarheen sturen.'

Iedereen begon te fluisteren. Alle zusters en broeders draaiden zich om naar Maria, die wit wegtrok.

Het was de dokter aan te zien dat hij verwachtte dat ze zou tegenstribbelen, maar Maria zei niets.

'Dat is toch niet te geloven?' fluisterde Else. 'Ik had nooit verwacht dat hij zuster Maria weg zou sturen.'

'Het gaat maar om bijscholing,' dwong Hanna zichzelf te antwoorden. Ze was volkomen in de war, wist niet wat ze moest denken of wat ze moest voelen. Eerst Gruber, toen Kirchfeld en nu Maria. Een beetje vreemd was het wel.

'Wat zegt u ervan, zuster Maria,' vroeg Conradi toen er geen einde aan het zwijgen kwam. 'Gaat u in op het verzoek?'

Als hij dankbaarheid had verwacht, had hij zich vergist. Ontzet zag Hanna dat het gezicht van de hoofdzuster een harde uitdrukking kreeg. Met vlammende ogen sprong Maria op, smeet woedend haar servet op tafel en stormde zonder een woord te zeggen de eetzaal uit.

~

Louis wierp zijn vrouw een blik toe. Catherine stond op en samen liepen ze achter Maria aan.

Hij had er rekening mee gehouden dat ze boos zou zijn, maar dat ze gewoon opstond en zonder één woord te zeggen wegrende, verraste hem toch wel.

Bij de trap naar de afdelingen haalden ze Maria ten slotte in.

'Zuster Maria!' riep Louis.

Maria bleef staan en draaide zich om. Ze had vuurrode wangen en haar ogen fonkelden.

'Waarom wilt u me wegsturen? Heb ik iets gedaan waardoor u ontevreden over me bent?'

'Zuster Maria,' antwoordde zijn vrouw in zijn plaats. 'Hoe komt u erbij om tegen de wil van mijn man...'

Louis viel zijn vrouw in de rede. 'Ik weet niet waar u het over hebt, zuster Maria. U bent bij me gekomen vanwege de reis van zuster Hanna en daarom dacht ik dat u blij zou zijn dat ik u voor Zwitserland heb uitgekozen. Toen de aanvraag van mijn vriend dokter Weber kwam, wist ik dat hij slechts tevreden zou zijn met een van de beste verpleegsters die ik heb. Deze uitzending is een grote eer!'

'Ik was hier vanaf de eerste dag, ik heb dit ziekenhuis mede opgebouwd! En nu stuurt u me weg?' Maria's stem trilde. 'Waarom stuurt u Hanna niet? Maar nee, die mag immers naar Engeland!'

Louis legde in een verzoenend gebaar zijn hand op Maria's arm.

'Zuster Maria, ik stuur u niet weg. Ik wil graag dat u in Zwitserland doorstudeert. Na een of twee jaar komt u weer terug.'

Maria schudde haar hoofd. 'Dat doet u alleen maar vanwege haar! Omdat u me uit de weg wilt hebben.'

'Ik begrijp niet wat u bedoelt.' Louis kon niet voorkomen dat er een bepaalde scherpte in zijn stem doorklonk. Maria's woorden waren voor hem de bevestiging dat hij juist handelde. Het zou haar goeddoen om een tijd uit Waldfriede weg te zijn. Misschien kwam ze dan tot bezinning. 'Mijn besluit staat vast. Nog voordat wij weggaan, vertrekt u naar Zwitserland.'

Maria beefde, maar ze had niet de moed om haar gedachten uit te spreken en zich tegen zijn besluit te verzetten. In plaats daarvan wierp ze haar hoofd in de nek en rende de trap op.

~

'Mijn hemel, wat was dat?' Elisabeth liet zich op de vrije stoel naast Hanna vallen. Else was weer op weg naar de verloskamer.

'Ik weet het niet,' zei Hanna zuchtend. Waarom Elisabeth uitgerekend haar nabijheid zocht, wist ze niet, maar ze was op haar hoede en niet van plan iets slechts over Maria te zeggen. 'Blijkbaar werd ze door het besluit van dokter Conradi overrompeld.'

'Ze was woedend,' stelde Elisabeth vast.

Hanna keek haar in de ogen. 'Wist jij ervan?'

Elisabeth keek naar de deur waardoor de Conradi's even daarvoor waren verdwenen.

'Misschien moeten we het als nog een teken opvatten,' begon ze, maar omdat ze niet alleen waren, hield ze verder haar mond.

'Je bedoelt dat hij zijn leidinggevende verpleegsters naar andere ziekenhuizen stuurt omdat hij in Amerika wil blijven?' fluisterde Hanna. Toen schudde ze haar hoofd. 'Dat geloof ik niet.'

'Wie weet wie de volgende zal zijn,' zei Elisabeth peinzend, ze stond op en ging terug naar haar plaats.

Na het ontbijt, toen Hanna op weg was naar de spreekkamer, versperde Maria haar de weg. Met haar armen over elkaar nam ze Hanna met een kille blik keurend op. 'Nu heb je je zin,' bracht ze vijandig uit.

'Wat bedoel je?' vroeg Hanna overdonderd.

'Doe niet zo schijnheilig!' snauwde Maria haar toe. 'Nu heb je eindelijk de mogelijkheid je dokter aan de haak te slaan.'

Het kostte Hanna moeite zich te beheersen. 'Maria, als je zinspeelt op dokter Conradi: ik zweer je dat ik er niets van wist dat hij je naar Zwitserland wilde sturen,' zei ze nadrukkelijk rustig. 'En zelfs als ik het had geweten, wat had ik moeten doen? Denk je echt dat hij naar mij luistert? Of denk je soms dat ik hem op dit idee heb gebracht?'

Maria perste haar lippen op elkaar.

Hanna schudde haar hoofd. Verdrietig zei ze: 'Ik begrijp echt niet waar die vijandigheid jegens mij vandaan komt, Maria! Duidelijker dan dat hij jou voor Zwitserland heeft uitgekozen, kan hij je zijn waardering toch niet laten blijken!'

'Dat geloof je toch zelf niet!' snauwde Maria terwijl haar ogen fonkelden en daarmee liet ze Hanna achter.

57

Zehlendorf, 26 mei 1924

Op de dag van hun vertrek naar Hamburg stond Hanna haar spiegelbeeld te inspecteren. Ze droeg de blauwe jurk van haar eerste afspraakje met Alexander, haar haar lag in een wrong in haar nek en over de stoelleuning achter haar hing de mantel die ze van haar spaargeld had gekocht om op het schip en bij haar gastheer een goede indruk te maken.

In haar koffertje zat haar verpleegstersuniform. Dat zou ze dragen als ze in het sanatorium een helpende hand konden gebruiken. Dokter Conradi had weliswaar gezegd dat het de bedoeling was dat ze rust nam en Engels zou leren, maar Hanna wist dat ze haar handen niet werkeloos in haar schoot kon laten liggen.

Toen er werd geklopt draaide ze zich om. 'Ja?'

Else kwam binnen. Ze had een in een doek gewikkeld pakketje in haar hand.

'En, vind je het spannend?' vroeg ze glimlachend.

'Nou en of!' gaf Hanna toe. 'Ik ben nog nooit op een schip geweest. Ik hoop maar dat ik niet zeeziek word.'

'We hebben het een en ander voor onderweg voor je ingepakt. Geen proviand, maar dingetjes waar je op je reis misschien iets aan hebt.'

Met die woorden overhandigde ze haar het pakketje. Hanna keek er even in en zag een zakje frambozensnoepjes, een beetje van de kruidenthee die mevrouw Conradi zelf maakte en een reisbijbeltje.

'Zodat je niet zo veel hoeft mee te slepen in je koffer,' zei Else met een verwachtingsvolle glimp in haar ogen. 'Stuur je me af en toe een ansichtkaart? Ik heb gehoord dat sommige delen van Engeland fantastisch mooi zijn.'

'Natuurlijk,' beloofde Hanna. 'En als ik weer terug ben, kan ik jullie misschien een beetje Engels leren.'

'Dat zou geweldig zijn!' Else viel haar om haar hals. 'Goede reis en pas goed op jezelf.'

'Dat zal ik doen.' Hanna gaf Else een stevige omhelzing. Ze was de eerste vriendin die ze na haar aankomst op Waldfriede had gevonden.

Toen ze weer alleen was, richtte ze haar blik opnieuw op haar spiegelbeeld. Ditmaal inspecteerde ze echter niet haar uiterlijk, maar liet ze haar gedachten afdwalen naar Alexander.

Sinds die middag op de Wannsee hadden ze elkaar niet meer gezien. In het begin had Hanna gehoopt dat hij zijn excuses voor zijn gedrag zou aanbieden. Ze was zelfs naar het kleine bos aan de rand van de stad gegaan in de hoop dat hij daar zou komen opdagen. Maar hij was niet gekomen.

Ze was vanmiddag naar zijn huis gelopen, maar had de moed niet gehad bij hem aan te bellen. Wat had ze ook tegen hem moeten zeggen? Er was niets veranderd aan haar besluit om op reis te gaan en aan Alexanders mening daarover waarschijnlijk ook niet.

Terneergeslagen besloot ze daarom hem een brief te schrijven zodra het schip was afgevaren.

Een half uur later verzamelden alle medewerkers van Waldfriede die gemist konden worden zich voor de ingang van het ziekenhuis. Op de rotonde stond de auto die de Conradi's en Hanna naar het station zou brengen al klaar. Daarvandaan zou de reis eerst naar Hamburg gaan, en dan per schip door naar Engeland.

Hanna voelde haar hart in haar keel kloppen. Het was een grote eer om met de Conradi's mee te reizen en zelfs te mogen overnachten bij dokter Conradi's vader.

Ze dacht aan het afscheid dat ze voor Maria hadden georganiseerd. De medewerkers hadden ook haar uitgezwaaid, maar Maria had een onverzoenlijke houding aangenomen. Daardoor werd het afscheid een korte en kille aangelegenheid en ze had op weg naar buiten noch de dokter, noch Hanna ook maar een blik waardig gekeurd. Hanna hoopte maar dat ze deze periode zou gebruiken om daar in de Zwitserse bergen eindelijk van de wrok die ze koesterde af te komen.

De Conradi's en Hanna namen afscheid van de aanwezige verpleegsters en stapten in de wachtende automobiel. Hanna nam naast mevrouw Conradi op de achterbank plaats en de dokter ging voorin zitten.

Even later begon de motor luid te brommen en reed de wagen het ziekenhuisterrein af.

Hanna voelde zich in het bijzijn van mevrouw Conradi een beetje ongemakkelijk. Catherine was een vrouw die gewend was te reizen. Ze had samen met haar man een reis door Zwitserland gemaakt, was in Denemarken geweest en ook al eens in Amerika. Hanna was daarentegen voor Berlijn nooit verder gekomen dan Magdeburg of Friedensau. Samen met Martin had ze ervan gedroomd naar de Alpen te gaan, naar Oostenrijk of Zwitserland. Toen hij eens voor de grap had voorgesteld om als zendelingen naar Afrika te vertrekken, had ze moeten lachen. Ze kende Afrika alleen van landkaarten en uit de verhalen van de artsen en verpleegsters die op de zendingsposten werkten. Maar een echt beeld van dat werelddeel had ze niet.

'Dit is toch uw eerste grote reis?' vroeg Conradi over zijn schouder.

'Ja,' gaf Hanna beschroomd toe. Het was één ding om in de spreekkamer met hem te praten, maar iets heel anders om met hem en zijn vrouw zo dicht op elkaar in een auto te zitten.

'Je hebt maar weinig bagage mee voor vier weken,' merkte Catherine Conradi op. 'Weet je zeker dat je genoeg bij je hebt?'

'Ik heb niet veel nodig,' antwoordde Hanna en ze voegde er in gedachten aan toe: en ik heb ook niet veel.

Bij het Lehrtestation aangekomen stapten ze in de trein naar Hamburg. Hanna was blij dat de dokter een krant pakte en mevrouw Conradi haar breiwerk tevoorschijn haalde. Ze leunde achterover en keek naar de voorbijtrekkende huizen en, eenmaal buiten de stad, naar de weiden en de akkers. Hoe zou het in Hamburg zijn? Hanna had over de haven gehoord, maar ze kon zich er niet echt een voorstelling van maken.

Na een poosje werd ze slaperig en uiteindelijk gaf ze eraan toe dat haar ogen dichtvielen.

Haar droom sloop naderbij als een kat. Ze zag zichzelf met Martin over een veldweggetje lopen en ze wist dat ze hem naar het station bracht van waaruit de trein hem naar de oorlog zou brengen.

'Ik zal je schrijven,' beloofde hij terwijl hij haar hand pakte. 'Zo vaak ik kan.'

'En ik zal jou schrijven,' verzekerde Hanna hem. Ze probeerde dapper te zijn, maar in haar binnenste woedde angst. Hij was inmiddels een van de belangrijkste mensen in haar leven geworden, zo niet de belangrijkste. Hoewel hij nog niet eens weg was, bad ze er al dagelijks om dat hij gezond en wel bij haar mocht terugkeren.

Het stationsgebouw doemde voor hen op; er stond een zwarte stoomlocomotief met slechts één wagon langs het perron te wachten. Was dat niet te weinig om al die soldaten af te halen die de oorlog in moesten? Toen ze omkeek naar Martin zag ze dat hij zich bukte en een klaproos plukte.

'Opdat je me niet vergeet,' zei hij en hij drukte haar de bloem in de hand.

Hanna sloeg haar ogen op. Mevrouw Conradi raakte zacht haar hand aan. Ze besefte dat de trein niet langer reed, maar stilstond op een station. Het perron wemelde van de mensen.

'Hanna,' zei mevrouw Conradi indringend. 'Wakker worden, we zijn er!'

Hanna wreef zich in de ogen. Hoe had ze in vredesnaam de hele reis slapend door kunnen brengen?

Nog steeds een beetje versuft stond ze op en nam ze haar koffertje aan, dat dokter Conradi uit het bagagerek had getild.

'Ik zou willen dat ik net zo ontspannen was als u,' zei hij meesmuilend, waarna hij achter zijn vrouw aan naar de wagondeur liep. 'Ik kan voor een reis nooit slapen en tijdens een reis al helemaal niet!'

Een taxi bracht hen van het station naar de Hoheluftchaussee. Op het eerste gezicht onderscheidde Hamburg zich nauwelijks van Berlijn, maar er hing hier een zoutig aroma in de lucht.

Richard Conradi ontving hen hartelijk en nam hen mee naar de woonkamer. Toch voelde Hanna zich een storende factor, iemand die niet in deze familie thuishoorde. Het appartement van Conradi senior was groot genoeg om er een heel gezin te huisvesten, maar hij woonde kennelijk alleen.

Hanna wist dat hij weduwnaar was en niet van zins was opnieuw te trouwen. In plaats daarvan ging hij op in zijn werk, bezocht hij de adventistengemeenten en ook hield hij zich bezig met de door hem opgerichte uitgeverij. Hoe hield hij het zonder echtgenote in deze woning uit?

Tijdens het avondeten gaf hij verhalen uit zijn tijd als zendeling ten beste. Hij vertelde over een scheepsreis in een zware storm, over leeuwen op de steppe en over mensen met een zwarte huid, die ver van de westerse beschaving leefden.

Een kokkin, die blijkbaar dagelijks bij hem kwam om voor het eten te zorgen, toverde een gerecht op tafel dat *shepherd's pie* heette en dat bestond uit groenten en linzen onder een laag aardappelpuree, die in de oven een mooi korstje had gekregen.

'In Amerika en Engeland eten ze dit heel graag, maar meestal met varkensvlees onder de puree,' legde Richard Conradi na het gezamenlijke tafelgebed uit. 'Daar moet u op letten, als u bij niet-adventisten te gast bent, Hanna,' zei hij vermanend. 'De consumptie van varkensvlees is voor ons verboden.'

'Het sanatorium waar ze verblijft wordt geleid door een van onze broeders,' zei de dokter ter geruststelling. 'Er wordt daar goed voor haar gezorgd.'

Verder werd er aan tafel overwegend over familieaangelegenheden gesproken, wat Hanna verlegen maakte. Ze was blij toen Richard Conradi overschakelde op geloofskwesties, waarna ze begon te begrijpen waarom hij door jonge predikanten en zendelingen werd gevreesd.

'Zo langzamerhand begint ook in onze kerk corruptie en goddeloosheid binnen te sluipen,' tierde hij. 'Pas maar op, mijn zoon, dat de leringen van de duivel niet ook jouw huis binnendringen. Je kunt het best elk personeelslid nauwkeurig doorlichten. Het zou natuurlijk nog beter zijn als je uitsluitend leden van ons geloofsgenootschap in dienst nam op Waldfriede.'

'Dat is momenteel erg moeilijk te bewerkstelligen, want er is een groot tekort aan verplegend personeel. Maar met onze nieuwe verpleegopleiding zal die situatie gauw beter worden.' Hij keek naar Hanna. 'Zuster Hanna geeft daar trouwens ook les.'

De oude Conradi richtte een strenge blik op haar. 'Ik neem aan dat u de aspecten van ons geloof meeneemt in uw lesstof.'

'Ik... Ik geef les in röntgenologie,' antwoordde ze enigszins geïntimideerd. 'Maar ik ben me ervan bewust dat ook röntgenstralen Gods werk zijn.'

Richard Conradi knikte tevreden. 'Veel van onze leden vinden dat vrouwen geen les horen te geven. Maar ik wijs er altijd op dat Ellen White ook lerares was.'

Al sinds haar kindertijd kende Hanna het verhaal van Ellen White, de profetes en medestichtster van de zevendedagsadventisten. Ze was de echtgenote van een man die samen met een paar vrienden de christelijke leer van storende invloeden en onwaarheden wilde bevrijden. Tijdens een kerkdienst kreeg ze een visioen dat rechtstreeks van God kwam. Ze schreef het op en slaagde erin de leden van hun pas gestichte geloofsrichting te verenigen.

Hanna glimlachte, maar mevrouw Conradi's onderzoekende blik ontging haar niet.

'Laten we hopen dat Hanna nog een tijdlang voor ons behouden blijft,' zei Catherine tegen de oude Conradi. 'Een vrouw van haar leeftijd staat immers niet afwijzend tegenover het huwelijksgeluk, nietwaar?' Haar blik gleed terug naar Hanna.

Hanna kromp ineen. Had de dokter haar over haar afspraakjes met Alexander verteld? Vast wel, want echtgenoten behoorden geen geheimen voor elkaar te hebben...

'Nee, zeker niet,' gaf ze naar waarheid toe. 'Maar er is nog geen sprake van zo'n beslissing.' Ze voelde bitterheid opkomen. Ze dacht terug aan Alexander en hun onzinnige ruzie. Nu ze aan deze reis was begonnen, zat het er niet meer in dat hij haar een aanzoek zou doen, als dat al ooit zijn bedoeling was geweest.

58

Dover, 30 mei 1924

Lieve Alexander,

Nu zit ik al op het schip naar Engeland. Ik hoop dat je in goede gezondheid verkeert als deze brief je bereikt, en dat je dat wat ik je wil vertellen, wilt lezen.

Dat we die zaterdag zonder een woord van afscheid uit elkaar zijn gegaan, doet me nog steeds veel verdriet. Ik heb niet de moed gehad om naar je toe te komen zoals jij waarschijnlijk ook niet de moed had om naar mij te komen. Dat wat onuitgesproken is gebleven, bedrukt me nog altijd en ik zou je willen zeggen dat mijn besluit om deze reis te maken niets met jou of met mijn gevoelens voor jou te maken heeft. Het is gewoon een kans die ik moest aangrijpen, want als ik trouw zal ik waarschijnlijk niet meer de gelegenheid krijgen om iets van de wereld te zien. Vergeef me alsjeblieft mijn opmerking over de studentenvereniging en ook al het andere waarmee ik je heb gekwetst. Mijn gevoelens voor jou zijn onveranderd en ik verheug me erop je weer te zien.

Heel veel liefs,
je Hanna

Drie dagen na het vertrek uit Hamburg naderde hun schip de haven van Dover.

Hanna stond al in de vroege ochtend aan dek om de steile kliffen van de kustlijn te zien. Het gesteente schitterde rood in de ochtendzon en in de roze nevel viel het seinlicht van een vuurtoren te onderscheiden.

Tot Hanna's verrassing had ze de reis goed doorstaan. Veel passagiers waren zeeziek geworden en hadden hun hut nauwelijks verlaten. Zij daarentegen hield van het deinen onder haar voeten, net als van de hoge golven die het schip droegen.

'Kon u ook niet slapen?' vroeg een stem achter haar.

Dokter Conradi kwam naar haar toe en leunde naast haar tegen de reling. Omdat het een frisse ochtend was had hij een dunne jas aan.

'Ik heb nog nooit een echte zeekust gezien,' zei Hanna vol ontzag. 'Dit uitzicht zou ik niet willen missen.'

'De Engelse kust is prachtig, vooral bij zulk weer.' Ze voelde dat hij haar van opzij gadesloeg. 'Op een dag neem ik u misschien ook wel mee naar Amerika om u de bakermat van ons geloof te laten zien.'

Meteen moest Hanna aan Elisabeth denken. 'Dokter, mag ik u iets vragen?'

'Natuurlijk, Hanna.'

'Zou u ooit bij Waldfriede weggaan?' Ze draaide zich naar hem om en keek hem recht aan.

'U bedoelt of ik ergens anders zou willen gaan werken?'

Hanna knikte.

'Nou, je weet natuurlijk nooit waarheen je pad voert,' antwoordde hij peinzend. 'Waldfriede is mijn levenswerk. Het is mijn thuis. Maar als God mijn pad verlegt, zal ik dat volgen.'

'En als het pad naar Amerika voert?'

'Dan zal ik daarheen gaan,' antwoordde de dokter en hij legde zijn hand op de hare. 'Maar wees niet bezorgd, Hanna, zo gauw zal dat niet gebeuren. We hebben in Waldfriede nog veel te doen.'

Hanna knikte. Ze hoopte vurig dat Elisabeth zich vergiste, maar de twijfel was gezaaid. Als vriendin van zijn echtgenote wist Elisabeth zaken die Hanna normaal ontgingen.

Dokter Conradi sneed een ander onderwerp aan: 'Wist u dat de

Engelsen vele eeuwen geleden een grote vijandige vloot in het Kanaal hebben verslagen?'

Hanna schudde haar hoofd.

'Destijds bevochten de katholieken de net opgekomen Engelse reformatie. De anglicaanse koningin Elizabeth I was de katholieke Spaanse koning een doorn in het oog sinds zijn plan om met haar te trouwen op niets was uitgelopen. Daarom stuurde hij een vloot die veel te machtig was voor de Engelsen. Maar God hielp de Engelsen om die zogeheten Armada te vernietigen. Net zoals hij ons adventisten steeds helpt bij onze werken.'

Die geschiedenis was nieuw voor Hanna. Bij haar poging om zich die koningin Elizabeth voor te stellen, zag ze alleen zuster Elisabeth met een kroon voor zich, een eigenaardig beeld.

'Met wie is ze dan getrouwd in plaats van met de Spaanse koning?' vroeg Hanna.

'Met niemand,' antwoordde dokter Conradi. 'Ze bleef voor altijd de maagdelijke koningin die haar rijk tot grote bloei bracht. Een echtgenoot zou haar alleen maar de kroon, die ze zo liefhad, hebben afgepakt. Omdat ze zelf geen kinderen kreeg, wijdde ze zich helemaal aan haar volk en zag ze zichzelf als moeder van haar volk.'

Hanna voelde zich op een vreemde manier geraakt. Sommige verpleegsters trouwden niet omdat ze zich helemaal aan hun patiënten wilden wijden. Ze keek nu ook met andere ogen naar de hoofdverpleegsters van Friedensau die vrijwillig ongehuwd bleven, wat ze nooit zo goed had begrepen.

'We moesten maar weer eens naar onze hutten teruggaan,' zei de dokter en hij trok zijn hand terug. Het liefst had Hanna zijn hand vastgehouden, maar dat gaf geen pas.

'U hebt gelijk,' zei ze en ze wierp nog een blik op de krijtrotsen. Het verhaal van de vloot en koningin Elizabeth zou haar nog lang stof tot nadenken geven.

Een uur later meerde het schip in de haven af. Samen met de andere passagiers gingen Hanna en de Conradi's van boord.

'Dan wordt het nu langzamerhand tijd dat we afscheid nemen,' zei dokter Conradi toen ze weer aan vaste wal waren. Hij gaf Hanna een hand.

'Rust goed uit en doe uw best met leren! Engels is een mooie taal. Ik raad u aan om ook een paar Engelse auteurs te lezen.'

Hanna schudde zijn hand en beloofde zijn raad op te volgen en tevens dokter Cavendish de hartelijke groeten van de Conradi's over te brengen. Tot slot nam ze afscheid van Catherine. 'Goede reis en moge God u behoeden.'

'Jou ook, Hanna,' zei Catherine Conradi, toen gaf ze haar man een arm en liep met hem naar de automobiel die hen naar het hotel zou brengen.

Hanna hoefde niet lang te wachten. Kort nadat de automobiel met de Conradi's om de hoek was verdwenen, stopte er een wagen. Een lange, slungelachtige man met blond haar stapte uit. Hij droeg een chauffeursuniform met bijpassende pet. Toen hij Hanna zag, liep hij op haar af en vroeg naar haar naam, waarna hij het achterportier voor haar openhield en haar bagage in de kofferbak zette. Korte tijd later reden ze door de straten van Dover. Hanna was verbaasd over de talrijke gebouwen die nog uit de tijd van de oude Engelse koningen moesten stammen. Niet veel later reden ze de stad uit.

Op het eerste gezicht verschilde de omgeving nauwelijks van de Magdeburger Börde. Overal waren velden en bos en langs de wegen groeiden rozenstruiken, net als in haar vaderland.

Af en toe kon ze een blik op huizen werpen die gebouwd waren in een heel andere stijl dan ze van thuis gewend was. Sommige huizen, hier 'cottages' genoemd, waren opgetrokken uit grijze steen en hadden hoge schoorstenen, andere waren voorzien van talrijke erkers. Er waren grote huizen die eruitzagen als kleine landgoederen. Ze werden afgewisseld door eenvoudige, ietwat scheve huizen die met klimop of rozen waren begroeid.

De chauffeur zei niet veel. Daar was Hanna blij om, want haar kennis van het Engels was nog niet zodanig dat ze een gesprek kon voeren. Ze hoopte dat haar gesprekspartners in het sanatorium begrip voor haar zouden hebben. Bovendien wilde ze al die nieuwe indrukken goed opnemen, zodat ze haar zusje daarover kon schrijven.

Na een uur rijden kwam een villa-achtig gebouw met een uitgestrekt park in zicht. Het lag ongeveer twee kilometer van Maidstone af en was door een hoog smeedijzeren hek omgeven.

De rotonde voor het huis leek op die van Waldfriede, alleen was deze veel groter. De chauffeur hield halt voor het gebouw, stapte uit en deed het portier voor haar open.

'*Follow me, please*,' zei hij terwijl hij haar bagage pakte en voor haar uit liep.

Op weg door het sanatorium kwamen ze heel wat mensen tegen. Patiënten, maar ook verpleegsters en dienstmeisjes. Hanna was verbaasd over de brede gangen. Hoe mooi Waldfriede ook was geworden, dit gebouw overtrof het veruit. De vloeren in de hal waren met zwarte en witte tegels in een schaakbordmotief belegd en aan de muren hingen stillevens en landschappen.

Hanna vroeg zich af of ze naar de directeur van de kliniek werd gebracht of naar haar kamer.

Voor een hoge vleugeldeur bleven ze staan. De chauffeur gaf te kennen dat ze op een van de banken moest plaatsnemen. Hij klopte aan en verdween door de deur.

Een herinnering kwam boven. Hoeveel jaar geleden was het dat ze in de hal van Friedensau had gezeten? Destijds had ze niet kunnen dromen waarheen haar weg haar zou voeren.

Even later kwam de chauffeur terug, gevolgd door een jonge vrouw, gekleed in een matrozenblouse en een blauwe rok tot over de knie. Haar kleding paste prachtig bij haar slanke figuur. Haar korte rossige haar was gekapt in zachte golven, die met zilveren speldjes uit haar gezicht werden gehouden.

'Jij bent zuster Hanna, nietwaar?' vroeg ze in het Engels.

Hanna stond op en knikte. Hakkelend antwoordde ze: 'Ja, dat ben ik.'

'Aangenaam kennis te maken!' En voordat Hanna erop bedacht was, omhelsde de vrouw haar. 'Ik ben Jane Peterson, de secretaresse van dokter Cavendish.'

'Het genoegen is mijnerzijds,' antwoordde Hanna een beetje

schutterig. 'Sorry, ik spreek niet goed.'

Jane keek haar hartelijk stralend aan. 'Daar brengen we wel verandering in. Als je een woord niet weet, zeg het dan in het Duits. Mijn grootmoeder was Duitse.'

Hanna had liever gehad dat ze dan ook in het Duits met elkaar konden praten. Jane raadde haar gedachte en zei: 'Dokter Conradi heeft dokter Cavendish verzocht je te helpen om de taal te leren en daarom neem ik je onder mijn hoede.'

Hanna bekeek Jane. Ze schatte haar iets jonger dan zijzelf. Haar karakter en haar manier van kleden zouden bij zuster Maria vast argwaan hebben gewekt.

'Ik laat je nu eerst even je onderkomen zien.'

Toen ze naar de uitgang liepen, vroeg Hanna: 'Logeer ik dan niet hier?'

'Dokter Cavendish heeft gezegd dat ik je in de oude cottage in de tuin moet onderbrengen. Je bent niet in dienst en je bent geen patiënte. De cottage is ons gastenverblijf.'

Hanna dacht weer aan het verpleegstersuniform in haar tas. Opeens vond ze zichzelf naïef. Hoe had ze kunnen denken dat ze mee kon werken?

Ze volgde Jane door het uitgestrekte park tot aan een huisje dat bijna helemaal onder de rozenranken verdween. Jane haalde een sleutel tevoorschijn en maakte de kleine blauwgeverfde deur open.

'Alles wat je nodig hebt is er, maar als je nog een wens hebt, laat het me dan weten. De maaltijden gebruiken we in de eetzaal van het sanatorium. Als je wilt kan ik ze je ook laten brengen.'

'Niet nodig,' zei Hanna. 'Ik kom daar graag naartoe.'

'Mooi! Maak het je zo comfortabel mogelijk. Ik zal tegen de dokter zeggen dat je er bent. Het middageten is om één uur. Daarna zal ik je een beetje rondleiden.'

Jane lachte haar nog eens stralend toe en ging weg.

Hanna keek haar na. De secretaresse van dokter Cavendish leek haar aardig, haar warme, opgewekte en vriendelijke manier van doen beviel haar. Ook in Waldfriede werd af en toe hartelijk gelachen, maar Janes vrolijkheid leek uit het diepst van haar wezen te komen. Ook het gastenverblijf was naar haar zin. Het was eenvoudig ingericht, maar de meubels waren lichtblauw geverfd en de muren waren met grote bloemen beschilderd.

Ze liet zich op het brede houten bed zakken. Haar ledematen voelden zwaar aan, maar ze voelde ook een diepe rust. Het was juist geweest om op reis te gaan. Toen ze haar ogen dichtdeed, gingen haar gedachten vol dankbaarheid uit naar dokter Conradi en ze hoopte dat hij goed zou aankomen in Amerika.

59

Maidstone, 8 juni 1924

Hanna's volgende dagen verliepen heel regelmatig: 's ochtends stond ze op en deed ze wat gymnastiekoefeningen, waarna ze naar het hoofdgebouw ging. In de ontbijtzaal ontmoette ze Jane, die haar allengs met de verpleegsters en de artsen liet kennismaken.

Dokter Cavendish was in de vijftig en had een dichte bos grijs haar. Hij droeg een forse bril op zijn neus. Hij was blij met de groeten van de Conradi's en wilde vervolgens alles over Waldfriede weten.

Hanna deed enorm haar best om in het Engels te antwoorden, maar zo nu en dan kon ze niet op een woord komen, dat Jane dan voor haar invulde. Als Hanna even niet verder kwam, vertaalde ze voor haar.

De ochtenden was ze vrij, wat een vreemde ervaring voor haar was. Ze was gewend elke dag hard te werken. De sabbat en de wandelingen met Alexander waren uitzonderingen. Nu zat ze een boek uit de bibliotheek te lezen en voelde ze zich een luiwammes.

Dat veranderde ook niet als Jane 's middags langskwam en haar lesgaf. Bij mooi weer slenterden ze door het park terwijl ze de Engelse grammatica oefenden, bij slecht weer gingen ze in een van de huiskamers zitten.

Hoewel ze niet rechtstreeks met hen te maken had, observeerde Hanna de patiënten vaak en dan vroeg ze zich af van welk leed ze hier aan het herstellen waren.

Sommigen waren bij oorlogshandelingen of door een ongeval een arm of been kwijtgeraakt. Als ze hen tegenkwam probeerde Hanna niet hun kant op te kijken, zodat de herinnering aan Martin haar niet zou kwellen.

Andere patiënten hadden door een traumatische gebeurtenis psychische schade opgelopen en een derde groep was hier om te revalideren van een beroerte. Bij de laatste werd een therapie toegepast die leek op die waarmee Ellen Whites man was genezen van zijn verlamming.

's Avonds kwamen alle medewerkers bijeen in de voor hen bestemde eetzaal en ook Hanna was daar van harte welkom. Er was een korte gebedsdienst voor iedereen, van welk christelijk geloof dan ook. Veel medewerkers waren adventist, maar er zaten ook een paar anglicanen en katholieken bij.

Na het samenzijn, dat Hanna deed denken aan de eerste tijd op Waldfriede, ging ze terug naar het gastenverblijf.

Een week na haar komst had Hanna haar schroom om Engels te spreken overwonnen. Ze voerde zelfs gesprekken met de artsen en informeerde uitvoerig naar het sanatorium. Er was geen röntgenapparaat, maar wel maakte ook hier badtherapie deel uit van het revalidatieprogramma. Hanna wist zeker dat zuster Elisabeth het hier in het Maidstone-sanatorium naar haar zin zou hebben gehad. Ze was nu weliswaar hoofd van de vrouwenafdeling, maar Hanna wist dat ze dolgraag wilde overstappen naar de afdeling voor badtherapie.

De late avonduurtjes gebruikte ze om brieven te schrijven. Ze schreef aan haar zusje, aan Else, Elisabeth en een paar anderen. Ook stelde ze een brief aan Alexander op, maar die verstuurde ze nog niet. Ze wilde afwachten hoe hij op haar eerste brief zou reageren.

Af en toe kwam ze in de verleiding om ook een paar regels aan dokter Conradi te schrijven, maar dan zonk haar telkens de moed in de schoenen en legde ze haar pen vlug weg.

De eerste zondag na haar aankomst maakte Hanna 's middags een wandelingetje door het park van het sanatorium. Ze had vergeefs gehoopt op post van Alexander, maar ze hield zichzelf voor dat hij het vast druk had in de praktijk en dat een brief van of naar Engeland nu eenmaal een bepaalde tijd onderweg was.

Alexander was altijd zo aardig en liefdevol geweest, dan was het toch onmogelijk dat haar besluit om op reis te gaan hen beiden voor altijd uiteen had gedreven?

Tegen de avond ging ze terug naar het sanatorium. Ze was nog maar net voorbij de rotonde toen ze een kreet hoorde, die werd gevolgd door een doffe klap.

Hanna draaide zich vliegensvlug om. Ongeveer tweehonderd meter bij haar vandaan lag een man op het geplaveide pad voor het gebouw. Het zag ernaar uit dat hij uit een van de ramen op de bovenverdieping was gevallen. Onder zijn hoofd vormde zich binnen enkele ogenblikken een plas bloed.

Gedreven door een impuls rende Hanna naar hem toe. De ledematen van de man lagen in een vreemde houding, zijn ogen waren open en er kwam bloed uit zijn oor.

Hanna's hart ging tekeer. Ze wist dat ze iets moest doen, maar ze kon het niet. Het gezicht van de gewonde werd dat van Martin, zoals hij dood naar het plafond van de ziekenzaal had gestaard.

Binnen enkele ogenblikken was ze door mensen omringd.

'Haal hulp!' schreeuwde iemand, waarop er beweging in de menigte kwam.

Hanna week terug.

Niemand leek te verwachten dat ze iets deed. Ze werd opzij geduwd door mensen die zich over de man heen bogen.

Hanna snakte naar adem. Haar blikveld werd vaag en zwart aan de randen.

Kort daarna stond Jane naast haar. Ze leek de situatie meteen te begrijpen, want ze raakte Hanna's arm aan en vroeg indringend: 'Hanna, wat is er met je?'

'Ik...' zei Hanna moeizaam. 'Ik krijg geen lucht... Ik... moet... weg.' Ze voelde haar knieën knikken.

Jane ving haar op en liet zich met haar op het gras zakken.

Hanna zag het groen van de boomkruinen. Alle geluiden leken opeens van ver weg te komen. Het was alsof ze in een stille groene zee verdronk. Vreemd genoeg verzette ze zich niet, tot ze een scherpe pijn op haar wang voelde.

Hijgend kwam ze weer bij. Met wijd open ogen staarde ze Jane aan.

'Hanna, hoor je me?' vroeg de Engelse.

'Ja,' antwoordde Hanna versuft. 'Wat is er gebeurd?'

'Je bent flauwgevallen,' zei Jane. Ze hielp haar om voorzichtig overeind te komen. Hanna's blik viel op het groepje mensen op het pad.

'O, hemel, die man!' Hanna sprong overeind.

Jane pakte haar bij haar schouders. 'Rustig maar, Hanna, rustig maar. Dokter Carmichael is met hem bezig. Het is al goed.'

'Hoe is het met hem?' vroeg Hanna bezorgd. 'Is hij nog te helpen?'

'Dat is niet jouw zorg, maar die van onze artsen. Vergeet niet dat je hier bent voor je rust.'

'Denk je dat hij het heeft overleefd?' Hanna bleef aandringen.

Jane aarzelde. 'Dat weet ik niet.'

'Volgens mij heeft hij een schedelbasisfractuur. Hij bloedde uit zijn oor...' De tranen sprongen haar in de ogen.

Jane legde haar arm om Hanna's schouders en nam haar door de achteringang mee naar binnen, waar ze haar in dokter Cavendish' spreekkamer neerzette en een deken over haar schouders legde tegen de schok.

'Je had hem niet kunnen helpen,' zei ze zachtjes. 'Hij is bij onze artsen in goede handen. Hier, drink wat water.' Ze schonk een glas voor Hanna in uit de karaf op het bureau en gaf het haar.

Hanna pakte het trillend aan en dronk het in één teug leeg.

'Je kende hem, nietwaar?'

'Ja,' antwoordde Jane zacht. 'Hij was...'

Hanna onderbrak haar vlug. 'Je hoeft het niet te vertellen.' Ze zette het glas neer. 'Ik wil het niet weten.'

Jane knikte. 'Kan ik je al terugbrengen naar de cottage? Voel je je sterk genoeg?'

'Ik denk het wel.'

'Goed, dan loop ik met je mee. Je kunt het best even gaan rusten. Ik kom later even bij je kijken.'

Op wankele benen liet Hanna zich door Jane het sanatorium uit brengen. De menigte op het pad was verdwenen, net als de man. Alleen een hoopje zand op de plek waar zijn bloed was geronnen herinnerde nog aan hem.

Een uur later meldde zich een politieagent om verklaringen over het voorval op te nemen. Omdat de patiënt ondanks de verleende eerste hulp was overleden, moest er een onderzoek in gang worden gezet.

Ook bij Hanna kwam hij langs. Hij had een gedrongen gestalte en zeegroene ogen die hij verbaasd opensperde toen hij hoorde dat ze Duitse was.

Met broze stem vertelde ze hem wat ze had gehoord: zijn schreeuw, de doffe klap.

Toen hij weer weg was kwam Jane terug met een dienblad. Op een bord lagen een paar scones en een grote kop was gevuld met dampend hete chocolademelk. Ondanks alles had Hanna toch een beetje trek.

'Die man is zijn dood tegemoet gesprongen, hè?' fluisterde ze.

Jane boog haar hoofd.

'Ik ben verpleegster,' zei Hanna. 'Bij ons in het ziekenhuis hebben we ook wel eens te maken met een zelfmoordpoging. Eigenlijk zou het me niets moeten doen, maar... soms overkomt me dit.'

'Je hebt dit vaker?'

'Alleen als patiënten heel zwaar gewond zijn.' Hanna verstomde. Had ze net een cruciale fout gemaakt? Stel dat ze hier aan haar verstand gingen twijfelen? Welk licht wierp het op dokter Conradi dat hij zo'n labiele verpleegster in dienst had?

Jane schoof haar het bord met de scones toe.

'Hoe komt dat?' vroeg ze terwijl ze een stoel bijtrok en tegenover Hanna ging zitten. 'Ik bedoel, dat je bij het zien van een gewonde man flauwvalt?'

Hanna zweeg en stopte een stukje van het zachte, zoetige gebak in haar mond. Ze vond het gênant dat ze was ingestort. Gênant dat ze Jane van haar probleem had verteld. Toch voelde ze dat het haar goeddeed om haar hart te luchten.

'Mijn verloofde... Hij is in de oorlog zwaargewond geraakt,' vertelde ze daarom haperend. 'Hij is naar ons ziekenhuis vervoerd. Het was afschuwelijk. Hij is dezelfde nacht nog overleden. En sindsdien heb ik dit.' Hanna nam een slokje warme chocolademelk.

Over de tafel heen pakte Jane haar vrije hand. 'De oorlog is voor zo velen van ons traumatisch geweest,' zei ze zacht. 'Je denkt dat het alleen je eigen volk zo vergaat, maar dan vergeet je dat er ook aan de andere kant mensen sterven. Mensen die ouders hebben, kinderen misschien of een verloofde...' Ze zweeg en keek Hanna indringend aan. 'Wat is er daarna gebeurd?' vroeg ze toen Hanna niets terugzei.

Hanna aarzelde, maar opeens braken de dijken door en vertelde ze hoe ze in contact was gekomen met dokter Conradi en dat hij haar naar Waldfriede had gehaald.

'Dan heb je heel veel geluk gehad,' zei Jane toen ze klaar was. 'Ik ken verpleegsters die na zo'n gebeurtenis volledig gebroken waren.'

'Bedoel je dat er anderen zijn die dit ook meemaken?'

'Er zijn er nogal wat die onder de werkdruk bezwijken. En daar is niet eens de dood van een geliefde voor nodig. Het werk in de operatiekamer wordt veel mensen te veel. Anderen worden wanhopig doordat er zo veel mensen om hen heen sterven. Een vriendin van me heeft tijdens de Spaanse griep van 1918 in een overvol ziekenhuis in Londen gewerkt. Daarna was ze psychisch een wrak, want er bleven maar mensen sterven, wat de artsen ook probeerden.' Jane zweeg. Haar blik gleed naar het raam.

'Waar is je vriendin nu?' vroeg Hanna.

'Ze werkt in een warenhuis in Londen. Ze kan nog steeds geen ziekenhuis binnengaan zonder het benauwd te krijgen. Jammer genoeg weigert ze ervoor naar een arts te gaan.'

'Kan een arts daar dan iets tegen doen?' vroeg Hanna vol ongeloof.

'Natuurlijk!' antwoordde Jane nadrukkelijk. 'De betrokkene moet het alleen wel willen. Sommigen denken dat het vanzelf overgaat, als ze maar op afstand blijven of als er genoeg tijd is verstreken. Maar een demon moet je uitdrijven, anders laat hij je niet los.'

Hanna keek in haar kopje.

'In Maidstone zit een psycholoog, die zou eens naar jouw probleem kunnen kijken,' hoorde ze Jane zeggen.

'Maar ik ben toch niet gek?' protesteerde Hanna.

'Nee, hoor. Maar dat trauma moet uit je lichaam worden verdreven. Dr. Rogers was een leerling van Sigmund Freud; dat beweert hij althans. Hij is een van de beste psychologen die ik ken. Af en toe komt hij ook bij onze patiënten.'

Hanna aarzelde. Moest ze echt naar die man toe gaan?

Jane kneep in haar hand. 'Je moet hulp zoeken, Hanna. Die aanvallen zouden mettertijd erger kunnen worden. Dr. Rogers is echt heel goed. Hij kan soms misschien wat bot zijn, maar voor zijn cliënten staat hij altijd klaar. En hij is discreet.'

Hanna dacht aan iets wat dokter Meyer tijdens haar opleiding had gezegd. Dat lichaam en geest een eenheid vormden en niet los van elkaar konden worden gezien. 'Laat uw beeld van de onsterfelijke ziel maar los,' had hij gezegd. 'De menselijke geest is stevig vergroeid met het lichaam. Lijdt het een, dan lijdt het andere meestal mee.'

'Goed dan,' zei Hanna. 'Ik zal het proberen.'

Jane knikte haar toe. 'Ik geef je zijn adres. Als je wilt, bel ik hem op om te vragen of hij morgen tijd voor je heeft.'

'Dat zou heel aardig zijn.'

'En je kunt mijn fiets lenen, als je maar uitkijkt dat hij niet gestolen wordt.'

'Dank je, ik zal erop letten,' zei Hanna en ze nam Janes uitgestoken hand aan.

De volgende ochtend ging ze op weg naar de stad. Dr. Rogers had zijn praktijk aan de rand van de stad Maidstone, in een mooie cottage. Het was zo vreemd dat alles er hier zelfs bij regen schilderachtig uitzag, terwijl Berlijn er in haar ogen bij slecht weer altijd grauw en vreugdeloos bij lag. Toen Jane belde had hij meteen toegestemd in een gesprek met Hanna.

Ze zette de fiets voor het huis neer, maakte hem met een kettingslot vast aan het hek en liep vervolgens door de half openstaande deur naar binnen.

'Dr. Rogers?' riep ze, maar er kwam geen antwoord.

In de gang, die een beetje naar oude gebouwen en ontsmettingsmiddel rook, hing een afbeelding van een heilige. Een in het groen geklede vrouw met een sluier had haar arm om een jongere vrouw geslagen. Onder haar rode gewaad was een zwangere buik te zien. De oudere vrouw droeg een aureool en glimlachte mild.

'De heilige Anna,' hoorde ze een man zeggen. 'Schutspatroon van zwangere vrouwen.' Toen ze opzijkeek, zag ze het gezicht van een oudere, enigszins gedrongen man met een grote grijzende snor. Hij was in hemdsmouwen en zijn pantalon werd opgehouden door brede bretels. 'Dat schilderij was van mijn moeder. Ze was door en door katholiek en de beste vroedvrouw die ze hier ooit hebben gehad.' Hij keek Hanna in de ogen. 'Bent u de jonge vrouw over wie Jane me heeft gebeld?'

Hanna keek hem verrast aan en knikte. 'Hanna Richter.'

'Jonathan Rogers,' zei hij en hij schudde haar de hand. 'U bent Duitse, nietwaar?'

'Ja,' antwoordde ze met enige aarzeling.

'Wees maar niet bang, ik koester geen wrok jegens Duitsers. Burgers beginnen geen oorlogen en verpleegsters al helemaal niet. Zij zijn slechts degenen die opdraaien voor de ellende die koningen en keizers veroorzaken.'

Hij gebaarde haar mee te komen. 'U moet weten dat ik nog maar zelden cliënten van buiten aanneem,' vertelde hij. 'Maar als Jane belt, sta ik paraat.'

Hanna volgde hem naar een kamer met een laag houten plafond, waar een rustieke kroonluchter aan hing. Eigenlijk was het een groot wagenwiel waarop lampen waren gemonteerd.

'Dit huis was ooit een herberg voor reizigers.' Hij stootte een lachje uit. 'Tegenwoordig zou vast niemand hier meer willen verblijven.' Hij bleef staan bij een zithoek die bestond uit zware leren stoelen. 'Gaat u zitten, miss Richter.'

Hanna nam plaats op een van de stoelen. Tussen hen in stond een houten tafel met een glazen blad met een fruitschaal erop.

'Zo, vertelt u me eens iets over uw probleem. Jane was er heel vaag over.'

Hanna aarzelde. 'Ik... Ik raak in paniek als ik word geconfronteerd met gewonde mannen. Zwaargewonde mannen,' begon ze voorzichtig.

Dr. Rogers keek haar indringend aan. 'Erg onhandig voor een verpleegster, lijkt me.'

Hanna knikte.

'Kunt u een voorval noemen waarbij deze paniek zich voor het eerst heeft voorgedaan?'

Hanna wilde hem juist vertellen over de eerste patiënt, de soldaat die ter revalidatie naar Friedensau was gestuurd, maar toen schoot haar te binnen dat ze dat gevoel al eerder had ervaren. Bij Martin. Dus vertelde ze dr. Rogers over haar verloofde, het hele verhaal, zo gedetailleerd als nooit tevoren. Ze liet ook niet weg dat Martin en zij hadden willen trouwen en dat hij na zijn terugkeer die wens meer dan eens had herhaald. En welke afschuw ze daarbij had gevoeld.

Dr. Rogers maakte een heleboel aantekeningen en luisterde verder zwijgend.

Hij hoefde geen vragen te stellen. Alles kwam als een spraakwaterval naar buiten.

Toen ze klaar was, voelde ze zich eerst opgelucht. Maar daarna was het ineens alsof haar borstkas door een klem werd omsloten. Haar hart bonsde hevig en haar handen werden klam van het zweet.

'Nou, jongedame, ik denk wel dat ik u kan helpen,' zei Rogers bedachtzaam. 'Maar u dient dan bereid te zijn met me samen te werken. Ik neem aan dat u van dit trauma af wilt.'

'Natuurlijk wil ik ervan af,' zei Hanna vlug. 'Ik wil niets liever dan eindelijk weer normaal zijn, zodat ik niet meer zo... extreem reageer als ik een gewonde zie.'

Rogers knikte, gaf een klap op zijn bovenbenen en stond op. 'Dan zie ik u morgenmiddag.'

'Morgen?' vroeg ze verbaasd. Ze had er eigenlijk op gerekend dat hij haar meteen zou zeggen wat er mis met haar was.

'Ja, ik moet hierover nadenken. De psychologie is een heel complexe wetenschap. Bovendien heeft datgene wat u me hebt verteld vast veel in u losgemaakt. Het is niet goed om daarna meteen met de therapie te beginnen. Dat zou eerder het tegendeel bewerkstelligen van wat ik wil bereiken.' Hij keek haar onderzoekend aan. 'Zien we elkaar dus morgen?'

Hanna knikte en gaf hem een hand.

Op de terugweg stak er een wind op. De hemel werd donkerder en er klonk een zacht gerommel. Hanna zette zich op de fiets schrap tegen de rukwinden en probeerde zo hard mogelijk te trappen om niet in het noodweer terecht te komen. Regendruppels striemden in haar gezicht; ze namen snel in aantal toe.

Hoewel het fietsen moeite kostte had Hanna het gevoel dat de beweging haar goeddeed. Haar hoofd raakte leeg. Voor het eerst sinds lange tijd voelde ze alleen zichzelf, haar lichaam en de nattigheid op haar huid.

Toen ze bij het sanatorium aankwam was ze tot op het bot doorweekt. Ze parkeerde de fiets naast haar cottage en rende naar binnen. Daar trok ze haar drijfnatte kleren uit en hulde zich in haar badjas. Toen begon ze met een handdoek haar haar te drogen.

Met de houtblokken die opgestapeld lagen naast de kachel maakte ze een vuurtje en ze stak haar handen uit naar de oplaaiende vlammen.

Even later trok ze bij gebrek aan andere kleding haar verpleegstersuniform aan. Toen werd er geklopt.

'Hanna, ben je thuis?' vroeg Jane.

'Ja, kom erin!' antwoordde ze.

Toen de secretaresse haar in haar verpleegstersuniform zag, bleef ze abrupt staan. 'O!' riep ze uit. 'Ik zag mijn fiets voor het huisje staan. Je bent toch bij dr. Rogers geweest?'

'Ja, inderdaad. Ik ben onderweg nat geworden.'

'Waarom heb je eigenlijk je uniform meegebracht?' wilde Jane weten toen ze de deur achter zich dichttrok.

'Ik heb niets anders meegebracht. Ik dacht dat ik...' De gedachte dat ze hier zou kunnen meewerken leek haar nu absurd. 'Tot de nieuwe munteenheid werd ingevoerd hadden we in Duitsland nauwelijks kans om nieuwe kleren te kopen.'

'Arme ziel!' antwoordde Jane. 'Dan geef ik je wel een jurk.'

'Dat is niet nodig,' zei Hanna afwerend, maar Jane hield voet bij stuk.

'Als onze gast hoef je hier niet te werken, maar als je dat aanhebt, haalt een van de artsen je vast en zeker binnen in zijn spreekkamer.' Ze lachte kort en vroeg toen: 'Hoe was het bij dr. Rogers? Hij is aardig, hè?'

'Dat is hij zeker,' beaamde Hanna. 'Hij heeft me het een en ander gevraagd en toen zei hij dat ik morgen moest terugkomen.'

'En, ga je dat doen?'

Hanna knikte. 'Ik wil graag weten wat er met me aan de hand is. En ik wil ervan afkomen. Ik wil weer worden als vroeger. Voordat het allemaal gebeurde.'

Jane keek haar afwachtend aan, maar ze voelde blijkbaar wel dat Hanna niet meer wilde loslaten. 'Als ik je nu eens een blik in mijn kledingkast liet werpen?' stelde ze daarom voor. 'Je mag nemen wat je wilt. Kom vlug mee, voordat ik me bedenk!'

60

Maidstone, 10 juni 1924

Het onweer hield de hele nacht aan, maar vlak voordat ze naar dr. Rogers wilde gaan, hield de regen op en brak de zon door de wolken.

Hanna vroeg zich af wat de psycholoog vandaag met haar wilde doen. Psychologie was niet een vak dat in Waldfriede werd onderwezen, ook al werden de verpleegsters geschoold in het observeren van patiënten. Ze moesten leren om een juiste indruk van een patiënt te krijgen, om vast te kunnen stellen hoe de betrokkene er lichamelijk en mentaal aan toe was.

Dr. Rogers ontving haar hartelijk en gaf haar een kop earl grey met melk en kandij. Toen begon de behandeling.

'Hebt u er eigenlijk wel eens over gedacht om u opnieuw te verloven?' vroeg de psycholoog.

Hanna keek op van die vraag. Ze had eigenlijk iets anders verwacht.

'Ik heb een...' Ze haperde en vroeg zich gelijktijdig af wat Alexander eigenlijk voor haar was. 'Vriend,' ging ze ten slotte verder.

'Maar met hem lijkt de relatie niet echt goed te zijn,' wierp dr. Rogers tegen.

Hanna keek hem met grote ogen aan. 'Waarom denkt u dat?'

'U aarzelde. Alsof u niet weet wat hij precies voor u betekent.'

Betrapt keek Hanna naar haar handen.

'Ik veronderstel dat het voor u niet echt gemakkelijk is om voor andere mensen open te staan.' De psycholoog sloeg haar gade. 'Welke mensen in uw leven zijn voor u belangrijk?'

'Mijn zusje Leni,' zei Hanna. 'Alexander en...' Opnieuw haperde ze. Kon ze dokter Conradi noemen? Hij was haar baas, geen familie of een vriend.

'En?' vroeg dr. Rogers. Hanna zag in dat het geen zin had iets voor hem geheim te houden.

'Dokter Conradi,' gaf ze toe. 'Mijn baas.'

Dr. Rogers kneep even zijn ogen samen. 'Hebt u gevoelens voor deze man?'

'Nee!' Ze reageerde heftig, een beetje te heftig, zoals ze zich even later realiseerde. 'Ik mag hem graag, maar hij... Hij is mijn baas. En hij is getrouwd.'

De psycholoog knikte en schreef toen weer iets op.

'Dat... dat blijft toch onder ons, nietwaar?' vroeg ze ongerust.

'Ook al heb ik niet met het lichaam maar met de ziel van de mensen van doen, ik heb beroepsgeheim,' antwoordde hij rustig. Hij pauzeerde even, om eraan toe te voegen: 'Zou u soms graag willen dat hij meer was dan uw baas?'

'Nee, ik...' Hanna schudde haar hoofd. 'Het is gecompliceerd. We... mogen de huwelijksband niet verbreken. En ik weet ook niet wat hij voor mij voelt. Juist omdat hij gebonden is.'

Dr. Rogers knikte. 'Weet u wat me opvalt? Dat u heel geëmotioneerd over uw baas praat, maar niet over uw vriend.'

'Alexander...' Verlegen hield Hanna op met praten.

'Ja? Wat voelt u voor hem? Houdt u van hem?'

Hanna worstelde met zichzelf. Als je van je demonen verlost wilt worden, dan moet je eerlijk zijn, zei ze tegen zichzelf. Hield ze wel van Alexander? En vooral: hield hij van haar? Ze had nog steeds geen brief van hem ontvangen.

'Ik... Ik weet het niet. Ik weet alleen dat ik hem niet kwijt wil raken.'

'Zoals uw verloofde?'

Hanna knikte. Het koude zweet stond in haar handen. Alles in haar schreeuwde erom de sessie te staken. Maar ze bleef zitten, alsof ze door een ijzeren staaf op haar plaats werd gehouden.

'Hebt u nog iemand in uw leven verloren?'

'Mijn zus Ruth,' antwoordde Hanna verdoofd. 'Ze stierf bij de geboorte van haar kind.'

'U hield van uw zus, nietwaar?'

'Heel veel.' Hanna kneedde haar handen in haar schoot.

Dr. Rogers drong aan. 'Meer nog dan van uw verloofde?'

'Ik weet het niet.' Er leek plotseling een dikke brok in haar keel te zitten. Ruth was haar zus, terwijl Martin de man was van wie ze had gehouden. Kon je dat tegen elkaar afwegen?

De psycholoog zweeg een tijdje en keek haar toen recht aan.

'Denkt u dat u in staat bent mijn analyse aan te horen?'

Hanna ademde trillend diep in, haar blik ging naar het raam. De lucht trok dreigend dicht. Als ze nu wegging zou ze weer in een hoosbui terechtkomen, wat hier heel vaak leek voor te komen.

'Ja, ik geloof van wel, ja.' Haar stem klonk hees, maar ze doorstond zijn blik.

Even later begon het langdurig en gelijkmatig te regenen, een bui die zich over een groot gebied uitstrekte en niet te vergelijken was met die waarin ze de vorige dag was beland. De regen trommelde met regelmaat tegen de ruiten en vormde zo zachte achtergrondmuziek voor de woorden van dr. Rogers.

'U lijdt aan verlatingsangst, Hanna,' legde hij uit. 'Die is al ontstaan op het moment dat u uw zus verloren hebt. De dood van uw verloofde heeft die angst versterkt. Als gevolg daarvan wilt u zich niet openstellen voor iets nieuws, omdat u bang bent dat ook te verliezen. Maar dat is niet het enige waardoor u gekweld wordt, en het is ook geen verklaring voor uw reactie op zwaargewonde mannen.'

'Wat is het dan?' Hanna omklemde haar schouders, alsof ze in een afgrond dreigde te vallen en zichzelf zo kon tegenhouden.

'Uw paniekaanvallen dateren van de nacht waarin uw verloofde werd thuisgebracht. De ernstige verwondingen, alle pijn die u hebt aanschouwd, zijn een grote belasting voor de menselijke ziel.'

'Maar ik ben verpleegster,' protesteerde ze. 'Ik moet daar toch tegen kunnen?'

'Zelfs als u arts was, zou u daar niet tegen hoeven te kunnen!' maakte dr. Rogers duidelijk. 'In uw geval ga ik er trouwens niet van uit dat het zien van de ernst van de verwondingen de oorsprong van uw paniekaanvallen is. U hebt me verteld dat u soms ook bij operaties assisteert. Als vrouwen gewond zijn of geopereerd moeten worden, dan maakt u dat toch niets uit?'

Hanna knikte. 'De paniek slaat alleen toe bij mannen.'

De psycholoog leunde achterover in zijn stoel. 'Misschien vindt u het moeilijk te begrijpen, maar uw werk als verpleegster, en wat dit beroep met zich meebrengt, heeft met het eigenlijke probleem niets van doen. Het gaat om heel iets anders.'

'Om wat dan?' Een rilling trok door Hanna heen. Haar innerlijke onrust voelde aan als een monster dat haar van binnenuit wilde opvreten.

'U vertelt me dat u niet weet wat uw gevoelens zijn voor die nieuwe man in uw leven. Of u van hem houdt en of u zich voor hem moet openstellen.'

'En wat heeft dat met mijn... aanvallen te maken?'

'Volgens mij is het glashelder.' Dr. Rogers zei even niets maar ging toen op indringende toon verder: 'De aanleiding voor uw aanvallen was het onredelijke verlangen van uw verloofde om op stel en sprong te trouwen.'

Hanna schudde verbouwereerd met haar hoofd. 'Maar dat is... toch absurd. Ik zou me immers niet met hem hebben verloofd als ik niet met hem had willen trouwen.'

'Ik bedoel niet zijn verlangen om te trouwen toen hij nog niet gewond was,' legde Rogers bedachtzaam uit, 'maar eerder zijn wens om nog dezelfde nacht dat hij zwaargewond in Friedensau aankwam, met u te trouwen.'

Plotseling zag Hanna alles weer voor zich.

Ze stond in het ziekenhuis bij zijn bed, blij dat Martin leefde, maar ook geschrokken door hoe hij eraan toe was. Opeens kwam alles terug: de stompen, de verbandwindsels en de onuitsprekelijke stank.

'Eindelijk kunnen we trouwen!'

'Jij moet eerst maar eens beter worden. Ik denk niet dat de pastor

je zal toestaan zo voor het altaar te treden.'

'Dat zal hem een zorg zijn. De wens van een gewonde soldaat om eindelijk met zijn geliefde verbonden te worden zal hij toch moeten inwilligen?'

Ineens had Hanna het gevoel dat iemand haar keel dichtdrukte. Ze hapte naar lucht en klampte zich vast aan de bekleding van de stoel om zich te verzetten tegen het enorme gevoel van duizeligheid dat haar overviel.

'Hanna!' hoorde ze de stem van de psycholoog, maar het was net als wanneer ze voor gewonden stond. Ze kon zich alleen maar concentreren op haar ademhaling, tot iets anders was ze niet in staat. Haar lichaam baadde in het zweet, haar ledematen trilden hevig, haar gezichtsveld vernauwde zich.

'Hanna!' De stem van dr. Rogers klonk boven het harde geruis in haar oren uit, toen voelde ze zijn arm om haar schouders. Even later drong er een bijtende geur in haar neus. Ze draaide haar hoofd opzij en voelde hoe de wereld, die zich van haar had verwijderd, langzaam terugkeerde. Ze begreep dat de psycholoog reukzout onder haar neus hield.

'Vertel me wat u voor ogen had,' verlangde hij met zachte maar dwingende stem toen ze weer gekalmeerd was. Nu werden haar handen ook weer warmer.

'Het moment waarop Martin me ten huwelijk vroeg,' gooide Hanna er met moeite uit en ze veegde over haar bezwete voorhoofd. 'Ik... Ik kon op dat moment alleen maar denken dat hij nooit meer de oude zou zijn. Ik schaamde me daar zo voor!'

'Dat is het,' zei dr. Rogers en hij keek haar afwachtend aan.

'Hoe bedoelt u?'

'Dat is het,' herhaalde hij. 'Schaamte. U schaamde zich ervoor dat uw liefde voor hem van zijn uiterlijk bleek af te hangen. Als de pastor was gekomen, had u dan ja gezegd?'

Hanna schudde haar hoofd. 'Ik weet het niet.'

'Uw gevoel gaf het oprechte antwoord, maar uw verstand zei dat u hem moest ontzien.'

'Ik begrijp het niet...' stamelde Hanna. Het liefst was ze het huis van dr. Rogers ontvlucht. Weg uit Engeland, terug naar Duitsland, waar het veiliger leek. Maar ze was niet in staat zich te verroeren.

'U had niet met hem willen trouwen. Waarschijnlijk had u uit medelijden ja gezegd, maar eigenlijk voelde u zich niet opgewassen tegen de toestand van uw verloofde. U schaamde zich daarvoor en ik neem aan dat uw geweten u ook behoorlijk tot last was, en nog altijd is.'

Hanna knikte.

'Nu, het zal niet zo eenvoudig zijn om u van uw slechte geweten te verlossen. Maar ik ben ervan overtuigd dat het de oorzaak van uw aanvallen is. Als u een gewonde man voor u ziet, bent u onbewust bang dat hij u een aanzoek zal doen. En dat de schaamte over zijn toestand u ertoe brengt het aanzoek aan te nemen. Om hieraan te ontkomen, zoekt u uw toevlucht in een flauwte.'

'Kunt u me helpen?' vroeg ze.

'Ik denk van wel. Maar dan moeten we dagelijks afspreken. Hoelang blijft u hier nog?'

'Bijna twee weken,' antwoordde Hanna.

'Nou, dat is tenminste iets.'

Plotseling merkte Hanna dat ze moest glimlachen.

'U glimlacht?' stelde dr. Rogers vragend vast.

Hanna knikte. 'Dokter Conradi heeft me naar Engeland gestuurd zodat ik mijn talenkennis verbeter,' zei ze. 'Is het niet grappig dat ik dat nu bij u ga doen?'

Toen ze eindelijk afscheid van dr. Rogers nam, had ze voor haar gevoel zojuist een vreselijke storm overleefd. Haar lichaam en geest voelden aan als de natuur na een zuiverend onweer. Ze was bezield met nieuwe moed, al besefte ze dat de volgende dagen zwaar zouden worden. Ze zou haar schaamte onder ogen moeten zien. En haar slechte geweten. En het feit dat ze een onafhankelijke vrouw was, die niets hoefde toe te laten wat ze niet zelf wilde.

61

Boston, 24 juni 1924

Louis stond op de campus van de Harvard Medical School en vroeg zich af hoe zijn leven zou zijn verlopen als zijn vader niet uit Amerika was vertrokken.

Het geluid van tjilpende vogels schalde over het plein en de temperatuur was nog steeds zo aangenaam dat je niet naar de verkoelende schaduw van hoge bomen hoefde te vluchten. De ochtendhemel werd weerspiegeld in de ramen van de kliniek. Enkele ervan stonden open om de frisse lucht binnen te laten.

De afgelopen dagen waren nogal inspannend geweest. Tijdens de overtocht hadden ze onbestendig weer gehad, waardoor niet alleen zijn maag op de proef was gesteld. In Battle Creek hadden ze nauwelijks van de reis kunnen bijkomen, daarvoor was het programma te vol geweest. Wel had hij ervan genoten zijn geboorteplaats terug te zien.

Ze waren de vorige dag in Boston aangekomen en nu was het moment aangebroken waar hij naar had uitgekeken: hij zou eindelijk gaan meelopen met dokter Cushing.

Louis liep naar het ziekenhuis toe. Het Brigham Hospital was in 1910 gesticht. Dokter Cushings inbreng bij de planning was bepalend geweest. Sinds 1912 bezette hij er de leerstoel voor heelkunde en ook stond hij aan het hoofd van de afdeling Chirurgie.

Het afgelopen jaar had Louis een artikel gelezen over de oprichting van de eerste afdeling voor intensieve zorg ter wereld, of zoals

Cushing het noemde: 'intensive care'. Daar werden pas geopereerde patiënten enige tijd continu bewaakt en werden alle parameters van de vitale functies bijgehouden. Bovendien was het mogelijk om de patiënten dag en nacht van zuurstof en infusen te voorzien als hun toestand dat vereiste. De afdeling was bedoeld voor patiënten die zeer zware operaties hadden ondergaan of ernstig verzwakt waren.

Louis had zich direct afgevraagd of zo'n afdeling ook iets voor Waldfriede zou kunnen zijn.

Nu hij alles straks met eigen ogen zou zien voelde hij zich bijna een beetje geïntimideerd. Hij wist wat hij waard was en had niet te klagen over gebrek aan zelfbewustzijn, maar hij voelde diep respect voor een chirurg als Cushing, die zelfs niet terugschrok voor hersenoperaties.

Met lange passen haastte hij zich naar het afgesproken trefpunt: Cushings spreekkamer. Hij wilde juist aankloppen toen de deur openzwaaide en de grootmeester van de chirurgie voor hem stond. De laatste keer dat ze elkaar hadden ontmoet had Cushing een maatpak gedragen, maar als hij zoals nu een witte jas droeg was hij nog imposanter. Hij was een slanke man met markante gelaatstrekken en een licht gebogen neus, die hem het uiterlijk van een Romeinse senator verschafte. Zijn haar was inmiddels spierwit, maar zijn blik was nog steeds vervuld van jeugdige energie.

'Ah, Louis! Je bent er al!' Hij kwam naar hem toe en reikte hem de hand. 'Het doet me veel genoegen je terug te zien!'

'Harvey! Het genoegen is geheel aan mijn kant!' Louis schudde de aangeboden hand. 'Het is al weer zo lang geleden.'

'Ja, een eeuwigheid, voor mijn gevoel. De tijd gaat tegenwoordig zo hard!'

Daar had hij gelijk in. Wat was nu vijf of tien jaar? Waldfriede bestond al weer vier jaar, de oorlog lag al zes jaar achter hen en sinds hun laatste ontmoeting was er acht jaar verstreken.

'Ik ben onderweg naar de operatiekamer. Heb je zin om meteen mee te gaan? Er staat een hersentumor op het programma. Ik bestudeer al geruime tijd de structuren die lijken te ontstaan uit de gliacellen.'

Louis had over zijn research gelezen en was erdoor gefascineerd. Hij droomde er al lang van om tijdens een operatie over Harvey Cushings schouder mee te kijken. 'Natuurlijk ga ik graag mee,' verzekerde Louis hem haastig.

'Goed, ik ben ervan overtuigd dat de patiënt van vandaag zo'n tumor heeft.'

Even later stond Louis naast Cushing zijn handen te schrobben aan de wastafel. Er kwam een verpleegster binnen, die hem in zijn operatiehemd hielp, waarna ze hem zijn kapje opzette. Met haar blonde haar deed ze hem een beetje aan Hanna denken.

Hoe zou het haar in Engeland vergaan? Die vraag had hij zich de laatste tijd telkens weer gesteld en hij hoopte dat ze van haar verblijf in Engeland zou genieten. Hij had met de gedachte gespeeld haar te schrijven, maar hij wilde haar niet in verlegenheid brengen.

Toen ze klaar waren, liepen ze een ruime operatiezaal in, die groot genoeg was om meerdere patiënten tegelijkertijd een operatie te laten ondergaan.

'Onze patiënt is een zesenvijftigjarige vrouw die vanwege hevige hoofdpijnklachten bij ons is gekomen,' legde Cushing uit terwijl hij met zijn tot taillehoogte opgeheven handen naar de operatietafel liep. 'We hebben de tumor aan de hand van een röntgenfoto van haar hoofd kunnen vaststellen.'

De vrouw was bedekt met witte lakens die alleen haar hoofd vrijlieten. Eén kant van haar schedel was kaalgeschoren.

Cushing liet zich de foto nog eens tonen. 'Wat zijn die röntgenstralen toch een zegen,' zei hij en hij liet Louis een blik op de foto werpen. De tumor was niet bijzonder groot en bevond zich in de linkerhersenhelft. 'Zie je? Ik weet niet wat we zonder die techniek zouden moeten beginnen.'

Louis wenste dat Hanna de foto had kunnen zien. De opname was zo scherp en gedetailleerd dat hij zich afvroeg of Cushings ziekenhuis misschien een moderner röntgenapparaat had.

Toen de patiënte onder narcose was reikte de operatiezuster de chirurg het scalpel aan.

'De meeste Europese chirurgen zijn onbehouwen slagers,' zei Cushing toen hij met het scalpel en een botzaagje behoedzaam de schedel van zijn patiënte begon te openen. 'Ze houden nauwelijks rekening met hun patiënten en lijken soms zelfs te vergeten dat ze met een mens te maken hebben. Voordat ik Theodor Kocher leerde kennen dacht ik dat het niet anders ging, maar hij leerde me dat je ook langzaam kunt opereren. En dat is precies wat je in dit soort gevallen moet doen.'

Cushing werkte uiterst geconcentreerd en vroeg bij de assistent die met de narcose belast was, telkens weer naar bloeddruk, polsslag en ademhalingsfrequentie.

Louis constateerde dat zijn Amerikaanse collega in dat opzicht veel grondiger te werk ging dan hijzelf. Uiteindelijk kon hij in het licht van de lamp een blik op de hersenmassa werpen, die met aderen doortrokken en met een lichte bloedsluier bedekt was. Cushing ging voorzichtig door met prepareren tot hij de tumor had vrijgemaakt.

'Vroeger was zelfs een kleine tumor, zoals deze, een doodvonnis. Je moet er niet aan denken dat mijn collega's toen tumoren er zomaar uit trokken en daarmee waardevol zenuwweefsel verwoestten.' Cushing liet zich een instrument aanreiken dat eruitzag als een pincet, maar met een kabel aan een apparaat met metertjes was aangesloten. Hij liet een zuster een bepaalde waarde instellen en bracht het pincet naar een bloedvaatje. Even later steeg er een rookpluimpje op.

Louis sperde verschrikt zijn ogen open.

'Maak je geen zorgen,' zei Cushing. 'Op die manier sluit ik de bloedvaatjes af, zodat er geen al te sterke bloedingen ontstaan en het operatiegebied beter te overzien is.'

Gefascineerd bekeek Louis het apparaat. Zoiets kon hij ook wel gebruiken. Zou hij er in Duitsland ook een kunnen laten maken? Of kon je die apparaten soms in Amerika kopen?

Harvey Cushing opereerde uiterst behoedzaam, waarbij hij zijn best deed zo veel mogelijk gezond weefsel te behouden. Louis volgde geboeid elke handeling, hoe klein ook, zodat hij niet merkte hoeveel tijd er verstreek. Zes uur later lag het preparaat klaar voor onderzoek door de patholoog van het ziekenhuis. Cushing sloot de schedel van de vrouw met meerdere hechtingen.

'Ik moet zeggen dat ik zoiets nog nooit heb gezien,' merkte Louis geïmponeerd op. 'Ik zou willen dat ik zo geraffineerd kon opereren.'

'Kom maar bij me in de leer.' Cushing lachte en gaf de verpleegsters een paar korte instructies.

'De patiënte wordt naar onze nieuwe afdeling Intensive Care gebracht. Als je wilt kunnen we haar straks bezoeken.'

'Daar hoopte ik op,' gaf Louis toe en hij liep achter zijn collega aan naar de wasruimte.

'Waar ben je neergestreken voor je verblijf in Boston?' vroeg zijn Amerikaanse collega terwijl hij zijn handen grondig inzeepte. 'Ik hoop dat ze je een behoorlijk hotel hebben aangeraden.'

'We logeren bij een kennis van mijn vader,' antwoordde Louis. 'Bijzonder aardige mensen.'

'Hebben ze wel een goede kokkin?'

'De vrouw des huizes kookt zelf,' antwoordde Louis, wat maakte dat er een glimlach over Cushings gezicht gleed.

'Ik wil geen afbreuk doen aan de vaardigheden van die goede dame, maar wat zou je ervan vinden om vanavond met je echtgenote bij ons te komen dineren? Onze kokkin is een van de beste aan de hele oostkust.'

'In dat geval nemen we je uitnodiging graag aan.' Ook Louis waste nu zijn handen en droogde ze met een schone handdoek af.

'Goed, laat me dan weten of jullie bepaalde dingen niet graag eten. Je bent toch adventist?'

'Ja, dat klopt,' antwoordde Louis beduusd. Religie was onder artsen maar zelden onderwerp van gesprek. Discussies gingen eerder over politiek. 'Dat je daar rekening mee houdt...'

Cushing lachte. 'Ik heb ooit een adventist als assistent gehad en hij weigerde resoluut om vlees te eten. Bovendien hebben we hier een paar joodse medewerkers die de voorkeur geven aan koosjere voeding.'

Louis staarde hem vol ongeloof aan. Niet-adventisten vroegen hem zelden naar zijn wensen omtrent voedsel. Dat Cushing ernaar informeerde maakte hem in Louis' ogen nog sympathieker. 'Vegetarisch zouden we heel fijn vinden.'

Op hun logeeradres zat Catherine al op hem te wachten. Ze zag er zo opgewekt en uitgerust uit als hij haar lang niet meer had gezien.

'Louis!' riep ze uit. Ze kwam naar hem toe en omhelsde hem. Dat had ze in geen tijden gedaan. Maar de afgelopen vier jaar hadden ze voortdurend in één huis doorgebracht, waarbij ze elkaar elke dag meer dan eens hadden gezien.

Louis moest toegeven dat het hem ook goeddeed dat ze niet op elkaars lip zaten. Zo verheugde hij zich weer om zijn vrouw te zien en bekeek hij haar met heel andere ogen.

'Heb je een fijne dag gehad?' vroeg ze terwijl ze hem meenam naar de sofa bij het raam.

'Het was overweldigend!' riep hij enthousiast uit. 'Cushing is een fascinerende man. Ik zou willen dat ik over zijn vaardigheden beschikte!'

'Je moet je licht niet onder de korenmaat zetten,' zei Catherine vermanend. 'Jij bent ook een goed chirurg.'

'Maar Cushing is een god!' riep hij uit.

'Laat je vader dat maar niet horen.' Schalks dreigend stak ze haar wijsvinger op.

'Maak je daarover maar geen zorgen.' Louis haalde diep adem. Zijn borstkas leek te barsten van vreugde. Het was alsof er elk moment een zonnestraal uit zijn hart kon schijnen. 'Die operatiezaal! En dan die Intensive Care! De vitale functies van de patiënten worden continu gecontroleerd, waardoor het succespercentage zelfs bij de zwaarste operaties enorm stijgt.' Hij zuchtte verlangend. 'Ik zou willen dat we op Waldfriede ook zoiets konden krijgen.' Er gleed een brede glimlach over zijn gezicht toen hij het als in een visioen voor zich zag: die moderne apparatuur, die grote ramen... en daarbij nog die afdeling die vele levens kon redden, simpelweg omdat er voortdurend iemand aanwezig was om in te springen op de behoeften van de patiënten...

'Zo heb ik je al lang niet meer gezien.' Catherine keek hem stralend aan. 'Ik ben heel blij dat dit zo'n positieve ervaring voor je was.'

Louis keek zijn vrouw aan. Ze had gelijk, het was heel positief geweest. Maar hij voelde dat ze maar half begreep hoeveel het werkelijk voor hem betekende.

Hij moest aan Hanna denken. In Battle Creek had hij nauwelijks aan haar gedacht, omdat hij door zijn kennissen en door de charmes van zijn geboorteplaats in beslag werd genomen. Maar nu zag hij haar weer voor zich. Ze zou beslist ook enthousiast over Cushings ziekenhuis zijn geweest. Opeens verlangde hij er enorm naar haar alles te kunnen vertellen.

Weer overwoog hij om haar te schrijven, maar wanneer zijn brief aankwam zou ze vast alweer terug in Duitsland zijn.

'Cushing heeft ons trouwens uitgenodigd,' zei hij terwijl hij naast zijn vrouw op de sofa ging zitten. 'Voor het avondeten. Vandaag.'

'Wat ontzettend aardig,' antwoordde Catherine opgewekt, maar toen zei ze weifelend: 'Ik vraag me af of ik de juiste kleding mee heb om me te vertonen bij zo'n belangrijk man.'

Louis trok haar in zijn armen. 'Die heb je, lieve schat. Cushing is een heel aardige en begripvolle man. Stel je voor, hij houdt zelfs wat het eten betreft rekening met ons. Dat is ongebruikelijk voor een niet-adventist.'

Catherine streelde hem over zijn wangen. 'Ik ben heel benieuwd naar de man die jou zo enthousiast weet te maken.'

Een taxi bracht Louis en Catherine naar een chic huis van twee verdiepingen in de stijl van de founding fathers. De ramen waren felverlicht. Louis hielp zijn vrouw uit de auto en bood haar trots glimlachend zijn arm aan. Catherine zag er prachtig uit in haar crèmekleurige japon met lage taille, die haar figuur goed deed uitkomen.

'Je zult Cushing aardig vinden,' fluisterde hij haar toe toen ze de trap op liepen. Nadat ze hadden aangebeld werd er opengedaan door een dienstmeisje.

'Goedenavond, mevrouw en meneer verwachten u.'

Ze ging de Conradi's voor naar de hal, waar dokter Cushing hun tegemoetkwam. Hij droeg nu een zandkleurig pak met vest dat hem er bijna deed uitzien als een politicus.

'Ik ben blij dat je mijn uitnodiging hebt aangenomen.' Ze schudden elkaar de hand en Louis zei: 'Dit is mijn vrouw Catherine.'

Een verbaasde uitdrukking verscheen op Cushings gezicht. 'Nou, dat is toevallig. Mijn vrouw heet ook Katherine.' Hij boog galant en gaf haar een handkus. 'Liefste, heb je dat gehoord?' riep hij over zijn schouder.

Prompt kwam mevrouw Cushing uit de aangrenzende kamer de hal in. Ze had een lindegroene japon aan en droeg haar haar in een glanzende donkere bob, die haar fijne gelaatstrekken uitstekend tot hun recht deed komen.

'Dat is inderdaad heel toevallig!' Ze gaf de Conradi's een hand en vroeg belangstellend: 'Schrijf jij je naam met een K of met een C?'

'Met een C,' antwoordde Catherine een beetje verlegen.

'Ik ben een K-Katherine,' antwoordde ze vrolijk en ze trok Catherine mee de eetkamer in. De mannen volgden hen.

Hoewel het huis er vanbuiten ouderwets uitzag, was het interieur modern. De grote eettafel en de stoelen zagen er nieuw uit en de schilderijen die er hingen hadden sierlijke lijsten. De kroonluchter aan het plafond was in art-decostijl gehouden.

Catherines blik viel op een van de foto's op de schouw. Daarop stonden de Cushings met twee jongens en drie meisjes van verschillende leeftijden.

'Zijn dat jullie kinderen?' vroeg Catherine.

'Ja,' antwoordde Katherine Cushing. 'Onze oudste zoon studeert aan Harvard en de andere kinderen zitten op verschillende kostscholen. Alleen onze jongste dochter Barbara is nog hier, maar zij logeert momenteel bij haar grootmoeder.'

'Ik had ze graag willen ontmoeten.'

Louis keek Catherine aan. Het verlangen in haar woorden was niet te missen.

'Hebben jullie ook kinderen?' vroeg mevrouw Cushing.

'We hadden een dochtertje,' antwoordde ze zacht. 'God heeft haar nog voor haar geboorte voor eeuwig in laten slapen.'

'Wat erg.'

‘Onze familie bestaat uit de medewerkers van ons ziekenhuis,’ zei Louis vlug, want hij wilde niet dat het gesprek een trieste wending nam. ‘Zo zien wij het in elk geval.’

‘Dat is een loffelijk streven, dat hier helaas niet te verwezenlijken is. Daarvoor wisselen de jonge medewerkers elkaar te vlug af. We hebben er een paar kunnen overhalen om research te blijven doen, maar velen willen de wijde wereld in.’

Vlak nadat ze aan tafel waren gegaan werd het diner opgediend. Zoals was aangekondigd waren de gerechten vegetarisch gehouden. Er waren gebakken aardappelen met rozemarijn, in boter gestoofde groenten en een ovenschotel van noten, champignons en linzen met een bruine saus. Louis was blij dat er geen alcohol werd geschonken.

Na het gezamenlijke tafelgebed serveerden de dienstmeisjes het eten.

‘Ga ik over de schreef als ik je om het recept van de ovenschotel vraag?’ vroeg Catherine. Ook Louis had zelden iets lekkerders gegeten.

‘Natuurlijk niet. Ik zal onze kokkin Linda vragen het voor je op te schrijven,’ beloofde Katherine Cushing.

Het nagerecht was een sorbet van sinaasappel met daarbij kaas en fruit.

Louis, die de smaak van sinaasappelen al lang niet meer op de tong had gehad, bedacht dat die vruchten veel van hun patiënten goed zouden doen. Toen hij zijn spijt uitsprak dat hij er geen kon meenemen naar Duitsland, deed Cushing hem een aanbod. ‘Ik stuur je een hele kist, als je wilt. Een kennis van me heeft een sinaasappelplantage in Florida.’

Louis keek Catherine aan, die stralend knikte.

‘Heb je ooit aan het front gezeten, Louis?’ vroeg Cushing later die avond, toen ze het zich gemakkelijk maakten voor de haard. Omdat Louis en Catherine geen alcohol dronken, serveerden de dienstmeisjes limonade met een schijfje citroen.

Conradi schudde zijn hoofd. ‘Nee, toen de oorlog begon zat ik in Zwitserland. Daarna ben ik naar Hamburg gegaan.’

'Twee jaar nadat we elkaar in Zwitserland hebben ontmoet, ben ik in Parijs geweest om een nieuwe operatietechniek uit te proberen. We verwijderden daar granaatscherven uit het hoofd van gewonde soldaten. Het was in menselijk opzicht een angstaanjagende tijd, maar in medisch opzicht een van de interessantste die ik tot dan toe had meegemaakt. We hebben heel wat mannen weten te behoeden voor de dood of ernstige gevolgschade.'

Louis bedacht dat hij zich destijds tegen dienst aan het front had verzet en had overwogen naar Amerika te vertrekken. Hij had zelf slechts een functie als zendeling voor ogen gehad terwijl Cushing in Parijs levens had gered. Nu schaamde hij zich daarvoor.

'Je zegt dat je in Zwitserland hebt gewerkt.' Cushing veranderde van onderwerp. Hij leek aan te voelen dat Louis het ongemakkelijk vond om over de oorlog te praten. 'Heb je ooit met Theodor Kocher geopereerd?'

Louis schudde zijn hoofd. 'Nee, dat genoegen heb ik helaas niet gehad.'

'Een briljant man!' vervolgde Cushing. 'Wat hij me allemaal heeft bijgebracht! Ik hoop die kennis aan mijn jonge artsen te kunnen doorgeven.'

'Voor zover ik het kan beoordelen doe je dat allang. Je ziekenhuis is echt indrukwekkend.'

Cushing keek hem onderzoekend aan. 'Wat zou je ervan zeggen om deze week met mij samen te werken in plaats van alleen mee te kijken?' stelde hij ten slotte voor.

Louis trok zijn wenkbrauwen op. 'Meen je dat?'

'Je bent een ervaren chirurg en ik zag wel dat je vingers jeukten.' Cushing nam een slokje limonade en voegde eraan toe: 'In mijn kliniek draait het niet alleen om hersenchirurgie. We hebben ook gynaecologische gevallen. Misschien kan ik je ook op dat gebied nog iets nieuws leren.'

'Daar kan ik natuurlijk geen nee tegen zeggen.' Ook Louis bracht nu zijn glas naar zijn lippen. Stiekem had hij gehoopt het scalpel ter hand te kunnen nemen. Dat die wens nu in vervulling zou gaan was ongelooflijk.

Pas ver na middernacht namen Louis en Catherine afscheid.

Cushing had een taxi voor hen laten komen.

'Dan zien we elkaar morgen in de ok.' Met die woorden reikte hij Louis de hand.

'Ik verheug me er al op,' zei Louis terwijl hij zijn vrouw hielp bij het instappen.

'Een heel aardig stel,' merkte Catherine op toen de taxi zich in beweging zette. 'En rijk gezegend met kinderen, ondanks zijn drukke werk.'

'Wij zijn op een andere manier gezegend,' zei Louis troostend en hij kuste haar op haar slaap. 'Wij hebben onze familie op Waldfriede.'

'Dat is waar, maar soms zou ik zo graag...' Ze stokte en Louis dacht haar gedachten te kunnen raden. Ze waren nu beiden veertig. Het was onwaarschijnlijk dat Catherine nog eens zwanger zou worden. En zelfs als ze nu een kind kregen, hoe zouden ze het allemaal moeten regelen? Hun huis was nog niet klaar en Catherine moest telkens bijspringen. Het zou beter zijn als ze zich alleen aan hun patiënten bleven wijden.

62

Boston, 30 juni 1924

De week vloog om. Louis had het gevoel dat hij nog nooit eerder in zijn leven zo veel had geleerd. Cushing opereerde patiënten van overal uit het land met voor hem ongekend uiteenlopende ziekten. Toen de week ten einde liep, vlak voor hun vertrek, nam Cushing hem apart.

'Ik weet dat u gynaecoloog bent, maar zou u misschien toch geïnteresseerd kunnen raken in neurochirurgie?' vroeg hij hem. 'Ik zou u heel graag een functie in mijn ziekenhuis willen aanbieden.'

Louis keek hem aan, maar was van zijn stuk gebracht. 'Ik... Ik voel me zeer vereerd. Maar ik... Ik heb zelf een ziekenhuis. In Berlijn.'

'Dat weet ik. En ik weet ook dat het een zeer belangrijke plaats in uw genootschap inneemt. U bent een zeer goede chirurg en u hebt het in u om een coryfee te worden. Maar ik ben bang dat u daar in Berlijn niet de kans toe zult krijgen.'

Louis voerde een innerlijke strijd. De tijd in dit ziekenhuis was fantastisch geweest. Hij had bijna spijt van zijn toenmalige beslissing om naar Hamburg te gaan in plaats van naar Amerika. Maar zou dan alles zo zijn gelopen als hij het zich had gewenst? Zou Cushing hem dan dit voorstel hebben gedaan?

'Ik zal het met mijn vrouw bespreken,' hoorde hij zichzelf antwoorden.

Cushing gaf hem een bemoedigend klopje op zijn arm. 'Uitstekend. Laat me weten wat u hebt besloten. U kunt meteen beginnen en dan zou ik u na een korte bijscholingsperiode als chirurg hier in het ziekenhuis aanstellen.'

Louis bedankte hem, maar toen Cushing weg was, staarde hij verbijsterd naar zijn kluisje. Klopte zijn hart echt voor Amerika? Cushing had gelijk, in dit ziekenhuis had hij de mogelijkheid om zijn kennis en kunde aanzienlijk uit te breiden. Er viel nog zo veel te leren. En dan die technische uitrusting van het ziekenhuis!

Toen hij bij Catherine terugkeerde, zag hij dat ze de koffers al aan het pakken was. 'Hoe was je laatste dag?' vroeg ze toen hij binnenkwam.

Louis aarzelde even voordat hij antwoordde: 'Cushing heeft me het aanbod gedaan in het Brigham te komen werken. Eerst als arts-assistent, maar ik zou algauw kunnen gaan opereren op de afdeling Gynaecologie.'

Haar mond viel open, haar ogen werden groot van verbazing en het duurde een poosje voordat ze in staat was iets te zeggen.

'Dat is fantastisch!' riep ze enthousiast uit.

Louis zuchtte. 'Jawel, maar hoe moet het dan met Waldfriede?' Hij stopte zijn handen in zijn vestzakken en begon peinzend heen en weer te lopen.

Catherine keek hem vol verwachting aan. Hij kon zich nog goed het gesprek herinneren waarin ze hem had verteld over haar wens om voorgoed naar Amerika te gaan, en ze was vast niet van mening veranderd. Eerlijk gezegd zag hij zelf ook wel dat het voorstel heel aantrekkelijk was.

'Het zou de kans van mijn leven zijn,' zei hij peinzend. 'Ik zou bij een van de grootste universiteiten in Amerika werken. Ik zou de mogelijkheid hebben om onderzoek te doen en academisch docent te worden.' Een moment lang leek een lichtstraal zijn ziel te beroeren, maar toen kwam hij weer met beide benen terug op de grond. 'Maar ik heb ook de verantwoordelijkheid voor mijn Waldfriede-familie. Wat moeten ze zonder mij beginnen?'

Catherine dacht lang na voordat ze antwoordde. 'Als je zou besluiten om naar Amerika te gaan zal het genootschap een andere geneesheer-directeur benoemen. Erich is immers nog aanwezig en dokter Steiner is inmiddels een ervaren chirurg. Misschien kan dokter Borchard leider van de kliniek worden.'

'Borchard?' Louis lachte hardop. 'Die is geen adventist! En dat hij de kliniek zou kunnen overnemen...' Louis verkeerde in tweestrijd. Het dienstverband hier was iets waarvan hij nooit had durven dromen. 'Ik heb het ziekenhuis opgebouwd. En denk eens aan het woonhuis voor de geneesheer-directeur...'

'Dat zijn allemaal wereldse zaken,' gaf Catherine hem ter overweging. 'Die kun je achter je laten als je dat zou willen.'

Ze liep naar hem toe en legde haar hand op zijn arm.

Louis wist dat ze van een bestaan als dat van Katherine Cushing droomde. Met een kokkin, een mooi huis... En wie weet, misschien konden ze op een dag een kind adopteren? Katherine Cushing zou vast een trouwe vriendin voor haar zijn. En wat het geloof betrof, er was hier zelfs een klein genootschap waarvan ze deel konden uitmaken. Amerika was toch al een bonte smeltkroes van religieuze overtuigingen waar niemand voor werd veroordeeld.

'Ik ben je vrouw en daarom volg ik je overal,' verzekerde ze hem. 'Dat geldt voor als je naar Waldfriede terug wil, maar ook voor als je hier je geluk wil beproeven.'

Louis waardeerde de steunbetuiging van zijn vrouw. Zo vaak al was ze hem gevolgd, zo vaak al had ze ongunstige omstandigheden op de koop toe genomen, zodat hij zijn werk kon doen en zijn droom kon verwezenlijken. Hij wist dat ze ook nu aan zijn zijde zou staan.

Maar ineens schoot hem nog iets anders te binnen. Hanna, zoals ze in het vroege ochtendlicht op het dek van het schip had gestaan en hem had gevraagd of hij het over zijn hart zou kunnen verkrijgen om Waldfriede in de steek te laten. In haar ogen had hij de vrees gezien dat ze hem zou verliezen.

Zou hij Hanna werkelijk teleur kunnen stellen?

63

Berlijn, 30 juni 1924

Op de dag van haar vertrek uit Dover had het Hanna bijna verdriet gedaan dat ze die mooie plek moest verlaten. Ze zou de fleurige tuin net zo gaan missen als het gastenhuisje dat ze helemaal voor zichzelf alleen had gehad.

Maar ze keek er ook naar uit om Waldfriede terug te zien. Al kon ze niet met iedereen goed overweg, de meeste leden van hun ziekenhuisfamilie lagen haar na aan het hart. En ze wist nu ook hoe ze moest omgaan met het trauma dat haar kwelde. De gesprekken met dr. Rogers hadden heel goed geholpen en haar duidelijk gemaakt dat het misschien tijd was om zich voor Alexander open te stellen.

'Laat vlug iets van je horen,' had Jane gezegd toen ze Hanna op de trap voor het sanatorium omhelsde.

'Ik zal je schrijven,' had Hanna beloofd aan de secretaresse, die in die weinige weken een goede vriendin was geworden. 'En ik zal me op elke brief van jou verheugen.'

Jane had haar nog eens stevig tegen zich aan gedrukt en haar toen losgelaten. Ze had Hanna nagekeken toen ze de trap afliep en in de wachtende automobiel stapte.

De auto was vertrokken en Hanna had gezwaaid tot Jane uit zicht was. Zou ze haar ooit nog terugzien? Ze had ongeveer hetzelfde gevoel gehad als toen ze uit Friedensau naar Berlijn was vertrokken. Toen het sanatorium ten slotte achter het bos was verdwenen, was ze vooruit gaan kijken. Er was het een en ander wat ze in Berlijn wilde aanpakken.

Op 30 juni kwam Hanna weer aan in Berlijn. De afgelopen dagen waren een avontuur geweest en ze was er enorm trots op dat ze de terugreis in haar eentje tot een goed einde had gebracht.

Ze keek er verlangend naar uit om Alexander alles te vertellen. Dat hij haar brief niet had beantwoord kon haar er niet van weerhouden naar hem toe te gaan en hem persoonlijk te vertellen dat ze bevrijd was van haar schaamte tegenover Martin en zeker wist dat ze van hem hield.

Toen het boemeltje het Lehrtestation verliet kreeg Hanna kriebels in haar buik. Ze verheugde zich erop Alexander terug te zien. Waarschijnlijk hield hij nog geen rekening met haar komst, want ze had in haar laatste brief de exacte dag van haar terugkeer niet vermeld. Hopelijk zou het haar lukken hem te verrassen!

Een half uur later stond ze voor het pand waarin zijn praktijk gevestigd was. Het had een lichtgele gevel en witte kozijnen met decoraties van stucwerk. Een klein trapje leidde naar een witgeschilderde houten deur, waarnaast een bordje hing met het opschrift ALEXANDER KIRCHFELD, HUISARTS.

Omdat ze altijd liever in het groen wandelden dan de stad in te gaan, was Hanna hier maar een- of tweemaal geweest.

Ze keek op haar horloge. Het was bijna zes uur; hij zou zo klaar zijn met zijn werk. Door het open raam kon ze bij de praktijkruimten naar binnen kijken. Zou ze aanbellen? Of zou ze geduldig wachten tot hij naar buiten kwam?

Hanna besloot aan de overkant van de straat op hem te wachten. Even later verscheen er een silhouet achter het raam. Hanna wilde net haar hand opsteken om naar hem te zwaaien en hem te roepen, toen ze zag dat er een vrouw naast hem kwam staan. Alexander trok haar in zijn armen en kuste haar hartstochtelijk. Hanna verstijfde.

Ze kon niet geloven wat ze daar zag. Alexander, die een ander kuste? Een van zijn assistentes bovendien?

Alles in haar schreeuwde erom rechtsomkeert te maken en weg

te rennen, maar als door een onzichtbare hand geleid stak ze de straat over en ging onder het open raam staan.

‘Wanneer komt ze eigenlijk terug uit Engeland?’ hoorde ze de vrouw zeggen.

Hanna’s hart begon te bonzen. Ze twijfelde er geen moment aan dat het over haar ging.

‘Vandaag of morgen,’ antwoordde Alexander.

‘Vertel je het haar dan?’ vroeg de vrouw. ‘Ik bedoel, zo kan het niet doorgaan. We zijn al twee maanden samen en je hebt het nog steeds niet uitgemaakt met haar. Wanneer doe je dat eindelijk eens?’

‘Binnenkort,’ antwoordde hij met een lach in zijn stem. ‘Ze is immers nog niet terug. Als ze er weer is, ga ik het haar zeggen. En dan heb ik alleen nog maar tijd voor jou...’

Hanna dacht dat ze droomde. Ze kneep in de rug van haar hand, voelde de pijn en besefte dat ze beslist niet droomde. Zo wakker als nu was ze al lang niet meer geweest.

‘En als je schoon schip met haar hebt gemaakt, kun je meteen je ouders vertellen dat je het huis uit gaat. Of wil je die mooie woning hier in huis soms niet hebben?’

Woning? Daar had hij haar niets van verteld. Natuurlijk niet – hij had haar brief niet eens beantwoord.

‘Natuurlijk wel! Kom hier, schoonheid, je weet toch dat ik naar niemand meer verlang dan naar jou.’ Even heerste er stilte en toen zei hij: ‘Je kunt je niet voorstellen hoe blij ik ben dat ik van die kwezelachtige troep nepnonnen en -monniken af ben! Dat Conradi me eruit heeft gegooid is het beste wat me in tijden is overkomen!’

Hanna zocht houvast tegen de trapleuning en sloot haar ogen. Er brandden tranen achter haar oogleden en ze kreeg een akelig drukkend gevoel op haar borst.

Wat ze had gehoord kon ze niet verenigen met het beeld van de man die een roeiboot had opgeknapt, alleen om met haar het meer op te kunnen varen.

Ja, ze was misschien kuiser dan de rest, en op Waldfriede golden de regels van haar geloofsgenootschap, maar niets daarvan kon zulke nare woorden rechtvaardigen. Had hij haar al die tijd maar wat op de mouw gespeld?

Een tijdlang was ze niet in staat zich te verroeren. In haar woedde onbegrip, afgewisseld door boosheid en teleurstelling. Vreemd genoeg moest ze aan Martin denken. Hij had zich niet tegen haar gekeerd. Tot zijn laatste snik was hij er voor haar geweest; hij had zelfs nog met haar willen trouwen toen hij al op sterven lag. En Alexander?

Ze hoefde maar vier weken weg te zijn of hij had alweer een ander.

Nee, bedacht ze. Geen vier weken. Die onbekende vrouw had het over twee maanden gehad. Had hij zich daarom van haar teruggetrokken? En dan was er nog die ruzie geweest, toen ze hem over haar reis had verteld...

Een geluid bracht de ronddraaiende carrousel van haar gedachten tot stilstand. De deur ging open en voordat ze weg kon rennen hoorde ze de vrouw vragen: 'En wat doen we vanavond, dokter?'

'Hanna!' zei Alexander het volgende moment verschrikt. Zijn nieuwe vriendin had haar arm door de zijne gestoken. Met haar lichtblonde, gewatergolfde haar en haar mauvekleurige jurk met laag aangezette taille zag ze eruit als een mannequin uit een modeblad.

Hanna had het gevoel een vaas vol barsten te zijn, maar ze wilde zich niet laten kennen door voor de ogen van dit stel in duizend scherven uiteen te vallen.

'Alexander,' wist ze koeltjes uit te brengen, alsof ze niet kookte van woede. Alsof wat ze zag niets betekende.

De jonge vrouw naast hem leek de situatie niet meteen te begrijpen. Pas toen Alexander zich van haar losmaakte stapte ze naar achteren.

'Ben je weer terug?' vroeg hij verward, terwijl zijn gezicht rood aanliep.

'Inderdaad, ja,' antwoordde Hanna. 'Maar maak je geen zorgen. Ik zal je niet langer in de weg staan.'

'Hanna, alsjeblieft, je moet begrijpen...'

Hanna hief haar hand. 'Ik begrijp het. En ik vergeef je. Meer hoeft er niet gezegd te worden.'

Daarmee liet ze hem staan en paradeerde met opgeheven hoofd weg, met haar weinige bagage in haar hand.

'Hanna!' hoorde ze Alexander achter zich roepen, maar ze ging er niet langzamer door lopen. En ze keek ook niet om.

Pas toen ze bij een plantsoen aankwam bleef ze staan en keek uit naar een bankje. Ze zette haar koffertje neer, ging zitten en barstte in tranen uit. Een tijdlang zat ze daar heftig en hartverscheurend te snikken. Haar diepe verdriet kwam niet alleen doordat Alexander liever een andere vrouw had, nee, de manier waarop hij over haar en Waldfriede had gesproken was veel erger geweest.

Zou iedereen zo over hun kleine genootschap denken? Er golden inderdaad andere regels voor hen, maar rechtvaardigden die zo'n neerbuigende houding? Terwijl ze altijd klaarstonden voor mensen die in nood verkeerden?

Na een poosje verscheen een oudere vrouw in haar blikveld.

'Heb je liefdesverdriet, meisje?' vroeg ze. 'Je huilt tranen met tuiten.'

Hanna knikte, waarop de vrouw haar over haar schouder wreef.

'Ach, het komt heus weer goed. Ga nu eerst maar naar huis. Dit is toch geen plek voor een meisje als jij? Het begint al donker te worden.' Nu zag Hanna pas dat de eerste gaslantarens al waren ontstoken. De vrouw had gelijk. Ze kon hier beter weggaan en de trein naar Zehlendorf nemen.

Toen ze op Waldfriede aankwam was het al helemaal donker. De aanblik van het gebouw deed haar terugdenken aan de eerste keer dat ze hier was aangekomen. En toch was het anders.

Ruim vier jaar geleden had ze voor een vervallen gebouw gestaan, waarin geen licht brandde, en nu keek ze naar een helder verlicht ziekenhuis. Hier en daar vloog een schaduw voorbij. De avondploeg was bezig op de afdelingen. Op dit moment kregen de patiënten hun laatste medicatie en zalfbehandelingen en bij wie dat nodig was werden hartslag en temperatuur gemeten.

Het bood haar troost dit te zien en hoewel ze besefte dat ze niet zo gauw zou kunnen loslaten wat ze zojuist had meegemaakt, wist ze ook dat dit haar thuis was. Dat hier mensen waren die achter haar zouden staan, wat er ook gebeurde.

Een blij gevoel maakte zich van haar meester. Met vlugge passen legde ze de weg naar de hoofdingang af. Eenmaal binnen kwam haar de vertrouwde geur van ontsmettingsmiddel en eten tegemoet.

Weer thuis, dacht ze.

Ze groette de zuster bij de receptie en ging naar haar kamer. Onderweg kwam ze zuster Elisabeth tegen, die net uit de badruimten kwam.

'Hanna, je bent terug!' Ze liep naar haar toe en sloot haar in haar armen. 'We hebben je allemaal zo gemist!'

'Ik jullie ook,' fluisterde ze. Vermoeidheid en teleurstelling drukten zwaar op haar, maar nu voelde ze een opluchting die haar bijna opnieuw in tranen deed uitbarsten.

'Je hebt trouwens post gekregen,' zei Elisabeth. 'Zet eerst je koffer maar weg en fris je even op. Als je wilt breng ik de post zo langs. Wil je dat ik iets te eten meeneem?'

Hanna legde haar koffertje op het bed en trok haar jas uit. Haar lichaam voelde loodzwaar, maar ze had Elisabeths vriendelijke aanbod niet willen afwijzen.

Even later stond haar collega in de deuropening met een dienblad. Daarop stonden een potje thee en een bord met belegde boterhammen en een paar haverkoekjes. Bij de geur van geitenkaas liep het water haar in de mond.

Toen ze het dienblad had neergezet haalde Elisabeth een brief en twee ansichtkaarten uit de zak van haar schort, een uit Battle Creek en een uit Boston. De brief was van haar ouders, maar de kaarten waren van dokter Conradi.

Er gleed een glimlach over haar gezicht. Opeens merkte ze hoe hongerig ze was. 'Dank je wel,' zei ze. Ze nam een grote slok thee en beet gretig in een boterham met kaas.

'Dokter Conradi heeft alle hoofdzusters geschreven,' vertelde Elisabeth. 'Over een week of drie is hij weer terug. Is het niet geweldig?'

Dat bericht deed Hanna stralen. Het liefst had ze de kaarten meteen gelezen, maar ze wilde wachten tot ze alleen was.

Toen ze haar eten ophad zette Elisabeth alles weer op het dienblad, wenste haar goedenacht en verliet de kamer.

Hanna liet zich met de twee ansichtkaarten op haar bed vallen en bekeek de afbeeldingen. Op de ene kaart stond een prachtig landschap en op de andere de campus van Yale University. Daarna draaide ze de kaarten om en las wat dokter Conradi in zijn zwierige vloeiende handschrift aan haar had geschreven.

Beste Hanna, ik hoop dat u het in Engeland naar uw zin hebt. Wij zijn goed in Battle Creek aangekomen en hebben het woonhuis van Ellen White en de fabriek van Harvey Kellogg al mogen bezoeken. Ik denk dat het u hier goed zou bevallen.
Hartelijke groet, L. Conradi

Beste Hanna, het meelopen met dokter Cushing was een belevenis. U zou ervan opkijken hoe het er in zijn ziekenhuis aan toe gaat. Het röntgenapparaat is een van de modernste dat ik ooit heb gezien. Misschien gaat u eens met me mee hiernaartoe. Wanneer we elkaar terugzien hebben we heel wat te vertellen. Ik hoop dat u behouden op Waldfriede bent aangekomen. Hartelijk gegroet, L.C.

Met een liefdevolle glimlach streek ze over de geschreven tekst. Hij ging nergens over de schreef en waarschijnlijk had hij de andere verpleegsters iets dergelijks gestuurd. Maar heel even gaf Hanna toe aan de gedachte dat hij misschien iets anders had ervaren toen hij die regels schreef.

64

Zehlendorf, 21 juli 1924

De daaropvolgende weken moest Hanna steeds weer vechten tegen haar tranen, haar woede en haar onzekerheid. Ze was kwaad op Alexander, maar ook op zichzelf. Nu eens verweet ze zichzelf dat ze hem niet genoeg tegemoet was gekomen, dan weer dat ze aan haar gevoelens voor hem had toegegeven. Zodra ze kon, zocht ze haar zusje op om haar hart te luchten. Leni reageerde verontwaardigd toen ze hoorde van Hanna's ontmoeting met Alexander en zijn geliefde.

'Hoe kon hij je dat aandoen?' foeterde ze. 'Denkt hij echt dat die ander beter voor hem is?'

'Daar ging het hem waarschijnlijk niet eens om,' antwoordde Hanna en ze voelde een merkwaardige rust over zich heen komen. 'Hij moet hebben gemerkt dat ik niet klaar was voor hem, dat Martin op een bepaalde manier nog steeds tussen ons in stond.'

Het was nu drie weken geleden dat ze Alexanders bedrog had ontdekt. Vreemd genoeg had haar verdriet inmiddels plaatsgemaakt voor een gevoel van bevrijding. Alexander wilde iets van haar waar ze niet toe bereid was. Ze had tegenover hem bijna net zo'n slecht geweten gehad als bij Martin.

'Het zal waarschijnlijk nog een hele tijd duren voordat ik er klaar voor ben echt aan een nieuwe liefde toe te geven, als ik ooit nog verliefd word.'

Leni pakte haar hand. 'Jij gaat weer van iemand houden, dat

weet ik zeker. En wie weet, doe je dat al lang.'

Overigens had ze niet veel tijd gehad om over Alexander na te denken, want ze was nodig in de spreekkamer van dokter Borchard. Ze had algauw gemerkt dat hij niet met dokter Conradi te vergelijken was, al was hij niet onvriendelijk en ook begaan met de patiënten. Maar Borchard had zelf gezondheidsproblemen en af en toe had ze hem 's middags slapend met zijn hoofd op het bureau aangetroffen. Als ze hem dan wekte, wist hij soms niet waar hij was.

Dat dokter Conradi niet aanwezig was, had tot gevolg dat het aantal patiënten aanmerkelijk minder was geweest. Iedereen was daarom opgelucht toen er een telegram uit Hamburg arriveerde waarin de dokter zijn terugkeer naar Berlijn aankondigde.

Om die reden heerste er die ochtend een vrolijke stemming in het ziekenhuis. Allemaal vroegen ze zich af hoe laat dokter Conradi en zijn vrouw bij Waldfriede zouden aankomen.

Alle leden van de ziekenhuisfamilie die gemist konden worden, verzamelden zich voor het gebouw toen de automobiel ten slotte kwam aanrijden.

'Lieve hemel,' zei de dokter toen hij uitstapte. 'Zo'n enorme ontvangst was toch niet nodig geweest!' Maar Hanna merkte duidelijk hoe blij hij met dit warme onthaal was.

~

Louis kon van zichzelf niet zeggen dat hij zich uitgerust voelde, maar toen hij achter Hanna de trap op liep, stroomde zijn hart over van geluk. Hij wierp een blik uit het raam en zag dat de werkzaamheden aan de artsenwoning voorspoedig verliepen. Ze zouden waarschijnlijk pas volgend jaar kunnen verhuizen, maar hij betrapte zich er nu al op dat hij over de inrichting van het huis nadacht. In elk geval zou hij vanaf het balkon altijd uitzicht op zijn ziekenhuis hebben.

Even later was hij in de spreekkamer. Hij wilde geen seconde langer wachten, hij wilde aan het werk gaan. Dus nam hij afscheid van dokter Borchard, die nog graag een foto wilde laten maken.

Dat plezier deden ze hem en er werd een broeder gehaald die een kleine foto-uitrusting bezat. Daarna was hij weer alleen met Hanna.

'Hoe was uw reis?' informeerde ze. Blijkbaar was ze blij dat alles weer bij het oude was.

'Dat kan ik u net zo goed vragen. Misschien wilt u beginnen?'

'Nou, zo veel valt er niet te vertellen. In Engeland heeft het bijna elke dag minstens één keer geregend. Maar de natuur is schitterend en het sanatorium van dokter Cavendish is echt heel mooi. Ik logeerde in een cottage en het beste nieuws is dat ik waarschijnlijk geen last van paniekaanvallen meer heb als we zwaargewonde mannelijke patiënten zouden krijgen.'

Geïnteresseerd trok Conradi zijn wenkbrauwen op. 'En hoe is dat zo gekomen?'

'Dr. Rogers, een gerenommeerd psycholoog uit Maidstone, heeft me geholpen.'

'O ja?'

'Jane, de secretaresse van dokter Cavendish, had me hem aanbevolen,' legde ze uit. 'Maar kunnen we het nu eerst over u hebben, hoe was het in Amerika? Ik was erg blij met de ansichtkaarten!'

Een paar dagen later nam dokter Conradi een map mee naar de spreekkamer. Daarin zaten diverse met de hand geschreven notities.

'Wat zou u ervan vinden als we ter ere van de inwijding van het ziekenhuis een feestbundel uitgeven waarin we over onze instelling vertellen?' vroeg hij Hanna en hij overhandigde haar de notities. 'Al tijdens de overtocht ben ik begonnen om enkele artikelen te schrijven. Natuurlijk moeten die eerst nog in het net worden overgeschreven. U kunt niet toevallig met een schrijfmachine omgaan?'

Hanna lachte. 'Ik zou het kunnen leren als ik een schrijfmachine had.'

'Die krijgt u!' riep de dokter enthousiast uit, maar toen vulde hij haastig aan: 'Als het u tenminste niets uitmaakt dat ik alweer beslag leg op uw tijd.'

‘U legt geen beslag op mijn tijd, dokter,’ antwoordde Hanna, die blij was met deze afleiding.

Conradi trok zijn wenkbrauwen op en keek haar indringend aan. Hanna probeerde standvastig te blijven onder zijn blik, maar daar slaagde ze niet in.

‘Wat is er gebeurd?’ vroeg hij zachtjes.

Hanna keek naar haar handen. Ze kon er niet langer omheen, ze moest hem wel vertellen dat het uit was tussen haar en Alexander.

‘Dokter Kirchfeld en ik hebben onze relatie beëindigd,’ zei ze daarom.

Conradi liet die informatie even bezinken. ‘Dat is heel spijtig.’

Hanna keek op. Ze vroeg zich af of hij er blij om was, maar in zijn ogen zag ze alleen medeleven.

‘Dank u,’ zei ze. Ze schaamde zich dat ze had overwogen om voor Alexander bij het ziekenhuis weg te gaan. ‘Ik heb ingezien dat Waldfriede mijn thuis is. En dat ook altijd zal blijven,’ voegde ze er zachtjes aan toe.

Conradi hield haar blik vast en glimlachte. ‘Net als ik. Harvey Cushing heeft me aangeboden bij hem te komen werken, in zijn ziekenhuis en aan de universiteit van Yale. Ik ben wel even in de verleiding gekomen om zijn aanbod aan te nemen, ook omdat mijn vrouw had gezegd dat ze graag voorgoed naar Amerika wilde. Maar toen moest ik aan u denken, Hanna, en aan de vraag die u op het bovendek van het schip voor de kust van Dover stelde. En toen wist ik dat ik u nooit in de steek zou kunnen laten.’

Conradi pakte haar hand en drukte hem zachtjes. Hanna wist dat ze haar hand zou moeten terugtrekken, maar ze kon het niet. Zijn aanraking veroorzaakte golven van warmte door haar hele lichaam. Als hij nu zou proberen haar te kussen, zou ze zich niet verweren.

Maar de dokter bleef een gentleman. Even later vroeg hij: ‘Kunt u zich voorstellen dat u mijn kroniekschrijfster wordt? Dat u alles opschrijft wat er in het ziekenhuis gebeurt?’

‘Voor de brochures?’

‘Nee, voor het nageslacht. Voor alle generaties die na ons komen.’

Hanna knikte instemmend en trok haar hand terug. ‘U kunt op me rekenen. Altijd.’

Epiloog

Zehlendorf, 10 oktober 1929

Vanuit het raam in de puntgevel van het ziekenhuis zag Hanna de verpleegsters in hun feestelijke kleding in groten getale door het hek van Waldfriede komen aanlopen. De bomen op de achtergrond droegen hun herfstkleed al: de bladeren lichtten geel en rood op in de zon.

Het station Krumme Lanke van de U-Bahn aan de overkant was bijna gereed en Hanna was blij dat het voortdurende lawaai van de bouwwerkzaamheden dan zou ophouden. Ter gelegenheid van de opening zou de stad een groot feest geven, waarop ook het personeel van Waldfriede zich verheugde. Binnenkort hoefden ze niet meer naar station Zehlendorf te gaan om naar het centrum van Berlijn te reizen, maar konden ze heel comfortabel hier in de U-Bahn stappen. En ook voor de patiënten die hier te voet naartoe kwamen en geen gebruik wilden maken van het vervoer was het nieuwe station een grote verbetering.

Even later voelde ze dat dokter Conradi achter haar kwam staan. Ze had hem niet horen aankomen.

'Vindt u het spannend, Hanna?'

'Een beetje,' antwoordde ze terwijl ze de manchetten van haar donkerblauwe feestjurk rechttrok. 'De verpleegconferentie van dit jaar is de grootste die we ooit hebben georganiseerd.'

'U hebt echt iets grandioos op touw gezet,' zei de dokter lovend.

Ze had inderdaad een uitgebreid programma samengesteld. Er

stonden voordrachten van artsen en verpleegsters uit de hele wereld op het programma, een feestelijk banket en ter afsluiting nog een tocht met een stoomboot. Om het allemaal te regelen was er heel wat getelefoneerd en gecorrespondeerd, maar het was de moeite waard geweest.

'Ik hoop het,' antwoordde ze. 'Er zijn nooit eerder zo veel gasten op een conferentie voor verplegend personeel geweest.'

'Het is u zelfs gelukt een paar artsen uit Zweden en Amerika te verleiden hierheen te komen.'

'Ik vermoed dat we dat alleen te danken hebben aan de goede naam van ons ziekenhuis,' zei Hanna bescheiden. 'Inmiddels weten ze overal wat Waldfriede is.'

In de achter hen liggende jaren had Waldfriede in Berlijn een goede reputatie opgebouwd. Er kwamen voornamelijk vrouwen naar hen toe, want dokter Conradi stond niet alleen bekend als een goede verloskundige, maar ook als de Berlijnse coryfee op het gebied van gynaecologie.

'Ik heb trouwens besloten professor Kirsch meer bedden te geven,' zei Conradi ten slotte.

Rudolf Kirsch behandelde in Waldfriede als specialist patiënten met tuberculose in het botweefsel, vooral kinderen.

'Daar zal hij zeker blij mee zijn. Hij is een verrijking voor ons ziekenhuis.' Er gleed een glimlach over haar gezicht als ze aan de vriendelijke Joodse arts dacht die sinds twee jaar in- en uitliep. Zijn manier van lopen en zijn slanke postuur deden haar enigszins aan Alexander denken. Sinds ze elkaar vaarwel hadden gezegd, had ze hem niet meer gezien, hoewel ze soms in de verleiding kwam eens bij zijn praktijk te gaan kijken.

Conradi legde zijn hand op haar schouder. 'Dan zal ik u nu maar naar uw gasten laten gaan. Laat het me weten als de heer Andersen uit Skodsborg is aangekomen.'

Hanna draaide zich naar hem om. Hij zag wat bleek, maar de bouw van het station voor de U-Bahn was zo lawaaiig geweest dat ze allemaal te weinig nachtrust hadden gekregen.

'Dat zal ik doen, dokter.'

Hij knikte haar toe en liep de kamer uit. Hanna had zich nog niet omgedraaid naar het raam of ze hoorde een dof geluid, als van een val. Ze rende de gang op en zag de dokter op de grond liggen.

'Dokter Conradi!' riep Hanna ontzet. Het volgende moment was ze bij hem. 'Wat is er? Bent u onwel geworden?'

Haar hart bonsde in haar keel.

'Help!' riep ze zo hard ze kon. 'Help!'

Haar kreet werd gehoord door een paar verpleegsters, die al aan kwamen rennen.

'Vlug, haal dokter Meyer!'

Hanna legde Conradi's hoofd in haar schoot, voelde zijn pols, sloeg zachtjes tegen zijn wangen. 'Niet doodgaan, hoort u? We hebben u nodig. Ik heb u nodig!'

Algauw kwam dokter Meyer door de gang aangerend. Hij werd op de voet gevolgd door twee verplegers met een brancard.

Op dat moment sloeg de dokter zijn ogen weer op, keek Hanna verrast aan en ging voorzichtig overeind zitten.

'Louis, heb je specifieke klachten?' vroeg dokter Meyer, die met een staaflampje in zijn ogen scheen en vervolgens zijn pols voelde.

'Ik voel me alleen wat zwakjes,' zei de arts afwerend. 'Geen wonder na die diensten van de afgelopen dagen.'

Meyer trok een grimas. 'Je hebt een onregelmatige pols. Je gaat met me mee naar de spreekkamer.'

'Je vergeet dat ik zelf arts ben,' protesteerde hij.

'Maar ik ben internist en jij vrouwenarts en chirurg. Ik duld geen tegenspraak. Je gaat mee!' Dokter Meyer hielp hem overeind.

Hanna's hart kromp ineen. Het laatste wat ze nu konden gebruiken was een zieke dokter Conradi. Hoe had die zwakte hem kunnen overvallen, terwijl hij anders altijd een rots in de branding leek?

Ongerust keek ze hem na tot ze besefte dat ze zich moest gaan bezighouden met de gasten die ondertussen aankwamen. Ze zette haar angst om dokter Conradi opzij, rechtte haar rug, liep de gang uit en richtte even later het woord tot de samengekomen deelnemers aan de conferentie.

'Beste collega's, geëerde gasten. Welkom in ziekenhuis Waldfriede!'

Nawoord

Het lijkt me een speling van het lot dat mijn weg me in 2019 naar ziekenhuis Waldfriede leidde. Als patiënte had ik tijdens mijn herstel veel vrije tijd en gelegenheid om daar eens goed rond te kijken.

Meteen bij het zien van het oude deel van het ziekenhuis, dat er sinds de stichting stond, wist ik dat er iets bijzonders verborgen zat. Later ontdekte ik een vitrine vlak bij de kantine. De foto's uit lang vervlogen tijden fascineerden me en ik besloot erover te gaan schrijven.

Als een van de weinige ziekenhuizen van Berlijn beschikt Waldfriede, gelegen in het zuidwesten in stadsdeel Steglitz-Zehlendorf, over een interessante kroniek, waarin veel te vinden is over het verleden van de instelling, evenals over de mensen die er woonden en werkten. De geschiedenis van ziekenhuis Waldfriede werd opgetekend door Hanna Rinder, die als röntgenverpleegster, spreekuurassistente en rechterhand van dokter Conradi fungeerde. De aantekeningen beginnen in 1920 en werden tot aan de datum van haar vertrek bij het ziekenhuis in 1956 bijgehouden. De kroniek is een ooggetuigenverslag van onschatbare waarde. Uit eerste hand wordt verslag gedaan van de economische crisis die op de Eerste Wereldoorlog volgde. Je beleeft door de ogen van Hanna Rinder de inflatie, de opkomst van het fascisme in Duitsland, en vooral de oorlogsperiode, die voor het ziekenhuis tal van ontberingen en gruwelen met zich meebracht. Ook de tijd na de oorlog betekende een grote opgave voor Waldfriede.

Om het verhaal meer kleur te geven en ook omdat de echte Hanna in de kroniek zeer terughoudend was wat haarzelf betreft, heb ik besloten een fictieve Hanna naar Waldfriede te sturen, die veel met Hanna Rinder gemeen heeft, maar bij wie ik me ook dichterlijke vrijheden heb gepermitteerd.

Zo is bijvoorbeeld niet bekend dat Hanna Rinder verliefd werd op een arts-assistent, maar getuigen meldden dat ze een zeer nauwe relatie met dokter Conradi had. De echte Hanna bleef haar leven lang ongehuwd, en ze moet haar beroep met veel liefde hebben uitgeoefend. Daar heb ik op voortgebouwd.

Bij dokter Louis Eugene Conradi had ik het wat makkelijker. Hij, de zoon van uitgever Ludwig Richard Conradi, een van de belangrijkste figuren uit de geschiedenis van de zevendedagsadventisten, was erg schrijflustig en liet memoires en andere geschriften na. Zijn leven kon ik heel goed reconstrueren, en hoewel ik me bij hem ook dichterlijke vrijheden heb gepermitteerd, komt de Conradi uit het boek dicht bij de werkelijkheid. Hij was gehuwd met Ann Catherine Conradi en kreeg volgens de gegevens een dochtertje, dat helaas dood werd geboren. Meer kinderen waren er officieel niet.

Zijn vader, Ludwig Richard Conradi, was een van de kleurrijkste persoonlijkheden van de zevendedagsadventisten. Hij stichtte veel Europese genootschappen en bleef tot op zeer hoge leeftijd actief. Familie was voor hem niet zo belangrijk; zijn werk en zijn geloof speelden de grootste rol in zijn leven.

Conradi's moeder, Elisabeth, 'Lizzie' Wakeham, was zijn volkomen tegenpool. Ze hield van haar man en hun zoon en was tot aan haar dood hun steun en toeverlaat. Ze overleed in 1928, maar om theatrale redenen heb ik haar dood wat naar voren geschoven.

Wat de andere zusters betreft: sommige zijn fictief, andere hebben echt bestaan. Zoals bij veel vrouwen uit die tijd is er over de echte zusters van Waldfriede weinig bewaard gebleven, zodat ik mijn fantasie de vrije loop heb gelaten. Maar dat is niet het enige: Hanna Rinder heeft wat informatie over haar medezusters nagelaten. Zuster Maria Kuch werd inderdaad naar Zwitserland overgeplaatst en van vroedvrouw Elsbeth Rogel werd later verteld dat ze 'half Zehlendorf' op de wereld had geholpen.

Op deze plaats wil ik graag alle mensen bedanken die me bij het schrijven van de Waldfriede-saga hebben geholpen, met name de heer Bernd Quoss, directeur van ziekenhuis Waldfriede, die het me niet alleen mogelijk maakte de kronieken in te zien, maar ook zo vriendelijk was me toestemming te geven de geschiedenis van zijn instelling in literaire vorm te gieten.

Mijn grote dank gaat hier ook uit naar mevrouw Waltraud Ulbrich, die lange tijd als opleidingsverpleegster in Waldfriede heeft gewerkt en Hanna Rinder nog persoonlijk heeft gekend. Zij verstrekte me niet alleen waardevolle informatie over wat het betekent om verpleegster in Waldfriede te zijn, maar heeft me ook voorgedaan hoe je een verpleegsterskapje hoort te vouwen.

Tegen alle anderen die me bij het schrijfproces hebben begeleid zou ik willen zeggen: ook al noem ik jullie niet met name, ik ben jullie oneindig dankbaar, want zonder jullie hulp had ik de geschiedenis van Waldfriede niet tot leven kunnen wekken.

LEES MEER VAN

Sophia's hoop

Deel 1 van een meeslepende nieuwe trilogie
met een sterke vrouw in de hoofdrol

Berlijn, 1926. Het leven van de twintigjarige Sophia Krohn bevindt zich op een dieptepunt. Haar eerste liefde eindigde in een schandaal, haar vader heeft in zijn woede gezegd dat ze hem niet meer onder ogen mag komen en ze kan het zich niet veroorloven om verder te studeren.

Gedesillusioneerd en met haar dromen in puin vlucht Sophia naar Parijs. Daar krijgt ze tegen al haar verwachtingen in een baan bij een groot cosmetica-imperium. Maar met succes komen ook persoonlijke offers: haar baas eist van haar dat ze tien jaar lang ongetrouwd blijft, en dat terwijl Sophia net weer een beetje hoop begon te koesteren dat de liefde haar niet nogmaals voorbij zou gaan.

Verkrijgbaar als
e-book
& papieren boek

LEES MEER VAN

Sophia's wens

Deel 2 van de *Kleuren van schoonheid*-trilogie

Parijs, 1929. De lichtstad lijkt Sophia geen geluk te brengen. Na een traumatische ervaring heeft ze het gevoel dat ze de liefde nooit meer zal vinden en ze voor altijd eenzaam zal zijn. Is Europa misschien te klein voor een vrouw die groots denkt? Ze besluit de grote oversteek te maken naar Amerika. Daar, in New York, begint haar leven weer kleur te krijgen. Een zakelijk aanbod van de befaamde Elizabeth Arden geeft haar een onverwachte kans en er komt ook weer liefde in haar leven. Maar een genadeloze concurrentiestrijd tussen haar oude en nieuwe werkgever dreigt roet in het eten te gooien. Plotseling staan haar toekomst en geluk opnieuw op het spel.

Verkrijgbaar als
e-book
& papieren boek

LEES MEER VAN

Sophia's triomf

Deel 3 van de *Kleuren van schoonheid*-serie

New York, 1942. Sophia zet samen met de succesvolle Elizabeth Arden een beautyfarm op, maar als dat haar liefdesgeluk in de weg blijkt te staan, begint ze zich af te vragen of dan toch het moment is aangebroken om zelfstandig verder te gaan. Om haar ambities te kunnen verwezenlijken wil ze eerst haar scheikundestudie afmaken. Daarvoor heeft ze geld nodig en ze besluit terug te keren naar haar oude werkgeefster Helena Rubinstein. Deze geeft haar een bijna onmogelijke opdracht, maar Sophia gaat de uitdaging aan.

Haar huwelijk heeft daar echter onder te lijden en Sophia's wereld stort in als haar man zich als vrijwilliger aanmeldt om te vechten aan het front. De oorlog in Europa komt nu akelig dichtbij. Wanneer ze het verschrikkelijke bericht krijgt dat haar man vermist wordt in Frankrijk, besluit Sophia haar plannen om te gooien. Want als ze moet kiezen tussen alles wat ze tot nu toe heeft bereikt en haar grote liefde, is het antwoord snel gegeven.